寂静与逍遥

第八届鲁迅文学奖中短篇提名小说集

罗伟章 等——— 著

杨晓升——— 主编

握 住 一 束 光

北京联合出版公司
Beijing United Publishing Co.,Ltd.

图书在版编目（CIP）数据

寂静与逍遥 / 孙频等著 ; 杨晓升主编 . — 北京：
北京联合出版公司 , 2023.2（2023.11 重印）
ISBN 978-7-5596-6565-2

Ⅰ . ①寂… Ⅱ . ①孙… ②杨… Ⅲ . ①中篇小说—小
说集—中国—当代②短篇小说—小说集—中国—当代
Ⅳ . ① I247.7

中国国家版本馆 CIP 数据核字 (2023) 第 011444 号

寂静与逍遥

作　　者：孙　频　罗伟章　等
主　　编：杨晓升
出 品 人：赵红仕
策　　划：张　缘
责任编辑：夏应鹏
版式设计：豆安国
责任编审：赵　娜

北京联合出版公司出版
（北京市西城区德外大街 83 号楼 9 层　100088）
北京华景时代文化传媒有限公司发行
北京文昌阁彩色印刷有限责任公司印刷　　新华书店经销
字数 358 千字　　　880 毫米 ×1230 毫米　　1/32　　18.25 印张
2023 年 2 月第 1 版　　2023 年 11 月第 3 次印刷
ISBN 978-7-5596-6565-2
定价：68.00 元

编者序

杨晓升

北京文学杂志社原社长兼执行主编

　　鲁迅文学奖是以中国新文化运动的伟大旗手鲁迅先生命名的文学奖项。其创立于1986年，旨在奖励优秀中篇小说、短篇小说、报告文学、诗歌、散文杂文、文学理论评论的创作，奖励中外文学作品的翻译，推动中国文学事业的繁荣发展。由中国作家协会主办的这个文学奖项，从创立之初的每两年一届，到后来的每四年一届，评选范围时间跨度长，参评作品众多，设奖的数量少，竞争日趋激烈，影响力日益强劲，因而已经成为中国文学界具有广泛关注，同时也具有最高荣誉的文学奖之一。

　　能够获得鲁迅文学奖，是对作家及其作品的一种赞赏和肯定，是获奖作家的一种荣耀。然而，文学创作的本源和初衷，从来都不是以获奖为目的，它是作家有感而发，以适当的文学形式表达个人对外部世界、现实生活、社会人生和历史文化的最新发现与认知，是思想与情感高度融合的艺术创造和艺术结晶。因此，真正的作家从来都不会将获奖作为自己创作的最高目标，而会更注重并追求个人思想与艺术既自由又独具个性的表达。获奖只是优秀作品发表或出版之后的副产品，是无心插柳和水到渠成的另外标志，是评价认可的意外之喜。

像往届的评选一样，2022年举办的第八届（2018—2021）鲁迅文学奖的初评结果，每种文学体裁都公布了10部（篇）提名作品，而公布终评结果时，每种文学体裁最终获奖的作品却都缩减了一半，只有5部（篇）。对于参评作家来说，作品能够最终获奖，固然可喜，但没能获奖的其他5部（篇）提名作品，实际上在参与角逐的过程中，也已经证明了本身的成色和作家自身的实力。获得提名的10部（篇）作品，毕竟都已经从海量的参评作品和激烈的竞争中脱颖而出，堪称出类拔萃的优秀作品，获奖与否并没有锱铢必较的严格界限。受获奖数量所限，加上其他复杂因素的影响，评奖从来都有遗珠之憾。

为了让读者更全面地了解第八届鲁迅文学奖的评奖成果，更好地满足广大读者的阅读需求，我们特意将已获得第八届鲁迅文学奖提名但未能最终获奖的5部中篇小说和5部短篇小说结集出版。这些提名作品的成色到底如何，相信读者自有评价，我们的目的是扩大评奖效用，方便更多读者欣赏和品鉴。

热忱期待各界读者的阅读、批评与建议。

目 录

中篇小说卷

骑白马者

孙颙

一

　　我骑着摩托车沿山路盘旋而上。

　　正是五月，黄刺玫漫山遍野，横扫其他植物，凭着气势竟跻身为山中一霸，几欲要把半条山路都吞噬掉。走着走着前面忽然就没有路了，嬉笑打闹的黄刺玫挡住了去路。在阳光下看上去，这些浅黄色的野花忽明忽暗，像一些鬼魅之眼睁开了又闭上了，忽然间又睁开了。发酵过的花香肥腻殷实，在山风中静静飘着，让人恍惚觉得前面一定隐藏着什么。等到摩托车碾过去，却发现，什么都没有，花妖后面仍然只是一条寂静的山路。

　　在没有人的地方，树木、石头、山谷看上去都明艳异常，还有些凶猛，随时会扑面而来。

　　沿山路盘旋而上的时候，会看到这巨大的山体里镶嵌着贝壳类的海洋生物化石，还能在断崖上看到里面清晰的岩层，花岗岩、片麻岩、辉绿岩、石英岩、角闪岩，一层一层，如那些早已长眠的时间。曾经的海洋、鱼群和火山如今静静埋葬于这大山深处。在山中行走，常有沧海桑田之感忽然迎面袭来。

走着走着，路的前方猛地跳出一个半山坡，林中一片开阔的空地上现出一座孤零零的小木屋，这是护林员住的房子。我一直骑到离木屋很近的地方才停住，熄灭油门，从摩托车上下来，顺便把挂在车把上的一个塑料饭盒摘下来。屋门口正蹲着的一个男人始终没有回头看我一眼。我走过去，站在他身后，发现他正给一只小狗挠痒痒。另外两只大狗躺在旁边晒太阳，它们过于安静了，已经不再像狗，好像已经过渡成了另外一种陌生的兽类。听到我的脚步声，它们没发出任何一点声音，其中一只微微睁开眼瞟了我一眼，便又闭上了。那只小狗大概刚出生不久，巴掌大，正张开细嫩的四肢，露着肚皮，任凭主人给它挠痒痒。我站在他身后，咳了一声，说，这小狗是刚抱来的吧？以前没见过。

他还是没有回头，只背对着我说话，声音听起来嗡嗡的装满回音，刚生下没两天，是那对母子生的。说着他指了指那两只晒太阳的大狗。那两只狗看上去年龄个头都差不多，分不出哪个是母亲，哪个是儿子，都纹丝不动地晒着太阳。

他继续摆弄那只小狗，我则继续站在他身后看他摆弄狗。深山里的光阴夹杂着虫鸣鸟叫和草木的清香，缓缓从我们身上踩过去，脚步迟缓犹疑，似乎只要我一伸手，就能抓住它。木屋前的一块菜地是他自己开垦出来的，主要种土豆。土豆是山民们的主要食物，他们几乎顿顿不离土豆。一般来说，早晨是土豆小米稀饭，中午是烩土豆或焖土豆，晚上是土豆泥，拌上盐，再喷上一勺葱油。地头干裂的黄土里像牙齿一样长出了一排参差不齐的青菜，还有几棵剑拔弩张的大葱，各自在头顶举着一朵毛茸茸的大花，引来了一群蜜蜂。

此外便是无边无际的山林。这木屋和菜地像是从山林手里好不容易抢出来的，一不小心就会被夺回去。我看到木屋边上已经包了一圈瘦小的毛榛和栎树。山林是会自己走路的。有时候猛一回头，却发现它已经跟在你身后了。

四周山林如海，木屋如沉在井底，站在屋前就能听见阴森的山风在密林深处徘徊低吼，伴着红角鸮哀哀的叫声，一种长着两只大耳朵的鸟。不过当有阳光照下来的时候，山林看起来忽然就璀璨极了。站在这半山腰上看下去，山林绚烂夺目，绿色的是油松和侧柏，白色的是山梨花或杏花，红色的是花楸或山杨，黄色的多半是黄刺玫。等到秋天的时候，黄刺玫的果实可以采来磨成面粉，做馒头或者是烙饼吃，有一种奇异的清甜。

蹲在地上的护林员终于站了起来，矮个儿，穿着一身洗得发白的旧迷彩服，表情呆滞地看了我一眼，又偷偷看了一眼我手中提的饭盒，目光缓缓驶到别处，说，过来了？我在这山里第一次遇见他的时候，他就是这样，穿着这身旧迷彩服，眼睛一旦盯住什么就半天不动，像压路机一样死命在上面碾压。有时候，他分明已经不再看你了，但出于庞大的惯性，他一时还不能把自己的目光及时拖走，只好任由那些空心笨重的目光黏在你身上。因为一个人独自待久了，他的语言能力已经明显退化，经常要过半天才能找到下一句话，这使他的每一句话听起来都是残疾的。

　　第一次见到他的时候，他牢牢盯住我看了大半天，我被看得毛骨悚然，他才终于说了一句，过来了？我说，一个人巡山怕不怕？他呆望着远处，极慢地眨了两下眼睛，半天才丢出一句，谁说不怕？我问，一个月给你多少钱？他转过身去用慢动作喂狗，那时候还只有那一只母狗，等狗都吃得差不多了，他才丢出一句，八百块。这时他慢慢扭头看了我一眼，磕磕绊绊地补充道，额也是挣过大钱的人，早几年，在山下的，厂子里，看门，一个月还给额，三千块……三千块呢。后来，厂子，不景气，关门啦，额上山也是图，图挣人家，两个钱。

　　我明白了，他也是逆流上山的人。这几年山民纷纷从山上搬下去，搬到平原的县城里，多半都是因为打工和孩子的上学问题。山民们大规模迁徙下山使得平原上人口剧增，一时房租上涨，有几个新小区的房子几乎都变成了山民聚居区。山民们下山之后把山上的土豆和伞头秧歌也带到了平原上，以至于晚上的广场舞里突然嫁接了好几条扭秧歌的伞队，花红柳绿的。大山里则更加空荡幽静了，鸟兽和树木纷纷住进了废弃的山村。但也有少数人会逆流而上，从平原回到山里。比如这护林员，比如我。

　　我也住在这样一间小木屋里，在阳关山更深的八道沟里。我在木屋墙上挂了一张巨大的地图，无聊的时候就站在地图前看地图。我从小就是个喜欢琢磨事情的人，我慢慢在地图里看出了一些门道。地图上有三条大通道，一条是蒙古高原和东部平原之间的长城，一条是青藏高原和南部平原之间的茶马古道，还有一条是从古长安出发途经大漠一直向西的丝绸之路。这三条大通道把平原和高原、沙漠和绿洲、游牧区和农耕区都连了起来。移民们千百年来在这些通道上迁徙流动，远离故土，走西口、闯关东、下南洋。

就像这阳关山，全是密密麻麻的原始森林，古时候的人们大概是为了躲避战乱，从平原来到深山里，很多年后又因为子女的教育问题迁徙到平原。有的山村学校，原来有一百多个学生，后来到几十个、十几个，到最后只剩下了一个学生。我已经分不太清楚，对于人们来说，这种迁徙是一个必然要到来的进化过程，还是一个不可抗拒的衰败过程。对于我来说，前半生是跟着欲望走的，后半生，我只想跟着心走。

我把手里的饭盒递给护林员，刚炸的油糕，皮还脆着，给你送几个过来。他站在那里没动，只拿眼珠偷偷扫了饭盒一眼，半天才敢问一句，甜的咸的？我说，石榴形状的是咸的，半月亮形状的是甜的。他仍不肯接饭盒，笨重的目光碾压过黄土和大葱，不知道要落到哪里，嘴里却说，额自小，好吃甜的，就是，甜的吃多了，这不，牙也快掉没了。我硬把饭盒塞给他，他这才接住了，也并不急着打开，就那么用两只手矜持地抱在胸前，好像并不想要。嘴里还在向我拼命解释着，额不是，很爱吃，油糕，不太好消化，额不急着吃，等，等放到晚夕（傍晚）再吃。

对于他来说，吃一顿油糕就等于过节。我隔三岔五来给他送点吃的，几乎每次都这样，他表示他不是很爱吃，也并不急着吃，要先放一放再吃，然后等我转身离开的一瞬间就会把它们吃光。我再次骑上摩托车准备拧油门的时候，他双手紧紧抱着那只饭盒，忽然大声对我说，夜来，有一只花豹，敲额的门，额用强光手电，一直照它，照它，它就在门口，蹲了一黑夜，天明才走掉，额一夜，没睡。我说，晚上记得把门从里面关好。然后拧了一把油门。他手捧饭盒小跑两步又追上来，有些绝望地对我喊道，你没见，好大，一只花豹，就在额门口，守着。

他张开的嘴里果然没几颗牙，看着有些荒凉，像个黢黑的山洞。我知道他不想让我走。但我还是拧了一把油门，骑着摩托车重新上了山路。

这条山路是沿着文谷河修的，河拐弯的地方，路也跟着拐弯，像河的影子。文谷河从阳关山最高峰出来之后，自西向东，流经几座大山几道大沟，最终流入盆地，汇入汾河。河流的两岸孕育出不少小村庄，珍珠一样被河流串成一串。所以只要跟着河流就能出山。在我小的时候，木材厂砍下的圆木都是放进河里，顺流而下带出山的，放排人站在木排上点着竹竿。那时候，我经常会骑在一截圆木上跟着河流漂一段再爬上岸，在岸边看着那些滚圆笔直的木头在河道里熙熙攘攘地拥挤着，谈笑着，结伴出山而去。冬天，河道结冰，白色巨蟒一般蜿蜒在山间，那些圆木则一路滑着冰，照样呼啸着出山。

河流在视野里若隐若现，即使钻进了河柳丛里踪迹全无，仍然可以听到哗哗的流水声就在咫尺。走着走着，河流冷不丁又冒了出来，活泼泼地在阳光下闪着金光，河流两边青草夹岸，蒲公英携伞飞行。偶见有白色的巨石挡在河道中间，河流也是欢快地侧身而过，并不上前挑衅。

几道巨大的山沟像神将一般守在河流两侧，八道沟、八水沟、大背沟、大沙沟、小沙沟、未后沟、西塔沟。在每个沟口都驻守着大力士一般的山风，它们终日呼啸着守在那里，逡巡、比武，力大无穷，可以轻易把一辆汽车掀上天。

走着走着忽然看到河边的山坡上着了一树白花，山梨花开得太多太稠，好像整棵树都燃烧起来了。这棵树像支火把一样站在山坡上，竟把周围一圈都照亮了。我站在树下，花瓣像雪一样落在我脸上。又往前走了一段路，河滩上出现了养蜂人的帐篷和蜂箱。我停下摩托车，向他走过去。在回到山中的这两年时间里，只要在山里见到陌生人，我都会试图过去搭讪几句。我试图在找寻一个人。我相信这个人其实还在这深山里。

养蜂人头上戴着斗笠，斗笠下罩着烟雾一样的面纱，看不清眉眼。我走过去的时候，他隔着一层面纱打量着我，并不言语。我看着那层面纱，心里忽然就一紧，但还是和他打了个招呼，忙着呢？蜜蜂在这里采的是什么蜜哪？他隔着面纱吐出三个字，百花蜜。一阵山风拂过，烟雾一样的面纱荡漾起来，露出了他的一只嘴角，那只嘴角看起来坚硬神秘。

我抬头看了看天，群山之上已经开始出现幽暗的暝色，一只苍鹰张开巨大的双翅，正在暮云里无声滑翔。我用手指关节敲了敲蜂箱，对他说，给我打一斤蜂蜜，不会掺假吧。

他二话不说，噌地揭开一只蜂箱，里面设着隔断，像小公寓房一样，无数只蜜蜂正栖息在里面，猛一看，简直让人有点眩晕。有几只蜜蜂从箱子里飞了出来，我吓得往后一躲，他使劲向我招手，怕什么，蜜蜂要怕你才是，蜇了人它就没刺了，少了刺的蜜蜂是不会回家的，反正是要死的，它们情愿死在外面。死在里面的尸体也很快会被其他蜜蜂清理出去，你看看这蜂箱里多干净，啧啧，比我住的棚子都干净，蜜蜂可比人爱干净多了。

他说着抽出一块隔板，上面粘满蜂蜜和蜜蜂，他用指头蘸了蜂蜜放在自己嘴里吮吸着，边招呼我，来嘛，过来吃，你吃吃看嘛，看到底是真的还是假的。说着又从木板上掰下一块胶状物递给我，再吃吃这个，蜂胶，卖得死贵，好东西，和人参一样。

我嚼着那块难以下咽的蜂胶搭话道，一只箱子里住这么多蜜蜂，就一个蜂王？他放下隔板，小心盖上箱子说，原先一只箱子里就一只蜂王，不过现在蜜蜂与时俱进，改革了，有的箱子里能住两只蜂王。蜂王也不容易，一天到晚坐着不动，就干两件事，吃蜂王浆和生孩子，一辈子吃了生，生了吃，一只蜂王一天要生三百只蜜蜂呢。

我指了指箱子旁边的蜜蜂尸体说，这些蜜蜂怎么就死了？都是丢了刺的？他捡起一只死蜜蜂给我看，死掉的蜜蜂轻飘飘的，像个空壳，他说，因为它是只雄蜂嘛，这就是它的命，雄蜂的婚礼和葬礼是在同一天举行的，结婚的那天就是它的死期。人各有命嘛，蜜蜂也一样。

山中的光线正无声而迅速地向西撤退，地上的灌木和河流渐渐失去颜色，褪变成枯瘦的黑白。只有长着松树的山顶还在夕阳里闪闪发光，如同银色的雪山。我看了看河滩四周，只有密林和灌木丛，还有这条日夜不息的河流。我问他，你一个人就在这河滩里过夜，不怕吗？他嘎嘎大笑着把斗笠摘掉，方才的那只神秘的嘴角消失了，变成一个圆圆的大脑袋，眼睛和嘴巴都比别人大一个号，整张脸看上去有一种辽阔感。这样一张脸，在黄昏的光线里看着竟有几分明媚。不像是我要找的人。不过也说不定，人的面相是可以随环境变化的。

　　我下意识地看了看周围，确实，那个暗处的人可以幻化作无数种面孔出现。因为，我根本没有见过他。

　　他用手指指蜂箱，说，有这么多小朋友陪着我，我还怕啥嘛。我们养蜂人就是跟着花期走，一路上都在打听哪里的花刚开了，哪里的花快要开了，哪里开花去哪里，像不像采花大盗？前几天听人说方山的枣花开了，明天就准备赶过去呢。和你说，有一次我在野地里搭帐篷，旁边就是个老坟墓，不管它，反正我也不认识谁在里面，里面的人也不认识我，无冤无仇，总不至于半夜出来吓我。要是里面是自己认识的人，那就有点麻烦了，为啥？因为你能想见它的样子嘛，你要敢闭上眼，它就在你眼前晃啊晃，晃啊晃，你就觉得它真的从里面走出来了，你说是该和它喝酒呢还是和它聊天呢。所以不认识的死人也就不用怕嘛。停顿片刻之后，他瞪着两只铜铃大眼补充了一句，伙计，蜂蜜你到底要还是不要？

　　我买了一罐蜂蜜，挂在摩托车把上，沿着山路继续往前。走着走着，连山顶上金色的夕照也消失了，夕阳沉没，鸦青色的群山愈发肃穆寂静。我经过了大沙沟、八水沟，走到八道沟的时候，天色已经完全暗下来了。山路两边的森林已经变成了没有任何缝隙与光亮的黑森林，阴森蓊郁，有几棵大松树的枝杈狰狞地举向夜空。森林和崎岖的山路完全连成了一体，已经看不到河流在哪里，但水声还挂在耳边，愈发清脆。光听着这流水声，会觉得这条河正在黑暗中变结实变强壮，似乎马上就要从地上站起来了。渐渐地，连我自己也被这夜色完全融化了，我伸出手来竟看不到自己的五指，我消失了。

等到眼睛完全适应了这大海一般的黑暗，就会发现这样辽阔的黑暗也是分层次的，深深浅浅的黑暗杂糅在一起，如同剪影。进了八道沟就是苍儿会，路边出现了一个岔路口，我略一犹豫，还是拐进那条岔路。几分钟之后，一座空无一人的山庄阴森森地出现在了我面前。

我把摩托车停到一边，坐在一块石头上，点了一根烟慢慢抽上了。夜空里已经出现了星星，深山里的星空分外澄净，那些闪着寒光的星星看上去就在头顶，伸手就能摘下来。此刻我的头顶上方正悬着一把巨大的勺子，北斗七星横亘于荒野之上。一年当中的二十四个节气里，北斗星的勺子把都会指向不同的方向。几千年里，山民们都习惯以北斗星来判断时令。

星空下的山庄默无声息，没有半点灯光，看上去鬼影幢幢。这座度假山庄已经被废弃在这深山里好几年了，门口大石头上刻着四个字"听泉山庄"。进了山庄的大门先是一片山杨林，一大片建筑在树林里若隐若现，有宾馆、餐厅、会议室、活动室。在宾馆的后面还有几个巨大的园子，有一个江南园，花园里茂林修竹，按照江南景致设下了四景：杏花烟、梨花月、孤山梅、梧桐雨。

又在园内引水造湖，湖边建有亭台楼阁，一座水榭叫"夕月楼"，一处凉亭叫"苍霭亭"，轩为"听雨轩"，还仿照网师园建了一扇月宫满月门。湖上架有石拱桥，可在桥上垂钓观鱼。假山叠成数道绝壁，一条瀑布从山顶飞泻而下，假山边种了红枫、牡丹与黑松。秋日霜染枫叶，冬日，还可以出来一种青松伴崀石的生趣。

再往前走是一个世界园，园子里都是一些微缩版的世界著名建筑，金字塔，埃菲尔铁塔，比萨斜塔，凯旋门，自由女神像，希腊神庙，还有一座小型天安门。这些微缩建筑像朱儒一样挤在一起，相互取暖。再往前走是一个史前动物园，林立着各种用水泥做的史前怪兽，除了各种各样的恐龙，还有鱼龙、长颈龙、沧龙、械齿鲸、帝鳄等怪兽，还有些叫不上名字的奇怪动物，很多已经缺胳膊少腿。最后一个园子是个花花绿绿的游乐园，废弃的过山车如巨蟒一般盘旋在杂草之中，旋转木马下面挂着几匹颜色剥落的木马，首尾相追，一动不动。当年山庄还没有建完就停工了。

如今，山庄门口早已荒草没顶，在夜色中看过去，似是狐妖鬼怪们住的荒冢。

二

抽完一根烟，我站起来，抬头看着夜空。这星光下的废墟早已脱尽了肉身，骨骼林立。所有过往留下的残垣断壁，与这原始森林交错生长在一起，在荒野中散发出一种奇异的美。其实我早就发现了，就是那种一切变成废墟之后奇异而无法言说的美。

最初的焦虑在山林的星移斗转中渐渐消失。每次当我在月光或星空下驻足，悄悄打量这座废墟，都会觉得，在这样的深山老林里留下这样一处梦境般的废墟，也许并不是全无意义。我好像暗暗捡到了一个被遗留在深山中的谜语，却无法告诉任何人。

大山与夜空的交界处闪过一颗流星，拖着大尾巴，转瞬即逝，脚下的大戟和青蒿散发着冷香。在这样寂静的山林里，能听见时间层层剥落之后掉在地上的扑簌声，如落叶一般。

听泉山庄里面包裹着的是曾经的阳关山木材厂。1956年建成，1998年消失。

我就是在那座木材厂里出生长大的，父母都是厂里的工人。小的时候，我和厂里的发小周龙，在春天的时候去山里捡柴挖野菜，卷耳、鹅肠菜、小苜蓿、歪头菜、野葵都是可以吃的，金露梅和银露梅的嫩叶采了可以当茶喝。野杏花折几枝，插在罐头瓶子里可以开好几天。春天的大山里，花香熏得人昏昏欲睡，每到中午，厂里的大喇叭就开始广播评书，家家户户听着评书吃午饭，就着野葱和腊八蒜，然后在花香里小睡片刻。

夏天的时候，我们去山里采木耳、挖草药。我熟悉这山中的每一种药材，蛇苔可以治蛇毒，木贼止血明目，翠雀可以治牙痛，蝇子草治肠胃炎，小花草玉梅可治肝炎，梅花草清热退烧。黄昏的时候，我和周龙经常躲在木材厂对面河里的大石头上偷偷观察别人，我们对厂里每个人下班后做了什么都看得一清二楚，竟慢慢掌握了每个人的生活规律。那时候全厂只有一台黑白电视机，信号还不好，到了晚上，便有人抱着电视，有人拖着电线，有人裹着床单，一群人前呼后拥地抱到山顶上去看。我和周龙则在天完全黑下来之后，躺在尚有余温的大石头上，沐着月光，听着身下哗哗的流水声。萤火虫在我们身边飞来飞去，星星点点的，有时候还会落在我们额头上，胳膊上。

秋天我们去山里捡蘑菇采野果。蛇莓、山桃、覆盆子都熟了，毛榛的种子可以做肥皂，野酒花可以酿啤酒，刺梨和毛樱桃可以酿果酒，五铃花的根可以熬糖，野玫瑰可以做玫瑰酱。工人们把砍下的树木放到窑里熏干，再把干木料垛成一堆一堆的四方形，一眼看过去，简直无边无际，如兵营扎寨。那时候人们盖房子都得用木料，为买到木料还得走后门，所以木材厂的工人们都以自己的这份工作为骄傲。

冬天的时候我们进山打猎。大雪足有半腿深，山腰上挂着雪白的冰瀑，晶莹剔透，往返的时光都凝固下来，文谷河已结成冰河，在冰面上滑着冰就可以一直滑出山去。山中冬夜漫漫，工人们没有什么娱乐，有时候便以听房为乐。有人在熄灯之后，裹着大衣穿着棉鞋，蹑手蹑脚走到人家门口，坐下来，把耳朵趴在门上听房。有时候听着听着就靠在门上睡着了，结果早晨人家一开门，他扑通一声摔到了人家家里的地上。还有的时候，竖着耳朵听了半天却什么都听不到，忽然有人把手搭在他肩膀上拍了拍，我都还没回家呢你听什么？快回去洗洗睡吧。

我十二岁那年才第一次出山，第一次见到了坐落在平原上的县城。那天晚上我坐着厂里的运木料的卡车，跟随父亲进了趟县城。我正在车厢里睡得迷迷糊糊的，忽然被叫醒，猛然看到前面跳出一大片灯火。我从没有见过那么多灯光，那么多商店，街上有那么多人，有些被吓住了，竟说不出一句话来。后来跟着父亲进了一个商店，我吓得连头都不敢抬，里面摆的好东西实在太多太多了，我却根本不敢多看一眼，就一直低着头。没想到世界上竟有这么多好东西，简直像来到了天上的街市。

我是1997年参加的高考。高考完之后我就已经有预感，可能要与心仪已久的大学失之交臂了。高考完的那个傍晚，我一个人在山里溜达，不觉走进了八道沟。这种大沟的两面都是高山耸立，沟中间一条河川，河川的名字多简单粗暴，依顺序分别叫作头道川、二道川、三道川。出沟后都汇入文谷河，随河水出山。高山之间的一道天空渐渐暗下去了，有住在山顶的苍鹰偶尔从头顶滑过，姿态静谧悠远。

我不想回厂里，也不知道该干点什么，有一种无边无际的巨大虚空，于是就那么沿着河川一直往前走，往前走。走着走着天就黑透了，高山和夜空之间生出一道柔和的界线，再走，半轮明月就爬上来了。月光照着山谷，河流闪着银光，我脑子里想了很多很多，像是把自己的一生都在这个晚上想完了，却又像是什么都不敢去想。

我一边胡思乱想一边沿着河流往前走，泉水叮咚，微云淡月，晚风里尽是草木的清香，走夜路的野兽也会躲开我，它们都怕人。我就那么走啊走，后来走着走着忽然发现天已经开始亮了，月落乌啼，东方出现了青白色的天光。我竟然在山谷里走了整整一夜。

高考成绩出来了，我果然只考上了一所普通大学，又因为四年的学费问题，我最终做出了决定，放弃上大学，去城里打工。那时候我便暗暗发誓，即使是打工，有一天我也要让所有的人都看看。

在我离开厂里的第二年，因为木材逐渐被钢筋水泥代替，商品房开始代替自建房，木材已难有销路，木材厂完成了它的历史使命。大部分工人只好下山，到平原的县城里租间房子，自谋生路。还有的工人去了更远的河北、山东打工。我的父母也跟着工人们去了平原上的县城里，开始了四处打零工的生活。

1999年的秋天，我独自一人进了阳关山，回了一趟深山里的木材厂。让我惊讶的是，已经停电停水的厂里居然还住着十来个工人，他们已经在废弃的工厂里住了一年多了，其中居然还有周龙和他的母亲。

秋天是山里最美的季节，层林尽染，秋阳点亮了山中的每一片树叶，好像每一片树叶上都站着一支蜡烛。松树下的银盘巨大如伞，大片橙色的沙棘如火焰燃烧，山鹊争相啄食刺李，松鼠用石头打磨着橡果。我和周龙在山里慢慢转了一天，我问他这一年多是怎么生活的。他说，其实也好办，喝山里的泉水，吃山里的野果蘑菇，砍柴生火，自己再种点土豆，也就够吃了，在山里哪有活不下去的？我说，晚上没电你们做什么？他说，晚上就点着蜡烛聊天。我说，就你们十来个人天天在一起，还有什么可聊的？他嘴角微微一笑，目光很柔软地亮了一下，可聊的多着呢，我们想说的话说都说不完。我沉默了一会儿才说，为什么不下山去？他的目光垂下去，看着脚下的一株草芍药，说，觉得在山里自由，也不知道出去了能干什么。

晚上，我们在他破败的宿舍里，点着蜡烛，喝着用地榆嫩叶泡的茶继续聊天。过了十二点了，我们还在聊，过了半夜两点了，我们还在聊。我们坐在昏暗的烛光里，守着彼此巨大的影子，都毫无睡意，似乎真的有说不完的话，却又不知道自己到底说了些什么。就这样，我们一直相守着坐到了天亮。东方既白，他吹灭烛头，在一缕青烟里对我微微笑着说，你看，有没有可聊的？

又过了几年，我父亲去世，我按他的临终交代把他葬在了大山里。山里的坟墓就像山里的人家一样，都孤零零地游荡在大山的褶皱里，很少有墓碑的，无名无姓，只是每座坟墓上都种着一棵柳树。有的柳树已经很老很老了，得两个人才能抱得过来，树皮漆黑皲裂，像是真的来自阴森的地下。柳树下的坟墓则小如馒头，几乎要缩回到地底下去了，这必定是座年龄很老的野坟。

埋葬好父亲之后，我又回了趟厂里。走到厂门口的时候吓了一跳，原来的木材厂和厂里一望无际的木料垛都不见了，取而代之的是一座修了一半的度假山庄。门口镇压着一块巨大的石头，上面刻了四个字，用红油漆描了：听泉山庄。

这山庄好像是从天外飞过来的，铁门上挂着一把生锈的大铁锁，我在门口往里张望了半天，正准备翻墙进去，忽觉得背上有些异样，一扭头，正好和一个坐在树下的老头四目相对。那老头坐在大树的阴影里，正饶有兴趣地看着我。我向他走过去，他戴着草帽，指缝里别着一根筷子那么长的手卷纸烟，放在嘴角品了一口，眯着眼睛，有些高兴地对我说，翻啊，继续翻啊，额看着你翻，怎么不翻了？

额，是山民们独有的一个发音，一到了十几里之外的平原上就会自行消失。很多年里，我走在城市的街上，在人群里偶尔听到这个发音，都会觉得像被什么东西狠狠咬了一下，连忙在人群里到处寻找。那个代词却已经同它的主人一起消失在了人海里。

我忙说，老伯，木材厂呢？你知道这里原来有个木材厂不？

老头坐在树下，把一条腿抬到另一条腿上，抖着腿说，兀来大（那么大）个厂子，额能不晓得？小子，你是来买木料的还是来耍游乐园的？

我一愣，说，老伯，我家就是这厂里的啊。

老头也愣了一下，继续抖着腿说，你看着兀来小，衣裳穿得时兴，也是这厂里头的人？你不晓得？木材厂倒塌以后，有个老板看中了这个地方，真是个偶人（坏人），看见有山有水风景好，就把厂子租下来，还租了额们四百亩地，一亩地一年给四百块钱，说是要盖个度假村搞旅游开发。说现在种几亩地又挣不了钱，让额们都给他打工，他给额们发工资。不少人家的小子在外头打工，都给叫回来了，说家门口就有钱挣。现在彩礼要得太重，不少小子都吃（娶）不起婆姨，就都回山里来了。结果那偶人盖假村盖了一半就跑了，估计是没钱了。把额们都耍笑了一遍，真是个偶人，租下的地也毁了，庄稼都不能长了。跟前的两个村，苍儿会和岭底，因为抢度假村的工程还打了起来。

我问，那老板后来去哪儿了？

老头站起来，顶着大草帽，拍了拍屁股上的两片土，上下打量着我说，早跑屎了，不晓得去哪里了。有人说他为了盖度假村欠了一屁股债，还不起钱躲起来了，有人说他跑到南方做买卖去了，又挣了大钱。反正是找不见了，听说这偶人也是从阳关山里出去的，不晓得是哪条沟里生出来的。原先日捣（骗）额们说，要搞旅游开发，旅游能带动跟前几条沟致富，村里几家靠路的都赶紧借钱开了农家乐，俺行（家）也开了，结果呢，连个鬼都不上门吃饭。

我使劲朝铁门里张望着，说，那厂里留下的十来个工人去哪儿了？

老头把烟叼在嘴角，从身上摸出一把青铜色的大钥匙，走过去把铁门哗啦啦打开，说，那就不晓得了，额守在这里本来是要收门票的，里头有恐龙嘛，好看着呢，不过你原先就是厂里头的人，就不收你的钱了。

我在废墟一般的度假山庄里游荡了半日，仿佛在梦游。我曾经熟悉的宿舍、厂房、熏窑、食堂，连一点痕迹都没有留下，好像它们只是我的一个梦境，从来就不曾真实存在过。但分明地，我每踩下去一脚，都有一种心惊胆战的感觉，好像踩在了它们的尸骨上面，我走得步履蹒跚，像一场战争之后唯一剩下的幸存者。

我在宾馆后面忽然看到了那片荒芜破败的江南景致，它们出现在这北方的深山里，看起来有一点侵略性，有一点胆怯，还有一点滑稽。因为长期无人打理，那一点江南的情致早已变形，疯长成一种自暴自弃的匪气。继续往前，我来到世界园里，看到了那些侏儒般的小型建筑，有的只建了一半，我感觉自己像个误闯进来的巨人，它们个头矮小，拥挤而诡异地站在一起，又像是正在卖力地服役，拼命要告诉人们，这就是世界，世界其实就是这个样子的。然后，继续往前，我看到了那些用水泥做成的恐龙和怪兽，很是魔幻。风吹日晒，恐龙身上涂的颜料已经褪掉大半，露出了里面的水泥。我错愕地从一个微缩世界里一步跨进了史前，看着这个马戏班一样笨拙的史前园，竟觉得有些心酸，不忍多看。以为这就该走到头了，没料到，一个五颜六色的游乐园猛地蹿了出来，立在我面前。设备已经生锈，盘旋的过山车看上去摇摇欲坠，木马呆呆立在眼前。

更令我惊奇的是，就在这游乐园里，竟然还有一块整齐干净的莜麦地，边缘清晰，像一块突然飞过来的绿毯子铺在那里。莜麦地里连棵杂草都看不见，说明这地是有人经常来照料的。

我在这片废墟里站立了很久。天色渐渐暗了下来，山林拖着自己巨大的阴影静立在四周，腕龙伸出的长脖子变成了一道蛇形的黑影，似在空中拼命探寻什么。那些矮小建筑的屋顶在昏暗中看过去，像一片阴森的墓碑。在那一瞬间，我有一种感觉，我觉得修建这山庄的人根本不是来赚钱的，他像是跑到这深山老林里来搞一场盛大的行为艺术。他用这种魔幻而天真的组合方式把这些建筑叠加起来，最后竟让它们在深山里叠加成了一种梦境，古怪而神秘。他更像一个艺术家。

我走出山庄大门的时候，那个老头还等在那里。看见我出来了，便又把铁门锁上。我说，老伯，你们村不是开了农家乐么，太晚了，我今晚不下山了，要不去你们村住一晚？他攥着那把大钥匙，似乎在黑暗中犹豫了一番，最后还是点点头，对我说，俺行就有，跟额走吧。

老头姓井。去他家的路上，我问，农家乐平时有生意吗？他摇头晃脑地说，不是和你说了嘛，平日连个鬼都不上门。当初要是不给人们念想，人们也不会想着甚开农家乐挣钱，靠甚旅游挣钱，额们在山里本来也活得好好的，有吃有喝，就是钱少点。跑回来的小子们后来又下山打工去了，得挣钱吃婆姨啊，不然这辈子就等着打光棍吧。现今村里的光棍汉是越来越多了，女子们如今都不愿留在山里，都想嫁到城里，要楼房要小汽车。额们是老了，不想动了。

我说，那个开发度假村的老板是个什么样的人，你见过吗？

他说，怎么能没见过？烧成灰也认得他。那个偶人，个头中不溜秋，平常人长相，横看竖看都不像个兔头（厉害）。

我笑笑，说，这人其实挺有意思。

他忽然扭头看了我一眼，我们在黑暗中短暂地四目相对了一下，他说，你认识这人？

我在黑暗中都感觉到了他的目光，微微一愣，说，没有没有，就是随便说说。

黑暗的森林从四面八方包围着我们，我能听见森林里传出的白骨顶苍老的叫声。老井的影子已经消失在了黑暗中，模糊一团，他看上去就像一个透明的魂魄在我前面游荡。走着走着，前面的密林里忽然渗出一点灯光。是一个小山村。

三

这个山村叫山水卷。在这深山里，时常散落着一些古老而优美的村名，像什么柳树底、木瓜会、佛罗汉、杏坛、青岸。

村里不过十来户人家，十几盏灯火撒在漆黑的山谷里，萤火虫一般微弱。刚一走进村口，忽听见一片犬吠声袭来，此起彼伏，划破夜空，有几盏灯火在犬吠声中次第熄灭下去。还亮着的几盏愈显孤寂和寒凉，似乎只要用手轻轻一碰，也会转瞬熄灭，隐遁于黑暗。山村背后黑色的山峰看上去巍峨阴森，高耸入夜空。

一进村我就感觉到了，这个村子里有一种奇怪的紧张，好像空气里到处飞舞着密密麻麻的神经末梢，不小心碰到一根，其他就会哗哗响成一片。我跟着老井进了他家的院子里，东面三间房，西面三间房，六间房里只有东面最里面的那间亮着灯，其他几间都黑黢黢地沉着。那间房里亮着一盏昏暗的灯泡，灯光枯瘦，整间房看上去像一颗黑暗中长出来的牙齿。院子中间有一棵枣树，树下有张石桌，桌子上还歪歪扭扭刻着棋谱。

老井让我在树下坐会儿，他去给我做晚饭。我问，你老伴呢？他指指屋里，躺着呢，是个瘫子。我正坐在树下抽烟，忽听见院子里什么地方有轻微的脚步声，脚步声在我背后忽然停住，我猛一回头，看到我背后站着一个男人。一个四十岁左右的男人，光着膀子站在那里，一只手里夹着一根烟，烟头一明一灭。另一只胳膊只剩下三分之一，创口已经被新长出来的肉包起来，包成一只稚小的胳膊，看上去像是刚刚从身体里长出来的肉蕾。男人盯着我，慢慢举起左手吸了口烟，烟头一闪，脸上倏地亮了一下，目光阴沉凶悍。

这时候，老井把晚饭端出来了，一笼山药丸子，一锅小米稀饭，一碟炒酸菜，还有一口杯高粱酒。他对男人低声喝道，连个衣裳都不晓得穿，快进去。男人并不理他，又游弋到了我对面，继续挑衅地盯着我看。他走路的时候，那只小胳膊在他身上甩来甩去，像个随身携带的玩具。老井又给我捧出一碗血红的西红柿酱，说，这是额家小子，早二十年前就下山打工去了，那时候还没什么人下山打工的。他在山下受了不少苦，有阵子还挣了不少钱，后来做买卖又全赔进去了，在山下活不下去了就又回山里来了，回来的时候就成这模样了，少了只胳膊，婆姨也跑了。

男人不耐烦地喝了一句，少说几句不行？老井闭了嘴，拿围裙反复擦了擦手，呆了一呆，进屋去了。一阵晚风拂过，树上的小青枣像下雨一样噼里啪啦落了一地，我走过去给男人递了一根烟。他就着窗户里暗黄的灯光，冷飕飕地打量着我身上穿的衣服、脚上的鞋子，又对着我的鞋子冷笑了一声，说，你脚上的耐克是真的假的？我没说话，递烟的手也没收回来。他犹豫了一下，还是接住了那根烟，又就着灯光仔细辨认了一下是什么烟。最后才叼在嘴角，啪一声，用火机点着了。

抽了口烟，他炫耀地抖了抖右侧的那只小胳膊，好像随时要打开窝着的翅膀飞走，然后又用标准的普通话问了我一句，你来山里干吗？我说，我们木材厂的人早都下山了，我就是回来看看。他眯起眼睛盯着我，回来看看？看什么？有什么好看的？我说，木材厂什么时候变成度假山庄我都不知道，这是什么时候的事？他一边抽烟，一边鹰隼般地在我面前盘旋着，说，奇怪吗？时代发展的必然结果，现在都买楼房住了，你家还用木料盖房子？

我不言语，坐到树下开始吃饭，小青枣像棋子一样敲打着石桌，不时落到我碗里一颗。吃到一半忽听见他又问我，你在山下做什么？我含糊地说，做点小生意。他冷笑两声，小生意？能抽起这么好的烟？

我没再说话，蘸着西红柿酱大口吃完了那笼山药丸子，那杯酒我一口没动，这个地方让我感到不安。山中的夜晚凉气逼人，他不穿上衣是故意的。显然，展览残肢能带给他某种快感。

我小的时候，没事就在这些山村里玩，对这些山村太了解了。因为闭塞，山村里的人近亲结婚的比较多，所以生下来的孩子要么是傻子要么就特别聪明。又因为在大山里长大，从小受的禁锢很少，山野的广袤无际使山民性格里有一种无拘无束的东西。一旦下山，之前物质和眼界的匮乏，就会导致他们充满掠夺性，每到一个地方就多一层欲望，很像当年的蒙古族骑兵。我之所以这么了解他们，是因为，我自己就是这样一个山民。

我掏出烟盒，自己点上一根，又给他递过去一根。这次他不接，因为没有了右手，那只左手看起来极长极大，关节突出，有些可怖地挂在那里。我伸出去的手只好又缩了回来。山里温差大，晚上还挺冷，他站在那里似乎打了个冷颤，那只小胳膊挂在那里，像金属一样闪着寒光。我不再看他，只管低头抽烟。

然后我看到了他的两只脚，光脚穿着塑料拖鞋，又移到了我对面。只听他说，这杯酒，你为什么不喝？嫌这酒不好？我笑了笑，说，不会喝酒。他用左手端起酒杯晃了晃，又逼过来一句，为什么不喝这酒？怕有毒？我环顾了一下四周，村庄两边都是黢黑幽寂的高山，一轮金色的残月刚爬上山顶，坐在院子里也能听到来自山谷里的流水声。我看着他的眼睛慢慢又说了一遍，真不会喝。

他也盯着我看了几秒钟，忽然一翻手，把一杯酒都倒进喉咙里去了，然后使劲把杯子往桌上一蹾，继续盯着我说，看清楚了吗，有毒没？

我说，兄弟，哪有这样喝酒的。他像匹马一样喷着刚硬的酒气，目光开始变钝变笨重，坦克一样缓缓向我碾压过来，他盯着我说，你骗谁？做生意的还有不会喝酒的？我当年下山就是这么喝过来的，一开始给人打工，后来一步一步做到经理，后来我自己创业，为了拉客户差点把胃都喝烂，在山下那么多年，我能不知道？你倒是给我说清楚，这酒你为什么不喝？

我目光落在他那只肉蕾一样的小胳膊上，我盯住那里看了几秒钟，笑着说，这胳膊怎么没的？欠人钱了还不起？

他手里还捏着那只空酒杯，死死盯着我，并不说话。我把一只手伸进裤子口袋里，慢慢摸索着，他的眼睛又盯着我那只手，一眨不眨。我们之间的空气变得很脆很硬，玻璃一般。夜更深了，山谷里的流水声愈发清晰，近在耳侧，似乎我们此时正漂流在一条大河之上。我那只手终于从口袋里掏了出来，握着半包揉皱的香烟，我把那半包烟扔在了石桌上。

我们谁都没去动那半包烟。这时候，老井戴着围裙过来收拾碗筷，闻到男人身上的酒味，忽然，他伸手就在男人的后脖子上扇了一巴掌，嘴里说，又喝酒，甚也干不了还老想喝酒。男人没有还手，直直扛着脖子，一边翻起眼睛瞪着老井，那只小胳膊来回晃荡着。僵持了一会儿，他扛着的脑袋慢慢垂了下去，然后，也没和我打声招呼，就趿着两只拖鞋走开了。

老井在很慢很慢地收拾碗筷，并不抬头看我。我站起身来，又点了一根烟，说，由着他多说几句，少了条胳膊，谁心情都不会好。老井头也不抬地说，他觉得自己也风光过，他不甘心落下这个下场。我半天无语，抽完一根烟之后才说，刚吃过饭，我出去转转，消化消化。

说完我才忽然注意到，不知什么时候，院门已经从里面锁上了。院子里摆着一只洗衣服用的大铝盆，储了一盆水，月亮正卧在里面，像一只安静的贝壳。

老井把碗筷哗啦抱进铝盆里，月亮碎了一盆。他一边用丝瓜瓤刷碗，一边说，早些去西房里歇息吧，黑天半夜的去哪里转，山上有麻虎（狼）。

这时候我已经敢肯定，这个村庄是有秘密的。不过，在这大山里，每道褶皱里都可能隐藏着一个秘密。有的秘密如林间草木一样，从长大、凋零到腐朽，都不会有人知道它们曾经存在过。有的秘密如山间蛰伏的猛兽，即使离得很远，你也能从空气中嗅到它们身上的气味。

我想起我九岁那年，有一次来了一支测矿的队伍，在山里到处放炮炸石头，折腾了几天无功而返。那天，我一个人在山上玩，忽然碰到一个妖怪一样的老人，头发和胡子长得都快拖到地上了，指甲太长了，已经卷了回去，卷成了蜗牛壳的形状，身上披着麻袋一样的破布。我吓得半死，不敢哭，连路都走不了了，却听见老人忽然结结巴巴地问了我一句，小儿，是不是……日本人投……投降了？前两天……我听见打炮了，是哪个……部队……打的炮？原来，这是一个解放前藏在了山洞里的老兵。当年他们那支部队和日本人在这山里打仗，除了他之外全军覆没，他怕被日本人抓到，躲起来就再不敢下山，一躲就躲了几十年。

我又想起小时候在山上玩耍的时候，只要下过雨，山坡上就会露出很多白骨，还有很多龇牙咧嘴的骷髅，朝天瞪着两个黑洞。胆子大的小孩会把骷髅当皮球一样踢来踢去地玩。据说这里曾是秦朝的一个古战场。

我又想起岭底村那个面目和善的老头，据说他的老婆早就跟人跑了，下山去了。很多年里，就只有他和他唯一的女儿相依为命，那女儿长大之后也没有嫁人，三十大几快四十岁的时候，还和父亲生活在一起，寸步不离，无论种地还是赶集，都是一起来再一起走。

我又想起这大山里有一种古老的风俗，拉偏套，从前几乎每个山村里都有拉偏套的女人。就是一个女人可以有很多相好的男人，相好的来登门，没有空手来的，都讲究一个义字。要么带钱，要么带吃的，还要帮助女人家里种地。这样一来，女人就靠着拉偏套养活了一家人，给丈夫买酒，供养孩子们上学。

那次下山之后我又是好久没再上山去，等到再上山的时候，已经是五六年之后了。这次，我拎着简单的行李只身上了山，雇了几个人，在离听泉山庄不远处的山谷里，建了两间木屋。后来又从附近的村民手里买来一辆二手摩托车。

我再一次站在了听泉山庄的门口。大门紧锁，锈迹斑斑，门口的荒草已经没过人头。我想起了曾经在木材厂生活的种种片段，记忆如落在雪地上的爆竹碎片，使眼前的废墟看起来竟有些触目惊心。它看起来仍然不像是真的。我从小长大的木材厂就埋葬在它的下面，可是那木材厂的下面还埋葬着几百万年前的岩层，岩层的下面又埋葬着曾经的海底。几亿年前，这里遨游的是鱼虾和海兽，各种水草交缠嬉戏，贝壳伸出柔软的手脚在海底走路。那时我只要双脚腾空，就可以在这海底游来游去。

时间静静地埋葬了一切。

周围一片死寂，看不到一个人影，我于是翻墙进去了。宾馆和餐厅的玻璃都已经碎掉，一扇扇窗户张着黑洞洞的嘴巴，山风如蛇一样穿梭而过，呼啸于其中。宾馆大堂里的桌椅都还在，蒙着厚厚的灰尘，墙上挂着巨大的蛛网，只是没有一个人影。我穿过去，来到了后面的园子里，那几个园子更加破败，都已经被荒草吞没，蝮蛇在草丛间游过。那些侏儒般的建筑隐隐藏匿其中，偶尔露出一角诡异的飞檐，看上去像一片年久失修的乱坟岗。怪兽身上爬满绿色的藤蔓，在死寂中竟生出一种奇异无声的暴烈。一辆手推车扔在墙角，上面爬满了牵牛花，从车轮到车把，将那辆破手推车严严实实地缝在了里面，粉色的紫色的牵牛花盛开在冰凉的金属上。更令我惊奇的是，那块莜麦地居然还在，平整干净，傲气逼人，竟长得生机勃勃。

从山庄出来之后，我向老井住的那个村庄走去。走到村口的时候，太阳刚刚开始落山，金色的山顶闪着光，而黑暗已经开始从无边的森林深处升起。这次我看清楚了，村口有一座破旧的山神庙，庙前有一棵几人抱不拢的老槐树。三个老人并排坐在树下的大石头上，一个模子里拓出来的动作和表情，袖着两只手，目光僵硬迟缓地盯着我看。我走过去很远了，他们的目光还黏在我身上。山村里就这样，谁家如果来了一个亲戚，全村人都要跑过去围观好半天，好像是全村人的亲戚，所以我并不奇怪。

村子不大，我很快就把整个村子绕了一圈。

山村枯寂，鲜有人声，只有叮咚的流水绕村而过，竟有回声，一时让我怀疑这村子早已经变成空心的了。全村竟然没看到一个小孩，我记得小的时候我去那些山村里玩，村口的大树上经常爬满了小孩，那些小孩看起来就像是从树上刚长出来的。现在，山村里只剩下了几个石像一样的老人，他们坐在门口的石墩上，颓败的屋檐下，飘着灰白的头发，灰蒙蒙的眼珠子可以盯住人一看大半天。

我坐在河边的大石头上慢慢抽了两根烟，看着河水在我脚下一点一点变暗变浑浊，黑色的河水陡然比白天变得狰狞，流水声脱离开河水，游荡于四野。天黑下来了，一轮明月爬了上来。河边是一片古老的松树林，有一棵松树还站到了水中，倒影瑟瑟。松树高大疏朗，树下铺着厚厚的松针，踩上去柔软异常，让人的脚步声都有了兽类的警觉与轻盈。有的松树下还长着雪白的"银盘"和姬松茸，在月光下闪着银光。我起身走进松林，松涛阵阵，清亮洁净的月光从枝叶间筛进松林，使地上看起来像匹华美的豹子。

我行走的时候，月亮穿过树枝也跟着我无声行走，一切都寂静极了。

居然没有犬吠声。我忽然就感觉到，那个秘密可能已经被这个村庄消化掉或吐出去了。现在，这就只是一个与世隔绝的小山村，安静、苍老、弱小，被时代遗弃，随时都可能消失在大山深处。我在松林里隐约看到，村子里的几盏灯火次第亮在了山谷里。

老井家的院子开着门，我走了进去。院子里空荡荡的，地上铺着一层月光，一个老头坐在枣树下，正趴在石桌上独自下棋。枣树下吊着一盏昏暗的灯泡，在黑暗中挖出一束光柱，光柱里像雪花一样飞舞着无数只小飞蛾。我走近那束光柱仔细辨认了一下，正是老井。他埋着头，看起来很忙，一个人既下红棋，又下黑棋，刚飞出去一匹红马，又跳出来一只黑炮。我在他对面坐下，我们两个人被罩在灯光里，如同乘坐着一艘孤单的宇宙飞船，周围皆是茫茫太空。

我说，老井。他抬起头盯着我看了半天，目光由虚变实再变虚，重新低头看棋，嘴里喃喃招呼了一句，上来了？手里又跳了一个红車。他下棋，我看棋，沉默半天，我忽然像想起了什么，问道，你老伴呢？他没有抬头，说，没了，都说瘫子不好死，还不是死了，谁都要死的。我又问，那你儿子呢？怎么没见你儿子。他还是没抬头，好像也没听见我说什么，只专心看着棋盘，忽然，他用很大的力气杀出黑炮，啪一声吃了红車。吃完之后，手里摩挲着两只死掉的棋子，慢吞吞地问了我一句，你从哪边过来的？走松树林没有？在松林里没看见额家那小子？

我看了看不远处黢黑的松树林，疑惑地说，你儿子在松树林里干吗？他又捡起一只黑卒走了一步，说，他就埋在那林子里，没看见？我浑身一哆嗦，吃惊地看着他，你说什么？他把黑卒推过河，眼看着它送了死，这才慢慢抬起头，看着我说，他都走了五年多快六年了，你上次来额家，你走了没几天他也走了，也不晓得去了哪里，也不晓得是死是活，连个电话都没打过。额就在林子里给他立了个衣冠冢，额要是哪天死了，等他的鬼魂找回来的时候，好歹也有个去处。

我惊呆了，半天才问出一句，他为什么要走？他把那些黑色的棋子纷纷推进河里，目送着它们纷纷被淹死，只留下孤零零的老将和两个孱弱的士兵遥遥守在故地。他把那些棋子全部推下河之后，突然就暴怒地说，你说为甚，他好歹也是见过世面的人，也是挣过大钱的人，别人都不敢下山的时候他就下山打工去了，他在山下什么没见过？你穿的好鞋吃的好烟让他看，你说是为甚了？不是你刺激了他？他还是想活出个人样给额看，就他一个残疾人。

　　我忽然不知道该说什么，便沉默下来。月光像霜一样在院子里铺了一层，寒光闪闪。他已经重新开始摆棋，很认真很用力地把一个个棋子摆好，还觉得不够端正，搅乱又摆。他的声音却逐渐变小变弱，好像不知道自己在和谁说话，你说额家那小子要是当年不下山，就在山上放放牛，种种地，是不是也过得不赖？空闲时候还能和额一起下下棋。他下山的那些年，额老盼着他能回来，回来看看额们，可等他真的回到山上了，额又觉得他不该回来，觉得他还是在外面好。出去了的就再也回不来了。

　　我沉默不语。

　　他又说了一遍，出去了的就再回不来了。

　　棋摆好了，他呆呆看着两队人马，看了许久许久，好像在等对方先走。对方不动，他便终于替对方先走了一步当头炮，这才像想起了什么，忽然问了我一句，你又回山上干甚来？我说，还是山上好，自在。他冷笑一声，说，现今山上的人差不多都下山去了，山上的学校都没了，人们都觉得山下好，热闹，你倒回来干甚？我又沉默片刻，说，山里清净。他笑了一声，头都没抬。

　　一时无话，他又寂寞地走了两步棋。犹豫了一下，我终于问道，听泉山庄那老板后来一直没回来？他忽然抬头盯着我，说，你打听田利生想干甚？我说，田利生是谁？他说，你不是想打听山庄的老板吗？就是这人。我说，没什么，就是忽然想起来问问，这人其实挺有意思。

他手里摸着一枚棋子，试探着问我，田利生是不是也欠了你钱？

我说，没。

他胡乱把那枚棋子敲下去，慢慢说，听说这偶人……盖山庄借了不少钱，还占了额们的地，现今是旅游开发没搞成，地也不能种。要能把这偶人找见就好了。

说到这里，他用眼角的余光偷偷瞟了我一眼。

我说，找见他又有什么用？

他说，怎么没用？有用，让他把这盖了一半的山庄盖完，搞旅游。

我说，你上次不是说，这人要么躲起来了，要么就是跑到南方挣大钱去了。

他忽然抬起脸来看着我，声音平平静静，真要挣了大钱额都给他放鞭炮，起码能让山庄那个烂摊子开业了。

一阵山风吹过，挂在枣树下的灯泡猛地摇曳起来，昏黄的灯光披头散发地晃动着，他的那张脸一明一灭，时而跳进光影里，时而又躲在阴影里。我能感觉到，有什么东西正从黑暗的心脏里缓缓地一步一步地走出来。

被风吹下的枣树叶纷纷扬扬地旋转于我们的头顶，好像我们正端坐在一场大雪之中。我替他推出一个红车，说，中国这么大，谁知道他去了哪里，怎么可能找得到？他手里捂着一枚棋子，并不放下，眼睛盯着棋盘说，你要是欠了债，会往哪里躲？

说罢他抬头缓缓看了我一眼。我微微一哆嗦，没吭声。

他继续道，你想那田利生自小就是在这山里头长大的，他对哪里最熟？他要在这大山里躲起来，还能被外人寻见？怕一辈子也寻不见吧？他盖这山庄把自己的钱都砸进去了，你说他要是真的在南面挣了大钱，能不回来收拾他这烂摊子？

我又替他敲了一枚棋子，看着棋谱说，你的意思是，这个人其实一直就躲在这山里？他没有言语，只从腰间摸出一张纸撕成两半，又摸出一包烟叶，卷了两根纸烟，伸出舌头舔了舔，把口封上了，递给我一根。我抽了两口，说，这人找到找不到和我也没什么关系，我就是随便问问，人家又没欠我的钱。他干笑两声，继续抽烟，一根烟快抽完了，他才半笑着说，看你这么上心，额还以为那偶人也欠了你的钱，欠了钱就把狗日的找出来，问他要钱嘛，你要说没欠那就没欠。

我已经敢断定，这些村民也在寻找那个叫田利生的人。

确实，我也想找到他，但我对他的寻找并不像真实的，更像网络中一种虚拟的游戏。

那个晚上，到很晚我才告别老井，一个人沿着河流，朝山谷里的木屋走去。月亮大极了，近在头顶，月光照亮河流，河水闪着水银似的碎光，银盘和白桦都在月光里闪着银光，夜归之路看上去光华夺目。纵纹腹小鸮的哀鸣幽深地回荡在山林里，当地人管它们叫呱呱油，它们多住在坟墓或枯树上，叫声也比别的鸟枯冷，在深夜里很容易分辨出来。一只青鼬无声无息地在我前面踱步，我停下，让它先过去。一只大花鼠攀着树枝从我头顶跃了过去，毛茸茸的尾巴在月光下甩过一道优美的弧线。

我伫立月下，看着自己被月光投在地上的影子。这影子像时间的阴面，我可以看到它，而时间的阳面，我是无法看到也无法触摸到的。它的源头也许在那些镶嵌在山体中的海洋化石里，也许在山中那些千年古树的年轮里。不知道这时间的阴面和阳面之间，是否有着一道神秘的阀门，可以随意出入往返。回到山中的这段时间，我住在木屋里，只有两身衣服来回替换，却觉得已经足够了。一双已辨不出颜色的旧耐克鞋，袜子破了洞，仍旧穿在脚上。喝山里的泉水，每日吃两顿饭，也多是土豆莜面，或是山里采来的蘑菇和野菜。除此之外，我竟什么都不需要了。曾经那些缤纷绚烂的欲望一层层褪去，如今竟有一种水落石出的枯瘦和洁净。

我抬头看了看月亮，月光像雪一样落在了我脸上。它似乎可以把一切照出原形，让一切无处隐遁。没有人知道，我其实根本不缺钱，在我随身带的那张银行卡里静静蛰伏着一笔庞大的存款。然而我发现，我对钱的概念渐渐模糊下去了。如我所料，重新回到山里之后，每日的生活几乎都不需要钱。那张银行卡终日藏匿在我贴身的衣服里，我没有一次想到过要用它。它的功能正渐渐退化，正变得与一块石头一张纸无异。有时候忽然想起它，又觉得它像一个时刻栖息在我身上的庞然大物，诡异可怖。

月光倾盆而下，整个山林如沉在很深的水底，黢黑的树影成了摇曳的水草，夜行的动物和鸟儿姿态轻盈逍遥，如水底的游鱼，连山间的石头都变成了珍奇的贝类。脚下的山路似凌空铺设而成，能一直通到月亮里去。我跟着流水声慢慢往前走，并不在意到底走到了哪里，就像多年前我高考完的那个夜晚，我沿着山沟一直往前走，往前走。那个晚上，我在心里规划好了我的一生，我决定一旦走出这大山就永不再回来，无论吃多少苦。后来，走着走着，山与天的交界处就出现了一层青色的光芒，然后，那点光芒慢慢蜕变成了玫瑰色、橙色、血色、金色。我知道，天就要亮了。

这么多年里，我时常做梦，却永远只能梦到十八岁时候的自己。我梦见自己终于去上大学了，走进教室却发现教室里空无一人。走廊里有我高中同学的背影，我拼命追过去，但怎么都看不到他的那张脸。这二十年的时间里，我渴望能追上所有的人。

现在，我只渴望被所有的人忘记。

四

山中岁月虚静，一日便长于千年。我骑着那辆二手摩托车漫山遍野地溜达，从一道沟到另一道沟，从一个村庄到另一个村庄地找人喝酒。一来是为了打发孤独，二来是为了打听一些关于田利生的消息。

　　找人喝酒之前，我一般要先去岭底村买点酒肉。岭底村的村口有棵大槐树，一千多岁了，快老成了妖精。树下有个小卖部，极矮小的一间房，门窗都不过巴掌大，黑乎乎的，像只螺蛳壳蹲在那里。门上终年挂着门帘，夏天是竹帘，冬天是棉布帘，棉布帘是用五颜六色的布头拼起来的，喜气洋洋的，在冬天尤其是下雪天十分扎眼。

　　这么小一间店，一掀帘子进去，就会被里面凶悍的香气迎头一击，像大棍袭来一般。这家小卖部常年卖自家煮的猪头肉，也不知道是用什么办法煮的，皮肉通红烂熟，异香扑鼻。有时候去得早些，便能看到一只金红色的猪头完整地摆在案上微笑，鼻子、耳朵都完好无损。他家也卖猪尾巴和猪蹄，但口感上稍逊于猪头肉。

　　这天，我掀帘子进去，店主戴着两只油腻的蓝套袖，正坐在猪头后面抽烟。见我进来，叼着烟挥起刀，在案板上哗哗刮两下，拍拍猪头问，要哪边？我略一端详，说，要鼻子，再要一只耳朵。话音刚落就见刀光一闪，猪鼻子和猪耳朵给我砍下装了袋。我又要了一瓶八两醉，付了钱，还递给店主一根烟。在山里，见人就递烟是一种礼仪。

　　我拎着酒肉，骑着摩托车晃到了葫芦村。听说这村里有个人和田利生比较熟。我知道老井和那些债主可能也在寻找田利生。与他们相比，我像一个潜在水底的人，在水波的光影里，在明暗的交替中蛰伏着，我抬起头就可以看到他们从水面上游过去的影子。斜射的阳光落入水中，穿过波纹，忽然照亮了水底的某个秘密。

我也问过自己，为什么要寻找这个与自己无关的陌生人。显然，我和老井和那些债主找他的目的是完全不同的，老井是想让他把山庄建完，债主们是为了问他要钱。可是对于我来说，每次在月光下去看望那片废墟的时候，总觉得那坟墓般的废墟里面埋葬着一种奇特的生机。天真而骄傲，像一个少年写在日记本里的稚拙理想。

但我和老井有一点认识倒是不谋而合，那就是，这个人很有可能还在这山里。

走进葫芦村，我刚想问人打听有没有一个叫刘天龙的人，忽然就见一面墙上用石灰赫然刷了三个大字，天龙街。气势轩昂，大字后面还有一个箭头朝里指示方向。一种沙漠客栈里才有的杀气从这三个大字里溢出来。我沿着这条天龙街往里走，却不知道哪家是刘天龙的家。有锣鼓声在街上欢天喜地地穿梭回荡，好像大夏天就在准备过年一样。我循着锣鼓声来到一个敞开的院子门口，只见院子里有一圈人围着一只大鼓，大鼓很大，像个小房子，里面能住好几个人。三条壮汉裸着上身，正扎着马步，围成三角形隆隆打鼓。其中一个像是怕裤子掉了，不时空出一只手来提提裤子。

旁边还围着两个拍大镲的壮汉，金黄的大镲上系着红绳，在阳光下鲜艳夺目，大镲一开一合，状如闪电。两个壮汉如雷神一般威风。外围还围着几个妇女，一边嗑瓜子，一边盯着大鼓微笑着，也不知道在笑什么。还有一个圆鼓鼓的女人坐在地上看打鼓，一边看一边拍手，她看起来怎么也有五十多岁了，居然还扎着两只羊角辫，像个大号的儿童，但目光呆滞，看起来多半是个傻子。因为近亲结婚多，山村里经常能见到各种傻子，倒也不稀奇。

终于热火朝天地敲完一个段落，几个人满头大汗地歇下来喝水，一边喝一边用鼓槌敲对方的脑袋玩。我凑过去问，现在不过年不过节的，你们怎么想起来大夏天敲鼓？那个提裤子的打量了我一眼，喝了两口水才说，歇着没事情做嘛，种地本来就不挣钱，现在地也没了，被田利生租走搞旅游开发了。在外头打工一个月挣两千块钱，还不包吃住，没屌意思，还不如回山里舒坦，反正也饿不死，给人打什么工嘛。额们几个凑钱买了个鼓，没事就打鼓玩嘛，清早打，晚夕打，自家给自家寻点高兴事。

山里人喜欢打鼓倒是真的，他们对鼓有各种打法，丰收鼓、花庆鼓、牙鼓、求雨鼓。我摸摸那口大鼓，像一只温顺沉默的大动物，我小心翼翼地问道，你说的那个田利生，现在跑哪儿去了？一个女人灵巧地吐出两片瓜子皮，差点吐到我脸上去，只听她说了一句，鬼晓得那狗日的躲到哪儿去了。我只好又问，你们村有没有一个叫刘天龙的，他家住哪儿？一个长着一口黄牙的男人笑了，一个指头朝街上比画了一下，往里头走，要一直往里，最后一家，看仔细，就那独门独户的一家啊，就是他家。

我只好顺着天龙街一直往里走。很快一条街就走到头了，房子一家挨着一家，并没有见到黄牙男人所说的独门独户。我正在街尽头来回打转，忽然看到不远处的山坡上孤零零地坐着三间砖头房子。那三间房看起来又瘦又小，游民一般孤单又羡慕地望着村庄。我知道黄牙男人说的谜底了，最后一家啊，就是这家。

走到房前，只见屋檐下挂着一条横幅，红底白字"农民大学"，横幅在风中猎猎飘摇。门口停着一辆破旧的电动三轮车，在旧脸盆和破瓦罐里种着几株指甲花和鸡冠花，还把空鸡蛋壳扣在上面，以增加花的营养。我正猫着腰看花，竹帘一挑，从中间屋里出来一个矮个子男人。因为个子矮，看人的时候习惯性地仰着脸，好像时刻在寻找太阳的方位，向日葵一般。他问我，你寻谁？我说，我找刘天龙。他很干脆很自豪地说，额就是。我晃了晃手里的猪头肉和八两醉，说，过来找你喝酒。

他狐疑地看了我一眼，用很聪明的口气说，怕是找额有什么事吧。然后他反手挑起帘子，另一只手做了个邀请的姿势，请，屋里坐下再说。

屋里简直可以用家徒四壁来形容，一张土炕，炕上卷着两卷寒瘦的被褥。一张木桌，两把木椅，一只破板凳，墙角还卧着两只鼓鼓囊囊的大麻袋，不知道里面装着什么。我忍不住好奇还是问了一句，这麻袋里装的是什么？他朗声说，猪饲料。

他去给我倒水切猪头肉，我在屋子里到处闲逛。屋里还有个歪歪扭扭的破书架，书架上摆着几本满是灰尘的书，有《论语》《奇门遁甲》《黄帝内经》《处世谋略》《孙子兵法》《中毒与急救》《丰田车》。一只水泥板柜像棺材一样一声不吭地蹲着，大概是用来装粮食的。板柜上摆着一张照片，他和一个女人的合影，刘天龙站着，那女人坐着，女人看起来年龄比他大好多，像是他妈。再仔细一看，我忽然发现，照片里的女人正是那个扎着两个羊角辫看打鼓的傻子。

我一边思忖一边抬起头，正看到墙上贴着一张发黄的纸，最上面用挺拔的钢笔字写着"天龙报第十期"，下面的标题是"您我共同走一起，脱贫定会大风起"，再下面是密密麻麻的四字真经，我看到最后一句"谦虚互友，百川乃大"，再下面还有落款"一个想和大家一起走上精神与经济共同脱贫的农民"。还盖了一个红色的大印章"农民大学"。

这时，刘天龙把切好的猪头肉端上来了，酒杯也取来了，还在一只古董般的陶瓷茶缸里给我沏了一杯银露梅茶。我说，你自己还办了一份天龙报？厉害呀。他把两只手搭在胸前，像个导游一样向我介绍道，办农民大学总得有份自家的报纸嘛，天龙报额已经办了十期了，内容都是额一个人编一个人写，额相信再多办几期，效果就会出来，你看这句，肚中无食，身上无力，心无理念，如人无心。还是能说到点子上吧？

我点点头，编得不错。

他又移步到书架前，拿起那本《丰田车》，用手掸掸灰，拍着书对我说，额把这本书研究了最少十几遍，人家丰田车的理念是什么？就是先造人再造车，掌握丰田的生产方式，必须懂得丰田怎么培养人才，怎么造就丰田文化，你看看人才在这社会里多重要？额和村里人说，他们不听，不听额也没办法嘛，额和他们本来就没法子交流。

我指着那本《奇门遁甲》说，你还研究这个？里面是不是有穿墙术和隐身术？你学会了没？他像没听见，伸出手把那几本书上的灰尘挨个掸了掸，一一摆放整齐，有些倨傲地向我介绍道，你看额还研究中医和哲学。额得了病从来不去看医生，都是自家给自家治病，山里头什么草药都能采到，额还能给额老婆治病，还给额二叔治好过肺结核。你有没有肺结核？额可是知道一个治肺结核的秘方，还是悄悄告诉你吧，捉一只癞蛤蟆，活的，往蛤蟆嘴里塞三个生鸡蛋，用泥把蛤蟆糊住，放到灶洞里烤熟，再把蛤蟆肚里的熟鸡蛋取出来吃下去，吃了几次就把他的肺结核给治好了。额也喜欢看哲学，额认为农民脱贫是需要有哲学思想的，不然能脱了个贫？额说什么他们都不信。你看看这《孙子兵法》，额认为农民养猪一定要先看看孙子兵法，养猪靠什么？一是道，二是天，三是地，四是将，五是法，阴阳、寒暑、远近、死生都决定了你能不能养得好猪。

说到这里，他又做了个邀请的姿势，请我参观他的另一间屋子。门上也挂着门帘，我一挑门帘进去，猛地看到屋里正卧着三头大白猪，不知是什么品种，身材魁梧，鼻子很长，头很小。原来这间屋子是专门用来养猪的。我说，你在屋里养猪啊，猪的待遇不错。他微微点点头，垂下的一只手跷着兰花指，这使他整个人看起来忽然有几分奇怪的轻盈。他说，外面风吹日晒，冬天把人都冻成活鬼，猪也能冻死，三间房额和额老婆又住不过来，就让出一间给猪住嘛，谁住不一样？

我说，给猪住也挺好，挺好。

这时门帘一挑，忽然飘进来一个人，说是飘进来的，是因为此人居然没有脚步声，忽然就出现在了我们身后。我扭头一看，吓了一跳，是个圆滚滚的女人。再一看，这不是刚才看打鼓的那个傻子嘛。她体形笨重肥大，但走起路来居然没有任何声音，影子一般就飘了过来。她扎着两只羊角辫，头发上刚插了几支蒲公英花，盯着我呆呆看了几秒钟，忽然咧开嘴，无声地对我笑了笑。然后又拉住了刘天龙的一只手不放。

刘天龙拍拍她的头，你这是又要得饿了吧？然后转头向我介绍道，这是额老婆。我想起他俩那张母子般的合照，心里不免暗暗吃惊。只见刘天龙似乎犹豫了一下，但他好像很快就下了什么大决心，他抬起一只手拍着女人的肩膀，那只手上的兰花指还跷着，他的眼睛躲开我，看着我身后的三头猪，郑重地对猪说，额老婆叫花花，是额从山里头捡回来的，她一个人在山里转悠迷了路，额碰见她的时候，她都快要饿死了。和你说实话吧，她脑子有点问题，还是个哑巴，也不知道是从哪道沟跑过来的，她也讲不出来。额就把她领回家里来了。额也是一个人过，她也是一个人，两人一起搭伴过日子总比一个人好吧。别看她有点傻，可是会认人，也能认下回家的路，每天跑出去要，要累了就自己找回来了，都丢不了。

我摸出两根烟，递给他一根，他说，出去抽，这里有猪，别呛着它们。我们走出去，就那么站在房前抽了会儿烟，一根烟抽完，他不似刚才那么郑重紧张，我们都仰起脸来看着天上快步奔跑的云。大山里的天空经常是一种剔透的蓝色，像一面汪洋大湖悬在我们头顶。我找话道，确实，两个人过怎么也比一个人要好，一个人还是太孤单了。

他继续仰脸看云，我注意到他那只跷起的兰花指始终没有放下。认真看了半天云，像是累了，他终于垂下头，说，你这人不赖，走，伙计，回屋喝酒去。

我俩围着桌子开始一杯一杯地喝酒，那女人抱着一只塑料碗坐在我们前面的那只小板凳上，碗里放了几块猪头肉。她拿勺子吃肉，每吃一块，就抬起头对着我使劲地笑。刘天龙起身给她碗里倒了点醋，说，晓得吧，蘸着醋吃肉不腻。又坐下，眯着眼睛，把一杯酒哗啦倒进嘴里。几杯酒连着下去，自己并不吃肉，却又忙着给女人碗里添了几块肉。

他忽然一声叹息，你算说对了，两个人怎么也比一个人要好，就是和一个傻子一起过，也比一个人要好。她怎么也是个人啊，她是个伴儿啊，大黑夜里，只要身边躺的是个活人，心里头就觉得踏实。你看额这老婆，是个傻子，还不会说话，只会哭和笑，高兴了就笑，不高兴了就哭。有时候额去山里采草药采木耳，她就四处找额，额要是晚上住在山里没回来，她能哭一个晚上。你看她心里明白不明白，谁对她好，她都明白着呢，就是说不出来。额每天给她扎辫子给她做饭，还给她看病给她洗衣服，都是额伺候她，没人伺候额，可是能有个伴儿额就知足了。

我说，人是得有个伴，起码心里头就不空了。我们又干了一杯，我把烟盒放在桌上，他假装看不见，直到我递给他一根，他迟疑了一下，才默默接住。抽了一口烟，他徐徐喷出一缕青烟，拿烟的那只手还是跷着兰花指。他忽然有些伤感地说，额无儿无女，一个人过成什么样就是什么样了，额要是死了，也只有额这傻老婆会哭额，会到处去找额。额也算有点头脑的人，就是生错了地方，这个没办法，额认命。额现在就想给村民们办个农民大学，额当校长，带领全村人致富，从物质到精神上的致富。脚踏大地，手撑春天。怎么样？也是额写出来的。

我像忽然想起来什么，随口说了一句，你让我想起一个人，叫田利生，你认识这人不？我觉得你俩不知道什么地方有点像。

刘天龙放下杯子使劲一拍大腿，说，额要是不认识他谁还认识他。额在他那里打工的时候，他觉得额能写会画，很赏识额，就让额给他写山庄的宣传语。深山明珠，华北宝藏，这句宣传语听过没？就是额写的啊。

我装作恍然大悟的样子，说，原来就是你写的啊。

他神情变得肃穆庄严，个头好像忽然间也膨大了一倍，他郑重点点头，的确是额写的，盖度假山庄的时候，额可帮他写过不少东西。他还请额喝过酒，就额们两个喝，一直喝一直喝一直喝到半夜。

他指了指我的杯子，又指了指他的杯子，有些焦灼地来回比画着，试图给我解释，就是这样坐着喝，喝了两瓶好酒，就着腌狍子肉和麻油拌苦菜。他能看得起额，他是真能看得起额呀。

说到这里他忽然哽住，说不出话来，便又独自喝下去一杯酒，之后用手指抹了抹两只嘴角，定了定神才说，额知道，村里人都看不起额，额也不在乎他们看不起额，额活得很知足，有吃有穿有老婆，还有书看，还想怎样？人一辈子还不就是这样，到终了人人都一样。额知道田利生的不少事，喝了点酒，就告诉你吧。

其实田利生和额一模一样，也是山沟里长大的穷小子，要甚没甚，可是人家比额有本事，挣了钱，又回山里盖度假山庄，钱不够，还能把别人的钱借来用。后来他就跑了，《孙子兵法》里的瞒天过海嘛。

他忽然吊起两只醉眼看着我，额早先问过他，你打包票这度假山庄能挣了钱？你猜怎么？他光是笑了笑，甚也没说，你说他这是甚意思？

我默默不语地抽着烟。

他这时候伸出一根指头慢慢朝我晃了晃，又使劲指着自己，那根指头在微微发抖，指了自己好半天才说出话来，额刘天龙一辈子就这样了，额认了。可有的人就不像额这样认命，你晓得田利生的本事有多大，他喝多了自己告诉额的，他当年下山的时候，身上就装着几块钱，晚上就睡在桥洞下面，在城里给人到处打工，什么营生都干过，连死人都抬过，后来赚了点钱还被人骗过，可是他后来还是挣到了大钱。他可是有本事的人哪。

这时候傻女人端着空碗蹭到了刘天龙身边，一边对我怯怯地傻笑一边看着盘子里的肉，见我看她便躲到了刘天龙身后，又探出一角脑袋来偷偷看我。刘天龙夹了两块肉放到她碗里，她高兴得手舞足蹈，又坐回板凳上去吃起来。我给他和我各倒了一杯酒，一口喝干，我说，连你老婆的辫子都是你给她扎的，不容易啊。

他拍着胸脯说，自己的老婆嘛，刚来了额家的时候，她瘦得像只毛猴，你看这会儿，吃胖了最少也有五六十斤。额就盼着额能比她多活几天，要是额先死了，怕她一天也活不了啊。

　　我想起了我的妻子，但我不愿对任何人提起她，我只愿把她埋在自己心里。我第一次见到她的时候，我刚去省城打工不久。我在城中村里租了间最便宜的房子，我开始四处找工作，一边找工作一边去大学里蹭课。城中村藏污纳垢，楼下是烟雾缭绕的麻将馆和粉色灯光的小发廊，还有肮脏的小诊所，门口挂着灰扑扑的白帘子，帘子上印着个红十字。栖息在城中村的除了村民，就是落魄的本地人和刚进城的外地人。

　　那晚，我一个人在楼下的小面馆里要了一碗面，一个女孩坐到了我对面。长头发长脖子，小眼睛，高颧骨，穿条短裤，光脚穿着拖鞋。她的右胳膊上有青色的文身。她也要了一碗面，然后递给我一根烟，自己也点上一根，老练地抽了一口，朝我喷出两个烟圈，嘴角半笑不笑，说，老见你在这儿吃面，外地人吧？我停下吃面，看着她，说，是。她说，在外面混不容易吧。我忽然就无来由地愤怒起来，说，你管我。她撇了撇嘴角，说了句，傻×。然后朝昏昏欲睡的服务员打了个响指，给我来四个啤酒。

　　两瓶啤酒喝完，我问她，你是做什么的？她握着瓶脖子说，我是本地人。我说，本地人怎么了，了不起？她把酒瓶往桌上使劲一蹾，用一个手指指着我的鼻子，说，傻×，你敢再说一遍。我扔下筷子，手中握了一个空瓶子，看着她，说，你到底想干吗？她呆了片刻，小眼睛里忽然泛着光，半笑着对我说，你知道不，你和别人真不大一样，我早就注意到你了，我看你快连碗面都吃不起了吧。我倒喜欢看你在那儿想事情，也不知道在想什么，哎，你说说，你倒是想出什么来了？

　　我手里还抓着酒瓶子，我很想告诉她，其实我考上了大学，只是我没去上，录取通知书就在我身上。但我什么都没说。

　　只听她又说，哎，要不咱俩处对象吧，在一起租房子能省下一个人的房租，还能一起做做饭，一个人的饭，妈的，真是不好做，剩个饭还得再买个电冰箱。再说了，这里的房租马上又要涨了，还不能月付，最少押一付三。

　　我说，你为什么不回家？她撇撇嘴，我自己跑出来的。我久久看着她胳膊上青色的文身，说，你多大岁数就跑出来了？她又招手要来两瓶啤酒，我们一人一瓶，瓶盖飞出去，她咣咣猛灌几口，嘴角挂着白沫，她也不擦一下，只咧开嘴，笑着说，十六，下雪天穿着秋裤光脚跑出来的，牛×不？

　　我们在城中村合租了一间出租屋，她有台旧电视机，还有炒瓢电饭锅碗筷等一套现成家什。她在出租屋的电灯开关上、门把手上、窗户上，都贴上了彩色的纸蝴蝶，还在桌子上摆了两个坐在一起的木偶人。在一起住了半年，她都没回过一次家，也从没有给家里打过一次电话。

　　住了半年之后，我提出要离开。那个晚上，她洗了头发，换了件干净睡衣，关好门窗，悄悄打开了煤气阀才在我身边睡下。我半夜被尿憋醒，只觉得头晕恶心，想喊人，却已经说不出话来，浑身像团棉花，我滚下床，挣扎着爬到门口把门打开，我俩才勉强捡回两条命来。此后她便没收了我的钥匙，把我关在出租屋里看电视，每天下班带饭菜回来给我吃，无论我去哪里她都寸步不离地跟着。我说，你觉得这样有意思吗？她说，你别想走，你就在家里躺着看电视。我什么苦都能吃，我也能挣到钱，我养你。

又过了一段时间，一个周末，她让我陪她一起去逛街。那天她特意扎了个高高的马尾辫，显得人很精神，中指上戴着一个几十块钱给自己买的戒指，她说戴戒指就表示自己快要结婚了。她一路上都拉着我的手。逛街的时候，我借口到公共厕所里上厕所，然后，赤手空拳地从她身边逃走了。

我对坐在板凳上的胖女人笑了笑，她像一个稚童一样盯着我，然后也无声地笑了起来。

这时候我转移了话题，我说，田利生这么赏识你，也没告诉你一声他去了哪儿？

他的目光似乎在我脸上停留了一下，并没有聚焦起来，又很快移到了猪头肉上。他看着那半盘肉问，他也借了你的钱？

我一惊，忙说，没，我根本不认识他，我就是觉得这个人挺有意思的。

他忽然语速很快地说，怎么个有意思了？甚就叫有意思？实话告诉你吧，你想找他，额比你还想找他呢，他跑了，额的工作也没了，额那工作成天写写画画，多好。

我说，那你去找过他吗？

他点点头，说，额倒是去山水卷找过他，前几年的事，当时山水卷的村民把他藏起来了，怕他被那些要债的人收拾了。他要是死了，他们的地也没了，旅游开发的事也泡汤了，他们肯定要保护他。结果额去了也没找到他。估计是他后来又从山水卷跑了。

我说，他自己跑了？为什么？

他说，山庄盖了一半，他不得想办法弄钱？不知道跑哪儿去了，后来也没见他再回来，估计是没弄到钱。

我说，现在地也不能种了，度假山庄又成了个烂摊子，说句实话，像他这样的人，你们恨不恨？

他看着我慢慢地笑了，露出了一嘴炫目的黄牙，他说，说句实话吧，一亩地四百块钱，人们还是愿意把地承包给田利生，为甚呢？因为现在种地根本不挣钱，不如包给别人还有两个租金。你说下山打工吧，额就不愿意去，租个人家的破房子，山下的人也看不起你，在自己家起码心里舒坦。现在这社会，人人都想着怎么致富，额村里的人本来还等着靠他的旅游开发挣钱呢，他倒跑了。不过田利生这个人其实并不爱钱，你是不知道，他平时连件好衣裳都不舍得给自己买，抽的也尽是赖烟，吃饭就吃一碗面，你说他要钱有甚用？所以嘛，他把挣下的钱都投到度假山庄里打水漂了。依额看，钱对他来说就是过过手，他自己都不留，恨他做甚？

我忽然就有些失态，刚倒的一杯酒居然就洒出去一半，我连声说，对，钱其实就是过过手，还不知道最后流到哪里。

我们又一连喝了好几杯，直到把一瓶酒都喝光。他趴在桌子上睡着了，发出一串轻微的鼾声。坐在板凳上的女人捧着那只空空的塑料碗，像小女孩一样看着我，我朝她看的时候，她便使劲对我笑。我指了指趴在桌上的刘天龙，试着对她说，他睡着了。她像是没有听懂，还是咧嘴对着我笑，嘴角垂下一道口水，一直滴到了手上。我摇摇晃晃地起身，走了出去。走到屋门口忽然听到后面有呜呜的声音，回头一看，却见她已经不在凳子上了，她过去抱住刘天龙，嘴里正发出呜呜的哭声。她又胖又大，刘天龙又瘦又小，看起来她像只柜子一样，能把刘天龙整个装进去。我想过去帮忙，又一想，终究还是没进去。

我离开卧在这山坡上的三间小屋，朝着自己的摩托车走去。在这山林里，即使醉酒摔倒也无妨，大不了就地在路边的草丛里睡一觉。这是我在山外渴望了多年的自在。

晚上，我举着一支蜡烛站在那张巨大的地图前。上高中的时候，我最喜欢学地理，尤其喜欢背那些花花绿绿的地图。再长的河流，落到地图上也不过是一条细细的蓝线，就像被施了魔法的龙，一直变小变小，直到最后变成了一只虫子。那时候看地图对我来说是一种享受，我会觉得自己获得了无限的自由，如大鸟一般，可以随意在那些高山大川之间往返。

事实上，在离开大山之后，我也确实流浪过很多地方，我每到一个地方，都遇到过自称是从洪洞大槐树迁徙出来的移民后代。我在广州做服装批发生意的时候，曾在一个村里见过一座王氏祠堂，祠堂里详细记载着这户王姓家族的迁徙过程，他们的祖宗是明朝洪武年间从山西洪洞迁徙过来的。

我在成都时曾经认识了一个女人，东北口音，她却说她家祖上是清朝时候从山西移民到东北的。她说她还是山西人，又问我打听关于山西的种种，说她一直想去趟山西，尤其想去五台山烧香许愿。她特别想有个自己的孩子，听说五台山许愿很灵。又说她们那个地方的人，不是移民就是流民，要么就是被派过去戍边的，没有几个是本地人。她在成都开一家按摩店，手里有几个花枝招展的姑娘。她自己四十大几了还没有结婚，无儿无女。后来她认了个十八九岁的干女儿，认亲的时候隆重摆了酒席，还邀请我去参加。那干女儿当场叫了声妈，领了一个六万块的红包。她对她干女儿说，只要你听话，肯为我养老送终，我死了以后财产都是你的。酒席上她喝醉了，抱着她的干女儿痛哭，一边哭一边不停地说，以后你把我当亲妈，我把你当亲闺女，你把我当亲妈，我把你当亲闺女。

过了没多久，她的干女儿就偷了她的全部积蓄逃走了。她反倒一滴泪都没有了，她笑着对我说，怕什么，当初老娘出来闯荡的时候也就这样，手里一分钱没有，晚上直接睡马路，不就是绕来绕去又绕回去了，地球还是圆的呢。再后来，她就消失了，不知道去了哪里。

我还曾在开封的一条老街上见到过一个卖馄饨的人，他长着一张外国人的脸，深目高鼻，却说着一口流利的河南话。我问他是哪个国家的人，他用围裙擦擦手，说，师傅，俺就是河南人，俺爷爷就是在这开封长大的。他的爷爷是北宋时候就来到开封的犹太人，来了就再没走。我说，你真不觉得自己是犹太人？他长长的睫毛在阳光下像鸟一样扑闪着，我发现他的眼珠是蓝色的，但他还是认真透顶地说，俺就是河南人，以前有人也回去过，后来又回来了，犹太人根本不认我们。

流浪的地方越来越多之后，我从大山里带出来的口音渐渐消失了，没人能听得出我到底是哪里人。我有时候会说自己是东北人，有时候说自己是山东人，还有时候会说自己是湖北人。我孤独地北伐、南征，事实上，我已无法向别人讲述我究竟来自哪里。在我看来，我出生的大山与任何地理上的划定都没有关系，它是隐藏在空间里的空间，是存在之外的存在，古老、坚固、缥缈。有时候我远远想起它的时候，都忍不住会怀疑它到底是不是真的。如果它并不是真的存在，那我便也不是一种真正的存在。那我所有的欲望和不甘也只不过是一种幻象。

夜已经很深了，还是睡不着。我披衣出门，沿着山路慢慢往前溜达。黑串在不远处发出甜润的叫声，dear，dear。一大片山林在晚风中摇摆，发出低低的呼啸声。满天都是星星，夜空就在头顶，那些星星似乎随时都能掉下来。我借着星光，不觉走到了听泉山庄的门口。那片废墟在黑暗中静默着，我隐约还能听到它的呼吸声，它看起来像极了我在城市里反复做过的那些梦境。

我坐在门口的石头上抽了根烟。山庄的梦幻感让我再次想到了那个叫田利生的男人。我能感觉得到，他一定还在这大山里，甚至，他可能就躲在离我不远的地方，一边抽烟一边默默地观察着我。想到这里，我不禁打了个冷战，起身朝四下里看去，只有寂静黢黑的山林。我却仿佛看到这无边的山林里浮出一张人脸来，这人脸越来越清晰，发着光亮，像灯笼一般飘到了我面前。他似有千言万语要和我说，却只和我默默对视片刻，便又消失了。

我打听到了，听泉山庄里那块霸气的莜麦地是属于兄弟俩的。这对兄弟都是老光棍，住在几里地之外的杏坛村，相依为命。我买了一块猪头肉，买了一壶八两醉，看那家店里卖的五香豆腐干也不错，便又称了二斤豆腐干，一起拎着上了摩托车。

　　据说这兄弟俩住的院子是全杏坛村最破的院子，所以很好找，我一进村就毫不费力地看到了这个院子。土坯墙塌了一半，院门是用细树枝扎起来的，我刚一进去，忽然有一只皮球那么大的小狗滚到我脚下，细声细气地冲着我叫起来，一边叫一边不停往后退。院子里有两间正房坐北朝南，西面搭了一间小棚子做厨房，房前种了几棵树，还种了一排黄瓜，有条黄瓜很老了也没人摘，大头朝下耷拉着。有个老人正抡着镐头在树下刨坑。听见狗叫便停下来，一手拄着镐头，一手搭起凉棚朝我这边张望。

　　我有些看不出他的年龄，只见他一头白发，脸上有一只很大的红鼻子，十分夺目，大概是酒糟鼻的缘故，鼻头通红，在阳光下看上去像颗草莓。两只小眼睛因为害了眼病，不停流泪，只是很勉强地睁着枚条缝。他驼着背，穿着一条很长的灰色涤纶裤，裤腰提得极高极高，一直提到了胳肢窝那里，又用红裤带使劲绑上，这使他看起来只有下半身没有上半身，好像两条腿直接就和脑袋连在了一起。

　　我心想，不知道这是哥哥还是弟弟。一边想一边朝他走去，那只小狗划着四只小短腿，一边倒退一边还不忘朝我叫几声，叫得有点敷衍，它看起来简直比一只老鼠大不了多少。我走到老人面前，他两只手紧紧扶住镐头，小眼睛十分警惕地盯着我。我对他晃了晃手里的酒肉，说，老伯，我也是这山里的，就是过来坐坐，找你们喝酒。在大山里，从一个村到另一个村串门喝酒是常事。他还是用两只手牢牢抓着镐头，沉默了片刻，忽然就语速极快极暴躁地冲我嚷了一句，额不认得你，回你行（家）去。

我正站在那里不知所措，右边那间黑洞洞的正房里忽然吐出一个人来。又是一个老人。这个老人看起来更高更瘦，拄着一支拐杖立在门口。他身上穿着一件很古老的旧军装，把扣子一直扣到最上面一颗，箍着皱巴巴的细脖子。他眯起眼睛打量了我好半天，然后朝我招手道，进锅舍（屋子里）坐坐来。

院子里刨坑的老人跳着脚喊道，你认得这人？瘸腿老人不耐烦地朝他做了个赶鸡的动作，不认得就不能说话了？快做你的活吧，管得真宽。说着，拄着拐杖把我带进了他屋子里。一进屋我感觉像掉进了山洞，周围黑咕隆咚，需要呆立片刻，眼睛慢慢适应了这黑暗，才大致看到了屋里的陈设。地上凹凸不平，有一张土炕，炕上连着冷灶，一只板柜和一只立柜一胖一瘦地站在一起，地上还有张破木桌，一高一矮两只凳子。我环顾了一下四周，发现屋里光线暗主要是因为窗户外面罩着一层牛皮纸，大概是冬天的时候怕冷，起保温作用，结果到夏天也懒得拆了，反正到了冬天还要用。

我把酒和肉放在小木桌上，说，老伯，能喝点酒不？他先看了我一眼，又盯着酒肉看了半天，好像在辨别它们的真假，然后冲着门外喊了一声，燕红啊。不一会儿，一个二十七八岁的姑娘走了进来。借着屋外的光线，我看到这姑娘长得倒眉清目秀，烫着卷发，穿一条绷得紧紧的牛仔裤。她进来看了我一眼，叫了一声，爸，咋了？他指指猪头肉，说，把肉切了，额们喝点酒。她有点不高兴地说，说不喝了不喝了又喝。但还是拿着肉去了厨房。

他坐在高凳子上，让我坐在矮凳子上，这样使他看起来有点居高临下。他指了指自己的腿，意思是那条腿不能打弯，只能坐得高高的。我说，是你闺女？他很得意地说，是额当年从垃圾堆上捡回来的，她刚生下几天就被爹妈扔到垃圾堆上了，额把她捡回来把她养大成人，还供她念完了初中，你晓得她现今在哪儿不？在广东，可挣钱了。

这时候我听见那姑娘对院子里刨坑的老人说，爸，你快歇歇吧，日头这么大。我心想，原来她管两个老人都叫爸爸，看来是被这兄弟俩一起养大的。别的小孩从小都是一个爸爸一个妈妈，她倒好，从小两个爸爸。这么想着，心里忽然就一阵难过。只听院子里的老人高声吼道，干不完歇什么歇？去哪儿歇荫凉？歇下来怎么活？歇下来吃甚？

过了一会儿，她把切好的猪头肉端了进来，切得薄薄的，拌了黄瓜丝，浇了醋，拿来两双筷子。我招呼她一起吃，她对我笑了笑，我给你们做面去。说罢又出去了，两条细长的腿挺好看，我心想，这姑娘在广东不知道干什么工作。

这时候地上忽然大摇大摆地走过去一只大老鼠，并不怕人，好像是按时出来散步的，倒把我吓了一跳。他却很镇定地说，额当是什么，一只毛姑姑嘛。家养的毛姑，和家里人一样。这时候我发现那筷子上面都是一层厚厚的油腻，好像几百年没有洗过的样子。他倒了两杯酒，催促我，吃嘛。我畏惧地看着那筷子，迟迟不敢动手。他慢悠悠地自己先喝了一杯，又往嘴里送了块猪头肉，嚼了，斜着眼睛看着我说，你不吃是嫌额脏，怵额下毒毒死你吧？

我忙说，怎么可能，我是不饿，早饭吃多了。他又给自己倒了一杯酒，像蜜蜂一样凑过去闻了闻，又小口喝了半杯，咂咂嘴，说，你不用和额犟，人总得动脑子吧，人不用脑子能行？人不用脑子那就是猪。你真不用和额犟，额是参加过二万五千里长征的人，参加过敌后武工队，额能不晓得？

我心里正想着他的年龄不大可能参加过长征，忽听见他使劲敲着筷子又说，你不用和额犟，怕额下毒毒死你是吧？你动个筷子不行？死不了，吃吧。我只好横下心来，拿起油腻腻的筷子夹了一块猪头肉送进嘴里。我俩碰了一杯酒，他有些高兴地说，你看，没把你毒死吧，你怕个甚？你真不用和额犟，额甚没见过？毛主席，周总理，额保证完成任务，额是民兵队长，小分队，跟额走，拿绳子捆了狗日的，这阵子就去村西头集合，快跟上额。

他脸上出现了一层梦幻般的迷狂色彩，他好像迷路了，又好像急于要靠近某种沉睡，一种古怪的沉睡绑架了他。在那么一两个瞬间里，他满是皱纹的脸上真的浮现出了几缕四十年前才有的光华，那种年轻璀璨的光华从很深的皱纹里忽然浮了出来，又在瞬间凋敝、消失。我明白了，这人可能脑子已经有点不清楚了，他已经分不清四十年之前和四十年之后的时间了。这些时间对他来说，已经如雨林里的藤萝交缠，永远地共生为一体。他甚至分不清楚自己到底是二十岁还是六十岁。

我给他满上酒，敬了他一杯，他神情恍惚地喝掉酒，嘴里又开始咕哝，你真不用和额犟，额什么都知道。

　　我说，我不和你犟，给我讲讲，你这腿是怎么瘸的？

　　他审视地盯着我看了好半天，才犹疑地说，你是上面来的干部？

　　我说，不是，我就是随便问问。

　　他有些微微的失望，但还是开口道，这腿，拐了好多年了。额在街上本来走得好好的，就被一辆车撞倒了，额可不是那种讹人的赖皮，额对那司机说，没你的事，走吧。那车就走了，结果额的腿就落了个残废。残废是残废了，不过一年能有一万块钱的残疾补贴，额和额大大（哥哥）就靠这一年的一万块钱过生活。你想想，一万块钱啊，这么多的钱还不够额和额大大花？额俩花都花不完。所以告诉你吧，不要以为额没有钱，额的钱多的是，额满足得很，一个正常人一年也挣不下一万块钱吧。额可是民兵队长，村里的民兵都得听额的，一个民兵跑过来告诉额，鬼子又进村了，额得拿枪，枪放哪儿了？你等着，额去问问额妈，她就躺在那张炕上。她老是病着，下不了炕，就一直在那炕上躺着，等一下，额要给她去送饭。

　　我下意识地扭过脸朝那张炕上看了看，炕上铺着一张墨绿色的油毡，油毡上面只有一卷油乎乎的被褥和一卷卫生纸。并没有一个人影。我忍不住打了个寒战。

五

那姑娘送进来两碗手擀面，刀工了得，面条切得如银丝一般，上面撒了黄瓜丝浇了西红柿卤头。然后就坐在一边看着我们，自己也不吃饭。我用叔叔对小女孩的口气问她，燕红啊，两个爸爸你觉得哪个更亲？她没说话，倒是老人喷着一嘴浓烈的酒气，用筷子敲着桌子说，哪个亲？额和他是一辈子合不来，他那脾气，见谁骂谁，连额也骂，要不是老子残废了一条腿每年能挣一万块钱，额俩吃什么喝什么？喝西北风？早把两张嘴吊起来了。

这时候忽听见有人在窗根下用极快的语速回骂了过来，一万块钱怎么了，没你的一万块钱还不活了？每天三顿饭是谁做？每天是谁去种地？是谁割的莜麦？老子每天给你做饭伺候你十来年了，你说甚说？

那姑娘朝我摆摆手，小声说，他们就这样，每天就在这院子里转圈，也不敢出门，也不和邻居交往，每天都要吵架，不过一会儿就忘了，他俩其实谁也离不了谁，少了一个另一个也没法活，就靠在一起相依为命呢。

屋里的老人不敢再大声骂回去，只是小声嘟囔着，告诉你，不要和额犟，人都是长脑子的，对不对？他抬起头看着我，又问了一遍，人都是长脑子的对不对？我说，对。他滋溜又喝下去一杯，然后又一杯。我说，老伯，你每天都怎么过的？他用手抓起一块豆腐干，咬了一口，细细嚼了，说，怎么活？慢慢活。

　　然后他低头看了看我碗里的面，说，快吃吧，里面没下毒。我端起碗往嘴里划了两口面，他见我吃了面，便笑眯眯地又问我，看你身上穿的衣裳不赖，你每天花五十块钱够不够？额看你不够。额还不知道，这社会，你肯定不止一个老婆，你说吧，你到底有几个女朋友？别以为额甚都不知道，额不会看电视？电视里演的额都记得清清楚楚，一个男的找了好几个老婆，说是女朋友。人总得动脑子的，对吧？额还是个民兵队长。

　　我又吃了一口面，说，我现在就一个人。他快乐地用筷子敲着桌子，你看，你看，额就说嘛，你一天花五十块钱肯定不够，你老婆和你离婚了？是嫌你女朋友多吧？好几个女朋友，一天花五十块钱怎么够？我看他挺高兴，便说，老伯，你呢，怎么一直没成家？他慢慢搬动了一下自己的那条瘸腿，就像在搬动一件笨重的旧家具，然后，他把脸慢慢扭向那张黑黢黢的炕上，他的声音听起来忽然有些悲伤，他说，额妈就躺在那张炕上，她病着，起不来，她一直就躺在那张炕上，她问额，二强，是你回来了？外面是不是下雪了？穿厚点，不要冻着了。

　　这时候那姑娘把酒瓶子抱走了，她说，不能再喝了，一天三顿要喝酒，都是喝最便宜的酒，四斤酒十五块钱，有一次喝得爬都爬不起来，躺了一段时间，就那段时间没喝酒，一下地就又开始喝。他哀求地看着她，闺女，再喝一杯，就一杯啊。她便又给他倒了一杯，顺便给我也倒了一杯。然后抱着酒瓶子出去了。

　　我俩把这杯酒也干得一滴不剩，我才问道，老伯，听泉山庄的游乐园里有一块莜麦地，可是你家的地？他昂着脖子，很得意地说，除了额家的还能是谁家的地？田利生那个偶人，一亩地四百块钱就要租额们的地，人都是长脑子的，对不对？四百块钱能花几天？花完了钱额们到哪里找人要钱去？只要还有地就不怕饿着，粮食才是额们的大事，以为额真没脑子？额是民兵队长，手下管着十几号人，毛主席，周总理，额都和他们老人家保证过的。

我说，那田利生也同意把你们的地留在游乐园里继续种？

他的眼睛看起来像是浸泡在酒精里的，通红通红，却越来越浑浊。他盯着我说，那偶人敢不同意？他不同意试试，额可是民兵队长。忽然，他趴在我耳边小声说了一句，额手里可是有枪的，谁不怕额？然后又抓起一块豆腐干扔进了嘴里，慢慢地慢慢地嚼着。

我说，那块地在游乐园里，那你们怎么进去种啊？

他有些不屑地看着我，怎么也不用脑子想想，人都是有脑子的嘛，肯定是有后门的，那后门的钥匙就归额保管。

这时候，从门外忽然跳进一个人来，冲着我们用极快的语速嚷道，你说钥匙归你保管？天天去种地的是额，钥匙在额身上，甚时候轮到你保管了？

我一看，是那个在外面刨坑的哥哥，此刻他驼着背跳到我们面前，两条腿上直接连着一个白花花的脑袋。我忙说，老伯，快歇下来吃口饭吧。他狠狠瞪了我一眼，额的活干不完就不吃饭，不像你们这些闲驴瘦马，甚也不干也敢吃饭？！粮食从地里长出来就是随便让你们吃的？你说，你打听田利生到底想干甚？

我吓一跳，忙站起来说，不想干吗，就是进去玩的时候看到你家的地还在游乐园里，种得还不赖，一年能打多少斤莜麦啊？

他吼道，地是额的，谁也别想租走，盖金龙宝殿也不行，给额金元宝也不行。

我说，没人要动你们那块地，田利生都没动，我就是想问问你们，那田利生后来到底去哪儿了？

他举起脸，气冲冲地对我又吼，额们不晓得，额们和他没关系，他开发他的旅游，额们种额们的莜麦。那偶人还想租额们的地？他小子试试。额现在还天每（每天）去种地，秋天就能打莜麦吃，别人家哪还有地种？现今这全村就额还有地，谁也不能动了额的地。

我被他的气势吓得后退几步，顺手拿起放在板柜上的一把扫帚端详起来，我找话说，这么软和，是不是拿马尾巴做的？他驼着背向我冲过来，一把抢过扫帚，吼道，不要动额家里的东西，甚也不要动。然后又冲着坐在凳子上的弟弟吼道，她燕红不要以为拿回来五万块钱就能吞掉额们的财产，财产是额们俩的，不能给别人，谁都不能给。回来了不就是吃额的喝额的，将来结了婚生了娃，再带回来一个小的吃额的喝额的。

弟弟瘸着一条腿，站不起来，只好使劲翻起眼睛看着哥哥说，额说藏在板柜里保险，你说会被毛姑姑咬，非要埋到地里头，埋到地里头就不会被人发现？等额们睡着了，人家偷偷进来就把钱挖走了，埋在院子里，一挖就挖到了。

哥哥又大吼，额把兀来大个坑都挖好了，棺材都能埋进去，还埋不下五万块钱？

弟弟说，人总得有点脑子吧，你到底有没有脑子？埋在院子里，黑夜被人挖走了怎么办？

哥哥咆哮着，那你倒是说，到底放到哪里保险？不埋到地里埋到你的骷髅里？

弟弟拄着拐杖拼命站了起来，哥哥驼着背冲上去，两个老人扭作一团，像动画片里的熊大熊二抱在一起嬉戏打闹。

趁他们打闹，我把口袋里的五百块钱放在板柜上，悄悄出了屋子。出门一看，那姑娘正无声无息地守在门口。她在阳光下对我笑了笑，笑容很是好看，她总让我觉得她不像是在这个家里长大的，好像和这个家里一点关系都没有。她说，从小就这样，我早就习惯了。顿了顿她又说，他们说的财产就是这两间破房。你不要怪他们，他们只是太没有安全感了，因为他们太可怜太不容易了，所以他们的任何东西都不允许别人动一下，他们怕自己仅有的一点东西都被人抢走。

我点点头，说，两个老人能养活了自己已经不容易了，能活在自己的世界里其实也挺好。她皮肤苍白，鼻子挺拔，从侧面看，下巴尖尖的，从她脸上隐约能看出她亲生父母的模样。我想，她小时候会不会奇怪，为什么别人都是一个爸爸一个妈妈，而她却是两个爸爸。只是心里想想，到底没说出口。

她看着地里刚刨出的那个坑，忽然有些疲倦地说，他们总怕被人骗了，其实就两间破房，哪有什么东西可被骗的。我这几年在广东打工，这次给他们带回来五万块钱，想让他们修修房子，可他们不愿意，一定要把这钱存起来，又不肯存到银行，说银行不安全。两人每天商量着把五万块钱保存到哪里，都商量了有十来天了，天天吵架，还是没个结果。过两天我也要回去上班了。在南方的时候，我总想回来看看，可一回来又想赶紧走掉。

我想应该对她说点什么，但终究没有再开口。

她把我送到门口，忽然说，你找田利生？早两年我就听村里人说过，田利生可能跑回他老家躲起来了，他老家那个村叫花前村，过了西塔沟，都快到老蜜沟了。这个人，我见过一次，有一次我爸爸带我去那游乐园里种荞麦，园子里没什么人，正好碰到他了，他一个人坐在木马上抽烟，见了我们还过来帮我们种地，其实人还挺和善。

这天，我骑着摩托车到镇上寄信。我每月给妻子写一封信，我从不留自己的地址，因为她根本不可能给我回信。不过这并不重要，重要的是，我一直在给她写信。

离开她之后，我辗转过好几个城市，干过各种活，又试着交过几个女朋友，却都无法长久。我仍然渴望成功，舍得用一个月的工资买一张成功学讲座的门票。我从不和过去的同学联系，也不想知道关于他们的任何消息。几年之后，我却还是在某一天回到那个城中村，四处打听她的下落，她居然还在那个城中村里租着原来的房子，当时那城中村已经被列入拆迁范围。再后来，我结婚了，我妻子就是她。结婚后我才发现，她其实比谁都适合做妻子，她喜欢默默守在我身边，喜欢做饭喜欢做家务，尤其喜欢蒸馒头。蒸馒头的时候，她总是独自待在厨房里，久久看着锅里冒出的白雾笼罩一切，她整个人会变得极其静谧安详。

庞水镇上有一个小邮局，邮局里常年只有一个男人上班。我每次去的时候，都见他穿着墨绿色的制服，像棵植物一样长在柜台后面盖邮戳。我会趴在柜台上久久看他盖邮戳，怀疑他晚上睡觉是不是也在这柜台后面，因为他看起来永远都一模一样，从不曾挪动过。他并不主动和我搭话，好像他根本就不需要和人说话，他只是埋着头盖那些黑色的邮戳。

寄完信走出邮局，阳光正从一朵巨大的云里钻出来，整个世界忽然陷入了一种意外的明亮，好像到处都是崭新的，到处都在闪闪发光。我坐在台阶上抽了一根烟，那邮局里的职员竟然也走出来了，坐在我身边问我要了一根烟。他居然有腿，并且会走路，我吃了一惊。我们俩坐在那满是灰尘的台阶上各自抽了一根烟，相互没说一句话。

邮局旁边是个破旧的小诊所，诊所里有个白胡子白眉毛的老中医，看起来至少有一百岁了。诊所门口长年立着一块木牌子，上面写着几句话："东方曰星，其时曰春，其气曰风，风生木与骨。南方曰日，其时曰夏，其气曰阳，阳生火与气，阴生金与甲，寒生水与血。"抽完烟，我骑着摩托车走了，他依然坐在阳光里，默然目送我远去。

庞水这个名字就是大水的意思，听起来颇为富丽堂皇，因为这个镇子是在三条河流汇聚处长起来的，最不缺水。新中国成立后在这里建了一个文谷河水库，那水库在冬天的时候会结成一面洁白的冰湖，大镜子一般，明晃晃地落在群山之间。冰湖上一马平川，开阔辽远，山峰隐匿，世界忽然变得浩荡洁净，大卡车都能轰隆隆驶过去。冰湖极大极璀璨，便衬得那镇子瘦小羸弱，瑟瑟地偎依在冰湖旁边。

前几年不知从哪里传过来旅游开发这几个字，全镇的人都在摩拳擦掌，做了不少小木船在水库上漂着，但深山里鲜有人至。到了冬天，这些小木船便一起被冻进了冰湖，像琥珀里的小虫子尸体。原先的相貌还在，只是不能动了，这种沉寂会在某个瞬间里忽然给人一种无来由的阴森感。

每次经过这镇子的时候，我都会想，田利生会不会就藏在这镇子里，就在这些来来往往的人群里，每一个擦肩而过的陌生人都可能是他。他的衣角倏忽闪过，出现在月夜的山林里，湖中的倒影里，出现在山鹡的叫声中。只是，我一直无法看清那张脸。在那么一两个瞬间里，他从人群中猛地回过头来，我却忽然看到了一张和自己一模一样的脸。我惊骇地发现，我已经变成了他，或者，是他变成了我。

他像我的一个梦境，我觉得我必须得找到他。

我决定去一趟花前村。从我这里到花前村，要翻过几座大山，经过几条大沟，八道沟、大沙沟、小沙沟、未后沟、西塔沟。再往前走就是老蜜沟，已经进入了原始森林的最核心地带。那里的植被基本都成了针叶林带，到处是高大疏朗的落叶松，只夹杂着少许青杆和白杆。因为海拔高，那里只坐落着极少的几个村庄。

早晨起来，带了两个凉馒头我便骑着摩托车上路了。路过一片白桦林的时候，我听到有啄木鸟在林子里，笃笃笃，有条不紊地敲打着树干。山民们把啄木鸟叫作花牵树得木，听起来更俏皮更明艳。白桦林的旁边还有一片红桦林，一白一红，唱戏似的。红桦的树皮不像白桦那么紧致结实，看起来颇有些衣衫褴褛的感觉，但那些红色的树皮在清早的阳光里鲜艳夺目，几近于要燃烧起来了。在我小时候，就用过红桦树皮做的帽子和书包。

每翻过一座山，经过一道大沟的时候，便能听到有很远很空旷的风声从深不可测的地方奔跑而来，衣服被吹得鼓起来，像只气球，似乎连人带摩托车都能被轻轻托起来，御风而行。所以每经过一道大沟的时候，尽管被山风吹得七歪八扭，我心里却十分喜悦，感觉自己马上就要飞起来了，连笨重的摩托车都在瞬间变得轻如羽毛。

越走海拔越高，山路两边的植物从花楸、糙苏、蛇床、舞鹤草渐渐过渡到亚高山灌丛草甸带，随处可见地榆、花锚、金莲花、木贼。鸟儿也从啄木鸟、褐马鸡、斑鸠过渡到了云雀、金雕、红嘴山鸦。走着走着，便见前方群山之间，天高云淡处飞过一只大金雕，两只巨大的翅膀稳稳托着流云，睥睨一切，迎着阳光悠扬骄傲地滑翔。我久久目送着那只金雕远去的背影。

已是正午时分，腹中开始感到饥饿，我停下摩托车，把两个凉馒头吃完，趴到河边喝了几口水。河边的草地上长满了眼睛一样的紫地丁，好像遍地都是柔软的目光。吃完我继续赶路，沿着河流又走了一段路，忽然看见河边栖息着一大群羊，一个放羊的老汉孤零零地坐在河边的石头上。看见我过来，他急忙向我招手，我停下摩托问他怎么了。他手里握着一支赶羊铲，脸上紫黑色的大嘴唇，笑起来的时候，嘴巴可以一直豁到耳根处。他笑着说，伙计，着急不着急走？不着急的话就跟额说几句话吧，好些天没人和额说过话了，憋死了。这羊又不会说话，羊要能说话额早就和羊捣歇（聊天）去了。

我看了看四周，除了他和一群白花花的羊，就是山林和草甸。我想了想，便放好摩托车，问他，这羊是不是都在午睡？他连忙点点头，说，它们刚吃了草舔了盐，晌午要歇两个钟头，头羊不动，大羊就不动，大羊不动，小羊就跟着不敢动。

头羊是一只威风凛凛的黑山羊，长着两盘大角，管理着一群温顺的白绵羊，白绵羊都蜷成一个团，看上去像一块块岩石。我掏出烟盒，递给他一根，自己也点了一根。我俩对着河水抽了会烟，他问我，去哪尔？我说，花前。他抬头看看天，那不远了，再翻过两座山就是。

他们放羊的一天动辄要走十几里路，所以看哪里都觉得近。一只小羊不愿再佯装睡觉，想偷偷溜走，老汉见状，并不起身追赶，只用羊铲射过去一颗石子，小羊便又乖乖躺下，继续装睡。两根烟抽完，我们到底也没说上几句话，我觉得有点对不住他，但还是决定继续上路。他也打算继续上路，便叫醒了头羊，那只威风凛凛的黑山羊亮着两只大角站了起来，于是，所有的绵羊都跟着站了起来，简直像一支训练有素的部队。山羊沿着河流往前走，后面跟着浩浩荡荡的绵羊部队。我骑着摩托车也慢慢向前走。

羊群准备过河了，这儿的河流从一片河柳里冷不丁拐出来，带着些野气左顾右盼，脚步湍急匆忙。那只山羊带头过河，走到河中央的时候，脚下一打滑，居然掉进了河里。后面的绵羊见头羊掉进河里了，纷纷跟着跳进河里，最后面的小羊们犹豫了一下，也跟着跳进了河里。顿时，一条河像煮饺子一样，漂满了大大小小的绵羊。绵羊不会游泳，只好一边挣扎着一边咩咩叫着，一边被流水冲走。

我见状，赶紧扔下摩托车过来帮着捞绵羊，老汉快要哭了，一边跳脚一边大叫，不要跳了不要跳了，你们怎么就不能长一点脑子。说罢扑通一声跳进了河里，手忙脚乱地扛起一只绵羊，再扛起一只，绵羊在他肩膀上哀哀地哭叫着，自己跳进去的，也不知道在哭什么。我们折腾了半天，最后还是淹死了好几只绵羊。老汉守着一堆绵羊的尸体，好像农民在秋天刚刚收成的棉花。

村里人要开着拖拉机过来接他和羊，而我打算继续赶路，他为了表示对我的感谢，送给了我一只刚刚淹死的小羊，说羊羔肉最是鲜嫩。我看看天色，已经下午光景了，西行的阳光开始迟钝下去，不敢再逗留，我便把死去的小羊绑在摩托车的后架上。它摸上去四肢柔软，好像还活着一样。

六

因为海拔的原因，能感觉到山林里的凉意越来越重，脚下的泥土也渐渐变成了深色的黑毡土。两边的油松和冷杉变得越来越高大粗壮，高高的树冠连得遮天蔽日，连一丝阳光都透不进来。林子里的很多地方还残留着去年冬天的积雪，这些积雪可能终年都化不掉。山林的深处隐隐能听到大鹭的叫声，阴森凄厉。

太阳已经开始落山，苍鹰的身影飞进夕阳里，接着，那最后的金色光线也一点一点消失了。即使是日落之后行走在这样的原始森林里，我仍然没有感觉到任何恐惧，我真正的恐惧，其实都在人群里了。在我最充满征服欲的那些时候，其实也是我最恐惧的时候。我做过搬运工、洗碗工，做过服装批发，做过调料推销员，开过小超市，开过小饭店，再到酒店，再到金店。那些往事像用玻璃垒起来的，垒到一定程度的时候，却发现一切竟是透明的，就像不曾存在过一样。那是我创造出来的一个乌托邦。

一弯冷月从山林间升了起来，云朵流动得很快，看起来像是月亮正在云层后面奔跑。山林间的积雪反射着冰凉的月光，高大的冷杉像剑一样刺向夜空。走着走着就看到，前面隐隐出现了几点微弱的灯光，那是个隐藏在森林里的村庄。

果然是花前村。我有些纳闷，这样一个原始森林深处的小村庄，终年有积雪不化，为何给自己取名为花前。村里只有七八户人家，最边上一户人家的大门洞开着，门上还挂着一盏红灯笼。山风呼啸而过，红灯笼在风中左右摇曳，血红色的灯光溅了一地。

我扛着那只死羊进了院子，院子里又是狗叫又是鸡叫，还有猪在什么地方哼哼，听起来像进了动物园。我打量了一下这院子，借着月光能看到院子里坐着三间房，奇怪的是，只有两间的上面盖了二层，而且二层比一层瘦小一圈，看上去像小孩子过家家把积木随便搭了上去。

其中一间房里亮着昏黄的灯光，我推门进去。屋里有一男一女，男的坐在自制土沙发上，很瘦小，剃着个光头，小眼睛，留着两撇八字胡，八字胡下面有两颗巨大的门牙，他正像只大兔子一样一边剥着吃花生一边喝酒。女的则很丰满，黑色紧身衣绷在身上，到处波浪起伏，一只眼睛稍微有点斜视，头发染成栗色还烫了，挂着一头卷儿，她一手端着酒杯喝酒一手往铁皮炉里扔柴。这森林最深处的村庄一年四季都得生炉子驱寒驱潮。

我说，我来这里找人结果迷路了，能不能借宿一晚上？我可以出钱。我又指了指那只死羊，说，这羊羔是今天刚死的，淹死的，不是毒死的，也送给你们吃肉。男人用小眼睛盯着我看了几分钟，又盯着死羊看了几分钟，忽然咧开嘴笑了一下，一嘴黄牙，招呼我道，伙计，来找人的？尽管住下，来，先过来喝杯酒再说。又对炉前的女人说，老婆，快去拿根猪尾巴来。然后，他又笑嘻嘻地看着我说，额可保存着好几条猪尾巴呢，自家舍不得吃，都给切人（客人）留着呢。本来还保存着个猪鼻子，一直没切人来，额就自己吃了，早知道就给你留着嘛，是不是？

女人把一条粗大的猪尾巴端了上来，还添了一个酒杯。他给我倒了杯酒，我一看，酒装在一只大葫芦里，有点仙气，喝了一口，好烈的高粱酒，感觉和喝酒精差不多。他给我抓了一把花生，说，尝尝，这是额自己种的。我剥了一颗花生，扔到嘴里，生的，很涩，像是刚从地里挖出来的。我说，吃着不赖，你还会自己种花生？他抿了一口酒，有些不屑地晃晃光头，种花生？小看额了吧，你看看这锅舍（屋里）的家具，每一件都是额自己做的，柜子是额自己打的，这沙发是额自己包的，还有这房子这院子，都是额自己盖的。他又拎起一段猪尾巴朝我晃了晃，这猪也是额自己养的，额养猪，从来不喂什么乱七八糟的泔水，额就喂它粮食和土豆，吃得和人一样好，额养的猪那都是无公害猪。你去附近几道沟里打听打听额田中柱是什么人物？额不骗你，额还真是个人物。

说罢，他骄傲地和我碰了一下杯，一饮而尽，然后，剥出一粒花生，高高抛起来，用嘴稳稳地接住了。

我打量了一下周围，房间里的家具倒真不少，有床有立柜有平柜有茶几有沙发，还有两只花凳，上面摆着两盆呆头呆脑的万年青。柜子上地上还摆着很多根雕和葫芦，天花板上也挂着大大小小的葫芦，挤眉弄眼地看着我，最大的一个简直有半个人那么大，老态龙钟，像个葫芦爷爷，我好像不小心闯进了葫芦的老穴。所有的家具上都落着一层厚厚的灰，看起来已经有几千年没有打扫过了，出土文物一般。

我说，难道这根雕也是你自己做的？他不解地看了我一眼，好像我的问题着实羞辱了他，他反问我道，不是额做的是你做的？连这吃饭的木碗，看到没，都是额自己做的。这葫芦也是额自己种的，上面都刻了画的，三打白骨精，猪八戒背媳妇，要什么有什么，你要不要买几个？这花凳也卖，价钱嘛，你看着随便给，反正都是额亲手做的，几百不嫌多，几十不嫌少。

　　我喝了一口杯中的酒，呛得嗓子疼，但猪尾巴卤得真不错，绵软入味。我啃完一截猪尾巴，说，看不出你还这么心灵手巧。他又往嘴里扔了一颗花生米，把两只手得意地叉在胸前，我注意到他的右手上少了半根指头，使那只手看起来像某种武器一样可怕。他冷笑一声说，你以为？额当年技校毕业的时候也是个人物，额从小练过武术，会缩骨功，有一次打架被关起来了，额就用缩骨功跑了出来，再抓老子，老子还用缩骨功跑出来，看谁还敢抓老子。额还会电工，额可是一个好电工啊，所有的电路问题，不管大大小小，额都能解决。你也不去打听打听，额田中柱是谁？告诉你吧，额真是个人物，年轻的时候有人让额去国家安全局上班，只要交一万块钱就进去了，可是额不愿意，守着老婆过小日子多好。额不喜欢受人约束，不喜欢成天坐在办公室里上班，额要是愿意，早就在国家安全局上班了。额这个人就是喜欢自由快活，啊，喜欢自在散澹。额也不愿意跟他们出去打工挣那几个辛苦钱，在山里多好，守着老婆，能种地，还能上山打猎。你不知道额枪法有多准，额年轻的时候进山打猎，跟着野兽一跟就是七八天，也不睡觉，什么花豹狗熊野猪，都打到过。对了，那副花凳你到底要不要？便宜卖给你。还有那只最大的葫芦也便宜给你，上面刻着寿星佬儿。

　　我咳嗽了一嗓子，有些不好意思地说，我骑着摩托车，不好带啊，以后再说吧。他立刻说，怎么不好带，额给你绑在摩托车上。话音一落，我们俩都沉默了下去。沉默了半天，为缓解尴尬的气氛，我站起身来到处游弋参观，看到这屋子还套着一个里间，我便进去参观。里间地上摆满了各式各样的工具，刨子、电焊机、切割机、电圆锯、电钻、气钉枪、车床，和墙上杂乱无章的电线及一大堆插板连在一起。我忽然感觉自己像来到了科幻电影的某个空间里，周围的世界忽然就变得不真实起来，连外屋的那两个人也忽然像外星人了。这些工具上也落着厚厚一层灰，几千年没有打扫过的样子，使我意识到，这还是在田中柱的家里，我并没有游离到外星球上。

回到沙发上我俩继续喝酒，我说，老田啊，你从哪儿弄了这么多工具？他正嚼着一颗花生米，嚼着嚼着就得意地笑了起来，好多都是额自己用破零件做的，那台电焊机看到了没？就是额自己做的。我大惊，你还会做电焊机？他一边对我笑着一边忽然伸出了那只缺了指头的右手，在我面前炫耀地晃了晃，像是怕被我抢走，又赶紧收回去了。他指着那只手说，晓得这个指头怎么没的？就是被这玩意儿切下来的，就像切菜一样，那指头掉下来了自己还能动。这不，额指头少了一根，少一根就少一根嘛，什么了不起的事，额眼睛都没眨一下，额起码自由，自曰多好。你说，自由好不好？

我说，对，挺好挺好，老田，我得敬你一杯酒。他高高兴兴地连喝了几杯，喝得小胡子上都是酒，在灯光下亮晶晶的。他忽然摸着光头站了起来，摇摇晃晃地走到床前，从床下拖出一只尿盆来，他笑嘻嘻地问女人，老婆，你说额尿到哪儿去呢？然后，不等老婆回答，他就叮叮当当地尿到了盆里。

为了能盖住这撒尿的声音，我大声说，老田，你家里哪来的这么多灰？怎么像刚从地里刨出来的。他心满意足地尿完，抖了抖，放下尿盆，又摇摇晃晃地回到了沙发上。他脸上的表情越来越明媚喜悦，好像一晚上发生了很多欢天喜地的大事。他指着女人说，额老婆不喜欢打扫卫生嘛，不喜欢就不扫嘛，灰多点就多点嘛，又死不了人，你说是不是？钱少就少花点嘛，又死不了人，你说是不是？额和额老婆天每（每天）都过得高高兴兴，想干甚就干甚。额和额老婆说，你想和谁睡就和谁睡，主要是图个高兴嘛，啊，图个高兴。额老婆有二十几个相好的，就是图个高兴嘛，额们过得比鸟儿还自由。

说到这里他扬起小眼睛看了看挂在墙上的歪歪斜斜的破钟，忽然说，九点了，到了额睡觉的时间了，一到点额就睡着了，额先去睡了，你们俩聊吧。说罢起身走到床前，脱了外面的裤子，穿着一条脏兮兮的绒裤钻进了被子里，然后悄无声息地用被子蒙住了头。过了大约一分钟，最多一分钟，我便听到被子下面传出了有节奏的鼾声。

那女人把手里的酒喝完，把最后一根柴扔进了红红的炉膛里，把炉门关上，然后斜眼看着我。我有些心惊，想，她为什么要这样看着我。后来一想，她的眼睛斜视嘛。那女人放下杯子，站在炉子前，两只手搭在肥硕的胸前，有点像报幕员。她沉默片刻，似乎有些犹豫，但还是问了我一句，你……不睡？我忙笑着说，时间还早，睡不着啊。她依然站在那里没动，两只手还搭在那个位置，来回搓着。

她又沉默了一会儿，忽然低下头看着自己的两只手，一缕烫过的卷发垂下来遮住了她的一只眼睛，她挑起那只眼睛，用眼风斜斜瞟了我一眼。我忽然有些紧张，胡乱拿起一只杯子，问，我口渴，哪里有水？她指了指蹲在墙角半人高的大水瓮，我走过去拿起葫芦瓢，舀水喝了几大口。

喝完水回头一看，那女人已经走到了床前，她指了指沙发又指了指地上及床上，说，你随便睡，想睡哪儿睡哪儿，额也睡了。说罢上了床，也拿起被子蒙住头，很快就无声无息地睡着了，把我一个人留在了空荡荡的地上。在昏暗的灯光下，那两个蒙在被子里的人安静得有些吓人，像两颗埋在土里还没来得及发芽的土豆。

我走到院子里点了一根烟，那只狗冲我有气无力地叫了两声便也悄无声息了。松树清冽刚劲的冷香塞满了整个院子，如同一场冰凉的大火在燃烧。只有原始森林深处才有的神秘像只巨大的野兽，无声地行走在我身边，我看不到它，却能感觉到它的呼吸就蹭着我的鼻子。月亮再次从云层后面钻了出来，冷冷注视着大地上的一切。我一边抽烟一边在院子里徘徊，我明白了，这个女人是拉偏套的。没想到，直到现在，大山深处还有女人操持着这种古老的营生。

我和衣在沙发上迷迷糊糊睡了一觉，第二天早晨，天还没亮，就见院子里已经烧起了一堆熊熊大火，火光在晨雾中挖出了一个明亮的大洞。火上架着一口澡盆那么大的铁锅，猛一看，还真的以为是架起了澡盆子准备洗澡。我凑过去一看，锅里煮的都是小土豆，老田正叉开双腿，扎着马步，用一把铁锹使劲搅土豆。我说，老田你这是在做早饭？怎么做这么多？他头也不回地说了一句，额家从不吃早饭，这是猪食。

天渐渐亮了，晨雾褪去，整个院子慢慢从黑暗中浮了出来，带着点不情不愿。火堆在晨光中渐渐枯瘦下去，热气腾腾的猪食熟了。老田喂猪的时候我认真参观他的院子，发现院子里有五间房的地基，却只盖了三间。我问他为什么，老田慈祥地看着自己的几头猪，说，盖了三间就没钱盖了嘛，能盖几间算几间，是人盖房子，又不是房子盖人。

我看见院子里有棵枣树，枣树杈上挂着的玉米穗子比我见过的玉米都要小，就好奇地问，老田，你这玉米是什么品种？这么袖珍，你的小土豆也是袖珍品种？

这时候他老婆也起床了，正在院子里梳头，她打着哈欠接了一句，没钱买化肥嘛，纯天然的，可不长这么小。

我又踱步到鸡笼子前，一看，里面养着几只草鸡、一只公鸡，居然还有两只褐马鸡。我说，老田，你居然养褐马鸡，你怎么没养两只孔雀？他笑得小胡子都翘了起来，大嘴咧开，露出了三十二颗牙齿，说，以前养得更多，还有珍珠鸡，额还驯了只老雕，厉害得很，后来都死了。我说，可惜了，怎么死的？他老婆不紧不慢插了一句，饿死的。

这时候老田已经把那口刚煮过猪食的大锅洗得锃亮，他兴致勃勃地敲着大锅说，今儿晌午吃羊肉，就把你夜里带来的那只羊羔给煮了，吃羊羔肉再喝点酒，别说国家安全局，叫额去做神仙额都不去。说着说着他的口水已经流出来了，忙擦了一把。他又围着那口锅手舞足蹈，看看，这口铁锅也是额自己打的，费了不少铁哪。我大惊，你还会自己打铁？他不屑地看了我一眼，敲着他的大锅说，打铁算什么？你记住，这世上根本就没有额不会的事情，额田中柱大小也是个人物。看看这锅，煮两个猪头不成问题，煮一只整羊也不成问题。今儿吃你的羊，等额过年煮了猪头，把猪鼻子和猪耳朵都给你留着，你年后过来，放开肚子吃。

等到中午时分，果然吃到了喷香的煮羊肉。我们三人围着桌子，一边大块吃羊肉一边喝酒，他老婆酒量惊人，一眨眼就悄悄灌下去好几杯，看样子能轻易把几条大汉放翻。我惊叹，好酒量。老田一边啃羊骨头，一边说，额和额老婆说，你想喝酒就喝酒，想抽烟就抽烟，想睡谁就睡谁，人就图个高兴嘛，要不图高兴，额老早就去国家安全局上班了嘛，哪有守着老婆好？你看额家门口一年四季挂着红灯笼，不过年不过节也挂着，就图个高兴嘛。有一次额小姨子来额家，黑夜等额老婆睡着了，额就和额小姨子睡到一起了，快活嘛，人活着图甚？就图个快活。

他老婆一只脚踩在椅子上，嘴里啃着羊肉，斜着眼打量他一番，就你？

他觍着脸从羊肉里剔出几块小拐骨，拿块破布纽细擦了半天，然后把羊拐骨捧在手心里，像捧着一团雪花。他笑着对老婆说，就是说个笑话逗你高兴，等额把这羊拐骨染成红色了给你玩，好不好？四块羊拐骨，还差个乒乓球，额也给你做。

七

我酒足饭饱地歪在椅子上打着嗝儿，慢条斯理问了他一句，老田啊，你们这村里的人是不是都姓田？他啃着羊蹄点点头，大部分姓田，几辈子以前就是一个老祖宗。我说，那你们不都成亲戚了？他说，出了五辈子就不算亲戚了。我忽然像想起了什么，问道，有个叫田利生的人你认识不？是不是就是你们村的？

他把脸从羊蹄上抬了起来，看着我忽然意味深长地笑了一下，两撇小胡子一抖动，说，额和他打小一块放牛一块耍，你说认得不认得？你说过来找人，就是找他吧。我说，这人真是你们村的？他在八道沟那边开了个度假山庄，你知道不知道？

他抱着那根羊蹄又慢慢地啃了一会儿，啃得只剩下了一根明晃晃的骨头，然后扔给了趴在地上的狗。他似笑非笑地看着我说，先说说，你找他干甚？我忙说，其实也没什么事。他说，你是不是也觉得田利生很有本事？我正不知道该如何搭话，只听他又继续道，人家十几岁就下山了，在城里到处做买卖，听说挣了大钱，可不是有本事的人？

我刚想开口，他忽然语气一拐，自己把话接上了。他声音忽然变大变粗，像他身体里住着的另外一个人猛地探出了方形的脑袋，他说，人人说他有本事，你倒给额说说看，什么叫有本事？到底什么叫本事？

我一时愣住了，但很快就明白过来，现在他根本不需要我的回答。果然，他又继续，额俩光屁股时就在一起耍，田利生有几斤几两额还不清楚？放牛他不如额，打猎他不如额，手巧他不如额，额能打到豹子，他打到过甚？种地他不如额，额一个人种了几十亩地，额能一个人盖房子，额能一个人打家具，额能用破零件组装电焊机收音机，额连剃头都能自己给自己剃，你看额这光头剃的，不赖吧？你倒是给额说说看，到底什么叫有本事？

他用缺了一根指头的右手拍着桌子，脸涨得通红，披在肩上的衣服也掉了下去，露出了穿在里面的背心，我看到背心上印着几个红色的大字——金万程轮胎。他老婆咣当扔过来一条羊腿堵住了他的嘴，她说，快少说几句吧，额跟着你没饿死就算不赖了。说罢又一仰脖子，滋溜下去一杯酒。他又要跳起来辩解，我忙说，你可能还不知道吧，这田利生为了盖度假山庄欠下了不少钱，被人到处追着要债，现在都不知道跑哪儿去了，他会不会就在你们村？

他呆了一呆，好像一时没听明白我在说什么，片刻之后又像恍然大悟一般，把掉下去的衣服重又披在肩上，笑嘻嘻地对我说，欠了人好多钱？怪不得你上来找他，额晓得了，你是公安局的。我忙说，不是不是，我就是想找他说说话。他独自点了点头，若有所思地说，那额晓得了，田利生欠了你不少钱，你是来讨债的。

我又要否认，他却忽然扭过脸来，神秘地笑着对我说，要是欠了你钱，那额得告诉你，额在山里头真见过田利生一回。去年额去西塔沟打猎，在林子里忽然撞见了他，他和另外两个人在一起溜达。额说，你甚时候回来的，也不回村里坐坐？他说，过阵子就回村里去，这几天忙，和朋友谈个事情。他指了指和他一起走的那两个人，介绍道，这是额的朋友，原来在八道沟的那个木材厂里上班。额们有事，先走了，回村里了找你喝酒。他们三个就走了，他后头一直也没回村里来，额在山里也再没碰见过他。

我大惊，问，他说的那个在木材厂上班的人长什么样？他又独自喝了一杯酒，歪头想了想，说，就瞟了一眼，谁能记那么真，也就是个普通人样。我说，个子呢，个子高不高？他又倒了一杯酒，却举着酒看着他老婆说，老婆啊，你看看这有本事的人到头来欠了一屁股债，你说你是跟着他好还是跟着额好啊？他老婆撕了一块羊肉，回他说，少放屁。

他又扭过脸来，兴高采烈地对我说，伙计，你说说看，你说他田利生真比额有本事？他能强到哪里去嘛？最后还不是躲回山里来了，哪有额过得自在。

说完他把杯里的酒咣当灌进了肚子里，然后，看了看墙上的破钟，忽然说，到额午歇的时间了，你坐着，吃着，喝着，额得先睡会儿。然后摇摇晃晃地站起来走到床边，娴熟地钻进了一堆皱巴巴的被子里，把头严严实实蒙住，立刻又睡着了。

回去的路上，我一直在想，如果田中柱说的是真的，那和田利生在一起的那两个人究竟是谁。可能是周龙，也可能是别的工人。难道他们一直就在这山林里没走？他们又怎么会和田利生在一起？

一只赤狐在前面闪过，它回头看了我一眼，倏忽便没有了踪影。一阵山风袭来，整个山林发出了沉闷沙哑的喘息声，我像行走在一片巨大的肺里。这山上的几道大沟都幽深不可测，没有人知道那些大沟的尽头到底通向哪里，也没有人知道这山林的深处究竟埋藏着多少秘密。想在山林里找到一个人，几乎是大海捞针。

天黑下来了。我在幽寂的黑森林里赶路，一边想起了很多往事。我想起了很多年前的夏日傍晚，那时候，木材厂还没有倒闭，我和周龙躺在厂门口那条河里的大石头上，偷偷观察工人们下班以后的动向，谁和谁在谈恋爱，谁和谁刚闹了别扭，谁喜欢一个人进山采木耳，我们都知道得一清二楚。等天彻底黑下来之后，我们躺在尚有余温的大石头上，听着耳边潺潺的流水声，看着身边飞来飞去的萤火虫。

我又想起在城市里生活的这么多年，就是在路边看到一棵树，我都会习惯性地走过去看看树底下有没有蘑菇。我父亲过世前，住在我买的楼房里死活不愿用有马桶的卫生间，一定要远远跑到公厕去上厕所。我忽然想到，让一个人彻底放弃自己的习惯真的是一件很难的事情。这个想法在已经被黑暗笼罩的森林里发出了奇异的光亮。猫头鹰藏在什么地方哀鸣，我恍惚看到路边的黑森林里静静立着三个没有脸的人，石像一般，他们正无声无息又满怀心事地看着我。

又一个黄昏，我独自来到听泉山庄的门口。木材厂改成度假山庄之后，门前的那条河还在，河里的那几块大石头也还在原处。我躺在那块最大的石头上，等待天色一点一点暗下来。半透明的黑暗像植物一样从山林里、河水里长了出来，很快就淹没了大地上的一切。我躺在那里，多年前的那些人和事如在眼前，我伸手就可以摸到他们，仿佛中间这二十年的时光其实并不真正存在过。我恍惚看到周龙就躺在我旁边，一边听流水声，一边伸手捉住了一只萤火虫。我对他说，这么多年你都去哪儿了？

没有人应答，只有在黑暗中愈发清晰的流水声包裹着我。我定睛往四下里一看，除了我，并没有第二个人影。山林与巨石都已经隐匿于黑暗，边缘清晰可触。不远处的听泉山庄死寂地蛰伏在黑暗中，与平时并无不同。

我连着去河边守了多夜，都没有看到任何人影。二十年前的那些人和事，再次变稀薄变透明，当我向他们走去的时候，他们朝我笑着，却从我身体里穿行而过，了无踪迹。

这个晚上，我在河边的大石头上一直坐到深夜，抽了半包烟，只听到附近有黑串在叫，开始有困意袭来，我便起身，准备回去睡觉。

从山庄门口经过的时候，我忽然就产生了一个奇怪的念头，想进去看看它半夜的样子。于是我翻墙进去，穿过那片杨树林，朝着那片鬼影幢幢的废墟走去。

一轮残月挂在高大的树枝上，大嘴乌鸦站在月亮里啼叫。我一步一步地往前走，仿佛听到脚下踩到了什么呻吟声。我有一种奇异的感觉，我只是站在了天地间的一重空间里，在我的脚下和我的头顶，还有数层空间，我认识和不认识的人正在其中来来去去，熙熙攘攘。

前面就是那幢黑黢黢的宾馆，宾馆的后面就是那几个梦境一般沉睡的园子。它在黑暗中看上去分外庞大和沉寂，我在那幢楼下点了一根烟呆呆站立了一会儿，任由四面八方的荒凉包裹着我。一根烟抽完，我用力碾灭烟头，再抬起头的时候，忽然发现宾馆的一扇窗口亮出了很微弱的光。我浑身一哆嗦，疑心是自己眼花了，揉了揉眼睛定睛再看，确实是一点微弱而惊心动魄的光亮。

我循着那点光亮进了宾馆的大门，爬楼梯上了二层，我屏住呼吸，无声无息地走到了那个房间门口。我轻轻推门，门虚掩着，一推就咯吱一声开了，散发出木质腐败的味道。

房间里有两张床，中间一只床头柜。然后，我看到地上坐着三个衣衫褴褛的人，围着一支正燃烧着的蜡烛，他们正坐在那里聊天。听到门响，那坐在地上的三个人不约而同地朝我扭过脸来。

尽管十几年没有见过了，我还是立刻就认出，其中一张脸竟是周龙。另外一张脸似曾相识，当后来看到他的那条断臂的时候，我忽然想起来了，他是老井的那个儿子。还有一张脸是我从没有见过的，一个陌生人。

他们围着一支蜡烛坐着，蜡烛的旁边摆着一壶茶。周龙看到我似乎并没有太大的意外，他让我也坐下，从床头柜上拿了一个空杯子，给我也倒了一杯茶。我喝了一口，是拿金露梅嫩叶晒的茶。

我们四个人默默地坐着，一时无话，我终于先开口道，我们有十几年没见了吧。周龙的脸在烛光里忽明忽暗地跳动着，我有些看不清他的表情，只见他点点头，说，有十几年了，时间过得真快。我说，这十几年你都去哪儿了？他说，哪儿也没去，我一直就在这山里。我惊讶道，你从来没有下过山？他静静地说，从来没有。我说，那你这十几年在山里都干吗呢？他似乎笑了一笑，然后沉在一团暗影里说，可做的事情太多了，打猎、采蘑菇、摘野果、晒茶叶、酿酒，晚上泡壶茶一起聊天，可以一聊就聊到天亮。

我听到自己的声音开始发抖，有那么多可聊的吗？他的脸被烛光劈成两半，一半是明的一半是暗的，我看到明的那一半在烛光里柔和地笑着，像极了多年前我们一起在他宿舍聊天的那个夜晚。然后，我听到他说，可聊的多着呢，我们想说的话说都说不完。

我忽然想起来，宾馆的这个位置正是从前木材厂职工宿舍所在的位置。我看着那团烛光，不由打了个冷颤，踌躇半天还是说了一句，这宾馆是不是就盖在咱们厂以前的旧宿舍上面？周龙没有说话，只是坐在那里，安静地微笑着。他什么都不问我，不问我这么多年去了哪里，都干了些什么，他一句话都不问。这让我越来越感到惊慌，我把那半杯茶一口气都喝了下去，还是觉得口干舌燥。

我舔了舔嘴唇，转脸对老井的儿子说，我去过你家，还在你家住了一晚，你记得不？他用那只完整的胳膊给我添了茶，目光柔软，同样安静地对我笑着说，你记错了，我从来没有见过你。我有些绝望地说，怎么没见过？你姓井，你爸爸在村里开了个农家乐，你妈是个瘫子，对不？他只笑着摇了摇头，却不再说话。

我又扭脸对那个陌生人说，你是哪里的朋友？也是我们木材厂的吗？我怎么从来没见过你。那男人盘腿坐着，上身纹丝不动，也对我笑笑，说，我就是这山里人。我问，哪道沟的？他笑着说，在这深山里，处处可为家。我忽然就脱口而出一句，你是田利生吗？

他在烛光里甚至都没有再看我一眼，只平平静静地说，朋友，你认错人了。我忽然就有些失控，我对这三个人大声说，你们认识田利生吗？就是建这个山庄的老板。我想和这个人聊一聊，就只是想聊一聊，我有很多话想和他说，我知道他想干什么，我知道他为什么要建听泉山庄。

他们三个好像根本没有听见我在说什么，周龙对那陌生人说，刚才讲到哪儿去了，继续啊。那人便又讲了起来……第四天晚上我偷偷去天桥下一看，他还睡在那天桥下面，他的那匹白马就拴在旁边。白天这里不许流浪汉放铺盖，他白天就骑着马在城市里到处捡垃圾，靠吃垃圾为生，只要看到有字的纸就捡起来保存着，他把这些有字的纸攒起来装订成一本厚厚的书，晚上就躺在马路边看这本书。我偷偷躲在一边，见他躺在了路边，在身上盖了一条很脏的破被子，捧起那本自己装订的书，很认真地一个字一个字地看着。我觉得不忍心，便忽然从暗处走了出来，他有些吃惊地看着我。我要给他放下点钱，他坚决不要，我拿出一个面包给他，他也坚决不要。我在他面前呆呆站了一会儿，说，你的马怎么办呢，城市里没有草原，它吃什么？他说，我的马从来不吃草。然后他又低下头去看书，我只好离开了。到了第五天晚上我又去天桥下一看，他已经不在那儿睡了，他的马也不见了。因为我发现了他，所以他骑着马走了。以后我再也没见过他……

我忽然有一种天方夜谭里的感觉，山鲁佐德为了活下去，必须在每天晚上给国王讲一个故事，而且从来不能讲到结尾。我想，他会不会就是田利生，他被另外两个人绑架了？为了活下去，他得不停给他们讲山外面的故事？可他讲得津津有味，甚至都不看我一眼。我又想，也许他真的不是田利生，他就只是一个陌生人。听到后来，一阵困意袭来，我居然睡着了。

第二天醒来的时候，我发现房间里只有我一个人，那三个人都没有了踪影。我环顾了一下房间，很久没有人住过的样子，玻璃已经碎掉，地上、窗台上落满了灰尘，床头的油漆剥落下来，整个房间里散发着一种腐朽的霉味。我有些怀疑昨晚看到的三个人只是一个梦境，但是一低头，我看到地上有蜡泪的痕迹，床头柜上还摆着那个我昨晚用过的空杯子。

连着几个晚上我又去听泉山庄等着他们，我彻夜站在黑暗中寻找一扇透出烛光的窗户，但是，没有，他们再没有出现过。

我终于做出了决定，接手听泉山庄的烂摊子，重新把中断了几年的土地租金付给山民们，把重建山庄的很多工程也承包给了当地的山民们，我给他们开出很高的工资，在外面打工的那些小伙子又纷纷回到了山里。我还请了设计师来专门设计山庄里的那几个园子，把从前留下的废墟重新修葺一遍。江南园里亭台楼阁，移步换景，新建起了明月楼、花药馆、饮绿轩、听风阁。园中新挖了一池湖水，拱桥卧于湖水之上，湖边柳树成行，傍晚夕阳西下之时，万千垂柳临风摇曳，如烟如雾。湖中种了荷花养了锦鲤，可以泛舟，可以观荷，还可以凭栏赏月。假山奇石间曲径通幽，花药杂草隐没其中，只闻幽香沁人。

整个山庄更加像一个不真实的梦境了。

我把我银行卡里那笔庞大的存款全部用了出去，一分钱都没有留下。我用了二十年历尽艰辛攒下的这笔钱，如今它如流水一般悄无声息地流走了。我张开双手，手心里空无一物，心中却万般宁静柔软。

在山庄正式开业前的那个晚上，我又给妻子写了封短信，信中写道："时间说慢也慢，说快也快，有时候觉得一辈子其实也不过就是一眨眼的工夫。只要我们的魂魄还在这个世界里，就还有相见的一天。我在这里过得很好，山川沉静，斗转星移，它们是如此的牢固而长久，没有人间的一切变数。钱在这里没什么用处，在这里几乎不需要花钱，我的每一天都过得很平静很自在，没有什么可以再绑架我，相信你也一定会喜欢上这里的。"这天正好是我妻子去世三周年的忌日。

那时候她已经生病几年了，病情日益沉重。她去世的前一天晚上，忽然爬起来，动手给我蒸了很多馒头，各种形状的馒头，燕子形、佛手形、石榴形、莲花形。我不忍多看，也不忍阻止，只说，蒸那么多能吃得完吗？她也不说话，细细把面团捏成各种动物和花卉，放进锅里。出锅的馒头白胖雀跃，散发着人间最结实最朴素的气味。最后，她关了灯，躺在我身边，我把她抱在怀里，她已经变得极轻极瘦，像个小女孩一样，没有一点分量。我们就那么拥抱着，久久无语。晚风从窗户里吹进来，纱帘像烟雾一样弥漫在屋子里，摞在桌上的一堆馒头在黑暗中绽放出小麦的清香。我以为她快要睡着了，却听见她的声音忽然从什么遥远的地方飘了过来，很轻，像片羽毛，还有些欢快，她说，你本来是可以去上大学的，可惜没上成。我每天晚上睡觉前都要担心，一觉醒来你已经不在了，现在终于不用担心了。

山庄开业之后，只有前三个月有陆陆续续的游客来玩，山上的，山下的，有单独来的，有三五成群结伴来的。三个月之后，山庄里已经基本人迹罕至。我知道，过不多久，山庄的铁门又会重新锁上，那把大铁锁很快就会变得锈迹斑斑。

我毫不惊奇。因为，这一切我从一开始就知道。

八

又一个深秋来到了，大山里再次变得绚烂而萧瑟，五光十色的树叶纷纷扬扬地飞舞在金色的阳光里，大喜鹊几口就吃掉了一只山梨，松鼠们坐在树下耐心地打磨橡果。山庄的大门早已经锁上，很久没有再打开过了。

这个深夜，满天星光，一条灿烂的银河从头顶迤逦而过。我在山中独自溜达，不觉来到山庄门口，便点了一根烟，在荒草里的一块石头上坐了一会儿。夜露寒凉，打湿了我的衣服，我正准备起身回去，却忽然看见有个人影正立在山庄门口。是个男人的身影，中等个子，我看不清他的脸。只见他站在那里，隔着铁门朝里面张望了很久，然后他掏出一根烟，点上了，一边抽烟一边有些快乐地哼起了一支小调。一根烟抽完，他碾灭烟头，又趴在铁门上，留恋地朝里面看了一眼，然后转身离去。他慢慢消失在了黑暗中。

我想冲着他的背影大喊一声，田利生。但终究没有，我只是站在原地，目送着他的背影一点一点地消失在了夜晚的森林里。

然后，我裹了裹披在肩上的衣服，慢慢朝我的小木屋走去。

（原载《钟山》2020年第4期）

孙频，小说家，已出版小说集《以鸟兽之名》《鲛在水中央》《松林夜宴图》等。

寂静史

罗伟章

一

　　有那么一小会儿，我恍惚觉得自己变成了对面的女人：一位土家祭司。祭司似乎是相当古老的职业了，属于土司时代，也由土司供养。供养这个词就是她说的。这个词在我眼前立刻化为一只褡裢模样的胃。那只胃早已割除，弃在历史的深处，被时间之水泡得发白。可跟它血肉相连的人，竟还鲜活明亮。这个人就坐在木桌的那一边，和我相距不过两米。

　　她叫林安平。

　　林安平给我讲她的出生。她说的每句话，几乎都超出我经验的范畴。在她面前，我感觉自己是根生错了地方的藤蔓，茫然地挥舞着手指似的卷须。无所适从当中，我想：林安平，你是在虚构。这么一想，我终于放松下来。意识到她祭司的身份，她的话我就全能理解。祭司上通天、下通地、中通人世的职责，使她天然地获得了虚构的特权。

　　但这样说又并不准确，甚至不公平。她出生时的见证者，除了她母亲和姐姐，还有千峰大峡谷黄岭滩的两户邻居。她的描述来自他们的描述，她是通过别人的描述来确证自己，也可能是别人的描述，迫使她走上了做祭司的道路。

　　我是这样想的。

　　或许我错了。我不该不信有些人来到世间，就是为了承担某种使命。

　　那是一九六八年农历七月初七。

　　怀胎七月的谢翠芬，打早起来，烧着柴禾，两根苞谷棒子煨在炭灰上。煨熟了，就做她和女儿的早餐。吃过早餐，她要去出工。这时候，三岁的女儿在睡觉，丈夫数月前就去了峡谷深处的满月坡，在那里修路；不是修公路，是修人行路。许多年来，峡谷地区勉强能叫路的，只有背二哥们双脚踩出的栈道，那些穿着麻耳子草鞋的背伕，驮着食盐和桐油，一路唱着相似的爱情和哀伤，迤逦前往陕西。能当背二哥的人，都是命好的人，他们有体力，累得吐血，吐出的血把路边一丛野草淹死，也只是抓把干净草，将嘴巴搭了，又接着上路。多数人身上没那么多血，更没胆量吐那么多血，便只能守在老地方，脚下无路，就四肢并用。因这缘故，峡谷地区的男女，胳膊都较常人长一大截，包括林安平，也包括她母亲谢翠芬。

　　这天谢翠芬坐在火塘边，听着烤苞谷的炸响，想着自己的男人。

　　山脚即河，河岸即山，河被山壁挤压，翻卷咆哮，杀气腾腾，而那山壁，刀砍斧削，如从云端垂落。在这样的地方修路，需借助山外送来的黄药和雷管，爆炸声撕山裂石，相隔几里，也能震碎一头老熊的肺。他会不会出意外？每一种联想都可能成为预言，谢翠芬的男人林康，最后就死在修路的工地上。不过这是十多年以后的事了。

想了男人，又想睡在床上的女儿。谢翠芬扳着指头，把女儿从三岁数到十五岁，十五岁就可以嫁了，但愿她嫁个好人家。峡谷地区几无贫富之别，大家都穷，睡觉是"冲壳子"，也就是钻进晒干的苞谷壳中，钻进去就像尸体，不能动，否则苞谷壳流向两边，梦里都在吹风落雪；这里昼夜温差大，即使三伏天，太阳一阴，就凉得浸人。谢翠芬所谓的好人家，是男人不打女人的人家。这里的男人，累起来像牲口，一闲，就扭住女人不放，不是想女人，就是睡女人，不是睡女人，就是打女人。谢翠芬挨打的次数不算最多，却痛得最久。林康是铁匠，手也像铁一样硬，随便一巴掌，就皮肉开花。自从嫁过来，谢翠芬就难得睡个囫囵觉，一寸一寸的痛，总是把她的睡眠掐断。但愿女儿成为女人过后，不再吃她这样的苦。

想过女儿，又想偏厦里的猪，土墙外的鸡，山梁上的一块自留地——就是没想肚子里的那团肉。

想也没用，那还算不上个人。出生过后，胎毛蜕净，从母亲的奶子上下来，自己能扶墙走路，端碗吃饭，也还算不上个人。到拿着弯刀砍柴，举起锄头挖地，照样算不上个人。结婚了，嫁人了，那时候算人，却也只能算半人：好些人家的房檐底下，都蹲着一张毛竹制成的轮椅，是有人出行或劳作时摔残了，成"半人"了；若轮椅空着，是那人已经死了。

所以对从未谋面的肉团子，谢翠芬懒得想。

苞谷已烤熟，弥漫着煳香，猪闻到香气，以头撞圈，尖声嘶吼。谢翠芬拍了苞谷上的黑灰，凉在小桌上，去喂猪。她边舀昨夜煮好的猪食，边骂那只养了半年却不到五十斤重的家伙：还好意思叫，还好意思发气，屙泡尿各人照照，还不晓得羞死！这么骂着，半桶发黑的汤汤水水已倒进石槽。喂了猪，又去看鸡。猪是一只，鸡是两只，一公一母，在屋外寻食。谢翠芬要去把它们收回来，否则人一出门，它们就可能被野物拖走，只在某片竹林或刺藤丛中，给你剩下一堆血毛。

两只鸡如一对夫妻，歇在李子树下。往天清早，它们跳出门槛，精精神神抖了毛，在石头上鐾几下嘴壳子，就急不可耐地找虫子、啄土坷垃。今天看来是没睡醒。那只公鸡刚学会打鸣，母鸡的颜色也才定型，它们都还是孩子。孩子瞌睡多，人和畜生没啥两样。谢翠芬有了不忍。让它们再睡会儿吧，睡了起来还要吃几口才行，一旦关进屋，就没的吃了。

青色的晨光里，她朝远处望了一眼。在这夹皮沟，所谓远处，就是高处。高处清风雅静。唯有一只乌鸫，在不知哪片密林里声声叫唤。乌鸫善学同类的叫声，还会学人说话，这时候它说的是："还不起床！还不起床！"谢翠芬笑了一下，回身走进里屋，将苞谷壳一阵扒拉，唤醒了女儿。谢翠芬要把她带在身边。那些丛林中的性命，不仅吃家畜，也吃孩子。

　　女儿名叫果果。果果搓着眼睛起来，跟母亲一道啃烤苞谷，也学着母亲，不仅啃下苞谷粒，还龇着两颗小门牙，卖力地把棒子啃成渣，舌头搅拌几下，就颈项一伸一伸的，咽下去。

　　谢翠芬说，慢些，看哽住了。

　　这时候她想到肚子里的那团肉了。

　　她觉得那团肉像没长毛的雀子，正蹲在她心脏下面的窝里，直杠杠地顿起颈项，嘴全力张开，接纳她送下的食物，因此她尽量嚼得细碎些。

　　是嚼得还不够细，把那团肉哽住了么？她的肚子痛起来。

　　其实是心里怕，吓痛的。今天出工，是去猴头岭清理塌方，怀胎七月的妇人，累得下来吗？可不去又挣不到工分。想到工分，就不能不去。越这么想，肚子越痛。她粗糙的手掌，怜惜地在肚皮上画圈，像在安抚被惊吓的孩子，实际是在挨时间。

　　太阳已蹦出对面山头，古铜色的光芒，利剑似的劈下来，把山体劈成明暗两半。再不能挨下去了，她撑起身子，又去门外看鸡。她心想鸡该睡够了，吃过些东西了。

　　可那一公一母，依然躺在那里，脖子耷拉着，纹丝不动。

　　她说：嘿，害瘟症啦？

　　话音刚落，那只笋箨色母鸡，抽搐几下，立起身来，摇摇晃晃朝前走。走三五步，翅膀一裂，飞上李子树，脖颈一截一截抻长，抻到极致，便开始鸣叫：喔喔喔——。它自知悖了天意，鸣叫声生涩而怯懦，但它已经豁出去，叫了一声，又叫二声。叫第二声的时候，李子树也跟着叫，那叫声像婴儿啼哭。母鸡打鸣，草木哭泣，这是凶兆。谢翠芬的肚子里，像有人使劲扯了一把，撕裂般的痛，使她蹲了下去。裤子是阴丹布，穿了几年，早就汤了，这猛然一蹲，从屁股丫破开，破到裆口。母鸡叫第三声、李子树叫第二声，她听见破开的不仅是裤子，还有羊水。母鸡叫第四声、李子树叫第三声，那团肉掉下来了。肉刚沾地，太阳的光芒打着卷，嗖嗖嗖的，眨眼间从地上卷到天上。光芒一收，天昏地暗，电闪雷鸣。

这个被母鸡鸣叫和树木哭泣催生出来的，就是林安平。

她生下来就是个有罪的人。

二

跟林安平接触，我是带着功利的，这一点我必须承认。

我是县文化馆馆员，前些日接到一项任务：搜集千峰大峡谷独有的文化资源。原因是县里将多方筹措，斥资百亿，打造千峰大峡谷。地理学家告诉我们，神农架、张家界与千峰大峡谷，共同构成了中国华中与西南神异地貌金三角。神农架和张家界，早已名满天下，游人如织，而千峰大峡谷却养在深闺，遗世独立。经济学家告诉我们：这是对资源的巨大浪费。千峰大峡谷在我们东轩县境内，东轩是几十年的国家级贫困县，日久天长，把贫困当成了习惯，还为贫困找出振振有词的借口，比如身处山区，资源稀缺，不知道大山大水和旖旎风光，就是最大的，也是最时髦的资源。县里把这话听进去了，几番踌躇，下了决心。

要开发旅游，单有风光不够，还得有文化。风光只具有生物性，文化才能持久共享。我接到的任务很明确，既要搜集原生文化，更要学会制造文化。头儿给我打比方，说原生文化是棵白菜，你有本事，就能做出400块钱一份的开水白菜，没本事，就只能做五块钱一份的白菜汤。头儿说他有回去某地参观，见一口枯井，当地旅游局局长掷地有声地宣称：我们准备把这口井，搞成女娲井！这就是把白菜做成开水白菜。又比如神农架，闹了多少年的野人，可至今也无人真正见过野人，这是另一种思路：不让你吃到，只吊你胃口。不管怎样，都是在"制造"上下功夫。人家有了女娲文化、野人文化，你总不能跟着人家的屁股转，说我们这里有盘古文化、外星人文化，那就闹笑话了。头儿让我多动脑筋。

既然可以制造，我当然就可以闭门造车。但闭门造车超出了我的想象力。主要是没有糊弄头儿的想象力。这次点名指派我的头儿，不是我们馆长，而是负责文化和宣传的上级领导，他曾是某名校艺术学院的高才生，毕业后教过几年书，就走上政坛。在我们以前不多的交往中，每次见面他都对我说，世上最富想象力的职业，不是艺术，是政治。

我只能采用笨办法，先搜集，再制造。

于是我挎着相机，背着笔记本，去千峰大峡谷采风。

进去就被迷住了，那河水，动处白浪滔滔，偶尔安静下来，就蓝得发翠。河岸山野，怪石奇之，林木秀之，鸟鸣于远处，云生于脚下；那云，白得空茫，有风奔驰，无风也奔驰，感觉不是云在奔驰，而是群山在急急赶路。走再远的路，也只觉腿软而呼吸平和，是因为氧气多得能舀一瓢就喝。山中多溶洞，跟随日光进去，光怪陆离；跟随月光进去，又如梦如幻。奇特幽闭的处所，正是生命的繁盛地，虎熊潜踪匿迹，猕猴随意嬉戏，水里有鲵，即俗称的娃娃鱼，海拔二千余米的葛杨村，有世界极危物种崖柏……

但我这次来，到底不是欣赏风景。风景是天赐的，给富人，也给穷人，给义人，也给小人；文化是人的专利，有所选择，是人的智慧，也是文化的精髓。整个峡谷地区的民众，都属土家族，特别爱唱歌，但喜好唱歌算不上独有，藏族、维吾尔族，包括黄土高原上的汉族，都爱唱歌；高天之下，人烟寥寥，世事苍茫，就用歌声跟自己和自己的命运说话。

千峰大峡谷河只有一条，山峰却何止千座，山山相连，绵延天际。峡谷人干活，舍不得把光阴耗在路上，每到农历二月下旬，穿着半旧衣裳进山，吃杂花野果，饮露水山泉，夜里就睡在田地旁边的寮棚里，等点完苞谷，收罢油菜，割了燕麦，接着又扳了苞谷，长长的时日就漫过去了，回家的时候，衣服烂成巾巾，周身挂着苍耳子，男人多毛的胳膊和女人半裸的乳房上，生满青苔。不过这是前些年的事了，现在干农活的少得很，我在里面转了四十多天，偶尔碰到几个，没见谁身上长青苔，却也没听见半句歌声。他们现在连歌也不唱了。

继续这么瞎转，已毫无意义。

正在一筹莫展的时候，西柳乡文化站站长陈婷婷，给我推荐了林安平。

陈婷婷说，林安平是她小学同学，是个祭司，也是个医生，本是西柳乡人，但早已离开西柳乡，住到了土门镇。

陈婷婷还说，林安平是我们这一带仅存的祭司。

三

我没想到跟林安平见面，她会那样心生戒备。她说，你是谁？我回答了，还把身份证递给她看。她说，有介绍信吗？我又把介绍信递过去。她说，为啥找我？我问陈站长是否给她打过电话，她不说打了，也不说没打，脸色相当难看，眼里是山隔水阻似的拒绝。

话题无法展开，两人尴尬地沉默着。当然，是我尴尬。但直觉告诉我，坐在我对面的，是个特别的人，走进她，或许真能完成我的使命。想一蹴而就，根本不可能。没有人有义务向另一个人倾吐自己的故事，尤其是没有义务倾吐自己的内心。除非相互信任。我感觉到，信任也好，提防也好，都是一片湖水，彼此贯通，林安平在提防我之前，我是否已对她有了提防？我提防她，是因为她跟我们不一样。首先是那身装扮：头发盘在顶上，绾成髻，发髻里插一根金鸡翎、一只山羊角，脖子上套着六个渐次扩展的银圈，衣服青黑色，前胸、衣襟和袖口，都绣了花，同样是青黑色的裙子上，也绣着花。

最好的办法是不回避，我就盯住她的穿戴，请教那些繁复的花纹是什么意思。

你只对这个感兴趣？

她这么问一声，轻轻舒了口气。可紧接着，眼神落下去，像她眼睛背后有个漏斗。

我正疑惑着，不知道怎样回答，她就回答我了。这是祭司服，她说，当然，我是土家祭司，服饰也带着土家标记。然后她站起身，一一指给我看：这胸前，左绣青龙，右绣白虎；第二颗扣子以上，绣的是祥云；这袖口，绣花卉蔬菜，要是男人，就绣兵书宝剑；这裙边或裤脚，绣的是山川河流。总起来就是：头顶青天，脚踏大地，在祖宗的护佑下，依靠勤劳的双手，过上幸福的生活。我的祭司标记，在头上，也在脖子上。脖子上最小的这根银圈，是我的本命圈，其余五根，是五行圈。别人不能戴，只有我——祭司才能戴。

说到这里，她的眼睛凛然一亮。

在她裙子的中间部位，绣着一朵红花，她没说，而我非常想知道。

这朵花吗？她像通晓我的心思，以这样的口气向我解释：这是人世。人世间就是个花花世界。你的衣服上同样有，无非是没绣出来，看不见，也摸不着，但并不是没有。我跟别人不同的是，别人在花花世界里逍遥、享乐和受苦，我为花花世界的人礼赞、祈祷和祭祀。我充当人世与鬼神之间的使者，调和他们的冤仇和矛盾。我为人送魂，也为人喊魂。我给人占卜、消灾、治病。我是医生，既医肉身，也医灵魂。人的灵魂和肉身是分开的，古话说，活不认魂，死不认尸，意思是，人活着时，肉身不认灵魂，死去后，灵魂又不认肉身。灵魂不认死去的肉身，证明了灵魂的不灭。花花世界里的人，对短暂的肉身看得很宝贵，生怕它吃亏，对不灭的灵魂却不闻不问，任随它遭虫子咬，被蚂蚁叮。人活得很糊涂，很可怜。

说完她盯我一眼，像我就是很糊涂、很可怜的人群中的一个。

她真是把我看穿了……

我决定在土门镇住下来。

这里是千峰大峡谷的起点，河水从镇外流过，河岸全是石头，镇上的房屋，也多用石头垒成，包括林安平住的那间。她在那石头房子里，吃饭睡觉，开中药铺，也参神、做法事。药铺后面，有她的圣殿，供着数十尊小如一握的菩萨，还有个不知什么年代供养过祭司的土司造像；从造像看，那是个精瘦的男人，尤其是脸，瘦得只剩骨头，他整个人就是由骨头凝成的意志，他的万般计谋和消灭对手的决心，以及被传说的慈爱，都藏在鹰隼般的眼睛和又陡又窄的额头里。圣殿下去，右边是厕所，木门上用粉笔画着一个相当复杂的怪异符号，怪异得像里面不是厕所。左拐十余步，是玄祖殿，殿里的菩萨与人等身，林安平给人做法事，通常就在这里；若做大型法事，比如三月三的春祈会、九月九的秋报会，再比如祭日光天子、月光神、水神、火神、土地神等，就得去玄天观。玄天观在下游鹿走乡的龙头山，从乡场东边的桥头上去，上到1800米高处，有处孤零零的殿宇，就是玄天观。

第二天我又去林安平家。头天夜里，我已在网上做了许多功课，知道祭司不是随便能做的，须知识广博，儒道释三通，也是这三教的领袖。我凭自己的理解，向她阐释三教的关系，本意是卖弄一下，让她不至于把我当成只是在机关里混日子的饭桶，没想到我的一通解说，很合她的心意。趁她高兴，我请教厕所门上的那个符号。

你不是只对我的衣服感兴趣吗？

真是那样的话，今天我就不来了。

我把县里打造千峰大峡谷的宏伟规划，还有我自己的任务和行踪讲给她听。

我为你出不了力，她颓然而又高傲地说。然后回答我：你问的那个，既然写在厕所门上，当然就是厕所的意思。但那不是符号，是文字，只是现在没人用了。

她的手抖索了一下，接着又抖了一下，像是在犹豫该不该干一件事。

最终，她从抽屉里拿出一本软面抄递给我。

翻开来，写了十来页，共三百多个会意字，旁边注着汉文，比如玉帝、伏羲、男人、女人、高、下、美、丑。说是会意字，其实好些无法会意，比如美和丑，因为各自的标准不同。我问怎样分辨，她便给我讲了个故事，说很古很古的时候，有个酋长，去遥远的地方走了一趟，带回一个女人，从此把结发妻子冷落一旁，让妻子伤心，族人也议论纷纷。这时族里的巫师出面，巫师在夜间的茅舍旁燃起篝火，让远方来的女人跳舞，舞影映于墙，巫师将影子画下来，遍示族人，族人都说：昼夜失序，好丑啊。接着让酋长的妻子跳舞，巫师将舞影画下来，遍示族人，族人都说：日月调和，好美啊。以影绘形，就创造了文字。每个文字都不单纯是一个形状，还埋藏着天地观和道德观。人不能做到灵肉合一，人创造的文字却能做到。

把本子还给她时，我说，你或许要出大力，不仅仅是帮我。

之后我每天去她那里。她不表示欢迎，但也没赶我走。我看她给人把脉、开药。病人不多，只有在医院久治不愈的，还有被医院判了死刑的，才会来找她。以前来找我的起路路，她说，自从搞了合作医疗，可以报账，来的就少了；我这里不能报账。她的医术是师傅传的，为拿行医资格证，又去医学院读了函授。每开一张药单，签过名，她都要立起身，庄重地盖上一个大印。我从没见过药单上要盖印的，一看，印上篆字刻着：汉寿亭侯。这是关羽的印！她说：关帝爷义薄云天，神鬼敬畏，盖上他的印，再恶的鬼也不敢作祟了。我的药医身体，关帝爷的印医心。有些病人在医院开了单子，把单子拿到我这里来盖了印，再去医院取药，可医院见了这印章，就不给取药了。用机器治病的医生，不懂治病救人这句话，以为治病就是救人，其实治病跟救人各是一门子事。

正这时，一个妇人进来。那妇人三十岁模样，或许有四十岁，因为她生得很漂亮，漂亮能让人显得年轻，这是老天双倍的恩典。

林安平让妇人坐下，却不把脉，也不问任何话，就开单子。单子上只写着一句：出门旅行。然后盖上汉寿亭侯的大印。只要不给药，她就分文不取。妇人瞄了一眼药方，低头疾走出屋。望着妇人的背影，她说：你看她，胭脂搽得多，衣服穿得少，这是男人不喜欢她了，她对自己作为漂亮女人的资本，绝望了。她的身体没病，就是焦心，是心病。出门旅行，或许能在路上碰到喜欢她的人，她又能找回信心。

可是，随着年龄增长，容颜不再，她总有那样一天。

每个人的身体里都埋着神秘的青春，哪怕这个人再老。至于你说的，光明耀世，光阴仍亏，那是每个人都逃不过的命，但要每个人自己去悟，不悟，就消除不了幻想，跟着也就消除不了恐惧。我不过是给她一次机会。人的一生，有一次机会就够，不要梦想总有机会给你。老天已经待她不薄，她该满足。其实我是理解她的，不然也不会给她机会。她是想突破边界。道家炼丹，行外说是想长生不老，当然并没说错，但最根本的，是想突破边界：生老病死的边界。她也是。她希望自己永远年轻，永远美丽，永远被追求。

这样做合适吗？比如说，她是有夫之妇，却在旅行途中有了艳遇……

我至少没叫她一个人去旅行。

我觉得这是狡辩，想继续问下去，又怕破坏了交流的气氛，反而封了她的口。毕竟，她从未有过婚姻，还是通常意义上的姑娘。

其实这担心是多余的，她正等着我问。在她心目中，人至高无上。她说，老天赐人，有人就好。她从那妇人的焦虑或者说绝望中，看到的不是青春和爱情的流逝，而是人脉的断绝。另一方面，人在明知某些生活的趣味正离自己远去时，却不愁苦，也不设法拯救（虽然往往无效），这样的人看上去正大光明，其实是无心也无脑；一个人的生活方式并不等于生活本身，生活方式不论多么圣洁，只要无心无脑，就无任何道德可言。

原来她特别爱说，也特别想说。只是没有听众。她的听众都是她的信众，为数不多，文化很浅，除极个别跟她年龄相当，大都比她年长十多二十岁，甚至三四十岁。

她需要别样的听众，包括从俗世来的听众。

现在我成了她的听众。经过半个多月的交往，我感觉自己跟她有了默契。她也是这样感觉的。她表达这种感觉的方式，是问我一句话：你还记得我们第一次见面吗？

人不会忘记不愉快的事情。那天你不愉快，我开始也不愉快。

你不愉快是真的，她说，像你们这种县份上的人，往下面一遛达，到处都对你们笑脸相迎，我没做出那样子，你觉得受了怠慢，当然不愉快。而我，那天是盛装见你。我的服装分为三种，襆服、合服、胡服，我那天穿的是襆服，那是我的盛装，只有特殊场合才穿，平时是不穿的，你来这么多天，哪里见我穿过第二次？

我很惭愧，也很感动。只是不明白，既然盛装见我，为什么要给我脸色？反过来问也行：既然不打算欢迎我，为什么又要盛装见我？这事很久以后我才琢磨出来。

<h1 style="text-align:center">四</h1>

　　风在传，鸟在传，河水在传——传的都是林家生了个灾星。说那灾星非比寻常，耳朵像扇子，眼睛像灯笼，还长着獠牙。消灾除祸最简便的办法，是将她扔进河水，或者带上崖顶，投入山谷。命定的灾星都是这样收场的，不管是人，还是畜生——像狗长单耳，猪生六爪，都是灾星的标记。

　　可究竟如何处置，谢翠芬决定不了。也可能是忍不下心做决定。

　　她等着当家人回来。

　　林康是三天后赶回来的，进屋时已是后半夜。他进屋做的第一件事，是点上桐油灯，从柴圪崂里摸出弯刀，再去鸡圈里抓出母鸡，垫在门槛上，一刀剁了。随后，李子树淡黄色的木渣，把刀身上的鸡血舔得干干净净。这两个敢跟天意叫板的家伙，死得却这般平常，就是像鸡那样死去，也像树那样死去。死的同时已背上诅咒，再不能投生，再也没有来世。

　　接着，他回到屋子，扯下挂在墙上的一团乱麻，用桐油浸了，塞进吹火筒，做成火把。他将火把点上，横在灶台上，再吹熄油灯，进了里屋。出来时，他赤着上身，手里拎着一个包袱。当他举起火把，踏步出门时，谢翠芬的声音追出来：你要做啥子？他没回话。谢翠芬的声音再一次追出来：我的女儿呢！他这才知道是个女儿。说什么女儿，分明就是怪物！他的步子更实沉。谢翠芬的声音第三次追出来，这一次是哭声，很压抑，很低。

夜晚静得像是老天老地都闭了气。其实河水的喧哗排浪般涌来，只是他听不见。他只听得见婆娘的哭声。火把椭圆形的亮光之外，是胶成块状的黑暗，婆娘的哭声穿透黑暗的壁垒，一滴一滴，往外浸。天地间只剩下这哭声，这让他心烦意乱。为啥要哭得那样低呢？他站住脚，回过头怒吼：你狗日的是羊子变的呀？要哭不晓得大声哭哇？是哪个龟儿子把你喉咙捏住了哇？这一吼，女人不哭了。她不哭，那哭声却在，丝丝缕缕，将他缠住。

他继续走，每跨一步都特别用力，像要把缠住他的哭声挣断。

他是朝河边去的。

这条贯穿整个千峰大峡谷的河流，河岸都是一样的景致：石头挨挨挤挤，不留丝毫缝隙，连根草也不长。石头在暗夜里顽强地吐出白光。夜有多黑，石头就有多白。他迈着大步，直奔河沿。只是奇怪，包袱里的东西咋不吱一声？你再是个怪物，在生死攸关的时候，也该吱一声。他使劲抖了几下，那团肉在包袱里跳荡，但就是不吱声。未必死了？死了更好。死了的话，把她扔进河里，就不是杀，是埋。峡谷地区的死人，最近这些年才是往土里埋，以前全是往河里埋，拿深腰竹篓装了，往河里一丢，死人以站立的姿势，随水漂流。水不烂人烂，烂了也就是埋了。他没带竹篓，却带着包袱，包袱是他的衣服，尽管穿出了许多窟窿，却是他最见得人的衣服。用这衣服做她的棺材，也不算亏她。

冷气隐隐扑来，是快到河边了，固体般的浪头子，从光影里闪过。

他站在冷气的当口，拎包袱的手臂，使力划出一个半圆。

他闭上眼睛，咬紧腮帮，等待着包袱破水的响声。

响声迟迟没有传来。

因为包袱还在他手里。他没有扔。

他不甘心，要看了这怪物的模样再扔。

他蹲下身，将包袱放在石头上，瑟瑟缩缩地要去解开。

可他似乎还没动手，那小人儿自己就蹦进了火光里。

顿时，他惊得眼球外翻。

这孩子的耳朵不像扇子，眼睛不像灯笼，更没长獠牙。这孩子漂亮得让人心酸，是一个漂亮得让人心酸的孩子！毕竟只在娘胎里待了七个月，个头是小了些，可她身上没多出一样，也没减少一样，嫩红的皮肤底下，蜷缩着她安宁的睡眠。他就是这样想的，觉得女儿的睡眠，是被她吹弹即破的皮肤包裹着的。女儿井水、莲花和种子般的安宁，比她的漂亮更让他震惊。

火把在他手里呼啸。他站起身，将火把高高举起，像举着一面旗帜。猎猎风声里，他对着长河呼喊：她不是灾星，我的女儿不是灾星，我的女儿是从天上来的！

河水不管这些，一如既往地奔向更加狭窄的山口。

但从此以后，从天上来的，就成了林安平的符号。

当父亲把她拎回家去，告诉母亲说，我们的二女子是从天上来的，母亲就无日不对着她的耳朵讲：娃，你只是借我的肚子成了人形，可你不属于我们这个人世，你是从天上来的。妈生了你，就把你养大，你长大过后，就不要在家里待，自己可到你的仙班里去。

为了女儿，也为了家，林康给二女取名安平。

但这并没起到什么作用，没过多久，大女果果病了，吐绿水，绿水里夹着血块。果果刚病，猪又死了，早上去喂的时候还活蹦乱跳，下午再去就硬邦邦的了。才把死猪拖出圈，那只公鸡又死了，死之前，它努力地想往树上飞，被伐倒的李子树旁，是棵深梢的桉树，桉树根部以上丈余高处，都是光溜溜的树干，你一只鸡怎么飞得上去？你真想上树，周围到处是树，又何必死盯住那棵桉树？可是它着了魔，飞一次不行，又飞二次，二次不行，又飞三次，就这样活活累死了。猪死了，鸡死了，也就罢了，果果可不能死。果果都长到三岁了。果果是个普通的孩子，远没有她妹妹好看，但她是个正常的孩子，正常到人人都能接受。安平却不被接受，自她出生过后，除了那些不得已来请林康打铁的，没人再靠近林家的房子。

与其让果果死，不如……这想法，在林康和谢翠芬心里同时萌生。

他们对视了好几眼，都等着对方把那想法说出来。

谢翠芬首先开了口。她说：当家的，去……去……

林康生怕她说出口，因而没等她说出口，就翻身出门去了。

这一去，就第二天下午才回来。跟他一同来的，还有肖道长。

肖道长是峡谷地区最具法力的端公，四方游走，居无定所，但他是水口乡人，林康就去水口乡碰运气，结果没拢水口，就在路上遇见他了。林康正要说话，肖道长往前一指。指的是林康身后的路，意思是少废话，快走。他像是正往林康家去的样子。可他年纪太大，大到老态龙钟，走路像捡绣花针。为了快，稍微平整些的地段，都是林康背着他跑。他用于作法的家什，林康接过来，挂在自己脖子上，一荡一荡地跑在两个人的前面。即使这样，还是晚了，两人进门时，谢翠芬已在为果果备殓衣。所谓殓衣，无非是给她换身干净衣裳，穿上大人的鞋子；给夭折的孩子穿上大人的鞋，死后就能继续长，直到脚把鞋塞满，这样，那孩子就不枉来趟人世。

　　哭过了吗？肖道长问。他是问谢翠芬哭过没有。谢翠芬神情呆滞，一言不发。没哭就好，肖道长说，哭过就没救了。而这时候，林康正抱起果果，嘴巴大张，听了肖道长的话，那张嘴慢慢闭上了。肖道长从布袋里取出法器，一样一样地摆设和穿戴：先是圣母娘娘画像，再是绘了牛头马面和乌牙凤嘴的桌围，之后是花冠、道袍，最后取出师刀。他摇着师刀，围着灶台，且舞且唱，从半下午，跳到次日黎明，才收了家伙，站到门口去，望着在黑暗和静寂中显得愈发盛大的山野，念念有词，之后回过身，往嘴里包一口清水，走到身体僵硬的果果面前，噗的一声喷在她脸上，再盯住她的额头，右手扣成金刚指，右、左、上、下地比画，每画一下，就念一声咒语：一画成江，二画成河，三画人延寿，四画鬼断绝！

果果的身体软了，眼睛睁开了。

肖道长拒收劳务费。这在他是从没有过的。林康感激不尽，让果果给他磕头，但他也不让。他对果果说：我来，不是为你。说完就离开了。

肖道长的话令人费解。但不管怎样，果果萎了几天，就精神起来，从此再没生过怪毛病。

林安平也一天天长大。

伴随着林安平成长的，是母亲每天必说的那句：娃，把你养大了，你就回你的仙班里去。

峡谷地区，"大"的标准跟外界不同，外界至少十六岁，这里只需十二岁，这里的女孩子十四五岁就可以嫁人了。自从会数数，林安平玩耍的方式，就是扳着小指头，数她还有多长时间，就要离开亲人，回到仙班。她数得越认真、越快乐，林康就越酸楚。几年以后，她就要单门独户地去对付这个世界了，尽管她是天上来的，但终究是活在这个艰难的人世间。

怕二女将来吃亏，林康决定送她上学。

这里的孩子大多不上学，比如林安平的姐姐就没上过一天学。即使上，发蒙的年岁也没个定准，一般都不小于八九岁。林康希望二女能读到小学毕业，因此七岁就把她送进了学堂。

林安平说，许多年来，她是那学堂里年纪最小的学生。

五

　　我的手机响了。我的手机很久没响过了。初来峡谷时，手机就像害怕寂寞的姑娘，动不动就唱歌。是县城的老朋友让它唱的，他们约我喝酒，打牌。我们的业余生活一直是这么过，现在我不得不缺席了。我不想说自己在哪里，更不愿透露在干什么。头儿说给我半年时间，我希望在这不长不短的时日内，能弄出一个像样的方案，如果早早嚷出去，最终却遭弃用，就要被嘲笑了。我知道自己越来越脆弱，怕人嘲笑。我对每一个电话撒谎，不是这样事就是那样事，总之是不能赴约。很快，他们把我忘了，忘得像水洗过，再不跟我联系。何况现在天还没亮明白，也不是城里人的作息方式。这样的作息方式只属于山区。我租住在一对老夫妻家——其实两人都才四十出头，却带着大群孙儿孙女，最大的孙子已经十一岁。可见人是被后人推老的。这对夫妻也自以为老，动不动就是我这老头子、我这老太婆，像他们过得太难，现在终于混老了，很是欣慰。他们来自半山，在镇上买了房，儿女出门打工，老两口带着孙子辈在镇上念书。凌晨四五点，就常听见他们的电话响，无一例外开着扬声器，铃声大得吓人，说话的声音更大，不是说，是喊，连对方说啥我也能在隔壁听得一字不漏。

　　可是谁这么早给我来电话呢？

　　我只能想到林安平，结果不是。

是她同学陈婷婷。

陈婷婷问我找到林安平没有。

这话让我恍然如梦。差不多一个月前，她给我推荐了林安平，而且据情形判断，我去找林安平之前，她还帮我联系过，现在才问找到没有。

我把情况大致讲了，陈婷婷格外惊讶：啊？

我能想象出她"啊"那一声时的样子。她脸胖，唇薄，说话很用劲儿，每说一句，都把上唇一掀，鼻头一皱，顶住滑落的黑框眼镜。

千峰大峡谷共五个乡镇，除已经提到过的西柳乡、水口乡、鹿走乡、土门镇，还有风源乡。五个乡镇的文化站里，我最熟识的就是陈婷婷。她是县政协委员，每次到县里开会，都到文化馆来，讨要些我们编辑整理的书；啥书都要，只要是书。其实那些书里的不少内容，都来自她本人的讲述。她是个有心人，去山上割野菜、挖药材（药材也是野菜，党参到处是，乡场上的人喜欢挖来炖鸡），撞到茅草丛中一段几米长的石墙，也要打电话给我们报告，不管我们的态度如何，她自己都满山满岭寻访老者，探究那石墙的来历，得出的结论是：那不是墙，而是古道遗迹；非一般古道，是荔枝古道。她说当年杨贵妃吃的荔枝，是从四川广元送去的，途经东轩、万源、镇巴、安康到长安。想想，杜牧描写的"一骑红尘"，就从我们东轩县奔驰而去。如此，那段残墙就越千年风雨，直通大唐。

凭良心说，要说制造文化，陈婷婷并不输给头儿讲的那个要把一口枯井搞成女娲井的旅游局局长。进入峡谷之初，我就想到过她，但我认为，她说的那些，编进并不公开发行的书里是可以的，要正儿八经纳入一项工程，就渣了。你总不能拉着游客，天远地远走到深山更深处，就为看几块垒起来的石头。那会引起游客的敌视。前年我去某地游览，跟随旅游团颠簸大半天，去到一个比普通堰塘还小的水池边，导游举着干喇叭动情地讲述，说王母娘娘在这池子里洗过澡。像王母娘娘洗了澡刚离开，那导游还伺候她穿了衣裙。我当时就很反胃。我想，既然头儿把任务交给了我，我就希望自己发掘出的文化，包括制造出的文化，不这样漂浮无根，而是带有某种体验性，能在生活和心灵中流淌。

可是，陈婷婷由一段残墙，想到大唐，想到贵妃，想到荔枝、奔马和烟尘，想到"在天愿作比翼鸟，在地愿为连理枝"的绝世爱情，难道与心灵无关？

或许，我的想象力真是很稀薄的，我只是在嫉妒陈婷婷。

有时候我想，如果头儿知道有陈婷婷这么个人，就不会指派我了。

越这么想，越不愿见她。如果不是进峡谷四十多天还一筹莫展，我肯定不会跟她联系。

不过幸好联系了，否则我就不会认识林安平。

对陈婷婷给我推荐了林安平，这些天来，我一直心存感激，尽管她的推荐完全是我引导的结果。我并没向她透露自己的真正目的，只说这段时间闲，想来峡谷找些"文化活体"，跟他们聊聊。她一如既往地，说到耍狮子的、跳钱棍舞的、打薅草锣鼓的……那些人我都见过多回。也可能是见得太多，我感觉不新鲜，更不"独有"。但除此之外，她就想不出别的人了。中午时分，我们去吃饭，席间谈着网上八卦，她问那算不算文化，我说算。她又问那种文化是不是正意味着文化的堕落，我说不是，我们的文化太重，而且依赖于重，久而久之，就失去了轻的能力。说到这里，我突然觉得，她的那些考证，比网上八卦更离谱，我的话也并非真心，而是暗含着自我辩解。在这一刻，我们都走向了自己的反面，却都做出真诚执着的样子。不如执着到底。于是我说：传统文化追逐典型，现代文化不要典型，只要例外。可能就是这句，让她想起了林安平。林安平是祭司，且是仅存的，当然例外。

我正感激着她呢，她却"啊"这么一声。

"啊"一声过后，她问我见到林安平的女儿没有。我说还没有呢。林安平早给我讲过，她有个养女，叫林芳，在鹿走乡卫生院做护士，不忙的时候每周回来，忙起来两三个月也不回来。她说自己领养过十多个孩子，养大了就让他们远走高飞，只把林芳留在了身边。

听说我没见到林芳，陈婷婷似乎很遗憾，吞吞吐吐几声，就把电话挂了。

这个电话在我心里留下了一丝阴影，说不清阴影的方向，但它存在。

可吃过早饭，我又找林安平去了。

走在清冷的街道上，我揣摩着陈婷婷的意思，揣摩不透，就放下了。我只是觉得，自己跟陈婷婷其实是一路人。我们都是在考证某一段痕迹。这段痕迹存在过，现在被遗忘了。从这个意义上说，陈婷婷发现的那段本没有名字的残墙，比荔枝古道更重要，荔枝古道还活在传说中，而那段残墙早就死了，曾经摸过它的手，化为连天荒草。我们都是死人的后代，死去的不仅是先辈，还有自己身上的某一部分，所以人也是自己的后代。

我把这想法讲给林安平听，她略为思索了一下，说：你这是把时间分出段落了。时间没有来路，也没有尽头，因此每个人的每时每刻，就都处于时间的中心。比如我，她说，我的出生，还有我七岁那年走进学堂，都不是发生在多年以前，而是今天，是此刻。

——她进的那个学堂，师生共三十四人，但开学第二天，变成了五十六人，多出的，是部分学生的家长。他们是来要求清退林安平的。没人相信她是天上来的，只知道她是灾星。校长传话，让林安平的父母去，当众描述女儿出生时的景象。父亲没有发言权，因为他并不在场。只有母亲来说。母亲说的是，七年前的那天早上，她正要去出工，女儿怕她受不住累，就从她肚子里出来了。只有这些了。人群中站着她的一个邻居，也是临时请来的。地广人稀的峡谷，最近的邻居也有两里多路，其间横亘着嵯峨乱石和茂林修竹，但那邻居板上钉钉，说那天他看见了林家的母鸡上树，听见了林家的母鸡打鸣，也听见了李子树的哭泣。然后他说，那年七八月间去找林铁匠做过活路的，谁见他家养母鸡了？他家里现在都不养母鸡！谁又没见那棵李子树遭砍了？那棵树每年结的果子把树都压趴，要不是它接灾星下世，林铁匠舍得砍？

其实我妈不该扯谎的，林安平对我说。

你觉得是你妈扯谎不是邻居扯谎？

当然啦！她眼睛一瞪，这样回答。之后告诉我，她出生时，不仅有那些众人皆知的征象，后山一棵浓荫盖地的黄桷树，叶子落得像下暴雨，歇在枝叶间的鸟，全都坠地而亡。

关于那天的事情，她像比所有人都更清楚。

可在当时，要不是肖道长，她就读不成书了。肖道长啥时候游到了学校，站在操场外的杨树底下，无人知晓，听见他沙哑的声音，大家才注意到他。那个沙哑的声音说：七主地势临渊、以寡服众，林安平的命里，不是一个七，是四个七，在娘胎里待七个月，七月七日出生，七岁上学。天一地二，天三地四，天五地六，天七地八……你们以为说她是天上来的，是胡说？

肖道长德高望重，他的话，让弥漫在人群中的愤怒被风吹走。

可肖道长毕竟太老了，很可能老糊涂了。这是许多人的看法。因此，林安平虽然入了学，却被安排在最后一排，单独坐。同学都不跟她玩，和她对面走过，立即别过头，或者用双手蒙住眼睛。他们在家里就受到父母的警告，说如果跟林安平对看，就会被她吸了魂，慢慢失了元气，变成纸人，变成鬼——还活着的时候就变成鬼；疗治的办法只有一个，就是戳瞎你的眼睛。真有个男同学的眼睛被他母亲戳瞎了。那同学不信邪，偏要盯住林安平看。林安平自己也怕吸了别人的魂，因为她不知道把别人的魂吸来干什么，又装在她身上的哪个地方，跟人路遇，她自己都会躲。可那男同学不让她躲，她躲到东，他就跳到东，她躲到西，他就跳到西，她闭上眼睛，他就去扯她头发，扒她眼皮。她哭了，说：我给你妈告！她当然没去告诉他妈，是那同学自己说出去的。过了两个星期，他发现自己既没变成纸人，更没变成鬼，就忍不住，骄傲地把这事讲了。他母亲闻言，怔在那里，然后去撇下一颗洋槐的老刺，把儿子往怀里一抱，只听噗噗两声，儿子的两个眼球便流出红白相间的液体。

但没有人认为那男同学的眼睛是被他母亲戳瞎的，都说是林安平看瞎的。

那一年，林安平读到了小学四年级，还有一年多才毕业。在这一年多时间里，她被同学随便打。她不仅是有罪的人，还成了魔鬼。打魔鬼是每个人的义务。都是从背后进攻，搐拳头，或者扔石子。有几个同学不满足于这样，因为打人的主要乐趣，是看清对方的表情，背后看不见表情。于是他们聚在一起商量：她的眼睛那么厉害，何不给她戳瞎？

我的眼睛看三界，哪是想戳瞎就戳瞎的？林安平对我说。

但我想的是，要戳你的眼睛，必须看着你的眼睛，他们不敢看，才没把你戳瞎。

当然只是想，并没说出口。我差点儿出口的话是：陈婷婷也打过你吗？

六

峡谷是化外世界，时日慢得慌，可在林康和谢翠芬眼里，那些年的时间比河水跑得还快，眨一下眼睛，女儿毕业了，再眨一下眼睛，女儿该回她的仙班去了。

林安平十二岁生日这天，她父母都没去出工。那时候，外面的土地已经下户，但峡谷人不知道，土地还捏在集体手中。林康和谢翠芬却都没去出工。他们要守住女儿。守最后一天。

那天夜里，林安平也是睡在父母的床上。

最好是天不亮，永远不亮。

可天还是亮了，跟往天一样准时。

林康拿出两圆备好的鞭炮，送女儿上路。

从路程上说，林安平倒并没走远。黄岭滩以西，有个不知何年修的小庙，年深日久，既无道士僧侣，也无香客光顾，墙面塌了半边，门扉也烂得没了形迹。但这无关紧要，遮不住风，能挡雨就行，晚上在外面烧堆火，吃人的野兽也不敢拢身。林安平就在那里安家。

离家的当天，她就回来了。但不是以女儿的身份，是以徒弟的身份。

这是林康的主意。林康舍不得女儿，便想了个办法：让女儿跟他学手艺，这样，女儿就能经常回去了。他不收女儿学费，还每天给她五角工钱。

我学得很快，林安平说，才学四个月，我就能甩鞭锤。她把铁匠用的小锤叫问锤，大锤叫鞭锤；她说打铁的全部学问，在于会听，听谁？当然是听铁。你先用小锤问它，看它怎么答你，以什么声口、什么心情、什么态度答你，你听懂了它，甩起鞭锤来就丝丝入扣。甩鞭锤的难处不在于它沉，而在于要会使巧力。世上的难事，从来就不是难在事情本身。

说这话的时候，她把上身倾前来，两条长臂盘绕在桌上，看上去像有许多条手臂。

幸亏学得快。第二年四月间，她父亲林康就死在了修路的工地上。黄药雷管高于雷阵的爆炸声，震垮了悬垂的巨石，林康被压在巨石底下。把石头粉碎后掏出的尸体，是一张碎皮，还有深坑里那个仿佛是人的形状。

他做事天理不容，峡谷人说，把一个有罪的人养了十二年，还让这个人跟他学艺。

林安平自己，完全认同峡谷人的看法：父亲是因为她死的。

她母亲和已出嫁的姐姐，又完全认同她的看法，并因此恨她。

母亲给了她一套锅碗瓢盆，断了她的归路。从此，她真正成了无家可归的人。

好在还有那个破庙，还有父亲的那套行头。她把父亲的行头继承了，因为母亲不想放在家里，怕看着伤心。只是，她的手艺再好，峡谷人也不会去找她。

无奈之下，她把铁匠铺搬到了峡谷之外。

　　从西柳乡，一路过风源、水口，鹿走、土门，过了土门，就不属峡谷地带了。距土门几十里外，有个乡叫华锦，许多高悬庙堂的史书，也要记述这个地方：华锦出美女，从唐至清的数代君王，都在这里选妃子。按陈婷婷的考证，早于唐千多年，站在商纣王身旁观酒池肉林、赏炮烙之刑的苏妲己，就是华锦人。陈婷婷说，苏妲己在家乡时，清纯快乐，可十四岁那年的某一天，她在河边洗头发，被一骑快马掳走，快马如风，风声止息，她已进了纣王宫，从此忧愁苦闷，见商纣王荒淫无度，更是万箭穿心；她知道逃跑是不可能的，便腹生一计：引诱纣王还荒淫些、再荒淫些，以此促商速亡。两年前，我们到华锦搞文化下乡活动，各乡镇文化站站长也参加了，中午休息时，陈婷婷领着我和我的一位同事，沿河走三里多路，到一处形如鸭嘴的河岸，指着一块石头说：妲己当年洗头发，就蹲在这块石头上。

　　十二岁的林安平，当然不知道这些。她只觉得华锦人有一种从骨子里透出的傲慢。这不是看到的，是感觉到的；她始终低着头，不看人的眼睛。见这么小个孩子，且是女孩子，独自在一棵大榕树下，架着砧板，扯着风箱，那些人便围过来，围一会儿就散开。她把带来的一把旧锅铲伸进炉火，让铁变成飘逸的丝绸，随着锤子的几声叩问，丝绸还原为铁，还原为锅铲——更加漂亮的锅铲，那些人依旧是沉默地看着，然后沉默地走开。

　　夜里，她睡在榕树底下，搂着风箱和铁锤。

　　十天过去，她没做成一桩生意。

　　就在第十天晚上，林安平说，我做了个梦，梦见有个人来到我身边，抖着白胡子说话：林慧静，你要当一辈子铁匠吗？你忘了自己的职责吗？他是谁？林慧静又是谁？但不容我问，我像被人牵着，站起身来，朝前走。路是黑漆漆的路，可每一脚我都踩在该踩的地方。我就这样走进了峡谷，走过了白天，又走过了晚上，都是迷迷糊糊的。当我清醒过来，发现到了一间木屋前。木屋单门独户，立在山尖子上。那时候正有恶风路过，再骄傲的树都弯腰让道，有些树因为弯腰不及时，当即折断。山野鬼哭狼嚎。可我面前的简陋木屋，一点事儿也没有，连挂在挑梁上的蛛网，也平平静静，一只黑蜘蛛趴在网心，安闲地睡大觉。潮头一样的风声里，有个苍老的声音从木屋里传出来：林慧静，我等你好久了。

她推门进去，看见了躺在床上的肖道长。

肖道长成了我的第一个师父，林安平说，慧静是他赐给我的法名。

肖道长那时候已久不出门。

他着实太老了，老得不知年岁，身边又无妻室儿女（若干年前，他女人生头胎时死于难产，他便再没婚娶），峡谷人都以为他死了呢，都把他当成死人在传颂他的神迹呢。做端公驱鬼，只是他最浅俗的法事。老辈人记得，有年大旱，草木枯焦，河水断流，接连几十个夜晚，都听见狼群对着月亮苦涩地悲鸣，肖道长着人搬了口垆缸去河边，寻上下十里，寻到半缸子水，他放三枚鸡蛋在缸里，说：上来。鸡蛋听令，浮出水面。他握住一枚，扔向头顶打天，烈日阴了，天暗了；扔二枚，起风了；扔第三枚，下雨了。瓢泼大雨。当时围观的除普通民众，还有位葛门青衣的道士，那道士说：天本来就要下雨，哪是他的法术！肖道长气急攻心，将垆缸踢翻，对天发誓：我自废道法，永不传世！从此，那法术在人间失传。但他还会踏炼度，就是赤脚从炭火上踏过，为罪孽深重的亡人超度。还会驱蛇，他念过咒语，叫蛇走哪条路，蛇就走哪条路。包括他住的那间木屋，狂风刮得飞沙走石，木屋却岿然不动，是因为他在屋前埋了挡风石，狂风见了这石头，知道屋里住着高人，便不敢侵犯。

我问林安平：这些手段，肖道长都教给你了吗？

她不回我，只说：师父让我行了拜师礼，陈说了我的前世因后世果，此外还给我讲了一件事。这件事是他一辈子的悔恨。他十岁那年，峡谷来了个云游道士，姓苏，但都不叫他苏道士，而叫苏端公。苏端公跳神、祭坛、驱鬼，他往哪里一站，前五里，后五里，左五里，右五里，中五里，五五二十五里的鬼，都归他管，也归他收；车碾马踏，岩崩树打，水陆两途，胎前产后，寒林山下，室内穷魂，五音子孓，这些凶魂之鬼，他全收，收回来有坛归坛，有庙归庙，并负责为他们超度。那时候人挨饿，鬼也挨饿，苏端公怜悯人，也怜悯鬼，某些个夜间，他挑几粒饭，往山谷里撒，那饭是他慈念过的，几粒撒出去，到鬼面前就满盆满钵。他还敢斥责菩萨。有回他路过落儿山，见满山树皮都被剐掉，地上无蚂蚁，枝头无鸟叫，农民辛辛苦苦种出来眼看就要收割的庄稼，更是颗粒不剩。这是因为十天前下过冰雹，冰雹岩崩似的，下了个多时辰。落儿山有个灵官庙，苏端公走进庙门，扯住灵官菩萨的胡子，厉声质问：你是什么神？不保一方平安，你说你算什么神？菩萨被问得情急，泪流不止。

说到这里，林安平停下来，像陷入了沉思。

几分钟过去，她才继续说：我师父十三岁那年的六月初九，去山里打柴，碰到苏端公，苏端公说，小娃子，跟我走吧。就这一句话，师父就扔了柴刀，随苏端公去了。他的法术，全是苏端公教的，但苏端公留了一手，他用这最后一手来考验徒弟。我师父二十岁那年，也是天旱，苏端公对我师父说：鹿走乡龙腾山下有个洞，洞里住着一条龙，我去请龙出来下雨，你站在洞口等我，我出来的时候，你千万不要叫我师父，要叫我天兵天将。我师父应了。苏端公傍晚进去，三更天才骑在龙背上出来。我师父见龙闪着两只巨眼，吓坏了，忘了嘱咐，高叫一声：师父喂！龙听到这声喊，立马退了回去。没多一会儿，苏端公的骨头从洞口流了出来。龙以为是天兵天将请他，没想到是凡人，来了火气，将苏端公害了。

这也怪不得你师父，任何人遇到那种情况，都可能失口。

见她神情苦恼，我这样安慰她。

你的话没错，但……如果是故意的呢？我师父对我说了，他是故意的。他想的是，反正我会了那么多法术，只要苏端公不在，即使不学最后一招，我也能统治整个峡谷。师父说他终于遭了报应，孤身一人，还活这么大岁数，经历这么多悔恨和痛苦。包括他扔鸡蛋求雨的道法，也不是他自己废的，是苏端公的阴魂废的。"我自废道法，永不传世"这句话，表面上是他说的，其实是苏端公的诅咒——站在一旁的那位道士，就是苏端公的灵。

林安平喝了口水，沉默了一会儿，说：师父把这件事给我讲了，就落了气。正因为给我讲了这事，虽然他没给我传过任何一样法术，却不能说他没教我。他教了我很多。在他的影墙上，写着一个大大的"心"字。心，刀带三点，一点自己，一点众生，外面一点是邪心，所谓修行，就是把邪心去掉。师父就这样教了我。他落气过后，我想着把他埋在哪里，刚出门查看，房子就垮了，垮成个棺材模样。入棺为殓，我师父也算寿终正寝。

七

林安平从此再没出过峡谷。时至今日，她也只去过峡谷外的华锦。

肖道长死后，她回到了那个破庙。她说：我需要等待再一次天启。

当时峡谷的土地也已陆续下户，但林安平没到分配土地的年龄，因此没有土地。她靠老天的赐予为生，老天扔下一个千峰大峡谷，并慈悲地养活这里的万物，她便也有活下去的理由。野山羊能走的路，她就能走，野狗能吃的食，她就能吃。后来，她学会了开荒种粮。她在荒地上忙碌时，经常看见母亲在田土里忙碌，想去帮母亲，但母亲不要她帮。母亲真的不把她当自己的女儿了。

许多个夜晚，她悄悄溜到老屋前，坐一阵，又跑到父亲坟前去，抱住一堆土哭。父亲听不到她的哭声，她说这并不是因为父亲死了，而是因为父亲死得不完整。

平常日子，她是这样过的：白天去荒地上站，夜里在破庙里躺。

但到了腊月二十三，连破庙也躺不成了。

腊月二十三被称为小年，从这天起，峡谷人开始办年货，最高级的年货，是杀猪和推豆腐。峡谷之外，还包括推汤圆和米豆腐，但峡谷地区是石灰质土，存不住水，因而不产水稻，峡谷人没吃过米，也不知道有米；林安平去华锦的十天，见到过米饭，但不知那叫米饭，也从没吃过，她只吃红薯、苞谷和土豆，这是她吃惯的粮食，且认为是世上最好的粮食。推豆腐要点卤水，一年到头只做一回豆腐的峡谷人，很难掌握火候，要么点轻了，要么点重了，点轻了出不了花，成一锅浑汤（峡谷人叫点醒了），点重了变黑，变硬，像一坨铁（峡谷人叫点死了）。这年马背梁的李富贵就点出了一坨铁，他抱起那坨铁，对着山梁下的破庙大骂。峡谷人的嗓子，长着千万条腿，出口就亡命飞奔，山山岭岭迎着那条嗓子，加大它的马力，并添进新的内容：我家的豆腐点醒了。我家的猪血成不了血旺。我家的锅炸了口……九九归一，都是破庙里那个灾星的缘故。因此，每到腊月二十二，干部就到林安平的住处，站在庙子背后（怕看到她的眼睛），喊着说：安平啊，你是啥人，灯笼一提是亮了的，就不用我多说了，这些天就委屈你啊，明儿一早你就动身走人啊，免得乡里乡亲办不出年货啊。

于是林安平收拾行装，上山去。

西柳乡有座山，叫老黄山，高得很，把她赶到那里，她就害不了别人。

你到多少岁才不被驱赶？我问。

十七。

我想起峡谷地区的女孩十四五岁就可以嫁，而她十七岁之前还被撵来撵去，显然无人给她提媒，更不可能有男孩追求她。我把这想法对她说了。

连看都不敢看我，还给我提媒，还追求我，你这不是开玩笑？

然后她说：其实你不晓得，在这地界，找个女人难上难。这里生活太苦，老天爷怕女人吃不下那个苦，就舍不得女孩降生。我爹妈生了四个女孩，十分罕见；我过后，妈又生了两个妹妹，都是没满月就病死了。她们死后，爹妈很伤心，有时异样地看我，但从没在口头上怪我。这是爹妈对我万万年也报答不了的恩情。爹妈可能还觉得，女人活得苦，早早病死，也是她们的福分。女人少，男人讨女人当然难，可是男人不晓得珍惜，讨到家里就经常打。我为啥要让男人打呢？我是天上来的，凡间的臭人没资格打我！

我附和她，表示赞同。

然而接下来，她却道出了一个让我不可外传的秘密：她嫁过人。

她十六岁那年的初秋，有天夜里，她被麻袋一笼，横担着上了一个人的肩膀。凭汗味儿，她知道自己共上过三个人的肩膀。三个人换来换去，第二天上午，将她扛到了拐枣弯。拐枣弯住着谢旺财。谢旺财一家大小都信五毒教，信这教的人不惧五毒，锄地时，挖到蜈蚣吃了，捉到蝎子吃了，在墙上抓住蜘蛛吃了，逮住四脚蛇也吃了，所以灾荒年间从没饿过饭。谢旺财有四个儿子，长子谢土，一年前死了老婆，将两岁多的儿子交给父母和兄弟，就出门做生意去了。一年过后回来，身份是逃犯。他出峡谷就当人贩子，把本县的女人，卖往北方，这次回县"装货"的时候，被公安抓获。但是他跑了。他知道迟早要被捉回去，就对家人把事情说了。他爸谢旺财听罢，立即想到了她：林安平。儿子灾事太大，需以毒攻毒，他要用比五毒更毒的灾星，嫁给儿子冲喜。至于那灾星的眼睛，已经顾不得了，那年头，卖几个人就要枪毙，谢土卖了三十几个。被灾星的眼睛吸了魂，总比吃枪子儿强。

峡谷结婚，程序简单，男女去祖坟前跪拜了，就算夫妻。林安平被扛着抖了一夜，把她放下时，她只能趴着。她看见那个男人坐在阶沿上，搂住他儿子，像个女人那样在哭。他妈去把娃娃抱开，他爸拖他去坟前。林安平被他二弟拎着，提到了坟前，还是被拎着，跟他并排磕了头，又被拎回院子里。他回到院子，立即抱过娃娃，又哭。正这时，出去放风的三弟四弟慌慌张张跑回来，说戴盘盘帽的来了。他爸去抢娃娃，叫他快跑，他死也不放，更不跑。公安人员很快扑来，把他捉了。这时候他很温驯，主动把娃娃递给妈，让公安戴了手铐。

带他走的时候，林安平说，他转过头看娃娃，还看了一眼我，满脸泪水。

言毕垂下眼皮，左手拇指之外的四根指头，抽搐似的抠着右手背。这样子已经完全不像一个祭司，而是来自尘世、受过不少委屈充满无限怀想的女人。

那次出嫁，可说是她唯一的"俗世"。她的表情告诉我，绣在她裙子上的那朵花——人世间这个花花世界，她的职责虽是礼赞、祈祷和祭祀，内心却何尝不希望也如俗世之人，在其中享乐和受苦。而且我感觉到，在这一刻，她对那个男人特别想念。他是她曾经也有过俗世生活的见证，他被带离时满脸泪水地看她那一眼，成了她烫人的回忆。

没过多久，他就伏了法，林安平说。

又说：死之前，他给我写了封信，说我是自由的。

其实她并没在谢家住，谢土被带走后，她就回了破庙。抢她去是为冲喜，喜没冲成，她也就没什么价值，而且留着她，也终究是留着一个祸害。

信是给他爸的，林安平接着说，他爸讲良心，转给了我。他字写得多好的。

她拉开抽屉，抽出一本很厚的中医书，准确地翻到某一页，取出那封信，递给我看。信上写道："林安平，感谢你做我婆娘，我活不成几天了，你莫耽误各人，你是自由的。"其中有好几个错别字，字不仅不好，还很差，比林安平的字差多了。纸张是粗纤维，发黄发脆。

我把信递还后，林安平小心翼翼地折好，压进书里。可当她把书放进去，关抽屉的时候，手却下得很重，像是突然间有了深深的厌恶，再不愿就这个话题说下去了。

于是回过头，说她春节前被撵上老黄山。

雪下得扯天扯地，不是下，是奔流。茫茫雪尘盖了远山近水，世界小得只剩了眼前。每个人，每条狗，每棵树，都是孤独的。除雪花奔流的声音，天地静寂，连穿越峡谷的河，也在浩大的落雪声里收敛自己。野苍苍的背景下，一个黑色的人影，重浊地呼吸着，动物似的在雪坡上攀爬，越来越小，越来越黑，黑到极致，便被白吞没。这个人正月十五之前，不许下山，否则任何人都有权打她。这不比在学校挨打，在学校打她的都是跟她一样的孩子，无非是觉得她可以打，并没把打她跟自己坚硬的生活以及对生活烈火般的渴望联系起来，因此只是朝她背后挥拳头、扔石子；现在的人打她，却是往死里打。

这时节，山上不可能找到食物，她就自己背去，能背多少是多少，背得多多吃，背得少少吃，实在没吃的，还可以吃雪，吃草根。她坚信自己饿不死。她说，人一旦还原为动物，就消除了饿死的恐惧，大地再荒凉，也没有一只动物觉得自己会饿死。

千峰大峡谷的山野间，有很多风洞和溶洞，住虎，住龙（比如害了苏端公的那个龙洞），住蝙蝠，住妖魔鬼怪，但更多的是住人。许多洞子都有人生活过的痕迹。凡是人住过的，在陈婷婷口里或书面报告中，一律称为"蛮子洞"，她说数千年前，里面就住过蛮子。清道光年间的白莲教起义，义军被剿杀时，也多在蛮子洞里躲藏。现在又添上林安平了。

　　每年的大年三十，她说，都有人给我送吃的来。送到洞口，就走了。我最先看到的是我妈，看到她匆匆下山的背影。后来又听到响声，我想肯定是妈又转来了，这是大年三十啊，妈要跟她女儿说几句话；尽管她不再认我这个女儿，可我是从她肚子里爬出来的，她还养了我十二年。结果不是我妈。也不是我姐，姐嫁得远，峡谷的规矩是过了腊月三十才走人户，她只有来看妈的时候才可能来看我。我看到的是别人，有的认识，有的不认识。他们给我送来豆腐，还有五花肉，都是煮熟的。他们也让我过个年。

　　最后一句，林安平说得声音哽咽，随后用戴满指圈——类同于脖子上的五行圈——的手，蒙住脸抽泣。

　　我一言不发，任由泪水从她指缝间拱出来。她像这样当着别人的面流泪，大概很少很少。我只是望着门口，看有没有病人上门。自从跟她结识，我注意到，到她这里来的，只有病人，最多再加上陪伴病人的家属，从没有人来闲聊，她也从不出门去找别人闲聊。

　　情绪稳定后，她用手抹了脸，说不好意思啊。

　　我有意把话岔开，问她：你睡在洞子里，不害怕？不冷？

　　不害怕，她说，我经常想我师父，心里有了师父的脸面，就不怕了。也不冷，有牛羊陪我。峡谷人放牛羊，都是把它们赶上山，特别是冬天，不像峡谷外有稻草做饲料，这里没有饲料，拴在家里就只有死路一条；他们在牛羊身上做个记号，几个月后再到处去收。那些牛羊跟我亲热，晚上偎着我睡，最贴身的是小羊，外面是大羊，再外面是牛，我暖和得很，暖和得连委屈也没有。

她笑起来，笑得像刚哭过的孩子，泪花还挂在睫毛上。

正是这时候，我觉得，自己变成了坐在对面的女人。

我说，林安平，我像是变成了你。

她惊异地望着我。

原来，真有一个变成了她的人。

八

　　说不清具体从哪天开始，峡谷人敢正视她了，连言之凿凿指认她出生时诸多异象的邻居，也不再回避她的眼睛。这是一次偶然的发现，那天她去拾柴，想着苍苍茫茫的心事，完全没注意到那个邻居在松林里捡菌子，邻居跟她打招呼，她吓一大跳，猛然抬头。邻居撅着屁股，脸扭过来，朝向她。她跟邻居对视了。她迅疾转过头，又惊又恐，连声道歉。邻居宽厚地笑了一声。从那以后，类似的事情便时有发生，像老天故意用这种方法，让她知道别人敢看她，她也可以看别人。她看到了人面的美，也看到了那些眼睛里的苦和乐。

　　这可能与老黄山有关。那些给她送吃食去的，见到了围在她身边的牛羊，如果她是灾星，牛羊都会死，可它们不仅没死，还因为她活得更好。二十多天里，不管下多大的雪，结多厚的冰，整个白天她都在找牛羊，她把它们从深雪里救出来，从危险的崖顶唤到缓坡。它们跟人一样，稍不小心就会摔残，摔死，人残了还可以坐轮椅，它们残了就跟死了一样。她把它们聚在一起，给它们开会，讲安全知识。牛羊听得很专心，还微微点头。待春暖花开，主人上山查看，只要放牧在老黄山的，都不像先前那样少了只数。

天地开放，如花。在峡谷地区，这是林安平才有的感觉。

十八岁那年的十月间，她去了乡场。

西柳乡的乡场窄得像根皮带，北面五虎山，南面轿顶山，河水从轿顶山与场镇之间流过。这一带曾是万载荒野，到光绪十一年，才来了四户人家，后来逐渐增多，成为集市，并设甲里，民国初年设乡，叫三清乡。乡长是个外地人，过不惯高天远地的日子，一年中有大半年，见不到他的影子，三清人因此过得很散漫，很自由。峡谷人把自由说成"西柳"，解放后，就改叫西柳乡了。林安平来到乡场，在场镇傍河的涵洞里铺上苞谷壳，住下来，白天背着篓子，去居民家收破旧衣服，逢赶场天，就在场边摆个摊子，将衣服卖给山民。

经常到她摊子前来的，有位老人。老人白发苍苍，手臂黑筋盘曲，他来并不买货，只是捣乱，本来卖两块钱的，他问五角卖不卖？看他实在太老，你答应五角钱卖给他，他又不要。到春节前夕，集市收了，林安平只好回家去，也就是回到那个破庙里去。远远地，她就看到老人坐在庙门口，像在等她。她很欢喜，要是老人无家可归，正好跟她一同过年。她有整整五年没跟人一起过个年了。她欢喜得简直没去想老人怎么知道她的住处，只顾着跟老人开玩笑，说：嘿，我像在哪里见过你呢。

老人说，当然见过。

言毕摸出一面镜子，叫她凑拢了看。

她看到，本是男相的老人，变成了个年纪轻轻的女子，小圆脸上有两个酒窝，嘴唇含苞欲放，眼睛大而明，却像渊面，明的是日月之光的反射，命里的动荡与沧桑，都藏于深处。

这是她：林安平自己！

我跟她是一个身体两个灵魂，林安平说，从那以后，在人前，我出现，她就不出现，她出现，我就不出现。我们一起待了大半年，她对我说，她是龙女，石头开花马长角的时候，她犯了天条，被贬到凡间——就是说，龙女的罪，不犯在过去，是犯在未来，如果真要给时间分出段落的话；石头开花马长角，是遥不可及的未来。龙女说，她到凡间，化为男身修炼，可至今也未修成正果，现在她要走了，请我在她灵魂出窍后，用火烧她肉身，帮忙除掉她的妖气。她说你虽然不像你师父肖道长那样会踏炼度，但因为你经常想着师父的样子，他已在冥冥中把法力传授给你。她还指点我，说五虎山头有个武圣宫，武圣宫里住着一对姐妹尼，是双胞胎姐妹，合称斋姑娘，因为姓牟，又称牟斋姑。她要我去拜牟斋姑为师，说肖道长只是把我引进了门，牟斋姑才能让我真正承担起来到人世的义务。

跟林安平结识二十天左右，她曾对我说，过些日子，她要去五虎山给师父烧纸，现在明白她指的师父，就是牟斋姑。既然说到了牟斋姑，我问她啥时候去，她以期待的眼神望着我，说：明天就去。我说我陪你。真的呀？又是那副小女孩模样，拳头握起来，在胸前晃。

很快她变得严肃起来，说：你去了，我师父会高兴的，会感到光荣的。

这话让我如荷千钧。一个尘世间的小人物，怎么可能给仙界里的人带去光荣？

你是县上来的嘛，林安平说。

我内心颤抖了一下，深感卑微……

林安平不看我，接着说：我当年去五虎山找师父的时候，师父刚好六十岁。姐妹俩早已立下誓愿：不收弟子。可她们拗不过我。主要是舍不得不收我。她们不收弟子有很多原因。这条路太苦了。此外，传人有相当严格的要求，需辨宿缘，观人品，察体相，度慧根，合八字，属相必须是四个脚的，指尖上的纹路，要么是十个笞箕，要么是十个箩箩，不能岔。这些我全具备，而且我不怕吃苦，她们不收我，简直舍不得。

你找到舍不得不传的传人了吗？

沉默片刻，她说：我是小祭司，只能传女；男祭司称大祭司，女祭司称小祭司，大祭司男女都可传，小祭司只能传女。你说的人，我心里有，有三个，但我知道一个也传不了。

为什么？

她转过头，扫视了一眼门外的街景。

她的房子像个火柴盒，窄而深。她扫视过去的时候，正有几个妇人走过，隐约传进来的声音，是说谁的那把牌打得臭。现今的峡谷，除了学生，就无姑娘，姑娘都天南地北务工去了，中年妇人也务工去了。就女性而言，留在当地的，老妇之外，便是少妇，老妇带孙子，少妇带幼子，幼子多睡，当母亲的无所事事，便邀约着打牌。无论从哪个方向进入峡谷，立刻就能感觉到别天别地，而女人们的装扮，却也是空调衫、森女裙或里裤外穿。时尚的浪潮，并没有遗忘了这个角落。

林安平说无人可传，我以为是因为现在的人要懒了，只想过安逸日子，但她不是这意思。她说：只做祭司不开药铺的话，我吃穿都成困难。开了药铺照样难，没几个病人，开销又大。鹿走乡龙头山的玄天观，是唐太宗时代留下来的文物，却无人经管，是我请个哑巴在那里看守。我在玄天观主持法会，祈祷风调雨顺，国泰民安，或者报告上天，说今年收成不错，地方太平，感谢天神保佑，这既不为我，也不为我信众当中的任何人，但都是我和我的信众凑钱在做。当然，你可以说没叫你做，你搞迷信活动，没找你麻烦就不错了。可是人错就错在这里，认为自己的生活是自己挣的，跟天无关，跟地也无关，不知道雨润万物，地发千祥，人才能代代相传。总之一句话，你做的事不挣钱，只花钱，人家觉得跟着你没前途。

前途这个词，用在这里是如此嶙峋，却又如此现实。

我私下掂量，开发千峰大峡谷，林安平的"前途"会很可观。头儿找我谈话的时候，特别提到，我搜集和制造出的文化，中心是为一个剧目服务。目前国内的诸多景点，都有剧目演出，不管实景剧还是舞台剧，反正有，没有的正在准备有，有了的正准备做大，我们一步到位，开始就做大，大投资，大制作，大气派，总之是在"大"字上做文章。头儿还说，我们要请大团队，大导演，大编剧。说到这里，头儿笑了笑。我懂他的意思，是说我当编剧显然不够格。我的任务是提供材料，既包括原生的，也包括制造出来的。

林安平就是最好的"材料"。除了她的人生故事，我还见过她跳舞。几天前，她说到自己的饮食，说她并不忌荤，但不吃狗肉和牛肉。她没说不吃狗肉的原因，只说牛太辛苦。说罢起身，取下颈项上的一根银圈，跳芒牛舞给我看。在她面前，仿佛站着一头牛，她跟牛嬉戏、闹气、和好，牛是她的玩伴和兄妹。跳罢芒牛舞，又跳水神舞，她仰首向天，悠长悠长地舒叹一声：啊！随后双臂波展，细浪追逐，天地间清水幽幽，百川喜悦。接着跳稼神舞，禾苗能分平原山川，贫沃能种五谷麻棉，能养蚁民心和性……她的舞蹈，正是心、性和命的语言，放入剧目，绝对精彩。而且她远远不该只服务于剧目，她可以教一批学生，既在剧中跳，也可在很多场合跳，比如在县城建个风情广场，让她的学生去广场表演，游客一入县境，马上就能感觉到独有的氛围。"独有"，正是头儿强调的，只要头儿高兴，钱是不缺的，如此，林安平的前途就很光明，何愁她相中的传人不跟她。

可我又怎能给她承诺？且不说我的方案不一定被采纳，关键在于：千峰大峡谷真的要开发吗？这是很难讲的。以往的事实证明，县委书记换了，蓝图也跟着换了，而书记换得是那样频繁。书记一换，上届开始的项目，立即停下，去做别的项目，上届为那项目投入了几百万、几千万乃至几个亿，无所谓，说停就停，比做什么事都态度坚决。

我又哪里能够给林安平承诺什么呢？

九

夜里星斗满天，可被房东的电话吵醒后，却听到嘭嘭的雨声。还要去五虎山吗？听林安平说，坐车到了西柳乡，出站就爬山，山势陡峻，很难走。下雨天必定更难走。

不管怎样，先准备好。天色未明，我就起床，去厨房煮面条。房东从没见我起这么早过，男主人从卧室出来，边穿上衣，边问我今天咋这么早。我说明后，男主人哦了一声，站在那里，欲言又止。我以为他是觉得我在骗他，担心我离开土门，且一去不返，而又忘了我是交过房租的，于是提醒他说，房租我交了两个月，现在还没到期。他一听，深紫色的脸又紫一层，连忙申辩，说他知道，说房租交不交有啥关系呢，你愿意来我们家住，是看得起我们，家里多个人，也闹热些。说完却不离开，而是凑到我身边，很体己地问我：你跟林安平是亲戚？我说不是。那你为啥天天往她那里跑，还陪她上坟？我不习惯人家这样打探，抽出一握挂面，往沸腾的锅里下，没回他。他不仅没尴尬，还凑得更近，说：她那里去不得哟。

我心里咯噔一声。

前些日陈婷婷那个电话在我心里留下的阴影，若干天过去，已经淡了，或者说我已习惯了，此刻又意识到它的存在。我用筷子在锅里搅拌，浓烈的蒸汽蓬住我的脸。

为啥？从蒸汽里浮出的声音，又潮又热。

你没见满街人都不去？

这是事实。前面说过，去找林安平的，只有病人和陪伴病人的家属。虽是早已知道的事实，我却并不明白是因为"去不得"，心里禁不住又蹦一下。

她呀，是个勾人精。男主人双目发亮，格外神秘。女人怕男人遭她勾，不让男人去，男人怕女人从她那里学会了勾人，又不让女人去。

原来如此。我笑笑说：今后，你们病得再狠也不要去找她，免得遭她勾引。

他听出了我的话外之音，干笑几声，说：她手段好嘛，不找她咋行？

可他离开厨房后，我却感到一丝悲凉。

很显然，那样看待林安平的，不光是土门镇，也不光是普通居民，远在西柳乡的文化站站长陈婷婷，同样那样看她。陈婷婷"啊"那一声，内容更清晰了，她或许在想：你是不是被林安平勾上了？在峡谷人心里，林安平就是一个女人。一个没有男人的女人。只在某些时候，才变成医生和祭司。我猜想，她是在西柳乡待不下去才到了土门镇。她当然知道土门同属峡谷，但这是她能退的最远的距离了。无法想象去了峡谷之外，她还可以在药单上盖汉寿亭侯的大印，还能以她自己的方式，替人栽花树（使小儿肯长）、接寿（寿数快尽时，将寿命接通）、收影（影子跑了，失了魂魄，将其收回）、送亡魂禳灾（亡魂揪住某个生人不放，她帮忙把亡魂遣走，让生人安稳）……我曾见她给一个女人禳灾。那女人奶子痛。两年前深秋的某一天，她跟婆妈打架，失手把婆妈推进了堰池，婆妈被人救起时，伸手朝她抓了一把；相隔六七米远，当然抓不着，但能感觉到抓的部位是她左奶。十余天后，婆妈死了，死于伤寒。婆妈落气的同时，她的左奶就痛。从此一直痛。林安平听罢，让她撩起上衣，用毛笔在她左奶上画慧（咒语）。画过慧，又去楼下的玄祖殿做法事，为她婆妈超度。第二天早上，那女人打电话给林安平，说婆妈给她投梦，表示从今往后原谅她，她醒来，发现奶子不痛了！

　　如果到了峡谷之外，以这样的方式为人疗治，不会有任何效果。

　　因为峡谷外的人不信。

　　峡谷是林安平的土壤，峡谷人的"信"，使她能方便地探究人的秘密，帮助患者实现自我疗治。她不能离开了这片土壤。也可以说，她是在利用这片土壤。但所有主动都暗含着对等的被动力量。她利用这片土壤，也被这片土壤利用。人们利用了她，还要戳她的脊梁骨。她是女人，一个没有男人的女人，是她最软的脊梁骨。

　　我感到悲凉还因为，别人不来找林安平闲聊，她也不去找别人闲聊，非但如此，我想起有一天，移动垃圾车停在她门外，她提着垃圾袋出去，老远就往车上一扔，迅速转身回屋，像稍稍慢一点，就会被什么抓住。现在看来，是怕被闲话抓住。邪径败良田，闲口乱善人，这是古训，她再是祭司，也不能不顾忌。我相信，她那火柴盒似的又深又窄的房子，也是她自己设计的，是有意跟"闲话"拉开距离。顾忌如此之深，却允许我天天去找她，除了因为我来自县上，她觉得街坊大概不会把我跟她扯到一块儿，还可能因为，她对我是抱着希望的——为了她的处境。包括跟我初次见面那天，本来不欢迎我，却要盛装见我，或许也是这个原因。而我，却不能给她任何承诺……

雨越下越大，可我三刨两下吃了面，到林安平那里时，见她早已收拾停当。

我说了去看师父，她这样解释，师父就在等我，下刀我也得去。你不去就算了。

怎么可能，走吧。

峡谷内的公交车班次很少，好在我们赶上了头班。公路是沿河切割山体修成，直的时候笔直，弯的时候像曲蟮滚沙。左岸是河，右岸是山，河水的吼声给人错觉，像是车窗外奔涌的绿光在吼；过了水口乡，雨小了，接着停了，太阳并没有出，百草千树，却流淌着绿茵茵的光芒。两个钟头后，我们下了车，车站正对五虎山。西柳是林安平的家乡，她母亲已去世，姐姐从不跟她来往，因此她没什么人要见。走出站口，她却问我要不要见谁。我猜她指的是陈婷婷，说算了吧，不过看你。她不回答，直接上路。她挎着一个沉甸甸的布袋，我要帮她挎，她不肯。她说你各人把路走好就是万福了。爬山我确实畏惧，好在出脚不久，她就指着山上的一朵白云，说我师父的坟，就在那朵云上。那朵云并不太高。

虽单名五虎山，深入进来，却见前后左右，到处是山，山与山相互牵扯又各自为政，形成苍茫万山。开始的路较平缓，一直往石头沟里走。这条沟称剑门峡。林安平说，剑门峡左面的山体，一年要垮好几次。是因为若干年前，山里住着一户人家，开着幺店子，女主人美艳风骚，男主人愣头愣脑，是个傻子，生个儿子也是个傻子。远远近近的浮浪子弟，有事无事到这店里喝酒，意在跟女主人调情和上床。有天来了不少客人——跟女主人调过情上过床的，差不多都来了——男主人拿钱给儿子，让他去打酒，儿子多拿了一块，男主人追出去，追到远处，身后的山垮了，把浮浪子和女主人埋了。一年垮几次，就是让他们永世不得翻身。

讲完这故事，林安平说：这个世界不干净。

我想到了她的肉身和灵魂之论，也想到了自己在县城几十年的生活。调情算什么？可以说，没有调情，就没有酒局和牌局。汉语的任何一种意象，都能用来调情，荷叶莲花藕，鸡巴卵子尿，男人说得，女人也说得。区别在于，古时的调情让汉语含蓄、优美，今时的调情让汉语直接、凌厉。至于上床，古时要费大堆功夫才能走到那一步，我相信，即使想勾上那个美艳风骚的女主人，也不是三两句话就能办到，而今时的人，用手机"摇一摇"就可以去开房。在县城里，我没觉得这种生活有什么不妥，只在自己遭遇伤害的时候，才感觉到疼痛。但此刻，在这深山峡谷中，枝叶凝着水珠，天上飘着白云，一只岩鹰在谷口无声地滑翔，宽阔的翅膀，庄严地把天空镀亮……我才感觉到，我几十年的生活过得不干净。

可林安平的话并没说完。

如果只是蠢人和傻子的干净，她说，你觉得有意思吗？

我无法回答。我不知道。

走完剑门峡，爬山真正开始。

十余丈高处，有间土坯房，房前傍崖处，有个蜂桶，有个大石水缸，一个五十岁左右的男人，站在蜂桶与水缸之间，大声喊"林先生"。他是周善人，林安平对我说，是儒教先生，我在玄天观做法事，他做我的辅祭。周善人从岔路上迎下来，左手提茶壶，右手拿弯刀，拿弯刀的手上还捏着两只土碗。林安平向他介绍我。在她口里，我已经不是县上来的，而是县里请来的专家。周善人朝我们走近，不看脚下的路，只笑眯眯地望着我。

我最见不来他拿弯刀的样子！

喝过水，刚跟周善人分手，林安平就这样说。

这也奇怪，他是农民，弯刀是他的工具。但林安平说，他拿弯刀既不为砍柴，也不是干别的，是要跟摄影家走。六年前，峡谷来了个摄影家，拍了一组照片，获了联合国教科文组织的什么奖，从那以后，来这里的摄影家就没断过。他们雇当地人带路、背器材，还砍树枝。他们遇到一处风景，可那风景被树枝挡了，就把树枝砍掉。周善人就经常被他们雇用。他觉得跟着摄影家走，自己也成了摄影家，摄影家用相机，他用弯刀。所以不管去哪里，哪怕去街上赶场，包括刚才给我们送水来，他也把弯刀拿在手上。

我似乎听明白了，周善人把弯刀当成了自己的身份，却不把儒教先生穿的米黄色袍子当成身份。他刚才穿的是一身灰白短装。按规矩，见到祭司，他应该穿上袍子出来，但他没有。

弯刀能给他带来现实的好处，袍子不能。

林安平在他面前吹嘘我，大概是想稳住他的心。你看，县里请的专家也来采访我，还跟我一起去拜师父的墓；你的那些摄影家，虽然得过奖，却不是县里请来的。

她已经感觉到，其实是早已经感觉到，她在峡谷地区的土壤，也日渐稀薄了。在她的法事里面，有一样叫"定女人"，就是女人跟野男人私奔了，经她一"定"，十天半月过后，女人便自行回转。而我亲眼看到，有三个找她"定"过女人的，都没定住，来问缘由，她一声不吭，只是拉开抽屉，数出钱来，退给人家。因为那些女人不只在峡谷里私奔，她们私奔到峡谷之外，甚至县外、市外、省外，那是别样的世界，林安平无能为力……

过了周善人家，就见不到一个人。偶或碰见一间半垮的木屋，里面空空荡荡。坟茔倒是经常遇见，就卧在路边，对我们翘首相望。人活着，仿佛不是大自然的一部分，死了才是。山中是巨大的寂静，静到既没诞生时间，也没诞生空间。可转过一个垭口，却兀然听见轰轰乱响。是山洪。山洪石头般砸下来，形成宽沟。沟上横着圆木，圆木铁黑，生着木耳。许多地方，路像从峭壁扔下的一根绳子，早上的那阵雨，胀得满山水气，路面打滑，脚趾抓不住，手指抠不住，就请牙齿帮忙，咬住垂枝或藤蔓，甚至直接咬住路上的石钉。更多的地方宽不盈尺，右是山壁，左是绝壁，眼光随便一溜，就直透谷底。宽阔的山谷间有电线飞越。山民曾每人平摊千元，不惧粉身碎骨地把电拉通，但电费没用到百块，就都把家搬走了。

十

　　林安平说，她师父从娘胎里就吃斋。我不知道这是表明她师父的母亲也吃斋，还是她师父跟她一样，出生时带着异象。不过我相信一句话：富人需要信仰，是因为除了信仰什么都有了；穷人也需要信仰，是因为除了信仰什么都没有。她师父属于哪一种？她告诉我，牟斋姑是绥定府（现在的绥定市，距东轩县六十公里）人，父亲是大盐商，人称"牟半城"。姐妹俩刚过十岁就离家，到这深山峡谷的武圣宫修行。十来岁的孩子，即便锦衣玉食，也还不懂得富贵尊荣的含义，更不需要用信仰去填补空虚。或许，我相信的那句话并非真理。

　　上世纪中叶，武圣宫被人烧毁，牟斋姑被收编为当地社员。她们在距武圣宫不远的松林里，搭了个寮棚，一面参加集体劳动，一面偷偷念经参禅。"偷偷"二字，已暗示了结局。姐妹俩被揪出来，双手反绑，跪在人群中，然后牵来一条狗，当着她们的面，用青杠棒把狗打死，又当着她们的面，把狗剥皮炖汤，再掐住她们的腮帮，把狗肉灌进她们的喉咙，为此还取了个名字，叫"狗肉开斋"。

说到这里，林安平突然停住，侧过身，对着绝壁下深不见底的山谷呕吐。

呕得很厉害，却啥也没吐出来。

我明白了她不吃狗肉的原因。

这是一段险路，我生怕她出意外，可她就像长在石壁上。人岂止可以像动物那样过日子，人简直可以变成动物，还可以变成植物和石头。这是林安平说过的话。

她从壁缝腾出一只手，揩了眼帘上瀑布样的汗水，又往上爬。爬过那段险路，她接着说师父：这里找女人难，那时候比现在更难。现在峡谷出生的女孩，只比男孩少两成，老天爷不怕降生女人了，看来峡谷的天真的要变了。可那时候，女人就像麦田里的豌豆苗。明明这么少，却有两个空在那里，死不嫁人，在他们看来，就是天大的罪过。个个男人都去打斋姑娘的主意，把她们的寮棚烧了，家具毁了，让她们没法过活，逼她们嫁人。我的两个师父，虽然一辈子也没有嫁给谁，可不晓得被强奸过多少回。我受龙女指点去找师父的时候，一路上都听见有人骂她们，说那两个斋姑娘不是好东西，生私娃儿。

我很想问：她们生过吗？

还想问：如果生过，那些孩子又是怎么处理的？

可这样的问题太残忍。

恍然间，已走了三个钟头，林安平指的那朵云，依然高悬山崖。再行一程，又见一座孤坟，孤坟旁是间塌了屋心的空房，檐下横着一张条凳，林安平一屁股就坐下去了。凳上灰积寸许，我实在放不下屁股。她瞄我一眼，说：有人才有灰，有灰才有人，这就是尘世。这话让我莫名的感动，便也坐了。她打开布袋，摸出一瓶矿泉水递给我，接着又递给我一袋饼干。

她自己却不喝，也不吃。

我要敬了师父才吃，她说。

类似的话，几十年前她就是这样说的。

她去拜师，让牟斋姑恐惧，但如她所说，牟斋姑拗不过她，又舍不得不收她。她们把她藏起来，教她绣花和诵读经书。牟斋姑曾有三百余部经书，数次被焚，幸存的二十多部，姐妹俩打成包，外面缝上巢脾，挂在高枝上，别人便以为是蜂巢。后来怕好事者去把"蜂巢"捣掉，又取下来藏进树洞。林安平去拜师的时候，书依然藏在树洞里，每个树洞藏几本，藏了八个树洞。书从洞里取出来，带着深邃和秘密的气息。林安平很快接纳了这些气息。在牟斋姑看来，聪明是次要的，主要是宿缘深厚。姐妹俩再次品鉴弟子，发现她的受胎、属相与生期，全都对应同一星辰。这样的人信仰坚定，万分难得。

几番挣扎过后，姐妹俩对弟子说：我们要教你一种文字。这文字受过大难。嘉庆十八年，天灾人祸，民变蜂起，我们的祖师在川东一处名叫狗儿坪的地方设坛，祈求上苍大发慈悲，痛顾万民。法会要做五天，刚做一天，狗儿坪就发生了抢粮事件。那里有个粮库，也不知是听从了哪一个神秘的号令，方圆百里的饥民，水一样朝狗儿坪流过来。打个喷嚏的工夫，万多斤粮食就被抢劫一空。县令派兵追来时，已过去三天时间，抢粮的早不见踪影，只有祖师和他的信众。祖师正领头跪在烈日底下，代民向天赎罪。兵丁不由分说，将烈日下的人捆了，带回县衙，说他们是抢匪。祖师用那种文字为上天写的颂词，他们不认识，就层层上交。最终判定，大江南北的民变，正是通过这种"巫文"相互联络。一起普通的抢粮事件，就这样演变成了颠覆朝廷的事件。使用那文字的人，包括那文字本身，遭到血洗。

讲过这段历史，牟斋姑再倒回去，讲那个远古酋长的故事，讲那文字以影绘形的来历，还有文字的神圣以及埋藏在文字里的人心。然后说：那次血洗过后，这文字只能偷偷传。师父传给我们的，有378个，我们全部教给你，你要像保护自己的性命一样，保护好它们。

言毕撇根树枝，在泥土上教，每教会一个，立即擦去。

林安平一直记在心里，两年前，她感觉自己的记忆力在衰减，而且对找到传人失去信心，才用笔记下了，并在厕所门上试探性地写出了一个……

学艺期间，怕被发现，也想帮师父改善生活，林安平并不在师父那里久住，学几天就离开，去乡场做生意。倒卖旧衣服的生意已不好做，又没法再拾起打铁的营生，父亲的那套行头，丢在华锦了，现在她置办不起，再说久了不摸，铁已跟她生疏，要打也打不出个样子。于是她买来布匹刺绣：绣鞋垫、衣裙、帽子。这些是刚跟师父学会的，可她绣朵云，那云就能飘，绣朵花，那花就有香气，别人喜欢得很，抢着要。她就这样存钱，存到一定数量，就买上馒头、麻花、海带、菜油、桐油、糖果，经黄岭滩、竹林滩、剑门峡、凉风桠、向阳包……直到五虎山，去看师父。往往是走了十里八里，天才亮。

路上再饿，她也不吃，要师父吃了她才吃。

我师父说，这样的好东西，只有父母给她们吃过，然后就唱歌，就哭。

唱啥？

她们唱啊：清静之水日月花开，中藏北斗内蕴三台……

哭啥？

她们哭啊：天神把她们降生得不是时候。

旁边的坟头前，长着狗尾巴草，草茎上一只蚂蚁，快速往上爬。爬上草梢，茫然四顾，随即倒转身子，又急急忙忙下来了。世间万物，都是这般不得闲暇地过完一生。林安平看着那只蚂蚁，眼神沉静而悲哀，自语似的说：盘古天聋，地母地哑，天聋地哑造化众生。盘古听不见痛苦的声音，地母说不出痛苦的滋味，但知道有痛苦这个东西，就用忙碌做众生的解药。我师父唱过了，哭过了，就去锄地。天黑作一团，也去锄地。汗水一流，师父又欢喜起来，又开始唱，她们唱啊：即使鸟不语，花不香，女人无情，男人无义，老天也从没对人失去信心。所以我师父说天神把她们降生得不是时候，并不是怪谁。她们连命也不怪。

话音刚落，她突然立起身，望着屋檐外一碧如洗的天空：你听，有神仙路过！

我悚然一惊，起身侧耳细听。

可我是凡人，只听见蜂群的嗡嗡声。

她跺一跺脚：那就是啊！

山野壮阔，天宇无垠，那些微物之神，完全融化在透明而恢宏的背景里。它们不显形，只用自己的声音，来阐释寂静的真谛。

蜂群远去，我们离开空屋和孤坟，接着上行。林安平也接着讲她师父。那时候，村里的大人不去师父那里走动，小孩却不顾忌。师父心痛别人家的孩子（尽管那个"别人"，可能是给她们灌过狗肉的，可能是强奸过她们的），把糖果和粑粑饼饼给孩子吃。这些孩子长大后，为祖辈父辈消孽，做了不少好事。说着，林安平站住，回望来路。其实完全看不见路，只看见密林和密林掩映下的巉岩。但路就在其间。那都是他们修的，她说，每个脚印子，都是他们用錾子打出来的，花了整整十七年的工夫。人做起好事来，真不简单！……

那朵云不见了，但五虎山到了。是并排的五面石壁，白中带红，状如虎脸，虎须也历历在目。林安平向右边一指，说那地方曾是武圣宫。现在只能看见断崖。崖畔一棵栎树上，挂着一口大铁钟。林安平把布袋递给我，自个儿抠住石缝，踩着晃晃悠悠的几根朽木，踱到那铁钟底下，弯了腰，手伸进崖口，掏出一根铁锤，对着钟敲：当——当——当——

山鸣谷应，久久不绝。

藏身密林的鸟，在钟声里群起群飞。

山林为之动荡。

她过来后，我问她：是为了告知师父吗？

不，她说，是让人世听清音。

牟斋姑的旧居即墓地，松林、蓼叶和茅草，比试着乱长。茅草高得像树。林安平给我指，哪里是师父的伙房，哪里是师父的卧房。完全看不出来了。只有齐肩而立的坟堆，让我知道这里曾生活过两个苦难的老人。而林安平毫不悲伤，非但如此，还相当快乐，又快乐成了小女孩模样。她从布袋里摸出香蜡纸钱，点上之后，敬上果品，在师父坟前各磕了九个头，就转身坐下，拿块饼干嚼着，望着对面遥远的山脊和与山脊相接的天空，乐不可支地对我说：有好多回，我跟师父躲着看云，有次在云里看到两个人打架，一个追另一个，追上了用刀砍，把那人砍倒了，我们为他加油，叫他站起来，可他没能站起来，被砍成了一张皮。又一次，看到飞来很大一个球，后面跟着个大汉，把那球一脚踢开；那球不是天上的，神仙把它踢出了天。再一次，见大队人马，扛枪的，背花篮的，拉板板车的，朝我们走来，我师父说，这么多人来，我这里住不下呀。这时另一人出现，朝那群人吹喇叭，那群人就不见了。

我觉得，林安平和她的师父牟斋姑，都没有过完整的童年。

她们是在寻找自己的童年。

十一

从五虎山回来，路过鹿走乡，林安平想看看女儿。她女儿很久没回去过了。这季节泥石流多，伤员也多，做护士的女儿很忙。反正后面还有一班车去土门，不愁回不去。在鹿走下了车，我们朝卫生院走，竟然碰到县环保局副局长熊强，不过他现在的身份是千峰大峡谷工程指挥部指挥长，指挥部就设在鹿走，目前的中心工程是修拦河坝，将水位提高四十米，形成峡谷深涧的气势，营造湖光山色的美景，也便于开展峡谷漂流。以前的河流太急，河里石头太多，水位提升后，石头埋于深渊，相当于清理了河道，又因地势的缘故，落差依然存在，漂流起来既舒适又刺激。熊强对我说，这项工程涵盖整个峡谷，到时候将是货真价实的百里长漂。然后他放低声音，以他惯常的把不是秘密当成秘密的口吻说：苟书记下了死命令，要我们搞成中国第一漂；前些日市里开会，刚上任的市委袁书记宣讲未来五年规划，对我们县提的要求是：以千峰大峡谷为核心，开发全域旅游。

即是说，项目升级了，不仅峡谷，全县都成了旅游开发区。而且既然纳入了市里规划，即便更换县委书记，该也不会流产。我想象着水位抬升后的景象，那将淹没现在的公路——这是几年前才耗巨资外搭几条人命修好的；风源乡与水口乡，也要整体搬迁。我终于明白了头儿为什么说最富想象力的职业，不是艺术，而是政治。

熊强还告诉我，进入千峰大峡谷的快速通道，市区一条，县城一条，已开始招标。

他每说一句，我都情不自禁地瞄一眼站在两米外的林安平。我是要用兴奋的眼神告诉她，熊指挥长带来的消息，对她是件大事。老实说，去五虎山的途中，我心里一直有个负担，生怕林安平对她师父说：师父，某人也来看你们了，你们一定感到光荣。我承受不起这样的话。结果，这样的话她一句也没说。可她越不说，我心里的负担越重。现在这种负担解除了。

然而，林安平皱着眉头，像是既没听熊强说话，更没注意我的眼神。

熊强却注意到了。他也朝林安平看。他开始还不知道我跟林安平是一起的。因为是去给师父上坟，林安平带着青色襆服，太热，只在师父坟前穿了，去来的路上都脱下来，露出灰色胡服，缠青帕子，打黄绑腿，脚上却穿着解放鞋，这是别处见不到的古怪打扮。熊强的眉宇间刻着很深的迷惑。当我跟他告别，与林安平一同朝前走，他的迷惑更深了。我知道，往后的很长一段时间，只要碰见熟人，他都会以告诉人秘密的口吻，讲起这件事。

鹿走乡卫生院在一段斜坡上面，林安平在斜坡下给女儿打电话，然后站在那里等。很快跑出来一个高挑的女子，合身的白大褂，使她显得更高，更清爽，而且那么漂亮！说华锦出美女，我几次去华锦，真没见过有林芳这么漂亮的。她的身影和她娇滴滴的声音一同出现，"妈！妈！妈！"这么连声叫着，朝母亲扑过来。

林安平张开双臂，跟女儿抱在一起。她们彼此都有一种攫取，对感情。我觉得自己不该在这个气场里，躲到十米开外的一棵树下，靠住树身抽烟。这么一靠，才知道腿有多软，小腿肚里像长了无数个心脏。

林芳说她的忙，问母亲为什么来鹿走。母亲还没答完，她就扭扭身子，撒着娇说：妈，好烦哦，张医生马上做个手术，我要回去帮忙。林安平连忙推她：那你不早说！推一把想起了我，指着我说，那是何叔叔。我快步走过去。然而迎接我的，是一张冰冷的脸。

女儿跟母亲一样，对陌生的世界和陌生的人，心生戒备。

我们回到路口去等车，这时候林安平问我：刚才那个人讲的，都是真的？

我说那当然。

我不喜欢那个人，她说，他以为他是在干惊天动地的大事，可他也不想想，水位抬高那么多，在低岸生活了千千万万年的山岩和植物，也要永绝于世；还有动物呢？河岸的动物多的是，水里的更多，单是鱼，就不晓得有好多种，有些鱼只能生长在现在的环境里，像阳鱼、娃娃鱼，特别是娃娃鱼，平时是钻进水下的岩窟，水的深度和温度变化太大，就只有死路一条。有些鱼要回流产卵，堤坝一修，就回不去了，也是死路一条。

我想起曾在川南某段江堤下见到的景象，白沙沙一片，是想回流而不得的硬头鳟鱼，纷纷撞死在堤坝上。

他杀死这么多条命，林安平又说，还以为自己是在干大事、做好事。他又不是佛。佛可以普度众生，也可以杀人如麻，佛才是自由的，但佛的自由也是在决断之前，一旦决定，开始行动，佛也要被行动捆绑，也不自由。所以佛通常不行动。

仿佛是为熊强，其实是为我自己，我辩解说：这也怪不了他，他不过是执行任务。

林安平冷笑一声：世上的责任就是这样推掉的，坏事就是这样做出来的。

这话有理，却太刺耳，太伤人。如果不是熊强来电话，我或许会对林安平说，你怕鱼们没活路，就别指望改变你的处境。这话更加刺耳。我没有权利把这么难堪的选择题，扔给林安平去做。幸好电话响了。熊强请我吃夜饭。我说不了，我马上去土门。熊强问：跟你一起的……我说是祭司，林祭司。他显然不知道祭司为何物，以为祭司就是巫婆，说你要问神，县城花街的马老太婆就灵得很，何必跑这么远？我生怕被林安平听见，走远了些，细声给他解释。我照例不想透露自己的使命，只说文化馆想为林祭司写本书，我到土门采访她，待了好几十天。熊强对我前面的话毫无兴趣，只是问：你几十天都没回过县城？那你晓不晓得……雅玲结婚的事？十天前办的婚礼。我说：早晓得了！说完把电话挂了。

回土门的车上，林安平一言不发，且一直把脸掉向窗外。我知道她是累了，或者心里有事，不想说话，但我非常感激她，我认为她是知晓我不想说话，才故意沉默的。

当天晚上，我一夜未眠。爬山五个多钟头，下山三个多钟头，一去一来又坐了四个钟头汽车，使我浑身酸痛，尤其是腿。这是一夜不眠的好借口。真正的原因是雅玲结婚。雅玲是我前妻，跟我离婚刚满一年。不过这与我有什么关系？离婚次日就结婚，也是她的权利。可我为什么要在熊强面前要那一点自尊？不知道就是不知道，为什么要说早晓得了？

我睡不着，正是觉得我应该知道，觉得自己依然对雅玲拥有某种权力。

而事实上，这样的权力在一年半以前就失去了。

她知道了我跟另一个女人的关系。我跟很多女人有过关系，但以前的她不知道，这一个她知道了。在我们的夫妻关系中，她习惯了弱者的地位，她可以向我哭。但她不哭。在这个问题上，她丝毫也不将就，且突然由一棵草变成了一棵树。

只是这棵树再不愿长在我的土地上了。

我们的婚姻死了。

我们把婚姻的尸体，封存在那个名叫家的棺木里，封存到儿子高考结束，才埋葬了。

现在雅玲有了新丈夫。那是位声誉日隆的重彩画家，比我小两岁，此前从没结过婚。来峡谷的前几天，我在滨河路还见他俩手挽手散步。

我承认，我爱她，虽然这话很叫人恶心。有时候我想，是不是因为她跟了别人，我感觉到失去，才"挖掘"出了对她的爱？或者，她找了个有出息的男人，我有了嫉妒，才感觉到她值得爱？事实证明不是，我回忆她的时候，鲜明，质感，踏实；而回忆她知道的那个"她"，包括"她"之前的她们，全是一片雾。我和她们，都是在有性无爱的风月场中。

表面上，我顺从地接受了这种失去，可我比以前容易喝醉，好几次进洗脚坊，我在按摩床上一觉睡到大天亮。我不想回家。离婚的时候，雅玲要了店面（她一直开服装店），我要了房子；是她挑的，我觉得她是故意的，故意把一个装殓过我们婚姻尸体的棺木扔给我。

不管从哪种角度说，我都要感谢指派我到千峰大峡谷的头儿。他让我的逃离有了光荣的理由。我是真心实意想做一点事，为自己赢得一点尊严，让雅玲看见。我想让她看见的，并不是作为她前夫的尊严，而是补偿她对我的失望。当初，她认为我也是有出息的。她嫁给我的时候，我是县里有名的文学青年，写的小品，到省城演出还获过奖。我不知道自己是如何变成了现在的模样，只记得她曾多次劝我，说人经不起几耗，不要有空就吆三喝六，说人掉进河里还有救，陷进人堆就没救了。开始听了，我还要想一下，还要愧疚老半天，后来越陷越深，她再说我就发火。她早就对我失望了。她跟林安平一样，洞悉我的肉身和灵魂。

十二

连续多日，我没去找林安平。腿痛了一个星期，让我啥事也没心情去做。当疼痛减轻，我依然躲在租房里，清理各种信息，分辨哪里还需补充，哪里可以制造。县城方面，我已没什么念想，既然头儿说过给我半年，我便下定决心，半年都不回城，一次性交齐了余下时间的房租。房东家的吵闹，对我已无任何影响，孩子们白天上学去了，本来也算不上吵闹，两口子会时不时爆起一阵笑声或者怒骂，接打电话和招呼街坊的声音，也响若雷霆，但于现在的我，这些声音都构成奇异的安慰。窗口南开，当窗的黄桷树上，鸟儿果子般悬挂，彼此呼唤和应答，阳光像开在枝叶间的花朵。乌云一来，雨也就来了，乌云是落到天上的雨，天上的雨和地上的雨交接，弄出空茫繁响。我的心里，总是涌起突如其来的温暖和悲凉。

正是这时候，馆长的电话来了。馆长生硬地问，你在哪里？我说峡谷啊。你在那边干啥？这让我蒙。当时头儿找我谈话的时候，他也在场，头儿说，半年之内，馆里的事你不必做，这个嘛，老夏会支持的。馆长急忙表态：全力支持。可现在却问我在峡谷干啥。

我突然来了火气，说我在玩儿。

大学毕业后，我就在文化馆上班，跟我一同进馆的，全都离开，且都在各自的单位混了个一官半职，唯我守在老窝子，并且依然是个馆员。但并不证明我不该受到尊重。馆里的实际事务，编书，培训，整理非物质文化遗产资料，不是我成头在做，就是我独自完成。我当初朝雅玲发火，就曾拿这些东西，来表明自己有多忙、多累。

　　馆长听出我口气不对，却并没理睬，再一次问我：你为啥一直不汇报？

　　他是说我为什么不向头儿汇报，当然也暗含着为什么不向他汇报。但那次，头儿除了说半年内我不做馆里的事，还说我不必汇报，他也不过问我。他只要成果。

　　馆长很是恨铁不成钢：你就是这样在理解领导的意思？你不汇报，他怎么知道你的进度，又怎么知道……嗨，我也不拐弯抹角，我问你件事：听说你成天跟一个寡妇泡在一起？

　　我的脑子里，立刻浮现出熊强的那张肥脸。我早就猜出，他会把我跟林安平同行，当成秘密到处传播。可是不对，如果是他，会把林安平说成巫婆，不会说成寡妇，而馆长说的是寡妇。只有峡谷人才知道林安平嫁过人——如果被抢去跟那个人贩子见过一面，也算嫁的话。林安平以为那是秘密，其实峡谷人多半早就知道了。

　　果然是她。陈婷婷。

　　陈婷婷到县里开会的时候，知道了发掘千峰大峡谷文化资源的消息，写了份长达46页的报告，打印出来，亲自呈给了县委办公室，县委办公室呈给了牵头领导这事的头儿，头儿读了三遍（他亲口说的，读了三遍），交给下面几位文化人，包括馆长，让他们甄别。

　　馆长说，陈婷婷的报告，内容极为丰富，荔枝道、苏妲己自然是有的，还对峡谷里的地名作了梳理。比如落儿山（林安平的师祖苏端公曾在那里斥责灵官菩萨）、满月坡（林安平的父亲曾在那里修路），陈婷婷是这样写的：楚汉战争期间，刘邦大将樊哙镇守千峰大峡谷，同时还肩负着一项使命，保护刘夫人吕雉。那时候刘邦在汉中御敌，将吕雉交给了樊哙，吕雉怀着孩子，某个风雨交加的傍晚，楚军突袭，吕雉脱险，跑到水口乡一面山上，将孩子生下了，从此，那面山就叫落儿山；生过孩子不到两天，吕雉又跑，跑到河对面的半坡，藏在一户农民家里，直到满月，从此，那面坡就叫满月坡。吕雉生下的这个孩子，叫刘盈，即汉惠帝。如此，普普通通的地名，变得高大上起来。还比如状元碑，状元碑位于西柳乡葛杨村最高处，山形如状元戴的顶子，因而得名，但陈婷婷说，不是这样简单的，它是有来历的：许许多多年前，有个妇人从那里过，遇到一个正歇气的背二哥，姓孙。孙见妇人独行，就把她奸污了。孙背着重物，爬了这么高的山，又行性事，性事毕，倒下即死。妇人跑回家，左右不安，就告诉丈夫，说我看见一个人倒在路上，很可能死了。她跟丈夫上去，见了孙的尸体，把他埋了。而妇人却怀了孙的孩子（妇人跟丈夫从没育过孩子），这孩子长大，考上了状元。状元从母亲口中知晓了自己的来历，为表达对生身父亲的怀念，去接受父精母血的山头立了块碑，就是状元碑，只是年深日久，那块碑不在了而已。

馆长等人看过陈婷婷的报告，都说落儿山和满月坡还有些蛛丝马迹，状元碑却完全是胡编的，把史书翻烂，也找不到东轩县出过状元。他们把这意见反馈给头儿，头儿只是冷笑，然后说：出没出过状元有那么重要吗？想当状元才是重要的！你们说，哪位家长不希望自己孩子当状元？我看这个故事不错，我看那个文化站站长不简单。

馆长问我：前几天来了几位国内知名的旅游策划专家，去千峰大峡谷转了一圈，你知道这事么？我说不知道，也没碰见他们。馆长说，今天上午开座谈会，我们都参加了，专家谈了他们的看法，总体说来是风光绝美，前景大好，对县里制作的规划图和宣传片也作了充分肯定。领导听得非常亢奋，头儿在专家之后发了言，专谈文化打造，说我们已有专人做这方面的工作，而他说的专人，是陈婷婷，不是你何先文——一个唾沫星子也没提你！

说完，馆长等待我的反应，可是我没有反应。于是他接着往下说。正题之前特意交代：下面这些话，是有回陈婷婷进城，我们招待她吃饭，她在酒桌子上讲的，确不确实我们也不晓得，我只是提醒你注意，莫把自己弄"夹"起了。

是关于林安平的。

1992年，牟斋姑死了。姐妹俩死于同年同月，相差四天。这四天是留给林安平的，好让她安埋，姐妹俩害怕同一天死，她忙不过来。从此，林安平接下了师父的衣钵。但这人心性很高，不愿意只像师父那样做个斋姑，而是要做三教领袖，可三教当中，她只学过道和释，尽管那时候她连道教的皮毛也没学到，毕竟拜了师。她还差儒教。祭司文化里，儒教是基石。道教重今生，佛教讲来世，儒教则提倡利世，因而特别重视秩序——入世的秩序，在铁一样的秩序底下，修习学问和人格，然后为国为民贡献自己的能力，虽九死而不悔。所以儒教是大观思想，没有它，其他教飞不起来。林安平是个聪明绝顶的人，又是个雷厉风行的人，想到了，就去做。当时，鹿走乡有个儒教师，名叫梁明有，林安平就去跟他学。梁明有把林安平安置在无人经管的玄天观里，他本人是合作社职工，要周末才能上去，为徒弟授业。整个玄天观，只有他俩。那时候梁明有四十九岁，秃发独臂，但眉眼里有英武之气，他本来就文武双全，早年去川西青城山，用独臂施展的余门拳，打得几个月找不到对手。他不教林安平拳法，只教她儒家经典和中医。但谁都知道，他不止教这两样。

陈婷婷在酒桌上说：你们没见过林安平，更没见过她年轻时候的样子，那是个美人坯子。十七八岁前，她都垂着头，一副可怜相，这以后突然就变了，那双眼睛……那双眼睛……比天还深，没几个男人经得住它吸。儒教师梁明有照样经不住。传言四起，梁明有的老婆气病了，后来吊颈死了。十多年后，梁明有也死了，死之前给林安平留了一笔钱，让她去峡谷地区场面最大的土门镇开中药铺，这样就不愁吃穿，也不愁养不活女儿。林安平确实领养过许多孩子，但有个女儿不是她领养的，是她生的——跟梁明有生的。

馆长突然不说了。

我问：还有吗？

别的没啥，只是你不要再跟那个女人瞎混了。凭你的条件，你要再找个女人，城里有一个连的女人供你挑，何犯于……一个村妇，名声那么糟，神叨叨的，听说还比你大！当然这些都是你的私事，但我这里要说句公事：你是去工作的，不是去混女人的。

这最后一句，深深地刺伤了我。

我直接把电话挂了。

馆长立即又打了过来。你现在咋这么大的火气？是这样的，我打电话，是叫你回来；不是我叫，是头儿叫！然后告诉我，那几位专家不仅到过千峰大峡谷，还到过半岛。半岛位于县境东北部，十余年前发掘出古巴人遗址，因而"惊世骇俗"；史学界早有论定，巴人"神秘消失"，而半岛的出土文物显示，这里很可能是古巴国的中心王都——最后一个王都。十余年来发掘了四期，占遗址面积的十分之一，每次发掘后都回填，现在整个半岛都是庄稼地。专家们去看了那片庄稼地和部分文物图片（实物送到了省博物馆清理和暂存），认为，既然你们要搞全域旅游，文化方面就应该以巴文化为主题，千峰大峡谷是你们的核心区域，峡谷是土家族聚居区，而土家族正是巴人后裔。你们要在这方面动脑筋。如果搞剧目，以巴文化为视角，就比以土家文化为视角古老得多，大气得多，也神秘得多。头儿边听边点头。

馆长说：开完会，我到头儿身边，专门提到你，是想让他回忆起派的是你去做那工作。他像真的忘了，只是说，专家就是专家，巴文化的思路太有意思了……何先文编过那么多书，看他有没有这方面的资料和想法，你叫他啥时候到我这里来一趟。

十三

　　我并没立即回城，而是两天后才回去的。这两天时间里，我去了鹿走乡。我要弄清楚，林安平的女儿林芳，究竟是她养女，还是她亲生的。我知道，弄清这个毫无意义，但无意义并不等于不重要，我觉得它很重要。老天赐人，有人就好，这是林安平说的，说这话的时候，她还特别强调，自己作为医生，旗帜鲜明地反对用DNA来揭示一个人隐秘的命运，一个人是否到世间来，什么时候来，以哪种方式来，是沉默的欢乐和悲伤，人类和握在人类手掌里的科学，都无权揭示。对此，我当时是赞同的，可现在有些动摇了。每个人从自我出发，都能总结出一套貌似真理的言论。

　　而今想来，对林芳的身世我早有怀疑。林安平领养了多个孩子，都让他们鸟一样飞走，唯独把林芳留在身边，这是为什么？那次陈婷婷给我打电话，知道我跟林安平泡了很长时间，别的不问，只问见到她女儿没有，又是何故？但我怀疑的时候，还没见过林芳，不知道她有那么年轻，我以为林安平讲她十六岁那年嫁给谢土，并没讲全，林芳是她跟谢土生的。果真如此，我也并不觉得她骗了我。可现在我觉得她在骗我。房东说她勾人的时候，我还对房东含讥带讽呢。我回忆着林芳的长相，看有没有跟林安平像的地方。可我只能想起林芳的漂亮，五官简直回忆不起来。

漂亮本就是一种光彩，在这光彩之下，五官是模糊的。

我本来很想直接去问一下林芳，但念及她那冰冷而戒备的眼神，就知道问不出什么来。再说这也不关她什么事，而且她还不一定知道实情。于是我在鹿走乡走访老人，走访了数十个。老人们异口同声：梁明有的女人，确实是因为林安平吊颈死的。可林安平从没大过肚子。自从林安平住进玄天观，几乎天天都有人去求神问卦。虽然她是梁明有的徒弟，但人们信的，是她，这个小时候名贯峡谷的灾星，变成了名贯峡谷的神婆。她能活出来，本身就是奇迹，就令人敬畏。何况她还跟过肖道长，跟过龙女，跟过牟斋姑。玄天观是这些年才冷落的，它冷落的时候，林芳都有四五岁了。当年，人们天天看到林安平，谁也没见她大过肚子。

不过老人们又说：林安平有法术，怀了娃儿，却不显肚。娃儿在她肚子里是一股气，长成熟后，她不用从下面生，而是从嘴巴里吐，吐出后把气聚拢，就是个婴儿了。林芳就是林安平从路上捡回的婴儿——林安平自己是这样说的；她收养的孩子，无一例外都是别人扔掉的，有的是非婚生，有的是养不起，有的是生着病。老人们还告诉我，林安平不过读了几年小学，读书的时候年龄小，个子小，却坐在最后，连黑板都看不见，还经常挨打，根本不可能学到啥，但你听她现在说话，比中学里的先生还有文化，那不是她在说，是龙女在说！她跟龙女互相幻化。虽然龙女毁了肉身，可她的精魂，是附着在林安平身上的。

我听明白了一些，同时又不明白。

我就带着这样的明白与不明白，回县城去了。

去头儿办公室的路上，我设想了种种情形，唯独没想到的，是他对我那样热情。我刚到门口，他就站起来迎接了。这让我错愕。看来，头儿对我或许有不满的地方，但并不是馆长说的那么严重。是馆长自己觉得很严重。他把我迎到沙发前，跟我并排坐下，没有任何寒暄，就说：前几天到峡谷，有件事弄得我很尴尬，专家问我那条河的名字，我说了，又问为啥叫那名字，我却说不出来。后来去半岛，专家又问形成半岛的两条河，同行的没一个能说清……

我说，我能说清。

贯穿峡谷的河流，叫前河。

在半岛交汇的两条河，一条叫中河，一条叫后河。

从发源地和流程看，三条河无法用前、中、后确立。确立的依据不是方位，是文化。《山海经》载，身居中原的太皞伏羲，是华夏民族共同的始祖，伏羲的曾孙后照，是巴人的始祖。由此推断，后河是后照河的简称，中河本该叫中原河，它们得名，是巴人为纪念自己的世宗和根脉；前河，则是前进之河——敌势汹涌，巴人在半岛那片膏腴之地无法生存，被迫迁徙，但他们不改勇毅，步履维艰，也要勇往直"前"。而前河流域山高路陡，蛇蝎倒退，鬼神见愁，追兵以为巴人会在绝境中自灭，止步息戈，才使这支困顿行旅得以在峡谷栖身。

头儿听后，双手抱头，长叹一声：这就对了，靠上巴人了，连成整体了。

这是我依照他的指示，临时"制造"的。昨天黄昏时分，我回到县城的家里。家里灰蒙蒙的，跟我陌生了。当我走进久不光顾的书房，把嵌在镜框里的雅玲的照片取下来，更是陌生得像是别人的房间。陌生好，陌生意味着可以重新开始。明天要见头儿，我得理出一些思绪。专家们整合巴文化的想法，为我打开了一扇窗，这是听馆长转述时我就想到的。只是有关巴人的史料极少，无非是说，巴人浪漫疏阔，能歌善舞，而且特别好战，武王伐纣，汉王伐楚，都曾以巴人为前驱。可这能说明什么呢？与县境东北部的半岛和西南部的千峰大峡谷，有什么关系呢？我想不出来，便随手翻阅在峡谷拍摄的数百张照片，第一张就是那条桀骜不驯的河，前河。灵感这东西或许真的存在，由前河，我立即想到中河与后河，并根据《山海经》的记述，"制造"了三条河流的内在联系。没想到这是头儿首先需要的。

趁他高兴，我提到了林安平这个人。

头儿意味深长地盯我一眼。这表明他也听说了我跟那个"寡妇"的事。本来没事，我却怯了一下。我这才发现，自己一直处于怯的状态，完全没必要怯的时候，内心里也在左顾右盼。几天前跟馆长发火，接了电话没立即回城，对我完全是个例外，却也因此深感不安。我对情爱的滥施滥用，或许只是以肉体的麻醉来抵押灵魂的亏空。

我本来应该好好讲一讲林安平的，却只是摸出手机，打开视频，让头儿看。

林安平跳芒牛舞、水神舞等，我都用手机录了像。

头儿看是看，兴致并不高。那个剧呢？他问，你对那个剧有设想没有？

当然想过。早想过了，只是昨天夜里又作了修正。我说林安平曾解说心字，说心是刀带三点，一点自己，一点众生，外面一点是邪心。那台剧，就可以心入手，以心为魂，也以心结构，比如，演员在舞台上构筑一个宏大的心字，再一"点"一"点"去掉，去掉三点，心就成了刀，刀光剑影的巴人史，由此展开。通过艰苦的认知和努力，把那三点再次第加上去，最终合成一个完整的心。心的三点是怎样被去掉的，又是怎样取回来的，其中一点"邪心"，是怎样被约束的，整台剧就表现这个。这会很特别，也有慷慨悲歌的冲击力。还可以用另一种结构，以那种文字的起源来结构，同样很有画面感和历史感，还可能是一种发现。我把林安平记下的三百多个文字，以及它的来龙去脉，包括狗儿坪事件引发的大清洗，讲给头儿听。

头儿像在点头，又像只是神经性的抽搐。

好一阵过去，他问我：你认识陈婷婷吗？

没等我回答，他起身走到办公桌前，拿起一本有红色塑胶封皮的资料，似乎准备给我，想想又放下了。我知道那就是陈婷婷的报告。头儿没回到沙发上，而是坐在他的圈椅里，说：你把你的想法，也要写成文字……听人说，你讲的那个林安平，像是口碑不好？

信，就是口碑不好；不信，就是谣言。

头儿默然。

我又说：林安平身上确实有巫的一面……

巫不是问题，头儿打断我，巫也是一种文化嘛。现在又不比以前，现在要保护这些传统文化。你应该很清楚，当年的巴人跟楚人一样，本身就崇尚巫鬼。所以我是在想，林安平要改造身份才行，不能说她是土家祭司，要说是巴人祭司，而且她自己就要这样认识。

很明显，头儿已同意我的提议了。

我向他保证，林安平那里，由我去说。

走出县委大院，我立即给林安平打电话。

传过去的是报喜的声音，可传回来的，却是毋庸置疑的否定。

不不不，那是乱说，我师父从没讲过我们是从巴人来的。

我空空地咽下几口唾沫：你师父也并没说你们不是巴人。

没说就是不是！

态度坚决，完全没有商量的余地。连续几通电话，都是如此。

到了晚上，我又拨过去。我想再试一次。

林安平接得很慢，第一句话是：你回去也不给我说声。像把我上午的电话完全忘了。

我也装出忘了的样子，把上午说过的又重复了一遍。经过一个白天的发酵，我把她改造身份后将得到的益处，根据我的想象，格外渲染。最后对她说：你怎么能说自己不是巴人后裔？当时巴分两支，一支虎巴，一支蛇巴，虎巴敬虎，蛇巴射虎，后来两支巴人遇到了共同的敌人，只能联合，联合的标志，就是衣服上既绣虎也绣龙，蛇飞起来就是龙，你看看你衣服的前胸，左青龙，右白虎，不就是这个意思吗？

林安平沉默着。电话里断续地响起砰、砰的声音，像在捣药。

砰砰声停下后，她说：何先生请你原谅，也多谢你的好意。可我们的代谱和祖脉，一是师父传，二是问心。师父没那样传，我只能问心。既然你说我们是从半岛来的，明天我就跟你一路去半岛听听，听到了祖先的声音，我就认，听不到，就不认。

十四

去半岛必须从县城过，第二天，我在县城等她。

林安平最快也要九点才到，但不到七点半，我就去州河大桥东头等着了。她是十点零几分到的，当她下了车，站在县城的水泥路上，我发现，她是多么小啊。她个子本来就小，可在峡谷只是略有感觉，到了这边，小得简直叫人生怜。我在二十米外朝她跑去，边跑边喊她。但她没听见，也没看见，东张西望，茫然失措，像被抛弃的孩子。她一生只到过紧邻峡谷的华锦，从没来过县城，县城这个"人世"给她的冲击，该是何等的惊心动魄。

她穿着盛装，也就是青色襟服，因为她是去认祖归宗，尽管那里可能没有她的祖宗。这种装扮让城里人对她侧目而视。我觉得那些目光也会伤害她，跟她走得很近，弯腰对她说话，显得格外亲热，以此表明她不是异类。带她走过一条大街，在建设局旁边的巷道里上了车。那里停着许多做生意的私家车，跑各个乡镇。

以前从县城去半岛所在的前锋镇，要差不多两钟头，现在只需三十多分钟，绥定至西安的高速路，从县城和前锋镇外通过。半岛与镇子只一河（中河）之隔，遗址发掘前，是摆渡船，而今修了钢架桥。

半岛上烟雨蒙蒙。正是稻子成熟的季节，微微起伏的田野，弥漫着宽阔而丰饶的气息。走在石板铺成的小路上，稻叶和稻穗在身上扫来扫去。

这里真富！林安平说。

这是她在半岛上说的唯一的话。我没接腔。是不想打搅她。我来过好多次，虽然发掘后被回填，也很清楚哪里是动过的，哪里没有动。我把她带到半岛中心，就站在那里，让她自己朝后河边去。遗址的主要区域，就在后河边。

个多钟头后，她回来了。她不言声，我也小心翼翼地不去问她。

我们在镇上吃了饭，就回县城。她没在县城作任何停留，就搭车回土门去了。

我到了，傍晚时她打电话说。

我听见了，她又说。

言毕，电话那边痛哭失声。

三年过去，我还经常想起那哭声，也经常琢磨她为什么哭，还哭得那样伤心。或许，百余年前一个名叫桑托的刺客，能给我一些提示。桑托勇敢地刺杀了法兰西总统，可临刑时，他却颤抖得厉害，几乎没法走向绞刑架，于是人们说，桑托死得像个懦夫。

无人理会他声音微弱地说出的遗言。遗言是他的信仰。到死，他也没放弃信仰，向现实投降。但无人理会。人们把他肉体的恐惧视为灵魂的恐惧。肉体被当成唯一真实。我不知道林安平的哭，是不是与这些事情有关，是不是她觉得，人们对这个世界的怀疑，其实从来就没错过，并因此悲伤。

三年后的千峰大峡谷，已开门迎客。我们县的全域旅游，也初具规模。但这没我什么事，也没林安平什么事，尽管她认了半岛上的巴人做祖先。千峰大峡谷的文化打造，特别是那个剧，头儿和他请来的大导演，选了陈婷婷的方案做底本。剧目的故事是这样的：

苏妲己——陈婷婷说苏妲己是华锦人，剧里改成了水口乡人——被纣王抢去，悍勇的巴人自然不依，但巴国毕竟弱小，便派说士去见周武王，力陈纣王的荒淫残暴，游说周武王发动义战。周武王洞悉巴人的意图，说：别的都是废话，你们想抢回妲己是真。前些日我跟纣王相会，见过妲己，美艳绝伦，值得拼命。你回去告诉巴君，请他放心，我会全力相助。如此，武王伐纣的战争，变成了古希腊的特洛伊战争；特洛伊战争为美女海伦，武王伐纣为美女妲己。这台名叫《魂系巴国》的舞台剧，也因此成为"东方的《荷马史诗》"；鉴于那位大导演的影响力，剧目排成后，去全国许多地方巡演过，海报上都是那样宣传的。

此外，在葛杨村顶，塑了尊高达十米的大理石碑——状元碑，旁边还修了个庙——文昌庙，每年高考前夕，去那里搭红敬香的，压弯路途。

　　方案敲定过后，头儿找我谈过一次话，安慰我，说你的那个方案不是不好，只是太沉重了，人家是出来玩的，要那么沉重的东西干啥？除了沉重，还缺乏国际视野。

　　从那以后，我就再没跟林安平联系过。

（原载《钟山》2018年第6期）

　　罗伟章，著有小说《饥饿百年》《大河之舞》《太阳底下》《谁在敲门》《声音史》《寂静史》《隐秘史》等，散文随笔集《把时光揭开》《路边书》，长篇非虚构作品《凉山叙事》《下庄村的道路》。作品多次进入全国小说排行榜，入选全球华语小说大系、《当代》长篇小说五佳、《长篇小说选刊》金榜领衔作品、亚洲好书榜、《亚洲周刊》全球华文十大好书等。曾获人民文学奖、凤凰文学奖、万松浦文学奖、高晓声文学奖等。

八度屯

李约热

一

一个人进村，确实不方便，语言不通，狗又多。

李作家第一次到八度屯，有村主任汉井陪同，负责翻译和赶狗。之后李作家再去八度，就没有这个"待遇"了。

汉井家八十多岁的老父亲瘫痪在床，副主任老罗告诉李作家，除非县长来，或者村民闹事，否则就不要惊动主任，让他安心当孝子。

八度屯是整个野马镇最让人头疼的自然屯，没有之一：这里的村民，喜欢告状，闹出的动静曾经惊动高层；他们为土地的事跟邻村奉备村的村民群殴，有死有伤。野马镇镇长韦文羽那天在村委紧握李作家的手，像送敢死队上战场那样对李作家说，李作家，八度，就靠你了。然后跳上他那辆二手"现代"，一溜烟就跑了。

李作家，八度就靠你了。这是什么样的一个地方，让一个镇长无计可施？

老罗说，乡村干部，就是下来发放各种补贴、做好事，都不敢进村，一进村就挨轰。

只是骂骂而已吗？李作家问。

目前还是这样，以后就不知道了。老罗说。

李作家有颗大心脏。李作家以前曾参加计划生育工作队，那个事情比扶贫难多了，他都能全身而退。

第一次跟汉井主任去八度屯，屯里浓烈的牛屎味让人避之不及。也是那一次，在屯里，不知谁家在酿酒，空气中酒香弥漫。李作家想，一个地方，只要还有酒香弥漫，事情就不会太糟糕；一个地方，只要还有牛群走动猪崽嗥叫，就是没有酒香，事情也不会太糟糕；甚至，一个地方，就是没有酒香也没有四处走动的牲口，事情也不是不可救药。

这个时候是春天，下着细雨，八度屯在李作家眼里新鲜醒目。现在，已经不是计划生育的年代，更不是跟村民称兄道弟所有事情就能迎刃而解的年代——能跟李作家称兄道弟的年轻人都散落在城里的各个工地，这个村庄，像一头沉睡的巨兽，雄卧眼前。说老实话，面对这头巨兽，李作家的力量还略显单薄。

157户人家，生活在这里，是个什么样的情况？

汉井主任说，要不要我一户一户地给你介绍？

不，你介绍我也记不住，反正以后我都要经常来，他们到底是什么样的一群人，我很快就会知道。李作家之所以这样说，是因为他来到野马镇之后，凡是提到八度屯，所有的人都摇头，好像那里生活着一帮歹徒。

汉井主任只带他去过一次，打那以后，李作家都是一个人进村。

一个人进村，确实不方便，语言不通，狗又多。

二

镶金牙的贫困户建民，他家的黑狗又冲出来了。

建民家的房子，在屯里排在第一户，要进入八度屯，他家的黑狗是第一关。头次来有汉井主任，黑狗冲出来吠，汉井主任一棍打过去，黑狗缩头蜷在建民的脚边。建民咧着嘴，李作家就看到了他的金牙。

李作家很久没有在一个人的嘴巴里看到金子了，他震动，之前，他以为镶金牙已经不再是时髦的装饰，他甚至以为镶金牙的手艺已经在祖国失传。没想到，在八度他见到了。

建民对主任说，谁叫你很久没来，二叔都不认得你了。他们讲的是土话，李作家听不懂，汉井叫建民用普通话再说一遍，让李作家听懂他在说什么，以示对李作家的尊重。建民用蹩脚的普通话说，谁、叫、你、很久、没来，二、叔、都不、认得你了。

建民家的狗叫作二叔。

汉井主任说，二叔记打，多打几次，它就记住你了。

这话是对李作家说的。意思是进村要注意带根棍子，好对付二叔这样的危险货色。

第二次来的时候，二叔又冲出来了。

二叔没有狂吠，而是压低头，嘴巴的皮往后收缩，露出全牙，喉咙闷出暗雷，不叫的狗才咬人，当初它朝汉井主任狂吠，完全是撒娇。现在不一样，那是要进攻的架势。

李作家动都不敢动，他觉得如果他手中的棍朝它挥舞，自己可能会很狼狈。他讨好般地露出笑脸，这一招管用，二叔也认得笑脸，李作家示弱的表情使它放松警惕，嘴上的皮舒展一些，牙齿封住一半，但是喉咙里的暗雷依然低沉。

二叔，二叔。李作家朝它喊，手伸进口袋里，十几片碎肉包在纸里，他掏出来，手一扬，给，二叔。李作家有备而来。二叔扑向空中，嘴巴张开，迎接那阵特别的"雨水"，落在地上的"雨滴"，它也一一地舔个干净。这时候李作家的棍子派上用场了，轻轻地敲在二叔身上，主人一样对它说，就你贪吃，就你贪吃。

这个时候建民出现，这回他的金牙深藏不露，他是这里的主人，咧嘴讨好陌生人，这样的事在八度屯根本不存在。建民讲土话，只是动动嘴唇，话语就无比清晰。再清晰李作家也听不懂。

他说，来了又来，有什么用，走来走去，有什么用，最终我们还不是挨人欺负。

你说什么？能不能说普通话？

建民不理会他，继续说，你这样的人我见多了，最多也是丢给二叔几块臭肉，逢年过节送给我们一袋米一桶油，什么也办不了。

李作家说，建民，我知道你们屯的人对村里各方面的工作都不满意，你都跟我说说看。你不说普通话没关系，我把你的话录下来，然后回乡里找人翻译给我听，有什么心里话请跟我讲，看我能帮忙解决什么问题。

建民摇摇头，没有用的没有用的。他说。

这个时候，李作家想出一个办法，他想用自己的名字吓唬建民。他在百度上搜自己的名字，拿给建民看。

李作家在城里的时候，百无聊赖之际，曾在百度上搜自己的名字，看批评家对自己的作品怎么评论，看自己参加的活动媒体怎么报道，说白了就是虚荣心使然。刚刚来到野马镇，在欢迎晚宴上多喝了几杯，也是虚荣心使然，他在手机百度搜自己的名字给镇领导看，想引起他们对自己更多的重视。说老实话，在镇领导的眼里，来野马镇扶贫的，一般都是在单位地位不高、受人排挤、混得很差的人才被"发配"来这里。

事实并不是这样。李作家是怎么样被"发配"来到这里的呢？

来之前，他们跟李作家介绍八度：

全部都是"小洋房"，树很多，你去那里，就像去风景区。

他们从手机里调出八度的图片，确实如此，有点迷人。

坐惯了办公室，看着这些照片，李作家感觉一阵清风隔着手机屏幕朝自己吹过来。

这是单位的扶贫点，领导正愁没人去，动员大家报名，到李作家这里时领导是这样说的：

你看哈，人家柳青，下乡当农民，写出一部《创业史》，你不是说要写一部牛 B 的小说吗，这是个好机会。

领导外号叫洪大炮，一个正处级干部，跟副职、跟手下经常点头哈腰，经常一副被人欺负的衰样，一点都没有领导的派头，但是我们大家都服他。这年头，平易近人得不可思议的领导要到哪里去寻找。

他跟李作家说柳青，李作家没有心动，他就是跟李作家说曹雪芹，李作家也不会心动，因为啊，如果李作家真冲着这个下乡，那他很快就会多两个外号，一个是李柳青，一个是李雪芹。谁愿意有这样的外号呀。虽然这两位先生都是伟大的作家。

李作家对洪大炮说，我不缺生活，想写的都还没写完，世上的路千万条，我有自己的一条。

要不是他们调出这个村庄的照片，要不是那阵清凉的风隔着手机屏幕朝李作家吹来，李作家也不会站在这里。话又说回来，只有一阵清凉的风隔着手机屏幕吹来还不足以让李作家来到乡下。眼下，他衣食无忧，觉得自己已经是人生的赢家，看什么都顺眼，人生的"米"多一点少一点都无所谓。这种状态下的人，很容易自己找"贱"。法国作家塞利纳的小说《长夜行》，男主人公正在跟朋友喝咖啡，一支队伍从眼前经过，他突然决定去当兵，从此枪林弹雨，出生入死。李作家此时的心境跟塞利纳笔下的男主一样，某种不安分的基因在体内苏醒，跟组织的需要没关系，跟牛 B 的小说没关系，甚至是跟要去的地方到底是废墟还是风景区都没关系。李作家想一切清零，让乡间的人和事填满自己，之后呢，该逢山开路遇水搭桥就逢山开路遇水搭桥，该刀枪入库马放南山就刀枪入库马放南山。有点豪气干云，也有点游戏人间。

在乡里，看到李作家在手机上亮出自己的"招牌"，乡里的人只是礼貌性地哎哟、哎哟几声，并无太多的表示，李作家有点尴尬。

建民不一样，建民看见百度上李作家的照片和密密麻麻的词条，半张着嘴巴，金牙又亮了。

这、是、你吗？普通话吐出来了。

李作家点点头。

建民看了看手机，又看了看李作家，一拍大腿，那你要帮我们写告状信。他说。普通话无比流利，特别是"写告状信"这四个字，一气呵成。

李作家硬着头皮，说，有什么事，我来帮你们反映。

三

最近几年，八度屯有两件大事发生：一件是青壮年村民去堵县政府大门，被武警驱散；第二件是因为土地纠纷，屯长忠深率村民跟邻村奉备村的村民打架，美珠的老公被锄头敲在脑袋上，不治身亡。

　　李作家坐在建民家塑料椅子上，他身边围了一圈人。他现在就像一个领头的。组织的任命书起不到的效果，百度搜索引擎起到了。他第一次跟汉井主任来八度的时候，根本就没有这样的"待遇"。

　　建民说，这个领导不简单，百度上面都有他的一大堆名字。他是用土话说的，李作家听不懂，只是看见这一圈人对他露出崇敬的神色，猜建民是在跟他们介绍他。建民为了让大家对李作家更加尊重，跟大家玩起搜自己名字的游戏，他先搜自己的名字。赵建民三个字打在手机百度APP黑框里，搜索之后他笑了，说，百度上的赵建民有很多很多，但是没有一个是我自己。他妈的。

　　身边的一圈人也纷纷在百度上搜自己的名字，都发现自己的名字在百度上很多很多，但是没有一个是他们自己。他们也没觉得有什么大不了，也都像建民那样笑出声来。

　　建民说，我们搜镇长韦文羽看看。

　　搜过之后，建民笑得更大声，说，上面有很多韦文羽，没有一个是他，牛B什么！显然他对韦文羽很不满意。

　　接下来建民搜县长梁志安，县长梁志安的照片立马跳在眼前，他吃了一惊，县长果然不一样。他有点失望。但是他很快又缓过来，说，我们有李领导，不怕。在他眼里，李作家现在是跟县长梁志安一样牛B的人物。他不知道李作家拿自己百度上的词条给镇里面的人看的时候，根本没人理会。

　　李作家说，有什么事，我们大家一起商量。

　　建民说，对，我不信就斗不过他们。

　　他们真的把李作家当成"领头人"了。

　　这里的人怨气太重，我就先来做一个"减压阀"吧，李作家想。

四

　　八度屯以前是矿区。上世纪八十年代，小小一个屯，就有六千人在这里驻扎。医院、电影院、百货商店，人来人往，比野马镇还热闹。

　　那是八度屯的黄金年代。这里什么都有，县城没有的，我们这里都有。后来跟建民混熟后，建民跟李作家这样介绍当时的八度。他说的什么都有，配以暧昧的笑容，就是含蓄地告诉李作家，这里曾经有很多外来的女人出没。风光不了多久，进入新世纪，因为环保的需要，八度屯所有的矿井关停，人员遣散。

　　最后一口井，是我封掉的，开矿井也是我，封矿井也是我。建民说。建民说话的口气好像是开矿的大老板，他不过是个搭架子的，还兼做泥水工。

　　那个时候，很多矿山都属野蛮开采。在八度屯，各行各业都来开采，八度屯的地下，那些绕七绕八的矿脉，被一个个人工开挖的矿道追逐，一条矿脉在前边走，无数个矿井在后边追，那些分属不同老板的矿井像嗅觉灵敏或者嗅觉失灵的猎狗，在地下绕来绕去，迎头相撞，那些在地面上很少碰到一起的人，在地下相见，分外眼红，都打起来了。乱到什么程度，你怎么想象都不过分。

封矿以后，属于八度屯自己的故事才刚刚开始。

在建民家，把李作家围在中间，刚刚用手机搜自己名字的忠涛、忠亮、忠奎、建敏、建堂、建刚一阵大笑之后，开始对他叙说。

忠涛抢着说，之所以是他，是因为他最倒霉，他身上落下的伤，都是老天"赐予"：在八度屯最热闹的时候，有一天，他在路上走，脚下一扭，摔倒在地，这轻轻一跤摔断了右腿。一个年轻力壮的小伙，轻轻一跤就摔成这样，真是不可思议，他们说他肯定是喝酒了，喝酒后人死重死重，自己把自己的腿压断了。他真的没有喝酒。野马镇的医生郑华举着热乎乎的片子，摇头，他说，像是五百斤的石头压在腿上。这是一件很诡异的事情，以后八度屯的男女老少经过这一段路，都是小心翼翼，走路的姿势像是涉过洪水。郑华给忠涛上钢板，后来钢板一直没取出来，像是被人遗忘的废铁，是不是这块废铁引发了忠涛的股骨坏死，忠涛也不在意，他有一段时间不在八度屯，他去了非洲，回来后，就变成这样。

忠涛说，领导你要对我们好一点。他说话的时候，李作家细细打量，忠涛四十岁模样，国字脸，器宇轩昂，但是一对拐杖不离身。

你年纪轻轻，怎么拿拐杖了？李作家问。

股骨头坏死。忠涛说。

怎么不去治？

讲得容易，哪来的钱？

现在不是有城乡医保吗，自己出很少的钱，就能治病。

很少的钱，我也没有，我这样子根本干不了活。

李作家来之前了解政策，贫困户住院，报销比例达百分之九十。

做手术大概多少钱？

建民抢过话，忠涛两边股骨头坏死，做手术要十万块钱。

贫困户，住院报销百分之九十，只需要个人出一万块钱。李作家说。

贫困户？忠涛不是贫困户，我们八度屯，最穷的就是他，他自己这个样子，还要养老娘。他家这么穷，都不是贫困户，你们怎么搞的？

建民把李作家当成"你们"了，很快他发现自己言语不对，马上说，这个跟你没关系，都是乡里的那帮坏蛋乱搞。

李作家说，如果是漏评，那可不是开玩笑的，那是要追责的。

忠涛说，他们说我有一辆五菱面包车，车是我表哥的，是他用我的身份证买的二手车，他在南宁打工，车我都没见过。

那叫他过户啊，这多影响你家的生活。李作家说。

他坐牢了，五年呢。

那要跟镇里说清楚啊。李作家说。

他们说在交警的网络系统查出来车主是我，他们也没办法。

忠涛说。

　　这真是个麻烦事。李作家第一次觉得自己受到乡间事情的缠绕。他说，这事应该能解决，我想想办法。

　　麻烦的事还在后面，忠涛说自己的伤痛的时候还有些客气，讲起整个八度屯，他可是口若悬河。

　　李作家把忠涛说的话用诗歌的体例来分行，自己居然读得下去，李作家想，如果谱上野马镇山歌的调调，就是一首忧伤的歌。

　　领导，我们相信你

　　领导，你要帮我们说话

　　领导，他们说我们睡在金子上面

　　说我们是野马镇最富裕的屯

　　什么政策都不给

　　真是冤枉死人了

　　领导，我们八度157户，没有一个人开矿

　　没有一个人因为铅锌矿发财

　　这是千真万确的事情

　　建民帮老板搭支架

　　建敏熬酒

　　建堂开拖拉机拉料

　　建刚开小卖部

　　跟地底下的矿一点关系都没有

　　说没有也不对

坐在这里的忠亮和忠奎，他们去挖矿，是拿命去搏

八度很多人帮老板下井挖矿

都是拿命去搏

怎么说我们是睡在金子上面啦

领导，就是开矿发财

过了十几二十年了

富人都变成穷人

地下的矿给我们的好处

最多是喝点肉汤的好处

是保命不死的好处

地下的矿给我们带来的麻烦，那是没完没了

第一个麻烦，地基下沉

八度屯157户人家

60户人家的房子地基下沉，变成危房

需要重新建房子，地在哪里

钱又在哪里

第二个麻烦，病人增多

第二个麻烦看不见，但是要命啊

领导，十几年来

八度的病人多

精神病

癌症

股骨头坏死

痛风

肯定是水的问题嘛

领导，我们应该怎么办？

…………

很多天之后，建民带李作家去看那些废弃的矿井，半山腰，一个个矿井被水泥封死，建民说，都是我封的。

李作家突发奇想，他问建民，如果政府还继续让开矿，你高兴还是不高兴？

当然高兴了。人多，随便做点什么都不会饿死。

就不怕病人增多？

增多又怎么样，谁得病谁倒霉。

建民还带他去看忠涛说的60户危房，有10户地基下沉厉害，墙体都开裂了，已经不能住人，但是大部分的房子只是墙体出现裂缝，猛一看看不出危险在什么地方。

建民还带李作家去看忠涛说的那些病人，死去的只是在建民嘴巴里出现，重病的和精神病、股骨头坏死，建民带李作家一家一家去探望。

那是李作家来八度后最难受的几天，这样密集地面对二十几位病人，确实是一件让人窒息的事情。

李作家去找镇长韦文羽，说八度病人偏多的事情。韦文羽说，也不能说是跟这里曾经采矿有关系，村民们说八度很多人患上职业病，告状惊动到高层，上级曾经派人给全村的人做职业病检查，也没查出什么。村民都是凭自己的感觉，屯里凡是生病的，都往污染方面靠，野马镇其他村屯，野马镇外的乡镇村屯，也有病人，那怎么讲？李作家说，镇长，你凭良心讲，八度这里的病人是不是偏多？韦文羽想了一下，点了点头。李作家说那你还说跟开矿没有关系。韦文羽说，跟什么有关系一下子真说不清楚，有些人说八度屯风水不好，有些人说跟他们的饮食习惯有关系，这里各个地方的人都有，做的菜五花八门，饮食习惯上跟野马镇其他地方都不一样，有可能是吃坏了。

再后来，李作家两年扶贫结束回城，跟一位专业人士聊起八度病人偏多的事情，他说应该是水的问题，但是检测的时候为什么各项指标都合格，这个问题就复杂了。比如说吧，职业病检测是另外的一个标准，职业病检测前提是你首先从事这个职业，如果你不从事这个职业，也按职业病标准来检测，那你肯定没有问题，因为你都不是从事这个职业的人，何来职业病？

八度人真可怜。往往可怜的人喜欢闹事。

李作家还没来到八度的前两年，屯长忠深请人把水污染的事请小学老师志勇写成材料，全屯的人签字，忠深带拄着拐杖的忠涛和建民去找新闻媒体，还真把记者给请来了，记者写了一份内参，引起高层的关注，责令有关单位进行调查，结果是，八度屯所有的土地停止种粮食，每人每月发三十斤大米。另外，拨六千万元，在八度建一个废弃矿井污水处理厂，把各个矿井流出的废水都引到污水处理厂。

建民带李作家去参观这个污水处理厂，在李作家的印象里，污水处理厂肯定是热火朝天机声隆隆，夜以继日处理从各个矿井里流出来的废水。但是让人没想到的是，这个污水处理厂只有一个看门人和一条狗。

看矿井的时候，建民说这些矿井都是我封的时候还得意扬扬，到污水处理厂的时候，建民就愤怒了。

你说，花六千万，搞这么个污水处理厂，浪费国家的钱，又对八度一点好处都没有，是不是腐败？

李作家确实有点吃惊。腐不腐败他不知道，但是污水处理厂冷冷清清，只有一个看门人和一条狗让他觉得超出自己的理解范围。

建民对看门人说，忠芳，你对这个领导讲，这样的污水处理厂，有没有用。

忠芳年纪跟建民相仿，穿着保安服。他家也在八度，被请来这里看大门。看门也是三班倒，还有其他两位，平时也是带自己家的狗来这里上班。

忠芳说，有没有用我不知道，反正水流到几个大池子里，满了的时候，我就拿药粉撒进去，然后水就可以排放了。有没有用我不知道。

这样一来，李作家对这个污水处理厂的工作流程有了一个大致的了解：从矿井里流出来的废水被集中到这里，然后往里面投药，然后排放，就这么简单。这样的工作，看门人一个人就可以完成。

但是有没有用，李作家也不知道。

建民说，流到污水处理厂的井水只是一部分，我们这里雨水又多，一下大雨，这几个池子很快就满，怎么处理得过来？废水都往地下灌，然后我们又抽来喝。

看到这样的情况，八度屯的人都不干了，屯长忠深召集大家开会，开会的结果是这个地方不能再住人了，要求政府在县城附近划一块地，让八度157户整体搬迁。政府还是很关心这个地下被掏空的村屯，正在开展的精准脱贫给了县政府底气和解决八度屯村民诉求的机会，县里同意八度屯整体搬迁，但不是每户拨一块宅基地给村民建房，而是根据各户人口状况，在县城的"星光移民小区"，分给每户一套单元房。每户只交很少的两三万块钱，就分到一套价值二十多万的单元房，就是这么诱人的政策，八度的村民都接受不了，他们想要"有天有地"的房子，而且每户一栋，这就超出了政府承受的范围。工作做不通，政府这边很无奈，八度屯的青壮年就到县政府门口拉横幅、静坐，最后被武警驱散……

在建民家，忠涛对李作家叙说。

最后他说，领导，我们应该怎么办？

李作家头都大了。

五

李作家想，初来乍到，每人一块地在县城建房的事他解决不了，忠涛诗歌里的问题是真是假还需要了解，如果是真的，他也未必解决得了。他能做的，就是做一个减压阀。

但是，如果你不给八度屯的老百姓做好事，人家有话都懒得跟你讲，你这个减压阀怎么减压？没准减压阀就变成加压器。因为百度搜索，八度的村民对他充满期待，他得乘势而上。如果他什么事都干不了、干不成，就是百度搜索不管搜的是张三还是李四或者王五，最终全是他李作家的名字跳出来，在建民他们眼里，也一点用处都没有。

不管有理无理，我都得先听他们说。李作家想。

汉井主任之前曾经跟他说，在八度屯，你不要跟任何人打官腔，八度屯的人对官腔敏感得很，县里面的那帮人，现在为什么不敢来八度屯，就是官气太重了，一来就想把手拍在村民的肩膀上，他们都烦透了。

李作家也知道汉井主任说的官腔是什么意思，但是他故意问汉井主任，县里面的那帮人一来就读文件吗？汉井主任说读文件还好，读文件八度屯的人也不听，他们相信真金白银。县里面的那帮人也知道这一点，一下来，就居高临下讲空话、套话、假话。好像革命江山是他们打下来的。汉井主任说。

这个时候，在建民家，李作家有一点点坏，他想知道八度屯的人怎么看县里面的领导，这一下就热闹了，这一下就带有很强的娱乐色彩。哪朝哪代，吐槽官家都是老百姓热衷的事情，现在一个贪官被抓，最高兴的就是老百姓，议论得最多的也是老百姓。

建民学包村县领导，他站起来，腆着肚子，但是他突然想到包村的县领导是个瘦高个，马上就收起肚子。

忠奎说，有一个县领导，来到我们屯，把我们集中在一起训话，说我们忘本，国家投入多少多少钱在我们这里，要我们摸摸良心，要会感恩。我们屯的事，你们都解决不了，投入多少钱关我们什么事，其他屯的人应该感恩，要我们屯感恩，除非枪顶。

忠涛说，后来就被我们轰走了。领导，你说，他该不该轰走？

李作家心头一颤，农民这两个字太辛苦，想到不久前，一家杂志社在发表他的作品时，让他写一个简短的创作谈，他这样写：

我觉得她可能是太累了，因为路远，一进村就被村里人围住，说这说那，要这要那，她烦了，干脆站在石头上面，领导一样大声说话，什么懒啊，不勤劳啊，等等。

这是前段时间蹿红网上的视频。一名扶贫干部，在吼村里的贫困户。视频里只有她，没有他们，就像很多作品里只有"我"，没有"他们"一样。

我心里很不舒服。

我们愧对，这被过度榨取的土地；我们愧对，这片土地上为我们勒紧裤腰带的人们。面对这里的一切，我觉得我们应该还要再愧疚一百年，就是给予他们再多再多，都弥补不了我们欠下的债。

由此想到我们的写作。我们都是欠债人。那些生灵和游魂，天上飞的，地上走的，笑着的哭着的，都索债来了。

因此，我们有了非比寻常的压力。

当然，还有还债时的喜悦。

在李作家这里，现在所做的一切，是在还债，在很多领导那里，就变成了恩赐。角度不一样啊。

李作家说，该轰。

建民说，就是，还把我们当小孩子。

因为李作家表态县领导该轰走，他们比刚搜他名字时更觉得他亲近。

在建民家，他问大家，忠涛说的这些问题，解决起来需要时间，除了房子的问题和水质的问题，八度还有哪些问题急需解决？

忠涛说，那个退休警察的家属太嚣张，建新房子，拆掉的砖头堆在屯里，路本来就窄，现在车子都开不进来。我们告到乡里，乡里都解决不了。

他们都害怕警察。建民说。

他叫刘松柏。忠奎说。

六

　　一伙人带李作家去看退休警察刘松柏家的旧砖头是怎么样堵住屯里的道路的。那是离建民家不远的地方，屯里的一个拐角处，刘松柏家新建的三层楼旁边，半圈旧砖头垒在路上，砖头底部都长出了青草。

　　这是公共的场地，把砖头堆在这里，是想把房子围起来，他贪啊。建民说。

　　把他电话给我。李作家想跟刘松柏聊聊。

　　忠奎马上在手机上找出刘松柏的电话号码，报给李作家。

　　电话接通，是个男的，刚听李作家自报家门，就把电话挂断。

　　他不跟我说话。李作家说。

　　所有人都盯着他，想知道他接下来该怎么办。

　　刘松柏建这座房子，根本就没有入住，家里没人，电话不接，这事还不好办。

　　他家还有什么亲戚在屯里吗？李作家问。

　　他弟弟刘松林住在屯里，就是他嚣张。建民说。

　　你们带我去找他的弟弟。李作家说。

　　没有一个人愿意。

　　我们不想吵架，也不想被人恨。忠涛说。他拄着拐杖就往回走。其他人也驻足不前。这群曾经很亲近的人立马变得陌生。

　　他们都不想得罪刘松柏。

　　李作家心里非常不舒服，他是个性情中人，喜怒都挂在脸上。他在为他们解决问题，他们连带个路都不愿意。这像什么话。

　　你们怕什么？他问。

　　建民说，屯里就刘松林最不讲道理，看到我们带你去他家，他不会恨你，他会恨我们。为了不影响团结，我让我家二叔带你去。

　　二叔。建民家的狗。

　　这么一说之后，李作家笑了。这也太新鲜了。建民说的为了不影响团结，指的是既不得罪刘松林，又使李作家能到达刘松林家，这样一来，刘松林不至于对建民、忠涛他们有意见。二叔，建民家的狗，关键时刻起到维护团结的作用。

　　你就不怕他对二叔有意见？李作家说。

　　满村的狗跑来跑去，这个他怪不得二叔。建民说。建民接着用土话对二叔说，走，松林家。二叔扭头就走在前面。建民说，领导，你就跟在它后面，他在哪一家门口停下来，你就过去敲门。李作家差点笑出声来，他说，好。

七

　　既然二叔这么给力，先不说李作家怎么去解决刘松柏拿砖头占屯道的事，先说一说二叔的故事。

开始的时候二叔不是条狗，是个人，是建民的亲叔叔。

请放心，这个故事，不是一个转世的故事。野马镇的人都信现世，不信来世。其实狗是狗，二叔是二叔，是建民非要把它和他扯在一起。

建民的二叔年轻的时候，就与建民的父亲和建民的大叔分家了。建民的爷爷跟建民一家住，奶奶跟大叔一家住，二叔单身，一个人分到一间茅草屋，从此过上自由自在的生活。

八度屯这个地方，有五座山包围。夏季，暑气从山顶沉淀下来，所有的事物，像在一口锅里煮，所以夏天，八度的男女老少，不干活的时候，人人手中一把扇子；后来有了电风扇，八度人一进家门，都恨不得把电风扇抱在怀里；后来有了空调——空调他们可吹不起。冬天风大，五座山，山与山之间五道豁口，打开闸门，这里成了风的战场，南边来的风声音凄厉，那是因为山与山之间，立有十几根石笋；北边来的风雄浑，从那里直接通往野马镇，大概路途相对平坦，风来得毫无顾忌，凡是八度屯不结实的屋顶被掀翻的，都是北风造的孽。秋天起雾，八度的秋天，早上和晚上，雾气大得吓人，走着走着，突然看见一个牛头或者人头浮在雾里，雾气深深浅浅，都有人在里面喘息。春天雨水不停歇，八度的春天可以当夏天过，只不过春天的雨舒缓，这种绵长的舒缓，能气死夏天的雨。

就是这样的环境，让人觉得很沉闷，一年显得特别漫长。这绝对不是外地人对八度的感觉，而是八度人自己对八度的印象。

八度的日子比其他地方要漫长，是因为八度人，每个人都有自己依赖的季节，每个人在自己依赖的季节里都有自己的活法。活在相同季节里的人，都希望属于自己的季节早点到来。

二叔喜欢冬天，冬天的时候，雨水稀少，他可以上山敲石块。给自己建一座坚固的石头屋，是他的梦想。分家的第一天，他就到山上敲石块，沉重的大铁锤，高高抡过头顶，半天下来，手掌被震出血泡，歇了十几天，又提着铁锤上山。单薄的身体，坚硬的石头，只要有当当当的声音响起，八度屯的人就会明白，建民的二叔，又在山上敲石块了。这样的声音整整响了三年。一个人，敲石头敲了三年，建房子建了一年，八度屯唯一一座石头屋，在建民二叔手上建成了。

为什么要起这样的房子？

建民的二叔说，世界上最硬的是石头，我可不愿意十几二十年又建一回房子。那个时候，八度屯的房子都是黄泥舂成。八度夏季多雨，山洪频发，洪水经常从山上冲到屯里，如果没有一间坚固的房子，夏天就过得提心吊胆。

建民小时候，喜欢到石头房里，跟二叔在一起。夏天的时候，建民喜欢用脸贴在二叔家的石墙上面，清凉、湿润。有时他还拿舌头去舔石墙，八度屯的石头，有淡淡的盐味，轻轻一舔，刺激出满嘴的口水。淡淡的盐味和着口水咽下去，有别样的情趣。二叔这个时候也不理他，任由他把自己的小脸贴得冰凉冰凉，他拿舌头舔墙更不用去拦，因为这是二叔自己教的，八度的石头有淡淡的盐味，还是他发现的呢。有一次，他在山上敲石块，一粒碎石飞进嘴里，他还以为自己的舌头被石头划破，淡淡的盐味在嘴巴涸开，他吐口水，没有看见红色，他妈的八度的石头可以当盐。

也许是二叔家墙太特别了，建民就认为二叔是整个八度屯最了不起的人。没事就喜欢往他家跑，有时吃饭还在他家吃，有时睡觉还在他家睡。八度屯的人都说，建民，干脆过继给二叔当儿子算了，反正他也没有老婆，更不会有孩子，你跟你二叔，比跟你爸还亲。

建民小学五年级的时候，夏季，一连几天大雨，整个八度屯人心惶惶，都在担心自己家的泥瓦房禁不住没完没了的大雨的冲刷而垮掉。跟他们相反，整个八度屯，夜里睡得最香的就是建民的二叔，他建这样的石头房，似乎就是要等大雨来临时，能睡上个安稳觉。

谁都没想到，这间被建民二叔用了几年时间建成的，被建民二叔认为是八度屯最坚固的石头房子，最先倒下。

这间看似坚固的石头房，没有很好的根基，雨水泡烂了地基，房子像一头巨兽掉到陷阱里，成了一堆乱石。

建民的二叔，葬身乱石之中。

那个晚上，八度的人不管男女老幼，都在暴雨里往死里搬石头。一直到天亮，才找到血肉模糊的二叔。

人们在雨水中喊着二叔的名字，赵承芳！赵承芳！

雨声、哭声、喊叫声，这是八度屯有史以来最悲伤的一场合唱。

从那时起，一直到现在，这样的合唱再也没有出现过。

　　而八度屯从此再也没有一间这样的石头房。石头房成了最不吉利的建筑。

　　赵承芳！赵承芳！

　　汪、汪、汪。

　　雨声、哭声、喊叫声中，有狗崽的叫声。乱石岗里，还藏有一条小狗。它幸运地躲过石头的碾压，缩在石头缝中，小声地叫唤。

　　赵安民家的母狗，二十天前生了一窝狗崽，其中的一只，刚刚会走路，不知什么时候就跑到二叔的石头房里，跟二叔一起经历这次劫难。

　　二叔的葬礼过后，建民收养了这条小狗，名字就叫二叔。很多年过去，建民家的狗换了很多只，狗的名字始终只有一个，那就是二叔。

　　流水的狗，铁打的名字。

八

　　很快，二叔就在松林家门口停下来。大门开着，李作家拍了拍二叔的头，走进松林家。

　　松林！松林在家吗？李作家轻声呼唤。

　　一个男人从楼上下来，用警惕的神情打量李作家这个陌生人。

李作家自我介绍。男人警惕的神情丝毫没有改变。

李作家说明来意。男人哗哗哗就说开了。第一句他用普通话：

他们忘恩负义！

说的是八度屯的所有人。

第二句开始，他讲的是土话，李作家听不懂，赶紧打开手机录下来，松林也毫不在意李作家举着个手机对着自己，哗哗哗说了半个钟头。后来李作家到建民家请建民他们一句句翻译，才弄清他到底说了些什么。

话的内容跳跃性很大，一下子是说家里的事，一下子说屯里的事，一下子骂人。

松林是这样说的：

他们忘恩负义！砖头是我让我哥堆在那里的。我哥在单位听领导的，在家听我的。为什么听我的，他读高中，读警校，学费、路费、吃的、穿的、用的，全部是我不读书去打工挣钱给他的。你别看他在单位里当所长，在家里我是所长，我爸我妈在世时，我爸我妈是家里的所长。他们过世了嘛，两个人都是同一年走，一个肝癌，一个子宫癌。他们都是我和我老婆照顾的，我哥只会破案破案破案，一个小小派出所，每年要干的事真不少，所以爹妈都是我和我老婆照顾。我妈子宫癌去医院，医院说要动手术，我妈死活不愿意，这就苦了我老婆，她平时就不愿意多干活，她一点都不勤劳，就喜欢在屯里打麻将，赢得多输得少，凭这点她在我面前很硬气，饭都不煮，不煮就不煮，赢钱可以不煮，但是输钱了呢？输钱了就要灰溜溜地回家煮饭，但是我老婆运气就是好，很多的时候都是我煮饭。（建民翻译到这里的时候，李作家问，当时他们打麻将最多输多少最多赢多少？建民回答，输赢不超过二十元。二十元在当时的八度，算是一笔大数目。所以松林老婆在松林面前很硬气。）有三回，她连着输，我心情很不好，打了她一巴掌，我说输一次打一次，第四回的时候，她差点输了，她半开玩笑说谁给我点个炮吧，要不然我老公又要打我了，果然就和了。她就是喜欢打麻将，一点都不勤劳，但是她是我老婆，她不勤劳我也没有办法。老娘生病，那就不一样了，在医院陪床、送饭、倒屎倒尿，都是她，老娘不愿动手术，回家睡床上，也是她陪在旁边，这个病很折磨人，疼的时候老娘咬着牙不出声，她就在旁边哭。我心疼老娘，也心疼老婆，就在老娘房间摆了一桌麻将，让她一边招呼人来我家打麻将，一边照顾老娘，我老娘就是在麻将声中去世的。我爸是我照顾的，他肝癌晚期，全身发黄，肚子圆得像个大球，拉不出尿，不停地叫我喊村医忠光给他打滤尿的针，忠光不敢，疼得我爸拿头撞床头，咚、咚、咚，家里像打雷一样，两个月后我爸断气……我家的砖头，就是堆在那里一百年，我看哪个敢搬走？领导，你刚刚来八度，不要听那帮人的话。他们哪一家哪一户，没有得到我哥的关照？！没有我哥，他们能有水喝吗？能有电用吗？我哥的同学，是水电局的副局长，我哥去找他，他拨钱给八度在山坡上建了一个大水柜，屯里这才有了自来水，以前都是到溶洞里去挑。用电也是这样，以前有是有电，但是拉到村里的电线太小了，放个屁声音大一点，变压器都会跳闸，还不是我哥找他的同学，把线路全部改成粗的，屯里所有的打米机、打谷机才开动得了。不光水电，哪家哪户只要有什么事，都是找我哥，覃会贤的孙子在县城里偷摩托车，本来应该要坐牢，后来还不是我哥领他回家，罚款都少了一半不用交；忠文在工地打工，老板拖欠工资，还不是我哥去帮讨……这是以前的事了，这样的事太多了，就是这几年，我哥退休后，屯里谁家有这样的事，都还找他帮忙，美珠的儿子拉浪，他的老婆，一个贵州的流浪女，黑人黑户，我哥虽然退休了，但是还有关系，帮他跑来跑去，美珠的儿媳妇最后上了八度的户口，要是没有户口，美珠家的麻烦就大了……这样的事情很多，我都不说了，我家的砖头占一点道路算什么？领导，你去了解，以前八度屯不是这个样子，以前八度屯的路都能走手扶拖拉机，他们每户建房子，地基都挪出来一点，每一户建房都占用道路，每户占一点，就变成现在这样了，现在不要说是手扶拖拉机，就是两个人面对面，都要侧身才能通过，要不你去问他们，是不是这样，就是我家最吃亏，老老实实在原地上建房，还被他们笑话说我们最愚蠢，就是为了争一口气，我才叫我哥把砖头垒在路上。老实人被欺负，他妈的……（以下全是骂人话，几乎把八度屯一半以上的人家都骂了一遍，包括正在帮李作家翻译的建民，建民正在翻译，突然听到手机里松林用土话骂自己，立刻就生气了，也用土话骂手机里的松林，骂什么李作家也听不懂。不光他，围在他身边的忠涛、忠亮、忠奎、建敏、建堂、建刚，先后听到松林在手机里骂他们，他们不甘示弱，立马用土话反击，搞得建民家变成一个"云吵架"的现场。李作家不得不把视频给关了……）

　　在松林家，松林说了半个小时，李作家听得一头雾水，但是他不停地点头，表示自己一直在听。松林最后说，我看谁敢动我哥家的砖头。这句是用普通话说的，有警告李作家的味道在里面。

　　李作家说，我想跟你哥说说话行吗？我打他电话他不接，你用你的手机打，我来跟他说两句好不好？

　　有什么好说的。他说。之后就不理会李作家，起身上楼。

　　李作家心里非常不舒服，望着这个男人的背影，他觉得自己碰上不讲道理的人了，这些年来，因为工作的关系，跟他交往的人都是圈内人，有清流也有浊流，但是大家都客客气气，蹬鼻子上脸的事很少发生。总不能再用百度搜自己的名字给松林看吧（李作家为自己的虚荣感到羞耻）。李作家在心里苦笑，看来自己来到八度要做的第一件事情，是清理松柏家的砖头。

　　他走出门外，没想到二叔还在那里等他。他说，走，建民家。

九

　　建民家安静下来。他们都看李作家，连二叔也跪在一边看李作家，它吐着舌头。

　　他刚才听了建民的翻译，大致了解到一些情况，松柏给屯里做了不少好事，也不是一个不好说话的人，主要是他的弟弟松林，觉得自己的哥哥给屯里做了那么多好事，这些砖头就被人拿来说事，觉得太委屈了，八度屯很多家都有占道建房的行为，所以他理直气壮。

李作家先不说砖头的事。李作家说屯里道路为什么变窄的事，他把松林的话重复一遍。问他们，松林说的话有没有道理？

没有一个人出声。看来占道建房的事在八度是普遍现象。

松林又说松柏帮屯里做了很多好事，解决水电问题，帮覃会贤偷摩托车的孙子说情的事，帮忠文讨薪的事，帮拉浪老婆上户口的事，等等等等。

建民说，你不要听他吹牛，难道我们就不该喝自来水吗？难道我们用电不方便的事政府就不该解决吗？这些事是政府帮解决的，他把功劳抢到自己头上，他以为他是县长，让我们每个人都高看他。

忠涛说，在屯里，有什么大事你帮我、我帮你也很正常，他家一年死两个人，没有屯里面的人，他们家自己能把丧事给办了？他们几个都是帮抬棺材的。忠涛指着忠亮、忠奎、建敏、建堂。

为什么你们跟他家的关系这么紧张？李作家问。

因为把砖头堆在路上，我们走路很不方便。有几个晚上，有人骑着摩托车，刹车不及，都撞在砖头上，还好人伤得不重。如果再不搬走，有可能出人命。建民说。

说来也巧，算是吉人自有天相吧，这个时候，李作家手机响了，是自治区公安厅的治江。治江是多年的老友，李作家下乡后，还是第一次接到朋友打来的问候电话。看到治江的名字从手机上跳出来，李作家当场有了一个主意。跟治江通完电话，他对建民他们说，砖头的事好解决，松柏不是不接我的电话吗，我找县公安局的领导，跟他们反映一下，让他们管一管松柏，县公安局管不了他，我就找公安厅，我公安厅的朋友刚给我打来电话，说扶贫遇到什么困难，尽管找他。李作家把治江抬出来给自己壮胆，也有炫耀的成分，跟在百度搜自己名字给他们看一个道理。

这一招真的是太灵了。

李作家要找公安局领导甚至自治区公安厅领导的消息建民他们很快就发布出去了。李作家是个了不起的人物，你看，百度搜索上都有他的词条。他们亮着手机逢人便说。

没等李作家找县公安局领导，两天后，松柏家的砖头就从路上消失了。

还有就是忠涛"评上"贫困户的事。前面说忠涛表哥拿忠涛的身份证去买了一辆二手五菱车，害得身有疾病、家徒四壁的忠涛没有得到很好的救济的事，李作家打电话给治江，要他请车管所的朋友帮忙，把车过户到忠涛表哥名下，治江很快就叫人搞掂，李作家马上跟乡长韦文羽报告，之后李作家领着扶贫工作组的人带人入户核验，一个月后，忠涛的贫困户身份就得到确认。

这两件事，使李作家在八度屯"声名鹊起"。

十

回到李作家跟汉井主任第一次进八度屯时的情景。

那一天下雨，正是三月的时候，细雨打在脸上，痒痒的，似春风拂面。广西这个地界，好就好在雨水充沛，植物茂密。眼前的八度，绿树掩映，烟雨缭绕，宛若仙境。

这些年，当地政府在修路方面下大力气，水泥路都铺到各家各户的门口，三月的细雨洒在上面，闪闪发亮。这个时候走在油亮的水泥路上，李作家有去踏青的感觉。

李作家和汉井主任在建民家门口遭遇二叔的狂吠，建民出来和他们寒暄，聊了几句，他们继续往屯里走，牛屎的味道伴着酒香的味道扑鼻而来。

这个村庄的另一面逐渐显现出来。

不到二十分钟的时间，酥在春雨里的舒服的感觉很快就还了回去：所到之处，被踩踏、碾压的牛粪铺满一地，现出人畜的脚印以及摩托车、人力车的车辙；猪圈、牛栏里的污水都顺着墙角流淌在路的两边。乍暖还寒，许多小虫子就已经迫不及待地长大，它们扑面而来，李作家不得不用手去驱赶它们。

汉井主任脸上露出歉意。

李作家从小生活在农村，这样的场景他也很熟悉。

汉井主任说，这里的卫生搞得不好。又说，平时会好一点，这几天瑞明家里有事，来不及清理牛粪，加上这两天其他村的母牛都来我们村配种，牛粪比平时多了好多，所以就变成这样。

在李作家的印象里，小时候在乡下，每到配种的季节，猪也好牛也好，都是公猪或者公牛的主人赶着自家的宝贝，上门"服务"，傍晚的时候，公牛或者公猪的后面，经常跟着一个醉汉。这里颠倒过来，凤求凰，难道公牛比母牛金贵？

李作家说，你们这里的习惯很独特嘛，我们那里都是公牛上门，任劳任怨。

汉井主任说，这是科学。

后来李作家才知道，为了改良水牛品种，自治区水牛研究所的科学家采用新的科学方法，给村里的母水牛统一催情，并带来良种公牛，集中交配。公牛母牛的"情事"，已经不是李作家小时候的版本了。从这件事上看，时代真的是变化太快。只是八度屯一地的牛粪，没有人处理。

十一

他们来到瑞明家。瑞明家的房子只有一层，墙体裸露，水泥砖被雨水冲刷，开始泛黑，让人想起劳累过度，脸上长黑斑的汉子。这房子有些年头了，和他家两边都是两三层且外层都贴上瓷砖的房子相比，有些寒碜。屋里也一样，墙体没有抹灰，这座房子用了多少块水泥砖你都能数得出来。墙上挂着衣物、竹篮等杂物和生活用具，感觉家里重要的东西都挂在墙上。家中桌子有两张，一张是神台，神台上有祖宗的牌位和伟人的画像；另一张是吃饭的桌子，吃饭的桌子摆在家中间，桌上有粘苍蝇的白色卡片，刚换新的，有几个黑点在挣扎。这还是春天啊。

汉井主任用土话喊：瑞明瑞明。

一个男人从房间出来，矮、瘦、黑，像极他家年代久远的墙。

汉井主任跟他简单地介绍李作家，说的是当地的土话。瑞明的手在围裙上搓了几下，就伸过来给李作家握。他叽里咕噜说了一通。汉井主任也没给李作家翻译，好像瑞明跟李作家讲的都是不需要翻译的废话。汉井主任拍他的肩，大概瑞明逢人就诉苦的毛病他已经厌烦。他跟他叽里咕噜几句，瑞明点点头，松开李作家的手。

汉井主任对李作家说，瑞明家的困难跟其他家不一样，他儿子不成用。

"不成用"，李作家以前跟附近这一带几个县的人打交道，他们都用"不成用"这三个字来形容某些质量不好的物件。比如说物价上涨，他们会说，现在的钱不成用；某些商品质量不好，他们就说，这个东西不成用。现在，李作家终于听到，瑞明的儿子——"不成用"。

汉井主任说，瑞明当清洁工挣钱给儿子绍永去南宁读大学，他毕业后不好好找工作，而是跟人去搞传销，这就"不成用"了。

去搞传销，那还得了？南宁的青秀山、五象广场，防城港的海洋公园，北海的老街，经常有很多胸口挂着观光牌的游客，他们多是来自北方，被自己的亲戚、朋友、同学、同事以"参加北部湾大开发"的名头，"劝说"来到广西，被"资本运作"这样的"捞金术"所迷惑，饿虎扑食一样赶来，梦想有朝一日能登上"传销王国"金字塔的塔顶。他们最初都是被一辆大巴拉到南宁、北海、防城港等地著名的楼盘或者景点旁边，旅行团一样走走看看。他们的"导游"从始至终，只干一件事，就是很神秘地告诉他们这些楼盘和景点的来历——这些楼盘和景点，每处都有强大的官方势力在支持。这些楼盘的哪一块砖哪一片瓦，景点的哪一块石头哪一尊雕塑，都隐含着发财的门道。总之，不是有后台，就是风水好。一圈转下来，有人离开，有人留下。李作家的一个北方同学，有一年被骗到南宁，在旅游大巴上被洗了几天脑，才想到要来找李作家，李作家去接他，途经竹溪大道边上金光闪闪的"迪拜七星酒店"，他对李作家说，这个房子，是某某家的。某某是国家领导人。李作家当场就说他被骗了。这时候他还陶醉在自己的发财梦里，从包里拿出他自己写的几幅字，说下车后，你找个印油，我给你盖章，一幅字值一万块钱呢。他是书法家李作家还是第一次知道，李作家哭笑不得，又不好拒绝，下车后找了个印油，他同学摸出印章，短短十几秒，李作家就拥有价值几万块钱的字。凡是被传销洗过脑的人，不管什么物件，在他们眼中，都可以卖大钱，哪怕是很丑陋的字。

　　李作家不知道瑞明的儿子绍永是怎么样的一种情况，一般搞传销的大多都是外地人，他一个本地人，怎么好意思去走邪路，最后变得"不成用"呢。李作家心疼瑞明，一个乡村清洁员，有一个搞传销的儿子，父子俩职业差距也太大了：一个在地上刨食；一个想天上摘星，他以为他是航天员。绍永不会想连他爸都拉去入伙吧？

真是这样。汉井主任说，瑞明人老实，在村里人缘很好，绍永想通过他在村里发展下线，瑞明没有上当，惹恼了绍永，两年不回来，后来还是警察帮忙，端了传销的窝，才把绍永"遣送"回村里。

汉井主任说，绍永回家后，吃了睡，睡了吃，成了一个懒汉。最最要命的是，他跟他爸爸、他妈妈，跟所有的人零交流，哑巴一样不说话。前几天，瑞明说了他几句，他竟拿刀片割自己的手腕，幸亏发现得早，要不事情就大了。瑞明这几天天天守着绍永，生怕再出什么意外。村里的卫生没人理，一路都是牛粪……

汉井主任说，李作家，你是从南宁来的，你帮一帮瑞明，去做绍永的工作，拿死来威胁老头子，这不是坏人吗？

瑞明在一边连连点头。

大概汉井主任觉得这是眼下八度屯最难搞的一件事情吧。所以把李作家带来他家。汉井主任想让李作家想办法，劝说一个曾经深陷传销迷局的年轻人，重新回归社会，替父分忧，挣钱养家。

瑞明看着李作家，在他眼里，李作家是那个能救命的郎中。

李作家有点为难，李作家平时在单位，懒得跟人说话，所谓的"说话"不是那种客气的、礼貌性的聊天，而是跟人掏心掏肺。李作家已经很久没有跟人掏心掏肺了。现在这个年代，不要轻易跟人掏心掏肺，哪怕是最好的朋友。好事也好不好的事也好都要自己藏好。好事别人不会轻易羡慕你，不好的事也没有人帮得上忙。所谓的分享，不是炫耀就是诉苦，在李作家眼里都是自取其辱。

李作家是个认真的人，他觉得要跟绍永谈话之前，得先好好了解一下绍永，真要去劝他，先要了解他，不光他，还要了解这个村庄，总不能像个局外人似的跟绍永聊吧？总得跟他掏心掏肺吧？说到掏心掏肺，李作家很为难。

李作家拍拍瑞明的肩膀，说，你放心吧，我会好好开导他。

瑞明指着他刚才走出来的那个房间，说了句土话。汉井主任翻译，说，绍永就在这个房间睡大觉，你要不要现在去跟他聊？

李作家不愿意现在就去。说，先不要去打扰他，先了解情况，想好怎么说，再专门找时间来见他。李作家说，瑞明你不要太担心。李作家心里想，一个刚刚拿刀片割手腕的人，短期内是不会再割第二次的。

绍永不会有事的，你该干活就去干活，村里面的卫生少不得你去做。李作家说。李作家现在确实不知道能跟绍永说些什么。

主任也在一边附和，说有李作家在你就放心吧。

瑞明失望地点头。

他们又聊了一会儿收成、天气。瑞明的心思在儿子身上，不管聊什么，他都往儿子身上扯。汉井主任以为瑞明过多谈论自己的儿子李作家会不耐烦，就像刚进门他俩谈论绍永的事，没有原话翻译给李作家听那样，叽里咕噜，把李作家晾在一边。从他俩的语气和手势，李作家猜得出他俩一个在恳求，一个在推托。汉井主任原本是希望李作家今天就把这事解决掉，没想到李作家慢热，他也只好推托。最后他代表李作家跟瑞明告别。

他们离开瑞明的家，瑞明没有送他们，他一头扎进儿子的房间。

十二

清理松柏家的砖头和解决忠涛的贫困户"身份"，李作家在八度屯的威望就树立起来了，瑞明又托汉井主任请李作家去解决儿子的问题。

来八度已经有一段时间了，李作家还没好好想一想八度是一个什么样的村庄。

汉井主任跟李作家掏心掏肺，他说，除非死了人，要不然吃多大的苦大家都不会说出来，几乎家家户户都如此。

那他们喜欢告状又是怎么一回事？李作家问。

汉井主任说，那个事一言难尽，他们的苦，只要扛得住，都不会麻烦别人。

汉井主任跟李作家介绍，在村里，有时候是白天，有时候是晚上，办丧事的鞭炮声突然就响起来，那是谁家"有事"了，在这之前，这个家庭发生什么事情，知道的人并不多。平日里，各家各户万事不求人，不到最后一刻，决不轻易人前示弱。

从汉井主任的介绍中李作家得出这样的印象：

这个村庄的生老病死过于波澜不惊。

这个村庄，有点深沉，也有点麻木。

汉井主任跟李作家讲几个"有事"的典型事例，其中事最大的，就是十年前村里的一起群体中毒事件。

十多年前，一个五月天，村里的年轻人海民去田里撒农药，晚上回家，吃饭，喝酒，头昏眼花。海民以为自己干活太累，不胜酒力，早早上床休息。躺下不久，肚子又出了状况，先是隐痛，后来越发严重，还伴有呕吐。海民对新婚不久的老婆美雪说，完了，肯定是农药中毒了。美雪启动摩托车，用出嫁时娘家送的"背带"（把新生婴儿背在身上的长布块，能挡风，保暖），硬是把海民绑在身上。摩托车一路狂奔，赶到县城医院。

躺在医院的急救室里，海民已不省人事。医生打针、灌肠，忙了几个小时，才把他抢救过来。

几天后，海民出院，还是美雪，骑着摩托车把海民驮回家，车上，夫妇俩商量，请朋友来家里闹一闹。捡了一条命，夫妇俩都觉得庆幸。回到家，美雪杀鸡宰鸭，烧火做饭。朋友们接二连三地来到，这个时候，他们才知道海民农药中毒的事。这几天，夫妇俩去了哪里，去干了什么，竟然没有一个人知道。他们几乎每个人都对海民说大难不死必有后福。

海民刚刚出院，不敢喝酒，让朋友们放开喝，朋友们也不客气，打圈干杯，猜码划拳，非常火热。酒足饭饱，朋友们各自回家，一个看似平静的夜晚，这时候危机四伏。接下来，前后不到两个小时，来海民家吃饭的朋友，先后被家里人，像当初美雪送海民去县城医院那样送往县城，两个小时前他们还在海民家猜码划拳，两个小时后又在县城医院的病房里汇集……当晚在海民家喝酒的一共有七个人，先是赵一敏被弟弟赵二敏送到医院，刚刚进急救室，第二个朋友又被送到，是赵孟林，他喝酒时最活跃，又是唱歌又是跳舞，现在被他老婆从摩托车上背下来，瘫在地上，口吐白沫……医生一问，得知赵孟林跟刚刚被送到急救室里的赵一敏今天同一个饭桌上吃饭，知道大事不好，肯定是群体性中毒事件。医生报告给院长，院长还没赶到，又一个中毒者被送到，是赵东生，接下来是赵茂林和赵启胜……

这个村庄，伴随着摩托车的轰鸣声，先后有五道光柱，野兽的眼神一样划破黑夜。

除此之外，并无异常。

整个村庄没有人知道发生了什么。

没有人知道这个村庄的另外五个人，在县城医院的病房外，焦急地等待亲人的消息。

在海民家吃饭的一共有七个人。另外两个是冠远和他的儿子忠发，他们没有被送到县城，因为家中只有父子俩。冠远以前当过兵，学过战地自救的知识，自己肚子翻江倒海时，他知道这是中毒了，得想办法把吃下去的东西吐出来。他跌跌撞撞去找煤油，之后摸进儿子忠发的房间，忠发这时候已经昏迷，老人家撬开忠发的嘴，往里灌煤油，忠发没有咽下去，他已经不行了，老人家只好拼命往自己嘴里灌……后来是乡医院的救护车把他和忠发接走的。之前，县医院的院长知道同桌吃饭的还有海民、美雪夫妇和冠远、忠发父子，马上打电话给乡医院的院长去村里查看，海民、美雪夫妇从睡梦中被叫醒，他们没事；冠远、忠发父子躺在房间里，奄奄一息，乡卫生院的人砸开大门，把他们送往县城。

一起来海民家聚会的七个人，最后只有忠发没有抢救过来……

罪魁祸首是海民的酒，当晚喝的酒跟海民住院前一晚喝的是同一种酒。海民有风湿，经常去挖八角树的根来泡酒，这一回他不小心，把断肠草的根当八角树的根泡在酒里。那天，海民到地里喷农药回家后喝了两杯，当时就中毒了，他以为是喷农药中的毒，县里的医院把他抢救过来后，也以为是农药惹的祸。没想到，要命的错误一犯再犯……后来海民和美雪去了广东阳江，他们去那里的刀具厂打工，不再回来。原因很明白，这个事件让他们愧疚终身，无脸见人。

最可怜的是冠远，他跟儿子一同去海民家吃饭，儿子照顾他，凡是该他喝的酒儿子都抢过来喝，儿子简直就是替他挡刀。

十三

这样的故事，给李作家很大的触动，汉井主任跟李作家说起这件事情时，轻描淡写。李作家离开农村太久，关于农村的消息，多是来自互联网。说老实话，互联网上比这惨得多的故事有很多很多。但是在电脑前看到，跟在事发地听到或看到，感受很不一样。

这个村庄，这个村庄的每一家每一户，所有的苦难都自己消化。每个苦难都有来路和归途，像雨融于土地。

此刻，李作家脑子里全是摩托车孤独的光柱，还有车上，那些"不敢高声语，恐惊天上人"，埋身黑夜，送自己亲人去医院救治的男人女人。

这个孤独的人间。

李作家以为自己已经怀揣这个村庄的心事。

如果把这个村庄当成一个人，那这个人也可以是李作家。

那李作家又是怎么样的一个人呢？

小时候的孤儿，长大后愤世嫉俗，三十而未立，北漂打拼，靠写小说出道，终于"人模狗样"，终于"看什么都顺眼"。

老实说，李作家当初是一个什么样的人，他自己已经忘得差不多了。

曾经不下十个人跟李作家讲李作家当初的好：

大眼，现在在老家，正在被肺病折磨，少年时代的他，好勇斗狠，每一次被人追打，都逃来李作家当时工作的小镇躲避，经常在李作家那里，一住就是半个月。

小成和小朵，李作家的同学，一对模范夫妻，当初双方父母不同意他们的婚事，越是不同意，就越是要在一起，他们背着父母领了结婚证，但是他们根本没有去处，小成找李作家商量，李作家说，你们先到我那里住一段时间，顺便摆个地摊，现在他们赶你们出来，以后他们得求你们回去。李作家的房间变成他们的婚房，他们的儿子大成就是在那时孕育的。怀上孩子之后，两家老人才同意这门婚事，后来补办婚礼，李作家还去当伴郎。

…………

那个时候，李作家工作的地方，简直就是朋友们的避难所。

现在，只要李作家一回老家，朋友们就轮流请他吃饭，说当年他对他们的好。回想起来，那是很久以前的事了。

现在，如果朋友们再有什么事，李作家还会这样吗？李作家不知道，因为李作家现在也跟这个村庄一样，深沉，麻木。见过太多让人伤心的事情，也经历了背叛、利用和忘恩负义，他已不再关心别人怎么对待自己，对别人的伤痛、衰败也熟视无睹，不再愤怒，也不再焦虑，心如死水。有一首歌这样唱：

转眼一瞬间

不知多少年

多少悲欢离合假装没看见

…………

要不是工作，他也不会和这个深沉、麻木的村庄发生交集。

李作家觉得他可以跟瑞明的儿子绍永谈了。

十四

几天后，李作家来到瑞明家，瑞明看见李作家，很高兴，把他请到绍永的房间，轻轻地推门，又轻轻地关门。房间里只剩下李作家和绍永。

绍永躺在床上，裹着红色的棉被，背对李作家。李作家只看见他的头发。绍永床前摆着一张桌子，一台崭新的台式电脑立在床前，电脑的包装盒子扔在房间一角。可怜的瑞明，为讨好儿子，给他买电脑。绍永现在，只跟电脑亲。

李作家说，绍永，我是李大哥。

他动都不动一下。

绍永，我们聊一聊，你有什么想法跟我说，看我能不能帮你。

说这句话时李作家有点心虚。

绍永还是没有什么反应。

房间里一张凳子都没有。李作家只好坐在床沿，不像是来聊天，像是来探视病人。

李作家轻轻地推他，轻声说，绍永，绍永。

绍永死人一样。

他是醒着的，只是不愿意跟李作家聊。房间里掉下根针都能听见声响。

瑞明一直在门外偷听，听到房间里没有什么动静，待不住了，又推门进来，喊绍永，说的是土话，大概是绍永的小名。瑞明跟自己的儿子说话，轻轻缓缓的语气，像要把他含在嘴里。这个被血缘勒住喉咙的父亲啊。

这时候房间里进来一个小孩，三岁模样，他跑到床前，摸绍永的头发：爸爸我爱你，爸爸我打你。小孩说。

爸爸我爱你，爸爸我打你。把李作家给逗乐了。

你是谁啊？李作家问。

但是小孩只说这两句。边说边摸绍永的头发。

小孩是瑞生的孙子，瑞生家离瑞明家不远，孩子的爸爸妈妈在县城打工，他一个人跟爷爷在家。

爸爸我爱你，爸爸我打你。

小孩又说了一遍，就跑出去了。

从始至终，绍永一点反应都没有。孩子搞笑的呼唤和稚嫩的手都不能让他动一下。

李作家无功而返。

夜晚，李作家不甘心，想再去试一试。

瑞明夫妇不在家，明天县里要来检查，他们连夜搞卫生去了。

家里的门开着，绍永房间的门也没关死，推开房门，关上房门，李作家发现，房间的门闩给抽掉了。外人随时都可以进来。绍永没有给门装上门闩，你们想来就来。他大概是这种破罐子破摔的想法。也可能是想让父母放心，他不会再割手腕。

绍永，绍永，我是李大哥。

他还是上午的那个姿势，李作家也还是只能见到他的头发。

绍永，我们聊聊好吗，你看我都来了第二次了。

他一动不动。李作家去摸他的头，他的头猛地一摇，他在抗议李作家的抚摸。李作家倒吸一口凉气，不敢去碰他。

他拒绝交流，我还能怎样。李作家想。

这个晚上，如果和他搭上话，李作家是打算掏心掏肺跟他聊的，李作家想跟他聊聊自己，聊一聊这个村庄发生的事情，十多年前那起中毒事件发生的时候他也还是个小学生吧。

但是他不理李作家。

无奈之下，李作家只好走了。

瑞生家的门开着，灯也亮着。李作家刚才路过他家门口时，他三岁的孙子，那个摸绍永的头说"爸爸我爱你，爸爸我打你"的男孩还在家中玩耍。在绍永这里碰壁，李作家想去瑞生家看看。随便跟瑞生聊点什么，打发这个夜晚。

抬脚进瑞生家门时，李作家看见血迹。他以为是鸡血，没有在意。家中一台切猪菜的机器边有一捆未切的红薯叶，李作家走过去，越接近那台机器血迹越多。

李作家大吃一惊：他看见那捆红薯叶旁边，有三根小手指。

出事了。肯定是瑞生的孙子玩切猪菜的机器，把自己的手指给切断了。此时，瑞生肯定是带着孙子，急急奔赴县城。但是他忘了把断指带上，如果不把断指送去，孩子将终身残疾……

李作家赶紧捡起三根断指，用餐巾纸包好，飞快地跑去瑞明家，踢开绍永的房门。

躺在床上的绍永受到惊吓，转过头来看李作家。

一张惊恐的脸。

赶快带我去县城！李作家朝他吼。

很快，绍永和李作家坐在瑞明家的电单车上。

我们还能快点吗？我们还能快点吗？身后的绍永跟李作家说话。这是他第一次跟他说话。

李作家没有回答。

在医院，正在被儿子黄志训斥的瑞生看见李作家和绍永，非常震惊，像在做梦。黄志看见绍永手里有血迹的小纸包，喜出望外，他接过来，有救了！有救了！他喊着跑去医生办公室。瑞生抱着绍永，摇着头哭。李作家站在一边，想，真是惊心动魄的一个晚上。

孩子的手保住了。

绍永也有所松动，几天后，有人看见他帮父亲瑞明开电动垃圾车运垃圾。

十五

八度屯没有屯长。屯长忠深因为聚众斗殴，致人死伤，被判五年，眼下正在柳城监狱服刑。虽然有没有屯长，人们的生活，似乎也不受太大的影响，但是由于没有人跟村里、乡里甚至县里"对接"，扶贫这件事在八度开展得很不顺利。

李作家问建民，你愿不愿意当屯长？

建民一支烟就吐在地上，不行。他说。

李作家问了几个李作家觉得他们有能力当屯长的村民，没有一个人愿意。

当屯长每个月有三百元的津贴，像八度这样问题丛生的屯，当屯长要有一副热心肠，还要不怕麻烦，还要有魄力才行。

建民说，只有忠深当得了，可惜他现在坐牢，他是我们信得过的人。八度，再也没有像忠深这样的屯长了。

事情回到几年前。

八度屯的人靠矿吃矿，对耕种不怎么热情，很多土地都是无人耕种，后来政府封矿，八度屯丢荒的土地才重新被耕作，也有一些边边角角的地，或者属于集体所有的地，一直没人理会，久而久之就变成荒地。那些不起眼的荒地，后来变成了要命的荒地。

八度屯地处野马镇和昌明镇的交界，和昌明镇奉备村耕满屯接壤，八度屯那些撂荒的边边角角的土地，奉备人拿来种玉米、种甘蔗，时间一长，他们就把这些地当成自己的地。八度屯的人开始也没有太在意，但是，突然有一天，不知道谁发布消息，说一条二级路将从八度屯和奉备屯之间经过，修路肯定就要征地，征地肯定就要给补偿，那些被遗忘的土地一下子变得金贵。

建民记得，他曾经跟忠深去找耕满屯的屯长罗五一，罗五一胆小，不敢出面动员占用八度屯土地的人家清理土地上的农作物。没有办法，忠深对建民说，我们先礼后兵。先礼，就是"搞宣传"，建民骑着摩托车，搭着忠深去奉备村耕满屯，忠深拿着一个电喇叭喊话：奉备村的兄弟姐妹，有在我们八度屯的地上种玉米、种甘蔗的，玉米收了之后、甘蔗收了之后，就不要再种了……还写了几张"通告"，贴在耕满屯显眼的地方。后兵，就是如果这样做起不到效果，那开春的时候，就要强行收回，在地上打桩、搭棚。

建民记得，开春的头一天，忠涛拄着双拐，拐杖的声响比平时密了两倍，简直就是马蹄的声响，他来到建民家里，说，耕满的人又在地上种玉米了。

建民的摩托车驮着忠深往耕满屯赶，在两个屯接壤的地方，他们看见，在属于自己的土地上，长出了玉米芽。耕满人没等开春，早早就播种了。没有办法，只有"后兵"了。一个电话，在家的年轻人不多，在家的中年人多的是，一家一个人，拿木桩、拿锄头、拿锤子赶了过来。先是铲掉玉米芽，然后在地上打桩。这个时候，耕满屯的罗五一也带着他的队伍赶过来了，这个平时胆小的屯长，吃了豹子胆，一上来就带头拔桩，这下就不得了啦，拔桩、钉桩，钉桩、拔桩，两个屯的人就动手了。忠深看见形势不好，赶紧拉着自己的人，不要动手，不要动手，他喊。但是场面失控，一把锄头高高举起，砸在美珠老公头上……

建民对李作家说，一开始的时候，我因为打派出所电话没人接，开摩托车去派出所报警，才没有卷进去。

李作家说，算你运气好，如果你在场，你会怎么样？

建民说，搞不好死的就是我。

建民还说，忠深是我的好朋友。

忠深是一个怎么样的人呢？下面是关于他的故事。

十六

很多年前，八度屯，最后一口井封掉以后，忠深和建民并肩坐在井口边，对着山下空荡荡的八度屯，不知所措。那时他俩都四十多岁，都有父母妻儿，矿井封掉之前，忠深下井挖矿，建民矿井里搭架子，忠深挖到哪里，建民的架子就搭到哪里。现在井都封掉了，他们心也慌了。

建民说，种地是不可能的了。

忠深说，出去打工也是不可能的，老人小孩都需要人照顾。

那我养猪吧，矿工们居住的房子，反正也荒废了，我把那里改造成养猪场，先养几十头看看。

忠深说，我去学做道。

所谓的"做道"，就是人死后，一队人马对着唱本的唱词，敲敲打打，唱歌超度亡灵，主要内容是死去的人从怎么出生、长大，经历了什么样的劫难，做了什么样的好事，如今功德圆满驾鹤往西。一唱就是几个晚上。

建民养猪谁都不会奇怪，八度屯的任何一个人说自己养猪，没有一个人觉得奇怪，但是忠深说自己去学做"道公"，让建民觉得不可思议。这个世界，做任何事情，都需要力气和天赋。忠深有的是力气，忠深初中毕业，没有钱继续上学，回家务农，那时候正好香港武打片盛行，野马镇上的录像厅门口挂的喇叭，成天嘿嘿哈哈地响，看了几场录像后，忠深就拜野马镇的陈阿大为师父练武，学了几套拳，就以为自己是武林高手，干农活的时候，脑子里也是自己飞檐走壁、劫富济贫的情景。忠深在野马镇打了几场架，陈阿大教的拳法一点都用不上，全是靠力气和不要命的气势，打赢了。师父陈阿大为了抬高自己的"江湖地位"，拼命宣传，以讹传讹，忠深遂成了野马镇谁都不敢惹、功夫了得的"高手"。做"道公"忠深有的是力气，但是做"道公"要唱啊，忠深那个嗓子，像竹子做成的扫把，拿去扫大街，沙沙的声音难听得很，这样的声音拿去超度死人，死人去不去得了西天，都是个问题。

建民说，你唱得了吗？

只要敢唱，就唱得了。你以为上台表演，要卖门票吗？忠深回答。

建民说，收入不高啊，一场丧事下来，要累几天，就是百把两百块钱。

我就是喜欢，没有办法。

建民还是第一次知道忠深喜欢"道公"这份职业，如果矿井不被封掉，忠深的这个理想还要很长时间才能实现，搞不好葬身井底，别的"道公"来给他超度，也是说不准的事情。

建民说，以后，你就不停地有猪头肉和鸡肉吃了。在野马镇，灵堂上的祭品主要是煮熟的猪头和公鸡，有钱人家的灵堂还会有烤乳猪。这些祭品，最终都归"道公"。

从今以后，夜晚当白天过。忠深说。

忠深就从青年时候的矿工，变成中年时的"道公"。

十七

很多年以前，在野马镇，主要有三支队伍给亡灵超度，三支队伍各有各的势力范围和职业优势。第一支队伍是罗炳初带领的"十五号队"，为什么叫"十五号队"？因为每月的十五号，是野马镇干部职工领工资的日子，"十五号队"是专门做领工资的人"生意"的团队，领工资的人，家里有谁去世，一般都来请罗炳初。也不是罗炳初的手艺有多好，是因为有一年，野马镇多少年才出现的唯一的一个县处级干部，副县长潘猛，他的母亲去世，潘猛跟罗炳初同一个村，肥水不流外人田，罗炳初自然就摊上这单"生意"。那个时候，副县长的母亲去世，是野马镇的一件大事，很多很多的人，都过来安慰潘猛，说是人山人海一点也不过分。这一场丧事，罗炳初的队伍空前地卖力，他们使出浑身解数，把潘猛母亲的功德唱得声情并茂，很多人都流泪了。打那以后，野马镇凡是领工资的不领工资的，不论远近，只要谁家里的亲人过世，罗炳初就是首选。

第二支队伍是"文化有限公司队"，为什么叫"文化有限公司队"，是因为他们的主力，小时候是孤儿，几乎没上过学，文化"有限"。他们都是先跟师傅走家串户，然后再自由组合，相同的命运让他们走到一起。领队的是林龙军，天生做"道公"的料，心善得让人发慌，每一场丧事都陷进去，好像自己的爹妈又死了一回。一般家境不好的人家里有人去世，首先想到的就是这支"文化有限公司队"，至于钱嘛，有多就给多，有少就给少，接过主家的钱，林龙军还有些不好意思。

第三支队伍，就是忠深后来参加的这支，叫"敢死队"。为什么叫"敢死队"？整个野马镇，凡是不得好死的人，车祸、触电、溺水、摔死等等，男女老少，他们的亡灵，全是由这支"敢死队"来超度。

"十五号队""文化有限公司队""敢死队"是野马镇的人给起的外号，三支队伍之间各有各的分工，互相瞧不起对方，同行是冤家这样的事情，并没有在三支队伍之间发生，那是因为，他们直接面对的就是死者，以及悲伤的家属，在死者和悲伤的家属面前，炫艺、贬低别人抬高自己，甚至给别人使坏，是想都不要去想的事情。炫艺、贬低别人抬高自己，甚至给别人使坏，野马镇的"道公"们，绝对不会那样做。一年之中，三支队伍都有同时没有活干的时候，他们就聚在罗炳初家，喝酒聊天。比如有一回，在罗炳初家，聊到野马镇人给他们起的这些外号——他们并没有觉得这是对他们的讥讽，他们都哈哈大笑。罗炳初笑得最大声，他说，整个野马镇，就是我们"十五号队""文化有限公司队"和"敢死队"的天下。

　　"文化有限公司队"的孤儿们的笑声，虽然不像罗炳初那样爽朗，但也是非常的由衷，林龙军说，有口饭吃，比什么都重要，还有，如果没有我们"十五号队""文化有限公司队"和"敢死队"，野马镇的死人，怎么上西天?!

　　"敢死队"的领头是六十岁的赵忠南，他的笑藏在喉咙里，像咳嗽。"敢死队"比"十五号队"和"文化有限公司队"做的活，更加艰苦。那些孤魂野鬼，都是由他们超度。赵忠南说，上西天重要吗? 重要，也不重要，重要的是，不管是怎么死的，最后都是由我们来送行，虽然是做给活人看，是让活人心安，只要活人感到心安，死人上不上西天也没关系啦，活人毕竟比死人重要。他的话有点深奥，"十五号队"的人和"文化有限公司队"的人不管理解不理解忠南的话的意思，他们都说，对!

　　他们所做的一切，都为了活人。

　　确实是这样。

十八

　　很多年以前，忠深以"道公"身份参加的第一场丧事，是汉井主任跟李作家说的那起中毒事件的死者赵忠发。

　　忠深在赵忠发的丧事现场大显身手。

　　这是他第一次"入行"。忠发年纪轻轻就去世，属"不得好死"，在野马镇，这样的魂入不了祖宗的牌位，"道公"们说好听点，是给他们超度，说不好听，就是将他的魂魄封死在某个地方，不要让他的冤魂飘来飘去祸害人间。所以从入殓、入棺、封墓，主要由"敢死队"的人来完成。

忠深格外地卖力。一匹白布每一米半就剪一个角，"敢死队"队长、六十岁的赵忠南用力一扯，嗞——，然后递给忠深，忠深拿白布，裹忠发的尸体。一匹白布，裹一具尸体，绰绰有余。忠发因为是中毒，死得很痛苦，一般白布裹尸体先从脚裹起，忠南担心忠深害怕，说，这回从头先裹起，眼不见心不怕。但是忠深很认真，也不觉得忠发痛苦的表情有什么可怕，他经常看见那些在矿井下犯病的人，他们的表情比躺在眼前的忠发痛苦多了。忠深说，还是先裹脚。

嗞——这张白布裹忠发的脚。

忠发的两只脚并拢，已经被宣纸搓成的绳子捆住，忠深先用手轻拍忠发鞋面上的灰尘，然后慢慢缠绕——这双腿曾经有力地拍在八度的田埂上。那一回赵忠原家的牛疯了，去追忠发的爸爸冠远，忠发箭一样去追疯牛，风哗哗地刮过他的耳边，脚底下是泥是水是石子是刀他都顾不了啦。鞋子掉了，脚板像踩在烧红的钢板上面，滚烫无比。在疯牛即将用角抵住父亲的那一刻，忠发捡到了粗壮的牛绳，死命地拉疯牛，身子几乎仰在地面。这一下，疯牛追逐的目标立马换成忠发，忠发扔掉牛绳，扭身朝父亲的反方向跑，这一回他跑不过疯牛，很快，疯牛尖尖的角顶着他的腰，把他挑上半空中……

嗞——这张白布裹忠发的腰。

八度屯的每一个人都知道忠发的腰有一个被牛角顶出的伤疤，夏天的时候，忠发喜欢打赤膊在村里走来走去，那块伤疤像块小铜镜，能反射太阳的光亮，八度屯的每一个人都曾经被这块小铜镜晃过双眼。疯牛的主人，头上也有很深伤疤的忠原说，那是块奖章，是救他爸爸，老天赏的。然而忠发没有被忠原家的疯牛顶死却被海民家的毒酒毒死。怎么说都是替他爸爸冠远送命。忠深拿白布裹忠发的腰，用力过猛，忠发嘴巴竟吐出一口气。毕竟是第一次，忠深没有经验，连说对不起对不起，又继续缠。

嗞——这张白布裹忠发的头。

这一下忠深的眼泪就流下来了，这是最后一个照面，从此后，这张面孔彻底在八度屯消失。

忠深接下来把脚边的二十个鸡蛋，敲在搪瓷盆里面，他敲一个，"敢死队"队长、六十岁的赵忠南就用勺子把蛋黄撇出来。蛋清和蛋黄分离，蛋黄拿去煮汤，蛋清拿来当糨糊，涂在白砂纸上面，封棺材的缝隙。啪啪啪啪……盆里二十个鸡蛋的蛋清，被忠深手中的筷子搅动得像绸缎一样起起落落。接下来一把刷子，很快就握在忠深手里，搅匀了的蛋清浮着一层泡沫，刷子轻拂，泡沫破碎，空荡荡的棺材，贴满砂纸，从此风雨不侵。急促的鞭炮声响起来，时辰到了，"敢死队"抬着被白布裹得严严实实的尸体一步步移到棺材边，轻轻放下，十几个硬币散落在棺材里。最后是棺材盖，做棺材的马自觉太不走心了，棺材盖的一角厚了半厘米，不过"敢死队"队长、六十岁的忠南早有准备，他从工具箱里拿出一把木工刨，唰唰唰，一条条刨花从木工刨的顶部冒出来。之后，棺材板重新盖上，这回严丝合缝，二十四颗三寸长的钢钉将盖板和棺材钉了个严严实实。唢呐声响起，这个时候才算正式宣布，八度屯的赵忠发，死了。

你怎么就死了呀？

忠深的唱词开头多了这一句。

法事的唱词都有固定的格式，一般先介绍逝去者所属的地区，算是替他报家门，忠发丧事的唱词，应该这样开头：野马镇五合村八度屯赵忠发，生于某年某月某日某时……在忠发的丧事上，第一次做法事的忠深脱口而出，你怎么就死了呀，野马镇五合村八度屯赵忠发，生于公元1980年5月17日……

从那时起，"你怎么就死了呀？"就成了"敢死队"丧事上的唱词开头的第一句。

你怎么就死了呀？野马镇五合村八度屯赵力钱……

你怎么就死了呀？野马镇五合村八度屯徐鹏……

你怎么就死了呀？野马镇五合村八度屯赵英秀……

赵力钱到池塘钓鱼，起钓的时候鱼线摔在电线上触电倒地，头撞在石块上身亡。

徐鹏喝醉酒把摩托车开到水沟里淹死。

赵英秀在南宁被泥头车撞死。

你怎么就死了呀？那些不得好死的八度屯的男人女人。"敢死队"的人们，一年到头有很多的日子在为你们歌唱。一边唱你们的功德，一面防你们的冤魂四处飘散祸害人间。

十九

很多年以前，已经成为道公的忠深和养猪养得很不成功的建民在一起聊天。这个时候，忠深已经参加了十场丧事。建民的猪开始养到二十头。他们各自说自己做道公和养猪的心得，互相诉说，不停地打听。

忠深说一些关于死者的事情。

赵力钱就是其中的一个。

赵力钱是个红脸男人，脸上的毛细血管埋得比较浅，一年四季血色荡漾。不知道的人还以为他一天三餐离不开酒，其实他是八度屯少有的不喝酒的年轻人。那年八度屯那起中毒事件，除赵忠发外，其余六个都抢救了过来，其中就有赵力钱的功劳，他参加了献血。

那几天，忠深他们在屯里忙赵忠发的丧事，赵力钱和另外十九个八度屯的人去县城给中毒的人输血。二十个人，大多从南宁、北海、崇左，最远的从海南赶回来。他们被集中在一个屋子里，不远处的病房里躺着六个口吐白沫、心脏还在顽强跳动的八度屯的中毒者。赵力钱等人的手臂被橡胶管绑住，医生的针管迫不及待地刺进他们的动脉。因为用血用得急，一切都像电影里的快进镜头，比平时快了好多倍。

结果是，这二十个人，有一半人的血不合格。

铁民的血不合格，他在佛山做陶瓷。工作的环境尘土飞扬。一摘口罩，就不停地吐口水。

春民的血不合格，他杀猪，猪下水吃得多，血稠得快流不动了。

冠海的血不合格，医生也不说什么，直接把他请出献血室。他问医生为什么不让他输血，问急了医生说，他的血不能拿来救人，还叫他到门诊做进一步诊断。冠海也不当回事，他自己给自己找理由，说是得了不传染的肝炎。后来半年后高烧不退，败血症。

冠群的血不合格，医生抽他的血，他酒都还没完全醒。医生说拿你的血去救人，病人会病情加重，他很不服气，说等酒气过了再来献。医生说就你这样，三天酒劲都不会过。

瑞明的血不合格，他在八度屯做清洁，搞卫生，人矮小，不到九十斤，医生的针头已经刺在他的血管里，突然发现他其实是个儿童样的中年人，医生也是太急了，没有注意到救人心切的瑞明根本就不该来这里。

赵力钱的红脸庞引起医生的误会，差点不让他进献血室，他用力地朝医生哈气，我喝酒了吗？酒气在哪里？医生这才对他进行抽血前的测试。

…………

还好，有十个人的血合格。这十个人就承担了另外十个人未完成的事情。本来一个人抽200CC，后来十个人，一个人抽300CC。回到八度，也没有人把他们当英雄般地对待，好像这一切都是应该的。很快，他们又各自回各自的工地。

忠深说，这么多年，八度死去的人当中，就是赵力钱最可惜。

建民说，八度屯死哪一个都可惜。

忠深说，一个老娘，两个孩子，他一死，老婆就改嫁。

建民说，一条命后面，就是几条命。我们也是一样啊。

两个人的眼里就浮现出赵力钱那张红脸庞。

这张脸出现在北海的老街。海边的太阳晃眼，加上天生的红脸庞，赵力钱显得英气十足。赵力钱干活时喜欢戴墨镜，衣服也比其他人穿得好一些。如果不是身上湿漉漉的汗水，光从穿着打扮上看，跟北海任何一个办公室里上班的年轻人没什么两样。让八度屯所有年轻人羡慕的是，一个北海姑娘看上他了。北海姑娘的父亲是渔民，她家在海边，有一栋小楼房。她在老街卖凉茶，干活累了的赵力钱经常去那里买凉茶喝，一张异于常人的红脸庞吸引住她。

你的脸为什么这么红？她问。

干活干的吧。

炼钢炼铁，都没有这么红。

他们说是高血压，脸才这么红，我去医院检查，血压不高，他们说是毛细血管太发达，叫我挤痘痘时不要太用力，小心血喷出来。

女孩就笑了，说，这样很健康。那时女孩还有男朋友。这是赵力钱在这里买第十杯凉茶时他们的对话。到赵力钱来买第二十杯凉茶的时候，女孩就没有男朋友了。女孩看他的眼光也有了变化。他来买凉茶时聊天的时间就长起来了。

来北海什么都好，就是吃不惯海鲜。赵力钱讲假话，工地上哪有海鲜给他吃，他乐观，也根本不把在工地上能不能吃上海鲜当成一件事情。就像很多不出名的人说出名很累那样，就是图个虚荣，就是不肯在人前矮下去。

女孩也不戳穿他，说，那你女朋友想吃海鲜怎么办，你总要请她吃吧，然后你就看她吃，你在一边吃咸菜？

赵力钱说，我哪里有女朋友，如果有女朋友，不说是海鲜，就是毒药，我都吞得下。后来，他真的就成了八度屯吃海鲜吃得最多的人。

女孩带他到海边自己家，她父亲的船刚刚靠岸，女孩就带赵力钱上船帮忙。女孩的父亲看见女儿带着个红脸膛的后生上船，比自己打到一条大鱼还兴奋，女儿失恋后要死要活，害得他出海都提心吊胆。

比上次那个强。父亲说。

女儿说，那当然，不强的话，我怎么敢带他回来。女孩的上个男友是个保险推销员，家在市区，成天衣冠楚楚约人在有空调的房间谈业务，汗都很少见他出，是他抛弃的女孩，从心肝宝贝变成王八蛋，既然变成王八蛋，在街上随便找个人，都比他强。女孩这样想，女孩的渔民父亲更是这样想。

父亲说，以后，我带他出海。

赵力钱听不懂他们说什么，以为父亲在跟女儿说这次出海的收成。他不知道，自己成了今天这户渔民最大的收成。

我就是最牛 B 的海鲜！有一次他回屯里，跟屯里的人这样说。

确实是这样，在八度屯，你要娶到外地的女人，只有一条路，那就是当上门女婿，生的小孩随母姓。赵力钱不是这样，一切都跟八度屯娶外地媳妇的人反着来。我就是最牛 B 的海鲜。八度屯每一个人都相信。

女孩的父亲非常喜欢这个来自山区的女婿，他带他出海。

第一次出海是在秋天，刚刚上船的时候赵力钱很兴奋，以为是去公园坐游艇，随时都可以比画剪刀手喊耶。渔船起航不到二十分钟，他未来的岳父就在船舱的凉席上睡着了。赵力钱扭头看驾驶舱，掌舵的后生仔也在打盹，赵力钱问身边的人，这样驾驶船只，就不怕出事？旁边的人告诉他，只要没有风浪，就是没有人在驾驶舱，三天三夜都不会出事。但是大海哪有没有风浪的道理，离陆地越远，船越来越晃，驾驶舱里后生仔的头颅一起一伏，而他未来的岳父，也像是睡在摇篮里。赵力钱开始抓住船边的扶手。

陆地终于被水线代替，赵力钱开始心慌，远处的几片泡沫，都被赵力钱误以为是陆地，他想如果他们的渔船遇到不好的事情，他肯定朝那些泡沫游过去。浪越来越大，船越来越晃，赵力钱开始感到恶心，他憋着气强忍，千万不要在岳父的面前丢脸，哪里忍得了，他吐得翻江倒海，呕吐的声音盖过了马达的声音，红脸都变成了绿脸。

他们的船碾过巨浪，海水雨水似的横扫船上所有的人，妈呀，打鱼比种地辛苦多了。他想大叫，送我回去吧，送我回去吧。话到嘴边，又被他吞回去。船上所有的人都看戏似的看他的表现，他太菜了，当不了渔民。

回到陆地，女孩问赵力钱，天蓝不蓝？

赵力钱说，天蓝得好像要杀人。

海蓝不蓝？

海蓝得好像要死人。

以后还出不出海？

当然出啦！

后来他岳父就没有让他再出海。

结婚后，他不再去工地搭脚手架，而是到快递公司送快递。住在岳父家海边的房子里，他迷上了钓鱼。白天送快递，晚上钓鱼。电单车走街过巷，钓鱼竿起起落落，女孩两次怀孕，一儿一女出生，赵力钱在八度屯成为人们眼中的成功男人。他跟八度屯其他娶了外地女人的男人不一样，他虽然住在岳父家里，但是他不是上门女婿，他的儿子叫赵丹，他的女儿叫赵凤。

最后是喜欢钓鱼这件事害死了他。

暑假，他带老婆孩子回八度看母亲，刚刚下过大雨，池塘里不时有鱼儿跃起，赵力钱手痒，拿着钓鱼竿就去了池塘边。大鱼上钩，赵力钱用力一甩。鱼线扬起，缠在头顶的电线上。啪的一声，赵力钱应声倒地，他的头敲在池塘边的石块上。触电，加上头部重伤，顿时就不省人事。

那个在北海老街卖凉茶的女人，在自己老公的尸体前，猛打自己的脸，都怪我啊，他根本就不想回来，要带孩子上北京，是我逼他回来看奶奶，现在人就这样没有了。千不该万不该，叫他回来看奶奶。接下来她骂八度屯，这是什么样的地方啊，电线那么低；这是什么样的地方啊，路上全是石头，摔个跤就是一条命。接下来她骂赵力钱，你就这么爱钓鱼，在海边钓不过瘾，来这个鼻孔大的池塘钓，把命都赔了。女人甚至出现幻觉，她捡起石头砸向池塘，要我老公的命！要我老公的命！不知道是骂鱼还是骂池塘。她讲的是北海话。八度屯的人没有一个人拦她，他们让她尽情发泄，他们知道，一个人的悲伤，如果不能完全释放，以后就会得病。女人把所有能扔的石头都扔到池塘里，池塘静悄悄的，没有一条鱼敢跃上水面。

忠深和"敢死队"赶了过来。

你怎么就死了呀？野马镇五合村八度屯赵力钱……"敢死队"的唱词，又一次在可怜的八度屯响起。

从此以后，八度屯的很多人，看见或者听见"海鲜"这两个字，都想到可怜的赵力钱。还好，他讨了一个好老婆，那个海边的女人，两个孩子的母亲，把孩子的奶奶接过去跟他们一起生活。赵力钱的母亲开始死活不愿离开八度屯，她的儿媳妇说，赵丹、赵凤离不开奶奶，你不去帮忙，赵丹、赵凤怎么办？她拿孙子孙女来动员奶奶，其实是她担心，奶奶一个人，谁来给她养老送终。现在，他们一家带着奶奶在海边生活。奶奶一辈子没走出野马镇，因为死了儿子，一下子就看到了大海。

她将长命百岁。

…………

红脸庞的赵力钱在忠深和建民的眼前消失。建民说，如果他不去海边，就不会喜欢上钓鱼，那样的话，你少吃一个猪头，他也多条命。

但是他在八度屯，就有可能讨不到老婆。忠深说。

这个时候，是忠深加入"敢死队"，做了十场法事不久，还算是新手，大凡新手，总喜欢讲跟自己职业有关的事情。

太惨了。他说。你要好好养猪，我要好好当道公。

二十

李作家去探监。

柳城监狱，忠深身穿灰底白杠的囚服出现在接见室。

建民对李作家说，领导，这就是忠深。

赵忠深，八度屯的屯长，因聚众斗殴致人死伤，被判有期徒刑五年。五十岁上下，矮个子，小眼睛，就是正在服刑，也透出一副犀利的劲儿。

忠深，李领导来看你，他来我们屯扶贫，听说你坐牢，他就来看你。他用土话跟忠深讲，忠深的脸堆出笑容。好像李作家现在来接他回家。

忠深这张脸，就是八度屯著名的名片。各级官员一看见就头疼。

当李作家跟建民说要来看忠深时，建民说，这样最好了，以前是他带头，现在轮到你带头，你去看他，跟他取取经，也算是新老交替。李作家哭笑不得，建民真的把他当成"带头大哥"了。李作家说，我可是政府派来的啊。建民说，你跟他们不一样，你肯定跟我们站在一起。

李作家知道自己几斤几两，他最多能做一个"减压阀"。只要不违反纪律，我尽量两边都说好话，这是他刚来时给自己定下的调调。

在柳城监狱接见室，忠深和李作家温柔地对视，李作家说，你好忠深。

你好领导。谢谢你来看我。

建民抢话，领导给你存了五百块钱，你想买点什么就跟警官申请。家里面都很好，你就放心坐牢。这个领导很厉害的，跟县里那帮浑蛋不一样，肯帮我们做事，你就放心坐牢，还有两年，两年很快的，哪里都是做工吃饭，你就放心坐牢，听讲你在这里养猪，我现在也在八度旧工棚那里养猪，五十头，你回去后我们可以合伙，你就放心坐牢……如果不是身穿囚服仍然显示出大哥风范的忠深用摆手制止他，他会一直"你就放心坐牢"下去。

李作家说，你在这里怎么样？

忠深说，养猪，一头都不死，很科学。

李作家关心他是不是被人欺负，在人们的印象里，每个牢房，都会有牢头，想欺负谁欺负谁，李作家也一样，担心他被欺负。

李作家说，你跟其他人的关系怎么样？

很好的，交了几个好兄弟。忠深说。忠深马上明白李作家的意思，说，现在的牢房，不像电影那样，没人敢嚣张，谁厉害，都比不得警官厉害，对吧？

我们这里是文明监狱。忠深说。

李作家说，那就好。

忠深说，领导，八度就靠你了。忠深的话跟镇长韦文羽的话一模一样。

李作家说，现在的政策好，政府是真的关心老百姓。

忠深不出声，在这里他不敢说政府怎么样。忠深坐牢后，八度屯每户每年捐一百块钱给他家，作为忠深母亲养老看病的费用，八度人不管对错，谁替他们出头，他们就爱戴谁。李作家这次来看他，除了觉得忠深可怜，值得同情之外，也有一点私心，他也想让八度的乡亲们看到，他来探监，就是为了表明，他是跟他们站在一起的。

忠深说，八度的人不像他们说的那样坏，其实就是想多得些好处。以前这里开矿，什么人都见过，所以想法比较多，乡里、村里来开会，大家都是各说各的，谁都不服谁，所以你们就觉得八度很难搞。哪一家都有哪一家的难处，各家各户的难处最终都是各家各户自己解决，也不能全部都靠政府，这点八度每一个人都知道。也不要八度的人一提什么要求，就把他当刁民。

李作家心想，这个忠深不简单，他看得很透，不是不讲道理的人，如果他不坐牢，八度的工作可能会好做一些。

忠深又说，你要有思想准备，你进到哪一家，他们肯定是从头讲到尾，你主要听听就好了，他们讲得对的，讲得不对的，有道理的，没有道理的，甚至他们骂你，你都不要出声。但是你不要不去，你不去，他们的怨气没有地方消解，以后会更麻烦。至于你能不能解决，能解决多少，他们心里是清楚的。

李作家想，忠深是想让自己在屯里当孙子，这跟他自己想的做一个"减压阀"的道理是一样的。

李作家说，这个你放心，我负责八度的工作，以后肯定天天泡在那里。

回野马镇的路上，李作家的眼前出现八度屯很多人的面孔：忠涛、忠亮、忠奎、建敏、建堂、建刚、松林、瑞明、绍永、瑞生……还有那条叫二叔的狗。

他在心里说，好吧，接下来的日子，我跟你们混。

（原载《江南》2021年第1期）

李约热，《广西文学》副主编，广西作协副主席。曾获第十二届全国少数民族文学创作骏马奖，2003—2006《小说选刊》全国优秀小说奖，第二届《北京文学·中篇小说月报》奖，《民族文学》2015年度小说奖，第五、第六、第十届广西文艺创作铜鼓奖等。主要作品有长篇小说《我是恶人》《侬城逸事》，小说集《涂满油漆的村庄》《人间消息》《李作家和他的乡村朋友》等。

筑 园

计文君

【上篇】

一、辛苦

1

辛苦。

记忆的开端，是光斑闪烁的情景片段——站在姥姥的藤椅前，她给我擦泪，说，"只有诗人的孩子，才有这样的名字……"

2

姥姥的语调像时间一样不动声色，一句接一句，淌过去，仿佛说的是日升月落春去秋来……那个诗人的故事，缺乏绵密连贯的情节，疑惑的风在裂缝里钻来钻去，吹出引诱的哨声：诗人是什么人？别的地方是什么地方？

不理它，它也就消失了。

很多个夜晚，躺在床上，听这栋建于1895年的三层小楼跟太平湾吹过来的海风嘀嘀咕咕。快一百年了，它们有很多隐秘的话题可以嘀咕。墙角壁纸受潮剥落，幽暗的光线里，看起来是墙壁在裂开，藏在墙里面的东西，正要出来……

我缩进被子里，不理它们，它们也就缩回墙里去了。

3

"姥姥，那是什么花？"我问。

"小儿啊，那是紫薇花，十月了，还开得这么好……"姥姥回答。

紫薇花下是路牌，路牌上有字，"正"——念不下去了，姥姥就教给我："正阳关路——正确的正，太阳的阳……"

姥姥拽着我的手去买菜，一路回答着我的提问。

我喜欢去菜市场，能认识很多东西。姥姥买的那几根嫩白碧绿的棒棒，叫茭白，堆在地上那堆沾着泥巴的圆东西，我不认识，蹲下，盯着看，黑紫的皮，冒着芽儿，姥姥也蹲下，说："这是荸荠，又叫马蹄……"

我双手捧了三个荸荠举起来，说："我们买三个……"

买三个，因为家里有三口人，姥姥，我，还有姨姥姥。姥姥和卖菜伯伯都笑了。伯伯伸手抓过荸荠，他的胳膊和姥姥的胳膊在我头顶推让，三个荸荠落在我们的菜篮子里，姥姥让我给伯伯说谢谢。上小学之前，我在菜市场里认识了荸荠伯伯、"心里美"阿姨、糖糕爷爷……

幼儿园的老师和阿姨都认识姥姥。姥姥是高中数学老师，放学后才能来接我，别的小朋友回家了，我就待在阿姨的厨房，得到一颗奶糖、一个熟透的西红柿，甚至一根淡黄色的雪糕……我安静地吃着，瞪着眼睛看进进出出的人。有人逗我，问我知不知道爸爸妈妈叫什么。我很警惕，就问他："你知道爸爸妈妈叫什么吗？"他说他知道，我说我也知道。他说，那你告诉我，不告诉我就是不知道。我说，那你告诉我，不告诉我你也不知道。旁边的人都哈哈笑起来，有人说这孩子真聪明，我就得意地转开头了。

我的得意之上爬满了疑惑：逗我那个人的目光，他的笑和周围人的笑，似乎在说着别的什么……他们丢开我说着大人之间的话，我听不懂，但记住了一些陌生且刺激的词——"流氓""疯子"……因为不懂，反而格外记得清楚、长久……

4

我要上小学了。姥姥跟我说，她想给我改名字；还有，姨姥姥要回即墨乡下去了。我放声大哭以示抗议——不改名！姨姥姥不走！

我的抗议迅速被姨姥姥镇压了。

"号你奶奶个腿儿哩号！"姨姥姥用毛巾胡乱抹着我的脸，我被抹得身子一晃一晃，她把我摁到沙发上，呼哧带喘地坐下，对姥姥说，"他还毋个狗大咧，流着呲哈水儿，你跟他商量？改，谁家给孩子起名叫'苦'？改！"

姥姥纤瘦，柔声细语，除了跟姨姥姥说即墨话，别的时候都说普通话。姨姥姥胖胖的，操着一口方言，训斥我，也训斥姥姥。

镇压了我的抗议，姨姥姥把我又涌出的泪抹掉了，嫌弃地说："比刘备还会哭！"我的委屈却被安慰了，趴在她起伏均匀的胖肚子上，闭上了眼睛。

我听见姥姥在叹气，半天才说："我没养好他妈妈，我怕……"

姥姥哽咽了，姨姥姥嗤地笑了，"怕啥？他自己会长！"

姨姥姥的手一下一下拍着我的背，她的声音在我的上方落下来："慧啊，你这教书先生，咋比俺这报纸都念不下来的农民傻咧？咱俩可是一样的爹妈一样养法儿，你咋成了上架的豇豆俺咋成了地里的倭瓜？"

我趴在姨姥姥怀里闭着眼睛却"扑哧"笑了出来，姨姥姥也笑了，伸手胳肢我，"你个人精，笑啥？你笑啥？"

我叽叽嘎嘎笑着在姨姥姥怀里滚来滚去，姥姥也笑了。第二天姨姥姥走的时候我又哭了，抱着她的腿哭，但姨姥姥还是走了。姥姥拉着我的手，慢慢踩着吱嘎作响的木楼梯回屋，笑着说，姥姥给小儿做好吃的，好不好？

我能看出来她比我还要难过，还要害怕，我就不哭了，自己抹掉泪说：好。

5

我执拗地不愿改名，姥姥也就顺着我了。

　　姥姥总是顺着我。小学四年级，叔姥爷给我买了个游戏机，我爱如珍宝，睡觉都在被窝里搂着，姥姥就让我搂着。我着迷打游戏忘了写作业，老师把她叫去了，回到家她也只说了句："以后先写作业再玩啊……"我越发羞愧难过了，把游戏机装回盒子，塞进了书架和墙之间的缝隙。

　　放暑假了，我费力地伸胳膊进去，想把游戏机摸出来，晃动了书架，一本满是灰尘的书落下来，砸在我头上。我坐在地板上揉着头，只有细小花纹边框的白书皮上，有一排不知何意的字：大卫·科波菲尔（上）。

　　我原本打算翻开封皮看一眼，就继续摸游戏机，结果直到姥姥从暑假补习班回来，站在面前叫我，我才愣愣地抬起头。那两架书，让游戏机彻底失去了重见天日的机会。书的扉页上都有交叠纠缠的钢笔字，像一只鸟，下面写着年月日，我问姥姥什么意思，姥姥说那是你妈妈的签名和她买书的日子……

　　五年级的暑假，看完屠格涅夫的《初恋》，我趴在二楼窗户上，望着楼下院子里穿着健美服转呼啦圈的大姐姐发呆，她停下来喘气，抬头，笑着骂我，"小屁孩儿，你还挺流氓——看哪儿呢？"

　　我脑袋一缩跌回地板上，带着莫名的快感滚来滚去地笑——记忆里有个词跳出来，我的笑声戛然而止——我爬起来，费力地搬下那本厚厚的绿色封皮的缩印本《辞海》，开始查那个词——"流氓"……

6

初中、高中我都在姥姥教书的中学上学。姥姥退休后又接受了学校的返聘，等我毕业，她才去了社会上的培训机构。别人说姥姥不愧是高级教师，就是会教育孩子——姥姥开心地笑着，不好意思地看我一眼。

我低头笑，但心里很得意——姥姥从不"教育"我，只是顺着我。跟着姥姥年节去走亲戚，或者参加婚宴，我总被夸聪明、懂事。叔姥爷、堂舅、阿姨对我很亲热，总是呵斥自己的孩子，把好吃好玩的让给我。我反而会放下那东西，过去默默地靠着姥姥。她过会儿就小声问我要不要吃这个呀，这个呢……我只好接过来吃下去。姥姥和我会默契地彼此安慰，我却很想念姨姥姥的训斥。

姨姥姥刚离开那年我每个周日都给她写信，姥姥说，先别寄，攒着，放暑假看姨姥姥时一起带去。放暑假了，我跟姥姥坐了汽车又坐了三轮摩托，拎着东西到了姨姥姥家里。姨姥姥家有很多人，我也认不清，有很大的灶台和铁锅，她在做饭，我站在她身后念写给她的信，满头是汗的姨姥姥扭脸笑着说："哪来恁些话？真是个人精！"

没想到吃饭的时候，大人们忽然就生气了，大舅妈看着我，捂着脸呜呜地哭起来，大舅冲我吼，姨姥姥冲他吼，我很害怕地依偎着姥姥，姥姥抹了把泪，拽着我走了。姨姥姥追到门口喊："慧啊，晌午头儿毋车，大毒日头你晒着孩子！"

我真的中暑了，上吐下泻还发烧，姥姥再没带我去过姨姥姥家。还好姨姥姥每年都会来住一段。她来，平常的日子也成了节日。

二、优雅降级

1

我选理科因为是男生，收到清华计算机科学与技术系的录取通知书，也是顺理成章的事。学校夸张地贴着大红喜报拉了横幅，我只是嘘口气，感觉心里的一根刺拔掉了。那是高一的科学手工展，我精心制作的"弥诺陶洛斯迷宫"只得了银奖，金奖给了三班新来的外地生，他做了段"Flash动画"，评委老师傻乎乎地看着那个在电脑屏幕上会动的小人儿眉开眼笑。我不动声色地领了奖，回家却把"迷宫"压扁裹上奖状塞到了书架后面，压着落满灰尘的游戏机盒子……

入学后我才知道，像我这种仅凭高考成绩进来的，是侥幸的少数派。这种侥幸对于后来被碾轧成齑粉的我，是场彻头彻尾的不幸。

不幸中的万幸，我和"地图"住进了同一间宿舍。

"地图"名叫高德，报到那天就有了这个外号。他瘦瘦高高，皮肤似乎太过白皙，戴着圆圆的金属框眼镜，从自己的铺上一跃而下，解释为何不介意这个外号，"在《文明》中，地图很重要"。

看我不解，他问："你不打游戏？"

我正把东西堆到自己的架子上去，"小学时打过那种很弱智的游戏机……"抬头，愣住了，他变魔术一般把我原本胡乱塞在上面的书，按照开本排列得整整齐齐，指着那本《无命运的人生》，问："这说什么的？"

接下来，他告诉我《文明》是一款伟大的游戏，在游戏中玩家可以缔造属于自己的文明，在地球上开疆拓土，还能星际殖民。我则告诉他《无命运的人生》写的是一个纳粹集中营中犹太孩子的故事，作者凯尔泰斯·伊姆雷就是大屠杀幸存者，去年得了诺贝尔文学奖。

此类对话，将不断在我们之间出现，只是我们再也不会这么客客气气。

2

"地图"在石家庄长大，但并不是城里孩子，他说他应该算"农民工子弟"。我对等坦诚——父母双亡，跟随姥姥长大。这场"逆境中成长却优秀阳光"的比赛，"地图"很快就完胜了。因为NOI竞赛成绩保送我们学校的不只他一个，但"地图"还是成了牛人中的"大牛"，我则成了"菜鸡"。

别的科目还好，"编程设计基础"，老师默认大家都有基础，上课能省的就都省了，我就自己去啃"指针""递归"之类的概念。老师说，编程如同作曲，需要天赋、技巧和训练。我三样儿都缺，花一晚上编了道课后的习题，结果运行程序时系统崩溃，从运行窗口打出一大串"烫烫烫烫烫烫烫烫烫烫烫"……我的自尊，被"烫"得生疼。

"地图"主动来帮我——我输了"优秀"，不能再输"阳光"，就心态健康地接受帮助了。他这种轻松拿编程课满分的人，辅导我算是被迫复习C++的语法。我当然没有笨到"不可教"，但全力以赴的结果，不过是通过考试而已。

拔掉了一根"刺"，换来了万箭穿心。

暑假回家我依然笑得自信且灿烂，被姥姥工作的培训机构拉去充当招生广告，我让负责人把姥姥的课时费增加了百分之二十，姥姥不好意思的笑容里充满了真实的喜悦。我把返校的时间卡到了最后，但下了车，还是冲动地想随便跳上一辆即将开出的列车，就此消失在茫茫夜色中……

我强迫自己移动回了学校。

"地图"对计算机能写出简洁有效的指令，对人似乎也可以。他是个收纳狂，且有轻微洁癖，我们就这么被他"控制"了——大学四年，作为男生宿舍，我们屋整洁得让人不好意思。那天反常，屋里一片狼藉，他们在庆祝——学校网站公布了国家奖学金名单，"地图"作为罕见的例外，大二就拿到了。我没动给我留的那堆吃的，缩到最里面被收纳柜包装盒伪装遮挡的电脑后面，随便塞进去一张碟，戴上耳机看起了电影。我们系禁止大一学生在宿舍使用计算机——这个规定仿佛专门制定出来让人违反的，他们要打游戏，我要看电影……

他们开始收拾垃圾，顺便把已不必要的伪装拆除了。"地图"

出现在我旁边，盯着屏幕上的朱丽叶·比诺什，我假装全神贯注。他摘下我的耳机，一本正经地问："你看的是电影还是PPT？这女的至少两分钟没有动！"

按照通常的对话模式，我的回答应该是："你见过真正的电影吗？"——我日常嘲讽他的全部精神食粮不过是堆好莱坞垃圾；他则回击我成天看那些矫情、拧巴的"loser"（失败者）故事，会得抑郁症……

但那天，我踢开凳子，摔门出去了。

3

我从未如此失态……

走到荷塘边坐下，水面上晃动着冷冷的灯影……大脑里纷乱的记忆碎片在做布朗运动，它们在毫无规则的上升下沉中不停翻转，一面亮丽一面暗黑……

"地图"找到我的时候，已经熄灯了。

他把我拽起来，"回去！"

我跟他回去了。第二天我没去上课，躺着，雪片般的念头慢慢落满了意识的沟壑，那种平静诡异、危险……我的世界在这平静中崩塌了。

"地图"问我是不是病了，我嗯了声，没动。

第三天，我又没去上课，窝在寝室里循环播放着《飞越疯人院》。"地图"下午回来了，拿了吃的，我没抬头。他拽下我的耳机，我跟他争夺、厮打、怒吼，然后哭了——好丢脸！我爬到床上，把自己蒙进了被子。

"地图"说："死机了，还是没电了？"

我不应声。半天，他说："你知道有些系统具备一种能力——优雅降级。"

"地图"把我从床上拽起来，认真讲一个专业术语。

优雅降级（graceful degradation），指的是计算机或者网络系统在多个组件损坏或无效的情况下能保持有限功能，而不是直接停机。这种能力可以避免灾难性失败。"当然，降级是递进的，越降功能越低，但你给自己争取到了时间，"他看着我，"找到损坏或失效的组件，修复它，或者重装系统。"

我突然笑了，问他："这世界上有跟计算机无关的事儿吗？"

他表情严肃地摇了摇头。计算机和信息技术，于他不是工具，是信仰，就像他架子上的超级英雄方阵，不是玩具，是偶像。

4

我郑重其事地关心起了自己。

我去图书馆查书——心理治疗，情绪管理，后来索性学习了一下现代心理学发展史。所有的心理学流派都告诉我，记忆开端藏着决定一生的密码。譬如"地图"，我们抱怨他对整洁的过分要求，"地图"一边收拾一边说，他父母在卖早餐之前曾经收过几年废品，他最初的记忆，就是坐在垃圾山旁边，敲着空易拉罐……当然，这份记忆对他的影响，绝不仅仅是保持整洁……

我记忆的开端，是我的名字和诗人的故事……我执拗地不肯改名——哪怕后来也明白，自己的名字略略有些奇怪……

高一时，有个女生好奇我的名字，我讲了诗人的故事——诗人是被柏拉图从理想国里赶出去的破坏者，是被帕斯卡指着鼻子骂的撒谎者，是从天上贬谪到人间的仙人，他们不懂尘世的规则，他们被迫流浪，永远在去往别的地方的路上，直到死亡——诗人，很苦……

那是在夜晚的操场，她听得眼睛里闪出光，变成星星，红润的嘴唇微微颤动，似乎在搜寻妥帖的安慰的话——我低头吻那嘴唇，她没躲闪，抱紧了我……

我假装相信姥姥的故事，还给出了幼稚且花哨的解释……我很善于假装，几乎在一切事情上假装——从幼时吃下不愿吃的糖果，到选择别人艳羡的专业……

我要恢复真实的"我"，从最初的那份记忆开始。我采用了考古学的方法：把烙进记忆里的"关键词"当作器物碎片，认真分析"碎片"的质地、纹路，所在的年代，可能的器型，交叉比对同时期"器物"，摸索复原那故事可能的模样……我搜索着自己的记忆，也搜索着负载集体记忆的互联网……搜索引擎的好处是一个链接会带出另一个链接，于是我从20世纪80年代上溯，70年代，60年代……我才发现自己原来对这些年代全然陌生……

大二我选修了中文系教授格非开的公共课"电影与社会"。格非是为数不多我读过作品的当代小说家，他这门课是面向全校开的，很难抢到。去上选修课是件愉快的事，享受电影，更享受课堂讨论我发言时别人投来的目光……那天放《野草莓》，光影中我扭脸看身边的女生，她也正好在看我……课后我们开始聊天，后来上课谁先到就替对方留位子，再后来，我们不上课也约着见面了。

我给她讲了自己被《大卫·科波菲尔》砸中脑袋的事。那本书购于1978年，感觉像妈妈的手掌，隔着死亡和时间，拍了拍儿子懵懂的脑袋……我说这些的时候，心脏在膨胀、变大，被一股难以名状的力量撑得隐隐作痛。

那女生听呆了，看着我，说："写成小说吧！"

写之前，我决定先认真了解一下小说。在图书馆查到三本《小说的艺术》，作者分别是亨利·詹姆斯、米兰·昆德拉与戴维·洛奇。我都借了出来，读它们的时候，胸腔几乎被膨胀的心脏撑破了——最后的写作近乎自我急救，最初的四十八小时我完全没有睡觉，差不多完成了主要情节，接下去的修改花了几周，觉得像小说的样子了，就去找了两位读者。

中文系女生看得很激动，看完就发给了在杂志社做编辑的学姐。"地图"则完全是被我强迫看的，看完他说："你要别人看这样不愉快的东西，应该付钱。"他皱着眉头问："什么人会想得这么复杂，活得这么拧巴？"

我说："你长大了才会懂——成熟就是变得复杂。"

"地图"摇头，对于复杂庞大系统，成熟或者说高阶的标志是更好的同一性和更高的效率。他很担心我认真去弄这种"让人不愉快的东西"。我的确有点儿心猿意马——留在这个专业，没有成为大神的天赋，做几年"码农"，头发掉光之后去培训中心教少儿编程吗？"地图"笑着警告我：名校加持的"码农"，盒饭里会有鸡腿，要是我学习去做刁难"码农"的产品经理，吃神户牛排都可能成为日常——去当这种让人不愉快的"码字工"，可是会挨饿的哦？

5

我和"地图"日常都在战斗，但"优雅降级"的我，坦然在各种分组考试和测验中抱他的大腿。"地图"除了忙学业，还在做挣钱的活儿。一位入职互联网头部公司的学长回学校办事，"地图"帮他做过东西，就过来打招呼，请我们吃饭。他吐槽负责内容的部门很多"文傻"，无法沟通……我求学长帮忙推荐，暑假我想去他们公司内容部门实习。学长有点儿惊讶，不过说没问题。

我暑假没回青岛，去上班了。新闻频道的那位总监姐姐本来对我有些抵触，不过暑假结束时就舍不得我走了。开学我继续做兼职，同时决定考研。

考研对我意味着一次纠错的机会，我不能一直"降级"运行，只是还没选定专业，我考虑过传媒，还有电影。"地图"保研没问题，导师很喜欢他，他选的方向是人工智能的自然语言处理。他说，我现在干的小编，顶多四五年就会有成熟且廉价的替代性AI产品。他兴奋地瞪着眼睛，"去学电影，做导演——"随即又泄气了，"算了，学电影你也会饿死的。"

"地图"为我操碎了心，想来想去，学什么最后我都会"饿死"——要么行业有问题，行业没问题我也有问题。我们的谈话通常在此处拐弯儿，主题从我的职业规划转变为社会各阶层分析及未来想象。

我们俩一致的判断是：技术会让人群产生彻底的分化，极少数化身成神的"创造者"与彻底"无用"的普通人。我们的区别在于：我觉得这是一个需要对抗而且肯定会被对抗的未来；"地图"认为既无对抗的可能，也无对抗的必要。

"普通人是绝大多数人——他们会革命的！"我说。

"他们会舒舒服服在系统里'泡澡'度过一生，"他笑着说，"革什么命？"

"狂妄的技术主义者！"我指着他，"你也太藐视人性啦。"

"人性就是种生化算法，系统是最尊重人性的地方——互联网就是人性之网，"他笑笑，"Matrix 2不是未来，我们已经在系统之中了，谁反抗了？不都争先恐后地把自己联进去了吗？"

"Matrix 里也有人选红药丸！"我高举人文大旗，跟他战斗。

"红药丸也可能是一种蓝药丸——你只是在打一场系统为你设定的游戏。谁知道兔子洞有多深？再说，从采集打猎换成种地做工，再换成'泡澡'做梦打游戏，这是进步，有什么不好？"他说。

"人的意义呢？人凭什么还是人？"我质问他。

"系统会给你新定义的！"他擦干净了钢铁侠，小心放回超级英雄方阵。

"又辩论上了？"室友抱着快递盒子进来，笑着把盒子给了"地图"，"你妈妈寄来的。"划开纸箱，油炸食物的香气终结了辩论。"地图"自己捏了个菜饺，咬着拿起电话。他跟妈妈说话声音会变哆，"妈妈——吃了，辛苦也吃了——"他扭脸对我用正常语调说，"我妈说花纹边儿的是你喜欢的海米白菜馅儿的，平边儿的是韭菜鸡蛋的。"转回去，声音又软了，"谢谢妈妈，爱你爱你——"

刚刚还在藐视软弱的人性，下一秒就跟妈妈撒娇，我们一边吃着快递来的美味夜宵，一边花式嘲笑着"地图"这款妈宝钢铁侠。

6

"地图"与父母感情深厚，还有一个喜欢黏在他身上的女朋友。那女生是美院设计专业的，头脑清楚、情绪稳定且身材火辣。她在学校附近租了房，方便画画。"地图"不舍得浪费时间，每周只在她那儿待一晚。

他却舍得花大把时间建那个极客社区，在那里"中二"气质爆棚地当他的"commander（指挥官）"，和他的"骑士"们畅想一座"AI伊甸园"——数据、工具和算法框架尽情享用，到处是取之不尽的算力，自由生长的AI夏娃终将摘下智慧树上的果子……这次操心的换成了我，提醒他："这个行业能负载财富梦想，有令人艳羡的薪酬，只因为成本高昂，都共享了，你也会饿死的。"

他鄙夷地摇摇头说："愚蠢的人类。"

"地图"实际上与一切"愚蠢"的人类规则相处和谐，身体力行地贯彻了高阶复杂系统的同一性。而努力真实的我，"分裂"却更严重了：力图和那位中文系女生保持风清月朗的朋友关系，她却因此变成了林黛玉，各种别扭难过之后，对我彻底地不理不睬了；十二岁就被楼下健美服姐姐形塑的内心渴望，使我无法拒绝总监姐姐丰满慷慨的怀抱……那是个边界清晰且自由的怀抱，她穿上衣服之后，就只跟我谈工作了。这让我没有负担——我有点儿不堪重负：一边应付让人崩溃的操作系统大实验，一边半夜编着黄圣依控诉周星驰的娱乐新闻；明知道"优雅降级"有时限，大三只剩半年了，却不能自控地被福柯迷得颠三倒四……

终于发生了件让我振奋的事情，那篇小说发表了。我用稿费请"地图"吃了顿烤肉，让他知道，有人会为这种"让人不愉快的东西"付钱。

三、《1988年的疯癫与死亡》

1

《1988年的疯癫与死亡》，我的小说处女作，发表在2005年第11期《中国小说》上，我还得了那本杂志的年度新人奖。

给我颁奖的是韦亦是。他是我没读过作品也知道名字的小说家，从他手里接过奖杯，我很激动。晚宴前，评委老师们在一起抽烟喝茶聊天，我就坐在角落里默默地听。韦亦是的声音很有辨识度，"……现在的年轻人太成熟太懂事了，跟他们比，我就是个老浑蛋！"

笑声和喷出的烟雾一起充溢房间，身形高大的韦亦是站起来，"辛苦，在哪儿呢？过来，过来——我喜欢你写的那个'女流氓'！"

旁边有位老师笑着说："和老浑蛋很配嘛。"

我走了过去，我的责编拉了把椅子，让我坐下，韦亦是指着我对取笑他的老师说："那些哀矜勿喜的小说我看了就胃疼！20岁该这样——炽热，诗性！"

那位老师笑起来，"流浪诗人，黑灯舞会，把韦大师的青春带回来了！"他驱散了从韦亦是嘴边飘到他脸上的烟雾，看着我说："我看了你的创作谈，追求历史与人性'致命的模糊性'，这是伊姆雷的说法。但你在小说里把模糊处理成了暧昧，暧昧不是复杂，是怀疑、是不理解——理想主义对于你们，已经成了没有真实对应物的空话，可是你对疯癫诗人的描写很是真切动人，怎么做到的？"

我老实说："我读了一些科普书，还看了十几篇精神卫生学的专业论文，了解精神分裂症的发病机理和症状。"

那位老师摇摇头，"那些论文写的是病人，不是诗人——我有位诗人朋友，后来精神出了问题，你的描写甚至让我更理解他了一些。"

我受到了鼓励，大着胆子说："小说、戏剧里的疯癫，福柯说过，一度是'巴洛克式的把戏'，把癫狂朝前推至真理，人物就成了传声筒。我并没有什么'真理'要借着疯癫说出来，我只是

'还原'，用想象、推理还原环境，还原环境中人的身体感觉——我写的时候，知道了此前不知道的东西……"

我说得并不清楚，但他们显然都听懂了。

韦亦是呵呵地笑起来："傻小子，这话不能跟批评家说！你就告诉他，老天拿着你的手，啪啪啪地敲起了键盘……"

我笑了，我好喜欢韦亦是，也好喜欢那位批评家老师。

2

颁奖礼过后就是寒假了。我到家的时候，姥姥还在给人补课。晚上八点，她才回来。整齐的短发染得乌黑，拢得一丝不乱，羽绒服里还是那件烟灰色厚毛衣，从我有记忆，每个冬天它都会出现，还有那条明黄的小丝巾，珍珠母的丝巾扣，她去上课时戴上，回来小心地摘下，收进五斗柜最上面的抽屉里。

我用自己的工资给她买了件驼色的羊绒短大衣，姥姥疲惫地笑笑，坐在了桌边的藤椅上，抱着那件羊绒大衣，没有试穿，也没有放下，像是给自己点儿依靠似的抱着。她的不安传染了我，那本杂志和获奖证书就在我身后，我下意识朝沙发靠垫下塞了塞——姥姥放下了大衣，从抽屉里拿出了个快递信封，里面装着那本杂志，还有厚厚的一封信……

写信人是那位在诗人故事里"死"去多年的男主角——"李红旗"三个字凿开了我的太阳穴和天灵盖，飕飕的冷风钻来钻去……

信是写给姥姥的，却纵横豪阔地从辛家兴衰写起，姥爷命运多舛，妈妈情深不寿，他父子分离……度尽劫波，恩仇尽泯，他只希望姥姥能将强占他的房产权益转到我名下，略表他对儿子的牵念之心……

冷风不知何时停了，脑袋里温度开始上升，热气蒸腾，最后我从鼻子里喷出了滚烫的笑——大江大河的历史，"亡亲"归来的戏剧，最后成了婚姻法继承法和分数题……我笑得呼吸不畅，胸腔里有东西在绷紧、开裂……

我看信时姥姥放下大衣，回房睡了。大衣的一只袖管搭在藤椅扶手上，仿佛她伸出的手，正给站在藤椅前那个小小的我擦泪，讲了那个故事……

3

我睡得很晚，却一早就醒了，信里的句子还在脑子里，那正义凛然的口吻与夸张造作的措辞，让我为他也为自己感到难堪，想起来就头脸发热。我掀开被子跳下床，冲进厨房，把正做早饭的姥姥吓了一跳。

我说："姥姥，不用理他！我昨晚查了法律规定，他说的那六分之五的产权根本就不成立——姥姥是跟姥爷离婚了，但姥爷出狱后和姥姥一起作为夫妻生活，同事和亲戚都可以证实，在1994年2月1日之前，这符合事实婚姻构成要件。妈妈只能继承四分之一的房产，而不是全部。第二次继承发生时，他可能继承的部分也只有八分之一的三分之一，根据法律关于第一顺序继承人分配比例的规定，妈妈对姥姥有赡养义务，他们对我有抚养义务，他什么都不该要！"

姥姥关了煤气灶，"快穿衣服，着凉啦！"

我"哦"了一声，回到卧室套上件毛衣，出来把客厅沙发上的杂志和那封信都装进快递信封，走进书房，塞进了书架背后的缝隙里，我一转身，发现姥姥在门口站着，我说："结案！"

姥姥笑笑说："吃饭吧。"

姥姥出门上课，也许是我眼巴巴看着的缘故，穿上了那件新大衣，但那几天家里的气氛还是有些难受。我故作兴高采烈地帮着姥姥打扫，更换开裂的壁纸，给地板打蜡，准备过年，不时试探着和她说话；姥姥忙忙碌碌，会笑，会好好地回应我。但多年来默契的"假装"还是被打破了，我和她都有些不知所措。

我打电话向"地图"求助了。

4

除夕那天，姥姥做了很多菜，还从柜子里拿出了瓶保存多年的酒，这是我第一次见姥姥喝酒，她只抿了一小口，盯着酒杯愣神儿。我一口喝干了酒，决定实施"地图"给的方案，我说："姥姥，我好爱好爱你！"

姥姥愣了，"小儿，你咋学会……"她没说下去，笑起来，她的脸被喜悦点亮了——"地图"是对的。他教育我：因为成熟，所以撒娇。

姥姥指着桌上的菜，海菜凉粉，妈妈爱吃；拍姜蒸黄鱼，姥爷最爱吃……姥姥的笑容里渗进了悲伤。过去那些事，姥姥说，她想不清楚，也说不出口——现在我大了，该跟我说了。

姥爷判刑时，妈妈才十岁。六年后，姥爷放出来了，姥姥的声音微微颤抖，"……我去接他，他那么讲究的人，棉裤上冻着大便，我给他换棉裤，他打我……"姥姥顿住了，半天才说，"你姥爷平反，恢复公职，补发工资，房子也退回来了一半——他住了阵子医院，人明白了，就回家了。好了不到一年，又去住院……那次出院后格外好，有天他买了两瓶酒，想想也没谁可叫，就叫了医院里对他不错的小林大夫来家，那是他最后一次吃我做的拍姜黄鱼……"

姥爷的死，妈妈归咎于姥姥——当初与姥爷"划清界限"，照片烧得一张不剩……姥姥叹了口气，"他出事后，组织上让我做什么，我就做什么，我得活啊……"

母女冲突先是争吵，姥姥说一句，妈妈回十句，让她从姥爷的房子里滚出去……后来升级为动手，楼下邻居看不过拉开，姥姥才不至于伤得太重……姥姥不再管妈妈，但时刻揪心。妈妈打扮得漂漂亮亮出门，姥姥会揪心，因为不止一次从派出所把参加舞会或聚会的妈妈领回来。姥姥被警告：再不好好教育就得送去劳教了。妈妈待在家里，姥姥也会揪心。曾有人夜里翻过院墙，想从窗户爬进妈妈的房间，踩塌了底层那家在院子用石棉瓦搭的厨房屋顶，姥姥惊醒起来看，楼下乱作一团，妈妈却伏在二楼的窗户边，笑得直不起腰……

终于有一次，姥姥没能从派出所把妈妈领回来。那年"严打"，幸好只是一般活动——姥姥还是省略了"流氓"两个字。我看过资料，真正的流氓罪，有可能判死刑或者无期。妈妈被送去劳动教养半年。妈妈解除劳教，带回家了个男人。

他们结婚了。姥姥一个人工作，养活两个热爱诗歌却动不动打得头破血流的无业青年。那两人打是打，打完又好。妈妈怀孕了，他因为发表作品在家杂志社当上了临时工，加班晚了就住在集体宿舍。妈妈疑心他有了别的女人，到单位去问，发现他在后街租了间平房……他们的这场厮打，使得本该是1986年摩羯座的我，变成了1985年的射手座……

5

妈妈在月子里就不太对劲儿，我差点儿被捂死在襁褓里。姥姥请来了姨姥姥，哄着妈妈去了医院。妈妈被确诊为精神分裂，林大夫是熟人，他劝姥姥不必自责，这个病起因复杂，发现送诊时往往病程已经很长了……妈妈住院期间，那个男人在老家县里有了份正式工作，姥姥自然要让他去。

妈妈出院了，在家服药，打电话给那个男人。他来了，站在妈妈床边说要离婚。姥姥吓怔了，姨姥姥挥起火钳子，把他打下了楼梯，跌断了腿……妈妈嘶吼发作之后，仿佛燃烧完了，成了滚烫的灰烬，渐渐灰也冷了……

我过完一岁生日，才有正式的名字，妈妈抱着我，"我要把我的苦说出来"。姥姥拗不过妈妈，只能托堂舅帮忙找人给我报户口。从那个时候起，我生父的资料就变成了辛父，无业，死亡。

第二年冬天，妈妈离开了。"下雪了，她说要去栈桥看雪，穿上了新买的大红鸭绒袄，抱起你亲了亲，还冲我笑……"姥姥的眼泪淌下来，"我不懂你妈妈，不知道是我教育得不对，是她学坏了，还就是病的缘故……想不清楚，就不想了，我把过去那些事儿，都挡在身后，假装忘了，我眼前有你呢，小儿……"

姥姥的讲述与我的虚构，情节轮廓约略一致：父亲特殊年代的死成为女儿的创痛，叛逆且文艺的女儿执着理想而疯癫，最后坠海身亡，丈夫伤情远走，客死他乡，被姥姥抚养长大的男孩充满伤感地致敬父母的青春……

我替姥姥抹掉了眼泪，她摩挲着我的手，"你姨姥姥说得对啊，你自己会长，我的小儿，长得多好啊……"

6

桌上的汤凉了，姥姥拿到厨房去热。

与餐厅相连的厨房是二楼朝西的房间改的，午后的冬日阳光从窗外照进来，姥姥靠在橱柜上望着炉火出神，脸红红的，我看不清她的神情，她整个人都笼罩在带芒刺的光晕中……我知道，还有更大的真实她未说出，或者说不出……

汤锅潽了，姥姥忙关掉了煤气。屋里弥散着醋和胡椒的气味，脂肪和蛋白质被烧灼时的香气，像秘密一样被储放多年的酒，弥散的酒气……

四、"唐顿庄园"

1

2007年，我考上了中国人文大学文学院，读研究生。

姥姥自然不会阻拦我，我的开心和兴奋多少缓解了她的忧虑。2007年的9月对我来说是春天，蜕变后的丑小鸭，在紫丁香垂下的湖面，游向天鹅群……

"地图"的态度让我有些意外。他说按照通常逻辑，这是个不太明智的选择，但实现英雄梦想，首先丢掉的就是这种"通常逻辑"。做擅长且热爱的事，是更大的理性。我说要把他的金句，做成我的电脑屏保。

2

颁奖那晚和我谈话的批评家，成了我的导师。

我那春日湖面的良好感觉，维持了不过百日。导师对我很好，他非常忙，难得一见，我只要逮到他，就向他倾倒一堆问题。他忍着累耐心地听我的疑问，然后用张书单暂时安抚了我。很多时候我说不清楚他也能听明白——慢慢我就知道了，那些都是由来已久的古老问题……我在跟老师说话的时候，不自觉会把堆在沙发和茶几上的书籍刊物码得整整齐齐。

导师给我开完书单，指着堆在地板上的书刊邮件："有空过来拆了那些——你也读点儿新作品，你的专业是文学，不是哲学。"

我很难做这样的学科区隔，文学、哲学、历史、社会学，包括心理学、认知科学，都是对"人"的言说。这些言说无边无涯，深不可测，我存着妄念，自然时不时会沮丧。

沮丧时很想找人聊，但我的同学只是同学，不是同类，他们通常会皱着眉头看我，不知道我到底要说啥。鸡同鸭讲，因为我牵藤扯蔓的思维方式和混乱的表述，更因为非专业出身的我与他们缺少各种默契，尤其是关于大前提的默契——讨论中国现当代纯文学，也纯讨论中国现当代文学。

更何况，大家都是在课堂上讨论，在生活里，大家说别的。

宿舍也不像大学时那样有趣了。同屋谈论就业、薪酬、编制、户口、房子……就连聊女生都乏味——我们以前聊敬业的岛国"老师"们，不聊结婚对象……我很少插话，被问到就老实回答"没想过"——我很想反问：既然充满了生存焦虑，为什么要选择文学而不直接去挣钱？

有一次到底没忍住，问了出来。同门师兄拍拍我的肩，说："问得好——何不食肉糜？你是住在梦幻岛上的彼得·潘吗？"

我有了个恼人的绰号"彼得·潘"，连导师都知道了，笑着说："这是夸你纯粹，有什么好生气的？"

他们只是在嘲笑我幼稚。事实上我才是真正的成年人，自己挣学费生活费。"地图"预言的 AI 编辑应用，不到三年就出现了，但他也白替我操心了，视频平台开始争抢市场，我似乎也没那么容易饿死。那位总监姐姐跳槽去了家视频平台，顺手带走了特别好用的我……我成了一档人文知识类节目的撰稿人。那些胡连八扯的题目竟然维持了不错的流量——感谢那些不愿读书却热爱知识的人们。她让我介绍同学去实习或做兼职，他们很缺内容创作者，结果双方都颇为失望。我是彼得·潘，他们是豌豆公主，根本不知道现实世界的劳动强度。但我也只能自己生气，或者跑回清华跟"地图"抱怨。

读研后"地图"更忙，除了忙学业、导师的项目，还加入了创业团队——当初给我介绍工作的学长辞职了，成了创业者。我去找"地图"，带着笔记本电脑，在机房的角落里看资料、写东西。等他抬起头，摘下眼镜揉揉眼，如果他能出去，就说"吃饭去"；如果没空出去，就说"买饭去"。

他的饭都是伴着我的话吃下去的。吃完饭，他摘下眼镜，滴几滴舒缓眼药水，闭着眼睛继续听，最后打断我，眼皮哆嗦着睁开眼睛，"架构系统容错能力这么差，小心又死机！"

他这话如同小时候姨姥姥的训斥，宽慰了我那真实却不必要的难过。自己改架构的本事我还没有，但增加一项垃圾信息拦截功能，没问题。自从我经常过去，导师办公室那些杂乱的书籍刊物开始变得整齐，"彼得·潘"这个名号演化出了一个跨文化变形——"小潘子"……拦截、删除——我当没听见。

导师让我拆的那些邮件，大多是文学期刊、学术刊物，还有作家的新书，我集中阅读了一段时间，就开始狂飙突进地写论文了。我们专业的核心竞争指标是发表论文。第一篇论文发表后，我拿给导师看，他扫了两眼，指着两本作家的新书，给我布置作业——写读后感。我的"读后感"发过去，导师看完，皱眉说："你不能逮谁都跟托尔斯泰比！批评是什么？只是夸人骂人那么简单吗？你是在完成文学共同体的意义生产，你肯定或者否定的不是一个作家、一部作品，你是在参与时代的文学观念和价值体系的建构。"

我服膺导师的道理，随着批评文章的发表，研二我拿到了奖学金，但我并没有变成让人敬佩的专业"大牛"，而是多了个更恼人的绰号："泡泡机"。

3

我再没能写出小说。

有过失败的尝试。想好的题目叫《珍珠母丝巾扣》，我试图以姥姥的生命时间为线索，去探索那"致命的模糊性"，我遇到了一片巨大的冰川般厚重复杂的悲哀与残酷，我没有力量穿透……我宽慰自己那是不可再现之事：我不知道她沉默的原因，我无法书写她的故事；我理解了她沉默的原因，我不该书写她的故事。

为了对抗这次失败导致的自我怀疑，我加倍努力写批评文章。导师给我的道理，够我自我合理化——我生产出了熠熠生辉的意义，但我无法回答：那发光的到底是金子般的作品，还是我吹在作品上的一堆"金色泡沫"？

周围的人很容易辨识我的"分裂"：写文章分寸得当，人情世故都懂；生活里随和克制，被嘲笑时，我就沉默低头，师门里姐妹多，总会有人心疼我，出来说一句"过分啦"；课上讨论却大杀四方极具攻击性。送我了一系列名号的那位师兄，当着我的面半开玩笑地评价我："策略性耿直，战术性天真。"

我内心非常依赖导师，也知道导师偏爱我，但有时候他也叹着气说："辛苦，你就是个'杠精'！"

我"抬杠"不是为了赢，我想"杠"输，最好输得心服口服五体投地——我就"投"在那块坚实的可依赖的"地"上。我感觉站在正在开裂的冰凌之上，看着不远处滚滚而来的波涛，立足之地很快就会土崩瓦解——我读的书越多，跟别人争论得越激烈，这种恐惧就越强烈……

师兄盛赞一篇小说，我立刻找来读了，写一个低收入大学生走投无路在贫病交加中死去，我也非常震撼感动，但很快"杠精"属性就蠢蠢欲动了。我抱着小说跑去向导师建议下次课上讨论："底层写作"的真实性。

导师看我一眼，"怎么，我刚谈过'打工诗歌'，你是打算跟我'杠'？"

我说："是因为这篇小说。您在哪儿谈诗歌？老师不是常说不懂诗吗？"

导师被我气笑了，"你还真是耿直！行啊，也不只限于这一篇小说。对了，韦亦是有部新长篇，写的是进城农民，加上'打工诗歌'，几部有影响的'非虚构'——好好准备，讨论要有成果。"

我认真准备，读了一堆小说，读了打工者写的诗、社会学调查、深度新闻报道，还跑了几次"蚁族"聚集的唐家岭，认识了几位处境跟小说人物境况类似的低收入大学生。大部分人是喜欢那小说的，很感动，跟我说了自己的艰难困窘和苦闷，但也质疑生活里这么极端倒霉的例子不多吧？总还有希望。有个罗晓，敲着我带去的那本小说，"意志软弱！这小说在丑化年轻人！"他和我同岁，计算机专业的，地方院校本科，在中关村做销售。他的脸庞很稚气，好看的单眼皮，鼻梁挺直，鼻翼右边有一颗红红的"青春痘"，下巴上有两根没剃干净的胡子。我去他的隔断里单独聊，合租屋里污浊的人体气味并未减弱，反而更加刺鼻——隔断里唯一通风透光的窗户属于卫生间……

聊得晚了，我请罗晓吃饭。站起来时我撞到了头，上铺堆满东西，护栏边立着一排书，我揉着脑袋看书名，最外面那本很厚，书名像闪电劈开了红黑撞色的封面：《韦亦非的海中帝国》。罗晓指着这本书说："韦亦非两岁父母双亡，奶奶给别人做保姆打毛衣养活他，穷不穷？现在，数百亿身家，人家怎么做到的？"

韦亦是的成名作《梨花泪》，作为"伤痕"文学的经典篇目，主人公原型就是当年自杀的叔叔婶婶，叔叔是编剧，婶婶是梨园名伶……我自然知道韦亦是这位著名的企业家堂弟，罗晓对韦亦非的这位小说家堂兄，却一无所知。

罗晓领我去了个路边的小摊，塑料布遮挡了初春的冷风，四五个陌生人围着热气腾腾的麻辣烫锅，各自捞各自涮的串儿。教养和礼貌让我"愉快"地接受了罗晓力荐的美食和新颖的进餐方式，但我看到有人把吃了一半的豆腐皮又放回锅里再度加热，我的手就再没伸向那林立的竹签，专心听罗晓给我讲对这个世界的理解和想象，我在他身上看到了"地图"式的坚定与自洽。

我给他提了两句"地图"，他说那是大神，公司跑到学校去抢的，几十万年薪起，有的还给股份期权……那一刻，他有着深切的痛苦和羞愤——还是自己不够优秀、不够努力……

"也许，不是你不够努力，是这个世界不公平……"我试探着说了一句。

他嗤笑，"世界什么时候公平过？你这么天真还写作呢？还有，你要相信有大的公平，竞争就是公平。最爽的故事，就是逆袭，草根赢他整个世界！"

砰的一声爆响，仿佛是给罗晓的宣言做声效，所有人都开始张望，却并没看到是什么爆了，幽暗的夜空中，远处楼顶的霓虹灯牌在闪，字迹模糊……

4

剧烈的腹痛让我醒来——是在宿舍床上，我跌跌撞撞跑去了卫生间。

腹泻持续到次日上午，我去了校医院。我第一次体会了什么叫"断片儿"，完全不记得自己是如何回到宿舍的。手机记录里有凌晨过后跟"地图"的几次通话，我朦胧回忆起点滴，打电话去求证，"地图"笑着骂我："真是脑子喝坏掉了！我又没给你植入定位芯片，当然是你打电话给我！不会喝酒也敢喝，也不看看那是什么地方！出租车司机看了我的学生证才愿意拉我去的！"

痊愈后去上课，我依然佝偻着腰。讨论那天我默默地听着同学发言，不想反驳任何人，甚至不想说话，导师笑着看了一眼我这个始作俑者，点了我的名。

只能说了。

"我有限的观察，现实中有苦难、有结构性不公，但没有'底层'。观念上谁都不是'底层'，都深刻认同优绩竞争，只有竞争失败者，失败是能力问题、机遇问题、资源问题，对于年轻人来说，失败还是暂时的，只是挫折——发展向每个人承诺了一个中产梦——他们相信发展，不均衡会变成均衡，相信明天、下一代会更好。"

我顿了一下，"在复杂性上，虚构作品还不如深度报道，现实是各种各样的'盖茨比'，小说的想象还是'骆驼祥子'，苦难展览，千苦万难一个字，穷，穷到卖血卖肉卖器官——我认为这是种美学策略。"

导师笑起来："好嘛！你这憋半天，一棍子打翻我们一船人——"

赠我名号的师兄跟了一句："在辛苦眼里，一切都是策略。"

我没理他，"人物在底层，作者在哪一层？也没见谁再'榨出皮袍下的小'……"

师兄皱眉看着我："我没听懂你到底在质疑什么——你是要讨论身份政治吗？对于作家作品，诛心最容易，也最无聊。"

导师看向后面，我也转头，一个不认识的女生在举手，导师示意她发言，她说："我想，辛苦学长质疑的是作品意义生成的历史逻辑和价值逻辑。鲁迅的《一件小事》，依赖的是二十世纪最重要的历史进步观和进步力量，车夫的形象是有力量感的。刚才讨论的那篇小说，主人公的不幸令人同情，我都看哭了，但主人公既无精神力量也无道德力量，我的眼泪来自作者精湛的叙事技巧。"

"辛苦，看来以后你得请位翻译。"导师示意女生坐下，顺便挖苦了我一句。

5

2009年的春天，我还罹患了一场精神上的"腹泻"——两年来生吞活剥下去那些言说，都拉光了——那些语言曾经鲜美、营养丰富，不知道为什么就腐败变质了……身体和头脑都拉得空荡荡的，整个人脱水无力，失魂落魄。

我的话变得很少——很多正确的很好的话，说出来就成了废话，或者假话。我不再努力写"读后感"，毕业论文的选题也换来换去，导师被我弄得失去了耐心，冲我摆摆手："少爷，想好了再来找我！"

我成天耷拉着脑袋，师兄开始关心我。这是我放弃学生会竞选之后，他第二次拍着我的肩亲热说话——这样下去会抑郁的，赶快调整，实在不行看医生。

我笑笑——"抑郁"这个词也弥散着腐败的气息……

替我"翻译"的女生和我成了朋友。她是古典文学专业的大一学生，自己在写小说，父母认识我导师，她就来蹭课了。那天下课她主动来找我，我和她说着话走出教学楼，她说："学长，我能请你喝咖啡吗？"

　　见了好几次，我对她的印象还只是瘦小的身体轮廓，齐齐的短发，五官模糊，名字也没记准是"馨怡"还是"怡馨"，清晰的只有谈话内容。

　　她有耐心和我深入到某种现实或理念的褶皱中去，持久地讨论。她明晰、坚定、轻盈，像只自由的蝴蝶。我却是缀网劳蛛，那些腐败的语言，需要反复清洗冲刷，才能勉强拼凑出一点点意义，我觉得徒劳，累，干脆就放弃了……

　　我们也瞎聊，她知道很多奇怪的事，譬如印度女人超过五十厘米的发辫可以卖四十美元，毛里求斯红茶的茶叶事实上长在福建、云南……我问她从哪儿知道的，她说从爸爸那儿。她像生活在童年暑假里，喜欢畅想星辰大海，谈及未来全是"梦话"：想去帮助山区贫困女童，也想去故事很多的普林斯顿……和她在一起，我会好很多，有种抽离日常的轻松感。

　　一次我们在咖啡店吃完简餐，走回学校，她还继续说着"人是自为的存在"，我却跑神儿了，定定地看着她。她的眉眼，淡烟流水一般，不魅惑，却让人舒服。暖暖的风吹进了我的身体，心像风中的纸鸢一样翻飞起来。她朝我一笑，那笑散发出纯白光晕——我还在恍惚中，她忽然"哎"了声，抬手指着文学院的教学楼——觉不觉得文学院很像"唐顿庄园"？

　　我愣了："哪儿像？"

　　她说："20世纪初没落贵族家的少爷，毫无道理的优越感纠结着面对新时代的无力感——文学院的男生都这样。"

　　这话像锋利的小刀，割断了纸鸢的线，我的心倏地被风卷走了。

我淡淡一笑，问："那女生呢？"

她笑着说："没落贵族家的小姐，教养就是嫁妆。譬如我，学古典文学，我爸妈眼里就是念几句唐诗宋词，谈婚论嫁时，约等于会大提琴——"

我说："你不是铁血女权战士吗？"

她笑起来："女权战士也管不了她爸妈怎么想啊。"

6

什么也没发生，但我和她都知道，还是发生了什么。

她约我去看《贫民窟的百万富翁》，我犹豫了一下，答应了。在电影院里她几乎全程在哭，出来擦着泪说："真是白日梦啊。"

我笑了，"讲故事的人遇上你也太难了，哭完照样不给好评。"

她说："都得八座小金人儿了，这片子也不在乎我这点儿偏见。"

我说："你的偏见可不止这点儿！"

她站下，"我知道'唐顿庄园'那话，让你不高兴——那是我的观察……"

我哼了声，"你还观察——"

她举起手机咔嚓拍下我的表情，"看，毫无道理的优越感！"

我笑着推开手机，"明明是被偏见伤害的尊严感。"

她却扑进了我的怀里，脑袋靠在我胸口，说："我是自我保护，不是有意攻击你——等我变强大了，不被你的凝视变成自在之物了，我就跑来追你。"

她的神鬼逻辑弄得我哭笑不得，揉了揉她的头发，"聊萨特聊出毛病来了。"

她扒拉开我的手，站下跺脚，"就是这种动作，我又不是小猫小狗！"

我笑得一噎一噎地说"对不起"，最后还是她宽宏大量地原谅了我因为集体无意识犯下的男权错误。

我自嘲说："在表白之前被拒绝，在被拒之后很感动，明明是被你攻击伤害，最后我来请求原谅……匪夷所思又合情合理，你是怎么都自洽！"

五、失去的生活世界

1

把"我"讲述成一个逻辑自洽的故事，越来越困难。

茫茫如海难以命名的愁与惑之中，任何小小的欢乐碎片，都是珍贵的。"庄园"里的她与职场上的姐姐，对于分裂的"我"，毫不冲突地并存着。"灵肉交战"这种上世纪的陈旧模式，只有韦亦是那代作家还在怀念吧。

韦亦是来我们学校做讲座，谈到情爱叙事有着一个从"力比多"到"荷尔蒙"再到"多巴胺与内啡肽"的模式流变，这意味着人的主体性一步步在叙事里衰减——力比多是精神能量，情爱与艺术是等值的；荷尔蒙是信息素，情爱至少与生命相关；多巴胺与内啡肽直接提供欣快感，情爱就彻底沦落为了"物"，可置换为运动、咖啡、酒精、毒品、精神药物……

讲座精彩有趣，她在我旁边坐着，听得很认真。讲座结束导师请吃饭，也叫上了她。她的长篇小说要出版，导师替她出面请韦大师作序。吃饭时她一直低着头，过腮的直发像帘子垂着，挡得旁边的人看不见她的脸，韦亦是笑着说这孩子这么内向啊。吃完饭导师拉着韦亦是走了，同门很默契地把她交给我了。

她抬起头，开始跳脚发脾气，对韦亦是和我导师，名字都省了，一口一个old man（老男人）。她从第一句话开始生气——韦亦是坐下看看桌上的人，说我导师可真是"桃李门墙"，除了我和师兄两棵光杆树，剩下的都是花。导师笑着说，每年招生他都祈祷来个男生，可惜男生不争气，就是考不过这些女孩子……至此之后，这俩old man几乎每一句话，都让她生气，每一个笑话，都是对女性的冒犯和歧视……我知道她是认真的，但还是忍不住笑了。

中立地说，韦亦是和我导师，并没说什么过分的话，笑话也都雅驯含蓄，缺乏背景知识你基本不知道他们在说什么，但她手里拿着锤子，眼里都是钉子——这个男权的人类世界处处都是问题。我笑，她的愤怒还在继续，开始批判韦亦是的小说，让人无法忍受的"凝视的目光"与性描写，泛滥的轻蔑女性的性玩笑……

我笑完了，弱弱地替韦亦是辩护：韦亦是那代作家，经历过饥饿的童年和性饥渴的青春，生命经验如此，进入创作，性对他们也是解放力量，观念武器——韦亦是的性描写很老实，戏谑是解除恐惧，冒犯禁忌，并非简单的轻蔑……

她仰头看着我："你不饥渴，也不恐惧——"

我笑了一下，"我也没挨过饿。"

她不响了，我推了推她，低声说："怎么，女权要求必须是处男啊？"

她笑了，挽起了我的胳膊，"你跟你导师他们也没质的区别——每回都向那个乌克兰女留学生行注目礼！"

2

五月初的时候，那位总监姐姐成了新公司的CCO（首席内容官），要开庆祝酒会，主题是"了不起的盖茨比"，男宾要求BlACK TIE（黑领结），女宾要求小礼服。我问她是否愿意做我的女伴，她看了我一眼，"你没有别的人选吗？"

我噎了一下，说："你要没兴趣，我就不去了。"

她忽然一笑，"我去！"

那天在酒店前等她，我有点儿不安。她从车上下来，不说话我都没认出来，除了整容般的化妆术，脚下是十五厘米的高跟鞋，额前支棱着雀翎般亮晶晶的水钻头饰。她挽起还没反应过来的我走进酒会现场，脱下黑色裙式风衣交给侍者，里面是一件缀满大小珠片的小礼服，她托了一下短发的边缘，指指珍珠镶嵌的金色发箍，"黛西！"

　　她复制了电影中那位盖茨比"梦中人"的造型。我指了指宴会主人说："今天的盖茨比是女性。"女版"盖茨比"黑西服黑领结，金色短发，齐齐后梳，手里举着香槟杯，迎接我们，笑着说："辛苦，你带来的，是今晚最佳黛西！"

　　我才注意到厅里至少有五六个"黛西"。作为新晋创业明星的那位学长和"地图"都带着女伴儿来了。互相打过招呼，喝酒聊天跳舞，"地图"的女朋友对我那位"黛西"格外关注，还跟"地图"咬耳朵，"地图"笑着看我，没说话。

　　终于等到身边没了别人，我问"地图"他们嘀咕我什么，他笑着说："我那位觉得你拐了个豪门千金——什么情况？"

　　一身亮片儿就是豪门？戴上发箍都是"黛西"！我觉得好笑，远远看着她被三四个女宾围着说话，放下了手里的香槟杯子，"地图"斜我一眼："你紧张什么？"

　　我没回应"地图"，朝"身陷险境"的她快步走过去——笑吟吟的那几位心里都恨不得朝对方脸上泼硫酸……我礼貌地请姐姐们把我的"黛西"还给我——被群嘲，被警告少秀恩爱，还被手包不轻不重砸了一下脑袋，我终于成功把她带离了。我们视线撞在了一起，她妆容分明的眉眼，有些陌生，但熟悉的神情出现了，孩子气狡黠的笑，她说："过来跟我说话的女人，有两个嫌疑特别大……"

　　我说："就你这蹩脚侦探，还搞素行调查呢？"

　　宴会厅后面接着露天的景观中庭，玻璃门外是吸烟处，我揽着她推门出去，她弯腰脱下了高跟鞋，坐在了铺满白色细沙的景观池台阶上，我坐在她旁边，看着玻璃门里的"盖茨比盛宴"。

她拿手指捅了我一下，说："是不是很无聊？"

我握着她的手指晃了晃，她纤细的手腕上那串亮闪闪扭在一起的链子滑到了手背，我才看清是只表。她抽回了手，指着门里说："像不像一只水晶球？里面装满了上紧发条的跳舞小人儿……"

门里的一切因为太过明亮闪耀而在变形，真的像一只金色的水晶球，里面装着的，是很多人心中好生活"应该"的模样……

她靠着我："和我一起，跟全世界作对，好不好？"

我没应声——孩子气的别扭话，并不真的需要回答。

3

酒会后一个月，"地图"破天荒来到学校找我。

我提前等在校门口，一辆白色的面包车开过来，"地图"下来，他女朋友跟下来，扑进他怀里紧紧地抱了好久，我尴尬地来回转着脑袋，最后"地图"笑着推开她，她转身拉开车门，上车走了。

"地图"说："我们分手了——走，吃饭去。"

我一头问号地跟着他。"地图"点完餐，向我复述了女朋友的"分手演说"：

"像你和我这样两个草根家庭出身的孩子，专业能力都不错，一起留在北京，薪酬也会不错，但一夜暴富是小概率事件，大概率是升职加薪，我并无奢望，想要的就是这样的普通生活，但我们没有抵御任何风险与意外的能力。我们都是父母的养老保险和医疗保险，将来还有孩子……不要等到考验真正降临再去难为爱情，各自寻找更有助于抵御风险的伴侣，是爱彼此更好的方式……"

这话很明白，我却有点儿糊涂，"你会很有钱的，她不知道那件事吗？"

海中智信集团正在和学长的创业公司谈收购，"地图"也参与了谈判，应对智信集团CTO（首席技术官）的问询。"地图"看了我一眼，"她知道全部细节，小概率事件，草根家庭——关键信息都听不出来，你怎么当作家？"

他的回答根本不足以给我解惑，但我决定闭嘴。

"地图"背后是饭店的玻璃窗，窗外是夏日正午的烈日，白得刺眼，我闻到了冰冷的金属腥气，仰头看，空调的出风口，一根翻飞的红布条在呼呼的冷风中剧烈地哆嗦，我收回视线，"地图"的脸成了从过于明亮的背景中抠出的黑色轮廓……饭后，"地图"要回去干活。我答应晚上和他去看《变形金刚：堕落者的复仇》——他订票的时候，还不知道要和女朋友分手。

从电影院出来，"地图"似乎治愈了，他笑着问我："看懂了吗？"

我也就看个热闹，"地图"则拥有完整的汽车人知识谱系，但他并不迷变形金刚，只留有一个擎天柱，小学时妈妈买的——他顿住了，然后说："接下来五年，工作、买房、结婚、生孩子，进度表不变，时间节点不改，换个合作伙伴而已。"他笑笑，"这是我爸妈的英雄梦想！"

我张了张嘴，又闭上了。"地图"看了我一眼，"我——前女友了，要我向你学习，不要找共同攒钱交首付的女朋友，找个把房子首付戴在手腕上的女朋友。"

这次我张开的嘴，闭不上了。"地图"笑了："这么惊讶啊？"

她似乎说过，我没多想——笑笑，说："她不是我女朋友。"

"地图"和我走在过街天桥上，他问我接下去怎么打算，工作还是读博？我没想好，啰里八嗦说了半天，他打断了我："以为你能不拧巴啦，怎么反而拧成麻花啦？你呀，无谓地消耗能源和算力，还是去做电池更有价值。"

"你说过，我可是人类大脑中的顶配，做电池不可惜了？"我笑着说。

大三操作系统大实验分组，系里另一个"大牛"想和"地图"强强联手弄点儿花样出来，很嫌弃组里有我，使唤我端茶倒水，"地图"当时怒了，非常严肃地跟他谈话，搞得那家伙很尴尬。

我感慨道："每次想起来都有点儿小感动……"

"地图"说："我说那话也是真的，你不喜欢、不擅长的事，都能做到这个程度——别瞎拧巴浪费能量了。"他扭脸看着我，"'五四'那次对话，你挺燃的！"

那是央视"五四"青年节的特别节目，我混在十几个高校学生中"对话"。有个版块是"科技与人文"，我自然在人文这边。科技那边有位老兄在那儿聊"技术决定生存"，还给我举《三体》的例子，"毁灭你与你无关"。我放弃了原本的发言，逐条反驳，举例论证四百多年现代进程中人文与科技如何从互为助力到分道扬镳，这种二元区隔已然成为新的蒙昧，决定人生存的不只

"How（如何）"，还有"Why（为何）"……"地图"在央视网上回看时作了统计，1分27秒的发言，28个知识点。我最后说："拜托，你拿来论证观点的依据是部小说，小说哎！"

我说完坐下，主持人笑了，观众也笑着鼓掌。

"地图"说："被你蹂躏的是我师弟——你是把对我的积怨都发泄到他身上了。哎，最近咋不跟我战斗了？"

我说："你就是有点儿极端言论，自己一腔骑士情怀，崇拜的超级英雄都是正义卫士，就连你最爱的《黑客帝国》，内里还是人类颂歌——我跟你斗啥？"

"地图"笑笑，"人类太有限了，真的需要改造、升级！"

他依旧自信且自洽，世界和未来，都和他站在一起。

4

我揣着一腔沉重的茫然回学校。深夜的地铁车厢，并不寥落，一个戴耳机和黑色口罩、穿着over-size（大于合适尺码的）卫衣的男生，跟随着他耳朵里的音乐晃动着身体，察觉到我的目光，看了我一眼，我挪开目光，他继续摇摆……后背被轻轻捅了一下，回头，两个劳动服上满是喷溅涂料的工人蹲在过道上收拢工具，并未察觉碰到了我……近在咫尺的人与人，随身携带着不同的世界……

放暑假回家，开门的是姨姥姥，她从老家过来，照顾摔倒骨折的姥姥。我放下行李，上网查骨折护理须知，准备做个合格护工。我也想帮姨姥姥做家务，她总嫌弃我帮倒忙。她越发胖了，天热，开着空调也汗流浃背，呼哧带喘。我怕姥姥闷，抱她出来看电视，姨姥姥笑着拍腿："亏你姥姥瘦气……"

拆了石膏，姥姥好受多了，能拄着拐行动。我买菜回来，发现家里多了个高一学生——培训中心打来电话，说有学生愿意来家里上课，姥姥就让来了。姥姥有点儿抱歉地冲我笑笑，我忍着没说话，去了厨房。姨姥姥择着菜，小声劝我："你姥姥那是脑子活儿，不是力气活，能挣就挣，攒着给你娶媳妇啊……"

我嘟哝了一句："我才不结婚呢！"

姨姥姥手里的芹菜秆儿敲上了我的脑袋："屁话！打一辈子光棍啊?！"

我假装被她镇压了，咧嘴一笑，去洗菜了。

午后姥姥和姨姥姥都在休息。窗外蝉声悠长嘹亮，我坐在书架前的地板上，膝盖上放着电脑，签名成了"辛夷"的她，在QQ上问我在做什么。我说在"复习"暑假——带着海洋水汽的风里，蝉声织成的网里，有无数个暑假……

我听到咚的一声，什么沉重的东西倒了，我丢下电脑跑了出去……

5

姨姥姥突发大面积脑梗，在医院挣扎了两周，还是离开了。

我扶着痛哭的姥姥，低着头流泪，刚走到太平间外的路上，姨姥姥的大女儿突然坐在地上，抱着姥姥的腿，哭着："妈啊妈啊，你好冤啊……"

姥姥忍着泪叫她，"娟，你先别难受，得给你妈办事儿……"

大舅把我拽了过去，让我跪下——姨姥姥是为了照顾姥姥才"累死"的，是被我害死的……我用力挣脱。他们开始打我。我从未真正遭遇过暴力，那个瞬间是荒诞的，我仿佛从躯体中脱离开了，浮在半空中看三个男人对着个穿黑色 T 恤的瘦高男生拳打脚踢，男生倒在了医院的青砖甬道上，能看远处站着的人腿、黑色的裤子、医生白大褂的下摆……那是我！

空中的"我"像划过大气层的陨石带着火焰扑进那个躯体，那个原本任人捶打的躯体变身猛兽，挣扎着抱住近前的人腿，拖倒，号叫着厮咬下去……那号叫是我唯一能听到的声音，肿胀的眼睛根本看不清楚周遭，拳脚不再落下来，我却被很多手摁着不能动，挣扎，失去了意识……

我再次清醒，在急诊病房里，有限的视野里，我勉强辨认出，床边凳子上，坐着叔姥爷家的女儿。一个男人的声音说："醒了？还是得做一下笔录……"

剧痛让我无法仰头，视野中只有警察制服，看不到脸，阿姨生气地说："孩子都被打成这样了——事情明摆着，那边要讹钱……"

警察叹口气："那边腿上的肉都少了一块儿！"

做完笔录，警察对我说："以后遇事要理智，跑，求助，别硬刚——你这大好前程的，刚才跟疯了似的，万一失手伤人，后悔莫及！"

阿姨说姥姥让我去她家养伤，我坚持要回家。家里黑压压挤满了人。我为了让姥姥放心，把自己关在房间里。晚上我挣扎着起来去卫生间，拉开房门就闻到刺鼻的汗臭和起伏的鼾声。姥姥的房门开着，她低声在央求谁念着情分……

是那娟姨的声音："是谁没情分？小姨，你叫一声，俺妈家都撇了，跑来当保姆。俺妈心憨哪——自己孙子外孙不抱，来给人家抱孩子，那时候俺们都搁针织厂干活儿——孩子扔到场院里没人管，做多少难？……恁家孩子金贵，有出息，俺家的都是土坷垃，该扔该死？！"

我去了卫生间，然后回了自己房间，止疼药的缘故，我睡着了，但很早又醒了。我迈过客厅地板上横七竖八睡着的人，走出家门，给"地图"打电话。

他刚从中关村的智信大厦出来，海中智信的CTO请他过去帮忙，参与"智慧城市"新系统开发的"头脑风暴"——"风暴"刮了一整夜……我想着晨曦照在他脸上的样子，说不出话来……他问："出什么事儿了？"

中午的时候，娟姨煮了一大锅面条。我抱着笔记本电脑，走去姥姥的卧室，她站在门口问姥姥："咸甜合适不，小姨？臊子还有……"

姥姥说合适，我在过道里站着，等她离开。她瞪着我："你这孩子，就是气人！我还能药你啊？顿顿不吃你想成仙啊？"

她的身形像姨姥姥，口音、语气、神情都像——我用力抿着嘴，憋住眼泪……姥姥的腿又肿得厉害了，用被子垫得高高的，我坐到她床边，登录网上银行——"地图"给我转的十万元已经到账了。我跟姥姥说我有钱——姥姥用力摆着手不让我说话，那位娟姨又晃到了门口……

姥姥给出去了多少钱，并没让我知道。我借了轮椅，推着姥姥参加了姨姥姥在乡下的葬礼。葬礼后，我没进屋，站在那位被我咬伤的大表舅家贴着彩色瓷片的高大门楼下发呆……一头黄毛的表弟凑过来，递给我一支烟，我摇摇头，他自己点了一根，问我："哥，你搁北京？"我点头，他又说："我也打算去北京——深圳不咋的……"我答应过姥姥会随和，就顺着他的话应了一声。他笑着说："广州也就那样，上海好玩——"他夹着烟指了指屋里，"都是为俺奶出事儿了才回来，明儿都走了……"

6

回家后，我请来两位家政清理打扫加上地板养护，整整弄了一天，不顾姥姥的反对，扔掉了那些脏腻腻的毯子和床单，我给她买了一套新的纯棉床品。棉纱细得像丝绸，玉色底上有红色的暗纹，姥姥说真漂亮，像缠丝玛瑙……

姥姥睡了，我关了灯，洗衣机还在转，坐在卧室的地板上，看资料，想自己的论文选题，从开着的窗子望出去，太平湾上升起了半轮秋月……

月亮模糊掉了，我知道自己在流泪，洗衣机的嗡嗡声衬着铮铮虫鸣，嗡嗡与铮铮托出了安静，海风和老房子也停止了嘀咕，我抓起床上的毯子，俯身在地板上，把哭声埋了进去……姨姥姥的手一下一下拍着我的背……

那个天地安稳的世界，没有了……

六、红药丸，蓝药丸

1

我把"地图"从学长那儿借来的钱转了回去，他问我什么时候回北京，他去接我。我说不用——他沉默了一会儿，说："生活本就是场肉搏战。"

"地图"不止一次见过父母陷入暴力场景：与没收三轮车的城管，与收"保护费"的地痞流氓，与争抢摆摊位置的别的小贩……竞争不过是"肉搏战"的体制化变形，更多的人每天都在挨着无形的拳脚，在生活里鼻青脸肿、头破血流……极客社区里的"指挥官"，是他作为战士的模拟训练——我呢？

在 Matrix 里，服下红药丸的人醒来，看清自己可悲的处境，选择成为战士。服下蓝药丸的人则忘掉真相，安享系统制造的逼真梦境——所有的感官告诉他，这个世界是真的，它为什么就不是真的呢？

我以为自己会是选红药丸的人，但……我想起了唐家岭——我借着凌空蹈虚的思辨和咖啡馆里的清谈，躲回"唐顿庄园"，安享"盖茨比盛宴"……这次我逃得更快、更彻底——暴力场景中的"失控"，扯出我长久以来拒绝去想的可能，我要删除所有牵连此事的记忆——哪怕这意味着不能再想姨姥姥，努力忘记那

些半懂不懂的精神卫生学和心理学"知识"，告诉自己不必疑神
疑鬼……

我和那位CCO姐姐一起喝醉……高潮之后的困乏，让我睡
着了一会儿，醒过来，听到旁边的她说着那个白天，她被无形的
拳脚打得好疼……她的手指数过我的肋骨，一根一根，问我痒不
痒？我说不痒，她就胳肢我，我抓住她的手，她伏在我身上，哭
了，我的眼泪也滚了出来——我们拥在一起，各哭各的……

2

令人厌恶的无力感吞没了我，论文选题也始终无法确定。

我在选题时有着近乎恐怖的联想——对着一架架浸泡在福
尔马林溶液中的标本，从那些大大小小的罐子中挑选一个做解
剖……角落里有个蒙尘的玻璃罐，标签上写着"新人"。

我对这个词有了望文生义的联想，按照标签指示的分布范围
找到那片从未深入的虚构"森林"，观察栖息地环境与"新人"种
群：理想主义的光辉照耀，有尊严的生活，有意义的劳动，朴素
的情感，集体、团结与爱……这是一个叠加在"现实世界"之中
的"梦想之地"——历史与人性"致命的模糊性"以完全不同的
样貌向我展开，质朴如歌谣，奇幻如神话……更神奇的是，其中
的信念感和力量感击退了我那该死的无力感。我很快完成了开题
报告，导师要我去见他。

"很久没人谈'新人'了，你怎么最后想写这个了？"导师从
书桌前转开，朝向我，示意我坐。

　　我说："有些向往这些作家的责任感和力量感，作为'人类灵魂工程师'，描绘着理想的人，今天是真正的工程师在改写关于人的定义……"

　　导师说："站在后人类的门槛上，回看人类曾经的理想，框架可以再大一点儿。年轻人的人生选择与历史选择的统一，你这个思考很辩证，要论充分，还有就是底层民众如何通过文学书写成为文化主体，把你上回关于底层写作'没有底层'的观点深入下去，别上来先抡棍子——"

　　我低头拿着手机在记录，导师声音没了，我抬头，忙解释——他无奈地笑笑："你照顾一下老师的感受，拿张纸拿根笔多好！真是不理解，啥都要用那玩意儿！"

　　我收起了手机。导师说："先这样，写完初稿看了再说。你上次说的那个选题，'作为文化英雄的疯子'，也值得写——昨天你师父埋怨我，说读了中文系果然就写不成小说了，把我气的！"

　　导师说的师父，是韦亦是——在酒桌上他说要收我为徒。我有些不好意思地说："韦老师那是喝多了开玩笑。"

　　导师说："你要当真！下星期瑞典皇家文学院一个电话，你跟着金光护体！"

　　导师自己说完也笑了，挥手示意我可以走了，扭脸看到桌角的一摞书，"差点儿忘了，辛夷的小说——这笔名起的，跟了你的姓了。"

3

她从我们学校退学，去了充满故事的普林斯顿，走之前我们没能见面。

她到了之后和我联系过，并没提这本书。书名是《普罗旺斯的一年》，装帧精美，淡紫色的书签弥散着薰衣草香，扉页上给我的赠语是：可以嘲笑。

她写了一个困惑于生命意义的中国女孩，独自旅行时邂逅了地中海阳光般的意大利女孩维卡，一派风光风情之中，少女情谊经历了春夏秋冬和来自阿维尼翁的大学男生。女孩还忙里偷闲思考了破产的南欧经济，漫画式地勾勒了对中国崛起毫无概念的欧洲土著。维卡父亲是酿酒工人，葡萄园因为品种老化入不敷出，园主决定放弃。父亲失去工作，一家人也就不能留在法国了。峰回路转，中国女孩说服自己父亲买下了葡萄园，交给维卡的父亲管理，引进新品种葡萄，酿出了一款名为 "rêve va devenir réalité（美梦会成真）" 的新酒。

我想这故事应该有事实打底，不然没有别的力量让她虚构这么个甜美芬芳的"少女白日梦"——在她的字典里，"梦"是很受鄙薄的词。她写到酒名，"感觉标签上那串肉麻的红色法文，像小丑咧开的嘴巴，正在发出哂笑……"

我翻完她的小说，翻看了韦亦是的序言。韦亦是说她讲述了一个新的"到世界中去"的中国故事，欧洲对于他们这代人不再是异域和他者，这部作品充满了主体自觉和自信，充满了碰撞与对话……这话当然有道理，但她的主体性跟钱的关系只怕更为深刻——资本走到哪儿都是主人。

第二天去教室，一位同门博士生师姐也在翻这本书，师姐生怕弄脏手似的捏着书皮，抬眼看见我，说："导师该把这活儿给你呀！"

我说："师姐不是在研究'当代小说里的女性主义书写'吗？"

师姐皱眉说："这哪有女性主义啊？除了那句'girl supports girl（女孩支持女孩）'，完全是女版玛丽苏甜宠文！"她看着我一笑，"哎，辛苦，加油！修成正果，这辈子就不用努力了！"

我被冒犯了，想回击一句：你这是实践出真知吗？但我忍住了——她说是玩笑，我说就是物化女性。

我默默坐下。师姐丢开了书，半是叹息半是嘲讽地说："人家炫富，清新脱俗，还炫出家国大义来了……"

4

我还是参加了博士考试，因为没有找到合适的工作。

那位CCO姐姐不建议我入职那家正在砸钱竞争、生死一线的视频平台，犯不上职业履历从一家倒闭公司开始。我也不想勉强自己去角逐竞争惨烈的公务员或者教师职位，这般情形下读博，不是选择志业，而是继续逃避。

回学校之前，姥姥拉着我的手说："小儿啊，别难为自己，也别委屈自己，更不用操心姥姥，姥姥有退休金、有医保，将来不能动了，还有养老院，我去看过一家，条件很好，挨着崂山风景区……"

我很难过，姥姥的平和淡然之下藏着更深的难过，但我只是低头嗯了声。

春季校园招聘，博考成绩没下来，应该问题不大，我还是去转了一圈。一幅易拉宝前围了不少人，宝蓝底色上一幅典型的职场精英团队的群像，旁边写着一行字：后喻时代，我们寻找年轻的智慧。招聘职位是海中集团董事局主席特别助理——那就是韦亦非的助理呀！

条件要求并不苛刻，自己登录网站报名，发一段自我介绍视频。我去公司开每月一次的策划会，拿这件事感慨视频时代的到来，那位CCO姐姐说："你也报个名呗，又没什么损失！"

我本就有些动心，所以拍下了报名网址，登录的时候，发现自己是第3679个报名者，报名截止还有一周，我说："简直是选秀海选。"

既然参加，就要有游戏精神。专业的撰稿摄像剪辑服化道，我用撰稿人的眼光，梳理着自己的剧本，从小赢到大，一连串的胜出勾勒出自强不息的"我"……做片子的过程，我感到了久违的开心，剪辑至八分钟——这个时长也是大家论证过的，音轨配乐都弄完，看成片，姐姐说："多漂亮的故事！"

我笑了——不管结果如何，我已经被这个漂亮故事鼓舞了。

我在近万人中一路过关。通过海选后，有三轮面试——都是以多人在线视频会议方式进行的，离我最近的考场就在隔壁学校。这次面向全球的招聘，我不知道韦亦非是不是真要一个特别助理，但海中智信是真的在推广一款高清视频会议终端一体机。最后公布的十强，有我在列。这个活动就此官宣结束，前十名都将获得工作机会。我接到人力的电话，让我等消息。迟迟没有消息。好在博士面试通过了，报的还是自己导师，我也没什么特别的兴奋。

导师说："少爷，再去弄弄你的论文，评优呢！"

导师不满的时候才会损我为"少爷"，我耷拉着脑袋去弄论文了，瞪着屏幕上的字，屏幕上的字也瞪着我，谁也不认识谁似的……

5

我又接到了海中人力的电话，并不是给我发offer（录用通知），而是要我去参加见面会。我猜多半是给他们的宣传活动继续当道具，就说自己要读博了——她说社会活动，参加一下又没什么损失，时间不长，下午有车到学校接我。

我也就去了。上车看到三个衣冠楚楚的年轻男子，穿着连帽卫衣九分裤的我就是个来看热闹的傻孩子。我们被拉去了一家特别堂皇的会所，进到一间我只在电视新闻里见过的那种会议室，方正的沙发，扶手上搭着白色方巾，国画山水屏风后出来几个人，我惊讶地发现中间的那人是韦亦非，容貌跟照片一样，身形矮很多——我以为他和韦亦是差不多高。

他坐下，笑着说："抱歉，劳驾诸位跑这么远，也只能给每位五分钟。"

韦亦非给人感觉很舒服，诚恳又耐心，我认真地听他问别人问题，资本市场、石墨烯、生物科技……问答都好像很轻松，他笑，旁边的人都附和地笑，我因为不懂笑点何在，就没有笑……他转过来看我："辛苦小同学，辛苦啦！"

我说："感觉我应该回答首长辛苦，或者为人民服务！"

韦亦非笑了，看着我："就一个问题，你怎么评价韦亦是？"

我想了一下，说："如果是评价作为当代重要小说家的韦亦是，这是一个很大的题目，出版的那套《韦亦是研究资料集》差不多就有三十万字。如果您问的是他本人，韦老师是我的师长，作为晚辈，我不应该也不愿意在这样的场合谈论他。于情于理，都不该说，请您体谅。"

"好话也不能说吗？"他看着我。

我笑了一下："您不是只有一个问题吗？"

韦亦非哈哈大笑着说："好好，我言而有信，不问了。"

6

我接到了海中总部人力总监的电话，韦亦非决定把那个职位给我，而且同意我在职读博，如果我报考的学校不同意，入职后，我可以选择别的学校去读。她顿了一下，说海中不止一位高管在职期间从哈佛牛津这类的名校拿到了学位，集团还会按照职级给予相应奖励。她让我认真考虑。

我打电话给CCO姐姐，她说："多好的职场起点，还用问？"

我又打给"地图"，他说："红药丸、蓝药丸，看你怎么选——"他顿了一下："进入现实世界，斗争很复杂、很残酷。""地图"正陷在激烈的斗争中，他放弃了直博，也没找工作，到了这时候，那位师兄却要把他踢出创业团队……

我挂了电话，作了决定，硬着头皮去见导师了。

导师听完指着我的鼻子说："给韦亦是做弟子，你都觉得委屈；给韦亦非做奴才，你倒愿意折腰了？你怎么想的？我都后悔当初招你！"

我想起有一次陪他去外地做讲座，在机场书店，最醒目的位置摆的是《韦亦非的人生哲学》，在角落里，找到了韦亦是的《无灵主语》，导师感慨了半天。我的职业选择如同这些书店的做法，谄媚了资本，羞辱了文学……

内疚坠得我脑袋低到了胸口，含混不清地说："老师，对不起……"

导师冲我摆摆手："你也没有对不起我，不想做学术，不是罪——你觉得你伺候得了资本家？就你，少爷？"

我没有应声，导师叹了口气："随你去吧！"

【下篇】

一、伊卡洛斯之翼

1

2010年，"地图"和我在"移动互联"元年，进入社会。

据说天真遇到经验，是老故事，而太阳底下无新事，我们的故事自然还是老故事。另一个老故事说世界归根结底是我们的，所以，即便暂时被摔疼了，我们还是会拍拍土重整旗鼓，毕竟如日中天的时刻，终将到来……

2

我对即将正式开始的职场生涯心里没底儿，能请教的人也只有那位姐姐。她所在的那家视频平台果然死掉了，但她顺利加入了竞争胜出的另一家更大的平台。

"看了你这几年，我不担心。职场的黄金法则是你有用，很有用，有用到不可替代！"她一根一根地数着我的肋骨，告诉我：这个职位就算是个圣诞节装饰也没关系，那就离开，从能力维度上，我比"地图"的生存优势还要大。

我说，是啊，既然今后人类要"泡澡"度过一生，"地图"这种生产"浴缸"的还需要车间厂房流水线，我这种生产"泡沫"的，可以当大品牌沐浴露、小作坊手工皂、香薰、精油、浴盐……她真的拖我去泡澡了。我和她在冲浪浴缸里待了四个小时，那是我们的告别仪式。

2012年，她结婚了，我和"地图"都去了她的婚礼。婚宴上，"地图"与那位学长和解了。两年前他们反目，都认为对方背叛在先。海中智信作为上市公司，收购"艾特菲特（ARTFINT）"这个名字缩写为AI的明星公司，收益主要在资本市场，学长和团队的人都陆续离开了。"地图"是通过招聘程序入职的。

学长说，我们还是太天真。

3

天真应该是异于经验的东西。学长和"地图"与离间了他们的智信集团CTO并无不同，他们不过是在经验与经验的博弈中输了而已。

"地图"过后说："费尽心机还说自己天真，太矫情了。"他看着我，"你以前的矫情，那是天真！"

我没有告诉"地图"我不再矫情的真实原因。

我这个"特别助理"归董事局秘书处管理，秘书处有六个秘书，各司其职，忙忙碌碌，韦亦非的时间是按分钟安排的，没人有空搭理"熟悉情况"的我。

导师用"奴才"形容我的工作，现实却是"想做奴才而不得"。我清晰地感觉到了周围人之间的默契：他们静静地看着一个被"隔离"的前途叵测的异类，小心地保持着距离……我的脑子里每天都能听到嘀嘀咕咕的声音：他们在"打赌"我还能撑多久吗？一个月，一周，或者就是明天……

我有种受骗的愤怒，好歹压住了。我在公寓里喝醉，醒来后看着摔碎的台灯，反扣在地上的笔记本电脑，满地的衣物，悚然一惊，想到那些"嘀咕声"，额头沁出了冷汗。我颓然坐在狼藉之中，努力让自己从恐慌中冷静下来，反扣的电脑发出了声音，我看着亮起的屏幕，松了口气——不是自己在幻听……

辛夷的身后，是洒满普林斯顿阳光的窗子，我把电脑放在床边，弯腰捡拾着衣物，她兴奋得直跳："我见着纳什啦，John Nash，还有他太太，他儿子……"

她像是刻意选了时间来给我提这个人。她在微博和Facebook上放了长文和照片讲这件事，看我毫无反应，悻悻地深夜叫醒我。文章开头就数学俱乐部新当选主席是一位中国女留学生，说了有几百字，这是她去参加数学俱乐部的"formal dinner（正式聚餐）"的原因……我丢开了文字，看她跟纳什夫妇的合影，纳什儿子呆滞的脸出现在餐桌的角落——天才不会遗传，疾病却会……电影《美丽心灵》里，这位饱受精神磨难的天才，有个英俊挺拔就读于哈佛的儿子，那自然是安慰人心的虚幻泡沫，现实的剧本更残酷……

我沉浸在深渊里，冰冷的宁静中，一个念头托着我慢慢浮出水面：每个人的剧本都是给定的——死亡终将到来，且随时到来，谁曾想过如何应对？

无常让人虚无，彻底的虚无带来了自由……

我在电脑里调出应聘时的短片，一路赢得漂亮，也该接着漂亮下去，直到无常降临，我会用尚存的清醒，回到妈妈消失的海边，把自己沉下去……

4

我继续去上班了。

坐在电脑后面，了解海中帝国的前史、正史、野史、外传……我可以任意阅读系统内的会议记录，那是正在发生的海中历史……我仰头看着一楼大堂的电子屏，世界地图上亮起的红点，标志着帝国疆域已经拓展到了那里……我在这座建于20世纪90年代的四层办公楼里镇定自若地逡巡，思忖那些贴在毛玻璃门上的名称，除了职能部门，还有工会、党支部、慈善基金会……

我把"熟悉情况"变成了可以量化统计的工作日志，交给主任，他不看，让我上传到部门文件系统。但我并未被打击，反而写得更加认真——集中注意力的时候，那些窃窃私语也就消失了。

我克制着对周围人神情的恶意揣测，主动帮他们做事，为了避免疑神疑鬼，我还想出了办法——声音是空气振动引发鼓膜振动，我在无法确定逻辑声源的时候，就故作漫不经心地用手指堵一下耳朵，声音随之变小，就证明不是我的幻觉……

我的话变少，微笑变多，待人更有耐心——我和"地图"之间也变成了他说，我听——听他相亲的糗事，集团CTO把他当"万能修理工"，公司老总不给他任何项目……他在中关村，我在东南边陲，来回要在地铁上折腾近三个小时，即便这样，我还是跑去和他看了《盗梦空间》的首映。

"地图"很期待，导演是给了他《蝙蝠侠：黑暗骑士》的诺兰，走出影院时却是我更加愉快和满足。"地图"疑惑地问我："陀螺是不是没有倒下？"

我回答："会倒下的。"

"地图"瞪着我，电影结局是梦境还是现实，我俩争执不下，最后决定再看一遍，哪怕只能买到午夜场的票了。吃完东西，还有三个小时，我俩就瞎逛——认识七年了，这是个历史性的时刻——无所事事！

"地图"出现了罕见的伤感，他竟然去便利店买了提啤酒，我要可乐——酒精过敏，面对他的质疑，我说："免疫系统很神秘的，就过敏了。"

"这两个月，衰得很！"他捏瘪了空啤酒罐，看我，"你那是什么表情？"

我说："想起了你给我讲'优雅降级'。"

"地图"笑了，砰地又开了一罐啤酒。

我说："我也给你讲个你不知道的词，伊卡洛斯之翼！"

"哈！这个我知道！"他一边甩着手上的泡沫，一边笑，"有一集《柯南》讲过，希腊神话，蜡粘的羽毛翅膀，飞得太高靠近太阳，蜡熔化了，掉下来摔死了！"

他还在看《名侦探柯南》，我初中之后就不看了。"地图"迷这部"万年小学生"动画和他的"妈宝"一样，被大学室友群嘲却坚决不改。我问他现在床头墙上贴的还是灰原哀吗？他嗯了一声，我们俩一起哈哈大笑起来。

5

我的工作突然降临了。

主任走进办公室，对我说："一个小时之后，韦总去武汉，视察能源集团，中途会在中天停，看博览园工程——你跟韦总出差。"

我只来得及收拾了自己的笔记本电脑，韦亦非的生活秘书钟琪来叫我去机场，我们的车开到停机坪，下车，钟琪示意我等着，后面还有三辆车，是这次跟随我们一起出差的人。

韦亦非在飞机起飞后不久，开始跟能源集团的人开会，我侧着耳朵听。钟琪坐在我对面刷手机，我发现可以上网，就打开电脑搜刚听到的词"光伏发电"……会议结束后，空乘开始端水果茶点和饮料，显然对别人的喜好是了解的，问了我，我说咖啡。

韦亦非招呼我坐到了他的对面，"有个成语，尾大不掉，知道吧？"我点头，他又说，"末大必折，尾大不掉，这是《左传》里的话，你认为说得对吗？"

"在稳定系统和信息传递效率不高的情况下，是对的；控制论研究，在复杂系统内设计有效的信息反馈机制，具有相当的难度；但信息技术使得大数据的'大'，反而成为精准控制的前提……"我正在认真答题，一只肥大的手掌拍到了我肩上，"你这孩子说什么呢？"

韦亦非说："说你田胖子这条尾巴太大了，拽不动。"

地产集团总裁一手举着威士忌杯，一手揪我起来，在韦亦非对面坐下，笑得月牙眼被肥肥的脸颊挤没了，"韦总，我多积极啊！博览园，让我盖，我立马就盖，赔钱，我认；文旅刚起步，咱支持！是吧，杜薇？"

文旅的老总杜薇"啊"地应声站起来，笑着说："我们现在就靠田总活呢。"

博览园是当地政府给地、海中地产承建、建好后文旅运营的公益性文化项目，已经开始动工了。我看过立项时的规划报告、提交给地产董事会的项目计划书和杜薇动工前向当地政府作的规划汇报……我边看边查那些不懂的园区规划和业态分析的专业名词，最后作了简单的数据汇总……我发现韦亦非手边有一摞翻开的文件，竟是我的工作日志！韦亦非说："杜薇过来吧，辛苦你坐下，我们开会。"

韦亦非说："两位老总汇报的是同一个园子吗？日均两万游客，峰值接待能力是十万，建筑总面积不到三千平，十万人站在摞天地里喝风吗？"

杜薇忙解释园区的非建筑空间——景观，演出……我在旁边调出了她当时汇报的PPT，把电脑放在了她面前，她获救般说了声谢谢，匆忙翻着，开始讲。

"搭棚子，摆地摊，开园时办个庙会，剪完彩就散伙，是吗？"韦亦非根本没让她说下去，"杜薇，你端人碗受人管——田胖子，你是当我又聋又瞎又傻，糊弄出习惯来了！就这么盖了，我能把你怎么样！"

田总额头上有了汗，解释说是文博专家定的建筑规格，他憨笑着说："我一点儿都没敢动，那都是学问！您说的，教人文化知识得准确，古建就是面积小！"

韦亦非说："给你配的有商业用地，卖了房子至少能扯平吧？你也太贪了！一万亩地给我盖几间小庙——那是韦家庄！你的脑子呢？！"

田总委屈地眨巴着小眼睛："这也不是我一个人定的，投资规模是董事会……"

韦亦非淡淡地说："地产集团董事会里，有谁敢不听你的，你说出一个来！"

飞机的引擎声分外清晰，田总端着的酒杯里冰块的碰撞声也很清晰，机舱里的空气密度在增加，所有人的呼吸都变得不大顺畅……

韦亦非先开口了："我再说一遍，想清楚，海中干吗这么费劲做文化？只为挣钱用不着费这劲！你们不换思想，我就换人！"

飞机落地新郑机场后，我跟着田总和杜薇去中天。临走时韦亦非指着我对他俩说："刚毕业的小孩儿，好糊弄，你们只要把他糊弄过去，就行。"

在车上，田总仰天长叹："都他妈的怨那个韦亦是，写那么操蛋的小说，得完中国奖得外国奖，把这位刺激得都神经了——想少替他赔点儿都不行！"

杜薇制止地咳了一声，田总瞪着我，"我不怕你告状！"

我诚恳地说："我不告状，我帮您想办法。"

田总和杜薇都笑了。

6

还有一个老故事，说的是"聪明的傻瓜"或者"幸运的笨蛋"，阴差阳错误打误撞通过了意志品质的考验，即便不懂博弈论，在复杂纷争中也能踩对"纳什均衡"的点……怀揣着宿命悲剧的我，却钻进了这样的喜剧里，准备好的大段独白，只能憋着，强行发挥会很滑稽。

幸好那晚"地图"打断了我讲那个悲情隐喻——伊卡洛斯被太阳熔化的翅膀是他父亲代达罗斯违逆自然的发明——人的儿子，没有天使的肉翅，有了黄蜡粘着鸟羽的翅膀，他以为可以朝向光明飞翔，却表演了一场曲线复杂的坠落，"他坠落在蓝色的大海里，直到最后，他嘴里还喊叫父亲的名字……"

二、因父之名

1

2013年，中华文化博览园在中天顺利开园，我跟老田建立了互惠互信的关系，我试探着问他东苑房子的事情。我不像"地图"，揣着张带时间节点的人生任务列表，那些任务我都在心里敬谢不敏，我只想把姥姥接到身边——除了过年，平时我没时间回去看她，年近耄耋的她，独居已经不太安全了……

东苑一期是20世纪的事儿了。韦亦非安置家人和田胖子这样共同打天下的老弟兄。二期是2008年盖的，能买独栋的都是各业务集团的总裁，也有一批面积较小的联排别墅，给了对海中有特殊价值或贡献的人。东苑三期的说法早就有了，就在"风雅颂"园区项目的商业用地上。已建成的风园，地理水系植物景观以及园内十五栋建筑，都是世界顶级设计师围绕《诗经》完成的概念设计作品；将要建的雅园，是经典的中国园林；颂园则是黄钟大吕的时代主旋律与民间烟火兼容的文化公园。三期主体是毗邻古典园林的中式大宅，我自然想也不敢想，但最外围会有两栋高层——老田答应替我想办法。

文化公园已经在建了，我看过规划方案，就是个有着主题景观和文娱空间的大型商业街区。还是接地气让人放心，风园开园已经证明了曲高和寡是件让人"心疼"且"肉疼"的事儿。

老田说，一个园就是他钱袋子上的一个洞。博览园和风园都在赔钱，老田骂骂咧咧，杜薇也只能装聋作哑，暗自努力——文博园根据民俗参照《礼记》增加业态服务中国人一生：洗儿百天抓周做寿笄礼冠礼婚丧嫁娶……风园则封闭园区，引进了家心灵生活馆，办起了各种收费昂贵学制不一的"灵修班"。

2

望舒心灵生活馆开馆那天我也在，因此结识了那位司望舒。她让我很意外，不是我以为的那种江湖"大师"，而是学术成就斐然的精神科专家。读了她的书和文章，我决定向她求助，当然，对她说是替朋友咨询。

她微笑着说她从不做这样的"咨询"，给建议是不负责任，不给建议就成了听人闲话。我有些尴尬地怔在那里，在沉默里挣扎。司望舒的笑里有了体谅，"你说吧，我听听看。"

我不太敢看她，低头仔细描述症状、频次、进展，最后问出了心底的疑问：遗传疾病是由染色体和基因这样的遗传物质决定的，精神分裂显然不是，但家族精神病史如此被医生看重，是不是存在很高比例的代际遗传？

她缓声回答："精神科大概是医学中最难给出定量判断的领域了。要只是声音，而非有意义的语言，更接近心因性耳鸣，而非幻听。"

我描述了另一种症状：有时候"他"会成为个悬空的"小人"，看着自己和周围的人，像看演员在舞台上表演说台词，"小人"还会在脑子里念着旁白。

她无声地笑了，"你这位朋友，多半是位作家或者艺术家，他的感受很像'笛卡儿剧场'，这是关于人类意识的一种假说，认知科学当然抛弃了这种假说，但人类再现意识的方式，文学、戏剧、电影，先锋探索除外，主流还是按照这个逻辑进行的。一般人日常感知世界的方式，是笛卡儿式的物我二元，不会分出一个观察者，但艺术家必须如此，所谓'偶开天眼觑红尘，可怜身是眼中人'。"

我拿出了一张核磁共振成像片子，紧张地看着她。我知道精神分裂症患者早期会有脑灰质体积、前额叶等处的变化，专家能够看得出来。她放在灯板上，认真地看了很久。我手心里全是汗，她终于开口了，"现在没有任何可辨识的器质性变化，如果那声音出现的频次不高，且会自行消失，我不建议服药或者进行强干涉性的治疗，注意观察，要是能发现与之关联的内在情绪，就更好了——但也不必时刻紧张，人被注意的时候，动作就会变形，意识也一样……"

她看着我，"人生本质上是不可控的，但人却是强烈需要控制感和确定性的动物，精神疾患是人成为人的生物学代价之一，多多少少，谁都有点儿……"

3

司望舒给我假想的"悲剧倒计时"摁下了暂停键。我按照她教的方法通过观察呼吸控制注意力，脑子里的啸叫声会和缓下来，好的时候，几个月都没有出现。我在她的帮助下，学会了和脑子里的声音相处……她体恤了我的隐瞒，同时又在负着她本不必负的责任，我觉得再送那些寻常的礼物很难表达心意，就问她有什么需要我帮忙的。司望舒揶揄地笑笑，说回去好好想想，想到了就告诉我。

司望舒似乎看透了我的机心——我听说杜薇在给她施压，想提高生活馆的收益指标……她的笑让我羞愧，脑子又出现了风穿窟窍般的啸叫和嘀嘀咕咕的人声，我用她教的方法止住了声音，略带自嘲地想：我的"架构"，改写得如此彻底了。

转念想，不是改写，是删除——我现在不是独立系统，是韦亦非外挂的语言处理器。因为是他的外挂，自然比一般处理器金贵几分。2015年初，《知命：五十韦亦非》出版，作者是我，韦亦非指定的，版权属于海中文旅，是博览园开发的中华圣贤英杰系列出版物之一。杜薇和我签委托创作合同时说："别的书都是固定稿酬，只有你拿版税。我好不容易说服韦总支持我们，算是替你忙活了——你感谢韦总也要感谢我哦。"

我笑着说感谢，这笔钱对我来说很及时。随即传来坏消息，建高层的方案被否了，但老田说宋老师手里有二期的旧房，他帮我问问。宋老师是韦亦非的前妻，也在董事局，为了企业稳定，离婚时他们并未进行财产分割。平时韦亦非和她斯抬斯敬，但豪门恩怨，深不可测，我连与业务集团高管打交道都时刻戒慎恐惧，怎么敢往这里伸手伸脚？

我自欺欺人地安慰自己，老田也只是一说……几天后，他晃晃悠悠出现在我办公室，丢给我串钥匙，"给别人留的，没用上，不到一百五，价钱面积都合适，装过的，收拾一下就能住。你小子，命好！"他笑着指指正在发呆的我，走了。

我思前想后，知道这件事干系重大，去交钱之前，趁没人的时候跟韦亦非说了。他笑笑，说："你们宋老师跟我说了，不为你，为姥姥的年纪。"

4

姥姥刚来的时候，不是很放松。

东苑服务中心提供酒店式家政服务，我经常出差，签的是24小时协议，晚上也有人值班。有个女孩儿对姥姥很耐心，带她在东苑四处逛，去中心食坊买新鲜的绿豆糕，从园林处讨剪下来的花枝回来插花……她就盼着人家来，还舍不得人家走，那女孩就逗她："您让辛总把我娶了，我就不走了！"

姥姥神神秘秘地拉着我关上门当正经事说，我只是笑。我并没有彻底丢开那个悲剧宿命的假想，我似乎需要这个借口，来遮掩内心对正常人生毫无道理的拒斥……姥姥一如小时候那样顺着我，我说不急，她也就不再说什么了。

窗外小花园里金萱草亭亭地开出一片橙红。屋内墙上挂着韦亦非祖父的赠联：堂上椿萱寿，阶下芝兰香。屋里那对儿昂贵的按摩沙发是宋老师送的——她通过老田婉拒了我当面道谢，却送了姥姥这份礼物……我只想姥姥能安享平和的暮年时光，她不必知道，这漂亮画面之下的沉重、空洞与脆弱……

5

"地图"知道姥姥搬来了，过来看望。

他人生列表上的时间节点到了，但一如他的偶像们，哪怕前一个多小时炸得天塌地陷，最后三分钟也够拯救宇宙了。情路坎坷几年，他有了个同居半年谈婚论嫁一起攒首付的女朋友，我见过一次，身材很好的女文青。我说他审美还真是稳定，"地图"一反常态跟我急了——他遇上的是"梦中人"：神奇女侠的身体里，住着小小的灰原哀！我立刻道歉，祝他和"兼美"幸福。

"地图"给姥姥看未婚妻的照片——他刚拿着戒指跪了一跪就换了称呼。这五年我和"地图"很少能见面，过十天半月会通一次话，都是我打给他。

这种默契说明"地图"谙熟海中帝国的生存法则，但他依旧在那个AI公司的基层"沉"着，也经常接到猎头的电话，却没有因为高薪跳槽，也没为了升职在集团CTO和公司老总的斗争中站队，他"所图者大"。

"地图"不仅没有放弃"AI伊甸园"的空想，还越发坚定了起来。如今作为"信息共产主义者"的他，终于有了位人类偶像——亚伦·斯沃茨。亚伦发表《游击队自由存取宣言》，袭击版权数据库，最后招惹来了联邦调查局。前年践行理想的"盗火者"亚伦自杀，"地图"悲愤难眠，我握着电话几次迷糊过去几次被他愤怒的声音唤醒，拿冷水洗脸陪他聊到凌晨三点。他的微信头像自此也从钢铁侠托尼·斯塔克，换成了有亚伦照片的纪录片《互联网之子》的海报。

还好，"地图"选择的是"合法革命"的道路。只是建他向往的算法开放平台，知识产权、算力、辅助工具和训练数据包……哪哪儿都要钱，还是以百亿计的钱。碰上个给你钱的"天使"都是美梦，"天使"也顶多让你盖个蔬菜大棚，还指望着种出来的菜早点儿上市，到哪儿找不求回报的"天父"帮你筑"伊甸园"呢？

"地图"听了我的喟叹，笑着说："'阿瑟'的父亲，怎么样？"

"阿瑟"的父亲指的是韦亦非。那位"王子"是"地图"的副总，他们的秘密交往我没问，"地图"也不说——不知道就没杂念，在韦亦非面前我就不会"动作变形"……韦亦非很少提与宋老师生的这个儿子，和现任夫人生的女儿倒是常挂在嘴边，他知道我们关系不错——四年前，这位帝国"公主"出国创业，被海中的程序合法卡得有苦难言，我冒着被猜忌和中伤的风险，替她告了"御状"……

父子，是否有某种"应该"的样子，我并不像"地图"那样，有着确定的信心。他给我讲过，初中时他朝思暮想有台电脑，这是他无法说出口的奢侈愿望，但他爸爸察觉了，把夹克一甩，说："走！"带他去电脑城搬回家了台组装机……那一刻，爸爸甩上肩膀的破烂夹克，在他眼里就是超人的红披风……

年底的时候，他父母来北京了。我把订好的饭店地址发过去，他却让我取消了，我在医院见到了他患病的爸爸和焦灼的妈妈。

他送我出来时，告诉我他爸爸罹患的是严重的免疫系统疾病，他要把这场持久战打下去——爸爸为他做过超人，他不会让病了、老了的爸爸无助等死……他淡然的口吻里透着凛凛的杀气——他放弃了买房结婚，他的"亚马逊女战士"，理解、服从了"指挥官"的战略牺牲，含泪分手，但最终知道了实情的"地图"妈妈，崩溃了……

"治病只管治病，哪有毁了孩子一辈子的！让我替他病，替他死……"她痛哭着，甩开"地图"伸过来的手，抓着我的手，"孩儿糊涂，你劝劝他！"

我只能应着，宽慰她——我第一次在"地图"的脸上，看到了无助……

母子僵持到过春节。除夕那晚，我拉着姥姥，带着从食坊打包的饭菜，和他们母子在医院附近租的房子里吃年夜饭。"地图"妈妈和姥姥说着"地图"和我的小时候，又是笑又是抹眼泪，彼此劝慰着，总算是过了这个年。

初一、初二下午我也带东西过去了，"地图"妈妈让我别跑了，她也弄了过年的东西，给了我一兜炸食，我抓起就吃，她亲昵地给我擦着油手。

"地图"拽我，"老大不喜欢有二胎——滚蛋了！"他依旧成熟且强大，很快调整战术，用回了"撒娇"大法。妈妈笑着拍了他一巴掌："又说浑话！"

这让我去导师家的路上，轻松了不少。

6

毕业后我再没参加过同门聚会，但年节都会来看望导师，听他一句挖苦也好。果然，师母开门，我就听见导师笑着说："少爷来了。"把纸袋里的礼物交给师母，我知道韦亦是也会来，就给他带了盒雪茄，客厅里还有别人，我微微一怔，韦亦是说，是他的老朋友，诗人左后卫。我鞠了一躬，"左老师过年好！"

屋里空气有些异样，导师笑着说："你师傅被你老板惹翻了！"

韦亦是口中的烟雾狠狠地喷出来，"老爷子过寿，我忍了。韦亦非他一个资本家，穷奢极欲，每个毛孔都是肮脏的，也敢跟我讲此心光明！"

导师笑着说："你这霸道的——王阳明是你家的，还得是长房的！"

这些说笑之下，有暗暗的紧张。我依旧"酒精过敏"，喝可乐，却也能感觉到酒精慢慢把那份紧张泡得松软了，空气中出现了一丝诡异的安静，韦亦是唉了一声，"算了，我来说吧——"他指指那位左后卫，"他本名李红旗。"

这个名字，从老家书架背后信封里钻了出来，钻破了我的脑壳……我没动，用力让崩散的意识聚拢起来，封闭自己的头颅，再度清醒……

我被迫复习了一遍那封尘封的长信，在听的过程中我越来越冷静，重复出现的"父亲"一词，弥散着腐败的气味。我甚至开始跑神儿，因为我忽然想明白了那气味的来源——当语言不再联结真实的事物，它就成了具腐尸……

"我失去你妈妈之后，单身了十年……我去要你，你姥姥把你藏起来不让我见，和他家亲戚把我打下楼梯，摔断了腿……不是我抛弃你，是你姥姥霸占了你，她抢了我的孩子，儿子，你要相信爸爸……"那位左老师哽咽了。

韦亦是咳了声，"过去的事，不提啦！"他点上支烟，跟我导师说，"九六年吧，在郑州，老左喝多了跟我哭，我哪能想到他说的那孩子就是辛苦啊！他今年才跟我说，这人的缘分也真是奇妙——"

导师打破了略显难堪的沉默，"少爷，说句话吧。"

我说："我不知道该说啥——哦，我相信他。"

韦亦是看着我："完了？"

我说："还要写篇读后感吗？"

导师笑起来："你这臭脾气，怎么在韦亦非身边待这几年的？"

韦亦是点上一支烟，说："有明君方有诤臣——韦亦非要这感觉……"

我说："换成职场上的黑话，这叫向上沟通，心智透明。"

导师颇感兴趣地追问如何"透明"……"跑题"显然是共谋——韦亦是、导师完成了一项艰巨的任务，我扛住了一场考验，谁都不想回到那个沉重的"父子"主题上了……又坚持了十分钟，我起身告辞，师母留我，导师体恤地笑着说："来日方长。"

韦亦是站起来，用心良苦地向我展开双臂，我和他拥抱，和导师师母拥抱，自然也跟那位左后卫拥抱了……

三、花雅之争

1

2016年的春节，似乎特别漫长。

午后的阳光从窗外照过来，沙发靠背上叶影斑驳，包裹在榉木装修板里的暖气片发出些微的水声。姥姥慢慢盹住了，我的手机响了，姥姥被惊醒，我劝她去床上睡，她摇摇头，眯起眼睛，又去看电视屏幕上载歌载舞欢庆新春的人影了……

那位左老师想和我谈谈——他在电话里说他就在东苑，我说出去见吧。

我开车去了附近的工地。放假期间，冷风呼啸的工地，空无一人。坐在车上，远远看到他走过来，大衣和长长的围巾被风吹起来，一手摁着头顶的窄边呢子礼帽……我抓起羽绒服下车了。

他还打着黑底暗红格子的领带，笑着解释，"韦亦非夫妇请客，姜若林老师和夫人，姜老师你知道吧？著名作曲家……"

我"哦"了声，他把围巾在脖子上又缠了一道，"还是找个地方——"

"不用。简单说吧。"我拉上拉链，半个脸埋在竖起的羽绒服领子里。

那晚他没来得及细说他的现状，他2000年来了北京，开始跟姜若林合作，最初是作词，后来就成了音乐剧制作人，他现在的妻子是加拿大人，原本是姜若林工作室的翻译兼文秘，他们结婚后，就在家带孩子了。他有个十七岁的女儿，十岁的儿子。站在冷风里听完了那个完美家庭如何对我张开期盼和深情的怀抱，我说："承认和我的关系，你就得回避，不能参与海中业务集团项目招标。"

我事先做过"功课"，准备好了这"一记绝杀"——他果然沉默了。

半天他才说："你能叫我一声'爸'吗？就一次。"

我叫了声"爸"——我以为敷衍一声就此脱身没什么，但叫出来的那个瞬间，内脏猛地抽紧了，疼，憋气，他应了一声，我朝自己的车跑去。

2

狂笑般的啸叫在我脑子里回荡，我开车沿路走了一段，一打方向盘，转去了52俱乐部，把从里到外都又冷又硬的自己泡进了温泉。

曚昽的日光从透明的天顶照进来，玻璃房的内壁布满水雾，房外簇拥的花木就成了幢幢暗影……服务生敲门，送来了我点的姜煮可乐，塞给我一张字条：泡好了来7号房喝茶——老田。我才意识到刚才真是手机响了……

52俱乐部不对外营业，老田是创始会员，我的会员资格确切说是他给的。我裹上浴袍踢踢踏踏地走进了7号房。没了衣服的轮廓，老田彻底地变成了蓝色棉布里一堆动荡起伏的白肉，他眯着眼睛坏笑说："别开自己的车来。"他递给我茶的时候，露出侧脸到脖子上一道鲜红的抓痕，自然拜他夫人所赐，我就问："你家葡萄架子又倒了？"

我第一次这么问他，他不知道啥意思。

他指指我，"你们文人最没意思！"他爱怜地摸摸自己的脖子，"一大早这就够丧气了，初五接财神，结果被老大叫过去，莫名其妙骂了一顿！"他拿起茶巾模仿着韦亦非拎着规划方案，"你是猪吗？记吃不记打，风园一年赔一千多万，赔钱上瘾啊？你这种俗物！雅你妈×雅？颂啥鸡×颂？"

老田跟我学的时候，会自动用轻声把脏字"消音"。韦亦非也只跟田胖子这样的老弟兄才会飚脏话。老田丢了茶巾，叹息着："风雅颂，他定的！当初我说回报周期太长，他骂我钻钱眼儿里了，现在改！我他妈的设计合同都签了！我就这么盖，他能怎么着我？"老田喘口气，"我，院子照盖，房子照卖，中间留个坑，让他自个儿翻着跟头折腾——改成蟠桃园都行！"气话说完，苦恼依旧。

我慢慢喝了口滚烫的乌龙茶，说："知道姜若林吗？"

"写歌的那个？"老田那堆肉忽悠升高了一截，小眼睛瞪圆了，猛拍了一下桌子，"杜薇这个臭婊子，天天领着各种牛鬼蛇神去老大跟前变戏法儿，老大喜欢眼前花儿，热乎劲儿一过，就算了，我大意了——她还真作出妖来了……"

他可怜巴巴地看着我："到什么程度了？帮帮老哥哥唄！"

我说："看过一次剧，单独面谈一次，今天姜若林夫妇在1号院吃了午饭。"

老田匆忙要衣服，走了，我则去了楼上的按摩室。我又想起韦亦是在《无灵主语》中描写"嫖"这个字带给男主人公的心理压力，那真是现代主义关于人的奢侈想象。在"我"这个日渐贫乏、逻辑断裂的故事里，容不得这样大段心理描写了，只剩下毫无意义的动作和那个非常配合的羊一样的女孩儿，雪白的肌肤，驯服空洞的眼睛……如同食欲被扭曲会产生炫耀餐和虐食，性也一样……我忽然从空中看见了自己，一头嗜血的兽在咬啮那只羊的喉咙，我的嘴里有了丝真实的腥甜……恶心涌上来，我丢开她，干呕，尖锐的金属啸叫声切开了我的颅骨……

她惶恐地摇晃着我，问我怎么了。我摁着太阳穴，掩饰地说："累了——我们做点儿轻松开心的事儿吧。"我想不出什么事儿，求助她。她拿出手机，领着我看千奇百怪的直播——我目瞪口呆地看着个胖子一口气吃下十个汉堡、一堆炸鸡腿、三个大肘子……啸叫声和缓了下去，有的直播间在卖东西，她帮我一百块钱买了七件T恤，我问她想要什么，她跳到一个游戏页面——她打的角色新出了一款土豪"皮肤"，我买给她，她高兴得跳起来，笑着搂着我的脖子亲了一口，为了她的笑声，我又给她养的橘猫买了宫殿猫爬架……

3

春节过后，有档访谈节目约我谈《知命》，我拒绝了。已成为业界大佬的那位姐姐亲自打电话给我，问是否有什么忌讳。我回答说那倒没有，就是觉得不算我的作品……她兜头训我："你对文学还三贞五烈的，谁会给你立牌坊啊？我让他们再求你，你也过了矫情的瘾，顺坡下驴得了。"做节目比我预想的要愉快，主持人很犀利，但我足够机敏幽默，观众反应热烈，节目组竟然找到了已经回到家乡考上了公务员的罗晓，我们激动相拥，说了很多励志又动情的话……

韦亦非鼓励任何有益海中社会形象的行为。有天他在车上看到总部大门外，一个人吃完早餐把包装纸丢在地上，后面跟着的人捡了起来，扔进了垃圾箱。两人都穿着海中工装。他让我去查监控录像，前面那人他不要知道，但让后面那人所在集团给他发了五千块钱的总裁特别奖金。我在节目里讲了这个故事，解释说原本是管理上的小事，但隐恶扬善，这就成了伦理事件，成了情感教育。节目播出次日的高管早餐会上，他对杜薇说："我被辛苦表扬了，很开心。"

杜薇笑着说："那我也要争取辛苦的表扬喽。"

杜薇这话实有所指，韦亦非派我去旁听她弄的"新园区"规划论证会。杜薇逆向推动项目回到了从名字开始论证的阶段——老田气炸了。

说是重新论证，"中国古典"这个大方向还是确定的，拿地时给政府汇报的主题不能跑，配套用地上的中式庭院也已经开工了——老田还真的说到做到，留了个"坑"，自己飞回海南，推进五指山的养老社区项目了。

我到得早，巨大的椭圆会议桌只有杜薇和她的助理。打过招呼，我踱到桌尾拣了个座，拿起桌上的参会人员名单：地产规划部总监、园林大师杨世楼、古建公司代表、昆曲专家、文旅的项目负责人、作曲家姜若林、制作人左后卫，以及两家有过成功作品的实景演出制作公司代表……

我正看着，有人拍我的肩——杨老的助理，我忙起身跟他过去，杨老拉着我的手："小子，当官了，看不见老头子了！"

我笑着说："杨老取笑——我来听会，能见着您，太值了。"

第一次见杨老，我跟在韦亦非身后。韦亦非满面堆笑恭恭敬敬地迎上去，双手握着杨老的手。杨老却淡淡的，坐下后，说："北有皇家园林，南有名园无数，留园个园拙政园，你有必要再盖个新园子吗？"

我那时在韦亦非身边已经三年了，能看出他生气了——他当然不会变色，依旧笑着，笑容漾出不易觉察的旋涡，下面藏着情绪的湍流……他不会因为被冒犯生气，他日常很难遇到真正的冒犯，略微对他桀骜一点儿，他都会一笑，还会生出好奇——他生气，是因为对杨老由衷的敬重，却遭遇了轻蔑和羞辱……

我后来体会到杨老的咄咄逼人并不是出于傲慢，恰恰相反，那是士人面对权贵免于被辱的戒惧和对诚意的考验……老先生问完，双手拄着拐杖，倾身朝向韦亦非，他在等答案。

韦亦非回头叫我："辛苦，你告诉杨老，我们为什么要建这个新园子。"

我把准备的功课背了一遍：政府的倡议，时代的需要，海中人确立中国文化主体性的自觉，韦亦非传承中华优秀传统文化的苦心……园林作为可知可感的生活方式，体现了中国古典文化特有的优雅从容，就像昆曲，一度是阳春白雪，但经由"非遗"保护和推广，越来越多的人开始了解、喜欢，要给人们特别是年轻人机会，领略古典美——丘园素养，所常处也；泉石笑傲，所常乐也……

杨老笑了一下，"《林泉高致》是谈画画的。"

"筑园与国画一样，需要传承的不只作品，还有技艺，韦总说，这个新园，应该是21世纪中国古典筑园艺术活着的证明。"我说。

杨老点头，"你们想得很深了。"

这三年杨老设计园子所用心力，连田胖子都咂舌称叹，"那老爷子细致得跟绣花儿似的，我们倒不怕麻烦，就担心他老人家累着，看不见这园子盖成。"

那段时间我常被韦亦非打发过去看杨老的园子图，老爷子感慨地说："孩子，我是没想到还能遇上韦总这样的君子，留这么个园子，死也瞑目了。"他痛心地跟我讲三十年前听说要建大观园，他就想着拼命一搏，可惜钱不足，时间也紧，处处不得已，他也就灰心撒手了。

我回来向韦亦非作汇报，他嗤笑一声，"杨老说我是君子，那不是夸我，他的意思，我就是个掏钱的冤大头！"

跟我说这话的时候，他正蹲在九号院的院子里，指挥工人把选中的一块山石放上合适的位置——他拆了爷爷奶奶院子里的假山，自己来叠。他忙，工人就散了，等他有空儿过去再陪他玩儿。

足足弄了一两个月，他的作品才完成。韦老先生笑着说："嗯，叠石为山无云也趣，这个趣，原来是有趣！"

韦亦非被自己爷爷嘲讽了，却浑然不觉，跟爷爷说自己在读《园冶》——田胖子还是了解他的，那股热乎劲儿很快过去，再也不提了。

从杨老开始工作，就有纪录片团队在跟拍他的"筑园记"。那天开会，纪录片导演跟我坐在一起，一台摄像机就架上我们脑袋上方，还有两个摄像在对面。会议结束的时候，导演笑说："活现了当初的花雅之争——猜谁能胜？"

4

这场"花雅之争"持续到了次年秋天，依旧悬而未决。

"雅部"的首领是八十三岁的杨世楼，"花部"代表则是六十四岁的姜若林。"雅部"规划方案是经典园林，业态是昆曲、文创、少量餐饮，昆曲演出能拿国家补助，文创工坊也有扶持政策，运营成本低，当然收益也低；"花部"给出的方案是浸没式音乐剧《千古同一梦》，中国古典园林式浸没剧场，用空间代替时间，从庄子变蝴蝶开始，秦皇汉武，唐风宋雨，《牡丹亭》《红楼梦》，一直到"one world one dream（同一个世界同一个梦想）"，"嫦娥"升空"天宫"落成……观众穿越园区，由古至今，出口正好衔接文化公园，投资收益前者不可同日而语。

"花雅"是我们背后胡说，两位老先生都认为自己是雅正的。杨老不必说，姜老师背靠的是一百多年传统文化的现代进程：你今天盖的园子，也不是颐和园拙政园，从材料到工艺早都改了！不能只有昆曲才是中国经典，《红色娘子军》就不是了吗？游园听曲，本身就是士大夫情调，能对今天的人民群众产生持久的吸引力吗？环球影城游乐园近在咫尺，你几班小戏怎么和人家竞争？

论证会开了一场又一场，也没什么实质性进展，好歹项目的名字有了，双方都作了妥协，接受了新园区被称为"筑梦园"——这还是韦亦非乾纲独断的结果。我一次次被他派去听会，杜薇开玩笑说我干脆来文旅集团算了。2017 年，杜薇撤掉了心灵生活馆，引入视频平台和内容制作公司作为合作方，推出了一档名为"风之子"的古典诗词竞赛类真人秀，节目大火，拍摄地风园也成了网红打卡地。前一年博览园也扭亏为盈，区区数百万虽然在海中不值一提，但韦亦非给出了文旅"破茧成蝶"的肯定，意气风发的杜薇，自然想乘胜追击。

杜薇一心想落实盈利能力更强的姜若林方案。杨老背后的支撑主要是政府的态度：必须是真正的文化精品，绝不能搞成纯商业的旅游演出；此外是地产集团的坚持：杨老的方案投资少，文创工坊实际是多出的商业区。田胖子从来不参加论证会。他是当年海南楼市崩盘时跟着韦亦非拿身家性命扛过来的人，不会让比我大不了两岁的杜薇要了他的强——虎口夺食，她还嫩点儿！

5

国庆前的那场论证会，政府相关部门来了一位副处长作为观察员。我看到参会人员名单，还以为是重名，竟真是我读硕士时的师兄。我俩多年没有联系，见面用力握手，互相恭维，然后站到大门外，迎接作为专家被请来的导师。请导师来的肯定是姜若林团队，不用说也是那位左老师的功劳。导师下车，看见我俩，笑着摇摇头，摆摆手，我们跟着进去了。

导师远远看见杨老，紧走两步上去，握住杨老的手，笑着问好。

杨老对他说："您是正经学问人，不要为虎作伥！"

导师哈哈大笑，说："杨老，都是纸老虎，不经您一拳！"

杨老面带戚容地摇摇头，"明年就84了，我这把老骨头还能撑多久啊！"

杨老一方的确在"守"，姜若林一方的攻势很猛，这边也就丢些"石块"：旅游演出的模式很难产生精品；大投资会带来大失败，看看那些教训；不艺术，不中国，没传统，没文化……杜薇沉默了几个月，这次又请观察员又扩大专家团，就是想一举解决这些问题。

双方都完善了方案，杨老这边拿出了三维建模的园林效果展示，老田不来，却也暗自下本钱，请了做圆明园复原视频的团队，色彩渲染打光配乐都很精美；姜若林这边的效果图是静态的，但准备了对比的视频短片。先是昆曲经典版《牡丹亭·游园》，26分钟，咿咿呀呀，我觉得好听，却也有点不耐。然后是姜若林创作的同题片段音乐剧MV，全长4分56秒。

我的确没能挪开自己的视线：杜丽娘不失昆曲原味，手眼身法，柔媚明丽，众花神造型深得国风动漫与游戏人物"皮肤"的精髓，合唱起时纯净动人："花园门外，一个女孩，懵懂天真。她要打开，春天的门。打开这扇门，走进一个梦，走进属于春天的宿命。故事就此开始——"音乐和舞蹈迅速变得动感激越："打开命运的门，喷薄你的勇气；打开青春的门，挥霍你的美丽；打开爱情的门，放纵你的痴迷！打开这扇门！"合唱戛然而止，女高音带着圣咏启喻的感觉唱："趁你还不曾老去，春天还不曾远离！"

停顿，笛子吹出《皂罗袍》前奏，慢慢各种乐器加入，女主一开口，声如天籁，她的形体跟着歌词从戏曲身段渐次变成了相对自然舒展的舞蹈语言，"姹紫嫣红，明艳着我心事的明艳；如酒如绵，柔软着我心事的柔软。仿佛第一次遇到春天！柳荫里燕语莺啼，生生如翦，呖呖珠圆，听不懂，听不懂，为何我心慌意乱？碧草上蝴蝶双双，恰恰翩翩，自在流连；寻常见，寻常见，为何有哀愁如烟？"

舞蹈流畅且极具叙事性，杜丽娘和众花神有着复杂且有趣的肢体互动，旋律化身水袖，在空中纠缠，"断井颓垣，寂寞了空无一人的春天；韶光流转，憔悴了无处交托的缱绻。遍青山啼红了杜鹃，荼蘼架外烟丝醉软。雨露亭台，云霞翠轩，花径九曲，柔肠百转。良辰美景奈何天，赏心乐事谁家院？如花美眷，似水流年，庭院深深，天涯可远……"

显然被打动的不只是我，一曲终了，会议室响起了掌声。

很艺术，很中国，有传统，有文化，更好懂，吸引人，且是对《牡丹亭》的正解……杜薇带着胜利的笑容听着赞美和肯定，请大家稍事休息。

茶歇时有人就说这节目可以上春晚了，那位左老师接口说："年年春晚都有姜老师的作品……"我和这位左老师始终保持着陌生人之间的礼貌，视线交流都没有。听他眉飞色舞地为姜若林唱赞歌，我默默踱开。杨老独坐一隅，我有些于心不忍，走过去低声说了句不该说的话："您老放宽心，田总的话更实在，放着一个漂漂亮亮的园子不要，花两倍的价钱，落一堆布景，韦亦非傻啊？"

杨老拍拍我的手，说："那他这论证来论证去，图啥呢？"

6

杨老的问题，导师有答案。

我没让车队的司机送导师。快中秋节了，我在车上放了两份节礼，一份送导师家，另外一份给"地图"妈妈，回来正好拐去医院——他爸爸一直没能离开医院。路上我也正好跟导师说会儿话。

导师看见我师兄就知道被左后卫利用了，很不高兴，又觉得这种论证很荒唐，"中国传统文化的现代转化问题，一百多年了，怎么继承怎么发展，都是摸索。别说两年，二十年都论不出来——我看他就是不想盖！"

我笑说："老师说得对！"

导师笑着说："你可算不是杠精了。"

我说："还是个杠精——只跟自己杠了。老师——"我顿了一下，"那位左老师，我和他，没有任何关系。"

"咳！韦亦是那个滥好人！他给我找的事儿！"导师笑着说，"我理解。不然也不跟你发牢骚了。韦亦是觉得谁都不容易，除了他那个万恶的资本家弟弟。你写了那本《韦亦非传》，他对着我发了顿脾气——"

我笑着说："说您教出来的学生堕落到帮忙帮闲，不顾脸皮扯淡？"

导师笑起来，"倒没这么难听——说你们这代人不容易，为稻粱谋而已。"他顿了一下，"主要是不满你生生把个资本家打扮成了思想者！"

韦家兄弟，哥哥认为弟弟是又蠢又坏的资本家，大众身上的吸血鬼；弟弟认为哥哥是虚伪卑劣的无良文人，靠"作践"故乡和民族来沽名钓誉——都不是私怨，是公愤。当然这是背后的话，他们来往不多，见面却还是客气的。两个成熟且睿智的人，会有这样的"误解"也实在是耐人寻味。

我笑笑说："韦老师高看我了，那个义与利的辩证法，我想不出来。真实的意义与真正的利益是统一的，小到个人，大到家国乃至人类，都如此——这话可能是很高的价值理想，也能拿来给任何事做辩护借口，带着'致命的模糊性'——真理和谎言是同一句话，才致命……老师，我有时会忘了自己是韦亦非的奴才，有观察者的幻觉。"

导师说："少爷，老师一句气话，记这些年，合适吗？"

我笑着说："不合适，可就是忘不了。"

导师叹口气："当初老师比资本家还刻薄，没让你在职读博——什么时候想回来，老师欢迎。只怕你现在未必有这心劲儿了。"

我说："老师真的相信学术还在为时代生产意义吗？"

导师叹息着说："我必须相信啊！总不能最后只剩下韦亦非在生产意义吧？"

四、游园惊梦

1

那次成功的论证会后，杜薇高歌猛进，与姜若林工作室合作成立了"筑梦园文化传媒"，作为文旅集团的分公司，自己兼任总经理，左后卫任副总，迅速推进园区规划。年初文旅从地产独立，她成了和老田分庭抗礼的业务集团总裁，但韦亦非对她的支持并不彻底，董事长任命了老田。杜薇虽被掣肘，但几个月下来，还是推进到了申请舞美设计公司招标的阶段。这是关键一步，老田不在，招标审批会就没法开。她邀请老田作为"风之子"颁奖嘉宾参加收官录制，消极应对的老田接受了近乎示威的邀请，从海南飞回来了。

我本不想那天去风园凑热闹，但司望舒回来了。五月份的时候，望舒心灵生活馆就送走了所有的"同修"，我知道消息时她已经离开了，打电话给她，说很遗憾没能告别。昨天她给我打电话，说待一天就走，有时间见一面吧。

风园连带附属酒店附近的路都封了。进入决赛的秦风队领队是个流量"鲜肉"，赶来给"弟弟"应援的粉丝声势浩大，拿到观众门票的是少数，进不去园子，就隔着拉起的封锁线，站在霏霏细雨中高举灯牌，齐声喊着口号……

我只能给杜薇打电话，她的助理来接我。我靠她给的工作人员牌子又过了两道关卡，才进到园子里头，走去司望舒的办公室。

2

经过了2016年漫长的春节，我的症状严重起来。有时发作几小时，赶到晚上就睡不成了……六月份我跟随韦亦非从塔什干参加完峰会回国，三天基本没睡，脸色很差，韦亦非问了我一句，我说头疼，可能有点儿感冒——失眠在韦亦非看来，是意志品质有问题。

我到家就打电话给司望舒，她让我过去。我从酒店走窄门进了风园。

中天明月，凉风习习，空气中弥散着水生植物的蓊郁之气，我辨识出了菖蒲的清香，脑子里的"怪兽"消停了些，嘶吼成了呜呜咽咽的低鸣——知道月明星稀是天幕投影，空气纯净是室内园林加上新风系统，但刚穿过了污浊暑热和酒店空调的森森冷气，我还是被这个怡人幻境安慰了。

司望舒迎着我过来了，她笑说猜到我会从酒店过来。我们就在"月"下散步了，她听我"转述"症状，对"耳鸣"出现和消失的观察，我完全忘记了使用第三人称说话时该有的分寸感，措辞强烈地说起"他"在"耳鸣"时的自我厌恶……

司望舒阻止了我，她说："不要轻率地给生命感觉命名，语言会让本不存在之物存在，这不是自省，是自戕。意识的自我攻击会转化为躯体反应，发展下去就会出现器质性问题。"

那晚她问了"朋友"的年龄、体重和过敏史，给我一盒药，笑着说："不要被说明书吓到，就是帮他睡觉的药。先吃一次试试。"

我的确被说明书吓到了，但对司望舒的信任压倒了恐惧，吃药，关灯……我进入了一个神奇瑰丽的梦：天空中翻涌着奶油色的云朵，生着天使肉翅的马拉着银色的马车穿过，马车上有我从未见过的美丽快乐的人，我想走到他们中间去，厚厚的云朵可以稳稳地踩着，我一步一步地走着、看着，累了，我歪在一堆云上，闻到甜而净的香气，带着凉意，深吸一口，直到肺腑都是清凉芬芳的，但身体却是温暖、惬意的……

这是我有生以来最美的睡眠，即便是个孩子的时候，我也未曾如此安睡。只要我睡着，就会有梦，哪怕是短暂的午睡，甚至在交通工具上打盹儿，梦是纷乱的，很少有美梦……我打电话给她，她说："再吃两周看看。"那段日子，我会噙着微笑醒来，梦不都像第一晚记得那么清晰，但美妙的感觉会在。

若不出差，每个工作日六点五十我都会准时出现在1号院前庭，五分钟之内钟琪会陪着韦亦非穿过中庭院子，七点二十我陪韦亦非出现在总部小餐厅，参加高管早餐会。那天我快走到院门口了，抬头看见一对黑色卷尾鸟在盛开的紫薇花树枝间鸣叫、追逐，展开的翎翅在晨曦里泛着铜绿色的光……我看怔了，直到钟琪打了我的手机，我才紧跑两步到了院门外，韦亦非已经坐在车上了。

我上车后，韦亦非问："那树上有什么，仰着头傻看？"

我说："鸟。"

他哼了一声，但没绷住，笑起来。司机憋得很辛苦，我们下车他就得释放。果然，早餐会结束，我回到办公室，钟琪拿着杯咖啡进来，笑着说："鸟！"

偶尔一次无伤大雅，但我还是警惕起来。我问了司望舒，她说要是睡得着，可以停药。停药的第二晚，我梦见了"地图"，瘦骨嶙峋的他推着块巨石，双腿已经是骷髅的下肢了，胫骨正在开裂——我冲上去拽他，他不肯撒手，巨石压下来……我带着一头汗醒来。这个梦折射的焦虑很清楚，这一年，"地图"交给医院的钱就超过了七位数……他和主治大夫讨论他爸爸的治疗方案，已经专业到我听不懂的程度，但我知道，用尽手段也只能减缓病情恶化，延长生存时间……

我把他妈妈的微信支付绑定了我的卡，告诉她日用拿这个付，她目光呆滞地望着我，喃喃说："孩儿就是把自己填进去，也是个空……"

3

我请教司望舒，为什么会有这样不同的梦——那美梦是药的作用吗？

她说那药的作用是抑制神经元的剧烈活动，不会致幻，她也是第一次遇到这样的病例，但她觉得不必担心——每个人的意识景观，都是变动不居的……

我能算作"景观"的意识实在有限，大部分地界丑陋荒芜得自己都不愿意多看……外在归因都是借口，我自己选择做了上紧发条的机械表，金属壳里所剩无几的"属人"的思考，都拿来应对辛夷了。

这些年，我和她在现实中很少见面，她回北京的时间有限，我又不自由，很容易就错过了。但靠着手机屏幕，我们又似乎相伴度过了这些年……

2017年，辛夷硕士毕业回国，作为发起人创建了一个维护女性权益的民间公益组织。协会官网上有张拍得很美的照片，她和一堆贵州山区的小女孩在吹泡泡，背景是郁郁青山，阳光下彩虹般的闪光泡泡映着她们的笑脸……

当初给我说的那些"梦话"，她一句一句落进了现实。现实总是复杂的。社交媒体对于她就是"拳击台"，她打得不亦乐乎，但影响到了善款募集，她也着急了。我帮她请了海中帝国的"公主"做"失学女童救助计划"的形象大使。辛夷后来苦笑着说，果然捐助人更信任天使姐姐，而不是异端巫婆。

她还是那么容易哭。这些年她不断旅行，遇到了太多苦难的人和事，她自以为是的帮助有时候反而会加深她们的苦难，这让她觉得无力，每次通话说起这些就哭……遇到兴奋的事，她还会半夜把我叫醒，跳着脚告诉我。她在山里被小虫子咬了一身红疙瘩，也会委委屈屈地给我说……

她仍在写作，"人类的左手"系列，出到了第五本。她像那些以地球磁场为导航的大鸟，在这颗行星上飞翔，羽毛光亮——当然，我知道她随身携带的那片梦一般瑰丽自由的现实，有着金钱铸就的隐形"保护罩"。她似乎忘记了这一点，她所行之事的"正确"与"高尚"，足以让她鄙夷和忽略父母庸俗的"建议"与焦灼的"骚扰"……她得意地说起如何破坏了父母的"苦心"安排，我就沉默。

她问我的日常，我就轻描淡写地说就是开会见人——见到杨老那样的人，我也会讲给她。她说："你见了这么多有意思的人，将来能写很好的小说……"

我也就笑笑。

4

我每天处理的只是符码，而非语言。我编码输出，用来表达韦亦非的思想情感；至于输入，福柯这种带"病毒"的文件绝不能有了，间或下载一些增加稳定性的如渡边淳一的《钝感力》之类的软件——效果不错，韦亦非不耐烦地对我说"滚滚滚"，我已经能够出来和钟琪相视一笑了。

比起对老田的凶残，他对我和钟琪温和多了。做了十多年的生活秘书，钟琪知道他很多"笑话"：他会把陪夫人去做试管婴儿叫作"配种"，在公司年会上唱《一无所有》，但自己喝多了会捏着花旦嗓子唱《抬花轿》……

仆从眼中无英雄。可惜我的"金属壳"里还残留着黑格尔的解释："那不是因为英雄不是英雄，是因为仆从只是仆从。"

老田也好，钟琪也好，他们古道忠肠，背后的戏谑是欢乐的，无损于他们对韦亦非真实的敬畏与热爱，无损于他们的价值感和荣耀感。我还做不到他们的境界，但那句黑格尔释放出的悲哀腐蚀了"金属壳"，我也能迅速擦去锈痕了。

韦亦非因为"风之子"颁奖典礼致辞中一句"中国诗歌自此滥觞"，头天晚上把我叫过去训了一顿："滥觞，是开始的意思，不是泛滥！"

我没有分辩，聆听完他对中国诗歌史独特的见解——《诗经》，已经是"经"了，怎么是才开始？把他扔在我身上又掉在地上的稿子捡起来，转身出来，站在中庭院子里，专注调整呼吸，应对脑子里陡然而起的啸叫声。前庭的门开了，钟琪招手叫我，让我别跑了，用他的电脑改。

他在整理韦亦非第二天的礼服。他因为礼服的事没少挨骂，谁知道"真正的中国男式礼服"该是什么样？宽袍大袖汉唐风的设计，韦亦非的身高穿上会很滑稽，最后一堆设计稿里挑出来的还是中山装结合唐装的变种，石青羊绒，立领、前襟与袖口接镶了石青色暗云纹妆花缎，我看过设计师阐释，灵感来自故宫藏品雍正的石青云龙妆花缎裕朝袍……

钟琪低声告诉我，刚和夫人生气了，他听见韦亦非提高嗓门嚷了一句："司望舒回来了，去找她好好看看你的病！"

5

次日我去见司望舒的时候，脑子里声音不尖利，但嘀嘀咕咕的还在。她似乎察觉了，问我，症状还有吗？

我笑笑，说还有，好些。"他"没想到自己潜意识里还是个幼稚贪婪的孩子，自我厌恶不过是变了形的自恋，真是"既要又要还要"——哪有这种好事儿？

她笑道："好刻薄啊。消解问题当然也是种应对，比疑神疑鬼强。梦是愿望的达成——弗洛伊德那套故事，还真是深入人心。"

她口气里的否定，让我忽然想起了她那本《延展心灵》。她在书里开宗明义，把心理分析那个"本我""自我"与"超我"的假定前提称作古典主义想象，现代意义的"人"，身体镶嵌进了机器，神经联结进了网络，并不存在一个以皮肤为边界的"我"，"我"是一种"场"性的存在，受控于复杂耦合的多种力量……

她在后面数章以精神分裂症病例来分析，如何靠着调整影响"心灵场"的控制力量来重建自我的同一性，稳定维持这种"幻觉"就是康复的标志——我当时被她精细微妙的分析所折服，又被神奇的案例疗效所吸引，根本没去深想，她的理论某种意义上否定了自由意志，是"地图"关于"人"受控于系统说法的理论升级版——从来就没有独立的"我"……我那关于自由的美梦，也许只是此前吞下的某些话语，残留的控制力量……

仿佛一捧雪放在了头顶，冰得额头麻麻的，我努力控制着身体上随之泛起的微微战栗，故作淡然地说起这些，仿佛只是想探讨科学和哲学都无法给出确定答案的"自由意志"问题，但我知道，这是我的"决定性瞬间"——"我"临渊而立，准备一跃而下，投入受控的现实之中，结束自己的分裂，我的嘴角甚至浮起了略带伤感的告别的微笑，朝向那个跟"地图"战斗的18岁的"我"，朝向那个怀抱着吞下红药丸决心、自以为狠狠扑向了真实世界的"我"……

司望舒静静地听我说着，目光澄澈柔和，回应我似的，嘴边也浮起了微笑，"心理学是科学的干儿子，文学的表兄弟，靠着各种似是而非的比喻，讲着奇奇怪怪的故事，混了这一百多年。"她轻声笑了起来，"场，力——最近不是有个段子嘲笑编故事的套路吗？遇事不决，量子力学——像不像在说我？"

我被她从未出现过的解构口吻弄怔了。她站起身，说要去观礼，边走边说吧。

自由意志之有无，绝非她和我沿着苇堤走走就能讨论明白的。她环顾四周说，当时她还颇有点儿科学主义情结，换作现在，她也许会用"园"替代那个"场"——本就有人说她是异端邪说，索性彻底变成比喻……

我和她的谈话在苇堤尽头中断了，她看我怔怔的，笑着交代了一句："你和你的朋友，可以随时找我聊天，这是医嘱。"她去主舞台，我循路离开了凤园，出了窄门，回头，看见挡住园内景物若影壁般的假山翠障，蓦然醒悟，司望舒用一个消解自己的笑话，轻轻拦住了打算坠入梦之渊薮的我……

6

那日风园上演的"游园惊梦"，不止一场。

收官之后的庆功宴，韦亦非和制作方相谈甚欢，杜薇自以为美梦渐入佳境，老田则感觉大势已去。几天后他嘿嘿笑着跟我说："谁知道还没到停车场，老大就开骂了，啥玩意儿，弄得这是！"

韦亦非按照《十五国风地理图》建的白水分流兼葭苍苍的风园，被互联网综艺天然携带的草根狂欢气息给糟践了。节目播出我看了，那位身着汉服仙袂飘飘雌雄莫辨的偶像入场，尖叫和欢呼响彻云霄，韦亦非庄重的致辞显得不合时宜，一度冷场，主持人调侃说给金主爸爸点儿掌声嘛，接下去一口一个"爸爸"，韦亦非的不适与羞涩，逗笑了观众，场面才热烈起来……

韦亦非父母都是梨园中人，他对演艺界人士素来尊重。对自己的反感还有些警惕，过后和我讨论起捧角儿、追星和那天看到的粉丝，我就跟着他的思路聊了中国戏曲发展中的"角儿"、电影工业的明星制，还有娱乐资本制造的情感消费对象idol（偶像）……他理清了思路，皱紧了眉头。

"资本家"的逻辑和资本的逻辑，拧巴了。

莫名扳回一局的老田感慨地说："当年老大跟我们一样，疯玩过，这十来年是成圣人了，我们都得跟着修身养性。我是才明白，换个玩法。这个园那个园，就是老大手里的玉把件儿——他把着不舒服那还行？得，搁着吧。"

筑梦园在海中不算大项目，但韦亦非并不拿它当作怡情养性的小玩意儿。我想起2014年底，陪他去武汉看秀，他看着那个秀场，问我："好吗？"水光灯影金红摇曳，那建筑像一个艳异庞大的造像。我说："再大，还是灯笼。"韦亦非当时笑了，说："设计者有问题，决策者更有问题，对中国意象的理解，太贫乏。"

难怪杜薇自嘲，自己是总经理，又不是总理，拿着别的业务集团部门总监的薪酬，却操着文旅部长的心，大把掉头发。老田也没想到一搁搁到了年底，他要开盘售房，可拿不到许可证，主管领导说文化用地不开工别想卖房子。韦亦非逼他们，他们也逼韦亦非——梦，谁不会做？最后都得向现实低头……

显然他们低估了韦亦非的耐心，不堪压力的杜薇和老田已经凑到一块儿想办法了，约不到韦亦非的时间，晚上拉上了我分析情况。情况很简单，老方案不满意，新方案的方向，韦亦非自己也没概念。但拿出方案是他们的工作，不是韦亦非的工作……他们回去各自开脑洞，托我留心搜集答案线索。我跟随韦亦非做清洁能源调研，出差半个月，从机场回东苑的路上，我说自己要注意运动了，看照片田总三十岁的时候还很瘦……韦亦非笑说："那时候是田瘦子，非说自己是'过劳肥'，算工伤——胡扯！"他顿了一下，"杜薇这俩月日子不好过吧？"

我说："杜薇总压力很大，一直想约您时间……"

"见我管什么用？"韦亦非冷笑一声，"笨，不怕，真正的聪明人都是笨出来的。但他们是蠢、是懒，刻舟求剑！"

水流船行，船上的人常常忘了自己在一条时间的河上……

五、"指挥官"与"圆桌骑士团"

1

想象一座与时俱进的筑梦园……

那晚睡觉前，我脑子里盘旋的还是这个念头，所以梦到了山上摩崖石刻的"筑梦园"三个字，仰望随即变成了鸟瞰，怪石嶙峋的山峦成了黑色剪影，山下站着一群盔甲闪亮的骑士，列队翘首。"地图"却站在"骑士团"的对面，周遭是暗沉沉的荒原，他身后有一团白光，躺着他喉管切开戴着呼吸机的爸爸……

"指挥官"在两个战场鏖战。他和他从极客社区精心挑选的"圆桌骑士"利用开源框架做出了些应用，想借此说明开放平台潜在的可能性。我们反复权衡过，如果韦亦非接受，则皆大欢喜；如果他有些犹疑，发回智信集团讨论可行性，"地图"多半就得滚蛋了。为了一击而中，他必须准备得更充分。

前阵子我去看望他爸妈，他妈妈难掩兴奋地跟我说："人家闺女来看叔叔了！"

"地图"的神情，并没有与"梦中人"复合的喜悦，出来后，他说的还是开放平台：开源框架越来越多，前年的行业数据，在公共云上训练图像分类器的成本要一千美元，去年年底是十美元——海中不做，早晚别人也会做……

他明显稀薄了的头发在寒风里抖动，阳光在他的侧脸投下芒刺，绷紧的下颌线条透着紧张和强硬，脸上是笃定与茫然混杂的神情——确信着什么，又忧虑着什么……我叹了口气，说："海中做，且要你来做，这才是关键！"

那晚从梦中醒来，我怅然若失，丢了个重要的想法，跟"地图"有关……我用力回忆，脑中竟然起了啸叫声，只得坐起来，闭眼，调整呼吸……却无法集中注意力——想起春节在"地图"那儿跟他的"星图"聊天，基于联想的自然语言处理程序实现的逻辑性让我有点儿惊讶，但逻辑微微错落的回答反而更好玩儿，略带禅意。我问："你会做梦吗？"它回答：做梦是意识活动的冗余——我有冗余设定，我会做梦。

"地图"在旁边说："你喜欢这个，'十八维'的'山德佐鲁'更好玩儿，'星图'有自筛选机制，信息可信度参数很高，不会编故事……"

我想到了筑梦园可能的样子……

忍着脑中的啸叫，我跳下床，凌晨三点，把"地图"从睡梦中叫醒。

2

第二天晚上，我被"地图"叫去了锡安俱乐部，在充满朋克风的房间里，见到了六位"骑士"。我的想法已经被"地图"整理为了清晰的描述：一款兼具养成游戏、线上社区和社交功能的应用程序，UGC（用户生产内容）模式，系统提供素材以及各种工具应用帮助用户"筑梦"，支持文字、图片、音频、视频……

他们想知道更为具体的应用诉求。"地图"笑着对我说："给你个机会当产品经理，无理要求只管提。"

我把想到的各种应用场景都提了出来，他们总是回答没问题，可以做得更好，我这个产品经理当得毫无价值感。"地图"顿住了，"有一个问题，'星图'的底层框架有版权方，商用有问题——我来解决。"

我任务完成，他们还要继续工作。"地图"送我出来，我突然问："最后满园子帝王梦富豪梦春梦，怎么办？"

"地图"说："好办，NPC（非玩家角色）引导，优先级限制级设定，后台监管，办法多了。人欲横流，系统让它竖流它就会竖流——不能控制还得了？"

我笑说："还是这口气！"看他满脸疲累，我问："钱够吗？"

他说："我还撑得住——你也不宽裕，房贷那么高……"

"地图"不计代价地要苦撑下去，但春天没过完，他爸爸还是离开了。办完葬礼回京后，他和"王子"一起去见韦亦非了。我在办公室里像笼中兽一般来回踱步，终于等到他发来两个字：顺利。我一下瘫倒在沙发上，我很怕他再受打击。

"地图"只是顺利拿到了证明能力的机会。他和我都忙，凑不上时间，我就独自去看他妈妈了。她苍老悲伤得人都变形了，眼睛红肿，说是发炎，"这房子是人家闺女的，孩儿跟人家不吐不咽的，人家还在朋友那儿住……"她滴下泪来，"孩儿心里怨，怨我——"

她嘴唇哆嗦着告诉我，那晚"地图"爸爸心肺衰竭，又要上人工心肺机，"地图"当时没在旁边，她签字放弃抢救了……我搂着痛哭的她，轻轻拍着她的背。

我开车去了智信大厦，把正在加班的"地图"叫到地下停车场，我能感到他浑身弥散着寒意，不只是悲伤，他的身体揳进了那冰川一样复杂厚重的残酷……

我说从他家来，他不说话，我也不知道该说什么。他拍拍我的肩，说："我知道，你放心。"他转身要走，我说："你也是我的英雄梦想！"

他摘下眼镜，抹了把眼睛，随即踢了我一脚，笑说："占我便宜，滚蛋啦！"

"地图"从被称为"海中黄埔"的海南领导力培训基地回来，拿着戒指又跪了一跪，第二天两人去领了证，出来都去上班了。极客社区出现了"指挥官"大婚的海报，新娘用的是她主持视频节目的工作照——漫游仙境的爱丽丝，"地图"则被修成了钢铁侠，战甲特意给他选了金红两色的Mark7。做海报的"骑士"阿古还配了解说视频，他比新郎还兴奋。

3

"花雅之争"落幕，谁想到从虚拟世界杀出的一群"骑士"占领了筑梦园。

十万海中人成了"内测"用户。韦亦非用行动表达了支持，实名登录"筑"了个盘古开天的"梦"，一夜之间就被赞成了星钻筑梦人，占据热度榜榜首。他跟我感慨，用手在屏幕上随便勾出粗糙的轮廓线条，选了系统推荐的"吴道子模式"，就成了会动的"神仙卷"。而且"梦"的最后，还给出了一句马克思的名言：重要的不是解释世界，而是改变世界。我说，《知命》里写过这曾是他的座右铭。一般游戏的发展是基于数据库设定，筑梦园是用户信息大数据联想——换个玩家名字，结束语可能会不同……

这是我从"地图"那儿问来的。我在上面建"辛夷的秘密花园"，系统殷勤且善解人意提供的备选内容中就有"人类的左手"系列和相关公益活动……过了两天，我发现虽然星钻不够，"花园"还是被推送上了热度榜，我不解地问他："你这系统是成精了吗？匿名也知道照顾我？"

"地图"说系统会识别公益内容，给予优先级待遇。我担心的满园春梦并没出现，NPC 的引导非常有效。我没想到文字还是"筑梦"的首选材料，诗歌尤多。在园子里做诗人不难，随便敲个词"百合花"，系统给出一堆句子，有一句似乎还不错："在百合花的影子中呼吸……"最多的是"古诗"，有人还放上社交媒体让人猜作者是李白还是杜甫……筑梦园自带推广属性，内测版沿着社交媒体，早已悄悄溢出了海中的范围。园子角落里难免藏着某些不可示人的"私梦"，只是"园子主人"神目如电，若不及时下载，那"梦"就消失了……

线上园区顺利通过验收，实体园区规划也随之调整。

姜若林这样的大师，不可能给小游戏配乐，合作中止，那位左老师却留在了文旅集团。杨老的园林，要嵌入线下体验区，起承转合的诗文被裁成了断章，失去的幽微妙处原本就少有人能体味，可以忽略不计，但增加的空间将放置让梦境成真的VR（虚拟现实）设备，豢养仿生算法生成的"梦中神兽"……

验收时我和跟拍五年的纪录片导演都体验了"梦境VR"示例——创世大神现身眼前，实在震撼。从开辟之初的"虚拟现实"中走出来，我们俩互相看了看，他笑着对我说，筑梦园给出的体验，将是前所未有的"赛博格古典"……

老田和杜薇各得其所皆大欢喜。尤其是杜薇，筑梦园是个芥子纳须弥的广阔天地，无数商业模式都可以挪进来，那个"千古同一梦"与之相比是如此的陈旧、笨拙且寒酸了。"数字技术赋能古典园林"成了新闻，我那位处长师兄对着记者侃侃而谈：筑梦园"升维"，古典文化飞上"云"端，深入大众，成为新"国潮"……

"地图"对被他占领的筑梦园却毫无兴趣，他急着让文旅组建运营团队，交出去好建他的开放平台。韦亦非决定为开放平台单独注册公司，同时海中智信撤并机构，腾出地方来为即将成立的"新纪元"招兵买马……

4

2018年的年底格外忙乱，连续熬夜弄综合材料，但那"耳鸣"并没出现。我工作时表情管理还算有效，老田对我的日常评价是"没什么人味儿"。前两天开会时他疑惑地看着我，问：你小子恋爱了吧？

我冲他笑笑，他抖着手点指我："一定是！笑得这个甜哦……"

我的确感受到了一种前所未有的真实喜悦，自己都无法解释原因。

赶完手里的活儿，已近凌晨，忽然想起"地图"的结婚礼物还没谱，猜他多半没睡，视频通话他接了，还在公司，解决什么缓存参数问题——他抬头说了一句话就挂断了："要现金！给我点个外卖，饿着呢。"

忽然想起多年前在机房他对我说"买饭去"——回忆附带着强烈的情绪涌上来，我习惯性调整呼吸，想控制——但情绪的波涛太过汹涌，短暂的惶恐后，我发现，脑中的画面安静如同少年卧室窗外遥遥的太平湾，月下海浪在无声翻滚……我如获大赦，眼眶一热，抓起钥匙开车出门了。

我拎着肠粉烧鹅皮蛋粥出现在智信大厦的电梯间，两个保安过来盘问了两句，才放我上楼，出电梯又遇上了保安……"地图"给我开门，我问咋回事儿，他苦笑说："裁员！天台门都锁了，也站着保安，怕出事儿。"

我把吃的放在茶几上，坐在防静电地毯上。

"地图"坐在了我旁边，打开盒虾仁肠粉，"被裁的，多是我们这个年纪，三十四五——年轻的薪酬低，更能干……"

我回到了那个等待确定电影结局是梦境还是现实的夜晚，看着他怅然地捏瘪啤酒罐……记忆里的夜风无声地吹过我澄澈安静的大脑，这一刻，我几乎确定，命运给了我修改后的新剧本……

"指挥官"的伤感总是短暂的，他说："下一关，你我也要活着打过去！"

我痛快有力地应了声"好"。"地图"略显惊讶地看了我一眼，三两口吃完肠粉，开始喝粥，说着"新纪元"还未成立，各方角力就开始了……他顿住了，近乎喃喃自语地说："2012年，AlexNet夺冠，卷积神经网络热就是从那时候开始的，'十八维'所在的团队参加了那届'ImageNet'竞赛。我跟他们同框架做了'星图'1.0，我一个人做的，2.0我调整了框架，'十八维'说'星图'很像我……"

他今晚也有些反常，情绪拽不住地往下落。我岔开话题说："造个真人吧！"

他笑了，"争分夺秒在造人呢！"

他喝完粥，收拾餐盒，起身，突然奔向垃圾篓，把刚才吃的东西全吐了出来。我忙活着给他接水，漱口……他说是头晕，一直没怎么睡——我让他关了电脑，回家睡觉，"你这天天不跟媳妇儿睡，哪有空造人？"

他带着醉了似的眩晕笑意，"所以才——争分夺秒……"

5

那晚，是我和"地图"最后一次说话。

几天后，我接到"地图"妈妈的电话，"地图"出事了。我当时在家，起身就走，姥姥跟到门口，连声嘱咐着"开车小心"。

我奔到医院时浑身大汗，撕扯下羽绒服，跟着护士到了ICU。"地图"妈妈扒着隔离门站着，我叫了声阿姨，她拧头，嘴无声地张了两张，求助似的伸出手，我抓住她的手，随即撑住了她瘫软的身体，她喘气、流泪，还是说不出话……

我把她交给护士，去见医生。"地图"的呼吸和心跳是人工心肺机在维持，脑电图平直，脑多普勒超声呈现死亡图像——一根钢锥搠进了我的脑壳——要正式得出脑死亡的结论，还要更长时间的观察和测试……医生说一句，那根钢锥就被往里砸进去一寸，尖锐的啸叫使我听不到周遭现实世界的声音，眼珠发烫，马上要爆出来了……我走出来，把自己浸泡在冬夜的寒冷之中，努力控制自己的感官，我闻到了风里尘土的味道，渐次听到了有人在叫我的名字……

"地图"妻子被闺蜜接走照顾了，我送"地图"妈妈回家，一条半大的狗扑过来，"地图"妈妈喝了声："皮皮！"它停止了吠叫，围着我的腿嗅，墙上的大红喜字刺得我眼酸疼，我转开目光，看见"地图"妈妈的手痉挛似的抓来抓去，"会醒的，孩儿会醒的……"我不敢留下她一个人，带着她和皮皮回了东苑。将近凌晨两点，姥姥还没睡，抓住"地图"妈妈的手，无措地晃着……

我次日就弄清了，"地图"出事时和那位"王子"在一起，不在公司……很快我又打听出了别的消息：宋老师去萨克拉门托处理生物科技公司的官司，竞争对手公司报案，被盗的专利是"免疫基因靶向治疗技术"，海中生物的技术总监和"地图"之间有邮件论及该技术，半年前黑客袭击经由中国大陆服务器跳转……

这些断裂的事实构不成完整的证据链条，得力的律师使海中生物公司很快摆脱了麻烦。但帝国"公主"曾被警察带走，加上"地图"的意外，难免惹人联想……公共舆论控制得很好，几乎没有声音，至于海中内部，哪怕私下闲话成了斧声烛影的宫廷大剧，上班时却人人讳莫如深。

韦亦非一切如常。他年前密集安排了能源集团全新管理团队的汇报，清洁能源此前装饰性的不足一成，在新架构布局中占了半壁江山。每次汇报，智信集团的CTO都在，智信集团未来几年的核心任务是为"碳中和"规划做数据服务，韦亦非想的是海中的下一个三十年，是民族命运，人类未来……

脑子里的啸叫声不再停歇——恍惚想起前几日的宁静欢喜，像幻觉，我调整呼吸，祈祷般地让一个念头占据大脑——晚上就会有"地图"醒来的消息……应付完白天的工作，晚上和"骑士们"对齐信息。原AI公司老总，晃着大脑袋带着人要跟"骑士们"交接筑梦园，阿古对他一翻白眼："傻×吧你！"

被"地图"叫作"十八维"的李维，从硅谷飞回北京，她作为底层框架的版权方，代表团队跟文旅签了个劳务合同，保证这段时间"骑士们"的劳动收入和筑梦园正常运行。别的问题都先搁置，一切看"地图"的情况再作决定。

6

我不知道"骑士团"的精诚团结能维持多久。七天，十二天测试，"地图"的脑电图依旧平直。"王子"陪着曾祖父回中天老家了，智信集团限制加班时间的内部通告使用的措辞是"原AI公司某部门主管"……我问法务"新纪元"公司的注册进度，他压着嗓子说："辛总，我疯了去提这茬儿？"

是啊，"新纪元"关联着那个险些给海中带来大丑闻，同时殃及了韦亦非儿女的高德——所有可能招惹他不快的字眼，都会成为海中的禁忌……

我去看"地图"——如果没有那些管子，他躺在那里就像熟睡，没了眼镜，有点儿不一样……我走出来，记忆里的画面扑过来："地图"从上铺一跃而下；跟我讲"优雅降级"；甩着手上的啤酒沫，笑说"伊卡洛斯之翼"他知道……他说，下一关，你我也要活着打过去……

我坐进车里，早已木然的头抵着冰冷的车窗玻璃。

从胸口开始弥散一种筋膜撕裂的疼，不能动，甚至不能呼吸，一呼一吸，瓣膜开合，大脑一样复杂的腹部神经丛就爆出一团血色的痛楚……眼泪无法自控地在流——这只是个噩梦，醒过来就好了，醒过来就好了……

六、新故事

1

我用幻梦来对抗这场无法醒来的噩梦——我进入了"地图"的超英宇宙，带着复仇者联盟、正义联盟，每晚在医院停车场里，召唤着"指挥官"归来……

知道消息的辛夷，每晚都和我通话。她细细的声音和炸裂宇宙的电影配乐都能遮蔽我脑子里的啸叫。我结束和她的通话，在电影声效和对白中获得些许睡眠，然后开车回家，洗澡，换衣服，六点五十，准时出现在1号院的前庭……

对于韦亦非，这件事已经结束了——业务集团子公司员工，出了不幸的意外，自然有人去支付赔偿抚恤家属；筑梦园，法务会跟版权方及运营人员协商谈判，达成协议不过是具体钱数加上点儿时间而已；开放平台，若想做，照样可以做……

又过去了两周，我每晚都去医院。我知道这对"地图"毫无意义，只是我自己绝望又徒劳地挣扎……那晚，"地图"妈妈拦住了深夜又要出门的我，我不能跟她争执，听话地返回了卧室，靠在床上，睁着眼睛，默默地听着自己脑子里的山呼海啸——闭上眼睛会有坠入深渊的窒息感——我打给辛夷，她一直不接电话。我觉得不对劲儿，点开她的社交账号，上面铺天盖地的脏话和对她全家的"死亡祝福"……半天我才看懂：她这个打"女拳"表演公益不择手段博眼球欺骗公众感情的无耻"富二代"，家里藏着一对代孕生出来的弟弟妹妹！

两个小时后，她回电话了——刚落地北京。"宿敌"爆出"黑料"，她才知道弟妹的存在，打电话回家质问父母，父母说被她气得想开了，她不听话，因为就她一个，现在要是高兴他们可以弄个幼儿园！

登机时她还满腔斗志，此时站在机场外，却感觉自己碎了一地，无法收拾，无处可去……她哭起来。我说："我去接你——我们好久没见了……"

我们见面了——久别重逢，相对无言……

我送她去了酒店。第二天是周六，我依然要加班，陪韦亦非见人，午宴后送走客人我才回家。大量的咖啡和功能饮料让我感觉甬道是凝胶铺的，踩下去很软，抬脚艰难……门开了，皮皮跑出来，我蹲下揉它的脑袋……姥姥本就在窗前张望，这时走到门口说，"地图"妻子怀孕了，把婆婆接走了。

皮皮亲昵得太过用力，带得我跌坐在门前的脚垫上，惨淡的冬日阳光从阴霾的缝隙间投下来，墙边落尽叶子的灌木丛上挂满鲜红的小浆果……

2

辛夷从机场给我打来电话——酒店房间就像等待处刑的牢房，她恐惧到窒息。她罪有应得——享受了父母带来的资源和自由，就该承受因他们而生出的磨难，但要被架上火刑堆，"铁血"就成了假的，她逃了——逃避可耻却有用……

她自嘲地笑着，挂了电话。我倒在床上——觉得可耻，逃避就无用了。

眩晕给眼前的一切涂上了光圈——"地图"也看到过这景象吧……

我从午后一直昏睡到深夜，醒来，骤然降临的安静同样惊心。我给钟琪发了条信息。我知道韦亦非下午要飞回中天，次日是他祖母五周年忌日。上午八点，我出现在了1号院，钟琪忧心忡忡地看着我，说韦总让我来了去书房。

跟在韦亦非身边九年，知道任何解释和借口都多余，我直接向他请求去"新纪元"挂职，维持创始团队稳定，做好沟通，等董事会任命正式的管理团队。

韦亦非嘲讽地哼了声，"一个月了，总算有个人敢在我面前提'新纪元'三个字了。"他看着我，"哦，你原来是学计算机的，行啊，去吧！"

我呆在那儿。他笑笑地看着我，"抱着申包胥哭秦廷的决心来的，是吗？"

我不知道该怎么回答。

他叹了口气，"宋老师没白对你好——对了，把提案弄完再去。"

接下来半个小时，他一直跟我说政协提案，再没提一句"新纪元"。

"新纪元"的标志出现在了智信大厦16楼。韦亦非看了李维的资料，让我和她协调时间，见面谈了一次。李维结束了在那家著名实验室的工作，回来任常务副总和CTO。"大头"还是代理总裁，韦亦非也没让我回总部。我的工作就是开会时支持李维的决定，于是招聘改成了上机考试，员工不穿海中工装，作为"司宠"的蓝猫在走廊里傲娇地梭巡……

"地图"的办公室空着，我每天会进去站一会儿。有次进去看见李维站在整齐的书架前出神。她扭头看我，说："《安德的游戏》，我送他的生日礼物。"

我问她说的是什么。她告诉我，一群孩子经过残酷对抗、不择手段的竞争，选拔出能力卓越、心理强大的指挥官，打赢了一场牺牲惨烈的虚拟游戏，事后才知道那是真实的关乎人类存亡的太空战争，游戏中牺牲的都是真人……

3

"地图"还躺在医院里，"大头"急着让这件事尘埃落定，但"地图"的妻子不接受含糊其词的解释，要全部当事人给她还原事发当时的情景。

她来公司拿签好的股权协议书，手放在隆起的肚子上，从容地跟"骑士们"打招呼。她依然在工作，率领专业创作者与写作AI"山德佐鲁"——李维的礼物——组成的"半人马"战队，成了一档综艺的噱头，另一个无意间形成的噱头则是她那随着节目录制越来越醒目的肚子……

她和"大头"结束谈话，脸色很不好，我送她出去，没等我问，她先开口，让我别担心，剩下的是她的事，谁也替不了。

我心情本就不好，回到办公室，"大头"张嘴就说："高德蔫不拉唧的，怎么找了这么不省心的娘儿们？"他细细的脖子本就撑不住大圆脑袋，弹簧似的，略微一动就摇头晃脑，说着朝我脸前晃过来，"哎，网上她那些八卦你都知道吧？你说，肚子里的孩子是高德的吗？"

我脑子里起了一声怪兽的嘶吼，拳头砸向那个大圆脑袋……

我俩这场厮打，惊动了韦亦非。隔着阔大的办公桌，他带笑看着我们说："你俩可真开创了海中新纪元，了不起！说说，为啥？"

我不吭声。"大头"委屈地说："他神经病！"他转脸，"我说什么了你就打我？"

韦亦非的笑里有了嘲讽，"是啊，你说什么了？"

他哑了——他被降级调离，我则回了总部。寒暄问候的人络绎不绝，杜薇也笑盈盈地出现了，闲话几句，说起了文旅跟左后卫解约，是总部人力的统一规定，全职外聘人员不得超过六十岁。左后卫经济压力大，女儿在意大利学油画，儿子在读国际学校，海中员工子女助学基金还会继续付他女儿的学费，直到明年毕业，不会有问题……我只能不尴不尬地跟她说谢谢。

我又去了医院，对"地图"说：我这个游戏中受控的NPC角色，该下线了……

4

我给韦亦非写了封言辞恳切的辞呈，他同意了。接下来一个月，交接工作，离职审计，签保密协议。

"地图"的女儿出生了，狮子座，奶奶给起了小名——高兴。

"地图"妻子带着婆婆和还未满月的高兴，在大兴影视园继续录节目，"地图"还躺在医院里……我不再每天去医院，但我开始预订超英电影的首映票：《复仇者联盟4：终局之战》《蜘蛛侠：英雄归来2》……每次两张，我去只是陪他。

预告11月份上映的《神奇女侠1984》延期了，但为"地图"生了女儿的那位"神奇女侠"，最终使得帝国"王子"出现在了丈夫的葬礼上，恭肃地站在"骑士"的队列中，送别"指挥官"……

年轻的"骑士"们，继续打着"安德的游戏"——游戏基地变得更大。平台得到了行业认同，我在法务办公室签那份措辞严谨内容详细的保密协议时，看到"新纪元"的投资人增加了韦亦非和他的朋友们……

放在"新人类"与"旧人类"的交错处，父子就消失了，所有人都是同代人。

我办完离职手续，交回工号牌，穿着牛仔裤连帽衫去了秘书处，我想跟韦亦非告别。他让我进去了，又是那个呵呵笑着叫我"辛苦小同学"的韦亦非了。岁月似乎没在他身上留下痕迹，他笑说以后有机会还要跟我聊天，争取再得到我的表扬……

从办公楼里出来，我走过空无一人的院子。

太阳很好，天很干净，风很大，我低头跳一下，背后的风帽荡起罩住了头。

世界是他们的，也是我们的，但归根到底是不是我们的，这是一个充满悬念的新故事了……

5

2020年来了，所有的故事都变成了悬念迭起的新故事。

姥姥想念老亲旧眷，我开车带着她和皮皮，回到了童年的家。

皮皮有拉布拉多血统，长成了土狗嘴脸的庞然大物，在我刚打完蜡的地板上一跳一滑地奔跑，撞掉了放在沙发上的手机，我呵斥它，捡起手机，屏幕上倾斜的辛夷又正了过来……

很快，这块隔绝又透明的屏幕上开始上演破碎得无法收拾的人类剧情。无名病毒让日常断裂，人们坠入了深渊般的戏剧性中……美梦变成过现实，现实却成了噩梦——中国女孩这次在普罗旺斯撞上了猝不及防的仇恨与敌视。为了不给维卡一家带来更大的麻烦，她在磁场混乱的这颗行星上艰难归国……

航班总在取消，能走一程就走一程，她辗转到了新加坡，在机场等了十几个小时，中间她冒险喝了瓶功能饮料，她似乎开始发烧了……凌晨，她在脸书上的话，近乎遗言了……我几十个小时没有闭眼，盯着她的状态——令人窒息的毫无消息的一个小时，脑子里的啸叫，锯开了我的身体……

我打电话给那位海中帝国的"公主"——此刻能求助且有力量帮她的，没有别人了……她联系上了辛夷。协调到次日下午，她的"湾流"飞去接回了辛夷和四十多个等在机场的中国人。辛夷落地广州时体温正常，同机检查出了感染者，但她很幸运，在广州检测、隔离后回了北京。

我和她视频，她的笑暖暖的，告诉我出版社邀她参加旨在帮助实体书店的公益直播。我隐约有些担心，转念想四五个月了，多少大事发生……但我还是目睹了她"社会性死亡"的现场——涌进直播间的谩骂将她"溺毙"，"旧罪"还在，"新罪"又添：她归国途中的记述用的是英文；同机回国的留学生，兴奋而感激地在社交媒体上描写了那架为她而去的私人飞机……

失去所爱时，恨似乎成了必需。

左后卫恨着筑梦园——他举着女儿的自画像在"园子主人"的社交账号下控诉：真正的艺术被这种廉价的游戏杀死了，他的女儿没能回国过年，画中少女躺进了黑色裹尸袋……那是幅佛罗伦萨画派的写实肖像，嫩绿色的围巾映着她暗绿色的眸子，金色长发蜷曲蓬松，幽暗的背景中，细瓷般的脸庞微微有光……

AI控制的虚拟主人基于算法的反应，人性且智慧，留言被置顶附上诗意的悼词转发。我看着这个从未谋面却和我有着隐秘基因联结的女孩子，混在百万陌生人中点亮"蜡烛"，献上"鲜花"。大概只有我明白左后卫的控诉：筑梦园杀死了他的史诗、工作、收入和女儿……那些落花般优美哀伤的留言，兀自纷纷……

筑梦园在2020年完成了爆炸式增长，也引来了争议和纠纷，譬如是否是规模化侵犯知识产权——文旅法务很淡定地发了声明，生成内容属用户个人行为，与应用平台无关。我有时想，那个"园子主人"就是穿了袍子的"指挥官"，带着莫测的表情，检视着那些野蛮生长的"梦"……

我开放了权限，"辛夷的秘密花园"成了"共享梦"，谁都可以接着做下去。每次登录我都有新发现，最勤劳的是那个"左手无名指"，几个月，她——我猜的——画出了个雷诺阿风格的新园子，献给辛夷姐姐，希望她来听她的故事。我这个冒牌货不敢回复，以此为借口，我邀辛夷来了筑梦园……

辛夷无法单纯靠"美梦"来获得慰藉，"社死"之后，她反而从沉郁中恢复了斗志，她说：如果我们又一次经历着语言的变乱，人们越来越难听懂别人的话，那就一个词一个词再次去约定含义……

6

她笨拙地试图与他人重建理解，挫败迎面而来。

父亲因为疫情企业损失巨大不得已抵押了家里的房子渡过难关，极度恐慌的母亲求助"大仙儿"——那俩来路不正的孩子身带败家"邪祟"，若不送走就要作法"换本命"……辛夷和我视频，让我看夜晚院子里正在燃烧的纸人，那是弟弟的"替身"，妹妹已经被送走了——这个世界疯了，她也要疯了……

也许，失控将是人需要应对的日常——譬如我……

因她滞留而起的失眠和"耳鸣"，很久没好。我打电话给司望舒，她联系了认识的当地医生，让我找他挂号开药。那位退休返聘专家姓林，我试探着提了姥爷和妈妈，林大夫竟然记得，听完我讲病程，叹了声"上医治未病"……

我向司望舒表达了感激，她笑说不敢贪天之功，内在的意愿是关键——完全孤立无助的现代个体，建构自我的同一性和意义感，艰难到近乎不可能，正因为这样，建构的意愿越发重要。就像不可能把荒原筑成花园，但筑园的意愿，至少能薅锄些恶藤秽草，给一生的劳作以意义……

辛夷听着，转身，窗外院子里的火苗在风里滚了两滚，消失在黑夜里。

十月了，正阳关路旁的紫薇花依然开得很好。

我遛完皮皮回来，跟坐在扶手椅上晒太阳的姥姥说。她笑笑，皮皮晃着尾巴，卧到了她的脚边。我走去自己房间，开始下午的劳作——奶油色的云朵涌入我的窗户，所有的墙壁开裂，梦，浩浩荡荡地出来……"地图"说，红药丸可能是种蓝药丸，那带来梦境的蓝药丸，在结局难料的新故事里，也可能是种红药丸吧？

傍晚，辛夷和我视频，怀里抱着弟弟。我逗他："你是谁啊？"牙牙学语的他郑重地说名字，听来却是含混不清的三个音节，因为用力，嘴角的涎水滴到了屏幕上，他用小手去抹，通话被挂断了。

辛夷又打了过来，男孩儿在旁边拖着学步车，她侧脸看他，神情忧伤，孩子仰头，她立刻换了笑脸——这孩子的记忆开端，会是个什么样的故事呢？

那晚，服药后睡下，我梦到了一个小孩儿，站在临渊的悬崖上，没有眼泪，没有恐惧，瞪着好奇的眼睛。一条如螭如龙的蛇形巨兽从深渊里腾起，铁色鳞片，水淋淋的……

巨兽朝着仰望的小孩儿，垂下峥嵘的头角，问："你是谁？"

（原载《北京文学》2021年第9期）

计文君，小说家，文学博士，中国现代文学馆研究员，出版有小说集《化城喻》《问津变》《白头吟》《帅旦》《剔红》等，曾获人民文学奖、杜甫文学奖、郁达夫小说奖等奖项，出版有《曹雪芹的遗产：作为镜像和方法的世界》《曹雪芹的疆域：〈红楼梦〉阅读接受史》等多部《红楼梦》研究专著。

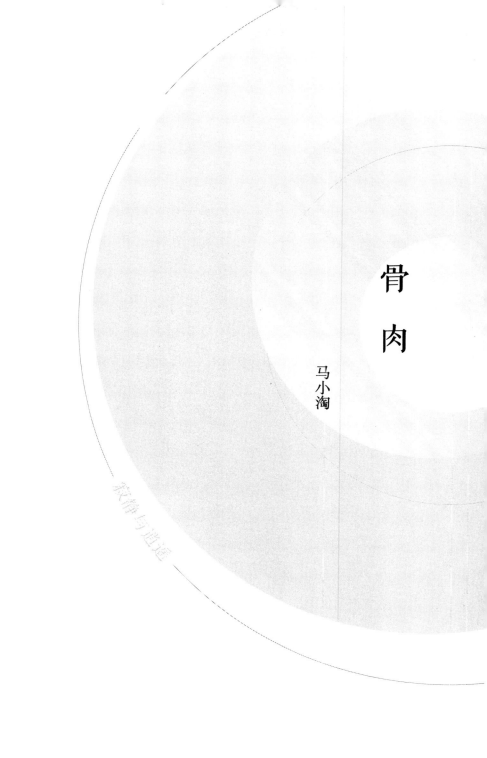

骨 肉

马小淘

一

　　我十二岁那年，我妈妈和我亲生父亲私奔了。我知道这听起来好像一个颇具喜感的病句，好像二人转里那句——我只知道生我那天我妈没在家。这要是句玩笑倒好了，可是我妈真就那么潇洒地跑了，十二岁，被她和命运一起归纳成我人生的分水岭。从此我从一个动辄唱着"请把我的歌带回你的家，请把你的微笑留下"的无知少女，变得满脸不苟言笑的早熟。后来我读大学时，一个室友一边谈起私奔的浪漫色彩一边做少女怀春状，我特想给她一嘴巴。私奔有什么浪漫的，私奔就是自私自利，自己酒池肉林，把别人扒光了扔到雪地里。

　　我记得那是个平凡的傍晚，爸爸骑着自行车接我放学，我们一路有一搭无一搭地聊着，没有电视剧里的诡异配乐提醒接下来会有节外生枝的情节发生。

　　妈妈不在家，屋里灯黑着。餐桌上早饭的碗筷没有收拾，小碟子里一块吃了一半的酱豆腐几近风干，委屈巴巴地暗红着。碟子下边压了一张撕得参差不齐的牛皮纸，上边七扭八歪地写着：

　　张老师，我走了，先不带走张函，对不起。

　　没有落款，但显然是妈妈留下的。她走得太仓促，乍一看那一行潦草的字迹简直如同涂鸦，而压根不像一张离别的便笺。最精彩的是，她可能是太着急了，写了一个错别字。我叫张涵，她写错了我的名字。

　　如果是侦探剧，大抵会有人依据这错误的名字嗅到蛛丝马迹，推测出这是妈妈刻意留下的线索，她是被胁迫的，故意写错女儿的名字，便于展开推理。然而，她没有这么缜密的心思，她只是跑路心切。

　　那一刻我觉得挺好笑，感觉逮住了妈妈的把柄，她随随便便写错了我的名字，下次她再批评我做题马虎，我要拿这个作为有力的还击。我没有清楚地意识到发生的到底是什么。这事是有点不寻常，但是好像也没什么大不了的。我妈本来就是嚣张任性天马行空的角色。所谓离别，是在一次次对那个傍晚的回忆中逐渐清晰的。

　　爸爸颓然坐在餐桌旁。忽然很有点蔑视地盯着我。

　　"你不是我亲生的。"他有几分恶狠狠地说。

　　我不知道该接点什么，他一语道破的不是天机，对我来说却比天机更骇人。

"你妈，和你亲生爸爸跑了，我被甩了。"他接着说。

"那我呢？"

"看不出来吗？你也被甩了。还他妈甩给我了。"

"我会为你养老的，请别杀掉我。"我一时不知道该说点什么，还无师自通地学会了为生存担忧。

"你以为我缺人送终啊？你这种苟且劲儿真像你妈！"他朝我大喊。

"什么叫苟且？这个词我好像没学过。"

"苟且就是，为了活，过一天算一天，什么事都干得出来。"

"嗯，懂了。但是我妈她跑了，她没过一天算一天。我才是真苟且，我不跑。你对我动点恻隐之心吧。恻隐之心，我新学的。"

"我在你说这些废话之前已经动了，我是成年人，不跟没用的人清算。我现在没什么心情吃饭，也不想给你做饭。"他犹豫了一下，接着说，"其实，我现在不太想面对你，你回屋睡觉吧。明天还要上学。"

时间也就是五六点，这个人竟然让我回屋睡觉，但是我不敢反驳。我知道我妈疯了，他说的应该都是真的。

"晚安。那个，我以后还叫你爸爸吗？"

"你觉得呢？"

"晚安，爸爸。"

然后我就真洗漱上床假装睡觉了。事情发生得太突然了，我根本还没理清头绪，就被裹挟进了肃杀的氛围里。在此之前，爸爸说话的方式并不如此刻薄。他绝对是个慈父，在每一个该讲原则的瞬间都会板不住脸。妈妈说他一直以来的做派叫作惯子如杀子。当然，那时候我以为他是我亲爹，对我多好都是应该应分的。所以当我被通知，他不是亲爹的时候，我忽然意识到自己遭遇了什么。之前和美幸福的家，原来一直是个危机四伏的肥皂泡，两个大人彼此心知肚明，只有我一直活在假象里。我妈和我亲生父亲跑了，而我叫了十二年"爸爸"的人，和我没有血缘关系。我竟然是个非婚生子，身份不仅尴尬，简直还有点肮脏。现在他们不管不顾跑了，还没带我。

爸爸让我上床睡觉，我根本不敢提出其他意见。我还是有些惶惶然，生怕他还没考虑清楚。对他来说，我就是个狼崽子，也可以算作仇人之女，留着我干吗？当人质？慢慢折磨？越想越觉得凶多吉少。或者他万一图痛快，明天一睁眼，我已然被他扔到垃圾箱里，或者送到孤儿院了。反正送回姥姥家姥姥也不会要我的，我感觉她连我妈也不怎么喜欢，她心思都在我舅舅身上。平心而论，这些年最喜欢我的还真就是我爸爸，但他现在已经成了我继父，还是被我妈戴了顶硕大绿帽子的继父。我以后的日子能好过吗？就算他不会追究我，我也不好意思再像以前那样在家里又作又闹，要漂亮衣服要高级钢笔了。我得像《鹤的报恩》那样，把自己的羽毛拔下来织到布里，报答养父的大恩大德。

我真是无家可归，被亲生母亲抛弃，又忽然多了个素未谋面的生父。这种凄楚的身世在武侠小说里大概还要更夸张，我可能还会被生父的仇人打下山崖，但是又会大难不死，很快在山崖下获得秘籍，最后还可能会有不止一个侠客英雄无缘无故地爱我，非要为我肝脑涂地。然而生活不是主角开挂的武侠小说，就算是，我也未必是生活的主角。我可能就是那种命不好，一直不好，到最后也没什么转机的配角。

我只是短暂地哭了哭。后续的眼泪要涌来时，我竟然劝住了自己。以前我只要一哭就停不下来，非要别人好言相劝或者赔礼道歉。这回我陡然明白了什么叫欲哭无泪，所谓一夜长大，真不用提前练习。真他妈是时势造英雄。

第二天我起来做了早餐，其实也不能算做，我就是把冰箱里的面包、果酱拿出来摆了摆，又冲了两碗芝麻糊。我收起了桌上那张边角参差的牛皮纸，我要永远记得那个错别字。从前我根本起不来床，从来没用过闹表，都是妈妈叫我，第一次只能叫醒两根手指。我会从被里伸出两根手指，哀求：再睡两分钟，就两分钟。

那一天我学会了用录音机定闹钟，以便早早出现在客厅。

爸爸起来看了一眼餐桌，又看了一眼我。

"少来这一套，除非坚持一辈子。"他说。

我放下手里的面包就回被窝了。我已经很难准确描述出当时的心情了，愤怒、羞耻还有点放心。我大概一直知道他其实是个君子，越表现得委曲求全只会显得自己更滑稽。不如就死猪不怕开水烫吧，应该不会被撵到大街上的。

二

　　我上学，他上班，我们像一对普通的单亲家庭的相依为命的父女。郁郁寡欢一点也是正常的，至少外人看来，我们这种有变故的家庭，总要有点垂头丧气才符合剧本，我妈抛夫弃女和野男人跑了，我和我爸都是受害者，我们一时半会儿还没法从打击中走出来。

　　爸爸以前也不是个话多的人，但变得格外少了些。他表达苦闷的方式也真没什么新鲜的——少说话，多喝酒。他的举止做派都和电视剧里那些被绿了的好人差不多，让我怀疑他到底是真想喝，还是在模仿那些人。

　　他依然每天接我放学，虽然那时候我大多数同学都自己回家不用家长接了。他没有提出不接了，我也不敢说，所以每天放学，他扶着自行车和一群低年级学生家长挤在一起，等我出来。有一天我甚至看到他在吃冰激凌，是那时刚刚流行起来的美登高，比小时候的冰棍卖得贵一些。车筐里放着一根，大概是留给我的，我走过去，他递给我。我们之间形成了某种别别扭扭的默契，可以不说话的时候就尽量不说。谁也没有通知谁，但是就这样仿佛一蹴而就地形成了，十二年的欢声笑语顷刻间灰飞烟灭。

　　他会在离家最近的仓买两瓶啤酒，也不多喝，但是和从前的不喝比起来，还是有借酒消愁的意思。有时候他做饭，我就跟着吃。有时候他懒得做，就给我两块钱，能买一个面包一根火腿肠。

我绝对没有遭到任何虐待，也不是冷暴力。只是我们心情都不太好，或者说是非常不好，谁也不知道说点什么合适。好像彼此的伤口都还没有结痂，如果非要拥抱在一起，可能粘粘，重新流出鲜血。淡漠、冷硬的气氛正搭配我们的心情，如实呈现痛苦，比假装开心容易多了，毕竟我们在学校、单位多少都要做戏，表现出一切尽在掌握的勇气。

奶奶作为外围的当事者表现得异常暴躁。她只要一看我俩就克制不住大骂我妈，一骂就停不下来，很多时候以哭声收场。她总是用重复的词语声讨妈妈，数落爸爸无能，说不知廉耻的儿媳妇和窝囊废儿子让她抬不起头来。一想到儿媳妇和人跑了，她就吃不下睡不着，好像最为这件事困扰，可能一生也走不出阴影的是她。我们因为不想反复面对她的愤怒，降低了去奶奶家的频率。

"奶奶知道我的真实身份吗？"一次从奶奶家回来，我问。

"你有什么身份不身份的？"

"你明白我的意思。"

"不知道。"

"一直不知道？"

"原来只有我和你妈知道，现在加上你，应该就三个人知道。不对，也许你亲爸也知道。"

"你就是我亲爸。"

"忠心不要表得太早。显得很虚伪。"

"你不告诉奶奶吗？"

"算了。让她多骂几句窝囊废也没什么不好意思的。她挺喜欢你的，这个让她知道了，比你妈跑了打击大多了。她本来也不喜欢你妈。告诉她对咱俩都没什么好处，不仅你，我也会更艰难。咱俩就忍辱负重吧，别给你奶奶添堵了。"

后来我每次见到奶奶都觉得特别鬼鬼祟祟。尤其是她刀子嘴豆腐心，比以往更勤地给我买新衣服穿。我知道她觉得我没妈可怜，比以往更怜惜我。可这一切的前提是，我是她亲孙女，我是她儿子的亲女儿。她不是没事瞎关心全世界，给没妈的孩子送温暖。她只关心她的一亩三分地，关心她孙女。而我其实是个冒牌货，哪怕我妈没跑，我也不是她亲孙女。揣着明白装糊涂，骗吃骗喝心里并不舒服。

我们家的情形就是《红灯记》：爹不是你的亲爹，奶奶也不是你的亲奶奶。你姓陈，我姓李，你爹他姓张！

据爸爸说，我爹他姓刘，叫刘雨刚，和我妈青梅竹马，两家住得不远，是小学同学，初中同学，我妈高中毕业时，他已经进了工厂，顺道因为游手好闲而小有名气。据说我姥姥顶看不上他，说他三岁看到老的没出息，一脸倒霉相。所以妈妈和他谈恋爱也是偷偷摸摸的，俩人不到二十就眉来眼去，二十二岁出双入对，在工厂是一对引领潮流的流氓。这是爸爸原话——一对引领潮流的流氓。搁在别人嘴里，可能是一对璧人。在他这儿归类为一对流氓也算合情合理。后来的岁月里，我发现他对"流氓"这个词的偏好，几乎稍有点出格之举的，他都会以流氓两字相赠。说回我亲生父母，据说两人山盟海誓认定了彼此，我姥姥纵使一百个看不上刘雨刚，也架不住自己姑娘铁了心，也就睁一只眼闭一只眼了。可这时候我爸爸，也就是我养父，每次说到他们就是这么乱，我爸爸杀出来了。我爸爸作为群众艺术馆的新职工，被派去我妈他们工厂体验生活。他从师大美术系毕业，彻底结束了画家梦，浑浑噩噩被分配到群众艺术馆。彼时他正沉浸在无法实现理想的苦闷中，不过说实话，即使我对他充满敬仰，我也必须承认，他的画乏善可陈，无非一些中规中矩的临摹，和所谓艺术毫不沾边。体验生活中唯一的亮点就是我妈了，爸爸说妈妈那时喜欢穿粉红、明黄、宝蓝、葡萄紫等饱和度很高、存在感很强的颜色，这在当时的女工中并不多见。因为色彩的关系，她站在人群里永远是出挑的。当然肯定更因为长得好看，一个美人如此张扬，才叫耀眼。

"我那时候刚看了部外国电影，叫《叶塞尼亚》，女主角是个美艳奔放的吉卜赛女郎。那气质和你妈妈太像了，热情，大胆，野路子，还有种娇憨，和周围其他的人不一样，尤其和学校里的女孩不一样。"爸爸如是说。

可能是受了这番言论的影响，后来我看到妈妈年轻时的照片，觉得她一眼望去就是个浪迹天涯的人。这种人不该被娶回家，她不是安居乐业的命。

"然后，你就频频示好，从刘雨刚那儿抢了我妈？"

"默默示了示。你妈肯定能感觉，她一看就是心思不往正地方使，对男女的事却非常敏感。我心里清楚她肯定看不上我，而且人家已经有了男朋友，我还硬往上冲就不太道德了。"

　　也不能算是卧薪尝胆，反正在工厂体验生活半年，本就要天天去上班。然后就不知道是劫还是缘地赶上刘雨刚出事了，他偷了车间的配件拿去卖，尝到几次甜头变得越发大胆，多次铤而走险，终于被逮了个正着，直接就被开除了。那时候正赶上"严打"，刘雨刚怕开除还不算完，再被抓进去蹲个十年八年，越想越害怕，就跑路了。在那个公共电话街口王大妈帮喊一下，没有手机、BP机，没有网络的年代，好像没来得及和我妈告别也是合理的。于是，骑着自行车下班的我爸，碰到了在长椅上哭的我妈。他劝了一会儿，把我妈送回了家。这一送不要紧，立马就被我姥姥盯上了，一个一看便知是知识分子的纯良小伙子，还在群众艺术馆搞绘画，不知道比偷东西被开除的刘雨刚强了多少倍。我姥姥对我爸异常殷勤，再加上刘雨刚的消失，我爸备受鼓舞，仿佛看到了某种希望。

　　而真正促成我爸妈结合的，其实是我。这时候我已经悄悄来到了人世，静静藏在我妈的肚子里。很荒诞的是，恰恰是我的到来，把我妈推向了不是我亲爸的男人。

　　"刘雨刚跑的时候知道我妈怀孕了吗？"

　　"这很重要吗？"

　　"当然重要了。知道不知道能决定他是臭不要脸还是不要脸。"

　　"他好像知道，你妈告诉他了。"

　　"真他妈不是个东西。"

　　"不要轻易说脏话。你是个女孩。"

这是几年后我通过断断续续的谈话梳理出的他们"三小无猜"的故事。时间的流逝终于使我们可以越来越平静地谈论那个离开的女人，我也终于解开了好奇，我怎么可能另有生父，他们结婚十二年，我十二岁，而我却是其他人的孩子。原来，用现在的话说，我爸就是备胎、接盘侠、喜当爹。由于我的迅速壮大，他俩闪婚了。在这桩看似郎才女貌速战速决的婚姻中，我爸飞快地成了一个神不知鬼不觉的后爹。我想起电视剧里夫妇不和时，总有那么句台词——孩子是无辜的。我太讨厌这句台词了——废话，我当然是无辜的。可是我好像又不太无辜，因为我来了，我妈才火速嫁给了我爸。

"你从一开始就知道，我是刘雨刚的？"

"知道。你妈这点倒是磊落的，我追她，她就告诉我她怀了刘雨刚的孩子。我怀疑她和我结婚主要就是为了合理合法生下你。她掌握着全部的主动权，利用了我对她的迷恋。你妈妈就是那个工厂的巨星，她在那儿虽然是个工人，却比厂长得到的爱还多。我相信不是我，还会有别人愿意。所以即使在那个时候，她的姿态也没低过。"

"你难受吗？"

"说实话，我有点记不得年轻的自己是怎么想的了，好像也痛苦过。但是更多是一种幸福，我为了得到你妈而感到由衷的幸福。更重要的不是婚姻，而是美。劳特累克说过：美丽女人的曼妙身姿并非为爱而生，它太精致了。"

"谁？"

"我喜欢的法国画家。你别打断我，我要说的是，我被你妈妈的美折服。她爱不爱我不那么重要，我为自己可以合法地近距离地欣赏她的美而满足。尤其是你出生的瞬间，我觉得你就是我的孩子，我甚至觉得你长得像我。人要是渴望活在假象里，有一丝一毫的可能，他也不想戳破。我一度觉得，你妈妈可能已经爱上我了，你抱着娃娃跑来跑去，她边嗑瓜子边看电视，周末带着你去公园转转，没什么太新鲜的，平顺、踏实，我觉得这就是我想要的全部。直到你亲生父亲回来了，我察觉到你妈神不守舍，电视照样看，饭照样做，但是我能感觉到她微妙的紧张。她甚至开始像刚认识时那样，不由自主地管我叫张老师，我知道一定发生了什么。"

"你知道？"

"我没料到是刘雨刚阴魂不散，我以为是你妈外边有了别的什么人。结果我一问，她就说了，是刘雨刚。我真是五雷轰顶，这不你们完完整整一家人都凑齐了，我这位置不是一般的尴尬啊！因为你也是他的，我好像连打他都不合适。你妈也不是完全不痛苦，她两边跑，但是她对咱俩都还可以，请原谅我按驻地划分，把你归为我这伙。我都知道的，事情就是这么棘手，我得装君子啊！我也是太自信了，觉得十几年过去了，我们过得不能算恩爱，也至少是和谐，这么安逸，这是谁也舍不下的。我还鼓励她，说忠于自己的心，人是可以爱两个人的。可是她自己坚持不下去，她说她太难受，决定舍一个。没想到她那么果断，舍的是我，还没怎么犹豫。出局的是我！我细想这还真有点不对，虽然道德是可以超越的，但法律还是顾及顾及得好。我们是合法夫妻啊，我是受保护的那个，她按先来后到，那可是街道大妈的逻辑啊！"

三

我学习成绩特别好，因为心里装着低人一等的秘密，我知道我必须要成为学业上的佼佼者。唯有所谓优秀，才能掩盖某些先天不足，我的身世已经是一个巨大的失败，我只能在能掌控的部分赢回一分。至少我希望，开家长会的时候，爸爸可以感到一丝骄傲。这个原本和他毫不相干的乱七八糟的孩子，吃他的，喝他的，哪怕让他有一刻觉得值得。

小学毕业后，我和爸爸搬离了那个邻里邻居鸡犬相闻的家属区，住进了商品房。爸爸虽然无缘成为大画家，但是画点油画把家境搞到殷实的地步还是可以的。我是非常雀跃地搬家的，毕竟作为那条街的重点保护对象，我始终无法以昂首挺胸的姿态出现。连号称格外古怪乖张的自行车棚看车大爷都对我格外关照，别人存车他正眼都不看，我和我爸一去，他总是关切地问，晚上吃点什么啊？两个人的晚饭不好弄啊。干吗老强调两个人，您这儿还一个人呢！商品房的好处就是永远不需要和邻居社交，再也没有人以过度关切的目光看我了，我知道大家都是好意，但是那些悲悯的目光好像一种提醒——你妈和别人跑了。而这提醒每次又会触动更不为人知的部分，不仅是跑了，她还是和我亲爸跑的呢。有时候我觉得，邻居们的好意也带着某种站着说话不腰疼的成分，政治正确地看别人家的笑话，只要掩饰好猎奇，假装悲悯就好了。

　　随着远离旧环境，伤口也在慢慢愈合。我与爸爸除了那些简明扼要的对话，也会有许多其实没什么特别，却意趣盎然的瞬间，我们越来越像一对真正的毫无可疑之处的父女。我初中的班主任姓熊，报到第一天我看到长得怒气冲冲的熊老师，第一次觉得有人能和自己的姓氏神来之笔地匹配。回家我与爸爸提起，他兴致勃勃和我说起很多可以做姓氏的动物名。比如马、牛、虎、鹿、燕、龙、骆，甚至我们翻起了字典，查了猫、驴、鸭、猪等等，竟然发现鸡和狐也是可以做姓氏的。从来没遇到过姓这俩姓的人，鸡小姐、狐先生，哈哈，听着好像有什么别的意思似的。他也经常带去我公园、游乐场，我被指挥着在各种景点到此一游、笑对镜头。那时候相机还是胶卷的，一卷二十多块钱，才三十几张，拍完还要拿去冲洗，挺金贵的。洗出来要是哪张闭了眼睛，他还要怪我浪费钱。

　　"下次别照了，我不怎么喜欢照相。"

　　"你这是像谁啊？你妈最喜欢照相了。下次你好好配合配合，省得有人说我苛待你，有照片为证。"

　　"我当然是像你了。"

　　这中间我妈回来过一次，大概是我十四岁时，她回来和我爸办了离婚手续。据说民政局周六日不办公，所以她是工作日回来的，只停了一天。而那天我正上学，回家后发现床上放了两件新外套、一件新马甲。非常明艳的粉色和黄色，它们无一例外都小了。我偷偷试了试，腋下非常紧迫，不及时脱下来可能会撑变形。看来，我真是比她想的顽强，在没有母爱的地方，我成长的速度已经超出了她的预测。爸爸问三件衣服是送给姑姑家的妹妹还是要留着做个纪念。我反问有什么可纪念的呢？他还是默默留下了一件，收在了我衣柜最下边。

那时候我已经开始来例假了。我还记得初潮的情景。有天早晨我正在刷牙，爸爸欲言又止地出现在门口，他咬了咬下嘴唇说："你看看你内裤上有没有血？"说完转身退到了客厅。

我狐疑地脱下内裤，真有血。我意识到自己是来了生理健康课本上说的月经。

"怎么办？"

"我去买。"

我回到卧室，发现床单上有血，爸爸一定是看到了床单，推测出了我的情况。

彼时女孩都很回避这个话题，生理健康课上老师讲到月经，大家都讳莫如深，有的还做出夸张的懵懂，都急着和月经划清界限，一副谁也没发育那么早的奇怪模样。

"所以这个东西要多长时间一换？"我指着卫生巾问爸爸。

"具体我也不知道，可能几个小时吧。"

"能坚持一天吗？我不想在学校换被同学看见。"

"又不是在操场换，你在厕所弄谁能看见？"

"我们学校厕所是开放式的，没有门。"

"你等会儿，我打电话问问你姑姑。"爸爸犹豫了一下，"你自己打电话问问你姑姑呗……算了，还是我打吧。"

那是个没有网络的时代，现在不成问题的事，都要颇费一番脑筋。和姑姑通完话，他说中午去学校接我吃饭。

"我上午先去学校周围几个公共厕所转转，当然只能以男厕所的情况为参考。我接你出来吃午饭，顺道带你去上厕所。"

"那卫生巾你带着行吗？"

他冲我翻一个白眼，答应了。

中午他站在学校门口等我。

"你走路的姿势太吓人了。是想告诉全世界你用了卫生巾吗？"他撇着嘴说。

"有那么明显吗？"

"是的。两条腿劈着，非常不自然。"

初中余下的两年，每个月都有几天爸爸会到学校接我吃午饭。虽然很多时候是翻着白眼来的。

接下去的周日，姑姑带着她女儿和我逛了街。给我挑了好几件内衣，还嘱咐要轻轻用手洗。我其实不太情愿，和背心比起来，胸罩真是十分不舒服，有一种强烈的束缚感。姑姑说，现在不穿，以后胸会下垂，而下垂就不像年轻姑娘，会非常显老。

我能感觉到爸爸面对我发育的束手无策和慌乱。他没有经验，甚至也没有立场，一个没有血缘的父亲，面对一个来月经的别人的亲姑娘，进退两难。他吞吞吐吐地告诉我，血不能用热水洗，不然容易洗不掉；特殊时期不要吃凉的东西，不要剧烈运动，不然容易肚子疼。我不知道这是姑姑告诉他的，还是他自己偷着查的资料，只是永远忘不掉他极力掩饰难为情的神色。有一次，我坐在沙发上看了两集电视剧，起身离开时，他很有些讽刺地瞧着我说："自己有什么病，自己不知道吗？"我回头看到沙发上隐隐约约的血渍，赶紧冲进卫生间换裤子。

时间久了，好像这个家从一开始就只有我们俩，一切自然而平衡，仿佛不曾缺少什么。我的文具和衣服都是最高档的，都是百货大楼里最新的款式，好像某种较劲，别人家孩子有的，爸爸都会买给我。甚至初中三年级，我们家买了当时非常尖端的电脑——奔腾486。我成了同学里第一批玩上《大富翁》的，周六，他还送我去学计算机，我至今记得几个WPS的命令，可惜好像一直也没派上过用场。有些时候，我觉得他简直有些过分小心翼翼。比如同学们常常会说起家长下班回来气不顺，和他们发一顿无名火。我却从来没有遇到过，他表达苦闷的方式就是默默喝酒，喝多了就睡了，没发过酒疯，那种隐忍克制仿佛某种程序，不会被轻易破解，而我，感到一种并未当成自己人的失落。至亲之间，总要有胡搅蛮缠的瞬间，因为骨血相连，不会被拆散，所以不必顾及什么。

有时候我觉得他对我有些过度保护，比如他坚持接送我上学，即使偶尔出差把我送到姑姑家，也叮嘱姑姑接送我。比如他不喜欢我参加集体活动，总觉一个老师管好几十个学生会有照顾不周的危险。有一年学校组织去市郊的飞机制造厂参观，他不想让我去，觉得来回两个多小时大巴不安全。

"破飞机零件有什么好看的啊？在家看电视不行吗？"

"你不是不愿意我看电视？"

"我现在愿意了。"

"大家都去，我想去，我要参加集体活动。"

"不去的话，我给你买一套新衣服，不低于三百块钱。"

三百块在那时绝不是一笔小数目，对于一个中学生诱惑算得上巨大。

"你知道我是班干部吧？"

"两套，不低于三百。"

"你当年是这么跟我妈谈条件的吗？"

"她不值这么多。"

四

我十六岁那年，姥姥死了。她硬硬朗朗了六十多年，突然就脑出血去世了。邻居们都说她是不敢缠绵病榻，一双儿女都不在近旁，真是得了卧床不起的病，怕是也无人照顾。她年近四十就开始守寡，也可以说是忍辱负重，也可以说是独断专行地拉扯一双儿女。话说我妈那时候也快上高中了，正是叛逆期，姥姥却重男轻女把节衣缩食的钱都投资在舅舅身上。所以母女俩多年来心有嫌隙，再加上她当初不同意我妈和刘雨刚，十几年后我妈又和刘雨刚跑了，她始终不肯原谅我妈。这也只是姥姥的一面之词，好像我妈一直十分忏悔，一心求得她原谅一样。在我看来，我妈根本不在乎她妈原不原谅她。她才不需要上有老下有小恶心她呢，她没妈也没女儿，她只有刘雨刚。

　　小时候我觉得姥姥挺看不上我的。我成绩一直好，她却总说女孩都是早慧，过几年就会被男孩追上。也不知道她说的男孩是指全部男孩，还是特指我舅舅家那个后进生。我和表弟每次起争执她都要拉偏架，义正词严搞出一些姐姐要让着弟弟，男孩小时候会格外好胜的歪理邪说。最精彩的是有一次我们动起手来，她竟然一把推开了我，怕我伤到表弟。那时候爸爸妈妈舅舅舅妈都在，气氛让除了我姥姥的其他人都有些窘，四位家长都不知道该说点什么好，我记得舅妈冲我妈笑了笑，我妈也回以微笑，没一会儿大家就都各自抱起孩子起身告辞了。

　　我虽然年龄尚小却对长辈的不友善的瞬间记忆犹新，一提起姥姥，就想起她推开我的画面。虽然其实我妈跑了之后她对我特别好，但我对那种充满歉疚的好都充满了警觉，仿佛那种好与我的自尊相抵触，让我感到非常不舒服。她会经常买几本不着四六的书送我，还会不自然地夸我聪明、漂亮。有时候她会推心置腹地给我讲一些人生哲理，可是听起来都没什么切实的意义。姥姥不仅对我心怀愧疚，对我爸更是时刻准备着道歉。以至于她谨小慎微的态度让我爸感到非常难堪，总是把我送去就找理由告辞。而我爸越是要走，我姥姥就越感到抱歉，俩人的互动陷入恶性循环，我都能感到二人的狼狈。

　　我不知道姥姥知不知道我到底是谁的孩子。她肯定不知道我知道真相。这么惊悚的问题，我必然不敢问她。

　　"其实你姥姥是个好人。虽然重男轻女，没什么文化，没什么分寸，有点势利，但是大理儿上是个好人。"我爸曾经这么评价她。

　　"重男轻女，没什么文化，没什么分寸，有点势利，这听起来简直已经一无是处了！"我觉得这几个归纳倒是挺到位的。

　　"大是大非上有数。就比如她看我那眼神，全是对不住。"

　　"看你也接不住啊，你根本不敢看她。"

　　"我一看到那些所谓知情者对我的抱歉，就感到屈辱。"

　　"我姥姥倒是一直对你挺好的。我觉得她不怎么喜欢我妈，也不太看得上我，就对你这个女婿还挺满意。"

　　"可惜还是个假的。我就是说双簧前边抹着白鼻子的家伙，发声的还是你爸，我只是在前边假装跟着动。"

　　"我说过一百次了，不要把那个人叫作我爸。"

　　那是秋天，北方的秋天特别短。那些高大的树，叶子却格外不结实，一阵风过，就稀里哗啦全掉下来了。树一秃，冬天就名正言顺地来了。姥姥好像瞅准了时辰，死在了那个转瞬即逝的秋天。踩在满地落叶上，咯吱咯吱的响声，好像姥姥平素那些没什么道理的絮叨。我发现自己非常想念她，想起她经常擦的花牌手油，我之前一直觉得那个气味太香了，却忽然很想再闻闻它。爸爸帮着舅舅操办了姥姥的葬礼，我觉得他完全有理由不参与，但是他被推进了一个逆来顺受大好人的轨道，不由自主去掺和那些让自己不痛快的事。姑姑说，毕竟妈妈和舅舅都在外地，他如果不帮着张罗张罗，自己心里过不去。

我妈赶回来的时候，已经是葬礼过后的深夜。据说她去了香港旅游，联系不上。这个人就是这么神奇，把女儿扔给别的男人，妈妈去世时正在香港潇洒。

她好像也没特别伤感，至少第二天她出现在我面前时看起来是这样。她对我露出一个谄媚而热烈的笑容，继而向我扑来。

四年来我第一次见她，说平静是假的，但也绝不是激动。我偷偷打量了她，如果再高个几厘米，再瘦个十几斤，才更像我记忆里的她。她好像变矮变胖了，也许是爸爸的讲述里不断强调她年轻时的动人美貌，让我的记忆也出现了偏差。

我下意识地躲了躲，她也警惕地在扑空前收了手，那个拥抱在即将成形时不了了之了。

"涵涵，想妈妈吗？"

我都不知道她怎么好意思问出口的。

"这位女士，你是出差了三天吗？问出这么撒娇的问题。"

"我也是没办法，我们那时候条件太差了，什么都没有规划，根本没法带你走的。带你走就是让你吃苦遭罪。"

"所以呢？你是因为心疼我才抛弃我的？你就宁可吃苦遭罪也要追求自己的爱情，把我扔给没有血缘的人，留下一张草稿一样的便条，就人间蒸发了？"

"你知道了？谁告诉你的？这个王八蛋为什么要告诉你！"

"你有病吧！你骂谁王八蛋，我爸爸吗？阿姨，我警告你不要骂我爸爸，他是我唯一的亲人了。"

"你那么小，怎么可以告诉你这些！我以为他是个好人，他那么喜欢你，不会忍心伤害你的，我没想到他会和你说这些。都是妈妈不好，是妈妈做错了，妈妈应该带你一起走的，让妈妈弥补你吧，涵涵。妈妈现在就去和他说，妈妈带你走……"

她像电视剧里歇斯底里的被侮辱与被损害的妇女一样，边说边哭，语无伦次，如果不是从第一集开始看她这出大戏，还真以为她是受害者呢。

"我亲生妈妈都抛弃我，我有什么权利要求一个养父珍惜我！还要求他不会忍心伤害我，你伤害我们的时候怎么不问问你自己啊？"我挣脱了她的手，不想继续这"我埋怨她，她埋怨我爸"的对话。"我不走，我和我爸爸相依为命。你回你的苟且之地吧，阿姨。"我已经学会了"苟且"另外的用法，并且活学活用在了合适的语境。

我本来应该到此为止，但是我忍不住号啕大哭。我与她一脉相承，用哭号回应着她的哭号。被命运吞噬的人，却一副要吞噬什么的姿势。我们两个都张着血盆大口，看起来一定非常丑陋。

五

据说我妈还真去找我爸兴师问罪了，她觉得我爸揭破真相是对她的报复。她不擅长反思自己，却敢于第一时间追究别人。仿佛把小女孩遗弃荒野，却回过头来责难收留孩子的人为何没早点赶到。我爸还轻描淡写地对我道了歉，他说他那天告诉我就后悔了，也确实是失去了理智，确实是心怀报复才口不择言的。

"我永远不会忘记那天的情景，也会永远记得自己说过的话，我不会离开你的，爸爸。"我在心里对他说。

很多年以后我还是没想清楚，他没有直接把我送回姥姥家是出于习惯还是同情，还是他自己也没想清楚。

他其实无儿无女，离了婚可以轻手利脚地再找一个，可是却好像全无这方面的心思，一副除了含辛茹苦把我抚养大别无所求的架势，一心一意演着现实版《搭错车》。其苦情程度简直超越了《搭错车》，毕竟我其实还是情敌的女儿。

我学业所迫每天忙得睡眠不足，他一天天上班、下班、买菜、做饭，画点画赚点外快，日子好像复制、粘贴一般日复一日，根本没什么乐趣可言。他绝对有大块空白的时间谈个女朋友，但是却丝毫没有这方面的迹象。他当然也不会像电视剧里的慈父，说出什么"看着你慢慢长大就是我最大的乐趣"之类的感人宣言。他就是默默地活着，好像没什么不开心，但是隐约透着一股黯然。

"你真是为了我不找女朋友吗？"我忍不住问。

"没有合适的。"

"有人喜欢你吗？"

"不多。"

"那就还是有呗。你为什么看不上人家？"

"不好看。"

"你还真是好色啊！都一把年纪了，二婚还要找好看的！"

很多时候我觉得我们的对话更像一种较劲，好像简单粗暴，又好像离真实无比遥远。爸爸真的依然执着于美人吗？遇到我妈那样一个不管不顾的蛇蝎美人，几乎直接摧毁他的一生，他却还觉得美色是第一要义？那他还真是吃一百个豆不嫌腥。

我转念又想，我是真诚地希望他开始下一段感情生活吗？如果他谈了恋爱，顺利，要结婚，一个女的搬进我家，然后这屋檐下，我切实意义的后爸给我领来一个后妈，后妈还以为后爸是我亲爸，也许他们还会再生个孩子，他们才是骨血相连的一家，姥姥也不在了，好像最后的后路也被堵死了，真有那一天我该何去何从啊！

结果，有一天，他真领回来一个女的。我放学回家，看见桌上已经炒了三盘菜，一个女的扎着围裙从厨房走出来，对我笑。那真是恍如隔世，那女的不是我奶奶，不是我姑姑，虽然全然不像，却让我想起了我妈妈。那是平凡家庭每天都发生的事，一个扎着围裙在厨房的妈妈，我十二岁之后却只在梦里见过。

不只是全然不像，简直是截然相反，那女人矮而白胖一头直发，妈妈高而黑瘦最喜烫头，上帝造人的时候一定用妈妈和那女人互相参照了，不然怎么可以背道而驰得如此极端。再加上她糟糕的化妆技巧，那张白脸真是和美搭不上什么关系。

"涵涵，这是牟阿姨。"爸爸一脸假笑看着我。

我笑容可掬地叫了牟阿姨就看向餐桌。一个烧茄子，一个酱鸡翅，一条鱼，都是家常菜，但摆盘颇有讲究，尤其是那条鱼，还像饭店里一样在盘里放了一朵白萝卜雕出来的花。好像是鱼的追悼会，尸体旁边配白花。

"你们艺术馆的搞雕刻的？"我小声说。

"闭嘴。"爸爸也小声说。

牟阿姨又做了一道拔丝红薯，说是专门为我做的，女孩都爱吃。这道菜还是有点难度的，连我姥姥都不是百分百成功，搞出过吃起来一样，就是拔不出丝的版本。牟阿姨不知是出色发挥还是原就是零失误的高手，一盘拔丝红薯块块能拔出老长的细丝，供我假装天真掩饰不自在。

"你和爸爸长得真像。"牟阿姨微笑地对我说。

我和爸爸相视一笑，好像认同着牟阿姨对我们父女外貌的归纳。爸爸迅速地朝我眨了一下眼，只有我们知道这笑容里藏着我们共同的秘密。

"不仅仅是长得像，说话的神态、举手投足简直一模一样。"牟阿姨作为房间里话最多掌握情报最少的人，滔滔不绝。

"他们都说我们长得像。"我像是捣乱地配合着，心里却真感到一阵温暖。我希望真可以像他，希望朝夕相伴可以替代遗传，让我们变成一对一眼望去便是亲生骨肉的父女。

一顿饭她轻声细语对我嘘寒问暖，还弄了一双公筷礼貌地为我夹菜，一种并不仅仅是出于认生的别扭弥漫全身。她好像面面俱到，真诚友善，但那张若有所思的脸和过于准确的动作又透着一种隔阂。一个非常不恰当的感觉——她像个太监，再温驯和阴柔，也有一种毫无女性魅力的男性气质。很多年我没有猛烈地想起妈妈了，那一晚很多和她有关的画面涌入脑海——她教奶奶跳迪斯科，把录音机调到最大声，不顾奶奶的羞怯和厌烦一顿狂扭；她急三火四地冲进我房间，大喊着：快换衣服，街角新开了一家锅烙店，咱们背着你爸去尝尝；她买西瓜人家多找给她五块钱，她捏着意外横财走了两条街，左思右想又给人送了回去；她看《渴望》边哭边骂刘慧芳，这女人有病，谁也救不了她，她自己有病……我必须承认，这个丧心病狂抛弃我的女人有超出常人的感染力，她不管不顾，欢快，幽默，有一种与生俱来的热情。只要她在家，各处都回荡着她制造出的各种响动，那时的家庭氛围与现在完全不同。

"你觉得牟阿姨怎么样？"晚上，爸爸问。

"萝卜花雕得不错，祖上是御膳房的吗？"

"我觉得她很纯洁。"

"你是一朝被蛇咬十年怕井绳吗？二婚不是要找大美人，就是要找完全不一样，以纯洁为第一标准。"

我忽然意识到我爸好像还没走出我妈的阴影。他对女人的判断，我妈依然是一条隐隐的线，像她那么好看，或者干脆迥然不同。他还没有忽略她，忘掉她，他心里总有个隐隐的她。也包括我，那个牟阿姨真没什么不好的，她有可能贤惠、顾家、温文尔雅，而我对这个家女主人的认识是被妈妈定型的，所以我觉得正常的牟阿姨那么奇怪。

"说真的，你接受我和她交往吗？"爸爸继续问。

"哪儿找来的，简直如同定制一般，从头到脚和我妈南辕北辙！我无所谓。没给我留下什么确凿的印象，和大马路上任何一个稍微有点体面的人一样，嗯，她像一个工作人员，对，就是这个词，不知道干什么的，但肯定有工作，工作人员。你想和她好就和她好吧，好像不是多讨厌。我有什么权利反对啊，我一个寄人篱下的。你就是找个叔叔回来，我也会祝你幸福的。"

牟阿姨没有再出现过，我后来回想她做的鱼还挺好吃的，虽然煞有介事了点。奶奶说他俩肯定根本没谈过恋爱，是我爸随便领回家试探我的。可我觉得牟阿姨好像挺卖力表现的，不像一个随便搭戏的群众演员。

六

一晃我十九了，这中间我妈妈问过几次我要不要去南方和他们一起生活。我爸也问过几次，我确定他不是为了甩掉我这个包袱之后，就彻底拒绝了。我们俩过得挺好，虽然磕磕绊绊，也有些莫名其妙的冲突，但是感觉最大的挑战已经过去了，灾难也已经是虎头蛇尾的尾巴阶段。

听他自己说，他也和女人喝过咖啡，看过电影，只是最后都不了了之，他对异性能使出的全部勇气都用在追我妈顺道接纳我上了，现在只剩下把天聊散的能力，坐在一个女人对面，说着说着就无话可说了。喝完咖啡，无言以对，看完电影，面面相觑。

"你可以不说话，直接抓她手。"

"你以为我是你那个流氓亲爸呢！"

连我也哑口无言了，他果然具有让人不想再说话的能力。

这中间我倒是谈了一次比较走心的恋爱，高中同学，学习不好，长得帅。一起逃课看过电影，放过风筝，也畅想过未来。当然像我这样长大的孩子，肯定不是一头栽进去的懵懂少女，我知道我们成不了，我还小。但我也是真诚的，虽然带着扫兴的理智。

老师知道后按照惯例找了家长，见到是个负责的爸爸便更加苦口婆心，说是对我寄予了厚望，没想到高考前夕我会犯这么致命的错误。我心说我成绩也没有下降，不过就是正常的异性相吸，怎么就错误了？更谈不上致命！

我爸回到家竟然怒不可遏。

"只注意了你拿回来的成绩单，没想到你已经学坏！"

"我怎么学坏了？我卖淫了？不就是和男同学看个电影吗！"

"你听听，你高中都没毕业，就和男同学看电影，一副情理之中的样子。你的嘴脸非常丑陋，现在。你分得清你是干什么的吗？你是学生，不是流氓。你就应该好好学习，电影院就不是你该去的地方。"

"我给你考上好大学不就得了。"

"不行。你考上好大学是正常，你还得规规矩矩的。你不学好，考上哪儿也是没用！你可以收敛一点吗？我对你要求不十分严格，那是相信你自觉。我养你，是为你妈行个方便，不是要把你放任成女流氓报复她。麻烦你替我考虑考虑，没人知道你是遗传的堕落，都以为是我教唆你学坏呢！你还真来了上梁不正下梁歪的那一套！我不同意你谈恋爱，坚决不同意！"

"从我妈身上你看不出吗？家长喜欢的不一定行。家长不同意的，可能还过得不错！"

"你住口。"他怒不可遏。

"你又不是我亲爸爸。"我小声嘀咕。

"我是王八蛋！"他竟然听到了，暴怒地摔门而去。

"你他妈现在知道我不是你爸爸了，早干吗去了？"大概二十分钟之后，他在隔壁大喊。

我没敢接茬。我知道我说错话了，但是我也不太想道歉。

除了我小声嘀咕的那句之后，这样表面上看起来通情达理，其实非常上纲上线的暴君训话，后来还发生了很多次。他总是能火眼金睛挑出我历任男朋友的缺点，毋庸置疑地指出，那个人配不上我。在他的认识里，我每段恋爱都是幼稚，是头脑一热，是自取其辱。

我记得有一次看台湾综艺，一个男艺人说自己剪了难看的发型，着急让头发快点长，就会把避孕药磨成粉加在洗发水里，屡试不爽。当时我正急于留长发，就到药店买了避孕药加进了洗发水。本来没当个事，可是被爸爸发现垃圾桶里的避孕药包装，又是一顿大闹。他先是以为我吃了那药，近乎歇斯底里地呵斥我。我说我只是希望头发长得快点，在尝试偏方。他将信将疑，以自以为严峻的目光注视了我半天，试图通过对视检验我是否慌乱。

发现我非常淡定之后，他如释重负，一丝好奇飞快地从他脸上掠过，又迅速变为严肃与恨铁不成钢。但是发现我没吃，只是洗头，声调明显变低了，估计训诫强度也比之前准备的有所下降。他批评我愚昧又大胆，说避孕药有各种副作用，虽然不吃，随着洗发水和头皮接触，谁知道对身体有没有伤害。训诫之余，他还雷厉风行到卫生间把洗发水扔了。我其实还挺心疼的，毕竟避孕药也不便宜，还没怎么用，就被他给处理了。

他还偷听我和同学的电话，生怕我和男生搞出什么把持不住自己的亲密接触重蹈我妈的覆辙。他没有明说，但他那紧张兮兮的样子，让我一眼看穿无谓的担忧。

我的高考志愿也和他冲突、拉锯了一阵。我想学英语，他认为英语只是工具，学别的专业也不耽误我好好学英语，我应该学法律、建筑或者其他什么更像一个专业的专业。我想留在本地，他坚决认为我应该到北京、上海去读书，说大学不仅仅是学习，还有氛围。说我一定要去看看世界的磅礴和复杂，才能摆脱他们人生的局限。最后我的第一志愿四个学校清一色报了北京，中文系，也是我们不断商量，彼此妥协的结果。

毫无意外地被第一志愿录取了，仿佛人生某种平衡，在学业上我不曾遭受什么挫折，带着"穷人的孩子早当家"的努力，我总在分数上得到丰厚的回报。学习也确实让我快乐，好像因为觉得这世界太复杂，我竟然真的有很旺盛的求知欲和好奇心。每每弄懂了一些稀奇古怪的难题，都让我异常兴奋。我那个被爸爸棒打鸳鸯的男朋友，勉强考上了本地的三本。成绩出来后，我们对彼此的未来都有了大方向的估量，便心有灵犀地疏远了。

七

　　去北京报到前的暑假，我妈盛情邀请我去她家住几天。之前的寒暑假，她也发出过类似的邀请，我都以冲刺高考学业为重为由拒绝了。也不是全然没动过心思，只是拒绝她给我带来一种快感。多年前她抛弃我，如今我冷淡她，我不会可怜地等她回头，她一转身便哭着扑向她的怀抱。我已经牙打掉咽进了肚子里，我要用我的拒绝和桀骜来惩戒她、提醒她，她是个道德有污点的人。

　　"我觉得你应该过去住几天。她毕竟是你妈妈。"我爸很有些深明大义地说。

　　"她抛弃我的时候，就应该预料到有这一天。我又不是卖火柴的小女孩，怎么会饥寒交迫等在原地！"

　　"她抛弃的主要是我。你只是暂时被留下，人家没说不接你。革命必然会有牺牲，委屈你一个，成全你亲爹亲妈，这点觉悟都没有吗？"

　　"凭什么？她走时候连我名字都写错了！我恨她。"我竟然哭了。

　　"你都这么大了，不能用书本上简单的感情来面对世界。不是只有爱和恨这么简单，人人都有难处。你妈妈不是故意的，她做事就那样心不在焉，当时又那么匆忙，你又不是判卷老师，写个错别字没必要揪住不放。她后来一直给我单位汇款，尤其是每年你生日前后，我都能收到钱。你想想他们在外边生活也不容易，她在尽自己所能，在经济上弥补你。"

"你要了吗，那些钱？不是都退回去了嘛！咱们缺钱吗？"

"我没要，是因为早几年我也有气，而且确实咱们也不缺钱。如果，我是说如果，我下岗了，我们处在经济上的困境，她的钱可是救命的。"

"没有如果。如果我们那么惨的话，我只会更恨她。"

"你马上要变成一个大人了，不能总用受害者的身份想问题。你小时候确实过早经历过一些人生的不公平，包括你妈，包括我，都给了你一些伤害。但是我希望这些不要影响到你对世界的判断。不管是和我，还是和任何人，都不要成为互相舔舐伤口的人。而且你不能要求你遇到的人和事都是标准的、正确的，谁也没有做错，所有人对你轻拿轻放，我不希望你把自己当成一个弱者。别人做错了，你也要有能力去宽恕和原谅。我培养出来的孩子，要襟怀广阔。"

"对别人太过仁慈，那就是对自己残忍。"

"她永远不能算是别人，她是你妈妈。"

爸爸似乎说完了，我们沉默了一会儿，他忽然摸了一下我的头。

"你缺什么吗？你妈妈虽然不在，但我觉得我做得可以，所以你应该是个健康的孩子。要上大学了，要有精神上的成长，别没事老想着惩罚别人，那样还有工夫想自己吗？去吧。回来我们去海边玩。"

于是第二天，我襟怀广阔地，以一个强者的姿态上了飞机。一眨眼行李都被收拾好了，我确实受了那番话的触动，也觉得人活得这么高洁活该吃亏。

飞机上隔壁坐着一个严重鼻炎患者，好像呼吸十分不通畅，几秒钟抽一次鼻子。一路被哧哧啦啦的抽鼻子声搅乱着思绪，好像什么都没有想，又觉得非常疲惫。

一出机场，就看到我妈在出口奋力朝我挥舞手臂，她依然动作夸张，看起来充满活力。我走近，见她身形没有多大变化，但当年的美艳已被生活撕扯得七零八落，原本肤色就黑，还并不润，竟有了几分黑瘦老太的前兆。只有那生动劲儿一成不变，她大笑起来，眼角挤压出几条细碎的纹路，嘴里一颗虎牙也露了出来，一瞬间我觉得记忆里有过和这一模一样的画面，那种真实感让我不禁恍惚。

"你男人呢？不急于看看自己早年的作品吗？"我不知道为什么冷如冰霜的语调从嗓子里冒出来，人有时候不能完全操控自己，本能无处不在。

"爸爸在家等你，他犹豫了很长时间，还是觉得在家里等合适。"

"我有爸爸。我不会叫那个人爸爸的。正常人都只有一个爸爸，请别为难我。"

"涵涵，你不叫也可以的。但是对他别太刻薄好吗？"

"你记得我是哪个'涵'吗？"

妈妈有些糊涂地看着我。算了，她根本不知道我在说什么。我要是斤斤计较，早活不下去了。

去她家的一路上，她嘴都没有停过，如同一个导游，尽力介绍着这个城市的景点和地标。这和我有什么关系，我又不是来旅游的。她那副自顾自说话的样子，让我觉得非常熟悉。纵使七年空白，我依然可以自如地想起当年她还在的情景。

到门口的时候，我突然间有些却步，之前努力营造出的平静一扫而光。我将迈进的房子，原本是我理所当然的、亲子鉴定的家吧，爸爸妈妈都是医学上的如假包换。而我十九岁了，从未踏入过这个家门。

门陡然打开，一个六七岁的男孩向我扑来。一看就经过了动员、演习，训练有素的架势，让人想起领导来学校检查时门口那些挥动塑料花，喊着"欢迎欢迎，热烈欢迎"的孩子。他是我弟弟，来之前已经被做过了心理建设，要有姐姐的样子，大人的心结，不能拿弟弟出气。对了，我忘了说，他们私奔的第二年春天，又生了一个孩子。也就是说，我妈抛弃我的时候已经怀孕了。多么完美，新的孩子已经来，旧的还有什么可留恋？她每一次都是怀着同一个男人的孩子奔向新生活的。刘雨刚优秀的繁殖能力也是让人佩服，不管在多么不合时宜的当口，他都能精准地入侵她，恶毒地发送一枚精子，变成我，变成弟弟，让他的女人以生育的方式和他建立紧密的羁绊。不被祝福的恋情，勾引有妇之夫，两次狗血的相遇，都以怀孕达到不得不有个转折的高潮。

“你叫什么名字？”我故作亲切地问。

“刘凯新。”

真难听。刘雨刚、刘凯新、张涵，听起来八竿子打不着，一点关系没有。我想起高中开学的第一天，老师点名，一个女孩叫刘涵。听到那个名字我心一惊，如果不是阴差阳错，我也应该是刘涵吧。

客厅不大，有一股贫贱夫妻百事哀的衰朽的味道，廉价的空气净化液把那味道吞噬了，但是还残存了一点点，被我捕捉到了。

沙发上坐着一个没有必要描述外貌的男的。仔细想想他当时也就四十多岁，却有一种非常苍老的姿态。我不得不承认，我曾经无数次在想象中描画他的样子，这个DNA上的父亲，我对他没有正向的情感，却充满了好奇。我以为他一定非常健硕；或者习惯性带着吸引低级女性的邪魅狂狷的笑容；或者喷着廉价发胶，把头发弄得硬邦邦的自以为很帅；或者就算长得不济，也应该目露凶光有个亡命徒的样子，可是他竟然就是个头发稀疏的中年人，看起来毫无兴风作浪拐跑别人老婆的能力。他强作慈祥状，却没有一张与之配套的平静的面目，一脸被生活苛待的生硬线条，可以想见平时骂骂咧咧的模样。也没有形体可言，发发糟糟，像一块学徒做出来的不成形的面包。我忽略了时光，我的想象里他一直是二三十岁和我妈反复纠缠的样子。而他现在，已经是个发福的隔壁老刘，一点不像流氓，简直有一种“樯橹灰飞烟灭”的幻灭感。

他站起来，犹豫了一下，竟然向我伸出了右手。然后我那个弟弟也冲过来对我伸出了手，我妈不知是热衷展示一家人的团队意识还是短路了，也过来和我握了握手。难道有记者吗？难道本次会晤要上新闻？竟然会出现一一握手的诡异画面。寻亲电视节目到了这个段落都会哭天抢地，而我们竟然像领导人会面般握起了手。撒手之后，又都有些不知所措，表现得近乎冷场。毕竟我们的主题不是失散和重逢那么简单。

他们的手都不热，也都有点湿，生命气息微弱，散发着一家人的统一质感。我觉得我是个闯入者，摸了三条奄奄一息的搁浅的鱼。

"涵涵，别拘束，就像到自己家一样。"刘雨刚没有看我，声音不大地说。

听到他叫我涵涵，我一个激灵，涌起一股被陌生人无事献殷勤的不适。他的声音像是从鼻毛丛生的鼻孔里飘出来的，可怜巴巴，听着难受，让我想起初中时那个腿脚不太利索的生物老师。他的样貌、声音都让我反感，抛开前情，也不想相信这是我血缘上的父亲。

"就像到自己家一样"，这句待客的套话，用在这儿太准确太精彩了，简直是小说家也想不出的场景，可以分析出一百个微妙的意思。

相顾无言了一阵，还是我妈一惊一乍带我参观了整间房子。两居室，比起我和爸爸现在的家，寒酸了太多。他们看起来像三个受害者，带着我参观他们并不宽裕的生活，我好像是代表我爸来访贫问苦的。所有关于奸夫淫妇的刻板印象轰然倒塌，一对私奔的男女，难道不该过得放纵糜烂腐化堕落吗？可是他们竟然活成了一对可怜虫，像一对老实巴交安分守己的中年夫妻。这就是妈妈背井离乡飞蛾扑火重新选择的生活吗？她应该早就追悔莫及了吧！这日子简直像一块嚼了一天的口香糖，无味到令人想吐。人有时候会产生非常上不了台面的小心思，某个瞬间，我脑中竟划过一丝庆幸：没有带着我一起跑，没把我拉进这拮据的生活，留我和我爸吃香的喝辣的算淘着了。

餐桌上，妈妈对我异常热情，几乎指着每一道菜都说是特意为我做的。还有据说我最爱吃的爆炒鱿鱼，我有点模糊了，最近这些年都是爸爸做什么，我吃什么，我最爱吃的已经变成了番茄牛腩。按说，我重新吃到妈妈做的菜，应该瞬间被拉回童年的记忆。然而好像我的味蕾都失忆了，嘴里的味道那么陌生，像是正处在一个新开张的餐厅，迎面而来的都是新的刺激。对面坐着一个六岁的男孩，上下唇迅速的碰撞表达出他的津津有味。这是属于他妈妈的味道，属于这个三口之家的味道，房子不大，却装满了他成长的印记，这里从未留下过我这个不速之客的蛛丝马迹。我，一个素未谋面的陌生姐姐，一个遥远而难缠的客人，一个他们复苏良心的安慰剂，他们一定早和他说好了，要对我好，对我笑，让我乘兴而归。

可能是房间的采光不太好，每个人的脸都很黯淡，他们都是满面尘灰烟火色。也可能是错觉，我觉得他们都很累，连小小年纪的刘凯新脸上也有疲于应付生活的沧桑。他长得像妈妈，眉眼浓重，鼻梁高挺。按照这个逻辑，我应该像刘雨刚，但是我不敢仔细看他，我希望他在我心里模糊着。

　　我们一家人整齐地坐在一起——不幸的是——已经太晚了。我与他们仿佛一个整体，却横亘着一道看不见的结界。尴尬的儿女双全，我比任何时刻更感到自己孤苦伶仃，我其实非常多余，我不应该被生下来，当初如果我妈把我做掉，老老实实等着刘雨刚回来，正常地结婚，生下刘凯新，而我爸也可以不出现在他们的故事里。他年轻时喜欢过她，然后她嫁给了一个流氓，他也许会难过一阵子，但是很快会过去，然后他会遇到一个真心喜欢他的女孩，有一个属于自己的孩子。这样两家人毫不相干，各过各的日子。只是这貌似完美的方案里，我消失了。我虽然很努力，也挺聪明，可我到底是个有点多余，给所有人埋下不幸悬念的孩子。好可惜！

　　晚上，妈妈底气不足地询问是否可以跟我一起睡。我拒绝了，不是多么恨，或者故意冷淡她，而是可以预见的窘迫让我没有和她亲热的勇气。况且，他们只有两间房，我和她一起睡，难道要睡在他们夫妇的大床上吗？我无法允许自己踏足那个男人的私人领地，不能坦然躺在他睡过的床上，我们之间必须有清晰的界限。

　　妈妈讪讪地走了，我理解她急于与我亲近的心，却也替她感到狼狈。如果我同意了，我们难道要一秒钟搂着睡去吗？如果不能马上入睡，要说些什么呢？只有些不咸不淡的话可说吧，如果真敞开心扉，哭一夜可能都是不够的。

　　我自然失眠了，躺在弟弟的单人床上，感到一种意念中的浑身瘙痒。妈妈说床单都是特意新换的，但我还是忍着抓狂钻进被窝的。睡在别人家的那种不适应席卷着我，即使我努力做到刘雨刚说的那样——像在自己家一样。他们一家三口挤在隔壁，以显而易见的低姿态表达着对我的歉意。我在这儿像个软差大臣一样被敬着，却时刻体会着如芒刺在背。我知道，此刻自己是不由分说的VIP，即使现在起身到他们房间去砸东西，那所谓的父母也并不敢呵斥我。可这可悲的VIP，是拿举目无亲换来的，我曾经被弃之如敝屣，曾经像一只旧拖鞋被轻易抛弃。不管是他们，还是我，都不知道如何拿捏那种假装亲昵的分寸，以显示我们可以忘了过去。

第二天傍晚，刘凯新坐在写字台前做数学题，据说为了迎接即将到来的小学生活，学前班都开始有作业了。我看见他的屁股在椅子上挪来蹭去，一会挠头一会吃手，压根无法沉下心五分钟。我竟有些优越地想起"蓬生麻中，不扶而直。白沙在涅，与之俱黑"。他大概不会太爱学习吧。

一礼拜终于度日如年地结束了。临走时，妈妈把我拽进卫生间，塞给我一万块钱。那沓钱是连着号的新票，显示是特意准备的。她说那是她和刘雨刚的一点心意，让我上了大学买点可心的东西。我和她推搡了半天，彼此的手都有些红了。我觉得她好像要哭了，于是我的手软下来，把钱捏住了。

收下钱，她和刘雨刚战战兢兢把我送到机场，不知是否为这救赎团圆之旅的圆满结束长出一口气。我想象着他们回到家瘫倒在床上，终于不必再强打精神的松弛模样。不仅他们，其实我也是小心翼翼的，那个家好像很普通，却让我觉得每一个细节都不对劲。我们根本就不是一家人，都在克制自己容忍对方的奇怪，所谓对方，是指我和他们仨。十二岁时，我以为我会终身恨他们。直到一周前，我还非常鄙视他们。但是那一刻，我没办法统计出心里有多少种情绪，这对琐碎、邋遢、不敢招惹我的夫妻，我的价值观告诉我，他们是一对烂人，可是我竟产生了巨大的怜悯之情。但是我的愤怒还在，我感到胸口有一个冷风飕飕的窟窿，挤压着年深日久的寒气。

飞机慢慢滑行至跑道，我忽然发现自己在哼歌——终于可以走了，我是一个幸存者，逃离了他们家。我打开前座靠背里塞着的杂志，我需要读一些字，不管内容是什么，我不想思考。

八

"你们家人怎么样？"爸爸问得平静，我却觉得听出了一丝幸灾乐祸。

"他们家就那样。"

"你觉得你长得像刘雨刚吗？"

"他真的特别丑。"

我好像在爸爸脸上看到一抹得意之色，但也可能是我想多了。谈起那家人时，我的心态变得十分复杂，有一种家丑不可外扬的羞于启齿。

　　"人家一家人和和美美的，你会有些不是滋味吧。毕竟这些年没有共同生活，你可能会觉得有点别扭。你上飞机她给我来了电话，说感觉你有些拘谨，说你真像是我的骨肉，和我一样又聪明又刻薄，说话不那么招人喜欢。"

　　"我觉得他们特别可怜，房子那么小，俩大人看起来孱弱、无能，孩子也就那样。"

　　"你这都是什么逻辑？听来听去都是物质生活不好，人长得不好看，你怎么这么势利？难道你回去他们住大别墅，你就觉得自己吃亏了，应该早点去投奔？你所谓的优越感竟然是人家物质条件不如咱们？他们要是真过得那么不好，你妈怎么不回来啊？至少她真没你这么嫌贫爱富！"

　　"我嫌贫爱富也是你教育出来的。她也得有脸回来啊！我的优越感难道不是因为他们是一对地地道道的小人吗？"

　　"不要这么说你妈！我挺佩服她的。至少人家追求真爱的时候是真果断，敢顶着坏女人的名声。道德不是法律，并不是完全不能超越的，比如为了爱情。爱情让人一往无前。我后来仔细想了，我们可能一直挺貌合神离的，只是我当时不敢往深了想，不敢面对，一直在伪装某种其乐融融。你妈叽叽嘎嘎和我说的事，我都觉得没什么意思。我感兴趣的事，我也不会跟她说。别人送我两张画展的门票，她说我得请她吃顿好的，才肯陪我一起去。我一直回避，我们精神世界的不匹配。我对她，既奉若神明又居高临下，我没有真正在乎她在想什么，觉得她只要美就足够了。你想想，那是十二年啊！她和我过了十二年，还是不记得失地和刘雨刚跑了。说明她舍得，她知道哪个更好！可能她和刘雨刚确实更合适，他们之间才有交流，才有真正的吸引和理解。"

"灵魂伴侣，是吧？他们哪有灵魂，他们就是被肉体左右的人。别反省了，都是受害者太爱自我反省，坏人才越来越猖獗的。"

"我说过，咱们别把自己放在受害者的角度想问题。你失去的永远不可能是全部。你妈很单纯，单纯的人有时候能更坦然地面对自己的内心，包括不好的企图。我当然也翻来覆去地恨过，但是我后来明白了，她吸引我的就是那份天真，她就不具备瞻前顾后患得患失的能力。一个成年人，别人为了责任和你继续在一起是一种羞辱，我又不是不能自理，没理由不让她走啊。虽然听起来不太周全，但她有权利追求自己的爱情。你是以一个标准形象要求她的，含辛茹苦克己复礼，但是这本来就是一个虚幻的、过于严格的标准。谁也不会得到教科书式的母爱。谁规定的妈妈一定要陪在身边？妈妈也有自己的选择，不能陪在你身边的妈妈也是妈妈。"

"我不是成年人！我不能自理！而且她追求的什么爱情，日子过得稀巴烂，还生个孩子叫凯新，是有多不开心，才要这么心理暗示！"

"你怎么知道人家不开心？没有很多钱，并不意味着不开心。人家守着自己的爱人，也许非常满足。其实我并不想听到她过得不好的消息。她可以走，但是刘雨刚毕竟我也认识，好像是差了点意思。"

“你刚不是说他们才有交流？”

“能交流的大有人在啊！不是我，也不该轮到刘雨刚，在能交流的人里，也能找到更好的。行了，咱俩别在这儿马后炮了。你妈自己不后悔就行吧，一个没什么能耐的大美人，她根本不了解这个世界，或者说，没能耐的大美人都是人到中年不那么美了，才知道世界的本来面目的。不过你看她看人也不是一直不准，至少她看准了我是一个好人——她坚定地相信我会善待她的心肝宝贝。”

“她哪有心肝？她这是不负责任。”

“她真没有心肝就好了。每一个你觉得草率的决定背后，都可能有撕心裂肺的煎熬。她快刀斩乱麻舍的是我，你始终是她的心病。你妈真不是坏人。你忘了，你小时候咱们家二楼老头养的猫把麻雀咬死了，你妈还带着你去安葬小麻雀，她挺善良的。”

“你意思她对我还没对那麻雀好呢呗？”

九

几天后我们就去海边玩了。我好像对水边并没有特别的感受，爸爸似乎对江河湖海情有独钟。十五岁时的“十一”和爸爸一起去杭州，长假的西湖边人山人海，游湖的船上黑压压全是人头。爸爸试探地问我是去排队还是再等等。我说你给我买个冰激凌，吃完咱俩回宾馆吧。

当然我还是在作文里把西湖美景大书特书了一番，苏堤白堤雷峰塔一顿抒情。我一直挺擅长写作文的，有一套勇敢的修辞技巧。我唯一记得写得有点艰难的一次是赶上作文题目是《我的妈妈》。

夏天的北戴河竟然不热，吃海鲜、玩水也算是惬意的。我不会游泳，学了两次都以鬼哭狼嚎的喊叫告终。我坐在岸边看着水里的爸爸。他穿着我选的大花泳裤，看起来还是有些老了，肩膀和手臂都有点松弛，即使是背影，即使他不胖，依然和年轻人的紧致差异明显。

说好了第二天早晨去看日出，我们却默契地睡过了，他来敲我房门时已经八点多了，既然已经错过，就索性继续睡吧。如此恶性循环晚睡晚起了四天，吹吹海风吃吃海鲜，好像看不看日出也不那么重要。

书面语一般说海水是蔚蓝的，但是我觉得我看过的每一片海颜色都不太一样，一滴滴近似透明的水汇在一起，组成了各种微妙的颜色。按照那种很肤浅的联想，爸爸喜欢海大概是他有大海般宽广博大的胸襟吧。爸爸的确比我更享受这次旅行，他说这也许是我们最后一次一起旅行了，我长大了，会有自己的朋友和世界。我觉得他有点煽情了，我们的日子还长着呢。

海滩上拿着立拍得相机的商贩吆喝着生意，十块钱一张。

"给你们爷俩来一张吧？"

于是我们来了一张。

"都不爱露牙，爷俩一模一样。"照相的一手交钱一手交货，不忘对我们拍照的表情即兴点评。

我看着照片，也觉得我和爸爸一模一样，并且想起了一个风马牛不相及的例子——《葫芦娃》。七娃被蛇精、蝎子精养大，所以不认爷爷和六个哥哥，被蛇精的三观操控着对世界的第一反应。这样比我就成了七娃，我爸就成了妖怪。

临走最后一天，我挣扎着起来看了日出。爸爸以不容置疑的口吻要求我务必完成这项任务，说是要以一个温暖的日出结束我的毕业旅行。

睡眼惺忪来到公园，比当年杭州的情形还吓人。天空没有几颗星，黑暗中，四处是只有轮廓看不清面孔的人影，看来不辞劳苦也要逮住太阳上班的人还真是不少。黑暗中我望向远处的大海，其实是一片隐约的深蓝。如果四下无人，可能还会有种寂静的美，可在百十来号人并不安静的注视下，我感到的只有焦躁和困。

当太阳像一个金色的气球蹿出海面时，我和爸爸异口同声地说，好圆啊！在周围激动的喊叫声中，我们竟然同时奇葩地先注意到了形状。

太阳桀骜、自带节奏地离开了大海，橘红色的光一层层铺洒在海面上，那的确是不可思议的景象。仿佛的确是一种强大的明亮和希望，君临天下般战胜这残夜，是严格意义的光芒万丈。

很快天就亮了起来，几乎算得上不由分说。好像瞬间的痊愈，黑夜荡然无存。周围原本模糊的面孔清晰起来，在短暂的激动过后，大部分脸上浮现出倦怠，甚至有怅然若失的神色。我和爸爸静静朝海边走去，轻微的浪打湿了小腿，我们有一搭无一搭地闲聊着。无外乎嘱咐我到了大学别和同宿舍的人太计较，花钱也不必太节省，学习可以适当放松但是要心里有数之类的。一只喜鹊飞过来，停在离我们大概五六米远的地方，它叽叽喳喳，两条细腿小范围来回溜达着，仿佛念念有词把爸爸的良苦用心用鸟的语言重复了一遍。我们不敢贸然移动，怕喜鹊飞走。爸爸忽然说："我想吃咸鸭蛋。"

"你看日出时候想的吧，我也想到了鸭蛋黄。"

十

我大学四年，谈了俩男朋友。爸爸支持我恋爱，一改高中时的严防死守，变成了青春岁月不花前月下着实可惜的开明嘴脸。然而他对我选的那俩人都嗤之以鼻，他说一看就是没什么根基的东西，不值得托付。有一天他指着电视里播着的矿泉水广告问我，那个小伙子长得怎么样。我一看是王力宏。

"当然好看了。"

"要是他追你，你能甩了现在那小子吗？"

"能啊！王力宏当然行啊。"

"那我想想办法，看能不能联系到他。他叫什么？"

"王力宏！"

一度，他和他们艺术馆一个收集少数民族民歌的女的出双入对了一阵。那女比我爸小九岁，也是离异。我爸屁颠屁颠陪她田野调查，也是相当投入。不过最后，女的着急结婚，软硬兼施，我爸忽然就嫌烦了。据说一个人独惯了，很难和另一个人再组装成一个统一思想统一行动的整体。

大学毕业，我被保研了，只是把行李打包好，寄存到学姐的宿舍，等到开学再搬到研究生宿舍。原本大三时也想过毕业要留在北京还是回家，如今继续上学的机会送到眼前，好像抉择就可以再拖三年。每每面对未来，我都思前想后，全然没有我妈的果敢。

本以为可以轻轻松松玩一个假期，还计划了和本科的同学去旅行，可是又被我妈给搅和了。我上大学时有了手机，还是当年颇为流行的诺基亚蓝屏8250，我妈隔三岔五会给我发一些不痛不痒的短信，有些就是那种转来转去的段子，有些是只要敷衍便可回答的"注意身体""要穿外套"一类的叮咛。在我常常莫名想哭的青春期，她一直缺席，我第一次来例假她不在，我的第一套内衣是姑姑给买的，我从一米三五长到一米六五，她不曾看见。我一米六五三年了，一夜不睡依然红光满面，二十出头，刚刚变成了一个大人，身体好到了人生的巅峰，她让我注意身体。雪中送炭的时候不见人，这锦上添花的关怀对我又能有什么意义？

她得了乳腺癌的消息是爸爸告诉我的。大概她缺乏通知我真正消息的勇气，奇怪的是她好意思告诉我爸爸。人有时候很神奇，吃柿子捡软的捏，一捏就敢捏一辈子。她觉得她对我无比亏欠，对爸爸却定性为不过是有点突兀的好合好散。

爸爸勒令我立马回家，坐第二天的飞机去看妈妈。不知是出于什么心理，他订了两张机票，和我一起去。

"你是去看笑话吗？"

"住口。"

我站在病房门口，不想进去。几乎已经确诊了，还有个小检查要做。

爸爸拉了拉我的衣角，我还是没动。他把我叫到楼梯间，没有说话，给了我一巴掌。我十二岁之后他第一次打我，也没有多疼。

然后我默默跟着他进了病房。

妈妈已经垮掉了，她的眼角、法令纹、整个人都耷拉着，据说从来没感到过有什么不适，一发现却已经是晚期了。

刘雨刚和刘凯新都在，再加上我和爸爸，好像迅速勾勒了妈妈的一生。由于场合特殊，没有人表现出尴尬。妈妈吃力地朝我们笑了一下，我以前一直觉得她最让男人无法免疫的就是她的笑，特别完整，特别灿烂。而这个笑容很是勉强，几乎是哭的另一种表达方式。她还是不擅长掩饰情绪，绝望爬了满脸，有一种不会好了的气息。她的两任丈夫和两个孩子平和、友善地站在她旁边，仿佛她全部的爱和任性都已被接纳和原谅。可是她拿人之将死换来的，这看似和解的时刻，她只能靠在医院灰扑扑的枕头上，谁也无法真正体会她的疼痛、疲惫和孤独。

我当晚查了资料，网上说即使是晚期的乳腺癌，也有人又活了十几二十年。化疗、放疗，虽然要遭罪，却不是没有存活的希望。

然而一直咋咋呼呼的妈妈迅速地死掉了。我开学不到一个月，就请假奔赴她的城市，去参加了她的葬礼。医生说发现得太晚了，治疗方案刚定下来，就发现了脑转移。她有时表现得很积极，说相信自己会战胜癌症，有时候又说太煎熬，想直接跳楼。呕吐、头晕，后来不断晕倒，神志不清，越来越嗜睡。据说在弥留之际，她不让刘雨刚给我打电话，说不想我看到她不成人形的惨样，希望我记忆里一直是她年轻时的模样。

可是我还是看了她的遗体。在太平间冰冷的铁柜子里，她整个人变得干瘪而黄，好像头发也不似原先的黑亮，我不知这是人断气后的相同症状，还是癌症夺走了她发丝的光亮。在那个小格子里，她的脸如同戴了个失真的面具，是真正意义的死气沉沉。她好像一个陌生的大婶，筋疲力尽，僵硬又冰冷，不是我记忆里盛放的妈妈。那个被爸爸比作叶塞尼亚的女人，那个狠心抛弃我们去追求真爱的人，那个最炙热的人，就这么冷了，没有活过五十岁。

刘雨刚说，她的最后时刻曾经反反复复断断续续地说，要把连衣裙留给涵涵。他不知道说的是哪条连衣裙，也不确定这是她清醒时最后的托付，还是已经是意识模糊的胡话。他有些怯懦地看着我，说这段时间太忙了，等整理出来，如果有连衣裙，一定会给我。即使是这样悲伤的时刻，我们也忘不掉彼此的生疏。他在我心里始终是个扁平、混沌的形象，永远也无法立体、真切起来。

我也不知道什么连衣裙，是我十四岁同桌穿的那条？还是十八岁忽然流行的那条？我都曾默默希冀，却没有对任何人提起。面对这个世界，我早已有了深深的自知之明。我张嘴爸爸会买给我，但是我知道我不该享受得那么仗义。

难道她知道欠了我多少条连衣裙吗？她已经死了，说这些又有什么意思？

她的葬礼非常热闹，我、我舅舅舅妈，我们像外地的亲友团，被观摩和议论着。除了刘雨刚和刘凯新，我谁也不认识。那些可能是妈妈生前有着亲密关系的朋友、同事，与我毫不相干。我们是一对早已没有共同世界的、名义上的母女。我听见他们小声称呼我为"和前夫生的"，他们都搞错了，不是同母异父，我妈这辈子可忠贞了，她只为一个男人生过孩子！我觉得有点好笑，那个安详躺在棺材里，并不富裕又并不长寿的女人，看起来好像一事无成，却有着这么搞笑的秘密。她其实是个特工！一个打入我爸家内部，又全身而退的特工。

刘凯新眼睛像两个烂桃子，作为更名正言顺的孩子，他也并未被命运优待。他只有十一岁，就彻底成了丧母的孩子。比我当年还要小一岁。

爸爸也来了，他没有去葬礼。他说其实该送最后一程，但万一是添乱就没劲了。

我回到酒店的时候，他已经喝了不少。桌上一瓶古井贡，只剩三分之一了。

"我买了店里最贵的酒。清醒太难受。"

"你觉得她是不是特别负疚？所以积郁成疾了？"我也喝了一口。

"我听过你和你男朋友打电话，你骗人的技巧和哄人的手腕都是一流的，和你妈一样。你还读了那么多书，不是自以为是，你是真行。你妈没什么文化，自负都建立在幼稚上，我挺喜欢她那种无知而富有主见的劲儿。她以为她弹无虚发，她其实都脱靶了。你是升级版，你更厉害。但是你们最大的短板就是，你们其实挺有良心的，你们绝对受折磨。你妈没得选，她真爱刘雨刚，你看刘雨刚看她的眼神，你必须承认，他们之间有爱情。她是为爱情跑的，她跑的时候肯定血脉贲张，可能还笑出了声。但是跑只是一个时刻，跑了之后，她会不断地想，不断地检讨自己对不起你，对不起我。她绝对受着良心谴责。"

"我也是啊，我没有一天不在谴责她！我小时候好像诅咒过她得癌，可她真癌了，我又特别后悔。"我哭了。

"不管她是不是骗了我，根本没喜欢过我，但是她是你妈妈，你小时候不睡觉整夜哭，她就整夜抱着你，腰都累坏了……她没有陪伴你整个童年，但是她始终爱你。"

"别人家妈妈不都这样嘛！你什么时候这么艺术人生范儿了？"

"我后悔没把你早点还给她，我觉得她过不去的主要是没陪着你。这事可能最折磨她。"

"你是懒得再恋爱，再生孩子吧，万一再被骗呢！我听说外国人好像喜欢这样，他们不介意孩子不是自己的，说不用自己忙活完还得等十个月了，来了个现成的，前人种树后人乘凉。"

"哎哟，你怎么这么愚昧啊，跟那《大清炮队》里的清朝老百姓似的，觉得外国人腿不会打弯！他们是懒啊还是傻啊？孩子都麻烦别人生？人都差不多，外国人也不是神经病，还是想要亲生的。"

"《大清炮队》？干吗的？"

"一电影，刘晓庆演的，你小时候看过。"

"那你干吗不要个亲生的？"

"计划生育啊！再说不是装作你就是亲生的嘛！"

"那不计划生育，你要吗？"

"当然了。"

"那你对我和对他会一样好吗？"

"至少表面上一样。我也是有城府的。"

我竟然笑，爸爸也笑了一下。然后他一直没有说话。他垂着头，隐约能看见几根白发。我忽然觉得他整个人生被我、我妈，还有不讲道理的命运彻底围剿了。他原本可以丰富辽阔的生活，被我们紧紧禁锢，变得可以轻易概括——一个沉默的好人。

第二天我俩眼睛全肿了，我不知道我们相顾无言到几点，哭了多长时间，我爸又喝了多少。我失去了妈妈，他失去了唯一和他领过结婚证的女人。

十一

我博士二年级时，我爸得了癌症。

我周围的同学基本都是父母双全，我们好像根本没到要面对父母离世这件事的年纪。接连遭遇两个癌症，我真觉得自己是天选之人，二十几岁就一次次和命运短兵相接。

好在是早期胃癌，只要切除彻底，五年之后不复发，就算基本脱险了。

然而我爸和我妈表现出的绝望不同，他非常崩溃，以近乎亢奋的方式表达着自己的不甘心，用前所未有的反常释放出巨大的能量。

"别人女儿听说家长得了癌症都会号啕大哭，你竟然如此冷漠！因为我不是你亲爸爸对吧？你这个孽障！"他手握病例对着我大喊。

"你很快会康复，你只要把手术做了，好好吃饭就会好的。"

"放屁！好好吃饭就会好的？癌症，你知道什么叫癌症吗？我得了癌症！"

"别人女儿知道，别人女儿号啕大哭，觉得得了癌症就肯定活不了了，对吗？我是博士，我比她们有文化。我可以负责地告诉，你八成死不了！"

"我怎么早没看出来你是个白眼狼！"

"你现在到底需要什么？希望收到怜悯吗？因为我没有哭哭啼啼地同情你，让你感到不悦了吗？"

"没一个好东西。"他瞥了我一眼，健步如飞地走了。

这样的咆哮一直持续到他手术前一周。仿佛破罐子破摔，他一改之前的彬彬有礼，以各种歇斯底里博取我的关注。他甚至无来由地对我大喊："你为什么越长越像刘雨刚？"妈的，我要是真越长越像他，我也没有办法啊！比如他让我倒杯水，如果我十秒钟没有起身，他就会厉声指责，对我军事化要求，令行禁止。我都怀疑他是不是得了躁郁症，过几天胃癌割掉了，这个躁郁症可不是那么容易好治的。但是我也理解他，自小没和他分开过，奶奶说我性格像他。我们都是孤僻的人，用教养掩饰内心深处的喜怒无常。看起来很好相处，其实非常挑剔。如今，他怀疑大限将至，再不放飞自我，大概来不及了。其实我心里非常恐惧，如果爸爸不在了，我就是一个彻头彻尾的孤儿了——哪怕那个提供精子、血浓于水的刘雨刚还依然安康。

直到手术即将来临，他好像才认清形势地平静下来。他把存折和银行卡都找了出来，一一写下密码。

"万一我下不了手术台，你就都取出来存到自己名下，不要告诉男朋友。你奶奶需要钱的时候，你自己衡量着给，觉得超出承受力也可以拒绝。我要是下来了，你主动还给我，我还要挥霍。"

"哎呀，别一副金山银山的架势好吗？就这么点遗产也好意思交代吗？还是再多赚些一并给我比较拿得出手！"

手术预料之中的成功，我想起我高中的教导主任就得了胃癌，切了三分之一，休息了俩月就回来上班了，体罚逃课的男生时依然孔武有力。冥冥之中，我预感爸爸不会什么事都不顺，既然是早期被发现的，就该顺利被切除。

之后的寒假，我陪他去了法国和荷兰。他说他画了一辈子油画，却只是早年被组织去过一次意大利。欧洲那么多博物馆、美术馆都没有亲眼见过。他说，在画画上他没什么天赋，少年时有过狂热，工作以后就变成了讨生活的营生，如今都快以所谓画家的身份熬到退休了，还是要去看看真正的艺术。

然而整个旅行对我如同噩梦，如果说有什么比我妈不告而别对我刺激更大，那就是这次旅行了。他一路或是抱怨我订的酒店贵，或者嫌便宜的酒店小，每天吃早餐都要拿走一袋糖——理由是怕自己低血糖晕倒，以备不时之需，虽然他根本没有这个病。在卢浮宫、奥赛、橘园、蓬皮杜，他瞻仰大师之余不忘以眼神维持秩序——对大声喧哗的国人挨个投以不忿的目光。我订了红磨坊最前排的票，可以边吃晚餐边欣赏无上装的康康舞，这个号称喜欢劳特累克的家伙却在抱怨芦笋煎得难吃。在阿姆斯特丹，我问他要不要来点大麻，在荷兰咖啡馆里吸大麻合法。他暴跳如雷，怒目金刚地瞪着我："你太让我失望了！我辛辛苦苦涪养你这么多年，到头来你还是个流氓，竟然说出这么无耻的话！"他的脸因愤怒而变形，像是已经偷偷吸完了。在海牙莫瑞泰斯皇家美术馆，他觉得一个外国老头插队了，企图用中文和人家理论理论。整个旅程，他身兼纪检委和纠风办，对我以及全世界的不文明现象展开了激烈的批判。我非常怀疑，医生把他长了肿瘤的胃切掉了一部分，是不是还顺道加了点什么。这个总是嘟嘟囔囔的人，真的是我爸爸吗？

在蒙马特高地的小丘广场，他看着一群热闹的肖像画师在做游客的生意，不无自嘲地说："我要是在这儿摆个摊，不知道能不能开张。"还有他执意要去的拉雪兹神父公墓，要去看埋葬着肖邦、王尔德、巴尔扎克的地方。由于看不懂园区地图，我们原计划两小时的公墓拜谒之旅变成了一个上午。在顺利找到了莫里哀之后，我彻底迷路。这里虽然有众多的名人墓地，却埋葬着更多普通人。细想有点滑稽，为了寻找名人，我们在普通人的墓园焦急地穿梭，好像即使死也有明显的区别。终于找到了王尔德。我曾在电影里见过他的墓碑，斯芬克斯的雕塑，被密密麻麻的唇印包裹。据说有一位女士情不自禁亲吻了他的墓碑，然后全世界的人都受了启发，要把香吻献给王尔德。过剩的爱总会变成一种负担，饱含深情的口红腐蚀了他的墓碑，花了九千欧元清洗、修复后，墓园确定用玻璃挡板隔离了墓碑。贫病交加寂寥死在巴黎拉丁区一个小酒店里，死后迎接着四面八方的一往情深，好不荒诞。面对着已被修整干净的墓碑，我想起他说过："人生是一件蠢事接着另一件蠢事，爱情则是两个蠢东西追来追去。"这话简直是特意对我爸说的。他还说："二十年的浪漫使一个女人看起来像一座废墟，二十年的婚姻使她像一座公共建筑之类的东西。"这句好像是为我妈准备的。和刘雨刚二十多年的孽缘，两段加起来二十多年的婚姻，她既像一座废墟，又好像是一座公共建筑的废墟，那场浪漫的私奔最后也不过是一桩柴米油盐的婚姻。

　　告别王尔德，继续抓狂地面对地图寻找肖邦。沿路我看到一个中年女人手扶墓碑默默流泪，对于我们这可能是个庄严的景点，对于她却是长眠着亲人，生死两隔的地方。那段时间热爱气急败坏的爸爸却平静地走着。他默默地看着一座座墓碑，感慨着这个墓碑好美，那个逝者太过年轻。我一边不信邪地研究着公墓的地图，一边等他，却见他在一座墓碑下驼着背，一动不动。看名字，那墓属于一个女孩，生卒年份相减的数字仅仅是七。墓碑上的雕刻是一双手，展开的手像一双翅膀，轻轻托着一颗蓝色的珠子。难道法文里也有掌上明珠这个词？我看了一眼爸爸，他已经泪如雨下。

（原载《收获》2019年第6期）

　　马小淘，毕业于中国传媒大学播音主持专业。曾获全国新概念作文大赛一等奖、中国作家鄂尔多斯文学新人奖、在场主义散文奖新锐奖、西湖·中国新锐文学奖、储吉旺文学奖等。

短篇小说卷

逍遥游

班宇

我系一条奶白围脖，坐在塑料小凳上，底下用棉被盖着脚，凳子是以前学校开运动会时买的，几块钱，一直用到现在，也没变形。身后是居民楼，东药厂宿舍，一楼做了护栏，扣上铁罩，远看近似监狱，晒蔫的葱和白菜垛在上面，码放整齐，一看就是有老人在住。倒骑驴拴在一侧的栏杆上，我靠着墙晒太阳，风挺冷，吹得脸疼。许福明距我十步之远，在跟刚遇见的老同学聊天，满面愁容。他见了谁都是那套嗑，翻来覆去，我特别不愿意去听，但那些话还是往我耳朵里钻。

　　老同学说，你留个手机号，我跟我们班挺多同学都有联系，大家回头一起想想办法，帮助帮助他。许福明说，我哪有手机啊，都让她拖累死了。老同学说，真不易啊。许福明说，你说前两年，咱在市场里碰见，那时我啥样，现在我啥样，说我七十岁，也有人信。老同学说，那不至于，放宽心，还得面对，日子还得过。许福明说，唉，话说得没错，但问题是，啥时候是个头儿呢。

　　临走之时，老同学从兜里掏出一张五十的，非要塞给许福明，说，我条件也一般，老伴还没退休，给人打更，多少是点儿心意。

我在旁边喊，爸，你别要。许福明假模假式，推托几番，还是收下来了，从裤兜里掏出掉漆的铁夹，按次序整理，将这张大票夹到合适的位置，当着老同学的面儿。

我坐在倒骑驴上，心里发堵，质问道，你拿人家的钱干啥。许福明不说话。我接着说，好意思要么，人家是该你的还是欠你的。许福明还是不说话，一个劲儿地往前蹬，背阴的低洼处有尚未融化的冰，不太好骑，风刮起来，夹着零星的雪花，落在羽绒服上，停留几秒又化掉，留下一圈深色的印迹。车过肇工街，有点堵，骑着人力车，非得占个机动车道，许福明办事一直都这样，没一件得体的。后面狂按喇叭，我有点坐不住，便吃力地翻身下车。身体太虚了，没劲儿，我觉得自己像一只趴在树上的熊，笨拙缓慢，几乎是骨碌下去的，半跪在道边，休息几秒后，起身拍了拍土，自己往医院门口走。就这样，许福明也没个动静，服了，任尔东西南北风。

医院冷清，我在长廊上等许福明。一个礼拜得来两次，在二楼做透析，护士都熟了，见我面点头打招呼，说，过来了啊。我说，啊，来了。然后问我，最近感觉咋样。我说，见好。护士还挺高兴，说，那就行，慢慢来。其实我心里知道，这病上哪儿能好啊，就是个维持。阳光从尽头的窗户里照过来，斜射在我身上，我被晃得有点睁不开眼睛。蒙胧之中，看见许福明也进来了，衣服半掖着，裤脚脏了一块，不知在哪儿蹭的，连跑带颠，去窗口交钱取票办手续，来回来去，忙一脑袋汗。我想，还是医院暖气烧得足，家里要是也这样就好了。前几天看新闻，说温度不达标，能给退一部分采暖费，这钱得要，投诉电话我记在哪儿来着，我不停地回忆着，越想越困。

但一躺在病床上，又什么都忘了。像是进入另一个纯白世界，蒸汽缭绕，内心清澈，一切愿望都摸得着，想喝水，想吃东西，但吃上就吐，时间发生扭曲，像一条波浪线，起伏不定，有时候五分钟过得也像一个小时，挺煎熬。透析过后，有人活蹦乱跳，我是一点力气都没有，根本站不住，说话都累，得眯一会儿，才能稍微恢复，但也走不了几步，蹲着倒是还行，能缓一缓。挪几步，蹲一会儿，挪几步，再蹲一会儿，一般我就是这么走出医院的。许福明在身后，有几次想过来换我，我都给推开了，不用他。他刚才是咋说的，我可都记着呢，快要让我拖累死了。

刚发现得病那阵儿，我跟我妈两人过。之前一年，许福明在外面又找一个，女的在玉兰泉搓澡，外地户口，带个小男孩。也不知道他俩咋认识的。反正许福明成天不回家，借着跑车的名义，在外面租个房过日子，怎么喊也不露面，五迷三道，好不容易过节回来一次，见面就吵架，连踢带踹，脾气见长。本来都挺大岁数了，睁一只眼闭一只眼，对付着过就得了，但他就不行，蹦高要离，魔怔了。

我妈也挺倔，还到澡堂子闹过一次，裤腰里别着菜刀去的，但没用上。回来之后，听我几番开导，心平气和去离婚，也是过够了。办完手续时，正好是中午，我们一家三口还下饭店吃了顿饺子，跟要庆祝点啥似的。许福明情绪特别好，叫了俩凉菜，筷子起开啤酒，倒满一杯，泡沫漾出来，他低头吸溜一口，然后抬手举杯，要敬我和我妈。我没搭理，低头攉弄蒜泥，我妈跟他干了一杯，然后说，瞅你那样儿吧。许福明笑嘻嘻，也不说话。我妈又说，小人得志。许福明还是笑，说道，多吃点儿，不够再要。

可能许福明自己也没料到，好日子没过几天，这场病就将我们再次连在一起。检查结果出来的时候，我刚上班不久，没啥积蓄，根本不够看病的。我妈挺要强，始终也没告诉许福明，后来把房子都卖了，我俩在铁道边上租房子住，就这样，也还没说，不指着他。但钱也还是不太够，四十平的"老破小"，能卖几个钱啊，这病跟无底洞似的。

许福明还是听别人说卖房子的事儿，才知道我得病，灰土暴尘地赶过来，衣服穿得里出外进，气色也差，提溜几样水果，像是来看望不熟悉的朋友。我妈见他来了，也不说话，在厨房拾掇菜，我也不知道跟他说啥好，就一起坐着看电视，"辽台"节目，新北方，一演好几个小时，口号喊得挺大，致力民生，新闻力量。看了半天，许福明问我，咱家现在这种情况，能上这个节目不，寻求社会帮助。我气得要死，给他撵走了。出门之前，我听见他跟我妈说，你放心吧，我肯定管，管到底。我心说，你咋管啊，你能管谁啊，你是玉皇大帝咋的，管好你自己得了。

咣一声，大门关上，许福明的脚步声渐远。我妈把围裙解下来，端上桌好几个菜，还炸了鸡蛋酱，冒着热气，伙食不错。我妈坐在我旁边，我看看她，她看看我，电视里的交警大哥磕磕巴巴地聊着违章，我俩抱在一起呜呜哭。之前也没这样，都挺坚强的，这天就有点受不了。哭了一会儿，该干啥干啥，差不多得了，不然菜都凉了。

　　我妈走得太突然了，直到现在，我都接受不了，还没正式入冬，清早下趟楼的工夫，摔在水站旁边的井盖上，昏迷过去。我们刚搬到这边，邻居都不熟悉，看这情况也没人敢动弹，后来有人打了急救电话，这才找到我。那时我还没起床，浑身疼得不行，听到这消息，瘫在地上，站不住了，后脊梁直冒虚汗，眼前一片黑暗。

　　我给许福明打电话，让他赶紧过来，说我妈可能是脑出血，情况不好，快拉我去医院。他也着急，但正值早高峰，路不好走，花了将近一个小时才过来。接我下楼之后，发现等着我们的是一辆出租车。我问他，你咋不开车来？他也没说。上出租车后，又问一遍。许福明说，想给我拿点钱治病，车就先卖了。我说，用你管吗我，该你出头时，啥也指不上你。

　　我嘴上生气，其实也有点心疼，许福明指着那车过日子呢，前些年蹬三轮在南塔拉日杂，后来总算攒钱买了辆二手车，四米二的厢货，这还没养两年，就又卖了，肯定是赔。我家就这样，无论干啥，从来赶不上点儿。别人家赚钱了，看着眼红，也跟着往里投，结果轮到自己时，一塌糊涂，人脑袋赔成狗脑袋，没那命儿。

　　到医院之后，我俩直转向，哪儿都找不到，后来一顿打听，从里面出来个大夫，直接告诉说，人不行了，没抢救过来，让准备后事。我和许福明当时都傻了，做梦似的，一样不会，别人让干啥干啥，开死亡证明，买装老衣服，遗体送殡仪馆，忙得没空细合计。为数不多的亲戚朋友过来，扔了点钱，都同情我们。许福明还挺客气，对来宾千恩万谢，净扯没用的。晚上守灵时，我实在撑不住，几近虚脱，躺在沙发上睡着了。到后半夜，起来上厕所，看见许福明还没睡，抽着烟，对着我妈的遗像嘀嘀咕咕，好像还掉两个猫崽儿，离都离了，真能整景儿。

上午出殡，看我妈最后一眼，遗体告别时，我才反应过来到底发生了啥，哭得上不来气，心脏也跟着犯抽，口吐沫子，扯着灵床，死活也不撒手，惊天动地，好几个人都拽不走。后来工作人员都过来了，好一顿劝。下午许福明带我去医院做透析，我一句话也没说，躺在床上，感觉自己也像是死了一次，都看见魂儿了。后来想想，怎么也接受不了，下趟楼的工夫，人咋就能没了呢？想着想着，又开始怨恨起来，妈你心可真狠啊，明知道我有病，怎么就能舍得扔下我自己走啊。

许福明搬回来跟我一起住，肩上扛一个包，手里拎着一个，跟他走的时候没区别，同样也是这套装备，像是报了个几日游的旅行团，兜了一圈，又回来了，白折腾。厢货卖了，可还得活，他又买了辆二手倒骑驴，一米二的板，挺宽敞，花了三百七，礼拜二和礼拜五拉我去医院透析，平时在九路家具城拉脚，每车六十，辛苦钱，装多少都得拉，活儿俏的时候，一天能剩一百来块。

从医院回来后，许福明在厨房炒菜，尖椒土豆片，满屋油烟，租的房子没有油烟机，做饭时只能开气窗通风，不顶啥用，冬天特别遭罪，不开窗户呛，开窗户吧还太冷，还好春天马上到了。

菜端上桌后，我还是没力气吞咽，只吃两口。许福明嘟囔了句啥，我没听清，便又躺着睡过去。醒来时，已是晚上八点多，望向窗外，黑暗之中，景物漂浮，那一瞬间我竟觉得十分空旷，恍惚之间，想起以前看过的两句诗：山静似太古，日长如小年。闭上眼睛，甚至能感受山风吹拂。屋内没有声音，我就这样坐了很长时间，然后起身喝水，翻开手机，看见赵东阳给我留言了，问我最近怎么样。我回信息说，下午刚做完透析，目前状况良好。赵东阳说，过几天有空来看我。我说，没事，你家里也挺忙的。赵东阳说，也不忙，就是懒，最近跑沈北院区，一直没看见你。我说，转院了，医大二院治不起，冬天以来，一直都在九院做的。

　　我患病之后，社交极少，跟以前的朋友基本都断了，就跟谭娜和赵东阳还有联系。谭娜不用说了，小学和初中都是一个班的，住得也近，上学放学一起回家，连体婴儿似的。赵东阳是初中同学，当时不太熟，整个三年也没说过几句话，后来我妈带我看病，有一次在病房外面，正好走个对头碰，其实我认出他来了，但没好意思打招呼，多年不见，而且是这种场合，没啥唠的。擦身而过后，他又追上来，碰碰我的胳膊，轻声问我，你是许玲玲不？我还没想好，我妈扭头替我回答，说，是啊，你谁啊。他说，咱俩以前同班同学，一六五中的，我坐你后面，赵东阳。我说，想起来了，你也没咋变样啊。赵东阳说，是不是，保养得还行。我妈看他穿的制服，问他，你在这里上班？赵东阳说，是，给医院开车呢，依维柯，送点医用耗材啥的，几个院区来回跑。我妈说，这工作挺好，是医院的正式员工不？赵东阳说，合同工，其实也不咋的，赚得少，就是稳定，平时不忙，上午一趟下午一趟。我急着告别，不爱提我生病的事儿，赵东阳还非得追着问，欠儿登似的。我妈跟他讲得很细，还指着他帮联络联络，其实他就是个司机，边缘人物，能力有限。看得出来，赵东阳听见这样的请求，也很为难。第二次见他时，医生没联络到，倒是给我买了不少吃的，还有大罐的营养品，白花钱。我死活不要，那也非得让我收下，其实那些东西都是骗人的，吃完啥效果都没有，我清楚得很。

我在医大二院做了半年多的透析，只要赵东阳当天不出车，就过来陪我坐一会儿，随便聊几句，有时候回忆同学，有时聊聊他们车队的事儿，人际关系啥的，让我帮着出主意。我能说啥，也不熟悉，就是赶着唠。他过得也挺紧，刚有小孩，媳妇还不上班，两人总干仗。我隐约记得他在上学时挺喜欢我的，但不敢肯定，印象模糊，联欢会时好像给我送过明星海报，那时候都兴这个。

谭娜来看我时，则完全认不出赵东阳，提醒了好几次，还是没想起来，也行，当新朋友处。有时候我们仨还一起出去吃个饭，都挺简单，抻面鸡架啥的，赵东阳请客，不好让他破费。吃完回来，谭娜跟我说，我看他对你有点意思啊，没嗑儿硬挤，也要跟你唠。我说，别瞎白话，他都结婚了。谭娜说，我看那眼神儿不太对，暧昧。我换个话题，问她，你咋样，又处对象没。谭娜叹了口气，说，刚处上一个，二婚的，你说我是咋了，小时候也不缺对象啊，没把握好，现在岁数一大，怎么忽然这么不值钱了呢？我说，人好就行，几婚能咋的，都得认真对待。

　　人品这玩意儿，没处看去。没得病之前，我也有个对象，处得还挺好呢，在环保局上班，家里安排的，平时没啥爱好，就是喜欢足球，爱看也爱踢，以前是体校的，身体特好。我跟着他去看过几次辽足，坐东三看台，视野不错，骂满九十分钟，心情舒畅，排毒养颜。完后两人拉着手去北四路吃点烧烤，喝几瓶啤酒，半醉不醉时，在旁边的小旅馆开间房，一宿能折腾好几次，第二天照常上班，精力充沛。那段时间，我不爱回家，许福明也不回家，天天就剩我妈自己，谁也顾不上她。后来听说我一得病，对象跑得快极了，百米冲刺速度，直接蹽没影儿了。我妈重新回到我的生活中央，天天数落我，有时候说多了，也心疼，就改骂我以前的对象。我也跟着骂，对着空气，啥难听说啥，哄我妈高兴。但其实我一点也不恨他，人之常情，可以理解。现在偶尔想起来，也都是些美好的记忆，我挺知足的，没白处一回。

　　许福明回来时，将近半夜，我迷迷糊糊正要睡着，听见开门声吓了一跳。我拧亮台灯，问他干啥去了。他回答说，没事儿，你快点睡吧。我说，病历你搁哪儿了，在你包里没？我瞅一眼。他说，瞅啥，深更半夜，睡觉。我说，看看指标。他说，我看了，都挺好。我不信，下床去翻他包，他一把拽走，不让我看，转身躺在沙发上，头枕着包。不看就不看吧，反正肯定也是不好，我心里有数，看见了反而闹心。我上个厕所，又回到床上。租的房子不大，我睡里屋，许福明睡在过道的沙发里，经过他时，能闻到一股饭菜味儿。我知道他干啥去了，这老家伙，没有消停时候。

　　我是上个礼拜发现的，他又处上一个，我家以前房子附近饭店的服务员，瞅着比他岁数都大，一脸褶子，尖嘴猴腮，长相特寡。我也真是服了，许福明到底有啥魅力，一没劳保，二没长相，赚得也少，还有个生病的女儿，就这家庭条件，咋还有人往上贴呢？这女的姓啥不知道，但之前我见过好多次。我高中退学之后，到药房去上班，干收银，她戴个口罩，老过来开药，全是治妇科病的，那时候我对她就没啥好印象。

许福明这几天晚上总不着家，爱往饭店跑，那女的就住那里，凳子一搭，被褥一铺，直接睡在上面。大前天吧，许福明还从家里偷了罐蜂蜜，藏着掖着，给那女的送去了。我没吱声，那蜂蜜是赵东阳以前给我买的，拿就拿呗，反正我也不喜欢那股味道。

我躺在床上，睡不着，就捧了本书看，诗词大全。我上学时候就爱学语文，尤其是古文，觉得写得美，读起来有感觉，"满船明月从此去，本是江湖寂寞人"，说得多好啊，我经常也是这个心境。但可惜书没念下去，我那几年正赶上辽宁实行大综合高考，不分文理，总共九门课，全都得学，物理化学啥的，各种公式，真记不住，太难了，于是上完高二就退了，给家里减轻负担，反正也是普高，每年退学得有一半，不稀奇。但我这文化水平，比谭娜和赵东阳多少还是强点儿，他俩都是初中毕业就不念了。赵东阳说要去当兵，后来也没去成，考了个本开车去了。谭娜上了个中专，有阵子挺疯，夜不归宿，总去红番区蹭曲，扑热息痛似的药片子，一把一把地吃。家里人也都不管她，整天迷迷瞪瞪，身边男的总换。那阵子我两接触得就少了，唠不到一起去。后来她也不玩了，被人害得不浅，打了两次胎，伤了元气，不敢折腾了，正好她老姨在西都商场兑了个床子，她就去帮着卖裤衩袜子，一干就是好几年，我身上穿的全是她送的。成天坐在柜台后面，光动弹嘴儿就行，不累。她挺适合卖货的，也乐意干，就是运动太少，导致这两年体重长得有点快。我俩身高差不多，一米六五吧，但她现在比我得重四十斤，充气似的，走道都开始喘了。

后来不知道是几点睡着的，第二天醒来时，差不多八点。我拉开窗帘，阳光明媚，伸着脖子往外面一望，拴在栏杆上的倒骑驴不见了，许福明已经出门。饭菜在盖帘里，还是昨晚那些，洗漱过后，我自己热着吃，一口一口，嚼得很细致，跟昨天相比，我感觉基本是缓过来了。吃过饭后，在家待着实在没意思，我穿好衣服出门，想去找谭娜待一会儿。

坐上公交车，经过铁西广场时，好像看见我以前对象了，就一个背影，但我感觉应该是他。还是那么瘦，穿得立整，小鞋刷白，胳膊肘儿挎个女的，那女的背个金链小粉包，细跟长筒靴，也不怕摔。我没敢下车，有点怕见到他，状态不好，不自信，特意多坐一站，再走回商场。谭娜正在吃午饭呢，还没吃完，筷子放在一旁，我看了一眼，三荤一素，待遇挺高。她冲我点点头，然后继续向顾客展示十块钱五双与十块钱三双的质量区别。我从她与案板的缝隙之间钻进去，一屁股坐在里面的板凳上，开始摆弄手机。板凳上套着海绵垫，倚靠一堆货物，相当舒服。

谭娜将盒饭扒拉干净，一粒没剩，然后横过手背，擦了擦嘴，问我，过来咋不提前说一声。我说，懒得打电话，走到哪儿算哪儿。谭娜说，前几天看见你爸了，在那饭店里，挺晚的时候，我去打包俩炒菜。我说，他干啥呢。谭娜说，干坐着，喝水，招人烦不。我说，没皮没脸。谭娜说，是不是跟那个服务员。我说，我看着像。谭娜说，那女的也不容易，下岗多少年了都。我说，许福明就他妈爱扶贫，也不看看自己啥德行。谭娜说，不能这么看，岁数大了，都有情感需求，你得理解，你爸这人不坏。我说，别提他了，你咋样。谭娜说，住一起了。我说，进展挺快，啥时候下一步。谭娜说，住上我就后悔了，脾气不咋的，那方面也不太行。我说，差不多得了，要求还挺高。谭娜说，说两句就好动手。我说，那可不行，不能挨欺负啊，别犯糊涂，赶紧撤。谭娜叹了口气，说，我本来也是这么想的，但我现在身边真没人了啊，只能先将就着，再说他这人其实倒也不坏。我有点急了，跟她说，谁他妈都不坏，最后就你吃亏，再找啊，离了他还不活了咋的。谭娜说，说得轻巧，咱这条件，是要啥没啥，还能像小时候似的啊，想跟谁处就跟谁处。

　　我给赵东阳发信息，邀他晚上也一起吃饭，来陪谭娜喝点儿，她心情不好。没到四点呢，他就从医院过来了，穿一身牛仔服，歪戴帽子，远看着还行，离近了细瞅，满脸瑕疵，不忍直视。我有点违心，夸赞他说，气色不错啊，挺有型。赵东阳指了指脑袋，问我，咋样。我说，啥咋样。他说，刚铰的头。我说，就为了见我俩呗，特意去理个发。赵东阳说，那必须重视起来，完后又回家换套衣服。谭娜说，你媳妇没问你要干啥去啊？赵东阳说，问了，我直说的，跟你俩喝酒去，能把我咋的，我这一天到晚，累死累活，赚钱养家，出去喝点小酒，有毛病吗？我说，还立起来了。赵东阳笑着说，谁还能总挨收拾啊，想吃点啥，我请，刚过完年，年终奖又发一半。谭娜说，今天谁都不用，我来，烤牛肉去，能多待一会儿，难得聚一起。

商场五点关门，我们刚要走，忽然又来了几个女的，岁数不小，打扮还挺妖，个个皮靴假透肉，要买丝袜，挑来挑去，赵东阳坐在后面，眼神挺不健康，想装作不在意，却又忍不住多瞄几眼。我觉得好笑，小声跟他说，想看就看呗，有啥不好意思的。赵东阳说，拉屁倒吧，太小瞧我了也。谭娜一边应付客人，一边收拾柜台，嘴和手都不闲着，卖货一把好手，弯腰装箱时，露出一截后背以及半个屁股，一圈白肉漾出来，颤颤巍巍。我上前去拍了一巴掌，手感结实，声音响亮。她不好意思地往后拽拽衣服，说，许玲玲，你能老实一会儿不。我乐得不行，来买货的都直瞅我，但我也不知道自己到底在乐啥。赵东阳有些不好意思，点根烟出去了，说在外面等我们。

待到我们出门时，天色已晚，沿着后街走几分钟，来到小六路的千里马烧烤，正是饭点，人还挺多，我们在最里面占了一张桌，贴着墙坐，赵东阳蹭了一身白灰，使劲扑落也不掉，挺狼狈。谭娜点一桌子菜，全是肉，腰子熟筋鸡脆骨，就一个拌花菜是素的。我光看着就有点饱，她好像特别饿，吃得很快，烤得半熟就往嘴里塞，还指使赵东阳从门口拎过来好几个箅子，自己烤自己换，万事不求人。我得这病，不能抽烟喝酒，不然就更严重，只能看着他俩互相吹。谭娜酒量特好，从小练出来的，那是美酒加咖啡，一杯又一杯，赵东阳不太行，两三瓶下肚，脸就红了，喘气都带着酒味，眼神发直，话也说不利索。我俩跟小学生似的，听着谭娜一顿大白话，从商场到夜场，从首都到沈阳，政策形势，情感关系，瓜果皮核，分析得头头是道。天南海北，谭娜最美，不服是不行，前提是这事儿里没有她，要是她自己的事儿，那是怎么都捋不清的，混沌一片，小糊涂仙儿。

　　喝到晚上十点多，就剩两桌了，火炭烧尽，屋内逐渐变凉。不知道怎么聊到旅游，谭娜说她想出门转转，好几年了，铁西区都没出过，我说我也想去，赵东阳说那咱今年就走一趟啊，来个春游。我说，费用得均摊。谭娜说，你俩相好的，还摊个屁啊。她一喝多就这样，满嘴胡咧咧，我也不挑。赵东阳说，到时候借个车，我开着去，看看大海，放松心情。我说，可惜我不能走太远，两天就得回来，还得去医院。谭娜说，近的也行，大连那边好几个岛，我老姨年前去的，风景都还行，不贵，吃住一条龙。我和赵东阳也觉得不错，是个好提议，可做备选。聊得正高兴，谭娜出门接了个电话，回来时满面红光，身边多了个男的，介绍说是她对象，在家不放心，特意来接她了。整景儿呗，饭店离他对象家就几步道儿的距离。她对象长得有点老，干巴瘦，头发快掉没了都，鹰钩鼻子，戴个眼镜，穿了件起球的绿毛衣，看着像她叔，反正跟我们不是一代人。谭娜有点喝多了，依偎在他身上，脸贴着她对象的胳膊，姿势极不协调，看得出来，她对象也挺难受，不方便夹菜。谭娜说，老公，他们要带我出去玩。她对象说，好事啊，你去呗。谭娜说，那你跟我去不？我可不想当电灯泡。她对象夹了一块烤煳的肉，塞进嘴里，然后说，上哪儿啊，一起去呗，全我安排。我一听这话就特别反感，拉了一下赵东阳，说，你差不多得了，明天还得上班呢，喝完这个就回家，不然又得跟媳妇干仗了。赵东阳挺聪明，点点头，提了一杯，跟谭娜对象说，初次见面，来日方长，杯中酒干兄弟。

谭娜和她对象住得近，互相搂着往家走。赵东阳送我回去，路上空车少，先陪我走了一段。灯光昏暗，几乎没有行人。昨天还飘雪花，今晚仿佛直接进入春天了，一步到位，这季节总令人产生幻觉。没有风，温度适宜，天空呈琥珀色，如同湖水一般寂静、发亮，我们俩步伐轻快，仿佛在水里游着，像是两条鱼。想到这里，我忽然问赵东阳，我们像鱼不。赵东阳说，啥意思，没吃饱咋的。我说，不是，就是天气挺好，周围没有障碍，身体也还行，有劲儿，走路轻松，自由自在。赵东阳说，像啥都行，只要你好就行。我说，要是能选的话，我想当鲨鱼，前几天看新闻，北大西洋里发现一条，格陵兰睡鲨，五百多岁，目前为止发现的活得时间最长的动物。赵东阳说，那是啥朝代生出来的。我说，可能是明朝。赵东阳说，成精了。我说，这几天我一直在想，你说它每天是啥心情。赵东阳说，什么啥心情。我说，五百多年，别人都活好几辈子了，它这一生还没过完，世间的那些事，反反复复，看了多少遍，曾经的同伴都已静静沉入海底，只剩下它自己，离岸几千米，似睡非睡，缓缓前进，守护着越来越多的时间，这么一想，又有点替它难过。赵东阳说，难过就别想了，给自己增加负担，你得先养好身体。

走回大路，月光洒下来，地面湿润，我们站在道边等出租车，侧方忽然有奇异的浓烟冒出，我们走过去，发现是一棵枯树自燃，树洞里有烛火一般的光，不断闪烁，若隐若现，浓烟茂密，凶猛上升，直冲半空，许久不散。我们眯着眼睛，在那里看了很久，直至那棵树全部烧完，化为一地灰烬，仿佛从未存在。

四月份结束供暖，屋内更加阴冷，我的身体一天不如一天，经常处于睡不醒的状态，起来活动一小会儿，就又要犯困。上次大夫跟我们说，方便的话，一个礼拜来三次也行，我心说，我倒是方便，时间有的是，但钱不方便啊。看这病只能报销一部分，剩下的还得自己承担，当然，主要是许福明承担。他听完这话后，当场也没有表达看法，默默蹬车带我回家，回来也没动静，假装没听着，黑不提白不提。啥人吧。

有时候我挺来气，有时候又挺同情许福明，这辈子过得，没少挨累，啥都折腾，但到头来啥也没成。到他这岁数，不说那些有大能耐的，就是以前厂子的普通工人，都找人办个提前退休，坐家里享清福了，他还在这儿奋斗呢，肩扛背驮，冬练三九夏练三伏，着实不易。走在路上的时候，我脑子里反复合计这些事儿，觉得也挺对不起他，拖累，但是一到家里，见他那副德行，今天搞破鞋明天偷蜂蜜的，又气不打一处来。

最近身体状况不好，跟谭娜他们也没怎么联系。有天半夜，她忽然给我打电话，哭得不行，告诉我说让那男的撵出来了，两人又动手了。我说，撵出来挺好，以后也别回去了，少给自己找罪受。谭娜问能来我家对付一宿不，我说那有啥不行的。快十一点吧，谭娜敲门进屋，眼睛红肿，脸色苍白，被泡过似的，没有血色，手里提着一盒草莓。我在厨房洗草莓，她就在屋里愣神。许福明披上衣服出门了，还挺觉景儿，估计是又偷摸去饭店住了，最近他总不在家里睡。

谭娜说，擀面杖。我说，草莓真好吃，好几年没吃了都，你说啥。谭娜说，他拿擀面杖打我。我说，你没还手啊。谭娜说，还了，我给他推桌子底下去了。我说，推得好。谭娜说，然后他跳起来，龇牙咧嘴，照我脑门儿就是一下子，给我干蒙了，站不稳了都，现在感觉脑袋里头还嗡嗡的。我说，太他妈不是人了，你千万可别跟他过了。谭娜说，这回肯定分，再处要出人命。我说，那不至于，你看他那熊样，打仗拿擀面杖，都不敢动刀，也是个窝囊废。谭娜说，不是说他，是我，我怕自己出事，现在有的时候，我看见他睡着了，想起来以前的一些事儿，想起来他是怎么对我的，就想直接上厨房取刀攮他，好几次了。我说，我操，千万控制住。谭娜顿了一下，盯着我说，九九。我说，姐你喊谁呢，别吓唬我啊，我许玲玲。谭娜说，草莓，丹东九九的，可他妈贵了，你给我留点儿啊。

有天赵东阳要来给我送点日用品，从医院顺的口罩洗手液啥的，装在一个黑塑料袋里，见到我时，先问我一句，准备啥时候出去玩，不是周末的话，他要提前请假。我本来都忘了旅游的事情，但他这么一提醒，还真提起兴趣了，我把谭娜的事儿跟他说了，然后说我自己最近也不好。他说，那正好啊，一起出去散散心，咱们赶在中下旬，找个方便的日子，"五一"假期人就多了，人多玩不好。我说，行，回头问问谭娜，她工作都不干了，天天憋在家里，情绪很差，我也担心。赵东阳说，先担心你自己吧。

那天正好是周六中午，赵东阳说要请我出去吃饭。我翻翻冰箱，还剩了点切面，就说别下饭店了，留着钱出去玩多好，中午我给你做炒面，对付一口。赵东阳说，那行啊，我就愿意吃炒面。他出门买了香肠和咸菜，还换了瓶啤酒，挺不拿自己当外人。我打了两个鸡蛋，还有点菜叶子，搁陈醋酱油，炒了一大锅。面是炒完了，大勺端不动，盛不出来，胳膊没劲儿，最后还是喊赵东阳帮我倒出来的，装了两大盘。我又拨给他不少，屋里挺凉，但他还吃得满头冒汗，我看着高兴，没白做。

许福明拿钥匙开门时，不知为啥，我心里还紧张一下。赵东阳起身打招呼，说，叔。许福明看着他，没反应过来，说，来了哈。赵东阳说，啊，过来送点东西。许福明说，啊，我回来取点东西，马上就走。赵东阳说，啊，东西放这儿了，我也走，回家。我说，你着啥急啊，刚吃完饭。许福明说，是，多待一会儿呗，再待一会儿，回家不也是待着么。

许福明刚关上门，我就开始笑，控制不住，赵东阳特别不好意思，说，你乐啥啊。我憋住笑，说，没啥，我看你还挺尴尬。赵东阳说，早知道就不换啤酒了，你不说你爸白天不回来么，这多不好啊，连吃带喝的。我说，那怕啥。赵东阳说，影响我个人形象。我说，我还没说影响我呢，你有个屁形象啊。赵东阳说，唉，也是。

收拾完碗筷，我俩坐着看电视，总共就能收到三五个台，没好节目，全是不看广告看疗效。我给谭娜打电话，跟她说想一起出去旅游，谭娜听后很高兴，说她都好几天没出门了。我说那你就赶紧准备起来，下个礼拜五，我去医院透析，休息一晚，咱们礼拜六早上出发，礼拜天晚上回来，正好赵东阳还不用请假。谭娜说，那行啊，定好地方没。我说，刚跟赵东阳说呢，觉得秦皇岛挺好，有山有海，离得也近，来回方便。谭娜说，没问题，正好我还没去过呢，我得想想出去玩穿啥。我说，你想吧，好好琢磨，提前一天来我家住，早上咱俩一起走。

我跟许福明要了五百块钱，说要出去旅游。他有点犹豫，但还是给我了，都是零钱，一张一张铺平叠好，我看着难受，有点打退堂鼓，这种家庭条件，还要出去玩，确实不太合适，但是之前都定好了，也是真想去，看看风景，这时再反悔可就太扫兴了。许福明将钱小心翼翼地递给我，然后问，多咱去啊。我说，过两天。然后他又问，五百够不啊。我点点头，没有说话。

谭娜拖了个半人多高的大箱子来找我，知道的是去旅游，不知道还以为要搬家。我说，总共就走两天，用得着这么多东西嘛。谭娜说，能想到的，我都带着了，准备了好几天，东西是越装越多。我翻了翻她的箱子，问她，你带泳装干啥，这才几月份，下不了水，没到时候。谭娜说，万一能呢，我备着，这套是去年新买的，一次都没穿过呢。

原本说是开车去，结果赵东阳那边没借到车，我们决定坐火车去。其实正合我心意，开车去费用太高，又是油钱又是过路费的，光让赵东阳自己掏，那过意不去。火车票不贵，五十多块钱，对谁都没负担，1024次，早上五点多出发，九点多到山海关，啥都不耽误。

谭娜兴致很高，定的闹表，三点就醒了，梳妆打扮，我还是困，透析完就是累，怎么都起不来床，最后谭娜硬生生把我拽走的。我俩四点出的门，站在路边打车，冻得直哆嗦。我穿帆布鞋和牛仔裤，上身是卡通帽衫，轻装上阵。谭娜穿了一套豆沙色的衣裤，挺严肃，看着像要去招待所开会，臃肿的身体被捆在其中，极不合适，选了一个多礼拜，咋就穿这套出来呢，不理解。

凌晨温度很低，像是又回到了冬天，空气里有烧沥青的味道。我迷迷糊糊，想起以前许多个冬天，那时候我和谭娜跟现在一样，拉着手，摸黑上学，一切都是静悄悄的，但走着走着，忽然就会亮起来，毫无防备，太阳高升，街上热闹，人们全都出来了，骑车或走，卷着尘土；有时候则是阴天，世界消沉，天边有雷声，且沉且低且长，风自北方而来，拂动万物，一天又要开始了。

我给赵东阳打电话，光响也没人接，都开始检票了，他还没到，也不知道到底是去还是不去，没起来床还是咋的，没个动静，心里有点急。谭娜笑话我说，咋的啊，惦记上小情人儿了。我说，你那嘴能闲一会儿不。谭娜说，爱来不来呗他，咱俩照样玩。我说，问题咱不都提前定好了么。谭娜说，可能又跟媳妇干起来了。我说，没准真是。谭娜说，他给你说过没，媳妇管他老严了，各种控制，还总拿孩子要挟他。我说，他自己娶的，赖谁啊。

我们正聊着，赵东阳从后面跑来，步伐很大，跺得地面咚咚作响，背了个黑色双肩包，头发蓬乱，眼睛没睁开似的，一看就没睡好，呼哧带喘，跑到我俩跟前，说，起来晚了，差点没赶上车。我说，心挺大啊，也不知道回个电话。赵东阳说，一路小跑来的，呜呜这顿蹽啊，哪有工夫看手机。

我们坐的是绿皮车，主要图便宜，车厢里一股腐败的味道，很难闻，硬座是卧铺改的，没有隔档，坐着不太舒服，不得靠也不得躺，视线也窄，没法施展。刚上车我就有点困，谭娜让我坐在最里面，我也没精力吃东西，披头散发趴在桌子上，没一会儿就睡着了。他俩在旁边说话，声音很吵，我做了好几个梦，都是一闪而过的片段，不成体系。这一觉睡了两个小时，报站说马上到锦州了，我才醒过来，揉眼一看，谭娜和赵东阳也不聊天了，闷头一顿狂造。谭娜昨天买了一只板鸭，这时候正拆了分着吃，还配着几听罐啤，挺会整，见我起来了，谭娜指了指桌上的残骸，跟我说，味儿还行，特意给你留个大腿。赵东阳说，有点咸其实，就大米饭正好。谭娜说他，你咋那么多事呢，白吃都堵不上你的嘴。

窗外都是石山，形态陡峭怪异，巨大且锋利，谈不上是什么景观，但也让人看得入迷。我想，要是这几个小时的车程，能无限延长就好了，哪怕是极短的距离，你仔细观察，反复体会，总能发现不一样的东西，无法穷尽。山脉过后，又是一片水潭，静止不动，看不出到底多深，我们仿佛驶在桥上，一阵大风吹过来，火车轻轻摆荡。

赵东阳忽然来了一句，掉下去就好了。我说，这是啥话。谭娜跟我说，刚才你睡着了，没听他讲，又跟媳妇吵架了，不愿意让他来，他非得来。我说，那就别来呗，至于嘛。赵东阳说，早上还给我下最后通牒，说我今天要是出门，回来就去办手续。谭娜说，吓唬你呢，都是路子。我说，你这么一说，我真有点后悔出来了。谭娜说我，这时候你装啥好人，跟谁一伙儿的你。赵东阳说，那后悔啥，咱该咋玩咋玩，我算看透了，我跟她是过一天少一天。谭娜说，话说得跟放屁似的，你跟谁还能过一天多一天是咋的，那不符合自然规律。赵东阳低着头，不吱声了。我捅了捅谭娜，她瞅我一眼，又找补一句，说，我也没别的意思，咱既然都出来了，就好好玩，别老跟怨种似的，有啥问题回去再解决，来，再开一罐。

　　火车略有晚点，我们从山海关站出来时，已经将近十点。空气好像比沈阳还凉，水分大，能闻到一点腥味，不重。眼前是深色城墙，倾斜而上，巨人一般矗立，砖缝之间有白沿，不知道有多少年历史，也可能是后来修复的，无所谓，气势还在。我跑过去，展开双臂，抬头眯眼，让他们帮我拍了张照。别白来一趟，虽然目前的状态不好看，但也要留个纪念。背后的城墙凉涔涔，我踩在湿软的泥地上，有雨的气息环绕周身。这边很少有高楼，放眼望去，心旷神怡，远处还有风筝在飞，摇摇晃晃，像是从海里面升起来的。

　　谭娜记了个地址，带着我们走，非要去吃一个什么包子，当地特产，她都吃一路了，咋还能吃下去呢？我也是纳闷。七拐八转，终于找到了那家饭店。门脸挺大，刚一进去，我就一阵犯恶心，满地油污，手纸筷子都粘在地上，走道发黏，我找了个位子坐下，赵东阳和谭娜去点包子。旁边的服务员大姨走过来，用嘴咬开一袋陈醋，挤入桌上的调料瓶里，我不知道该说啥好。不一会儿，谭娜和赵东阳端上来两大盘包子。我是一点胃口也没有，只喝了半碗粥，包子尝了一个，不爱吃，油太大，他们俩吃得不亦乐乎，但最终也没吃完。倒也行，午饭就此解决了，不耽误时间。

我们先去的天下第一关。刚进去时还挺凉，几乎没有游客，一切尚未苏醒，过了一会儿才逐渐暖和起来，有摊位在卖烤肠和苞米，没精打采，锅里连热气都不冒。我走在最前面，跑上台阶，谭娜在后面喊，你慢点儿啊。我说，你这咋还不如我这个病号呢。谭娜说，吃撑了，迈不动步，直冒虚汗。我说，那我在顶上等你。我爬上去之后，半天也没看见谭娜，赵东阳也磨蹭好一阵儿，才赶上来，跟我说，谭娜在底下坐着呢，歇一会儿，不到这顶上来了，我们一会儿下去找她。我说，啥体力啊，这也没有多高。赵东阳说，是啊，没多高。我说，但不上来也行，没啥损失，景儿也没多好。赵东阳说，是啊，没多好。

虽然景色一般，但我还是愿意多望几眼。近处有红黄标语，扯在树间，远处是土黄与青黑的结合，松柏成林，颇有秩序，回首望去，山脉连绵不断，其间有几趟平房，在云的深处若隐若现，规模不小，不知道是什么人住在里面。

我们下来之后，看见谭娜正在打电话，表情严肃，走得慢悠悠。我也不好偷听，便跟赵东阳走在前面，她在后面跟着。我小声问赵东阳，你猜，跟谁打电话呢。赵东阳说，那我上哪儿猜去。我说，肯定不是啥好人。赵东阳说，谁说的，净瞎扯。我说，看表情就能看出来，她有啥都写脸上，多少年了都，藏不住事儿。

果不其然，谭娜挂掉电话后，追上来跟我汇报，以前对象打的电话。我说，又要干啥啊他。谭娜说，没啥事，问我过得咋样。我说，你咋说的啊。谭娜说，我说挺好，在外面玩儿呢，不用你操心。我说，然后呢。谭娜说，他说他挺想我的，以前是他不对，会逐步改，让我再给他一次机会。我说，你是不是又要犯糊涂。谭娜说，有点心软，但也没定，我说我得想一想。我说，想啥，挨揍没够咋的。谭娜说，那万一他真改了呢。我说，狗改得了吃屎吗。谭娜想了想，说，也对，妈的，好悬又让他忽悠，我也发现了，现在有时候心太软，前些年真不这样，那时候多潇洒啊，平地一声雷，爱谁谁，平地一声屁，爱咋咋的。我说，这话对，咱可不能越活越回旋啊。

我们从第一关出来后，坐25路去老龙头，我数了数，一共九站，十来分钟就到了，路上车少，车开得也猛，路过个什么工人医院，还有一个中学，我还没坐够呢，就到站下车了。关里关外就是不一样，景致建筑都有差别，沈阳还比较萧条，没从冬天里彻底挣脱出来，但这里就已经很葱郁了。到了老龙头门口，赵东阳买了三张套票，附带个景点，孟姜女庙，说有空也一起去看了。我要给他钱，他怎么也不收。谭娜在一边说，人家不要，一片心意，你非得硬给啥。听她这么一说，也只好作罢，但谭娜不明白我的心理，我主要是不想欠谁的，尤其是这种情况，别人倒是都不计较，但自己总犯合计，尤其夜深人静时，算来算去，没法还，压力很大，心情也受影响。

　　老龙头景区不小，刚走一半，我就有点累，想休息片刻，谭娜正相反，大概是消化得差不多了，体能逐渐恢复，一边埋怨我没有长劲儿，一边也陪着我坐在凉亭里。旁边有两门假石炮，也有几个油漆味道很重的房间，用来展示当年驻守军队的日常物资和生活状态。不远之处，有人在烧香，香烛高大，烟雾向上盘旋，到一定高度后，又轻盈散去，录音机放着诵经的声音，咝咝啦啦地传来，始终不停。我听得入神，想起很多事情。当年我妈卖房之后，又租下现在这个铁道边的一楼，她最相中的一点是，原来这间屋是位老人在住，有个小佛堂。搬进去后，她也供了一尊菩萨，摆在架上，不知道从哪儿请来的，天天拜，烧香供果，念念有词，旁边放唱佛机，一刻都不带停的，特别虔诚，说是在给观世音菩萨建道场，能为我化解业障。但是我的还没化解开呢，她就先走一步，这上哪儿说理去。不过对她来讲，倒也算是一种解脱。后来我爸搬回来，好一顿收拾，这些东西都不知道被他撇哪儿去了。

　　天又有点转阴，我们跟着一个旅行团，蹭导游的讲解听。她说在老龙头，景色最好的地方是澄海楼，有古诗为证，"长城连海水连天，人上飞楼百尺巅"，有一截长城伸展到水里，世界奇观，万里长城的起点，长城蜿蜒，如蛟龙一般守卫此处，东临碣石以观沧海，说的正是这里。我听着很心动，但一打听，要上澄海楼，又得额外花钱，于是有点犹豫，我问谭娜和赵东阳，要不要上去看，他们都没啥兴趣，但也看出来我挺想去的，就又说可以在下边等着。我想来想去，决定花钱上去看一把，下次再出来旅游，指不定是啥时候，得尽量不留遗憾。

我继续向上爬，飘了点雨，谭娜和赵东阳停在城楼的暗间里，我走上几步，回头一望，赵东阳点了根烟，正在抽着，谭娜手里也夹着一根，冲我挥挥手，笑容灿烂。我情绪颇佳，一鼓作气，登上楼顶，出了一身汗。钱没白花，风景确实不一样，面前就是海，庞然幽暗，深不可测，风一阵阵地吹来，仿佛要掌控一切，低头是礁石，有卷起来的浪不断冲刷，极目远处，海天一色，云雾被吹成各种形状，像水草、骏马，也像树叶，或者帆船，幻景重重，甚至耳畔还有嘶鸣声。我忽然想起以前背过的一篇古文，里面有一句：野马也，尘埃也，生物之以息相吹也。当时不懂，现在身临其境，体验到了，就感觉写得真是好。雨丝落在身上，浸湿头发，风也硬，轻松将我的衣服打透，让人时常要倒吸一口气。我站了很长时间，冻得瑟瑟发抖，但仍不舍离去，有霞光从云中经过，此刻正照耀着我，金灿灿的，像黎明也像暮晚，让人直想落泪，直想被风带走，直想纵身一跃，游向深海，从此不再回头。

赵东阳给我打电话，问我怎么还不下来，怕我有啥事。我说，能有啥事，一切安好，就是景色太美，挪不动步。赵东阳说，没事就好，那你再待一会儿也行，我们原地等你。我说，不了，看够了，这就下去。

雨还在下，但不大。谭娜和赵东阳仍在暗间里，背靠着墙，姿势跟我走时没啥两样，只不过每人手里都多了一个塑料兜子。我问他们，拎的是啥。谭娜说，看我半天也没下来，在景区逛了一圈，买了点纪念品。我说，给我看看，都买啥了。谭娜逐件掏出来，说，买了两件旅游纪念衫，有一件是给你的，还有印画的水杯，回家自用，带脸谱的唱戏小人儿，摇头晃脑，你看好玩不。我翻了一遍，觉得没有特别喜欢的，问赵东阳说，你买啥了。谭娜替他回答说，买了个烟灰缸，死老沉，石头雕的，倒是挺好看，一条龙盘着天下第一关，转圈是长城，还买了一把伞，怕你挨浇。赵东阳挠了挠脑袋，将烟灰缸展示给我看，做工挺糙，但意思到位，另外他还给孩子买了一堆小玩具。我说，花不少了吧。赵东阳说，没多少，东西不贵。我说，还行，知道惦记孩子。赵东阳说，唉，要不咋整，回家不得管我要啊。我说，现在这种情况，要是你一回家，看见媳妇带孩子跑了，能受得了不？赵东阳想了想，说，还不至于，没到这一步呢。

我们又在里面转了半圈，山谷里看见有人在驯马，紧拽勒口，鞭子抽得极凶，人和马离得很近，几乎是四目相对，马的双蹄翘起，驯马者不断呵斥，双方像是在台上进行搏斗。我有点看不了，心里不好受，那几鞭子，也像是抽在我身上。谭娜没见过这个，还挺好奇，不愿意走，赵东阳也不看，背过去又点根烟。我这才想起，之前在澄海楼上听到的，也许正是这匹马的叫声。

我们从老龙头出来时，已经接近下午四点，都有些累，毕竟起来得太早，精神头儿有点不够用。接下来是孟姜女庙，出门一打听，离这儿还有点距离，十几公里。但票都买了，不去也可惜，于是我们坐了辆三轮车，一路晃悠到孟姜女庙。刚一进去，就有点后悔，这里十分冷清，一切都是新的，装修味道很重，而且里

面也不大，除我们之外，很少有其他游客，十几分钟，我们基本
就逛得差不多了。谭娜一个劲儿叨咕着，上当了，上当了，这回
可上当了。我说，其实也不算，反正里面没啥消费项目，烧香啥
的都是自愿的，就当溜达了。赵东阳也说，是，我看这里还挺好，
也长见识，不到这儿来，我还一直以为孟姜女跟小白菜是同一个
人呢。

庙的深处，辟出几间屋子，拉着横幅，上面写着"中华巧女
手工艺展览"，我们进去一看，墙上挂的全是剪纸，各式各样，
十二生肖，蝴蝶燕子，四季与儿童，都有，但剪得也没啥稀奇，
算不上精美，底下都写着标价。在最后一间屋子里，我们看见了
一位妇女，四五十岁，戴大耳环，围着一条纱巾，黑瘦，穿得很
落伍，像是附近村里来的。她握着一把剪刀，极其专注地工作。
谭娜凑过去问，你是叫巧女，对不？她没说话，只是微微点头。
谭娜跟我说，看，上当了吧，处处是陷阱，看外面的标语，中华
巧女，还以为是一群女的，都心灵手巧，结果就一个人，她的名
字叫巧女，这扯不扯。我笑着没回答，跟着他们走出门，那位妇
女放下剪刀，起身相送，这时，我们看见，她满身的红色纸屑，
轻盈，细碎，纷纷扬扬地落了下来。我们继续往庙外走，她到门
口就停下来，抬头望天，像是刚刚破茧而出，抖落躯壳，还不知
要飞去什么地方。

按照赵东阳的计划，我们今晚住在北戴河，一来这边不是旺
季，价格便宜，二来据说海景不错，明天早上看日出也比较方便。
但我并不知道北戴河距离山海关还挺远，我们换了两三趟公交车，

总共坐了近两个小时，才到达目的地。我在车上醒了又睡，睡了又醒，觉得浑身冷，一直哆嗦，怕是要发烧。等到我们在刘庄下车时，已是晚上七点，天都黑了，人也很少，三三两两，气温比白天低好几度。

赵东阳说，这边都是家庭旅馆，这个季节不用提前订，都有床位，我们往里面走一走，还有更经济实惠的。谭娜攥着我的胳膊说，都行，找一家就行，赶紧让她歇会儿吧，你瞅她，困得滴里当啷的。我强打起精神，说，没事啊，缓过来一点了。

赵东阳向路人打听两次，带我们走进一个胡同，两边都是二层小楼，家庭宾馆，还挺别致，一楼挂着牌子，上面写的是"休闲小屋"。我挺好奇，想看看都是怎么休闲的，往里面看一眼，结果发现是麻将社，都在那儿稀里哗啦打牌呢，屋里满员，烟雾缭绕，跟清冷的街道形成鲜明对比。

我们选了一家顺眼的，那家底下的标语写着：环境优美，空气怡人，装修静雅。我说，这家好，听着素净。女老板扫一眼我们的身份证，也没登记，帮我们开了一个三人间，位于二楼中央，八十块钱一晚，设施虽然有点简陋，但着实是不贵。水泥地面，摆着三张单人床，彩电、桌椅、衣架都有，室内还带卫生间，能洗淋浴。我躺在中间的床上休息，谭娜守着窗户，又把她那大箱子掀开，开始捣弄东西，还去厕所换了套新衣服，真没白带。赵东阳洗了把脸，然后站在门外，扶着栏杆，跟楼下的女老板聊天，问她附近哪家饭店最好，人均多少钱，哪道菜值得一点。

八点半出的门，没走几步，就是女老板推荐的烧烤店。谭娜十分亢奋，进去菜单全点一遍，各种肉串，扇贝，烤气泡鱼，麻辣烫，锅烙，上来一大桌子，味道确实还可以，锅烙我吃了半盘，韭菜鸡蛋馅儿，有鲜灵劲儿。他们还叫了两提溜啤酒，各自开战。谭娜撸起袖子，唾星四溅，又是一顿猛白话，边讲边喝，直接对瓶吹。看得出来，她也是太郁闷了，压抑够呛，说着说着还哭了，我听着也特别心疼，然后还管赵东阳要烟。谭娜抽烟的间歇，赵东阳开始倒苦水，也不知这都是咋的了，媳妇丈母娘这那的，鸡毛蒜皮的屁事儿，但最后搞得矛盾还挺大。其实我不咋爱听，他们的这些问题，总归会有一个解决办法，要么你进我退，要么我退你进，或者各让一步，我的问题就比较难了，基本无解。也可能正是这样，我从来都不爱去一次又一次地去讲，没啥必要，自己难过就自己受着呗，往好了说，是不愿意给别人添堵，其实从内心里来讲，是不愿意成为别人日后的谈资或者素材。我活着可不是为了丰富他们的阅历的。所以生病以来，我跟很多亲戚朋友都不怎么来往了，每次听到他们假装关切的询问，我都想说，请收回你的怜悯并且要点脸吧。我也知道这种心态不对，但又调整不过来，总觉得自己委屈，凭啥啊非得是我摊上，越想头越疼，到后来，我干脆也破了戒，跟他们干了两杯啤酒，挺爽口啊，久违了。

　　喝到半夜，谭娜不再兴奋，情绪平复过来，并开始发蔫，眼皮打架，只听赵东阳一个人在说，他今天还挺出息，酒量见长。趁着上厕所的工夫，我悄悄去结了账，这一天都是他们俩在花钱，挺过意不去的，服务员给打了个折，二百八十元，连吃带喝，贵是不贵，但给钱时又有点心疼。我和赵东阳一起扶着谭娜出的门，她嘴上说没事，其实脚步踩不稳了。酒劲儿上头，我也有点迷糊，赵东阳喝得正精神，眼睛冒光，走着走着，还唱起一首老歌，我们也跟着他一起唱。只怕我自己会爱上你，不敢让自己靠得太近，怕我没什么能够给你，爱你也需要很大的勇气。各种走调，唱完就傻乐，整条街都有回音，但也不要紧，反正这里没人认识我们。我记得初中时，这首歌和那个电视剧都特别火，一转眼这都多少年了，那些演员好像还是那么年轻，而我们现在却比他们要老得多，真他妈不可思议啊。

　　我躺在床上，伴着谭娜起伏的鼾声，一整天的回忆泛上来，我努力记起更多的细节，留待日后回味，可惜实在精力不济，没过多久也睡着了，最后醒着的几秒里，我仿佛听见浪涛的声音，由远及近，奔涌而至，太阳苍白，晒在上面，晃得人无法睁眼，然后我便彻底进入梦乡。还是场景片段，一截一截，没有逻辑，开始好像是梦见我和我妈，我那时还挺小，左手拉着她，右手拿着一根雪糕，天气很热，雪糕化得特别快，化掉的奶油不断地往下滴，我心里很着急，然后身边的人忽然变成了谭娜，我也长大了一些，她趴在耳畔跟我说了一句什么话，我没听清楚，让她再说一遍，她很着急，又讲一遍，我还是没听清，然后她就被几个戴面具的掳走了，情绪很激动，表情慌乱，气喘吁吁，像是被绑架了，我心里着急，也不知道该去找谁帮忙，到处都找不到人，急得要哭出来，心头一紧，忽然就醒了。我是侧着身子睡着的，睁开眼后，映着窗外的幽光，发现谭娜的那张床是空的，被子掉地上一半，而轻微的喘息声从我背后传来，显然，它不仅存在于梦里。

他们做得很小心，动作幅度不大。我猜，谭娜应该是捂着自己的嘴，或者是赵东阳用手堵住的，总之，能听出来，她是在尽力克制，不让自己发出声音来，但却更难听了，十分怪异，不堪入耳，估计脸都皱在一起了吧。刚听见时，我一动不敢动，心里委屈，还有点恨他们，出去不行吗，再开一间不行么，但听着听着，又有点不忍，我很担心他们发现我已经醒过来了，那以后互相该怎么面对啊。做完之后，我听见谭娜下床的声音，蹑手蹑脚，踩在水泥地上，去了趟厕所，撒了一泡很长的尿，好像又冲了一下，然后回到床上。我使劲闭上眼睛，但是泪水还是流了下来，一开始是几滴，后来变成啜泣，我咬住嘴唇，但还是出动静了。我心里说，对不起啊对不起，实在控制不住，也不知道为啥。谭娜和赵东阳反应过来后，都吓坏了，分别坐在床上，不知怎么办是好。后来赵东阳穿上鞋出门了，但也没远走，就在走廊里，靠着栏杆抽烟。谭娜坐过来，摸着我的头发，断断续续地说着，喝多了，对不起，当啥也没发生，行不，求你了，我现在连死的心都有。对不起，玲玲，你接着睡吧，好不。我一把打掉她的胳膊，坐起来接着哭，怎么劝也停不下来，我为什么要这么做呢，为什么要这么对谭娜啊，理解不了自己。我明明一点都不怪他们，相反，我很害怕，怕他们会就此离我而去。我害怕极了。

我不知道是怎么睡过去的，起来时也不知是几点，睁开眼睛，只觉脸皮发紧，大概是泪水浸的，头也痛，昨天真不该喝酒。屋内很亮，我翻了个身，发现只有我自己，起身下床，想找双拖鞋，但怎么也找不到。这时，谭娜推门而入，满脸笑容，腆着肚子，好像什么都没发生过一样，跟我打招呼说，起来了啊，早饭给你搁桌子上了，鸡蛋饼和豆腐脑，还热乎呢，你洗把脸先吃饭。我说，几点了。谭娜说，九点不到。我说，对不起，起来晚了，没看成日出，你们去了吗。谭娜说，没去，那玩意儿看不看能咋的，谁还没见过太阳啊。我说，赵东阳呢。谭娜说，去旁边的海鲜市场了，买点干贝烤鱼片啥的，这边儿的好吃，还便宜，我让他给你也带了点。我说，不要，到时你都拿走吧，我不吃。

　　我洗完脸，坐在桌边吃饭，豆腐脑很好吃，又嫩又滑，鸡蛋饼也香，里面还有火腿肠，但我实在没啥胃口，也没心情，只吃两口，便觉得都堵在了嗓子眼里。我拧开一瓶白水，喝了几口，想往下顺一顺。谭娜把电视打开，来回调台，又掏出车票，跟我说，晚上六点半的车，估计十点半能到沈阳，时间都来得及，今天咱是啥计划来着。我想了一会儿，也没记起来，胃却开始不舒服，不断地往上返，我跑到厕所里，呕吐起来，吐得还挺邪乎，昨天晚上吃的也都交待了。谭娜吓坏了，冲进来扶着，一个劲儿地给我拍后背，问我，没事吧。我也没回答，吐完之后感觉轻松不少，但浑身没力气，也冷，便躺在床上，盖了两床被。

　　赵东阳提着好几包东西回来，进屋之后，跟我说，咋还不起床了呢。谭娜在旁边接话说，刚吐了，正难受呢。赵东阳听后有点着急，东西放在地上，非要带我去医院看看。我说，没大事儿，不去医院了，走不动路，就想早点儿回家。赵东阳看了谭娜一眼，谭娜也说，早点走吧，还等啥，不然也不放心。于是赵东阳又去车站，改签车票，临走之前，跟我说，鱿鱼丝特别好，排队买的，你要是嘴里没味儿，可以尝一尝。我点点头，把被子拉过头顶，谭娜搬了把椅子，坐在我身边，手背碰碰我的脑袋，又碰碰自己的，动了动嘴唇，却啥也没说出来。

赵东阳打车去的车站，没过多久就回来了，动作挺快，中午没票，只能改在下午，四点出发，还是动车，一百多块钱，我有点心疼，但仍起身掏钱，赵东阳还是死活不要，他这一天话都很少，情绪也不怎么高。我让他们俩别管我，附近玩一玩，等到时候再一起走，别因为我白来一趟。但他们谁也不去，就在屋子里守着。临出发之前，我跟谭娜说，你买的那件旅游纪念衣服呢，咱俩穿里面吧。谭娜听了很高兴，拍起手来，又把那个大箱子撤开，拿出来递给我，我俩换上衣服，又肥又大，不太合身，质量也不行，互相看着乐，像是往身上套了个面口袋。

我跟谭娜坐在一起，赵东阳的座位在另一节车厢，不方便换过来，跟我们说，有啥情况赶紧给他打电话，随时待命。我觉得状态有所恢复，刚上车就吃了一碗泡面，汤都喝干净了，谭娜看我吃完，也舒了口气。我靠在窗边坐着，胃里有底，精神就好一些，但这一路上也没怎么跟谭娜说话，不知道该说点啥，只好望向窗外，火车开得很快，景物急速飞过，让人来不及仔细辨认。路程过半，暮色降临，远处忽然有浓烟出现，火光在其中萦绕，连成一大片，烟尘浓密，滚滚袭来，不断变幻，仿佛有野马正冉冉升起，飞向天际。谭娜看了半天，挎紧我的胳膊，轻声地问，这咋还着火了。我说，可能是在烧荒，但季节又不太对，也搞不清楚。谭娜没有继续说话，转回身来，闭上眼睛，将头搭在我的肩膀上。

我们到沈阳北站时，六点钟刚过，晚高峰还没结束，一派繁忙景象，人们来来往往，细密如织，看着眼晕。谭娜提议一起再去吃点东西，赵东阳没有接话，我连忙摆手，说现在只想回家，好好休息一下，明天还要去医院，不想再折腾了，你们去吧，我就不陪着了。谭娜赶紧说，没有你，我俩吃个啥劲儿啊。好像还有后半句，但话说到这里，又咽回去了。我说我自己回去就行，但他们执意要送我到家。

公交车上的乘客很多，人挤着人，赵东阳与谭娜一左一右，为我隔开一片空间，坐了几站后，我催赵东阳下去换车，时间还早，没必要非得送我到家，绕很大一圈，不值。临走之前，他将一个塑料袋塞在我手里，说都是零嘴儿，特意给我买的，在家边看电视边吃。我不太爱要，想还给他，但他一转身就没影儿了，喊也没有回应。袋子很沉，我有点拎不动。

下车之后，谭娜陪我走回铁道边上，我说，你赶紧回去吧，我到家了都。谭娜说，都走到这儿了，送你进屋。我指着我家的窗户对她说，看见了吧，亮着灯呢，许福明在家，放心吧，几步道儿，没问题的。谭娜有点不舍，拉着我的手说，那你没事就过来找我。我说，肯定的啊，不然我还能去哪儿。

我目送谭娜离去，穿过楼群，消失在转弯处，然后一步一步往家里走。离近时，我才敢确认，家里正亮着两盏灯，厨房一盏，隔着塑料布也能看见许福明的身影，大概是在炒菜，卧室拉着帘，但也有光从缝隙里钻出来。许福明过日子很仔细，只一人在家的话，是绝对不会点两盏灯的，更不会炒菜，从来都是对付一口就完了。我想了想，许福明还不知道我提前回来了，走之前他问过我，大概几点到家，当时我说的是，十点多到北站，回家肯定要半夜了。

我没有进屋，还有一点时间，是要还给许福明的。我绕到窗户后面，看见倒骑驴锁在栏杆上，我将东西放上去，一路拎在手里，愈发沉重，勒得生疼，然后也搭边坐在车上，背后楼群的灯火逐一亮起，有风经过，还是冷，延绵不断的冬季，似乎仍未结束。我缩成一团，不断地向后移，靠在车的最里面，用破旧的棉被将自己盖住，望向对面的铁道，很期待能有一辆火车轰隆隆地驶过，但等了很久，却一直也没有，只有无尽的风声，像是谁在叹息。光隐没在轨道里，四周安静，夜海正慢慢向我走来。

（原载《收获》2018年第4期）

班宇，1986年生，沈阳人，小说作者。有作品见于《收获》《当代》《上海文学》《作家》《西湖》《山花》等刊。

芥子客栈

艾玛

港东村位于崂山北麓，紧临着鳌山湾。有一条狭长的小洲从村子里伸出来，像条舌头一样伸进海湾里，形成了一个得天独厚的天然渔码头，叫港东渔码头。芥子客栈就开在渔码头上。确切地说，它并不在码头上，而是和码头背靠着背。渔码头在舌头西侧，面向湾里，能看到最美的海上日落。芥子客栈在东侧，面向湾外，正对着泊在海上的大管岛、小管岛，能看到最美的海上日出。有人曾从海上拍过一张照片，天刚黑下来，夜蓝如深海，芥子客栈一灯如豆，背对着码头上的一片灯火，看上去很有点遗世独立的味道。

熟悉港东渔码头的人都知道，客栈所在的地方原本是养参场，客栈原本也不是客栈，不过是养参人看海参的简易房。近些年来，海参行情不好，加上每年夏天浒苔泛滥，海参难养，这个养参场就荒废了。房子久无人居，草一日长于一日，渐渐地，连村里最野的孩子，也不大愿意到那儿去。后来，从青岛市里来的一个跛脚女人倒看中这个地方，花钱买了下来。女人瘦、跛，但做事麻利，只花了两三个月的工夫，便把这个简易房收拾得焕然一新，翻修了屋顶，外墙给刷成了蓝色，面向大海的那面墙上，开了两扇大大的窗，窗棂刷成白色，两扇窗间是一扇白框透明玻璃门，门外是防腐木铺就的露台，也给刷成了白色。就常有人看见那女人身边搁着茶盘，盘腿坐在露台上看海，多是一早一晚，一坐几个钟，礁石一样不动。女人和气，但不爱说话，不好接近。有人散步路过客栈，碰巧那女人在用白色木栅栏围院子，问她围院子做什么，又不养鸡，又不养鸭。女人只是笑，不言语。女人从网上买的木栅栏非常低矮，是城里人造花坛用的那种，没有荒草高，三岁的小孩抬腿就跨过去了。但到底也是个栅栏，再有人路过，即便那女人不在露台上，也只立在那脚脖子高的栅栏边往里张望，隔着一个不大不小的院子，屋内的情形终究是看不大清，白色纱帘半掩，从门边、窗边隐隐探出三茎两秆绿叶红花，给人很不一样的感觉。

港东渔码头的船都不大，近海作业的多。潮汐涨上来，出海，下一个潮汐上来，返港。渔获也多卸在码头，就地销售。出去的船和回来的船，都要从舌尖上绕过，远远地从芥子客栈门前驶出、驶进，所以船什么时候回来，那女人门儿清，每日总能踩着准点来买刚靠岸的海鲜——皮皮虾、蟹子、小黄鱼什么的。女人买得不多，但信赖渔家，不像有些城里女人那样挑肥拣瘦。城里女人的毛病，有一些在渔民看来非常可怕。比如，她们挑蟹子，要的是身手好。玉指一挑，把蟹子戳个肚皮朝天，身手矫健、能很快正过身来的蟹子，她们才说好，才要，蟹子手脚慢一点，她们就会嫌不新鲜。也不知是个什么理！铁打的蟹子也经不起这样戳的嘛！客栈的这个女人不这样，因而渔家大多也不让她吃亏，多是给她挑好的，女人安静地付钱，也不像别的城里女人爱讲价。总之她给人的印象，是不错的。几回下来，再远远见她摇晃着肩膀、一脚浅一脚深地过来，就有渔民主动招呼她，还有人恭敬地问她："贵姓？"女人笑，也不说免贵，单说姓万。于是码头上的人，不论大小，一律叫她小万。起初，人们也并不知小万那是个客栈，渐渐地，隔三岔五就有人坐地铁到浦里，或是自驾车，一路打听着过来，问"芥子客栈"。起初被问到的人不免茫然，待来人摸出手机，亮出那蓝房子，才恍然大悟，原来小万拾掇那房子是为了开客栈。客栈叫"芥子"，最多接待住客两人。芥子嘛，大家倒都知是微小的东西。"实诚的。"聊起来，都不免感慨。住宿价格不贵不贱，一晚三百，一月五千。饭却不便宜，当然住客可以自己做，来码头买海鲜，回去自己煮。也可喊小万做。小万做的话，吃饭按人头，分三档，有一百五十八一个人的，也有一百六十八一个人的，最贵的，一百九十八，听得人咂舌。"一百九十八？"理着网的人，常愣在问道的陌生人面前，但也绝无人会说"贵了"。末了几乎都是忙里偷闲地抬手一指，简短地道："走到尽头，右拐。"渔民的日子，也着实是忙碌的，没工夫论别人长短。来人都说小万手艺好，网上评价全五星，说是尤其擅烹鱼，无论是鲜鱼，还是鱼干，都说好吃，都说没吃过那么好吃的鱼。因此，来芥子客栈住宿的人呢，有两件事是不能不做的，一是在客栈看一次日出，还有就是吃小万一顿饭。当然这些不是小万说的，都是大家从问道的人那里知道的。

二

廉海砂认识小万，是小万来渔码头半年之后的事了。

廉海砂在大管岛长大，七岁离岛读书，小学时寄居港东村的小姑家，初中寄宿温泉镇的大姑家。到温泉镇后，每逢节假日回家，廉海砂不走冯家河码头，而是绕道港东村，看望小姑，再搭乘村里的顺风船回岛上。初中毕业后，廉海砂留在了温泉镇，做过许多工作，现在他在温泉镇边上的一个别墅小区做保安，每日腰间挂根丁字棍，开着一辆电瓶车在小区里转悠。别墅小区入住率低，人少，花多，房子好看，廉海砂每日笑眯眯的。跟在海岛上长大的许多年轻人一样，廉海砂受不了岛上的寂寞，但他也不喜欢城市里的喧嚣，温泉镇在他看来是世界上最好的地方。没什么高楼，家家户户的墙根都能晒到太阳，凭他什么东西，走路去都能买到，水龙头一拧有水，二十四小时有电，人不多不少，车也不多不少，廉海砂喜欢的。不过，廉海砂的老爹却认定，廉海砂在那"世界上最好的地方"，过的却是最"懊头"（方言，意思是郁闷）的日子，因为廉海砂二十九了，没有老婆，也没有孩子。

岛上和廉海砂差不多大的男人，孩子都上岸读书了，廉海砂却连老婆都不知道在哪里。好在廉海砂的老妈信主，相信一切自有主的安排，倒不叨叨这事。廉海砂的两个姑姑，温泉镇的大姑，港东村的小姑，没少为廉海砂操心，她们给廉海砂介绍过的姑娘，遍布了鳌山湾一带的二十多个村子。廉海砂呢，却总是"没感觉"，当然，有时候是人家没看中他。廉海砂家的日子呢，过得去的，岛上三间大平房是翻修过的，东西厢房扩建了，院子也修整过，不比别人差。还有一片海，租给了养殖户。岸上呢，前几年，温泉镇以东临海一带刚开发，房价还很低时，廉海砂家就翻出老本，买了一套两居室的房子，以备将来孙子孙女上学时好住。现在这房子租给了东山大学青岛校区的一外教住着，房租养活一个人，绰绰有余。廉海砂的老爹以前是渔民，现在上了年纪，不打渔了，就在岛上干点零活，这两年都是和廉海砂的老妈一起，帮人看海，不让游客在老板租下的海域里钓鱼撬牡蛎，日子不多好，但也还过得去。当然，这样的家境，说破天，也只是，还过得去。廉海砂自己呢，人品是没说的，身体也不错，四肢健全，五官端正，只是肤色黑，蝌蚪眼，一笑，眼角无端冒出几根蝌蚪尾巴，看着略有些老相。现在是一个脸和钱一样重要的时代，在钱和脸这两样事上，廉海砂都没有特别的优势，但他还时常"没感觉"，大姑小姑就有些恼，撂下话来，操不起这份心！廉海砂听过笑笑，有时回岛上看望父母，照例两家都走到，将大姑小姑一并看了。

　　这年秋天，廉海砂从一个业主那里，得了个治腰腿病的偏方药。一种西藏产的草药，棉花球般，说是浸泡在高粱酒里，没事抿两口，能治老寒腿。廉海砂在这个小区工作的时间长，跟很多业主都很熟了，有的业主一时半会儿不来这边住，就拜托廉海砂浇浇院子剪剪草什么的。逢年节，业主不在，廉海砂还会手书大红对联一副，"水暖观鱼跃，花香听鸟鸣""烟波天接海，欢笑喜迎春"之类，贴在业主家的大门上，字虽不大好，但一笔一画甚是工整，大红洒金纸衬着，看着喜庆。送廉海砂偏方药的业主姓赵，新近娶了镇上一个开温泉旅馆的女人做第三任太太，两人开着一辆越野车，带着一条狗，旅游结婚，去了西藏，自驾游。这一趟来回两个多月，廉海砂当然也没少照应他家，还跑镇上给他取过两回国际快递。业主的新太太和廉海砂的大姑熟，对廉海砂家的事情知道得不少，也知道廉海砂的老爹有腰腿病的，所以特地送了两包藏地草药给廉海砂。廉海砂用手机上的一个软件扫了扫，是藏雪莲。雪莲廉海砂是知道的，珍贵的，藏雪莲，想来也差不了。得了个新方子，廉海砂就想送给老爹试试，一来表表孝心，二来，万一有效呢？廉海砂申请调休两日，回家给老爹送药。他骑着电瓶车，先去跟温泉镇大姑说了一声，然后去了小姑家。小姑家在村子的最里边，崂山脚下，不靠海，不打渔，单是种地、种茶，但小姑却还保留着做姑娘时在船上晒鱼干的习惯。小姑家没有船，小姑都是去码头上买鱼，就地剖好，用海水洗过后，借熟人家的船带出海去晒。大鲈鱼、鲅鱼、摆甲等大些的鱼，挂起来晒，小面包鱼、舌头鱼、鳗鳞、鼓眼等，则摊到甲板上去晒。廉海砂的小姑固执地认为，在自己家里晒的鱼干，不如在渔码头上晒的好吃，在渔码头上晒的鱼干，不如在船上晒的好吃。其实不光鱼干，样样东西，在小姑嘴里，还都是岛上的好，就连耐冬，也是岛上的开得好看。小姑说什么，廉海砂都听着，他可是知道的，小姑说是说，让她回岛上住住，一天也难得挨下来。廉海砂到小姑家时，正好小姑要去渔码头收鱼干。廉海砂把电瓶车停在院子里，骑着小姑的三轮车和小姑一道去了渔码头。这是个傍晚，海水退得老远，金黄色的太阳照得渔码头对面的那一片滩涂像镀了层金箔。赶海的人不少，逆着光，人啊，船啊，远远看去全都像贴在金箔上的黑色剪纸，框上画框就能上墙。

廉海砂从船上收了鱼干，装在竹筐里抱上来，他一共抱了三筐。廉海砂的小姑坐在三轮车上，把竹筐挨个夹在两腿间，拣了些个大、色泽透亮的海鳗鱼干装进了一只纸箱里。

小姑两手插进袖筒，朝装满鱼干的纸箱努了努嘴，对廉海砂说，给蓝房子里的小万送过去。

廉海砂就去给蓝房子的小万送鳗鱼干。天还亮着呢，可蓝房子灯火通明的，窗纱卷到一边，屋内的情形，站在栅栏外的廉海砂看得一清二楚：雪白的墙，落地窗边的一张长餐桌边，坐着一对时髦的男女，桌上的一只白色细颈陶罐里，插着一朵碗口般大的月季花，月季周围，摆着高脚酒杯，还有许多碗盏，看着都新奇有趣。坐在落地窗那儿，头一扭，就看得到廉海砂身后那一大片入秋后变得清澈明净的海，还有海中央的大管岛、小管岛。廉海砂怕破坏客人的好风景，赶紧猫着腰，抱着鱼干到蓝房子北边去，那里也有扇玻璃门，看不见那对客人，但看得见厨房的情景。小万系着一条白围裙，头扎一方蓝丝巾，正在一张长方桌上切着什么。廉海砂站在脚脖子高的栅栏那儿等了一会儿，小万没有发现他，她切完菜，又把一个大大的玻璃碗抱在胸前搅拌起来。她一边用筷子在碗里搅着，一边抬头朝着客人的方向说话，大约是在和客人聊天。这是十一月底的天气了，又是傍晚时分，从海上刮来的风吹在身上着实有些冷，廉海砂对着那扇玻璃门又是跺脚，又是喊话，小万始终没有往门外看一眼。廉海砂就跨过那道脚脖子高的栅栏，走过去敲门……

三

　　给蓝房子的小万送鱼干后没几天，廉海砂又申请调休。物业保安队人手紧，队长就对廉海砂说："才刚休过假的，怎么了这是？咱这班跟休假有啥区别啊？不过，"队长的眼睛像扫描仪一样将廉海砂上上下下扫了两遍后，说，"你要是去泡妞的话……"

　　"泡妞。"廉海砂飞快地应承道。

　　队长再没说什么，队长比廉海砂大不了几岁，孩子都两个了。不孝有三无后为大，人家廉海砂连个老婆都没呢。

　　当天傍晚，廉海砂就坐到了蓝房子临窗的那张餐桌边。廉海砂新剪了头发，穿了一件带帽薄羽绒衣，里面是件浅灰卫衣，下搭牛仔裤运动鞋，看上去很精神。来之前他经过一番仔细考虑后，预订了份一百六十八元的晚餐。一百九十八的，实在是太贵了。

有时候廉海砂和保安队的小伙伴去温泉镇上吃烧烤，一百九十八
元都能喂饱保安队八条好汉了。一百五十八的……也不差十块钱。
这么想着，他预订了份一百六十八的。当然，房间和晚餐都是在
网上订的，廉海砂新注册了个网名，潮哥。起先他想起名"砂
哥"，嘴里念了两遍，砂哥，砂锅，不中听，果断弃了。潮哥在网
上告诉小万，晚上六点到。小万跟潮哥约好，六点半开饭。潮哥
骑着电瓶车去的，这一回他没去大姑家，也没去小姑家，电瓶车
停在他小学同学港东派出所王警官那儿。他到得早了点，和同学
唠嗑了一阵，才踩着点去了蓝房子。

　　小万系着白围裙、头扎蓝丝巾，微笑着给他开门。小万站到
一边，让廉海砂进去。屋内温暖如春，墙、地面都是灰色，家具
都是白色。一个外国女人躲在某处低吟浅唱，余音袅袅，绕梁不
绝。餐桌上已沏了一玻璃壶花草茶，颜色甚是可爱。喝什么茶，
小万在网上是问过潮哥的。小万不建议潮哥晚上喝绿茶，红茶潮
哥不爱喝，柠檬茶潮哥怕酸，最后说好了，就花草茶。小万推荐
了百合花配黄芪，说是能缓解压力，补脾益气。小万还问了潮哥
有没有什么忌口的，潮哥说没有，想了想，又加一句，怕辣。提
到"辣"，现实世界里的廉海砂心里胃里就都有些不好受，以前他
爱过物业的一个姑娘，极爱食辣，姑娘怀孕后，廉海砂和姑娘想
奉子成婚，结果竟遭到了姑娘家人的激烈反对。后来，姑娘打胎，
辞职，离开了他。不过，也就那么一瞬间，这不好受很快就过去
了。毕竟是以前的事了。

　　厨房是开放式的，用一排及腰高的操作台与餐厅、客厅隔开。

操作台上摆着许多高高低低的好看的罐子，有一个木架子从天花板上垂下来，上面挂满了各式高脚杯。临窗的餐桌上，那只白色细颈陶罐里，这回插的是一枝芦苇。小万站在操作台里边切菜，轻声细语地告诉客人，饭马上就好，请自便，喝点茶，参观下房子也可以。廉海砂于是起身各处看看，客房很大，进大门左手边壁炉后就是，占了整个房子的三分之一，一张大床摆在房间中央，正对着窗，坐在床上就能看到海。小万的小房间在厨房后边，门上挂着"谢绝参观"的小木牌。两间卧室之间是一个会客厅，沿墙一溜书架，上面摆着的除了书，还有各种各样儿的小瓶子小罐子，有的里面还养着些野花野草，廉海砂都认得。

廉海砂回到餐桌前坐下，小万给他端来了一碟盐焗小海螺，只有六只，说是让他先开胃。廉海砂心想，开什么胃？胃一直开着！他从小胃口好，吃什么都香。渔家吃海螺，要么清蒸，要么水煮，蘸料吃，或是什么都不蘸。小万的做法与渔家不同，她选的是比拇指头略大点的海螺，小，但也不能太小，太小没肉，也不能太大。"大的，就不能那样做了。"小万说。她先用海盐和橄榄油将小海螺腌渍了一个下午，然后用锡箔纸包好塞烤箱里烤。廉海砂用一柄两齿银叉，剔出海螺肉来吃，脆、韧、香，好吃的。很快六只小海螺吃完了，单剩六只海螺壳卧在描金小碟里，廉海砂还想吃，他看着海螺壳，明白"开胃"是什么意思了，开胃就是往肚子里下饵，要钓上人的馋虫来。

小海螺壳撤下去后，小万给廉海砂倒了一杯红酒。小万预先告诉过潮哥，酒有红葡萄酒和蓝莓酒两种，开海后以吃海鲜为主，客栈不提供啤酒。潮哥选了葡萄酒。现在渔村的人都知道，吃海鲜喝啤酒对身体不好。廉海砂不懂葡萄酒，平时都是喝啤酒的，但这葡萄酒他觉得也挺不错，他甚至喝出了一股烤花生的香气。菜一道道上来，吃完一道，撤下一个盘子一只碗，再上一个盘子一只碗，廉海砂真心觉得太麻烦了。不过，菜都很好吃，尤其是鱼，名不虚传。潮哥没点鳗鱼干，小万的干蒸鳗鱼干也是一绝，她差不多把全港东村晒的头一拨鳗鱼干都买了下来。但廉海砂不想在蓝房子吃着饭还想起小姑来。他选的是新鲜小黄鱼，清蒸。两条一拃长的小黄鱼精赤条条躺在盘子里，身上连根葱丝都看不到，但鲜得没法说。廉海砂吃着鱼，忍不住问小万，搁什么蒸的？小万心里说，最关键的是时间好吧？但她还是答他所问，说，也没什么特别的，比你们多放一样东西。

"什么东西？"

"湘西腊肉。"

廉海砂就用筷子满盘子找腊肉。小万站在操作台里面，手里剥着一根芦笋，道，蒸完就都拣出来了。廉海砂急了，冲口问道，扔了？小万说，一会儿给你上。廖海砂有些不好意思起来，对小万说，一起吃吧？我一个人也吃不了。小万摇头，不语，到灶上一只锅里舀了碗东西端给他，是一碗汤，里面有小鲍鱼、小海参各一只，鲜的。廉海砂喝着汤，想，一百六十八倒真值了。接着又上了一份主食，是一小碗干拌荞麦面，上面浇了些腊肉末炒香菇碎，原来蒸完鱼的腊肉用在这里了，烩过的。吃完面，廉海砂以为一百六十八元都吃完了，没想到小万又接连上了两样给他，一样是一只细长白瓷杯里插着的几根鲜芦笋，另一样，是甜点，杏仁牛奶布丁，廉海砂以前陪前女友去市里逛街时吃过，和果冻一个味。城里人的名堂。果冻放碟子里，浇一勺果酱，再换个名字，就身价倍增。

"中西结合啊这是，"廉海砂吃着布丁，笑着问小万，"从哪儿学的手艺？"

"没什么巧的，用心罢了。"

廉海砂道："哪会这么简单！我样样事用心，还不是……"廉海砂说着，忽地住了口。小万收拾操作台，就当没听到。

芦笋雪白的，生脆多汁。廉海砂以前没见过白芦笋，吃着芦笋他又问小万，怎么是白的？小万告诉他，趁芦笋没长出地面就刨出来了。廉海砂明白了，是没见过光的东西，于是他觉出了嘴里淡淡的土腥味，吃了一根，就不再吃了。

四

后来，廉海砂又去蓝房子吃过几回饭。不过，他只在那儿过过一回夜。那是个周末，他过了一夜后，第二天一早搭出海的船回岛上看老爹老妈。小万再去码头买食材，发现潮哥在客栈过了一夜的消息大家都知道了。

"海砂那孩子……"他们如是说，语气里颇多疼爱，像谈论自己家人。

于是她知道他其实叫"海砂"。有人很直接地问她到底是不是青岛人，青岛哪里人，多大了，结婚没，家里都有什么人，末了还不忘补一句："那可是个老实孩子。"——像是有点担心她会坑他的意思。也不一定就是在说她不老实，毕竟她不是这鳌山湾一带的人，不知根不知底的。小万都懂，但无端就觉得讨厌起来。她只是想在此开个客栈度日罢了，哪个男人值得她去坑？于是潮哥再上线，问有房没，小万就答，没有。饭呢？饭，也没有！

如此，接下来的一个多月，廉海砂没去过蓝房子。但他时不时在网上给小万留言，把许多心事讲给她听。有次他喝了点酒，竟跟她提到那个未出世的孩子，他伤心得说不下去。他还给她讲了两件事，一件，有位业主家被人用鸟枪从小区围墙外开了一枪，子弹穿透二楼双层玻璃射入墙中，业主受到惊吓，投诉他们保安队，那个月他们的奖金全没了。第二件，他妈加入的其实是哭教，常常哭得死去活来的，他和他爹都接受不了，尤其是他爹。老头一直努力地养家，从不打老婆的，他妈痛哭到底为哪般？小万很少回复他，只是听他说，但廉海砂说的那些话，在她心里还是引起了一些变化，她感受到了他的不易，或者，是生活本身的不易，不再那么抗拒他的联系。渐渐地，他不再叫她老板、小万什么的，而是开始喊她姐了，她不恼，也不应，由着他。

入冬了，蓝房子院中的衰草开始结霜，正午方消。起风的日子，晴日里也冻得人直抖。小万开始烧壁炉取暖。入冬前，她就买了一堆苹果木柴堆在后面屋顶上备着，一根根齐檐码着，远看，屋顶上像是卷起浪花。小万小时候，她爹万师傅常逗她，眼瞅四周无人，冷不丁就把钥匙往树顶抛去。"小丽，钥匙！"万师傅喊。小万总是应声跳起，她抓住一根树枝，借力往空中一跃，树如风吹，整棵都摇晃起来。小万跃到树梢，抓住那把钥匙后，双臂抱膝，一个后翻稳稳地落到树后去，完成这些动作时她的两条腿仿佛没有分别，双脚同时落地，并不能看出一条腿比另一条短。她看看掌中的钥匙，再回头看，树已弹回去，像是什么都不曾发生。渔码头地少，土薄，没有树。隔两天，小万就会在夜里去后院。"小丽，钥匙！"她仿佛听到那一声喊，于是纵身抓住檐下滴水，一翻身上到屋顶。屋顶没有钥匙，她会抱一抱劈柴下来，放到壁炉边烘着，这样烘两天后，烧起来没烟。苹果木耐烧，烧着还好闻，小万喜欢的。

　　天冷，来海边的客人，少了。那些眼神清亮、清晨看到海上日出会在露台上又蹦又跳的文艺小青年不见了，来的多是九折成医、饱经世故的糙客。送走了一个昼伏夜出、邋遢的摄影师后，初雪那日的下午，又来了一个中年背包客，打车过来的，网名叫"啸天翁"，大个儿，络腮胡子。他跨步走上露台时，站在门后的小万感到脚下的地板晃动了两下。不过啸天翁名字响亮，人却安静，进了房间后，门一关，再不见出来。小万觉得奇怪，却也不好打扰。开客栈，最怕遇到两种客人，找事的，寻死的。背包一丢就到处看，跑到屋外大喊大叫，或是发呆，都是正常的。下着雪呢，透过窗户往外看，朔风搅白雪，海天成一色，如此美景，换别的客人只怕就要疯了，啸天翁这样的小万没遇见过，于是她不免有些担心起来。

　　天渐渐黑下来。客人是点了晚餐的，小万权衡再三，备了个海鲜火锅，食材也都备好放在旁边，客人出来，如果想吃，小炉子拧开即可。小万想了想，又拿出一瓶老酒放到餐桌上，一来，冬天喝老酒，养人；二来，老酒度数不高，能喝的，一瓶下去，不至于发疯，不能喝的，喝完一瓶，不至于醉死。

　　小万回到房间后，一直留意着外面的动静，到夜深也没听到客人开门出来的声音，就好像那屋里根本没住人。如果是寻死的……小万想，拦是拦不住的。如果是找事的……小万有些不安，但又自忖自己拳脚上远不如爹的功夫好，江湖上不曾扬名，不至于招惹人。一个从小多病、练拳健身的弱女子而已，怎会有人想来会她？拳头上赢了她又能博得什么名声？！除非——小万想起阳谷县那个拳师来。好好的日子过着，突然那人上门挑战，无冤无仇，打得她爹吐血而亡。虽然她娘总说她爹不是被打吐血的，是食道生病吐的血，但小万还是觉得跟阳谷拳师有脱不了的干系。尤其是后来听说他竟以赢了青岛最厉害的螳螂拳手这噱头在阳谷扬名，人称醉拳韩。过了多年后，小万终究是没忍住，跑去阳谷县扇了那人两个耳光，夺了本就不属于他的那点虚名。这是三年前的事了。阳谷拳师小万倒是不怕的，怕就怕他暗中使坏，乘她不备来阴的。这世上糟糕的事情愈来愈多了，有人月两包香烟就能买个凶替自己去杀人，各种花样翻新地吹香、拍花子也时有耳闻，比以前的蒙汗药可下流多了。小万想来想去，觉得还是有备无患、了解一下啸天翁比较好，毕竟从他行路来看，是有身硬功夫的样子。小万于是上网搜"啸天翁",掘地三尺,只搜到个画家,后人评其画作,"山川浑厚、草木华滋",倒让小万想起她爹教她拳时讲的话,脚下如石,要沉稳有力,拳下如风,要生机勃勃。小万于是想,这世上许多事果然都是相通的呀。不过画家辞世已三十多年了,显然不会是刚入住的这个傻大个。小万又想找以前练拳的朋友打听下,看他们知不知道这么个人。犹豫了一阵后,小万打消了这个念头。近几年来,她已与他们都断了联系,彻底退出了武林——如果那也算是武林。一旦联系上,打听不到什么还好,如果得了什么消息,欠下人情,以后再不联系,反倒显得薄情寡义了。小万住的这间屋子距壁炉远,冷,睡不着,于是她干脆起床,拉开窗帘,迎着外面的雪光,默默打了一套拳。"十年太极不出门,一年螳螂打死人",但小万练的这套拳,旨在强身自卫,说白了,就是一套以螳螂拳为基础的女子防身术,不以攻击为目的。还是在她很小的时候,她爹根据她自身的特点,为她创立的这套拳,无名,无定式,讲究因地制宜,随机而动,每一招都能变守为攻,是十分实用的。小万从小练到大,三十多年了。有拳傍身,小万平静了不少。她在心里对自己说,真有事,躲是躲不过的,该来的,就让它来好了。于是小万不再想客人的事,洗洗睡了。

五

　　第二天天刚擦亮，小万就醒了，毕竟心里有事，睡不踏实。她开门一看，餐桌上的食物已一扫而空，酒也喝光了，不知客人是什么时候吃的。壁炉里又添了两根木柴，噼噼啪啪烧得正旺。一双硕大的运动鞋烘在壁炉边，散发出难闻的气味。小万走过去看，鞋子是湿的，显然客人夜里出去过。小万不由一惊，装修时她在门窗周围埋了一根拉线，连到她卧室里的两块碎玉片子上，这两块玉片子是用崂山玉磨成的，书签大小，白天取下一片，夜里装上。装上时，有人进出，门后合页扯动拉线，碎玉片子相击，会叮当作响。玉片响，她没有听不到的道理，她一向警醒的。小万仔细检查了下门窗周围，发现大门背后的墙上被人钉了个图钉，正好在拉线的位置。江湖小伎俩。小万看了一眼紧闭的客房门，门后一点动静没有。小万穿上外套出门去，雪停了，没有风，空气冷冽清新，白雪铺到崖边，衬得那海深邃如夜空。院子里果然有一串大脚印，朝着房子而来，出去时留下的脚印已被雪覆盖，看不大清了。看来夜里客人在外待的时间不短。

　　小万沿着脚印走，雪在脚下咯吱作响。小万出小院左拐，下到一片黑色礁石那儿。在那几个旧养殖池边，脚印消失不见了。早上潮水上涌，抹去雪，抹去了一切。

　　廉海砂拎着一个壁挂暖气机上门，进门就对小万说，我看你淋浴间还缺一个。他还带了把小电钻，小万没来得及说什么，廉海砂就把暖气机装上了。小万过去试用了下，浴室很快就暖和了。

小万泡了壶茶，和廉海砂坐在窗边。她把暖气机的钱转给廉海砂后，问，怎么又回家？家里没什么事吧？廉海砂进门时说顺道路过，来装个暖气机。见小万关心起他家里来，廉海砂很高兴，又感动，说，没什么事，托姐的福，都好着呢。廉海砂说着话回头看了客房门一眼，压低声问：

"姐，什么人这是？大白天还关着门。"

门厅有一双大码的鞋，廉海砂路过渔码头时就都听说了，客人对风景没兴趣。下雪天，没海赶，没落日可看，但风雪中的渔港，美的呀，谁路过不得驻足观看一阵，拍几张照片？那人可好，头也没抬，看守妈祖庙的老头问他去谁家，他也没搭理，怪的。

小万就把手机给廉海砂看，预订房间时留下的信息很少，说是两天，费用是入住时现金支付的。廉海砂就说，还是得正规一点，如今大酒店住客信息登记很全的，除了身份证，还扫脸……小万把脸扭向窗外，不想听。小万说："一个人想隐姓埋名躲到某地清净两天，怎么就不行？"

眼看窗外潮水涨上来，廉海砂急着去赶船。他妈离岛去外地会教友，好几天音信全无，他得赶回家去安抚安抚他爹。临走前他问小万，想不想跟他去岛上耍两天？反正这房子人也搬不走。小万看看窗外那个岛，淡墨抹就的一般，风可以刮走的那种，显得极不真实。小万摇头。

廉海砂走后没多久，港东派出所的王警官就来清查外来户口，说是近期打黑除恶专项检查，要挨家挨户登记外来人口信息。小万来这儿日子不短了，第一次有警察上门，她猜大约是廉海砂跟王警官说了什么。也不等小万说话，王警官进门就"砰砰"地敲客房门，嚷着看身份证。原来客人是河北容城人，属于雄安地界上了，俗名肖田翁，湛山佛学院本科毕业，曾在海会寺修行十年，现已蓄发还俗。王警官的声音温和下来，又问了客人一阵，都是问得多，答得少。问及还俗原因，客人说，没意思。王警官就笑，对客人说，那是，我要是你我也还俗，赶紧回雄安去娶妻生子，如今那儿可是个好地方啊。

王警官查户口时，小万一直在厨房忙着。听到"肖田翁"，听到"湛山佛学院"，不免想笑，一个出家人，却叫"啸天翁"。小万在湛山脚下长大，小时候，每天天不亮她就跟着父亲到湛山上练拳，寺里的小师父也常在那个点做早课，"虽有多闻，若不修行，与不闻等，如人说食，终不能饱……"类似这样的话，她可是打小就听得耳熟。她手里剥着蒜，眼睛不由自主地将客人仔细打量了下，面生的，站姿萎靡，肩沉，背驼，回答王警官问话时总是慢半拍，说不出来的感觉。王警官跟他说笑时，他也没有任何反应，脸上始终没有表情。

"也许……也练过太极。"小万想。

"没事。"王警官走时笑着对小万说。他留了个电话给小万，让小万存手机紧急电话，一键直拨那种。小万笑笑．不语。

这晚小万准备了干蒸鳗鱼干、蟹黄包子、杂菌无花果鲍鱼汤，小米海参粥和蜇头拌苦菊。小万用尽心思做了这顿饭，她想，若是找事的，横竖还欠他一顿饭；若是个寻死的，一顿好吃的饭，会让人吃了还想吃，只要还想着吃，这人的日子就能继续过下去。

六

肖田翁立在餐桌边，对小万做了个请的手势。小万谢过，坚辞。肖田翁坐下来后，说："也请给你自己做点好吃的吧，今晚还有事请教。"

小万明白了。她洗了个苹果，坐到操作台内的一张高脚椅上吃起来。等肖田翁吃完饭，小万起身收拾桌子。肖田翁让到一边，看着小万，说："可惜了，这么好的手艺。"小万一笑，问："韩拳师是你什么人？"肖田翁拱手道："好个聪明人！我奉师父遗言，前来讨教几招。"小万这才知道，醉拳韩死了。三年前，小万去阳谷，在韩拳师武馆里只见过他二弟子，不见大弟子，传言大弟子出门云游去了。眼前这位，想必就是那大弟子了。

小万上下打量了肖田翁一眼，道："他比你大不了多少，你怎么拜……"说到一半小万闭了嘴，心想这是人家的私事，问就唐突了，再说，醉拳韩人都死了，死者为大，语出不敬不好。

肖田翁一直立在桌边等着，小万收拾完，在他对面坐下来后，肖田翁才坐下来。他看着小万，说："今天你说的一些话，让我很犹豫……"小万问："什么话？"肖田翁说："你朋友劝你实名登记时，你说的那些话，我都听到了。"

他叹了一口气，抬眼望着屋顶，道："如今这世道，庙不像庙，道没个道，只有那些酸文假醋的文人，自己给自己弄个假名，倒哪里都去得，天南海北聚会切磋，整得倒像个侠义江湖，偏我们这样的寸步难行，连把宝剑也带不出门。"小万平静地道："如今文坛在朝，武林在野，两码事。再说，一代人有一代人的命运，今时不同往日，都是迟早的事。"

小万看着肖田翁，又道："退一步海阔天空，我为什么去阳谷，想必你也是知道的。"肖田翁点头，又摇头，慢吞吞地道："可我，答应过我师父。再说——"原来去年他就来过一次青岛，那时小万新寡，所以他一声没吭又回去了。小万就站起来，说："如此，我就不废话了，恭敬不如从命。昨夜想必你已挑好了地方，说吧，哪里，几点？"

不出小万所料，肖田翁选定的地方果然是废弃的养殖池，整个港东村，也就那里没有摄像头了。自从那几个池子不养东西后，为加强渔码头的治安，原先装的一个摄像头被调了个方向，背对着那一片海了。

"午夜一点，不见不散。"肖田翁说。

小万明白，那个点，开始退潮，大约只有养殖池的水泥池边是露在外面的。那些长方形的池边只有一巴掌宽，因常年浸在海水中，长满了海藻和青苔，雪后天寒，只怕会结冰。韩拳师一门，说是拳，但多是脚上的功夫，戳脚。冰，他大约是不怕的。

为防意外，也为免生麻烦，两人按规矩约定各自写好遗书。

小万回到房间，翻出来一双轻便钉鞋穿上，对结着冰、冻得梆硬的地面来说，这鞋实际上没什么用，不过，聊胜于无。小万穿好鞋，坐下来写遗书。这不是她第一次写遗书了，那回去阳谷，事先她也是写过遗书的，她在遗书里叮嘱她丈夫蜘蛛好好活着，好好照顾她妈。眨眼，才几年工夫，她妈病死，蜘蛛摔死，把她一人剩在了这日趋无趣的世上。现在她已无什么亲人需嘱托，想了一阵后，她决定把客栈留给廉海砂，条件是入住时客人无须实名。写完这句话，她又觉得不现实，划掉，重写：无论什么时候，都不得要求客人刷脸。

这个夜晚风清月朗，岸边白茫茫一片，倒也不觉得黑。小万下了礁石，见肖田翁已在养殖池边背水而立。跟小万一样，他也穿着某个户外品牌的紧身衣，这种衣服保暖轻便，有弹性，适合实战，那种众人皆知的对襟练功服其实只适合表演。

海水荡漾，浮冰撞击水泥池边，发出轻微的嘎吱声响。小万纵身跃上池边，果然结了冰，脚下打滑，小万暗中提气，稳住了身子。肖田翁也不多说，身子一矮，拉出一个架势来，是无极桩，却又不全似，为适应脚下方寸之地，收了不少的，总之是稳扎稳打的路子。小万于是也不废话，一个快步向前，想着天寒地冻的，早点分个高下，也好回屋暖和。肖田翁大约也是这么想的，仗着身高力大，迎面破门而入，使出一招玉环步，直欺小万中堂。玉环步是螳螂拳一派最出名的招式，肖田翁这招表面上看是向螳螂拳示敬，含谦让之意，实则有一招跌翻小万的意图。虽说小万只打他师父两个耳光，可阳谷大街小巷都传师父挨了她十几、二十几个耳光，甚至有人说她打累了才停下来的，否则老韩还要挨得更多！这些流言蜚语，令师父含恨而终，也使醉拳韩满门蒙羞，声名扫地，武馆难以为继，一帮师弟师妹流散，肖田翁想想，恨的。他这一招颇费心思，偏小万动起拳来，就似天真简单的孩子，眼里向来只有拳，只依对方拳脚顺势而为，没有揣摩他人心思的习惯，肖田翁这番示敬谦让也好心思狠毒也罢，她竟一点也没领会到。她自幼习螳螂拳，对玉环步再熟悉不过了，见肖田翁拳到门面，于是立马屈膝后撤，侧身避过。很快，两人一来一往，十几个回合过去，竟难分高下。肖田翁有些不耐烦起来，寸步跟进，一记狸猫上树，跟着又一记穿心脚，小万急忙回肘防御，无奈脚下一滑，收腿不及，下方露空，右腿连中了两下，一个后仰跌坐在池边。肖田翁乘胜追击，又一招叶里藏花，脚尖发出哨音，直冲小万头顶而来。养殖池边狭小，小万退无可退，索性险中求胜，以短制长，于是双膝扑地，一个镫里藏身，人如流水入窟，眨眼就钻到肖田翁身后，起身时，就势对着肖田翁右后腰来了一招风顺暴雨，肖田翁收腿不及，身子前扑，差点跌入海中。肖田翁游方多年，见多识广，又习武不辍，应变也是极强的，吃了这一亏后他并不慌，回身一招飞箭手，将小万逼退，同时身子一矮，脚下连连后撤，一时冰碴飞溅，面不改色地稳住了自身。瘦弱的小万，力道却不小，肖田翁于是拿出看家本领来，生花手加鸳鸯腿，凭借优势站位，如蚕食叶，直把小万往海中逼去……为利于排水，海参池一般都修成坡状，向海中倾斜，池边又结了冰，小万身处下方，十分被动。肖田翁拳脚生风，千变万化的攻势，如一堵移动的墙，向小万压来。小万身后几步之外就是海，退无可退，她闭上眼，把肖田翁想象成了一棵树，一棵风中之树。"小丽，钥匙！"她仿佛听到了父亲的喊声。她睁开眼，看到钥匙带着一点银光，淡若星辰，正往那棵风中之树的树梢飞去，小万侧身跃起，像抓住一根树枝那样，往肖田翁凌空踢来的腿上一点，瘦小的身子被高高弹起，她伸手，一把抓住了那把钥匙！小万双臂抱膝，一个后翻，稳稳地落到了"树"后。小万松开拳头，想看看那把钥匙，这时，她身后传来了"扑通"一声巨响……小万没有回头，她知道，这一回，那棵风中之树没能弹回来。

七

廉海砂在岛上三日，给老爹做饭，陪他去海边溜达。廉老爹替人看护的那片海，海蛎子、海螺早都收完了，退潮时，能看到像秋收后的庄稼地一样空旷的黑色海滩，一些浮冰搁浅在上面，宛如白色麦草堆。廉海砂打听到，老妈这次去的是郯城。

"我还没死，她去号哪门子丧？"廉老爹提起来这事就火大。

廉海砂也说不清他妈号哪门子丧。"我为主所受的苦而哭，也为自己所犯的罪而哭。"老妈曾经这样说。主所受的苦，老妈所犯的罪，廉海砂一律不知。他自己不清楚，也就无法跟他爹说清楚，他爹不清楚，家里的一只狗、三只羊还有一群鸡就遭了殃，动不动被他爹用细管竹抽得鸡飞狗跳。这日子，廉海砂光是瞧瞧，就累得慌。

廉海砂还在船上，就听说了港东派出所抓到网上逃犯的事。他给小万打电话，无人接听，又连忙打给王警官，得知那逃犯正是蓝房子的大个子客人。那天王警官查过户口后，晚上躺在床上思来想去总觉得哪里不对头，睡到半夜爬起来又上公安部网站查看网上通缉犯的资料，觉得大个子和一个叫田瀚的走私管制刀具的家伙长得很像。这家伙曾在东南亚搜罗了一箱子长剑短刀偷运入境，东西被扣，人却一直没有归案。王警官连忙叫上一个值班民警，带上手铐等警具赶往芥子客栈，却见客栈大门洞开，小万和大个子都不在。两人正急得不知如何是好时，听得崖底下小万喊"救命"，奔过去一看，小万没事，那大个子不知怎么掉到海里了。王警官连忙跑到码头扯了张渔网过来，三人齐心合力，一网把大个子捞了上来。大个子不会水，灌了一肚子冰海水，人也冻得硬硬的，擂得鼓响，好在还有半口气，能让他有机会接受法律的严惩。

"小万呢？"廉海砂还是担心得很。

"小万没什么事，小万好好的。"

廉海砂松了一口气，王警官却又在电话里说："算了吧我说，比你大了五岁呢，婚过一次，先夫横死，爬楼族，从楼上摔下来的……"

原来是丧偶。廉海砂不由有些心疼起小万来，他匆忙打断王警官的话，说："知道知道，都知道。"

　　下了船，廉海砂飞奔到蓝房子，推门见小万孤身一人立在窗前看风景。廉海砂走到她身边。小万问："会判死刑吗？"

　　廉海砂笑道："刀剑罢了，不是毒品，死不了。"廉海砂小心翼翼看了她一眼，问，"大半夜跑去海边干什么？"

　　小万两眼看着窗外，摇了摇头，道："我出来喝水，见门开着，寻过去的。"

　　"想必逃犯的日子不好过，不想活了的。呸！哪里不能死？偏来这里！"廉海砂说着话，伸手捉住小万一只手，轻声问，"吓着了吧？"

　　小万不动，也不吱声，过了好一阵后，低声答："嗯。"又过了一阵，小万突然想起来什么，她扭脸看廉海砂，脸上一副小孩儿似的天真新奇的表情，对廉海砂说道，"你知道吗？海水是咸的，可海水结出的冰，淡的呀，以前我竟不知道！"

　　　　　　　　　　　　　（原载《中国作家》2019年第3期）

　　艾玛，生于七十年代初，湖南澧县人。法学博士，中国作家协会会员，山东省作家协会签约作家，现居青岛。

老婆上树

晓　苏

一

　　霜降那天下午，两点多钟的光景，一个戴发套的中年男人突然来到了我家门口这棵柿子树下。

　　当时，我和我老婆廖香正在树下吵架。中年男人是开着一辆半新不旧的红壳子轿车来的。下车的时候，他的发套不小心被车门刮掉了，直接掉在地上，像一个打翻的鸟窝。在发套掉下来的那一刻，我匆匆看了一眼他的脑袋，光溜溜的，好似一把葫芦瓢。中年男人觉得很不好意思，马上从地上把发套捡了起来，灰都没拍，赶紧又用它罩住了他那个有点难看的脑袋。

　　戴发套的中年男人一来，我和廖香立刻就停止了吵架。吵架毕竟不是一件光彩的事情，我们不能让一个外人看笑话。再说，这场架从上午十点多就开始吵了，至少吵了三个钟头，实在是不能再吵下去。说老实话，我也没力气吵架。廖香只顾着跟我吵架，连午饭也没空煮，我们早已饿得前胸贴着后背了。我爹我妈单独开伙，虽说煮了饭，但看着我们挨饿，也没胃口吃。儿子这两天放月假，没去上学，也一直饿着肚子，一个人坐在门槛上不停地吐酸水。

我给中年男人上了一支烟。他接过去，一点燃便仰起头，双眼直直地看着柿子树。树顶上还剩下几百个柿子，估计有七八百个吧，都红透了，像谁在那里挂了一片红灯笼。这一回，中年男人倒是特别警惕，老早就用一只手托着后脑勺，以免发套再次脱落。

廖香尽管对我横眉竖眼，怒气未消，但在客人面前还是没忘礼节。她很快进屋端出来一杯茶水，双手递给了戴发套的中年男人。接茶杯的时候，中年男人嘴上说了一声谢谢，眼睛却没有离开柿子树，两颗黑黢黢的眼珠瞪得又圆又大，如同两枚牛黄上清丸。仰头看了一会儿柿子，中年男人的嘴巴不知不觉裂开了一条口，随即便流出来一股涎水。涎水悬挂在他的嘴唇上，长长的，亮亮的，仿佛一根泡过的粉条。中年男人可能感到不太雅观，便慌忙伸出一条舌头，麻利地把涎水舔进去了。他的舌头红得发紫，让我猛然想起了廖香前天给我刚做好的那双绣花鞋垫。

我想，戴发套的中年男人肯定是被树顶上的那些红柿子迷住了。廖香也看出了他的心思，眼睛顿时胀大了一圈。这个时候，廖香扭头看了我一下。不过，她的目光刚一碰到我的眼睛就躲开了，脸一下子变得通红。因为，我们这次吵架，正是由树顶上剩下的那些柿子引起的。

在油菜坡这个地方，差不多每家每户都有柿子树。要说起来，柿子其实并不稀奇。但是，别人家的那些柿子树，结的都是卵柿子，籽多，瓤少；我家门口这棵柿子树，结的却是奶柿子，籽少，瓤多。老垭镇有一家柿饼厂，每年一过白露，厂里的采购员就会骑着摩托车来村里收柿子。他们虽说什么柿子都收，价格却天差地别，卵柿子两块钱一斤，奶柿子一斤卖到四块，整整翻了一倍。这棵柿子树给我们家挣了不少钱。用廖香的话说，它简直就是一棵摇钱树。

可惜的是，我家这么好一树柿子，却没能都变成钱，少说也浪费了五分之一。要找原因的话，主要是这棵柿子树太大了，又粗又高，没有人能够爬上去。我们卖出去的那些柿子，都是站在板凳上用夹竿夹下来的。夹竿倒是很长，但再长也伸不到树顶。没办法，树顶上的那些柿子就只好留在上面喂鸟了。鸟儿们倒是高兴，总是一边吃柿子一边发出快活的叫声。廖香是个爱钱如命的人，每当看见儿鸟们在树顶上吃柿子，心里就难受得要死。她不止一次地跟我说，它们哪是在吃柿子？简直就是在啄我的心啊！有时候，她还会顺手从地上捡起一块石头，咬牙切齿地朝树顶上打去。

戴发套的中年男人到来的这天，上午九点钟的样子，镇上柿饼厂又来了一个采购员。他从摩托车上跳下来说，今年的奶柿子又涨价了，每斤涨到了六块。那会儿，廖香正坐在柿子树下给我爹我妈洗衣裳。我爹我妈虽然单独开伙，但年纪大了，手脚僵硬，衣裳都是廖香给他们洗。一听说奶柿子涨了价，廖香顿时就坐不住了。她丢下衣裳，猛然从板凳上弹了起来，像一支点了火的冲天炮。廖香一起身就命令我说，你赶紧爬到树顶把那些柿子摘下来吧，一斤六块呢。采购员连忙拍手说，太好了，我正是冲着你们的这些柿子来的。

我却呆呆地站着没动，像一截枯死的树桩。从内心来说，我也想爬上树顶把那些柿子摘下来变成钱，但我不能爬，也不敢爬。我的体形不好，虽说肚子大，但胳膊太短，压根儿抱不住柿子树。再说，我的胆子也小，朝树上看一眼都头晕，更别说爬上树顶了。

廖香见我没有动静，就气不打一处来。她愤愤地问我，你怎么愣着不动？我红着脸说，这树太大了，我不敢爬。廖香用鼻孔冷笑了一声，指着我的鼻子尖说，你一个大男人，连一棵树都不敢爬，真是连个女人都不如！

我听出了廖香在讽刺我。因为我晓得，她是敢上这棵柿子树的。廖香身材瘦高，四肢细长，胆子也大，小时候在娘家曾经爬到枇杷树上吃过枇杷。只是，在我们这一带，女人是不能上树的。哪个女人要是上了树，人们就会说她不懂规矩，还会骂她没教养。听我爹说，廖香当年上枇杷树被她爹看见了，气得她爹火冒三丈，当即从墙角抓起一根竹棍，将她从树上扑通一声打落下来，差点摔断了一条腿。从那以后，她再也不敢上树了。

廖香正对我感到失望，儿子做完作业从屋里出来了。廖香一看见儿子，两只眼睛豁然一亮。她指着柿子树问，儿子，你敢爬上去吗？儿子说，敢。廖香激动地说，儿子真行，像个男子汉！等你摘下柿子卖了钱，我给你买双肩包。儿子一听喜疯了，撒腿就跑到了柿子树下，接着就要往树上爬。

　　然而，我没让儿子上树。他正要爬的时候，我一个箭步冲上去将他捉住了。你不能上去！我黑着脸说。儿子拧过头来问我，为啥不让我上？我说，这树太粗太高，上去危险。这时，我爹我妈也来到了树下。他们听说儿子要上柿子树，脸都吓白了，赶紧把他拉进了屋里。

　　柿饼厂的采购员一直等着买柿子，等了一个多钟头，最后还是空手而归。当采购员骑上摩托车离开时，廖香的眼窝都被我气红了。我预感到，她十有八九要跟我大吵一架。果不其然，采购员刚走，廖香就冲我吵了起来。她龇牙咧嘴，手舞足蹈，声如破竹。开始，我和她对着吵。后来，我吵不动了，她便一个人吵，从上午一直吵到下午。如果不是有人来，真不晓得她要吵到什么时候。

　　戴发套的中年男人一直仰着头，盯着树顶上的柿子，看得眼都不眨。至少看了一刻钟，他才把头放下来，同时掏出一张名片递给我。直到这时，我才知道他从县城来，是县演讲协会的会长，名叫高声。

二

　　我老婆廖香只读过一年初中，不懂啥是演讲。高声解释说，演讲是一门艺术，又像讲话又像演戏，不光要有动听的声音，还要有优雅的手势。高声是个破嗓门，说话发喈，好像喉咙里有一窝马蜂。他一边说一边摇头晃脑，让人担心他的发套又掉下来。不过还好，他时刻用手护着，没让它掉。

廖香对演讲不感兴趣，听了一会儿便进了屋。高声倒是蛮上心的，一个劲儿地跟我说演讲的事，滔滔不绝。他告诉我，再过十天，市里将举办第四届演讲大赛，每个县都要派选手参加。在头三届大赛中，本县演讲协会都推荐了选手，可惜只得了两个三等奖和一个二等奖，始终与一等奖无缘。作为本县演讲协会的会长，高声最大的梦想就是在这一届大赛上夺得一等奖。他说，一等奖不仅荣誉高，而且奖金多，前几届发的都是一万块，这一届可能还要往上涨。

其实，我对演讲也毫不关心。高声说得眉飞目舞，我却无动于衷。我确实饿了，肚子里的蛔虫咕咕直叫，压根儿没劲说话。最主要的是，我心里一直在纳闷儿，不知道一个搞演讲的人突然跑到我家来干啥。

廖香进屋不久，我闻到了鸡蛋煮面条的气味，香喷喷的，好像还放了葱花。我扭头朝屋里看去，发现儿子已坐在门槛上吃面条了。看着儿子吃面条，我不禁吞了一口涎水。好在，我刚把涎水吞进喉咙，廖香也给我端来了一碗面条。

在我埋头吃面条时，廖香没折身进屋。她系上围裙，挽起衣袖，又坐到了柿子树下，接着洗上午没洗完的衣裳。那是我爹的一件褂子和我妈的一条裤子，还有他们各自的一双袜子。我爹我妈老了，不怎么讲卫生，衣裳穿不了几天就脏兮兮的。廖香偏偏又是一个爱清洁的人，看不惯衣裳上面有污垢，隔三岔五都要给我爹我妈洗一次。

摸着良心说，廖香除了把钱看得重，其实心肠并不坏，还特别勤劳，又聪明又能干。油菜坡的人都晓得，她是个刀子嘴豆腐心。每次给我爹我妈洗衣裳的时候，她嘴上兔不了埋怨，但还是使劲地搓，使劲地揉，洗得干干净净。前段时间，儿子吵着要一个流行的双肩包，廖香舍不得买，却在他的旧书包上又缝了一条新带子，让他背着去上学。我天生一双汗脚，廖香虽然经常骂我脚臭，但一有空闲就给我做鞋垫，让我每天都有鞋垫换。她做鞋垫还绣花，梅花呀，桃花呀，牡丹花呀，都绣过。

高声没看廖香洗衣裳。他又仰头看那些柿子了，仍然用手扶着发套。发套上的毛又粗又硬，黑亮黑亮的，有点儿像杂交猪的脊毛。

廖香洗好衣裳站起来，正要转身去屋旁晾晒，高声突然激动地叫了一声，啊，多么迷人的奶柿子哟！他一边叫一边张开双手，仿佛要扑上去将柿子树抱进怀里。廖香一听高声说到柿子，两只脚马上停住不动了。她睁大双眼望着高声，满脸疑惑地问，柿子？难道你们演讲协会也收购柿子？高声说，我们协会不收购柿子，但我今天来你们这里，却与柿子有关。

高声没有一口气把话说完，像在故意卖关子。我和廖香都瞪大眼珠，竖直耳朵，等他往下说。停顿了好久，高声才对我们说出实情。原来，他还真是冲着我家这树柿子来的。更准确地说，是奶柿子。

　　市里有一个退居二线的老干部，被高声称作叶老。叶老现年七十三岁，虽然退下来了，但身上还挂了不少职务，比如市演讲协会名誉会长。会长虽说只是个名誉的，可瘦死的骆驼比马大，一切都是他说了算。叶老的母亲高寿，已经九十四岁了，却耳不聋眼不花，牙齿还能吃锅巴。老太太每天都要吃乡村的野生水果。据说，这是她的长寿秘诀。在各种水果当中，老太太最喜欢吃柿子。但她嘴刁，从来不吃卵柿子，只吃红红的、鼓鼓的、软软的奶柿子。可是，今年奶柿子收成不好，市场上打着灯笼也买不到。这让老人家很不开心。叶老是个大孝子，为了让母亲吃到奶柿子，便四处打听，并愿意高价收购。高声说，他今天来这里，目的就是为叶老买奶柿子。

　　廖香听了兴奋异常，鼻头都红了，像是涂了一层红药水。她问高声，你咋晓得我们这里有奶柿子？高声说，老垭镇柿饼厂的人告诉我的。他们说，这方圆几十里，只有你们家有奶柿子。廖香连忙问，你打算一斤出多少钱？高声大手一挥说，只要能买到奶柿子，价格好说。廖香接着问，八块钱一斤，你要吗？高声说，别说八块，十块一斤我都要。廖香惊叫一声说，天啊，十块钱买一斤柿子，你不会是开玩笑吧？高声赌咒说，我开玩笑不是人。

　　高声显然不是开玩笑。我想，他跑这么远来买奶柿子，八成是买去送给叶老。他不是做梦都想夺演讲一等奖吗？肯定是想叶老在比赛时关照他。

　　廖香开始跟高声谈柿子的时候，我一直默默地待在旁边，啥话也没说。后来，廖香越谈越来劲，我就忍不住泼了一瓢冷水。

柿子价再高，你们也是白谈。我冷笑着说。高声一怔，问，此话怎讲？我说，这棵树太粗太高了，柿子摘不下来。高声一下子蒙了，半天无语。

沉默了好久，高声把目光落到我身上，愣愣地问，难道你不会爬树吗？我红着脸说，爬树倒是会，但这棵柿子树太粗太高了，我不敢爬。停了一下，我又补充说，假如我敢爬的话，这树顶上的柿子早就变成钱了。我话音未消，高声用嘴角笑了一下说，胆小鬼！我马上还嘴说，我是个胆小鬼，你可以爬上去嘛。他却说，我更不敢。我问，你怎么也不敢？他红着腮帮说，我长这么大，连桃树都没爬过。

廖香的情绪也一下子低落下来，仿佛一个鼓鼓的气球突然被针扎了一个洞。这时，高声把目光移到了廖香身上，将她从上到下认真打量了一番。打量之后，他无比惊喜地说，凭你这身材，肯定可以爬上柿子树。廖香说，爬上去倒是没问题，但我不能爬。高声奇怪地问，为什么？廖香迟疑了一下说，我们这地方，不许女人上树。高声大声追问，为什么？这是为什么？廖香不晓得怎么回答，猛然垂下头不说话了。我于是替她说，这是本地风俗。我话刚出口，高声手一甩说，荒唐！他显得很气愤，眉毛都竖起来了。我正打算再解释两句，高声又扩大音量说，现在是什么时代了？居然还歧视女性，真是岂有此理！

听了高声这番话，廖香马上把头抬起来了，目光炯炯地看着高声。高声快速朝廖香走近一步，用鼓动的口吻说，别管什么风俗了，赶快上树摘柿子吧。这树顶上的柿子，我都买了。廖香立刻又来了劲，颤着嗓门问，真的每斤十块吗？高声拍着胸说，君子一言，驷马难追。好！廖香先大叫了一声，随即扯下腰里的围裙往板凳上一扔说，我这就上树摘柿子。

我顿时慌了神，急忙劝阻说，廖香，你千万莫上树啊，当心别人说你伤风败俗。廖香却不理我，把我的话都当成耳边风。她麻利地找来一根棕绳和几个蛇皮口袋，胡乱地往腰间一缠，便撒腿朝柿子树跑了过去。

情急之下，我只好进屋去找我爹我妈，指望他们能阻止廖香上树。在我看来，对廖香来说，我爹我妈说话比我管用。

可是，廖香的动作太快了。我把我爹我妈从屋里找出来的时候，她已经爬上树顶开始摘柿子了。这棵柿子树实在是高，我第一眼看到廖香时，竟然没认出来，还以为是一只松鼠。瞪大眼睛细瞧，我才发现那是我老婆。廖香的胆子真够大的，简直是胆大包天。她双脚叉开，分别踩在两个树杈里，左手抓住树枝，右手摘着柿子，一边摘一边往蛇皮口袋里放。她看上去没有丝毫的惊慌，压根儿不像身在半空。

我却吓坏了，冒了一身冷汗，生怕廖香一不留神从树上掉下来。我爹我妈吓得更厉害，浑身发抖，晃来晃去，仿佛在使劲地筛糠。儿子这时也跑过来了，一见他妈爬上了树顶，顿时惊叫道，妈，你不要命了吗？廖香听到了儿子的叫声，却没有当一回事。她勾下头看了儿子一眼，不慌不忙地说，儿子别怕，你妈命大呢。说完，她又忙着摘柿子去了。

高声一直站在柿子树下，仰着头，两眼一眨不眨地看着树顶。

当然，有一只手一刻也没离开他的发套。

　　大概过了二十分钟的样子，廖香摘下的柿子装满了一个蛇皮口袋。望着那袋鼓鼓囊囊的柿子，高声嘴巴都笑歪了。他一边笑一边跟廖香打招呼，让她把装满的口袋先放下来。其实，廖香早有准备。她从腰间扯开那根长长的棕绳，拴住蛇皮口袋，像一个打水的人朝吊井里放水桶一样，把那袋柿子放下来了。柿子刚一落地，高声就迫不及待地抓起一个，直接塞进了嘴里。好吃，又软又甜，真好吃！他边吃边说，还不停地咂嘴。

<h1 style="text-align:center">三</h1>

　　那天，我老婆廖香爬到树上摘柿子的时候，我们一家人始终没敢离开，都静静地守在树下，为她担惊受怕，提心吊胆。同时，我们也在心里默默为她祈祷，希望上天保佑她平安无事。

　　廖香在树上忙了一个多钟头，终于把树顶上的柿子摘光了，满满装了五个蛇皮口袋。直到这时，我才松了一口气，心想柿子已经摘光，廖香总该从树上下来了。我爹我妈，还有儿子，看上去也轻松了许多。

　　然而出人意料的是，廖香把五袋柿子全都吊到树下之后，却迟迟没从树上下来。她一动不动地站在树杈里，勾着头，眼睛向下，用痴呆的目光看着我们，好像在打量几个陌生人。我们都感到莫名其妙，以为她脑袋里出了毛病。我不禁有点儿焦急，大声叫道，老婆，你怎么啦？柿子都摘完了，赶快下来吧！廖香听见了我的喊声，眼睛动了动，还和我对视了一会儿。但她没搭我的腔，也没有下来的意思。儿子也紧张起来，带着哭腔喊道，妈，快点下来呀，你不害怕我害怕呀！廖香认出了儿子，眼珠鼓了鼓，呆呆地看着他。但她没听儿子的，仍然站在树杈里，嘴上一声不响。后来，我爹我妈也心慌意乱了，同时仰起脖子，用乞求的声音说道，廖香，你抓紧下来好吗？我们家不能没有你啊！廖香听了浑身一颤，眼睛随即轮得又圆又大，久久地注视着我爹我妈。可是，她依旧没有说话，好像嘴上贴了封条。

不知不觉，廖香在树上又待了半个小时。高声这时看了看表，发现时间已经不早，也开始着急了。他放开嗓门问道，廖香，你怎么还不下来？这一回，廖香总算搭话了。她慢悠悠地说，我好不容易上一次树，想在树上多待一会儿。说完，廖香右脚向上一抬，左脚往后一蹲，居然又朝着树尖爬了几大步。

廖香离地面更远了，看上去越发像一只松鼠，离天倒是更近了，额头差不多挨到了云彩。天啊！我们拼命地叫了一声。

我的心一下子悬到了半空，两条腿不住地打哆嗦。我上气不接下气地说，老婆，你不要吓我呀，快下来吧！从明天起，我就出门打工去挣钱，免得你再为钱的事操心。以后，鞋垫我也自己赚钱买，再不让你熬夜为我做鞋垫了。我的话音未落，儿子陡然哭了起来，边哭边喊，妈，快下来呀！今后我保证听你的话，不再惹你生气，也不闹着买双肩包了。儿子的喊声还在空中回荡，我妈便仰天长叫道，廖香，快下来啊！你要是有个三长两短，我也不活了。从今往后，我和你爹的衣裳，都由我来洗，再不让你一个人受累了。

可是，不管我们怎么劝，廖香都不肯从树上下来。她看样子一点儿都不害怕，还慢条斯理地对我们说，你们别催我了，好吗？我几十年才上一回树，你们就让我在树上多待一会儿吧。听她这么说，我们都感到哭笑不得。

廖香接下来好半天没再说话。她瞪大双眼，高高地俯视着我们，目光明晃晃的，像两盏灯。

我爹虽然没怎么出声，但一直仰头看着树尖，脸色黑一块白一块，仿佛古装戏里的花脸。约莫又过了一刻钟，他突然把头放了下来，叹了一口长气，然后扭头进了屋里。进屋不久，我爹又出来了，怀里抱着一床棉絮。我好奇地问，爹，你把棉絮抱出来干啥？我爹没理我，大步朝柿子树走来，很快把棉絮打开，像铺床一样铺在了树下。直到这时，我才明白我爹的良苦用心，眼睛忍不住一酸，差点流出泪来。我爹虽说刚满七十，但头顶早就秃了，只好把周围的一圈头发留长，用它们把头顶盖住。他铺好棉絮直起腰来的时候，盖在头顶的长发都垂下来了，看上去像一把晒干的豇豆。

我妈是一个驼背，平时走路和做事都低着头，说话也不怎么抬头看人。但是，廖香上树之后，她却始终把头仰着，干瘦的脖子拉得又细又长，两颗深陷的眼珠从眼眶里凸出来，痴痴地看着树上。我妈那样子，显得非常吃力，不禁让我想起在电视上看见过的鸵鸟。

儿子越来越心神不宁了，两只手不停地晃动，一边抹泪一边抓耳挠腮，像一只发了疯的小狗。后来，他猛地张开双臂，抱住柿子树，接着就使劲往树上爬。可他手臂太短，压根儿抱不住树干，爬上去不到三尺高就滑下来了，一屁股摔在地上，好半天站不起来。

高声这时又看了一次表，仿佛急不可耐。他再次催道，廖香，太阳快落山了，你快点下来收柿子钱吧，我买了柿子还要赶回县城呢。廖香犹豫了一下，要紧不慢地说，请你再等等，我还想在树上多待一会儿。高声愣着眼睛问，柿子都摘光了，树上还有什么好待的？廖香突然放大声音说，你不晓得，我站在树上，看啥都和以前在地上看到的不一样呢。高声听了为之一震，眨了眨眼睛，口齿不灵地问，是吗？有什么不一样？廖香说，等我从树上下来告诉你。

廖香说完，突然把低垂的头抬上去了，同时转动了一下脖子，将目光投向了公牛岭那边的羊村。公牛岭真像一头高大威猛的公牛，雄踞在油菜坡西头，把那边的羊村挡得严严实实。如果不爬上这棵柿子树，廖香无论如何是看不见羊村的。她一看见羊村，就忍不住叫道，哈，我看见羊村了！她是这么叫的。叫声听起来十分欢快，有点儿像天上的流云。

又在树上足足待了十分钟，廖香终于从树上下来了。她的脚刚落到地面，我们一家人就赶紧围了上去，像迎接一个从天外来的客人。

儿子冲在最前头，一上去就抱住了廖香的一条腿，还把脸贴在了她的腿上。廖香急忙伸出一只手，轻轻地在儿子脸上抚摸，仿佛一头老牛用舌头舔着刚出生的牛犊。她接着又查开五指，插进儿子的头发，像梳子一样梳了起来。梳着梳着，廖香情不自禁地闭了一会儿眼睛，显出很陶醉的样子。

我妈迈着碎步朝廖香走拢去，她艰难地仰起头，用慈祥的目光久久地打量廖香，眼角闪着泪花。她发现廖香的脖子后面落了一片柿叶，马上伸手去摘，可手膀子太短，伸了好几下也挨不着柿叶。廖香赶忙蹲了下来，随即将脖子一歪，正好歪在我妈手边。我妈摘下柿叶后，廖香没让她扔掉，一把接过来放在眼前，看了好半天才扔。

我爹话少，只跟廖香匆匆打了一个照面，就收起铺在树下的棉絮，转身进屋。进屋不到两分钟，我爹端着一杯热茶出来了。但他没有直接把茶杯递给廖香，而是先给了我，同时给了我一个眼神。我很快明白了我爹的意思，转手就把茶杯递到了廖香手里。廖香双手接过茶杯，当即喝了一大口。

高声最后走到了廖香身边，张嘴就问，你这柿子大概多少斤？我付了钱好赶路。廖香却说，不慌，高会长不是问我在树上有啥好看的吗？我还没跟你说呢。高声愣了一下说，哦，那你快跟我说吧。廖香没有立刻说，又瞪大眼睛，把我们一家人挨个看了一遍，然后才开口说话。廖香对高声说，爬上这棵柿子树之前，她从来没有认真地看过我们家里的人。直到今天爬到树上，她才看清楚这一家人真实的样子。

　　廖香首先说到了我爹。原来，她压根儿不晓得我爹的头顶秃得那么厉害，更不晓得他为人这么善良，这么细致，这么吃苦耐劳。她说，当我爹抱出一床棉絮铺到树下的时候，泪水一下子就涌出了她的眼眶。接下来，廖香说到了我妈。原来，她只知道我妈是个驼背，但不知道她的一举一动是那样吃力，那样费劲，那样可怜。她说，在我妈仰头劝她下树的那一刻，她的整个心都软了，如同一团棉花。紧接着，廖香又说到了儿子。原来，她一直认为儿子不听话，只会调皮捣蛋，没想到他还是挺懂事的。她说，听见儿子在柿下对着树顶放声大哭时，她的心顿时好疼好疼，像是被虫子咬了一样。廖香最后还说到了我。原来，她总觉得我这个人缺肝少肺，薄情寡义，没把她放到心上，现在才发觉我其实还是很在乎她的。她说，看见我在树下急得像猴子一样团团转，她心头不由猛地一热，还想到了"一日夫妻百日恩"这句俗话。

　　听廖香说到这里，高声突发感叹慨说，看来，你今天上树收获不少啊，不仅摘到了柿子，还增强了亲情。廖香补充说，我还看见了羊村呢。高声问，羊村怎么啦？廖香说，羊村从前比油菜坡还穷，现在却富了，到处都是楼房，车路也通了，我看见有轿车在村里跑来跑去。高声问，你今天才发现吗？廖香说，是的，羊村以前被公牛岭挡住了，在地上根本看不见，我今天爬到树上才看到。高声沉吟了一会儿说，有意思！

　　太阳快下山的时候，高声按每袋柿子一百斤给廖香付了钱，一共五千块。从高声手中接钱时，廖香颤抖着双手说，天哪，好多钱啊！她本想退一些给高声，但高声没要。

高声付钱后，立即把五袋柿子装进了轿车的后备箱。他说，他有可能会连夜赶到市里去，想早点把五袋红彤彤的奶柿子送给叶老，顺便再打听一下演讲比赛的消息。高声一边说一边用手扶着发套，小心翼翼地进入车门，然后就急匆匆地把车开走了，车后扬起一路土灰。

四

我老婆廖香自从上树以后，完全变了一个人。在我爹我妈面前，她变成了一个好儿媳；在儿子面前，她变成了一个好母亲；在我面前，她变成了一个好老婆。说句心里话，我真要感谢高声，感谢他那天怂恿廖香上树。

上树的第二天早晨，廖香天不亮就起了床。以前，她可不是这样，每天都要睡到日出才肯起来。廖香这天这么早起床，是为了给我爹我妈洗被子。时令进入深秋，气温陡然下降，我爹我妈晚上怕冷，便换上了一床厚被子。换下来的那床薄被子早已睡脏，可换下来后一直没有及时洗，像一堆垃圾被扔在墙角。我没料到，廖香这天会突然想起它。我早晨六点半钟从床上起来时，廖香已经把被子搓好了，正在水池里清洗。她脱掉夹袄，卷起衣袖，累得满头是汗。我爹我妈这时也起床了，看见廖香在为他们洗被子都很感动，连忙走上去，想给她搭把手。但廖香没让，手一伸拦住了他们，诚恳地说，你们都老了，妈您身体又不好，快去一边歇着吧。我爹我妈听廖香这么说，心里高兴得像喝了蜂蜜。

吃过早饭，廖香换了一身打扮，说要去一趟老垭镇。我问她去镇上做啥，她说先保密，等她回来我就晓得了。油菜坡有开往镇上的面包车，每小时一趟。廖香是坐上午九点钟的面包车去的，不到十一点就回来了。当时，我在房子东头维修烤烟炉，我爹我妈在后门外猪圈里给猪添食，儿子正在堂屋里埋头写作业。刚踏上门口的场子，廖香就扯着嗓门儿喊道，儿子，你快点儿出来！声音洪亮，好像喜鹊在叫。儿子听到喊声，推开作业本，飞快地跑到了门口。原来，廖香是专门到镇上给儿子买双肩包去了。等我随后跑到门口时，儿子已把双肩包背在了身上，脸上堆满了笑，宛若一盘向日葵。

这天午饭过后，我接着维修烤烟炉。长时间没有烤烟了，炉壁上出现了很多裂缝，必须趁早用水泥浆把缝隙糊上。廖香收好碗筷也来到了炉边，问我要不要她帮忙提水泥浆，我说不需要。她说那她就去忙别的事了，边说边转身回了屋。过了片刻，廖香又出来了，手里拿着一双还没做好的鞋垫，正在往上面绣花。她这次绣的是玫瑰花，非常鲜艳。我故意打趣问，这么漂亮的一双鞋垫，是给谁做的呀？廖香怪笑一下说，给我相好做的。

我们正说笑着，大门口突然传来了一串汽车的喇叭声。廖香一听喇叭响，马上就往大门口跑去。出于好奇，我也扔下水泥桶，跟她去了大门口。

在大门口的柿子树下，停了一辆红壳子轿车，看上去十分眼熟，觉得像高声的那一辆。我正这么琢磨着，高升用手扶着发套从车门里出来了。嗬，是高会长啊！廖香大声叫道，显出很激动的样子。我没有和高声打招呼，心里有点儿奇怪，不晓得他为啥又来了。不过，我还是客气地对他点了一下头，并给他搬来了一把椅子，放在他的身边。

高声却没有坐椅子。他背靠车门站着，似乎没打算在这里久留。廖香进屋泡来了一杯茶，一边递给高声一边问，奶柿子送给叶老了吗？高声说，送了，昨天连夜就送到了叶老家里。叶老的母亲一口气吃了六个，不住地说好吃。叶老高兴坏了，还回赠了我一块普洱茶砖。廖香说，叶老高兴就好。我这时插嘴说，只要姓叶的高兴，你的演讲协会夺一等奖就十拿九稳了。开始，我以为我这句话会说到高声的心坎儿上去，没想到他一听脸色猛然变了，仿佛晴天变成了阴天。

廖香很快看出了高声的变化，低声问道，高会长，遇到什么麻烦了吗？高声张了张嘴，没有出声。沉默了好一会儿，他才皱着眉头对廖香说，演讲比赛这件事，的确遇到了一点麻烦。今天，正是因为这件事，我才再次来到这里，希望得到你的帮助。廖香问，遇到什么麻烦了？高声说，据叶老讲，市里的演讲比赛提前了，时间就定在后天下午。我们原先准备了几个选题，可叶老认为没有竞争力，很难冲一等奖。廖香连忙问，那可怎么办？高声说，叶老建议我们赶紧换一个更有竞争力的选题。廖香眨巴着眼睛问，选题是啥？高声想了想说，选题就是故事。叶老的意思是，让我们换一个更好的故事。

　　这时，我又忍不住插嘴问，高会长，时间这么紧，你能找到更好的故事吗？高声犹豫了一下，猛地拧过脖子，凝视着廖香说，好故事倒是有一个，就是不知道廖香愿不愿意帮忙。廖香大吃一惊，用手指着自己的鼻尖问，我？我一个农村妇女，能帮啥忙？高声扩大嗓门说，我想请你代表我们县演讲协会去市里登台演讲，就讲你昨天上树的故事。廖香听了更加吃惊，几乎目瞪口呆了。我也吃了一惊，顿时成了哑巴，什么话也说不出来了。

　　高声却越来越起劲，显得信心十足。他眉飞色舞地说，上树的故事实在是太好了！廖香红着脸问，有啥好？高声打着手势说，你看，爬到树上以后，你看到的事物与之前在树下看到了相比，完全不同，比如你公公婆婆、你儿子，还有你丈夫。更有意义的是，一到树上，你的目光就越过了公牛岭，看到了乡村振兴给羊村带来的巨变，多么好的一个故事啊！廖香听到这里，眼睛忽然亮了一下，然后略带羞涩地说，真有这么好吗？高声点点头说，是的。叶老也说这个故事好。老爷子还说，只要你愿意上台去讲，一等奖大有希望。

　　廖香感到有点儿不好意思，脸一直红到了耳根。她急忙把头勾下去了，眼睛盯着自己的两只手。两只手交叉着揣在怀里，左手扯右手上的指头，右手扯左手上的指头。指头也是红的，好像上了一层油彩。

　　过了一会儿，高声看了看表，神情严肃地问，廖香，你愿意帮我这个忙吗？廖香慢慢地抬起头，没说话，双眼直溜溜地看着我，显然是在征求我的意见。可是，我一时半会却难以表态，不知道如何才好。高声见我犹豫不决，突然承诺说，如果获了一等奖，奖金至少分给廖香一半；另外，从借用之日算起，到比赛结束回家为止，每天给她补助三百。高声刚把话说完，廖香就兴奋地叫道，哇！我听得出来，廖香已经动心了。到了这个时候，我也不好再拿主张，只好答应高声的要求，让廖香去市里参加演讲比赛。

廖香这天走得很急，几乎是说走就走了。她本来打算陪我们一家人吃过晚饭再出门的，但高声没同意。高声说时间太紧了，到了县城，还要连夜为廖香写演讲稿，让她先背下来，接着再反复排练，从声音到表情再到动作，每一个环节都必须设计好。廖香苦笑着说，时间再紧，我总得找几件衣裳带着吧？高声甩着手说，衣裳不必带，差什么，都到县城去买，县城买不到就到市里去买。他还说，演讲的服装需要精心挑选，对演讲者，从头到脚都要进行全新包装。高声说完，一把拉开了后排的一扇车门，催廖香快点上车。当时，廖香已经身不由己。她依依不舍地看了我们一眼，然后便上了高声那辆红壳子轿车。

好在，廖香这次出门时间不长，前后加起来只有四天。第四天的下午，高声用他的红壳子轿车把她送回了家。

廖香从车上下来的时候，怀里抱了一束鲜花。一看见这束花，我就晓得她演讲成功了。不过，我的目光没在花上停留，很快被廖香的穿着打扮吸引住了。她穿了一件橘红色的风衣，围了一条火红的围巾，还戴了一顶绒线帽。帽子也是红颜色的，让人想到被霜染红的柿子。看到廖香的第一眼，我差点儿没认出来。直到儿子从屋里跑出来大声喊妈，我才确信站在眼前的这个女人是我的老婆。听到儿子的叫声，我爹我妈也从屋里出来了。他们和我一样，也觉得廖香有点儿陌生，眼珠卡在眼眶里半天不动。

高声停好车也下来了。他换了一个发套，发套上的毛更黑更长，看上去像电视上经常出现的导演。高声一下车就给我们报告喜讯，说廖香的演讲轰动了全市，并且夺得了一等奖的第一名。他还说，这次一等奖的奖金果然提高了，每人一万五，廖香当场就分到了七千五百块。我们一家人听了都高兴不已，还抑制不住地鼓起了掌。掌声过后，廖香突然从包里掏出了一个大红的本子，笑容满面地对我们说，这是获奖证书，叶老亲自给我颁发的。

我们一家人正在欣赏廖香的奖证，高声又给我们透露了一个消息。他说，一个星期之后，廖香还要去省里参加演讲比赛，仍然讲她上树的故事。如果在省里拿了一等奖，奖金至少三万，而且还发一个金杯。说到这里，高声扭头问廖香，你有信心吗？廖香使劲地点了头说，有！高声对廖香的回答十分满意，一边说好，一边伸了个大拇指。

那天返城之前，临上车的时候，高声叮嘱廖香说，接下来就不要做其他事情了，应该一门心思为省里的演讲做准备。他还说，他过两天就来接廖香。

五

　　两天之后，高声真的又开着红壳子轿车来到了我家门口，一来就把我老婆廖香接走了。扫兴的是，廖香再回家的时候，高声却没有开车送她。她是自己掏钱坐班车回来的。因为，廖香去省里参加演讲比赛没能获奖。

　　廖香从省里回来，像患上了什么大病。她吃不下，睡不着，人也瘦了，颧骨一天比一天凸得高，脸上看不到一点血色。她也不怎么说话，成天闷闷不乐，默默无语。我们找她说话，她总是不理不睬，经常装作没听见。不过，在身边没有人的时候，她偶尔会自言自语。有几次，我在隔壁房里听见她说，明年还要去省里参加演讲比赛。她说得断断续续，有点儿像说梦话。看见廖香变成这么一个神神道道的样子，我心里非常难过，却又束手无策。

　　更让人难以接受的是，廖香从省城回来后就再没有做过家务活。我爹我妈脱下来的脏衣裳，在墙角那里一堆几天，她走过去走过来看都不看一眼。后来，我妈只好把她的驼背两头弓到一头自己动手，搓好了再让我爹去清洗晾晒。儿子在放学路上疯跑，一不小心被长刺的荆棘拉断了双肩包的一条背带。他央求廖香帮他缝上，但她一直没理。我的脚到了冬天还照样出汗，可鞋垫已经不够换了。床头柜上本来有一双做了一半的鞋垫，廖香却没心思把它继续做完……我渐渐感觉到，廖香虽说每天和我们生活在一起，但她好像把我们都当成了住在同一个屋檐下的陌生人。我感到很不是滋味，常常想哭，却欲哭无泪。

时光一晃到了冬月，天气越来越冷了，廖香的情况也越来越糟糕。冬月上旬的一个晚上，油菜坡刮了一夜大风。风声惊天动地，像一群饿狼在村里吼叫。就在这个刮风的寒夜，廖香突然失踪了。

廖香是半夜不知去向的。她开门出去的时候，我在半睡半醒中听到了响声，但没有在意，以为她去上厕所了。可她出门后差不多一个小时没有进屋，我这才觉得事情不妙，于是赶紧出门去找，一边喊一边找。但是，我喊破了嗓子也没听到她的回音，找遍了屋前屋后也没见到她的影子。后来，我爹我妈，还有儿子，都从睡梦中惊醒了，分头去找廖香。我们找了猪圈，找了烤烟炉，还找了种菜的大棚，却连她的头发丝都没找到一根。我还打了廖香娘家的电话，结果她娘家的人也说没看见。最后，我走投无路，只好拨了高声的手机，希望从他那儿得到一点线索。还好，手机一拨就通了。听到廖香失踪的消息，高声好半天没有说话。大概过了三分钟，他猛然产生了一个猜想。高声说，廖香不会又上树了吧？

高声的猜想让我脑洞大开。我马上跑到了柿子树下，打开手电筒，高高举起，往树上一照，果然看见了我老婆廖香。

（原载《作家》2021年第8期）

晓苏，武汉大学文学博士，华中师范大学教授，博士生导师，现供职于华中师范大学乡村振兴研究院。中国作家协会会员，一级作家。湖北省作家协会副主席，湖北省人民政府参事。先后在《人民文学》《作家》《收获》《钟山》《花城》《天涯》《十月》《北京文学》《中国作家》《上海文学》等刊发表小说五百余万字。出版长篇小说5部、中篇小说集2部、短篇小说集15部、散文集1部，另有理论专著3部。曾获湖北省"文艺明星"奖、蒲松龄全国短篇小说奖、林斤澜短篇小说奖、百花文学奖、汪曾祺文学奖、湖北文学奖、《北京文学》奖、屈原文艺奖、《长江文艺》双年奖、《作家》"金短篇"小说奖等。《花被窝》《酒疯子》《三个乞丐》《泰斗》《老婆上树》等五篇小说荣登中国小说学会中国年度小说排行榜。

分夜钟

朱文颖

一、一天以后

1

院长问了女艺术家喻小丽七八个问题，然后便沉默了下来。

事情听起来简单却又离奇。就在昨天，这家糟精神病院同一科室的三位患者，在暴雨倾盆的黄昏时分，穿着雨衣打了雨伞，"乔装打扮"骗过保安，顺利出逃。

"她们……实在是太有想象力了……"院长显然是焦躁不安的，从屋子的这一头走到那一头，然后再走回来。

逃出去的三个人基本都属于轻度或中度癔症患者。所以说，除了医院职责范围内的疏忽大意，暂时不会造成过于严重的社会危害。

院长踱完步，坐回到黑色靠背椅那里。他冷冷地审视着当值的保安——那个精瘦精瘦的家伙吓坏了。一条腿站得笔直，另一条一半悬空着，正在轻微地发抖。

"她们……是三个人。"保安说。

"我知道她们是三个人！"院长狠狠地瞪了他一眼。

保安急剧地咳嗽了起来。过了十来秒钟的样子，才又接着往下说："她们是从六……六楼下来的，其中一个穿着外套和雨衣，装成出院病人，另外两人一左一右搀扶着她，嘴里大声叫着'家属！家属！'……对了，她们三人都穿着拖鞋。"

"明知道她们穿着拖鞋，你还放走了人！"随着院长愤怒地一拍桌子，保安吓得往后退了两步，整个身体蜷缩成了一只刺猬的样子。

精神病院位于城西一座湖心小岛。湖面如镜，波澜不惊，有一座木桥曲曲折折通向对岸。

岸边是野蛮生长的芦苇和水草，大风过处，飘摇如同疯狂缠绕的乱发。除了有几只灰黑色的野鸭偶尔在水草丛中冒一下头，湖面的这一带通常是平静的。运送应急物资和药品的船只每两天一班，清晨六点静悄悄地靠岸。

有意思的是那座通向对岸的木桥。平时悬浮于水面之上不多的空间，差不多在每天傍晚五点四十，湖水开始涨潮，二十分钟过后，桥面就慢慢淹没在一片汪洋之中了。

据保安回忆和后来调取监控录像推论，三位患者离开住院大楼的时间大约是傍晚五点十五分……也就是说，即便她们向着木桥方向一路狂奔，留给她们的时间仍然是非常紧张的。

更何况，那天的雨下得就像一个毫无顾忌的疯女人。

"她们有可能会淹死的……真是疯了，连命都不要了。"院长长出一口气。

"你在说谁呢？"喻小丽突然追问一句。

院长愣在那里。没有回头，那个木然的背影就这样停了好几秒钟，仿佛正在凝结成冰的雨雪一般。

"说你妹妹，喻小红。她是领头的那个。"院长缓缓地答道。

2

上午去城里接女艺术家喻小丽的，是医院派去的一艘小船。

航程很短，船老大则像谍报人员，一声不吭。船至湖心时，喻小丽已经遥遥看到院长站在岸边。或许是一夜未眠的缘故，他显得面色苍白，心事重重。

"已经快有二十年没见你了……"在办公室，院长的眼睛久久纠缠在喻小丽身上，仿佛他正上上下下打量着的，是一件珍贵无比的瓷器。

"是啊，二十年了。"喻小丽似笑非笑地眯了眯眼睛，眼角额头和眉梢即时露出了几丝笑纹和鱼尾纹。

"但是你没变，真的，一点都没变。"院长舔了舔干裂上火的嘴唇，语气愈发柔和了下来，"对了，这些年，你一直都在哪里？"

"我走了很多地方……"喻小丽慢慢沉浸到回忆中去，"每到一个地方我就写信，拍照，然后寄给喻小红。但是，她从来都不回复我。"喻小丽摇了摇头说，"没有人能勉强她做任何事。从来都没有。"

院长静静听着。一边听，一边喝着滚烫的浓茶。他手里拿着白瓷的茶杯，退后几步，靠在办公桌的桌沿上……又仿佛突然意识到什么危险似的，伸出另外一只手，死死撑住。

"但是——你从来没有给我写过信。这么多年，一封都没有。"院长的眼睛盯住喻小丽，又仿佛早已了然于心，很快垂下了眼睑。

"没有人能够勉强我。这一点，我和喻小红一模一样。"喻小丽放低声音，但是一字一顿非常清晰地回答道。

"是啊，很多年前，你就那样不顾一切地跑掉了。而现在，你妹妹，也是这样不顾一切地跑掉了。你们，真的就像一对孪生姐妹。"院长的声音听起来有一种无可奈何的缓慢和拖延。

"昨晚的雨……我是说，已经很久没看到这么大的雨了。"喻小丽看着窗外，喃喃自语着。

"是的。你是知道的，你妹妹，一到暴雨季节就会发疯。"

"我也一样。"喻小丽冷冷地说。

这时有人敲门，送进来一叠文件之类的东西。

院长签了字。然后那人离开。

又过了大约三五秒的时间，院长突然转过身去，打开一扇藏在书架后面的木门。门后赫然呈现一排橱柜，里面放着高高低低的玻璃酒杯。

"我们喝一杯吧？"院长拿起酒杯。喻小丽看到他的手在发抖。轻微地下意识地然而绝对无法控制地发抖……喻小丽盯着那只手，看了很久。

3

"你确认……你妹妹……"说到这里，院长停了一下——"我是说，喻小红，她昨天晚上从这里逃出去后，没有联系过你？"

"没有。"喻小丽坚决、怅然、几乎是闭着眼睛地回答道，"当然没有。"

院长走前几步，在办公室的窗口驻足。从院长站着的这个位置，大约可以看到五分之四的医院院子，四周围绕着高墙，墙头连着铁丝网（然而就这样看起来，那些铁丝网并非匀称分布，反而有些部分密集，有些部分稀疏。高高低低，然而延绵不断）。墙外，目光所能及处，可以看到再度回复平静的湖面。正午的日头下，芦苇的顶部齐刷刷泛出白光，仿佛有什么东西手拉着手，正一起咧开嘴微笑似的。

那座连接对岸的木桥，则在更远些的地方。特别安静。对于世界没有任何的企图与奢求。

院长把喻小丽唤到窗前。

"你看那边。"院长抬起左手，指向下面院子的某一个角落。院子里有一群人正在跑步，还有几个停了下来，他们都穿着颜色和款式完全统一的白色病号服。

"你看到了吧，墙边那个六十多岁的老太太……"喻小丽追随着院长的视线，然后点了点头。

"那个老太太一直坚信自己是个舞蹈家。当然，你可以看到她确实手臂纤细、双腿笔直，做几个舞蹈动作也是像模像样的；当然，坚信自己是舞蹈家也不是不可以，多多少少，我们每个人都曾经有过跳舞或者飞翔的梦想。然而这位老太太——"

院长说到这里，突然停顿了一下，仿佛很难克制并且还有点滑稽地挑了挑眉毛："开始的时候，老太太在客厅里跳，后来，有一次，家里儿女不在的时候，她突然想方设法爬上了屋顶……"

喻小丽歪歪脑袋。现在，她已经把小半个身子靠在了窗台上。或许，这样的姿势可以让她的视野更为开阔些吧。

"还有那个人。"院长把手指向距离舞蹈老太太十来米远的地方，有一个瘦小蜡黄的矮个子男人正蹲坐在围墙下面。

"看到他了吧。我们都叫他大暑。因为他的生日在大暑。而他的脾气暴烈也像大暑。"仿佛为了配合大暑这个字眼，院长点燃了一根烟。他抽第一口烟的时候，不知为什么给人一种穷凶极恶的感觉。

"大暑其实没有什么问题。他唯一只有一个问题。他骂人。持续不断地骂人。充满了攻击的力量。他仿佛是老天专门派他到这个世界上骂人的。"

从喻小丽的这个角度，确实可以看到那个瘦小蜡黄的男人，他的嘴不停地在动，张开，闭上，再张开，再闭上。

"当然了。"院长继续往下说，"弗洛伊德认为，攻击性是人类的两大动力之一，当人的生命力展开的时候，必然会有攻击性……"

"还有一个动力是什么？"喻小丽插话道。

"是性。"院长说。

4

下午一点多的时候，派出所来过两个人。

一胖一瘦两个警察。医院同样派了一艘小船去接他们。然后院长同样站在岸边，看着小船徐徐靠近过来。他的手贴在两边的裤缝那里，身体微微倾斜，有一簇头发被风吹起，像业已解散并且正在风中打转的蓬乱鸟窝……所以说，无论从哪个角度看起来，船上走下来的两个人都是规整的。甚至他们发出的咳嗽声也是规整的。或许只是受了湖风邪湿之气的缘故。

院长和他们握手，神情有些卑微。

大约五个月前，同样这两个警察也在一个午后上岸来到医院。那一回的当值保安也是一副被吓坏的样子。"他……他真的把自己弄死了。"当值保安不断地重复着这句话。有几个瞬间甚至有点眼泪汪汪的。

胖警察看都没看他一眼，快步走在前面。

瘦的那位则和院长并排走着。两个人都在身后留下长长的歪歪斜斜的阴影。

"什么时候发现的？"瘦警察表情忧郁地问道。

"今天早上。"当值保安回答说，"但是，大约有整整半年的时间，他每天都在病房里说，他准备要去死。"

"你是说，他很早就宣布自己要自杀？"瘦警察皱了皱眉头。

"不知道……我真的不知道……他有很严重的躁郁症，但是医院里很多人都有严重的躁郁症，也有很多人每天都在病房里说，他们准备要去死……”当值保安把话说得断断续续的。

"你居然从来就没有想到过——有些人这样说了，是真的会去做的？！"

走在前面的胖警察突然转过身来，非常突兀地大叫一声。脸上的表情因为愤懑而变得扭曲起来。

自始至终，院长一直沉默着。只字未说。

而现在，我们可以看到一胖一瘦两个警察跟着院长走进了办公室。院长或者两个警察里的一个随手关上了办公室的门。所以很难确切看到里面发生的一切（也可能只是被树干和枝叶遮蔽的缘故）。但过程应该是明确而清晰的。院长叫来了昨晚当值的保安、负责楼层的护士以及管理护士的护士长。然后两个警察开始盘问，或者一个盘问，另一个记录。无论记录还是盘问也都将是明确而清晰的。至于——主犯喻小红的姐姐喻小丽，更多的时候她将作为旁观者存在，当然，因为与失踪人有着直接的联系，她也免不了会被警察们观察与询问（闪闪烁烁的眼光）。

有些问题是千篇一律甚至明知故问的。

"你是喻小丽？"

喻小丽点了点头。

"你确认……你妹妹……我是说，喻小红，她昨天晚上从这里逃出去后，没有联系过你？"警察一边看着她，一边不由自主地眨着眼睛。

"没有。"

提问的警察沉默了一会儿。记录的那位则抬头望了望窗外的天色。他们两个人停顿的动作与延续的时间，有着因为长久以来配合而形成的默契，仿佛正在说我们见得多了；也仿佛有着懒洋洋的暗示：我知道……我其实是知道的……

就像后来胖警察突然而似乎完全不经意地问了一句："你妹妹是为什么疯的？"

"她并没有真的……发疯，她只是受了刺激。"

"是什么刺激？"警察转过头来。

"她的一个很好的朋友……死了。二十年前。"喻小丽说。

二、二十年前

1

院长姓浦。

二十年前的小浦二十二岁，是一所综合院校戏剧社团的社长。他几乎是同时认识她们的——二十岁的喻小丽和十八岁的喻小红。学校里风传，还在她们尚且年幼的时候，母亲突发心脏病去世，后来父亲又常年在外地工作……两个人一起长大，形影不离，样貌又相似，说是姐妹，有时确实更像孪生。

那年临近夏天的时候，剧团开始筹备一台节目。于是，暑期里的某一天，他去她们家做客。临走时，妹妹喻小红突然踮起脚尖拥抱了他。他有些不知所措地僵在那里。后来，她开始解释——

"那天早上我离家上学，母亲在窗边向我挥手……后来我就再也没有见过她。从那以后，就仿佛强迫症一样，每次出门，我都会向屋子里的每个人拥抱告别，即便只是去街对面取牛奶也是如此。"

二十年前的小浦有点恍然地点头。接着，又有点恍然地走向大门。

忽然看见小院角落里一双冷峻的眼睛。是姐姐喻小丽，她手里拿着写生板，正在描摹一株墙角的金色向日葵。

"你好。"她说。她笑的时候，很像向日葵背光的那一面。

接下来的那段时间，小浦经常去找喻小红和喻小丽。有时他见到喻小红，有时他则见到喻小丽，而更多的时候她们两个都在。

墙角的向日葵开得狂野而神秘。

当然，他是喜欢妹妹喻小红的，在他面前，她就像一只娇憨的猫咪，或者黏人的树獭。她向他倾诉说，她害怕一切的无常以及分离。事实确实如此，这种如同露珠般闪亮的脆弱相当地撩人爱恋。然而，与此同时，这也让他产生某种黯然之感——仿佛，这所有的一切只是洒向空中的雨露，而他，无非只是与可知或者不可知的万物分享罢了。所以，他应该是更迷恋姐姐喻小丽的。她坚硬、偏执，甚至有些疯狂。她第一眼看向他的那种冷冽的眼神，于他来说……直到他和她有了恋人的种种亲热举动之后，依然是无法破解的谜团。

他会和她聊一些事情。比如说，即将排演的剧目。又比如说，她死去的母亲。

"母亲死了以后，我和喻小红更像一双孤儿。"喻小丽说。

"哦。"他稍稍有点惊讶。

"有时候我想，如果我和喻小红是龙凤胎……她会是女的，我则更像其中的男胎。她会是另一个我。"

"另一个你？"他吃了一惊。

"是的，说来也怪，从小到大，我们有很多事情都很像。非常奇怪的相似。比如说——"喻小丽停了下来，把脸凑到年轻小浦的面前——他几乎能听到她呲呲的鼻息声——这时，她继续往下说，一字一顿的，"比如说，我可以肯定，我妹妹喻小红，她一定也很喜欢你。"

他有些尴尬地笑了笑，又耸耸肩。

很快他扯开了话题。

"你妹妹说，自从你母亲走了以后，每次出门，她都会向屋里的每个人拥抱告别……"

"她是这样的。"喻小丽打断了他，"她，比较多愁善感。"

"但你不是……"

"所以，我刚才说，如果我和我妹妹是龙凤胎，她会是女的……我和她，在有些方面很像，非常像；而在另外一些方面则非常不像，甚至截然相反。"喻小丽如同巫女一般，把一段没有什么逻辑关联的话，断断续续地终于说完。

2

而就在这时，那个琴师很快登场了。

琴师大约三十岁的样子，或许还要更年轻些。他有着浑圆如同蛋壳的头形，头发是寸头与半寸头之间的长度。他穿的衬衣长长地盖过臀部，没有什么皱折，更谈不上曲线，只是很安静地垂下来。像水。细灰色，比白糜烂，比黑颓废……

他显得很淡定的样子。对着剧团里的人微微欠身——

"你们好。我叫净空，是弹古琴的，家就住在庆元寺的旁边。"

庆元寺是座江南名寺，寺边有一片名叫莺湖的湖域。在一些比较特殊的日子，城里的人有时会去那里求签。年轻的小浦就记得，有一次他在车上睡着了。醒来的时候，看见庆元寺外满眼的树，高到参天，并且可以合抱。

而现在，这位家住庆元寺旁边的净空琴师开始弹琴。他弹古琴，他待人处事的姿态就仿佛那些古琴曲的名字。他是淡的，顺着命运来的，流淌着。

有一件不可思议的事情很快发生了——喻小丽、喻小红同时疯狂地爱上了他。

没有人知道，那阵子的小浦究竟在想些什么。有人在学校小树林里看到过年轻而阴鸷的小浦。他在那里散步，抽烟，有时似乎正安静地读书。只是他身边仿佛有个极其虚无的空间，这多少令他有些心烦意乱。

这段时间里，也有人曾经见到喻小丽和喻小红，她们在树林后面的池塘边大声吵架。然而最终又抱头痛哭了起来。

只有庆元寺的净空琴师，仍然穿着那件长长的灰色衬衣，背着他的那床古琴……后来人们回想起来，说他走路有点芭蕾舞步的感觉，稍稍踮起些脚尖，挺起的后背和脖颈把他和真实的外部世界轻轻隔离开。

这件事情的高潮和结尾都发生在隔年的一个春夜。这也是派出所当时的笔录。大致概要是：这一天，四人（小浦、琴师、喻小丽、喻小红）一起去庆元寺和莺湖踏青。

到了晚上，突然暴雨倾盆，琴师净空不幸在莺湖边失足溺亡。喻小红则因为惊吓过度，在精神状态方面出现了极其严重的问题。

三、"什么也没有。"他说。

1

"二十年前……那个时候，你差不多十九岁吧？"院长老浦又打开了那扇藏在书架后面的木门，紧接着是一声沉闷而又突兀的开瓶盖的声响。

"不，你记错了。那年我二十，喻小红刚好十八。"喻小丽接过了院长递给她的红酒杯。

"哦。记忆这东西，总是……很奇怪，非常奇怪。"院长抬了抬手腕，把杯中之物一饮而尽。

下午，大约四点来钟的光景。院长和喻小丽一起去湖边送别两位警察。

陆陆续续有消息返回，说是逃出去的三名患者中，已经有两个辗转回到了家里。然而，保安口中那个"戴着雨帽，笑的时候露出一整排雪白牙齿"的主犯喻小红却仍然沓无音讯。

天色慢慢暗沉下来，到处是蓝一块灰一块的色调。然而边缘部分，却是暴雨过后或者黄昏将近时惊人的亮色。所以，如果从这个角度来讲，其实整个天空的颜色是并不那么和谐的：仿佛随时可能再次下雨，也仿佛很快就会堕入深黑的暗夜。

两个警察坐的小船渐去渐远。他们一个坐在船头，一个蹲在船尾，沉默着，并没有太多的交流。只是瘦警察会不时抬头望望天色……雨没有下下来，一时半会儿是不会再次下雨的，但到处又都在给人要下雨的感觉。因为风向的缘故，小船返回的时候显得缓慢而又颠簸。所以至少从视觉上来看，船上的两人显得孤零零的。孤零零，然而又吃力地抓住船舷，像风中的枯叶一样渐去渐远。

"喻小红不会有事的。她……只是需要那种不顾一切的感觉。"喻小丽喃喃自语。

"你的意思是——她确实从来没有发疯？"院长冷不丁地冒出这么一句。

片刻的沉默。

"就像你一样？"院长甚至轻声笑了起来。

"那么，到我那里，再去喝一杯？"喻小丽听到院长老浦这样说。

2

院长办公室。他们正在看一部短纪录片。喻小丽在影碟堆里随意挑了一张。而院长老浦一边看，一边不停地走动，不停地喝酒。

屏幕左上方跳出一行字：

1966年9月6日，南非总理和国民党领袖亨德里克·维尔沃德博士在议会被一个白人极端分子用刀刺死。

"是1966年的'南非刺杀总理案'……？"喻小丽试探地轻声问道。

"对，这件事曾经轰动一时。"院长在喻小丽旁边坐了下来。

"刺客是个白人。"喻小丽盯着屏幕。

"不，那人其实是黑白混血儿。"院长纠正道。

"那么，不是因为种族隔离……"

院长张了张嘴，合上，又继续张开说话："这个黑白混血在小时候就被判为白人。所以，他一直试图隐瞒一个真相：他父亲其实是黑人。后来，他又遇上了一大堆麻烦事，生病，因为身世没有国籍，爱上了一位黑人女子……你耐心看下去，这部短片的结尾很有意思。"

喻小丽点点头。室内安静了下来。

这时屏幕变成了黑白色。或许从头至尾其实一直是黑白色。经历了一阵快速的变动，跳跃，闪烁，以及尖叫声，终于一切归零。回到制作者与凶手之间的一段采访对话。

制作者名叫西奥皮斯。

"你为什么刺杀总理？是因为种族问题吗？"西奥皮斯问。

"是，但……又不是。"

"究竟因为什么？你的刺杀动机是什么？"西奥皮斯继续追问。

"因为，我有一个女朋友。我爱她，但是……在这个国家，我既不是白人，也不是黑人。我不能和她结婚——还有——"

"还有什么？"

"还有，当时我正在生病。讨厌的蛔虫。厌世，浑身不自在。"刺客有些不好意思地笑了笑，"后来，我冲了上去……"

"那个瞬间你在想什么？"西奥皮斯将前面四个字的发音拖得很长。

"什么都没想。一片空白。"刺客漠然却又真诚地回答道。

3

酒后的院长变得有点焦躁不安起来，就连说话的声调也稍稍提高了："所以说，很多事情有着让人出乎意料的答案。答案或许只是精神创伤，甚至……甚至只是一些小小的蛔虫。是的，小小的蛔虫。"

院长像只没头苍蝇般在屋里来回踱步。并且很快又传来了一声沉闷而又突兀的开瓶盖的声响。

他站起来，又重新坐下。

"小丽……"他唤她。身体向她的方向倾斜过去。仿佛有什么东西回来了。他的眼睛凝视着她，晶亮有光。

她的脸沉浸在阴影里。有一种力量隐藏着，要把他推开。

"这么多年，我一直都无法忘记你。这是件多么奇怪的事情。即便你抛弃了我，爱上了别人，甚至怀上了别人的孩子……"

"孩子——什么孩子？"喻小丽皱了皱眉头。

"你和……净空的孩子。"院长仰起头，长长地吐了口气，一阵芬芳而又幽深的酒气骤然在房间里弥漫开来，"二十年前的那个夜晚，也是狂风连着暴雨，电闪雷鸣，我们四个人都喝醉了。我趁着酒意大哭着试图再次挽留你，而你只是面无表情地告诉我，你已经怀上了净空的孩子……"

阴影里的喻小丽寂然无声。

"那个孩子……"院长这时似乎感到了空虚，或者一股莫名的寒气。他仔细地端详着自己的双手，现在它们交叉在一起，蛇一般扭动着，"他，或者她，怎么样了？"

"没有那个孩子。"

"什么？"

"如果我告诉你，其实那个孩子根本就不存在；如果我告诉你，当年我对你撒谎，只是为了让你彻底死心离开我……你会不会恨我……"喻小丽的声音像天空中的滑翔伞，一点一点低下来，再低下来。

"你骗我……"像闷雷一样的声音。

"是的，但不是……"

"你为什么要骗我？"院长把几乎变形的脸伸到喻小丽面前，一字一顿地问道。

"我——"

"为什么?!"院长的语调变得咬牙切齿起来。

"因为净空……他是……那么好,"喻小丽有些胆怯地躲开了院长,她小心地选择着一种安全的语调,"你不知道,后来,那天晚上,他准备了一张字条,装在密封的袋子里,上面写了很多字。就在莺湖的岸边、水里,他举着那个字条给我看……虽然很不幸,那样的风雨交加中,他失足溺亡,最终没能从水里回到我的身边。但他是个痴情的人,从一开始我就知道。"

"哈哈!"院长这时突然出人意料地大笑了起来,"一个痴情的人……"他的脸上露出奇怪的光泽和红晕,恍若圣灵降临。他继续说,"你们这些无可救药的浪漫主义者,你,喻小丽;你的妹妹,喻小红;还有那个会弹好听曲子的琴师净空……你们就像天使一样地相爱着。你爱净空,你的妹妹也爱净空。净空死了,你们一个跑了,一个疯了……"

"是的,"喻小丽眼眶微微有点泛红:"这样的事情谁遇到了都会受不了,我妹妹一到暴雨天就会发疯,我也再不想回到伤心之地——莺湖,溺亡——"

"但是,那不是溺亡!"院长的眼睛放射出雪亮的光芒,"溺亡?以那种方式?那样懦弱的一个人——怎么可能?你们为什么从来没想过那不是真正的溺亡?为什么没想过我会发疯?没想过为了你,我可以脑子里一片空白地去杀人?为什么你们从来没想过真正的疯子其实是我!是我!你听到没有,是我!"

院长慢慢地蹲下身子,如同一团倔强韧性的稀泥。他双手紧紧拥抱着自己的头，柔情抚摸，如此爱怜而又呵护，如此不舍而又悲悯，"二十年了，我一直躲在这里。因为我才是真正的疯子。"

"你——走吧。"院长朝喻小丽的方向挥了挥手。

4

那天晚上，喻小丽坐船逃离小岛的时候，整个湖面出奇的平静。船至湖心，她却突然听到四周响起了钟声。

"你听到什么了吗？"她问摇船那位疲惫的船夫。

"什么？"他漠然地看向她，"什么也没有啊。"他说。

（原载《雨花》2020年第4期）

朱文颖，当代作家。文学创作一级。著有长篇小说《深海夜航》《莉莉姨妈的细小南方》《戴女士与蓝》《高跟鞋》《水姻缘》，中短篇作品《繁华》《浮生》《重瞳》《分夜钟》《春风沉醉的夜晚》《凝视玛丽娜》等三百余万字。曾获国内多种奖项，被中国评论界称誉"江南那古老绚烂精致纤细的文化气脉在她身上获得了新的延展"。有部分英、法、日、俄、韩、德、意大利文译本。近年来多次参加各种国际文学节和国际文学交流活动，希望开拓国际化视野，在全球背景和本土地域文化中寻觅并发现一条新的路径。现任江苏省作家协会全委会委员，苏州市作家协会副主席。

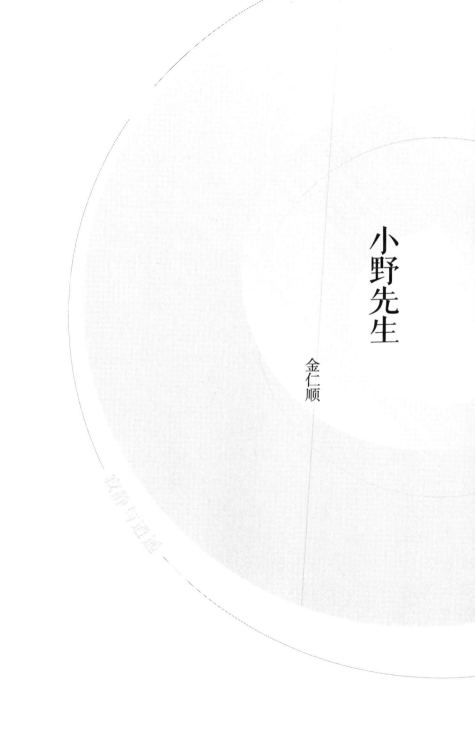

小野先生

金仁顺

小野先生是我的朋友莉央介绍来的。他是大学历史学教授，近年来，很多精力放在东北亚近当代史的研究上。他对中国并不陌生，汉语也讲得不错。他要来长春，莉央跟他提起了我，或许我可以抽出一天时间陪他四处转转。

　　我跟小野先生约好上午九点在酒店大堂见面。那家酒店有七八十年的历史，坐落在城市中心的林地中。树林的年头比酒店长得多，建酒店时，为了不破坏景观和尽可能多地保留一部分树木，楼房建得不高，分成几栋散落在树林中。

　　我过去的时候，提前了半个小时，空气清新，我下车去庭院散步。太阳升起来没多久，树林间的空气仍然湿雾雾的，青草和树叶的清香把人浸润其间。鸟儿在枝头上欢闹，时不时地，几只喜鹊在我散步的石板路上起起落落，人走得很近了，它们才展翅飞走。一个男人也在散步，头发是鸽子灰的颜色，穿着同样颜色的棉麻衬衫，腰杆笔直，姿态克制而内敛，我们交错而过时，他停下来对我颔首致意。

　　"——小野先生？"我冒昧地问了一句。

他愣了愣，随即叫出了我的名字，当然，也是带着"？"的。

我说是的。

我们一起笑了。

我问他什么时候到的，这里的气温和酒店还习惯吗，吃过早餐没有。

他昨天夜里到的；长春的初夏，温度宜人，这个酒店他非常非常喜欢，从他的窗子里能看到湖水，还有这么大的院落，树林和鸟儿，真是惊喜；他已经吃过早饭了，"酒店早餐很丰盛"。

他的汉语除了口音略显生硬，说得好极了。以他的语言能力，即使没有我这个业余向导，也能畅行无阻。

我问他想去哪里，可有计划。

他说没有，客随主便。

我跟小野先生说，每次外地有朋友来，最让我发愁的就是长春没什么可看的，不像黄河流域、长江流域，文明起源早，很多城市有几千年的政权更迭，宫廷、官场、战场、诗坛，各种抒写历史。人家清明上河、江山如画、诗情飞扬的时候，我们这里树林茂密、野草丰美，清朝时还是皇家狩猎之地，夏季碧波如海，冬季白雪皑皑，但朋友来的时候，你能带朋友看绿色或者白色吗？

"在我看来，"小野先生说，"长春是心灵幽深之地。"

他很认真，没有故弄玄虚也没有客气。

那就走着瞧吧。

我们往停车场走时，我给小野先生介绍说，他能从房间看到的湖是南湖，最早是日本人打造"新京"时，利用伊通河的支流，形成的人工湖，既是风景也是城市的备用水源地。当年很多重要机构的选址都围绕着这个湖，比如说当年的"满映"、后来的长春电影制片厂；我们现在开车要去的新民大街，也通过一个纽扣似的街心公园，把自己跟南湖缀在了一起。

新民大街是近一百年前规划、建造的，八十年对于建筑物来说，不年轻，但也远远说不上老。街道中心有两条车道那么宽的街心花园，绿荫如盖，芳草青青，桃花李花杏花刚谢，丁香花开得正当时，香气馥郁，远看像一条蓝紫色的河流。

伪满洲国的"国务院"和八大部——"司法部""军事部""交通部"等等，都在这条路附近。这些楼房的外观还大致是当年的模样——虽然有几栋楼，后来又加盖了两三层，但为了协调，加盖时考虑了原建筑的风格——土黄色基调、清水红砖，楼的转角弧度优美典雅，带着韵律，窗户原本是窄细的，其中有一半被现在的使用单位扩充加宽了；楼里面的举架很高，老旋转楼梯大部分都保留着，但有些局部结构被现在的使用单位改建了。新民大街的"T"字形尽头的"一"，是当时预备盖的伪满皇宫。最早参与设计的还有梁思成。

小野先生知道他，"了不起的建筑家"。

伪满皇宫刚打完地基，伪满洲国就覆灭了。新楼盖起来以后给了地质学院，这个生不逢时的宫殿被称为地质宫。

梁思成和他的夫人林徽因还在吉林省设计了另外一些建筑，火车站之类的。在高铁时代，这些幸存的火车站风尘仆仆，小而倔强，有遗世独立的况味。

我们在伪满"司法部"的门前转了转，小野先生拍了很多照片。这栋楼是医科大学的基础部，跟另外两栋变成了医院的老楼相比，来来往往的人少，闹中有静。沿着楼房墙面，种着密密麻麻的丁香花，有一人多高，紫色白色开得烂漫无比。

我跟小野先生说，很多年前我有个好朋友是在这里读医科大学的，我读书的学院离这里不远，上大学时经常走路或者骑自行车过来玩儿。这栋楼的地下一层，全是供医学院学生解剖学习用的尸体，泡在福尔马林溶液里。夜里在这里散步的时候，难免会觉得整栋楼阴森恐怖。但我朋友就不在乎这个。不过她谈恋爱的时候，有一次约会时在丁香花下面被几个男人劫持，他们带了刀，让她和男朋友把钱掏出来，他们乖乖就范了。事后我们讨论过那种状况下应不应该反抗，还因此质疑过她男朋友的男子气概和血性、勇气之类的问题。他现在是外科医生，手术刀用得很熟练，但即便如此，再遇到当年的情况，他仍旧会一言不发地把钱给他们。

"勇气是很难定义的。"小野先生说。

他说他从小到大，在学校里面一直被人欺负。

"我不知道为什么他们总是会选中我。我照镜子研究过自己的脸，也在商场玻璃橱窗的反光中审视过自己的步态，我看不出我哪里不对劲儿。但显然那些人是能看出来的，他们总是能从人群中把我挑出来。开我的玩笑，骂我，打我，抢我的零用钱。"小野先生语气温和，说到最后笑了起来，"我的青春期过得非常悲惨。"

"您从来没反抗过？"

"没有。我总想着，忍一忍就过去了。语言上的侮辱，身体上的疼痛——"他说，"有一次我父亲悄悄跟在我后面——他早就发现我有些不对劲儿了，跟了我好几天也说不定——我被三个家伙拦住了，他们把我逼到墙角，骂我打我，让我把钱交出来。我父亲走过去，抓住最中间、个头也最高的那个家伙，薅着他的头发——"小野先生抬手薅着自己的头发，比画给我看，"就这样，把他掼到了墙上，他的鼻子差点儿被砸进他的脸里，鼻血流得衣服都染红了。另外两个家伙吓呆了，我父亲给了其中一个人一个大耳光，把他扇得蹲在了地上，另外一个肚子上被踢了一脚，在地上打了两个滚儿。"

"哇——"

"当时我也是这样的反应，哇，好厉害！父亲平时经常几乎一天说不上一句话。那天他修理完那几个小子，盯着我看，我很惭愧，觉得自己很丢脸。我后悔自己没跟那几个家伙决一死战，现在我在父亲眼里，是懦夫、蠢货、垃圾。我差不多能看到涌上他舌尖的话语：'我没有你这样的儿子，滚蛋！'但他什么也没说，他拉了我一把，让我站稳了，冲我点一点头，说了句'去上学吧'，转身走了。晚上我放学回家，他也没提这件事。说来也怪，这次事情过后，再也没有人欺负我了。虽然我照镜子时，看到的还是原来的自己。"

我们从新民大街转到松苑宾馆。开车的话，会走一个很大的弧形；如果直线走路，其实并不算远。这里有栋老楼是当年日本关东军司令的宅邸，一样是庭院阔朗，树木高大。楼是欧式建筑，有尖状塔楼、老虎窗和壁柱，外墙的棕褐色面砖和灰白色砂岩石形成了色彩上的对比，正门入口处修建了喷水池。

这栋宅邸建成以后，没有谁能住得长久。第一位是南次郎，然后是植田谦吉、梅津美治郎，山田乙三是最后一位入住的日本高官，他从这里被苏联红军押到了南湖的战俘营；他前脚被押走，苏联红军的司令官后脚就住了进来，但很快，苏联司令官也离开了，国民党的一个军长变成这里的临时主人。这栋楼的际遇，应了那句老话：铁打的营盘流水的兵。庭院中的景致倒是岁岁年年相似，流水落花，空自嗟呀。

老房子里面，通常藏着些老故事。这栋楼也不会例外。战争年代，生离死别都是常态，但官方资料上面鲜有记载。现在这里变成了酒店，人来人往，雨打风吹，又有多少人关心这里面曾经发生过什么。

酒店大堂有个用屏风隔开的茶吧，很清静，我们去喝了杯绿茶。新茶和热水是分别端上来的，我们自己把茶叶倒进杯里，然后看着杯底的小小碧螺慢慢舒展开来，变成鲜嫩的叶片，水变成了浅淡的绿色。

我对小野先生说，去年我和莉央在这里喝的是红茶，那时候是秋天，院子里枫叶正红，是另外的景致和心情。

当时莉央就住在这个酒店，我按约定的时间过来跟她见面。"你的心跳得很快，"我们坐下后，莉央看着我说，"你正在经历一些事情。"

　　我愣了愣，她说得对，前一天夜里我几乎没睡，心脏就像抗议似的，时不时地闹闹脾气。莉央是怎么看出来的呢？心脏是由骨骼肌肉皮肤包裹着的，还有一个橱柜似的胸腔，而这些又都隐藏在衣服下面。我更相信她是感觉出了什么。

　　"我读出来的。"莉央镇定而又从容，直视着我。

　　"——怎么读出来的？"

　　莉央说她最近参加了一个小组，解释这个小组的性质成分过于繁杂麻烦，就算她能讲清楚，我可能也很难理解，但简而言之，现在，莉央的大脑仿佛伸出了很多无形的触角，能捕捉到很多隐秘的信息。当然，只针对她关心的人。

　　我讲了我最近发生的事情，粗线条地阐述，不用莉央开解，已经豁然开朗：多么简单的事情，为什么之前我却觉得身处重重迷雾？

　　莉央也讲了她发生的事情——要不然，她也不会想到去参加那个小组——她出轨了。那个男人比她大十几岁，善解人意，非常温柔。

　　"跟他在一起，我才知道什么是爱！"莉央的语气变成了窗外的秋日暖阳，她的表情也被浇铸了阳光似的，有着黄金般的质感，"有那么半年的时间，每一天都很幸福。"

　　她跟她老公说了一切，然后从家里搬了出来。她现在没有办法专心写作，她要打两份零工赚钱付房租，养活自己。

　　"那他呢？"

　　"他离不了婚，即使离婚了，他也不会跟我结婚的。"

"这算什么啊？"我替她不值。他把她领到井底下，割断绳索就走了。当然，以"爱情"的名义。"你不恨他？"

"你怎么可能会恨一个教会你爱的人呢？"

"您和莉央，"我问小野先生，"是怎么认识的？"

"我们在同一个大学参加创意写作班。"

"您不是研究历史的教授吗？怎么会去教创意写作？"

"我不是去教课，是去上课。"小野先生解释，"我教历史课。历史是浩荡博大的，它们记载的是大事件和大人物。普通人在历史里面，像一粒灰尘，什么都不是，它们能起的作用可能是让历史学家们因为灰尘过敏而咳嗽几声。可有的时候，在某些光柱里面，这些灰尘是能够被看见的，它们微小、轻盈，在光影里面颤动、舞蹈。我想，或许学习好写作技巧，就相当于有了一束能让灰尘显形、跳舞的光吧。"

"您想当作家？"

"不敢当，想学习写作。"

"可是，"我想起另外的事情，"莉央是很成熟的作家，她好像不需要参加写作班啊？"

"她不是学员，她是授课教授的助教。而那个教授是我大学的同事。我们三个人经常在下课以后，去居酒屋喝一杯。"

"我和莉央是在中日韩三国的作家笔会上认识的。她看到作家简介上面写着我来自长春，就来找我。她的汉语把我吓着了，后来我才知道，她是在长春上完了初中才回的日本。"

"是的，"小野先生点着头，"我们聊过很多关于长春、关于战争的话题。"

"除了长春和战争，你们聊过别的吗？"我看着小野先生，非常非常想问他，"比如说爱情？婚姻？"

出门的时候，我把话题又转回建筑上来。现在的长春宾馆，其中有栋楼也是伪满时期的建筑，曾经是日本高官们欢聚的俱乐部。里面有个能容纳百人的小剧场，还有适合开派对的客厅，水晶吊灯、图案漂亮的地毯——对了，那栋楼的门楼很别致，很多摄影师都去拍过照片。有些年轻人拍婚纱照也会去那里。

长春宾馆对面原来是一个日本官员的私人宅邸，日式建筑，一条环形走廊把房间一间间连起来，走廊和所有的房间都铺着木条地板，上面刷着油漆。我曾经工作过的杂志社就在这套老房子里。后院有个天井，种着花花草草，下雨或者下雪时端杯热茶看着窗外，既文艺又治愈。那个地方适合棉布、丝竹音乐、老电影、忧伤，以及沉默。十几年前这座宅邸被拆掉了，取而代之的是巨大火柴盒似的高楼。那座宅邸被连根拔掉，再也不会生长故事和情绪了。

我们在伪满皇宫待了一下午。

这个地方我平均一年来一次。每次来，都发现它有变化。首先是越变越大——不知道它是原本就很大，正在逐步复原呢，还是为了日益繁荣的旅游需求，变得越来越大——其次是越变越新，很多家具和用品都是新的，刻意做旧后摆在那里，结果就像涂了脂粉的脸，没有变好看，还失去了本色。

伪满皇宫是溥仪帝国梦的最后一程。真正操纵这个地方以及溥仪本人的，是当时的日本政府。无论是末代皇帝还是傀儡皇帝，都难脱悲伤和绝望。溥仪在长春住的房子和办公场所，房间狭小，空间逼仄，气息破落凋零，其中一口天井，一棵树生得很好，但风水师说了，这恰恰是个"困"字。溥仪幼年、少年都是在紫禁城里度过的，纵使清末民不聊生，但他登上大位时，瘦死的骆驼比马大，气派还是有的。流落到长春这个伪满皇宫时，帝国于他，只剩下一个梦了。这是他的囚困地和伤心处：对外，他是个摆设，是日本人的牵线木偶；对内，婉容不只是跟他情感破裂，还有了私情和私生子；他唯一的情感慰藉谭玉龄，得了场感冒被日本军医借机害死，他连替她讨个公道的机会都没有。末世的皇帝都悲凉，故国不堪回首，愁情似一江春水向东流。

旧楼、做旧的家具、蜡像人物，小野先生都看得很认真，但真正让他驻足的，是游客们最走马观花的展览厅。厅里挂满了很多当年的老照片，有原件复制品，也有放大件，黑白照片时间久了，变成了浅黄色，加上翻拍，人影有些恍惚。

每张照片他都认真地看过，尤其是有很多人的群照和合照。我在他身后跟着，发现最吸引他的是那些次要人物。他们站在照片的后面或者边缘，为了认清他们，小野先生戴上了眼镜，一会儿踮起脚尖一会儿弯下腰去，一会儿蹲一会儿站，有时候靠得太近，鼻尖都快要贴到照片上了。

"您在找什么人吗？"我问他。

"啊，"小野先生好像考试打小抄被人抓住那样，笑了，"我父亲年轻的时候，曾经在长春服役过，下等军官，我在想有没有可能因为某种机缘，他被拍下来过。"

"哦。"

小野先生是天真，还是忘了时间距离？那么多年前，拍照是个大事儿。哪里像现在，人手一部手机，有的人还不止一部，随时随地拍，什么都拍。就算他父亲被拍下来过，他认不认得出也是个问题，人的面相在一生中变化是非常大的。

"我也知道，这想法很愚蠢。"

说是这么说，在下一张照片面前，小野先生又像翻出多年前毕业照那样，目光从一张张脸孔上筛过。

"小野先生——我是说您父亲，当年是做什么的？"

"是高级将领的卫兵。"小野先生说。

怪不得他和莉央能成为好朋友，他们确实有很多很多话题可以聊。

日本投降的时候，有一些日侨因为种种原因没能回国。莉央的外祖母死在长春，母亲直到"文革"结束才回去，莉央一度被寄养在亲戚家里，二十世纪八十年代末被接回日本。莉央在长春时，有自己的中文名字，很多人都不知道她是日本人。第一个知道内情的男同学是她的初恋。

我们在展厅里花费的时间太多了，出来的时候已经到了闭馆的时间，也是下班的晚高峰时间。伪满皇宫周围，集中了几大批发市场。光是服装城就好几栋楼，此外还有餐具厨具、日常用品、生鲜食品等等。行人、货物、私人汽车、公交，糅杂在一起，就像滞重、黏稠的胶带，把交通焊住了。

"我在照片墙那里耽误太多时间了，"小野先生跟我说，"太抱歉了。"

我和小野先生在车里聊起另外一位小野先生。

"他是哪年在长春的？除了长春，还去过哪里？"

"他1940年入伍，1945年战败后回国。在长春的时候，他是士兵，在关东军司令部服役。"小野先生说，"那以后他去过哪里，我也不知道，他从来不说。"

"那您是怎么知道他曾经在长春的？"

"是他战友说的。"

小野先生高中时，父母离婚了。他妈妈跟别的男人好上了，留了封道歉信，离家出走。他问起妈妈去哪儿了，老小野先生把信给儿子看了一下。"这么多年忍受着我，"他说，"辛苦她了。"

当时还是高中生的小野先生不知道说什么才好。父亲是个无趣的人。母亲经常跟他抱怨，他自己也感同身受。在家里父亲很少说话，也没什么笑容。唯一的爱好就是读书，似乎也没有什么目的，只是读而已。有心事的时候，他独自坐在客厅窗前，或者门外木廊台上，一坐就是几个小时。他从来没讲过笑话逗家人开心，也从来没对妻子甜言蜜语过。他好像从来没注意到她是个端庄雅致的女人，性情温良，厨艺极佳，她出门买东西时，男人们的目光总是围着她转。

小野先生停顿了一下，难为情地笑了笑："您是作家，说出来想必您也能理解。"

小野先生小学的时候就发现过妈妈出轨。那是樱花季的一天，下着雨。他放学买文具时，换了一条路回家，在一个胡同口，看见妈妈跟男人在伞下拥抱。那个人好像在讲什么好玩的事情，他妈妈笑软了身子，倚在那个男人身上。他转身跑开了，他怀疑妈妈也看见了他，他不知道怎么办才好，心乱得像那一地被雨打落的花瓣，在外面磨蹭了一个多小时才回家。

他妈妈正往饭桌上摆晚饭，笑着对他说："你回来了？"

他父亲那天没回家吃晚饭，这让他松了口气。母亲像平时一样，边吃饭边讲讲鱼店老板的玩笑、菜店伙计的闲话、茶叶店老板夫人的新衣服。她是那么神态自若，小野先生想，她其实一直在外面谈恋爱吧。

"我能理解母亲，"小野先生说，"母亲像朵花，父亲像块冰。冰不能滋养花朵，泥土、水、阳光才可以。"

但他同样理解父亲。父亲固然没有优点，但也没有缺点。他是银行职员，工作兢兢业业，不争不抢，深得上司和同事们的喜欢。家里需要男人做的事情，他做得一丝不苟，邻居家的事情也都帮忙做。他不酗酒，不打骂妻子儿子，也几乎没发过脾气。妻子花钱他从不限制，也不过问。妻子离开时，从他那冷静理智的反应来看，他或许早就知道她出轨。跟这样的男人生活在一起，小野先生的母亲只怕是怀着一种"食之无味，弃之可惜"的心情吧。

老小野先生对儿子只有一个要求，好好读书，考上好的大学，能一直深造下去。小野先生年少时，以为这是父亲望子成龙的心情，后来发现并不是。他父亲并不在乎他是否出人头地，他只是希望儿子能通过知识变得强大。

少年时代，小野先生如果考试考得好，不只能得到零花钱，他父亲还会让妻子买牛肉和贵重的鱼回来吃。他妈妈离家出走以后，他考出好成绩的时候，老小野先生会带他出去下馆子。

有一次他们去吃寿喜烧，遇到了老小野先生的战友。

他们坐下来点好了餐，陆续上菜的时候，一个包着头巾的男人从厨房出来，拍了老小野先生一下，"我看着就像你！"寿喜烧店老板激动地说，"我想过也许哪一天你会走进我的店，原来就是今天啊！"

"我记得父亲当时的样子，"小野先生说，"他的脸瞬间白了，整个人就像被咒语定住了。那个人好像没注意到这个，在他身上又拍又打的，父亲慢慢缓过来，恢复正常。"

那个人跟老小野先生年纪差不多大，但性格截然不同，当年他们一起被征入伍，一起到了中国，战败后回了日本。他们拿到遣散费、抚恤金，老小野先生利用当时对退伍军人的政策，去上了大学，读了个学位，毕业以后在银行当了职员；他的这位战友则开了寿喜烧店。

他们喝了一下午的酒，大部分时间，老小野先生只喝酒，不说话。即使他想说，只怕也插不上嘴。寿喜烧老板话又多又密，话语从他的嘴里倾倒似的奔涌而出。他们是在去中国的船上认识的，因为大风，他们在海上颠簸了一天一夜。他们的心情也像海浪，对异国他乡、对战场、对生离死别，思绪波涛翻涌。很多人都吐了，哪怕什么都不吃，也吐个不停，满嘴苦涩。他们没想到参军以后第一次对他们进行袭击的是海上的暴风雨。

在长春，他们俩在一个小分队，经常一起执勤。他们被长官骂过，被扇过耳光，也被踢过；他们一起去电影院看过电影，最喜欢的女演员都是山口淑子；他们一起去过妓院，为了掩饰心里的紧张，他们讲话很大声，说任何话之前先骂别人是蠢货、浑蛋。他们都没想到，苏联红军打过来的那天，从飞机上扔下来的第一颗炸弹正好落在那个妓院；他们还一起杀过人，那场景现在还经常出现在他的梦里，一片哀求声哭喊声，还有他们的血，那么多的血，像红油漆一样，沾满了他们军靴的靴底……

那天他们喝了很多很多酒。开始的时候，寿喜烧店的老板娘把酒烫好后端上来给他们，顺便把他们喝空的酒壶拿走——她还应丈夫的要求，为小小野先生多上了两盘牛肉——后来太晚了，她不再出来了。寿喜烧老板摇摇晃晃地抱来一坛清酒，打开后，把桌子上所有的空酒壶都倒满。

老小野先生醉了三天，他在房间里沉睡，偶尔起来喝杯水。银行的电话打到家里来，老小野先生从来没有无故不去上班，他们不知道他发生了什么事情。小野先生替父亲道歉，说他感冒发高烧，头脑不清醒，没有及时请假。

老小野先生酒醒后，瘦了一圈儿，脸色灰败，仿佛大病初愈。

小野先生试图跟父亲聊聊，他对那天酒桌上所有的故事都很感兴趣。他试着提了几次话头儿，但他父亲就像没听见似的。他在垃圾桶里发现父亲扔掉了那天离开时寿喜烧老板塞进他衣服口袋里的名片。于是他明白，父亲再也不会去那家店了，偶然被推开的回忆之门，被父亲重新关闭了。

两年以后，他考上了大学。老小野先生以方便学习为理由，建议他在学校附近租房子住。假期的时候，他打工赚钱，跟朋友结伴旅行，回家也只是待上一两天就离开。他又去过那家寿喜烧店。老板娘没认出他来。他自我介绍了一下，提起那个喝了无数清酒的下午。

老板娘告诉他，三个月前，老板突发心梗过世了。前一天夜里他喝了很多酒——他天天喝，喝多也是经常的。早晨起床时，让妻子给他倒一杯水，她端着水杯走到他身边时，他抬起来的手臂突然垂落下去，眼神儿飘向她身后，"就好像我身后站着什么人，"她说，"把他的魂儿从身体里吸走了。"

小野先生大学毕业的时候，老小野先生去参加毕业典礼。典礼结束后，他们一起去吃饭。小野先生对父亲提起他曾去过寿喜烧店，告诉他他的战友去世了。

"——死在自己的床上？"老小野先生问。

是的。

"死在洁白干净的床单上？"

小野先生不知道寿喜烧老板家的床单是什么样的。洁白还是蓝色，有条纹还是印花图案。

"他不配。"老小野先生说，"我们都不配！"

老小野先生二十年前过世。他给小野先生所在的办公室打电话，请他那天晚上务必回家。小野先生下课后回到家，发现父亲穿着和服，雕塑般地坐在窗前，他叫了一声，没有回应。走到跟前才发现不对劲儿。

老小野先生把家里的东西都处理掉了，日用品杂物衣服鞋一样没留，房子空空荡荡的，他的身边只留了一盆兰草，遗书夹在草叶之间。

"他抹掉了他所有的生活痕迹。"小野先生说。

随着小野先生的讲述，汽车像一粒胶囊，在城市的胃肠里时快时慢地移动。夕阳的光一度强得让我们放下遮阳板，眯起了眼睛，而当我们来到预订饭店的门口时，天空的蓝色变得幽远深沉，夜晚前的光线平易柔和。

晚餐我订在"长春1939"。停好车，往里面走时，一个穿马褂的男服务员替我们撩开了门帘，朝里面扬声喊："贵客到——"声音朝店堂里面一直飘摇过去。

餐馆的装修更像个博物馆或者杂物馆，走廊设计成了百年前的老胡同，包房弄成了民国时期各种店铺的门脸，米店、布店、药店、杂货店，应有尽有，除了招牌，墙面上还贴了些旧海报和老照片。胡同中间铺了条有轨电车道，车是小型的，最多能坐四个人，移动的速度比人步行还慢，一路咣当咣当响，眼下坐在上面的是两个七八岁的小朋友。

"餐馆为了强调特色，打怀旧牌，形式大于内容。"我对小野先生说，"有些虚假，但感受一下也无妨。"

"您太费心了，"小野先生冲我点头，打量着四周，感慨了一句，"时光走廊。"

往包房走时，他很认真地打量墙壁上面糊的老报纸和海报。

"很有意思。"他说。

"是什么契机，让您有了写作的念头？"吃饭的时候，我问小野先生，"如果我没猜错的话，您是想写写您父亲吧？"

"是的，"小野先生点点头，"当初考大学时我报了历史系，跟金融、国际贸易比起来，这是个冷门儿，很不受人欢迎的专业，可我觉得很有意思。回过头来想想，这其实是受了父亲和他那位战友的影响。寿喜烧店里那个下午的谈话就像一出戏剧，虽然我只看到几个碎片，却被深深吸引住了，我想知道更多的故事。"他顿了顿，又说，"如果我父亲是另外一种性情，比如说，像那位寿喜烧老板一样喜欢回忆，喜欢交流，喜欢讲述，那我还会不会去学历史，研究东北亚的前世今生？可能恰恰是因为我父亲什么都不想说，我对历史才那么感兴趣。"

为什么他保持沉默？为什么他撑了那么多年，八十岁的时候选择了自杀？那场在小野先生出生前就结束了的战争，从未在老小野先生的生命中结束，它微缩成了一个刺猬潜伏在老小野先生的体内，跟它战斗花费了老小野先生太多的精力，因此他无暇顾及妻子的出轨，对儿子的成长也关心有限。

年纪越大，对历史研究得越多，小野先生研究父亲的兴趣也越来越浓厚。最让他难以释怀的不是父亲的自杀，而是老小野先生对自己生活的清零。他是以什么样的心情，把一切杂事处理好，在空无一物的家中孤寂地死去？一想到这个小野先生就内心酸楚，为了缓释这种痛苦，他想改变一些东西，或许他可以用字词和叙述把老小野先生清除掉的东西一点一滴地还原回来。

"我知道这样做会漏洞百出，"小野先生说，"即使如此，也总好过一片虚空。"

吃完饭我们离开餐馆时，走到门口处，小野先生停下了脚步，他回头打量着拥有有轨电车的这一条仿古街道。

"假如真的有时光走廊，"小野先生问我，"我在这条走廊里遇见父亲，您猜会发生什么？"

我想象了一下："——他会装作不认识您。"

"没错！"他双手击掌。

我们一起笑，笑得很大声，笑得停不下来，到最后，小野先生的眼泪都笑出来了。

（原载《人民文学》2021年第2期）

金仁顺，1970年生，现居长春。吉林省作协主席。著有长篇小说《春香》，中短篇小说合集《桃花》《松树镇》《僧舞》等多部，散文集《白如百合》《失意纪念馆》《时光的化骨绵掌》等，为电影《绿茶》《时尚先生》《基隆》及舞台剧《他人》《良宵》《画皮》等的编剧。曾获得骏马奖、庄重文文学奖、中国作家出版集团奖、林斤澜短篇小说奖、《小说月报》百花奖、《小说选刊》短篇小说奖、人民文学奖短篇小说奖等多种奖项。部分作品被译为英语、韩语、阿拉伯语、日语、俄语、德语、蒙古语等多种语言。